COURS & EXAMEN

3e

Prépabrevet

W0284911

Tout le Brevet

Français
Christine Formond • Louise Taquechel

Maths
Marie-Caroline et Jean-Pierre Bureau • Emmanuelle Michaud

Histoire-géographie EMC
Marielle Chevallier • Christophe Clavel • Guillaume D'Hoop

Physique-chimie • SVT • Technologie
Joël Carrasco • Gaëlle Cormerais • Fabien Madoz-Bonnot • Nicolas Nicaise

Anglais
Jeanne-France Bignaux

Hatier

Le site de tes révisions

L'achat de ce Prépabrevet te permet de bénéficier d'un **ACCÈS GRATUIT*** aux **ressources** d'annabac.com en 3e (fiches, quiz, sujets de brevet corrigés…) et à ses **parcours de révision** personnalisés.

Rendez-vous sur **www.annabac.com** dans la rubrique « J'ai acheté un ouvrage Hatier ou Foucher ».

* Selon les conditions précisées sur le site.

Maquette de principe : Frédéric Jély
Mise en pages : STDI, IDT
Cartographie et schémas : Légendes cartographie
Schémas : STDI
Illustrations : Juliette Baily, Jean-Yves Grall, Mathieu de Muizon
Iconographie : Hatier illustration
Édition : Béatrix Lot

ISBN 978-2-401-08677-7

SOMMAIRE GÉNÉRAL

Pour trouver un chapitre précis dans une matière, reporte-toi au sommaire de chaque partie.

FRANÇAIS

MATHS

HISTOIRE-GÉOGRAPHIE EMC

PHYSIQUE-CHIMIE

SVT

TECHNOLOGIE

ANGLAIS

BREVETS BLANCS

FRANÇAIS

TOUT LE PROGRAMME
- 33 fiches de cours
- Exercices et sujets corrigés

SOMMAIRE

Lire, analyser, rédiger

1. Lire et écrire des récits

2. Le théâtre

3. La poésie

4. L'argumentation, la satire

5. Les genres autobiographiques

Étudier la langue

6. Les règles d'accord et l'orthographe des verbes

7. Les fonctions dans la phrase et dans le GN

8. La phrase complexe

1 Caractériser un récit

EN BREF ▸ *Un récit est un texte narratif, c'est-à-dire un texte où un narrateur raconte une histoire, qui peut revêtir de multiples formes.*

I Analyser la structure d'un récit

Un récit est une succession d'événements, visant à résoudre un problème : l'intrigue.

1 L'intrigue

Dans les récits courts, l'intrigue suit souvent un même **schéma narratif** :
- le début présente le cadre (lieu, époque) et les personnages ;
- un élément survient qui bouleverse l'équilibre initial ;
- des aventures s'ensuivent ;
- une dernière aventure annonce la résolution du problème ;
- la fin, heureuse ou malheureuse, marque le retour à une situation d'équilibre.

MOT CLÉ
Le **schéma narratif** compte cinq étapes : la situation initiale, l'élément perturbateur, les péripéties, l'élément de résolution et la situation finale.

2 La chronologie

Les faits sont souvent racontés dans l'ordre chronologique. Mais certaines variations sont possibles :
- le retour en arrière mentionne un événement qui a eu lieu dans le passé ;

> Il avait pris, un peu plus tôt, les précautions nécessaires en changeant le code de son coffre.
>
> Guy de Maupassant, *Bel-Ami* (1885).

- l'anticipation annonce des événements qui n'ont pas encore eu lieu.

> Je me tenais à ses côtés, sans me douter de l'heureuse nouvelle qu'on allait m'annoncer.
>
> Guy de Maupassant, *ibid.*

II Comprendre la fonction des personnages

■ Un personnage est une créature imaginée qui pense, parle et agit. Chaque personnage remplit un rôle dans l'intrigue. Le **héros** ou personnage principal fait évoluer l'action en fonction de ce qu'il recherche, de sa quête.

Georges Duroy est le héros du roman de Maupassant *Bel-Ami* ; l'objet de sa quête est la richesse et l'ascension sociale.

ATTENTION
Le **héros** n'est pas forcément héroïque, c'est-à-dire digne d'admiration : il peut être faible et méprisable.

- Le héros rencontre des **personnages qui l'aident** à obtenir ce qu'il souhaite.
  Ce sont surtout les femmes qui aident Duroy : Mme Forestier, Mme de Marelle, Mme Walter et Suzanne lui procurent amour, argent et reconnaissance sociale.
- D'autres **personnages font obstacle** au héros.
  Le ministre Laroche-Mathieu et M. Walter s'opposent à Georges Duroy mais doivent s'incliner devant ses succès.

III Identifier les composantes d'un récit

Un récit s'enrichit de passages qui ne sont pas purement narratifs.

- La **description** sert à peindre des lieux ou à faire le portrait des personnages.
- Le **dialogue** permet d'animer le récit et de créer un effet de réel puisque les personnages s'expriment directement.
- Les **commentaires** du narrateur, en général au présent, interrompent parfois le récit.

> Il avait maintenant une allure, une tenue, un costume d'homme posé, sûr de lui, et un ventre d'homme qui dîne bien.
>
> Guy de Maupassant, *ibid.*

zoOm — Les temps employés dans un récit

> Quand Georges Duroy et sa femme furent sortis, ils se mirent à marcher côte à côte, pour rentrer chez eux. Ils se taisaient, préoccupés.
>
> Guy de Maupassant, *ibid.*

imparfait
passé simple
passé antérieur

Les récits sont souvent aux temps du passé, ceux-ci ont différentes valeurs :

- l'**imparfait** est le temps de l'arrière-plan. Il est utilisé pour le décor, les circonstances et les descriptions ;
- le **passé simple** est le temps des actions de premier plan. Il est utilisé pour une action soudaine, une action ponctuelle (qui n'a lieu qu'une fois) ou une action limitée dans le temps ;
- le **passé antérieur** et le **plus-que-parfait** sont utilisés pour les actions antérieures à celles exprimées par les verbes au passé simple et à l'imparfait.

2 Déterminer qui raconte et qui voit dans un récit

EN BREF ▸ *Le narrateur n'est pas toujours identifiable. Mais la manière dont il raconte l'histoire traduit sa présence.*

I Qui raconte ?

1 Le narrateur personnage

Lorsque le narrateur est un personnage, on parle de **récit à la première personne**. Le narrateur est interne à l'histoire.

> Je le vis qui s'approchait de moi en me tendant la main.

2 Le narrateur extérieur

Lorsque le narrateur est extérieur à l'histoire et qu'on ne sait rien de lui, on parle de **récit à la troisième personne**. Hormis dans les dialogues, il n'y a aucune marque de première personne.

> Il s'approcha de son camarade et lui tendit la main.

II Qui voit ?

La présence du narrateur se traduit par son **point de vue**.

ATTENTION
Le **point de vue** utilisé n'est pas forcément le même du début à la fin du récit.

1 Le point de vue interne

L'histoire est racontée à travers les yeux ou les pensées d'un personnage. Le narrateur **en sait autant** que ce personnage. Le lecteur peut s'identifier au personnage.

> La femme avançait. Pressée, elle s'arrêta néanmoins à la porte. Y aurait-il quelqu'un pour lui ouvrir la porte ? Elle l'espérait de tout cœur.

2 Le point de vue omniscient

Le narrateur connaît tout de ses personnages et peut raconter ce qui se passe au même moment dans différents lieux. Il **en sait plus** que les personnages.

> La femme avançait. Bien que pressée, elle s'arrêta à la porte, dans l'espoir que quelqu'un lui ouvrît. Derrière le battant, Sonia hésitait.

3 Le point de vue externe

Le narrateur est extérieur à l'histoire. Il ne raconte que ce qu'il voit ou entend. Il **en sait moins** que les personnages. Il semble objectif et impartial.

> La femme avançait rapidement. Elle s'arrêta à la porte. On lui ouvrit.

zoOm

Le point de vue au cinéma : le film *Troie*

Le film *Troie* (2004) de Wolfgang Peterson s'intéresse à la guerre entre les Troyens et les Grecs, relatée par Homère dans *L'Iliade*.

Dans cette scène, la caméra offre une vision surplombante, globale et plus complète que celle d'un simple personnage : le point de vue adopté est **omniscient**. Le panoramique et le travelling vertical permettent d'obtenir cette vision « au-dessus » et de prendre conscience de l'ampleur des deux armées.

La scène est montrée à travers les yeux du personnage, dont la vision est limitée par un casque. Grâce à la technique de la caméra portée, qui avance au même rythme que le personnage, le spectateur n'en voit pas plus que lui : c'est donc un **point de vue interne**. La peur engendrée par l'imminence du combat singulier est ainsi particulièrement sensible.

La caméra, à hauteur d'épaule, se contente de montrer, dans un plan fixe, trois personnages qui semblent captivés par ce qu'ils regardent : le point de vue choisi est **externe**. L'immobilité du plan permet d'insister sur l'extrême concentration des personnages, sans doute angoissés à l'idée du combat à venir.

3 Distinguer différents types de récits

EN BREF ▸ *Le genre du récit comprend des textes très divers : on parle ainsi de récit policier, historique, autobiographique, de science-fiction…*

I Différencier roman et nouvelle

C'est essentiellement le critère de la longueur qui permet de les différencier.

1 Le roman

Le roman est un récit d'imagination long et écrit en prose. L'intrigue principale est accompagnée d'intrigues secondaires. On caractérise parfois les romans par leur thématique : roman d'aventures, roman policier, roman d'amour…

2 La nouvelle

La nouvelle est un récit plus bref que le roman. Il y a moins de personnages, et l'intrigue est plus simple. La fin s'apparente souvent à une chute, brutale et surprenante pour le lecteur.

II Identifier certains types de récits

Qu'il s'agisse d'un roman ou d'une nouvelle, le récit s'inscrit dans un registre.

MOT CLÉ

En littérature, le terme **registre** désigne l'ensemble des moyens d'expression visant à faire naître une émotion ou une réaction chez le lecteur. Le registre comique vise à susciter le rire ; le registre tragique, à provoquer la terreur et la pitié.

1 Le récit réaliste

Il se propose d'imiter le réel, et s'efforce de peindre la société avec ses différentes classes sociales et leur environnement. Les personnages principaux ne sont pas héroïques. Le récit réaliste a connu un grand essor au XIXe siècle.

2 Le récit fantastique

- Il se caractérise par le surgissement d'événements étranges que le personnage essaie de comprendre. Le lecteur ne sait pas lui non plus s'il s'agit d'événements surnaturels ou si le personnage est devenu fou.
- Pour maintenir cette hésitation, les récits fantastiques sont souvent écrits à la première personne et utilisent des modalisateurs (*il semble que, je crains, serait-ce…*) qui permettent au narrateur d'exprimer ses doutes, ses angoisses.

3 Le récit merveilleux

Les personnages évoluent dans un monde où le merveilleux, c'est-à-dire la présence d'êtres et d'éléments surnaturels, est admis. L'histoire se déroule dans un passé ancien non défini (« *Il était une fois* »), sans situation géographique précise. Les contes de fées, les fables et les mythes sont des récits merveilleux.

zoOm

Quelques récits célèbres

■ ***La Princesse de Clèves*, de Mme de La Fayette (XVIIe siècle)**

Ce premier grand roman d'analyse (1678) relate la passion impossible de madame de Clèves pour monsieur de Nemours.

■ ***Candide ou l'Optimisme*, de Voltaire (XVIIIe siècle)**

Dans ce conte philosophique (1759), le jeune Candide fait son apprentissage au gré des aventures qui l'amènent à parcourir le monde.

■ ***Les Trois Mousquetaires*, d'Alexandre Dumas (XIXe siècle)**

Ce roman « de cape et d'épée » (1844) raconte les aventures de d'Artagnan et de ses amis Athos, Porthos et Aramis, à la cour du roi Louis XIII.

■ ***Les Misérables*, de Victor Hugo (XIXe siècle)**

Ce roman historique et social (1862) décrit la vie des pauvres à travers les personnages de Jean Valjean, Gavroche et Cosette.

■ ***La Nuit des temps*, de René Barjavel (XXe siècle)**

Ce roman de science-fiction (1968) retrace les efforts d'une équipe de scientifiques pour ranimer deux corps trouvés en Antarctique, et connaître l'histoire de leur civilisation disparue depuis 900 000 ans.

■ ***La Place*, d'Annie Ernaux (XXe siècle)**

Cette autobiographie (1983) raconte la distance de classe qui peu à peu s'installe entre la narratrice, professeure qui va appartenir au milieu de la bourgeoisie, et ses parents, petits commerçants.

4 Raconter une expérience en exprimant ses sentiments

EN BREF ▸ *« Vous raconterez ce souvenir heureux... » ; « Vous rapporterez cette expérience difficile... ». De nombreux sujets de rédaction te demandent de relater une expérience personnelle.*

I Relater un événement

- L'expérience à raconter n'a pas à être vraie, mais seulement **vraisemblable**, c'est-à-dire **crédible**. Il est parfaitement possible d'inventer une mésaventure. Mais tu peux également t'inspirer d'événements qui te sont **réellement arrivés**.

  Lorsque j'avais dix ans, mes parents m'annoncèrent que j'allais avoir une petite sœur. Je fus anéantie sur-le-champ par cette nouvelle.

CONSEIL
Dans ce cas, veille bien à rester à l'intérieur du cadre du sujet et à ne pas te laisser entraîner par des souvenirs qui s'écarteraient trop des consignes.

- Il n'est pas indispensable que l'événement raconté soit extraordinaire. C'est la **manière de le présenter** qui fera l'originalité de ton récit.

  Tous mes amis avaient des frères et sœurs, mais pas moi, et cela m'apparut comme une horreur absolue : des cris de bébé résonneraient en permanence dans la maison, et mes parents auraient moins de temps pour s'occuper de moi.

II Respecter le mode de narration

1 Bien caractériser le narrateur

Ce type de sujet te demande généralement d'écrire un **récit à la première personne**. Le narrateur emploie le pronom *je*, et l'on doit pouvoir supposer que c'est réellement de toi qu'il s'agit. Tu dois donc prêter à ce *je* fictif tes grandes caractéristiques : le narrateur est un collégien, qui vit à notre époque.

Je me souviens du jour fabuleux où mes parents ont enfin accepté que j'aie un téléphone portable. J'étais la seule de ma classe, et peut-être même du collège, à ne pas en avoir.

2 Utiliser le temps adapté

Le récit s'inscrit la plupart du temps dans le **passé**. Si tel n'est pas le cas, des consignes précises attireront ton attention sur les temps à employer.

Je me **sentais** très isolée quand, pendant la récréation, toutes mes copines **pianotaient** sur le clavier de leur smartphone.

III Exprimer des sentiments

1 Employer le vocabulaire approprié

Pour exprimer des sentiments, il est nécessaire d'employer le champ lexical qui convient. Voici un choix de mots pour les sentiments les plus communs.

Sentiment	Noms	Adjectifs
peur	malaise, horreur, terreur, panique, frisson, angoisse, épouvante	horrifié, terrifié, angoissé, livide, pâle
joie	bonheur, contentement, plaisir, allégresse, enthousiasme	émerveillé, content, heureux, satisfait, enchanté, ravi, transporté, agréable
tristesse	chagrin, désespoir, détresse, amertume, souffrance, peine, douleur	désespéré, amer, déçu, accablé, morne, maussade
surprise	étonnement, stupéfaction, incrédulité, ébahissement, ahurissement	inattendu, surpris, intéressé, stupéfait, ébahi
colère	indignation, haine, courroux, irritation, rage	furieux, désagréable, tranchant, aigri, exaspéré

2 Varier la construction des phrases

- Tandis que les phrases courtes marquent la vivacité du sentiment, les phrases plus longues décrivent des sentiments mêlés ou opposés.
- Pour traduire la complexité des sentiments, pense à utiliser tous les types de phrases (déclarative, interrogative, injonctive, exclamative) car chacun d'eux exprime des émotions différentes.

zoOm

Utiliser une ponctuation expressive

- Une phrase se terminant par un point d'exclamation traduit des sentiments ou des émotions fortes comme la colère, l'impatience, mais aussi la joie, le plaisir.

> Je venais de comprendre qu'il n'y avait plus pour moi de bonheur sur terre !
>
> Théophile Gautier, *La Cafetière* (1831).

- Les points de suspension rendent un énoncé plus expressif : ils peuvent exprimer le doute, le regret, l'effroi ou le plaisir.

> J'ai encore froid jusque dans les ongles… j'ai encore peur jusque dans les moelles… j'ai vu !…
>
> Guy de Maupassant, *Le Horla* (1887).

5 Écrire une suite de récit

EN BREF ▸ *Pour écrire la suite d'un récit, il faut analyser le texte support : la suite doit présenter les mêmes caractéristiques. Prenons un exemple : un extrait de la nouvelle* Comment servir l'homme, *de Damon Knight.*

I Respecter les données du texte initial

Venus d'une autre planète, les Kanamites débarquent sur la Terre. Pacifiques, ils sont accueillis favorablement par les humains.

> Les Kanamites n'étaient pas très beaux, il est vrai. Ils ressemblaient un peu à des gorets et un peu à des hommes. [...]
>
> C'est peut-être la raison pour laquelle ils inspirèrent semblable dégoût lorsqu'ils atterrirent dans leurs immenses astronefs et qu'on vit quel était leur véritable aspect. Ils déclaraient très simplement qu'ils désiraient nous venir en aide, et je les croyais. Évidemment en tant que traducteur aux Nations unies, mon opinion ne comptait guère. [...]
>
> Je vis fréquemment Grégori à la suite de cette rencontre et il me tenait au courant de ses progrès. [...] Il avait réussi à se procurer un livre des Kanamites et s'efforçait de le déchiffrer.
>
> Nous passâmes quelques soirées ensemble à cette étude. Nous réussîmes à réinterpréter le titre en quelques semaines. C'était : *Comment servir l'homme.*
>
> Damon Knight, *Comment servir l'homme* (1953), DR.

1 Identifier le genre du récit

Identifier le genre du récit (récit d'enfance, policier, réaliste...) est primordial, car la suite doit reprendre le cadre (**époque**, lieux), les thèmes et le niveau de langue du texte initial.

L'exemple proposé est un récit d'anticipation. Tu dois donc reprendre les thèmes de la science-fiction (extraterrestres, technologies inconnues sur Terre...) et le lexique spécialisé (*interstellaires*, *astronefs*...).

> **ATTENTION**
> Il ne faut pas faire d'**anachronismes** : ne mentionne pas des inventions du XXe siècle pour écrire la suite d'un texte du XIXe siècle, comme la voiture motorisée, le téléphone ...

2 Identifier le narrateur et le point de vue

Si le texte initial est mené par un narrateur extérieur, la suite est écrite à la troisième personne ; si le narrateur est un personnage de l'histoire, la suite est rédigée à la première personne. Le point de vue demeure le même.

Ici, le récit est mené à la première personne : le point de vue est interne.

3 Identifier le temps de la narration

Le système de temps de la narration doit être respecté.

Dans cet exemple, le système du passé est utilisé. Tu dois écrire la suite en employant à ton tour le passé simple, l'imparfait et le plus-que-parfait.

4 Identifier les caractéristiques des personnages

Le texte support fournit des **indices** qu'il faut respecter et utiliser, comme le **caractère des personnages** et leurs comportements.

Le texte de Damon Knight présente une information à exploiter : le narrateur et son ami sont traducteurs de métier ; il est donc vraisemblable qu'ils réussiront à déchiffrer le livre.

ATTENTION
Tu ne peux pas, par exemple, transformer un personnage doux et timide en un individu puissant et agressif.

II Faire progresser l'histoire

1 Imaginer des péripéties

- L'histoire doit avancer vers une **chute** ; il faut donc imaginer les péripéties qui y conduisent. Le texte support contient souvent des indices, qu'il faut exploiter : projet à poursuivre, obstacles à surmonter, aide éventuelle de personnages secondaires.

Le début de la nouvelle de Damon Knight présente les éléments suivants : description des Kanamites, accueil des humains, découverte du livre et traduction de son titre. La suite doit logiquement raconter comment le narrateur aide son ami Grégori dans son projet de traduction.

- La suite de l'histoire doit être structurée par des **connecteurs temporels** qui en précisent le déroulement chronologique (*alors, après, ensuite, puis, enfin*...).

2 Conclure son récit

Il faut apporter **beaucoup de soin** à la conclusion du récit : le contenu (la **chute**) et l'expression doivent être bien travaillés. Voici la fin de la nouvelle : Grégori explique pourquoi il a mauvaise mine.

> – J'ai déchiffré le premier paragraphe de ce livre, dit-il. Pourquoi donc croyez-vous que je ne dors plus depuis une semaine ? [...]
> Il eut un curieux sourire de travers, comme s'il avait eu envie de pleurer.
> – C'est un livre de cuisine, dit-il.
>
> Damon Knight, *ibid.*

[La chute est inattendue car le titre de la nouvelle *Comment servir l'homme* joue sur le double sens du mot *servir* : « rendre service » et « accommoder un aliment ». Ce n'est qu'à la fin que le lecteur comprend que l'homme est l'aliment à servir.]

6 Rapporter des paroles dans un récit

EN BREF ▸ *Il existe trois façons de rapporter des paroles : le discours direct, le discours indirect et le discours indirect libre.*

I Utiliser le discours direct

1 Définition

■ Le discours direct rapporte les **paroles telles qu'elles ont été prononcées**, au mot près.

■ Il permet de retranscrire les défauts d'élocution, les hésitations, les prononciations particulières et le niveau de langue, ce qui rend le discours **plus vivant** et **plus expressif**.

> Il se mit à bafouiller : « Bon, eh bien, je... je veux bien ! Je... je signerai demain les doc... documents. »
> [Grâce au discours direct, on perçoit que l'émetteur bégaie, qu'il a du mal à s'exprimer puisque certains de ses mots sont hachés. Tu n'aurais pas pu rendre compte de ces hésitations avec le discours indirect.]

2 Introduire le discours direct

■ Le discours direct se caractérise par l'emploi d'un **verbe introducteur** suivi du **deux-points** et des **guillemets** qui encadrent les paroles prononcées.

■ Le nom du personnage qui parle et le verbe de parole peuvent être introduits sous forme d'**incise**.

> Peut-être, conclut-il, pourrons-nous trouver un arrangement.

MOT CLÉ
Une **incise** est une courte proposition insérée au milieu de paroles rapportées. Elle est composée d'un verbe de parole, d'un sujet inversé et éventuellement d'un complément de manière.

3 Changer d'interlocuteur

Dans un dialogue, le changement d'interlocuteur est marqué par l'emploi de **tirets**.

> Paul finit par céder et murmura :
> « Bon, j'accepte vos conditions. Je signerai les documents demain.
> – C'est une décision sage, approuva l'autre. »

II Recourir au discours indirect

■ Le discours indirect permet d'intégrer les paroles dans la phrase, sous forme de narration. Le **récit n'est donc pas rompu**, il reste fluide. Le narrateur rapporte les paroles comme il les entend : il peut donc les résumer ou les simplifier.

- Les paroles sont rapportées indirectement, par la **subordination**. Les pronoms, les temps employés et les indications spatio-temporelles sont ceux du récit. Les marques de l'oral disparaissent.

  Paul finit par céder. Il murmura qu'il acceptait leurs conditions. L'autre approuva.

III Opter pour le discours indirect libre

- Le discours indirect libre est un **compromis entre les discours direct et indirect**. Les pronoms, le temps des verbes sont les mêmes qu'au discours indirect mais la subordination disparaît : les paroles sont rapportées avec **liberté** et **naturel**.

  Il accepta leurs conditions dans un murmure. C'était d'accord, il signerait les documents le lendemain.

- Le discours indirect libre permet de rapporter de manière fluide le **discours intérieur** d'un personnage.

  Il se mit à réfléchir : il voulait bien accepter la proposition ; il signerait les documents dès le lendemain ; après tout, que risquait-il ?

MOT CLÉ

Le **discours** (ou **monologue**) **intérieur** désigne le flux d'impressions et de pensées qui traversent l'esprit d'un personnage.

zoOm

Passer du discours direct au discours indirect

Passer de l'un à l'autre suppose un certain nombre de modifications.

DISCOURS DIRECT

Il murmura : « J'accepte vos conditions ! Je signerai demain (les documents). »

ÉLÉMENTS MODIFIÉS

La ponctuation	Les marques de personne	Les temps	Les indications de lieu et de temps
Le deux-points et les guillemets sont remplacés par un système de subordination.	Les pronoms et déterminants deviennent ceux du récit.	Le présent devient l'imparfait, le futur devient le conditionnel présent.	Les marqueurs spatio-temporels deviennent ceux du récit.

Il murmura qu'il acceptait leurs conditions et qu'il signerait le lendemain les documents.

DISCOURS INDIRECT

OBJECTIF BREVET

Lance-toi dans des sujets !

1 Comprendre un récit littéraire

40 min

→ FICHES 1 à 3

Document Une nuit d'angoisse

Le héros, Georges Duroy, doit se battre en duel, au pistolet, pour défendre son honneur. Le duel aura lieu le lendemain, à l'aube.

Dès qu'il fut au lit, il souffla sa lumière et ferma les yeux.

Il avait très chaud dans ses draps, bien qu'il fît très froid dans sa chambre, mais il ne pouvait parvenir à s'assoupir. Il se tournait et se retournait, demeurait cinq minutes sur le dos, puis se plaçait sur le côté gauche, puis se roulait sur le côté droit.

Il avait encore soif. Il se releva pour boire, puis une inquiétude le saisit : « Est-ce que j'aurais peur ? »

Pourquoi son cœur se mettait-il à battre follement à chaque bruit connu de sa chambre ? Quand son coucou allait sonner, le petit grincement du ressort lui faisait faire un sursaut ; et il lui fallait ouvrir la bouche pour respirer pendant quelques secondes, tant il demeurait oppressé.

Il se mit à raisonner en philosophe sur la possibilité de cette chose : « Aurais-je peur ? »

Non certes il n'aurait pas peur puisqu'il était résolu à aller jusqu'au bout, puisqu'il avait cette volonté bien arrêtée de se battre, de ne pas trembler. Mais il se sentait si profondément ému qu'il se demanda : « Peut-on avoir peur malgré soi ? » Et ce doute l'envahit, cette inquiétude, cette épouvante ! Si une force plus puissante que sa volonté, dominatrice, irrésistible, le domptait, qu'arriverait-il ? Oui, que pouvait-il arriver ?

Certes il irait sur le terrain puisqu'il voulait y aller. Mais s'il tremblait ? Mais s'il perdait connaissance ? Et il songea à sa situation, à sa réputation, à son avenir.

Et un singulier besoin le prit tout à coup de se relever pour se regarder dans la glace. Il ralluma sa bougie. Quand il aperçut son visage reflété dans le verre poli, il se reconnut à peine, et il lui sembla qu'il ne s'était jamais vu. Ses yeux lui parurent énormes ; et il était pâle, certes, il était pâle, très pâle.

Tout d'un coup, cette pensée entra en lui à la façon d'une balle : « Demain, à cette heure-ci, je serai peut-être mort. » Et son cœur se remit à battre furieusement.

> Il se retourna vers sa couche et il se vit distinctement étendu sur le dos dans ces mêmes draps qu'il venait de quitter. Il avait ce visage creux qu'ont les morts et cette blancheur des mains qui ne remueront plus.
>
> Alors il eut peur de son lit, et afin de ne plus le voir il ouvrit la fenêtre pour regarder dehors.
>
> Guy de Maupassant, *Bel-Ami* (1885).

1 **a.** Quel sentiment domine le personnage ? Pourquoi l'éprouve- t-il ?
b. Relève le champ lexical qui marque ce sentiment.

2 « Quand il aperçut son visage [...] très pâle » (l. 24-27).
a. Quel adjectif qualificatif est répété dans le passage ?
b. Quelle vision, dans l'esprit du personnage, découle de l'emploi de cet adjectif ?

3 « Tout d'un coup, cette pensée entra en lui à la façon d'une balle » (l. 28).
a. Quelle est la figure de style employée dans cette phrase ?
b. En quoi est-elle particulièrement bien adaptée au contexte ?

4 Comment et pourquoi, selon toi, les pensées du personnage sont-elles rapportées ?

5 Dirais-tu de ce texte qu'il est fantastique ou qu'il est réaliste ? Justifie ta réponse.

2 Raconter une expérience personnelle en exprimant ses sentiments

1 h 30

→ FICHE 4

Un de tes proches doit partir pour un long voyage qui doit durer pendant plusieurs mois. Tu raconteras l'annonce de ce départ en évoquant tes sentiments et tes réactions. Ta rédaction comportera des passages narratifs et des passages dialogués.

DÉMARRONS ENSEMBLE

➜ Le récit que tu vas écrire doit être **vraisemblable**. Le long voyage que ton proche est obligé de faire doit obéir à des motifs réalistes : raisons familiales ou professionnelles par exemple.
➜ Tes réactions peuvent correspondre à **plusieurs sentiments** : la tristesse, mais aussi l'envie ou le contentement.
➜ Tu peux t'appuyer sur le plan suivant pour ton devoir :
- présentation du cadre, des relations entre les personnages, des circonstances ;
- dialogue avec annonce du départ ;
- récit avec les réactions et sentiments suscités par cette nouvelle.

CORRIGÉS

OBJECTIF BREVET

1 Comprendre un récit littéraire

1 a. Le personnage est dominé par la **peur**, liée au duel imminent. Cette émotion se traduit par des dérèglements physiologiques : « battre follement, tremblait, pâle ».
b. Le caractère oppressant de ce sentiment est rendu par l'omniprésence du **champ lexical de la peur** : « inquiétude, peur, sursaut, oppressé, épouvante… ».

2 a. L'adjectif « **pâle** » est répété.
b. Cette répétition amène une vision que le personnage a de lui-même, **mort**.

3 a. Il s'agit d'une **comparaison** qui exprime la violence et la soudaineté.
b. Elle est bien choisie car elle fait référence au duel au pistolet du lendemain.

4 Les pensées du personnage constituent une partie importante du texte. Elles sont rapportées selon différentes modalités : au **discours direct** (« il se demanda : "Peut-on avoir peur malgré soi ?" »), et au **discours indirect libre** (« Certes il irait sur le terrain puisqu'il voulait y aller. Mais s'il tremblait ? Mais s'il perdait connaissance ? »). Le lecteur vit la scène au même rythme que le personnage, puisque tout est raconté à travers ses pensées : cet épisode est donc raconté au **point de vue interne**, qui permet plus facilement au lecteur de **partager** les émotions du personnage.

5 Le texte peut sembler **réaliste** dans la mesure où il retrace avec exactitude les angoisses d'un homme en proie à la peur. Mais la fin de l'extrait nous emmène vers le **fantastique** quand le personnage se voit « distinctement » mort : hallucination d'un esprit malade ou véritable prémonition ?

2 Raconter une expérience personnelle en exprimant ses sentiments

Cela faisait déjà plusieurs mois que Gabriel, mon frère, plus vieux de huit ans, avait terminé ses études et ne trouvait pas de travail. Sa spécialité, c'était… le renard. Après son bac, il s'était consacré à l'étude du comportement de ce mammifère dans son milieu naturel. Je me souviens de lui juste après l'obtention de son diplôme de biologie : il paradait en donnant pompeusement le nom de son métier – éthologue –, nom que personne ne connaissait mais qui « faisait bien ». Cependant il n'y avait pas beaucoup, voire pas du tout d'offres d'emploi pour les éthologues. Le voir désormais abattu et inquiet me fendait le cœur.

« J'ai trouvé du travail ! Tu as devant toi l'éthologue en titre de la cité scientifique internationale du Spitzberg, chargé d'étudier l'*alopex lagopus* ! »

Devant mon air ahuri, il s'aperçut de la nécessité de s'exprimer plus clairement :

« Je pars après-demain pour six mois étudier le renard blanc de l'Arctique au Spitzberg !

– Pour six mois ! répétai-je, horrifié. Mais c'est très long… Et c'est loin le Spitzberg ?

– C'est dans l'océan Arctique, près du Groenland », précisa-t-il, les yeux brillants d'enthousiasme.

Il partait au pôle Nord ! Bien sûr, je comprenais ce que ça pouvait représenter pour lui. Mais je n'arrivais pas à cacher ma détresse. Mon grand frère, celui que j'aimais plus que tout, allait partir pour de bon !

vocabulaire des sentiments

C'était terrible de savoir qu'aujourd'hui encore il était là, mais qu'après-demain… L'incrédulité le disputait au chagrin. Mais je ne pouvais pas me permettre de pleurer. Seulement j'avais beau me raisonner, ma peine débordait. Je ne pus réussir à retenir une larme, et courus me réfugier dans ma chambre.

7 Connaître les caractéristiques du genre théâtral

EN BREF ▸ *Une pièce de théâtre est un texte littéraire constitué de dialogues et de didascalies et destiné à être représenté.*

I Connaître les particularités du genre théâtral

1 Le texte

■ Une pièce de théâtre est principalement composée de dialogues. Le dialogue apporte les informations, fait progresser l'action, met en lumière le caractère des personnages, précise les relations qui les unissent, les sentiments qu'ils éprouvent.

■ Le dialogue est constitué d'un échange de **répliques**. Chaque réplique est précédée du nom du personnage qui parle. Les paroles ne sont ni introduites par un verbe de parole ni placées entre guillemets.

> **ATTENTION !**
> La longueur des **répliques** est très variable : d'un mot à plusieurs dizaines de vers ou de lignes. Une longue réplique est une **tirade**.

■ Les didascalies sont des indications de lieu, de jeu et de mise en scène. Dans le texte, elles sont en italique et/ou entre parenthèses.

2 Le spectacle

■ Une pièce de théâtre est écrite pour être jouée. Selon Molière, « le théâtre n'est fait que pour être vu ».

■ Chaque mise en scène offre un spectacle différent : on peut voir et revoir une pièce sans assister au même spectacle. C'est ce qu'on appelle un spectacle vivant.

II Comprendre les conventions théâtrales

1 L'illusion du réel

Le théâtre, lorsqu'il est représenté, repose sur un certain nombre de conventions entre les spectateurs, le metteur en scène et les comédiens : il s'agit de créer l'illusion du réel à partir d'éléments factices (décor, costumes, etc.).

2 La double énonciation

Le théâtre repose sur la règle de la double énonciation : les paroles prononcées par un personnage ont pour destinataires les autres personnages présents sur la scène mais aussi les spectateurs. Prenons deux exemples :

■ L'aparté est une réplique qu'un personnage s'adresse à lui-même, dit à part soi. Censé ne pas être entendu par les autres personnages présents sur scène, l'aparté s'adresse directement au public qui entre ainsi dans la confidence ;

■ Le monologue est une scène où un personnage, seul, s'adresse à lui-même mais aussi aux spectateurs auxquels il fait partager ses pensées les plus intimes. Il pense à voix haute, ce qui ne serait pas crédible dans la réalité.

III Analyser la structure d'une pièce de théâtre

1 | Les actes et les scènes

■ Une pièce de théâtre comporte entre un et cinq actes. L'**acte** est la subdivision principale de la pièce. Lors d'une représentation, la fin de chaque acte correspond à une pause plus ou moins longue.

■ Chaque acte est divisé en scènes. Au début de chacune d'elles, il est fait mention du nom des personnages présents. S'il y a entrée ou sortie d'un personnage, on passe à la scène suivante.

> **REMARQUE**
> À l'époque classique, le découpage en **actes**, et donc la fréquence des entractes, permettait de remplacer à intervalle régulier les bougies éclairant la scène.

2 | L'intrigue

■ L'histoire racontée dans une pièce de théâtre est appelée intrigue. L'ensemble des problèmes rencontrés par les personnages crée le nœud de l'intrigue, qui devra être résolu à la fin de la pièce, dans le dénouement.

■ Cependant, en rupture avec ces règles, certaines pièces modernes sont dépourvues d'intrigue. Ainsi, dans *En attendant Godot* (1953) de Beckett, l'action se résume à l'attente d'un certain Godot, qui ne viendra pas. À la fin de la pièce, les personnages en sont au même point qu'au début.

zoOm

La structure d'une pièce classique

1. Exposition	2. Nœud	3. Dénouement
• La ou les premières scènes de la pièce	• Le plus haut degré de tension de l'action	• La ou les dernières scènes de la pièce
• Donne les informations nécessaires à la compréhension de l'action • Présente les personnages	• Créé par l'enchevêtrement des événements et des relations	• Résout l'intrigue nouée dans l'exposition

8 Reconnaître une comédie

EN BREF ▸ *Une comédie est une pièce de théâtre destinée à faire rire les spectateurs et dont le dénouement est le plus souvent heureux.*

I Connaître les caractéristiques d'une comédie

1 Des personnages et des thèmes quotidiens

- Contrairement aux tragédies, les comédies mettent en scène des **personnages ordinaires** (bourgeois, serviteurs, paysans ou employés).
- Les comédies traitent des rapports sociaux (mariage, argent), des ridicules, des défauts psychologiques (avarice, ambition, jalousie, snobisme...). Molière, par exemple, s'attaque à des **sujets de société** comme le mariage forcé ou les méfaits de la médecine de son temps.
- Les auteurs de comédie n'hésitent pas à faire parler certains de leurs personnages dans un **langage courant**, voire populaire, et même en patois.

2 Un objectif : faire rire

- Une comédie a toujours pour fonction de provoquer le rire, même si les sujets traités sont souvent graves.
- Le plus souvent, le **dénouement** d'une comédie classique est **heureux**. Toutefois, le théâtre moderne tend à abolir la frontière entre le comique et le tragique.

  La Leçon, de Ionesco, par exemple, commence comme une comédie, puis dérape peu à peu vers un dénouement d'une noirceur inquiétante. Ionesco qualifie d'ailleurs sa pièce de « drame comique ».

- La **mise en scène** et le jeu des comédiens sont essentiels pour provoquer le rire.

II Identifier les procédés comiques

1 Les comiques de gestes et de mots

- Le **comique de gestes** consiste à faire rire par des déguisements, des grimaces, des poursuites, des coups de bâton, des disputes... C'est le propre de la **farce**.

  L'exemple le plus connu de ce type de comique est la scène où, dans Les *Fourberies de Scapin*, le valet frappe son maître enfermé dans un sac.

- Le **comique de mots** s'appuie sur le langage : jeux de mots, mots inventés, détournés, déformés, mal prononcés...

  Dans *Un mot pour un autre*, Jean Tardieu remplace les mots par d'autres mots de la même classe grammaticale, créant ainsi un dialogue absurde. C'est au spectateur de retrouver le mot d'origine et de donner du sens.

> IRMA, *annonçant.* – Madame la Comtesse de Perleminouze !
> MADAME, *fermant le piano et allant au-devant de son amie.* – Chère, très chère peluche ! Depuis combien de trous, depuis combien de galets n'avais-je pas eu le mitron de vous sucrer !
>
> Jean Tardieu, *Un mot pour un autre*, © Éditions Gallimard (1951).

2 Les comiques de caractère et de situation

- Le **comique de caractère** naît des manies, défauts, comportements étranges des personnages (ex. : l'avarice d'Harpagon dans *L'Avare*, de Molière).

- Le **comique de situation** repose sur des malentendus, des **quiproquos** ou des retournements soudains de situation.

  Dans *L'Avare*, à la scène 3 de l'acte V, le malentendu entre Harpagon et Valère relève du comique de situation.

> **MOT CLÉ**
> Un **quiproquo** est un malentendu, une erreur qui fait prendre une personne pour une autre, ou une chose pour une autre. La méprise peut porter sur un personnage, une situation, un mot ou un objet.

zoOm

La Cantatrice chauve : le comique de l'absurde

La *Cantatrice chauve*, mise en scène de Jean-Luc Lagarce, théâtre de l'Athénée (2009, reprise de la mise en scène créée en 1991).

- Dans *La Cantatrice chauve* de Ionesco, le langage se dérègle jusqu'à l'absurdité. Les dialogues, d'abord d'une grande banalité, deviennent progressivement absurdes, illogiques puis totalement saugrenus, en même temps que les rapports entre les personnages se dégradent.
- Ionesco qualifie sa pièce d'« anti-pièce ». Il n'y a pas à proprement parler d'intrigue. Tout repose sur le comique de mots et le jeu des comédiens.

9 Reconnaître une tragédie

EN BREF ▸ *Une tragédie est une pièce de théâtre destinée à émouvoir les spectateurs et dont le dénouement est le plus souvent funeste.*

I Connaître les caractéristiques d'une tragédie classique

1 L'action

La tragédie classique comporte **cinq actes**. L'action prend place dans une situation historique remontant souvent à l'**Antiquité grecque ou romaine**, la guerre de Troie par exemple.

2 Les personnages et les thèmes

- Les personnages s'expriment dans une langue soutenue, et en vers de douze syllabes appelés **alexandrins**. Il s'agit de **nobles** : héros légendaires, rois ou reines. Ils sont accompagnés de leurs confidents (nourrice, gouverneur, suivante) à qui ils peuvent confier leurs tourments.
- Les personnages, jouets du destin, sont presque toujours **condamnés au malheur**. Les héros de Racine sont la proie d'une passion qui les dévore, d'un amour souvent contre-nature ; ceux de Corneille sont déchirés entre l'amour et l'honneur.

3 Un objectif : susciter la pitié et l'émotion

- Les personnages sont en proie aux **angoisses de la passion** ou à de douloureux **dilemmes**. Les amours sont rarement partagées (ex. : *Andromaque*, de Racine).
- Le dénouement des tragédies est souvent funeste, marqué par la **mort** d'un ou de plusieurs personnages.

II Comprendre le théâtre moderne : une autre conception de la tragédie

1 Les mythes antiques revisités

- Dans la première moitié du XXe siècle, les dramaturges reprennent et revisitent les mythes antiques, développés par les **trois grands tragiques grecs** (Eschyle, Sophocle et Euripide) en **rompant avec les conventions** de la tragédie classique.
- Ainsi, la légende d'**Électre** inspire Jean Giraudoux (*Électre*, 1937), tandis que Jean Anouilh adapte celle d'**Antigone** (*Antigone*, 1944).

> **INFO**
> **Électre** veut venger la mort de son père Agamemnon, assassiné par sa mère et son amant. **Antigone** veut donner une sépulture à son frère Polynice, accusé de traîtrise, alors que les lois de la cité l'interdisent.

- Ces tragédies modernes se caractérisent par :
- les anachronismes ;
- le mélange de situations tragiques et comiques ;
- l'alternance entre langue poétique et langage trivial ;
- des héros qui baignent dans la banalité du monde quotidien et sont en même temps confrontés à des destins funestes.

2 Un nouveau thème tragique : l'absurdité de la vie et la perte du sens

- Après le traumatisme de la Seconde Guerre mondiale, plusieurs dramaturges, comme Samuel Beckett ou Eugène Ionesco, traitent de l'**absurdité** de la vie et de la mort. C'est ce que l'on appelle le théâtre de l'absurde.

MOT CLÉ
Le terme **absurde** désigne ce qui n'a pas de sens, ce qui est contraire à la raison.

- Dans les pièces de Beckett, comme *En attendant Godot* (1953) ou *Oh les beaux jours* (1963), les personnages sont réduits à l'état de pantins, sans passé ni avenir, dépourvus d'objectif et de libre arbitre. Seul le langage leur permet de continuer à exister.

zoOm

Le Cid : une tragi-comédie

Pierre Corneille, *Le Cid*, mise en scène de Jean-Philippe Daguerre, avec Manon Gilbert et Kamel Isker, Paris, théâtre Le Ranelagh, 2016.

- Dans *Le Cid* (1637) de Corneille, Rodrigue fait face à un dilemme tragique : il veut venger l'honneur de son père, souffleté par le père de Chimène, mais, s'il tue ce dernier, il perd Chimène, dont il est amoureux.
- *Le Cid* est cependant un cas particulier puisque son dénouement est heureux : Rodrigue pourra épouser Chimène, malgré le duel qui a entraîné la mort du père de son amante. Cette pièce est souvent présentée comme une tragi-comédie, même si le rire n'y a aucune place.

10 Écrire un dialogue théâtral

EN BREF ▸ *Au théâtre, l'action progresse principalement par les paroles qu'échangent les personnages.*

I Respecter les caractéristiques du dialogue théâtral

■ Tu dois commencer par indiquer le nom du personnage qui prend la parole, devant sa réplique.

> ARGANTE. – Il le fera, ou je le déshériterai.
>
> Molière, *Les Fourberies de Scapin*, I, 4 (1671).

Attention ! tu ne dois employer ni guillemets ni **verbes de parole**.

MOT CLÉ
Les **verbes de parole** sont des verbes qui servent à introduire des paroles rapportées (*dire, affirmer*…).

■ Tu peux introduire des indications scéniques, en italique et entre parenthèses, pour indiquer :

- le ton employé par l'émetteur ;
- l'interlocuteur s'il y a possibilité de confusion ;

> ARGANTE, *se croyant seul.* – Et pour le coquin de Sylvestre, je le rouerai de coups.
> SYLVESTRE, *à Scapin.* – J'étais bien étonné s'il m'oubliait.
>
> Molière, *ibid.*

- les gestes que le personnage exécute.

> LÉANDRE, *en mettant l'épée à la main.* – Vous faites le méchant plaisant. Ah ! je vous apprendrai…
>
> Molière, *ibid.*, II, 3.

II Construire le dialogue

Voici cinq conseils clés pour écrire un dialogue vivant et efficace.

1. Évite les répliques qui ne servent pas à faire progresser l'action ou à créer un effet.
2. Choisis le niveau de langue qui correspond au personnage qui parle et au genre théâtral : soutenu pour la tragédie, courant ou populaire pour la comédie.
3. Pense à utiliser différents types de phrases : déclaratives, interrogatives, exclamatives et injonctives.
4. Fais varier le rythme du dialogue en alternant longues tirades et courtes répliques.
5. Fais avancer le dialogue au moyen de reprises de mots.

zoOm

Un exemple emprunté à Molière

Les Fourberies de Scapin, mise en scène de Jérôme Jalabert, Compagnie de L'Esquisse, 2014.

Au début des *Fourberies de Scapin*, on apprend que le fils d'Argante s'est marié sans le consentement de son père. Ce dernier veut que son fils aille en justice pour faire rompre le mariage. Scapin veut détourner Argante de ce dessein.

> ARGANTE. – Il le fera, ou je le déshériterai. [...]
> SCAPIN. – Bon.
> ARGANTE. – Comment, bon !
> SCAPIN. – Vous ne le déshériterez point.
> ARGANTE. – Je ne le déshériterai point ?
> SCAPIN. – Non.
> ARGANTE. – Non ?
> SCAPIN. – Non.
> ARGANTE. – Hoy ! Voici qui est plaisant : je ne déshériterai pas mon fils.
> SCAPIN. – Non, vous dis-je.
>
> Molière, *ibid.*, I, 4.

Les personnages se répondent par monosyllabes ou interjections, ce qui donne un dialogue vif et rapide. Les phrases déclaratives et interrogatives se succèdent. Les mêmes mots se retrouvent d'une réplique à l'autre, repris, répétés comme en écho.

Le dialogue se construit de fil en aiguille. Il apparaît comme un **duel verbal**, Scapin cherchant à prendre le dessus sur son maître.

SE TESTER QUIZ

Vérifie que tu as compris les points clés

1 Le vocabulaire du théâtre

→ FICHE 7

Relie chaque mot à sa définition.

- **a.** aparté
- **b.** monologue
- **c.** acte
- **d.** réplique
- **e.** stichomythie
- **f.** didascalie

- texte prononcé par un personnage dans un dialogue théâtral
- ce qu'un personnage prononce sur scène et qui est censé n'être entendu que par les spectateurs
- succession de courtes répliques
- scène où le personnage, seul, se parle à lui-même
- indication de mise en scène
- subdivision principale d'une pièce de théâtre

2 Les caractéristiques du genre théâtral

→ FICHE 7

> PERRICHON. – Henriette n'aime pas… ne peut pas aimer M. Armand !
> MADAME PERRICHON. – Qu'en sais-tu ?
> PERRICHON. – Dame, je suppose…
> MADAME PERRICHON. – Il y a un moyen de le savoir : c'est de l'interroger… et nous choisirons celui qu'elle préférera.
>
> Eugène Labiche, *Le Voyage de Monsieur Perrichon* (1860).

1) Dans cet extrait, quelle(s) caractéristique(s) du dialogue théâtral repères-tu ?

☐ **a.** L'absence d'un verbe de parole et de guillemets

☐ **b.** Le nom du personnage avant chaque réplique

☐ **c.** Les didascalies

2) De quoi ce dialogue est-il constitué ?

☐ **a.** de tirades

☐ **b.** d'un échange de répliques brèves

3 La structure d'une pièce de théâtre

→ FICHE 7

> LÉANDRE. – Je ne prétends point vous voler votre fille, et ce n'est que de votre main que je veux la recevoir. Ce que je vous dirai, Monsieur, c'est que je viens de recevoir des lettres par où j'apprends que mon oncle est mort, et que je suis héritier de tous ses biens.
> GÉRONTE. – Monsieur, votre vertu m'est tout à fait considérable, et je vous donne ma fille avec la plus grande joie du monde.
>
> Molière, *Le Médecin malgré lui* (1666).

1) Le dialogue ci-dessus évoque...

☐ **a.** la situation initiale.

☐ **b.** le dénouement.

2) Il est donc extrait...

☐ **a.** d'une des premières scènes.

☐ **b.** d'une des dernières scènes.

4 Comédie et tragédie

→ FICHES 8 et 9

> IRMA, *entrant et apportant le courrier.* – Madame, la poterne vient d'élimer le fourrage...
> *(Elle tend le courrier à Madame, puis reste plantée devant elle, dans une attitude renfrognée et boudeuse.)*
> MADAME, *prenant le courrier.* – C'est tronc !... Sourcil bien !... *(Elle commence à examiner les lettres puis, s'apercevant qu'Irma est toujours là)* Eh bien, ma quille ! Pourquoi serpez-vous là ? *(geste de congédiement)* Vous pouvez vidanger !
>
> Jean Tardieu, *Un mot pour un autre*, © Éditions Gallimard (1951).

1) Quel est le type de comique employé dans cette scène ?

☐ **a.** comique de situation

☐ **b.** comique de gestes

☐ **c.** comique de caractère

☐ **d.** comique de mots

2) Quel est le vers de la tragédie classique ?

☐ **a.** le décasyllabe

☐ **b.** l'alexandrin

☐ **c.** l'octosyllabe

OBJECTIF BREVET

Lance-toi dans un sujet !

5 Analyser une scène

→ FICHES 7 à 9

Document

Deux amis, Bérenger et Jean, sont attablés à une terrasse de café. À la table voisine, le Vieux Monsieur et le Logicien cherchent à définir ce qu'est un syllogisme[1].

Le Vieux Monsieur et le Logicien vont s'asseoir à l'une des tables de la terrasse, un peu à droite et derrière Jean et Bérenger.

BÉRENGER, *à Jean*. – Vous avez de la force.

JEAN. – Oui, j'ai de la force, j'ai de la force pour plusieurs raisons. **D'abord**, j'ai de la force **parce que** j'ai de la force, **ensuite** j'ai de la force **parce que** j'ai de la force morale. J'ai aussi de la force **parce que** je ne suis pas alcoolisé. Je ne veux pas vous vexer, mon cher ami, **mais** je dois vous dire que c'est l'alcool qui pèse en réalité.

LE LOGICIEN, *au Vieux Monsieur*. – Voici donc un syllogisme exemplaire. Le chat a quatre pattes. Isidore et Fricot ont chacun quatre pattes. **Donc** Isidore et Fricot sont chats.

LE VIEUX MONSIEUR, *au Logicien*. – Mon chien aussi a quatre pattes.

LE LOGICIEN, *au Vieux Monsieur*. – **Alors** c'est un chat.

BÉRENGER, à Jean. – Moi, j'ai à peine la force de vivre. Je n'en ai plus envie peut-être.

Eugène Ionesco, *Rhinocéros*, acte I,

1. Syllogisme : en logique, argument composé de trois propositions, dont la troisième est la conclusion logique des deux premières.

1 Combien y a-t-il de dialogues dans cet extrait ? Justifie ta réponse.

2 Les connecteurs logiques permettent d'organiser le discours des différents personnages. Ils sont en gras dans le texte de Ionesco.
Malgré la présence de ces connecteurs, dirais-tu que ces discours sont logiques ? À quel autre adjectif pourrais-tu recourir pour les qualifier ?

3 En t'aidant des fiches 8 et 9, essaie de définir s'il s'agit d'une scène comique ou d'une scène dramatique.

CORRIGÉS

SE TESTER QUIZ

1 Le vocabulaire du théâtre

a. aparté : ce qu'un personnage prononce sur scène et qui est censé n'être entendu que par les spectateurs. **b.** monologue : scène où le personnage, seul, se parle à lui-même. **c.** acte : subdivision principale d'une pièce de théâtre. **d.** réplique : texte prononcé par un personnage dans un dialogue théâtral. **e.** stichomythie : succession de courtes répliques. **f.** didascalie : indication de mise en scène

2 Les caractéristiques du genre théâtral

1) Réponses a et b. 2) Réponse b.

3 La structure d'une pièce de théâtre

1) Réponse b. 2) Réponse b.

4 Comédie et tragédie

1) Réponse d. 2) Réponse b.

OBJECTIF BREVET

5 Analyser une scène

1) Il y a deux dialogues qui s'entrecroisent : un discours sur la logique entre le Logicien et le Vieux Monsieur et un dialogue sur la force de vivre entre Jean et Bérenger.

2) Les propos tenus par le Logicien, sous leur apparente logique, aboutissent à une conclusion illogique :

> LE VIEUX MONSIEUR, *au Logicien*. – Mon chien aussi a quatre pattes.
> LE LOGICIEN, *au Vieux Monsieur*. – Alors c'est un chat.

Ces propos pourraient être qualifiés d'absurdes.

3) Dans un premier temps, la scène paraît comique : Ionesco emploie le comique de mots et s'amuse avec la logique jusqu'à la rendre absurde. C'est d'ailleurs l'appellation donnée au théâtre de Ionesco : le théâtre de l'absurde.
Passée cette première impression, le spectateur ressent un certain malaise. La dernière réplique de Bérenger : « Moi, j'ai à peine la force de vivre. Je n'en ai plus envie peut-être » est empreinte de mélancolie et de désespérance.
Au-delà de l'absurdité du discours, c'est la vie et la communication entre les hommes qui semblent perdre tout sens.

11 Définir la poésie

EN BREF ▸ *Le mot* poésie *vient du verbe grec* poeien *qui signifie « créer ». Le poète est un créateur, un artiste qui joue avec les mots pour exprimer, de manière personnelle, originale et souvent inattendue, sa vision du monde.*

I La poésie régulière

Longtemps la poésie s'est imposé des contraintes et a dû obéir aux règles très strictes de la versification, dont elle ne se libère qu'à la fin du XIXe siècle. On parle de poésie régulière.

1 Les différents types de vers

- Un vers est une unité poétique qui ne correspond pas nécessairement à une phrase. À la fin d'un vers, il faut aller à la ligne. Le vers commence généralement par une majuscule et se termine souvent par une rime.
- Pour identifier un vers, tu dois compter les syllabes. Retiens qu'on ne compte pas le *e* muet à la fin d'un vers ni devant une voyelle.

> De/ la/ mu/si/qu(e) a/vant/ tou/te/ chos(e)
>
> Paul Verlaine, « Art poétique », *Jadis et naguère* (1881).

- Au sein d'un poème, les vers peuvent ou non être de même longueur. On distingue les vers pairs et les vers impairs. L'**alexandrin** est le vers classique par excellence.

MOT CLÉ
Un vers de huit syllabes est un **octosyllabe** ; un vers de dix syllabes, un **décasyllabe**, et un vers de douze syllabes, un **alexandrin**.

2 Une forme particulière : le sonnet

- Le sonnet a été introduit en France au XVIe siècle. C'est un poème à forme fixe, composé de deux **quatrains** et de deux **tercets**. Son dernier vers est censé créer un effet (de surprise, par exemple) : c'est ce que l'on appelle la chute.

MOT CLÉ
Un **quatrain** est une strophe de quatre vers, un **tercet** est une strophe de trois vers.

- « Le Dormeur du val », sonnet d'Arthur Rimbaud, décrit un soldat endormi dans un paysage calme et serein. Ce n'est qu'à la fin du dernier vers que la réalité s'impose.

> Tranquille. Il a deux trous rouges au côté droit.
>
> Arthur Rimbaud, « Le Dormeur du val », *Poésies* (1895).

[Ce paysage idyllique est en réalité un champ de bataille et le soldat est mort.]

II Vers une poésie libérée des contraintes

1 Le poème en prose

Le poème en prose, non versifié, est apparu au XIXe siècle. **Aloysius Bertrand** est considéré comme son créateur avec *Gaspard de la nuit* (1842). Charles **Baudelaire** s'est aussi illustré dans ce genre avec *Le Spleen de Paris ou Petits Poèmes en prose* (1869).

2 Le vers libre

- La poésie moderne, dès la fin du XIXe siècle, a souvent adopté les vers libres qui peuvent être de **longueur irrégulière**, ne pas rimer et ne pas commencer par une majuscule.
- Elle s'est aussi souvent **libérée des contraintes de la ponctuation**, donnant une plus grande liberté de lecture.

> Mes mains brûlantes glissent sur les murs glacés
> J'ai peu d'espoir peu de mémoire
> Déjà j'ai tout perdu [...]

Paul Éluard, « Deux voix en une », in *Le Livre ouvert*, recueilli dans *Œuvres complètes*, Bibliothèque de la Pléiade © Éditions Gallimard (1938-1940).

zoOm

L'importance de la mise en page dans la poésie moderne

- La disposition des vers est un élément important de l'écriture poétique moderne. Il faut, avant de lire le poème, l'**observer dans son ensemble**.
- Un **calligramme** est un poème dont les vers sont disposés de manière à former un dessin. Apollinaire est l'inventeur de ce mot-valise formé par le télescopage de *calligraphie* et *idéogramme*.
- Le calligramme ci-contre esquisse le **portrait de Lou**, une femme qu'Apollinaire aime passionnément.

Guillaume Apollinaire, extrait de « Poème du 9 février 1915 », *Poèmes à Lou*, © Éditions Gallimard.

12 Étudier un poème

EN BREF ▸ *Dans son « Art poétique », Paul Verlaine s'exclame : « De la musique avant toute chose ». En effet, si la poésie repose sur des images, elle naît aussi des sonorités et des rythmes.*

I Repérer les images

Pour faire naître des images, le poète utilise des **figures de style**.

MOT CLÉ
Une **figure de style** est un procédé expressif qui permet de créer des effets susceptibles d'agir sur la sensibilité ou l'imagination du lecteur.

1 La comparaison et la métaphore

Comparaison → Établit une ressemblance entre le comparé et le comparant par l'intermédiaire d'un outil de comparaison (*comme*, *tel*…).

Mon verre s'est brisé **comme** un éclat de rire.

Guillaume Apollinaire, « Nuit rhénane », *Alcools* (1913).

Métaphore → Établit une ressemblance ou un rapprochement sans outil de comparaison.

Les sanglots longs / Des violons / De l'automne

Paul Verlaine, « Chanson d'automne », *Poèmes saturniens* (1866).

2 La personnification et l'allégorie

- La personnification consiste à attribuer des propriétés humaines à un animal, à une idée, à une chose.

> Le soleil s'est noyé dans son sang qui se fige.
>
> Charles Baudelaire, « Harmonie du soir », *Les Fleurs du mal* (1857).

- L'allégorie est la représentation concrète d'une idée. Ainsi, la justice est souvent représentée par une balance, la République par Marianne, etc.

II Percevoir la musique des vers : les sonorités

Lire de la poésie, c'est être capable d'entendre les sonorités des vers.

1 Les rimes

La rime est la reprise de sons identiques à la fin de deux ou plusieurs vers. Cette répétition crée un effet d'écho sonore.

Les rimes

- **féminines** : terminées par un e muet
- **masculines** : terminées par une autre lettre

- **pauvres** : un son vocalique en commun : *matin/chagrin*
- **suffisantes** : deux sons en commun : *matin/satin*
- **riches** : plus de deux sons en commun : *crépuscule/minuscule*

- **suivies** : AABB • **croisées** : ABAB • **embrassées** : ABBA

2 Les allitérations et les assonances

■ L'**allitération** est la répétition d'un **même son consonne** dans un ou plusieurs vers. Elle vise souvent à créer un effet d'imitation sonore.

> Mon verre s'est brisé comme un éclat de rire.
>
> Guillaume Apollinaire, *ibid.*

[L'allitération évoque la brutalité d'un verre qui se casse.]

■ L'**assonance** est la répétition d'un **même son voyelle**.

> Il dort dans le soleil, la main sur sa poitrine,
> Tranquille. Il a deux trous rouges au côté droit.
>
> Arthur Rimbaud, « Le Dormeur du val », *Poésies* (1895).

[L'homme endormi est un soldat mort : l'assonance crée un écho sonore entre *trous* et *rouges* et suscite une impression douloureuse.]

III Percevoir la musique des vers : le rythme

1 Les coupes

Les coupes sont des **pauses** dans le vers. Elles se situent après chaque syllabe accentuée et marquent la cadence des vers.

> Le fatal / couperet / relevé / triomphait.
>
> Victor Hugo, « L'Échafaud », *La Légende des siècles* (1859).

2 Enjambement, rejet et contre-rejet

■ L'**enjambement** est une proposition commencée dans un vers qui se poursuit dans le vers suivant.

> Depuis huit jours, **j'avais déchiré mes bottines**
> **Aux cailloux des chemins**. J'entrais à Charleroi.
>
> Arthur Rimbaud, « Au Cabaret-Vert », *ibid*

■ Le **rejet** désigne le report d'un mot ou de quelques mots au début du vers suivant.

■ Le **contre-rejet** est le placement en fin de vers d'un mot ou d'un groupe de mots bref appartenant, par le sens, au vers suivant.

13 Reconnaître la poésie lyrique

EN BREF ▸ *Chez les Anciens, la poésie lyrique est une poésie chantée que l'on accompagne du son de la lyre. Aujourd'hui, la poésie lyrique se définit par l'expression des sentiments et par l'exaltation du moi.*

I Connaître les caractéristiques

Il s'agit de repérer les thèmes, les procédés et le lexique qui permettent l'**expression souvent exaltée** des sentiments, des angoisses, des obsessions du poète.

Thèmes	Procédés	Lexique
• la nature • le temps qui passe • la mort • l'amour	• intervention du poète à la première personne • phrases exclamatives, interrogatives • interjections, apostrophes	• verbes de perception • lexique des sentiments, des émotions • vocabulaire religieux, mystique

II Les repérer dans un poème

Dans « Le Lac », Lamartine évoque son retour, seul, après la mort de la femme aimée, au bord du lac témoin de leur amour.

apostrophe
interventions à la 1re personne
lexique affectif

Caspar David Friedrich, *Voyageur au-dessus de la mer de nuages* (1818). Kunsthalle de Hambourg.

Ô lac ! l'année à peine a fini sa carrière,
Et près des flots chéris qu'elle devait revoir,
Regarde ! je viens seul m'asseoir sur cette pierre
Où tu la vis s'asseoir ! [...]

Ô temps ! suspends ton vol, et vous, heures propices !
Suspendez votre cours :
Laissez-nous savourer les rapides délices
Des plus beaux de nos jours !

Alphonse de Lamartine, « Le Lac », *Méditations poétiques* (1820).

[Dans les quatre premiers vers, le poète exprime son désespoir. Dans les quatre derniers, il dit son angoisse devant la fuite du temps.]

14 Reconnaître la poésie engagée

EN BREF ▸ *Le poète engagé voit l'écriture comme un moyen de lutte.*

I Connaître les thèmes

■ Selon les époques, le poète engagé peut choisir de **dénoncer différents maux** : le fanatisme religieux, la guerre, la tyrannie, les injustices sociales – comme le fait Hugo quand il s'attaque au travail des enfants dans « Melancholia » – ou encore la colonisation et l'esclavage, thèmes auxquels Aimé Césaire, le poète de la **« négritude »**, consacre son écriture.

> **MOT CLÉ**
> Terme forgé par Aimé Césaire, la **négritude** désigne l'ensemble des valeurs culturelles, intellectuelles, morales, artistiques propres aux Noirs.

■ Les poètes engagés du XXe siècle, tels Robert Desnos, Louis Aragon, Paul Éluard, choisissent de **lutter contre le nazisme**, aux côtés de la Résistance.

> Pourtant ce cœur haïssait la guerre et battait au rythme des saisons,
> Mais un seul mot : Liberté a suffi à réveiller les vieilles colères […]
>
> Robert Desnos, « Ce cœur qui haïssait la guerre », in *Destinée arbitraire*, © Éditions Gallimard (1943).

II Identifier les procédés utilisés

Pour convaincre, le poète engagé recourt à différents procédés :

– des **personnifications** et des **allégories** ;

> Celui qui croyait au ciel / Celui qui n'y croyait pas
> Tous deux adoraient **la belle** / **Prisonnière des soldats**
>
> Louis Aragon, « La Rose et le Réséda », *La Diane française*, © Seghers (1946, 2006).

[*La belle prisonnière des soldats,* c'est la France occupée par l'Allemagne, c'est la patrie. Il s'agit d'une personnification.]

– des **métaphores** et des **comparaisons** ;

> Mon bel amour mon cher amour **ma déchirure**,
> Je te porte dans moi **comme un oiseau blessé**.
>
> Louis Aragon, « Il n'y a pas d'amour heureux », *ibid.*

– des **anaphores**.

> **MOT CLÉ**
> Une **anaphore** est la répétition d'un mot ou d'un groupe de mots au début de plusieurs vers.

> **Au nom des** hommes en prison
> **Au nom des** femmes déportées
> **Au nom de** tous nos camarades
>
> Paul Éluard, « Les Sept Poèmes d'amour en guerre », *Au rendez-vous allemand*, © 1945 by Les Éditions de Minuit.

SE TESTER QUIZ

Vérifie que tu as compris les points clés

1 Qu'est-ce que la poésie ?

→ FICHE 11

1) Vrai ou faux ?

	Vrai	Faux
a. Un poème est toujours écrit en vers.	☐	☐
b. Les vers se terminent nécessairement par des rimes.	☐	☐
c. Certains poètes ont écrit des poèmes en prose.	☐	☐
d. Un sonnet est constitué de cinq strophes.	☐	☐
e. Un quatrain est une strophe de quatre vers.	☐	☐
f. Un tercet est une strophe de six vers.	☐	☐

2) Associie chaque vers à sa mesure.

a. « Le pré est vénéneux mais joli en [automne » (Apollinaire) •	• décasyllabe
b. « Ce toit tranquille où marchent les [colombes » (Valéry) •	• alexandrin
c. « Mignonne, allons voir si la rose » (Ronsard) •	• octosyllabe

2 La versification

→ FICHE 12

Vrai ou faux ?

	Vrai	Faux
a. Les rimes créent un effet d'écho à la fin des vers.	☐	☐
b. Les rimes embrassées correspondent au schéma « ABAB ».	☐	☐
c. L'anaphore est la répétition d'un mot ou d'un groupe de mots au début d'un vers.	☐	☐
d. La répétition d'un même son voyelle dans un vers est appelée « allitération ».	☐	☐

3 Les rimes

→ FICHE 12

1) Comment caractériser les rimes dans l'extrait ci-dessous ? Coche la bonne réponse.

☐ **a.** suivies

☐ **b.** croisées

☐ **c.** embrassées

> Voici venir les temps où vibrant sur sa tige
> Chaque fleur s'évapore ainsi qu'un encensoir ;
> Les sons et les parfums tournent dans l'air du soir ;
> Valse mélancolique et langoureux vertige !
>
> Charles Baudelaire, « Harmonie du soir », *ibid.*

2) Comment caractériser les rimes *papillon/tourbillon* ? Coche la bonne réponse.

☐ **a.** masculines

☐ **c.** pauvres

☐ **b.** féminines

☐ **d.** riches

☐ **e.** suffisantes

4 Poésie lyrique et poésie engagée

→ FICHES 13 et 14

1) Les vers ci-dessous sont extraits…

☐ **a.** d'un poème lyrique.

☐ **b.** d'un poème engagé.

> Ô servitude infâme imposée à l'enfant !
> Rachitisme ! travail dont le souffle étouffant
> Défait ce qu'a fait Dieu ; qui tue, œuvre insensée,
> La beauté sur les fronts, dans les cœurs la pensée.
>
> Victor Hugo, « Melancholia », *Les Contemplations* (1856).

2) Les vers ci-dessous sont extraits…

☐ **a.** d'un poème lyrique.

☐ **b.** d'un poème engagé.

> Les plus désespérés sont les chants les plus beaux,
> Et j'en sais d'immortels qui sont de purs sanglots.
>
> Alfred de Musset, « La Nuit de mai » (1835).

OBJECTIF BREVET

Lance-toi dans un sujet !

5 Étudier un poème lyrique

→ FICHE 13

Lis le poème et complète le tableau.

Document

Mignonne, allons voir si la rose
Qui ce matin avait déclose[1]
Sa robe de pourpre au soleil,
A point perdu cette vesprée[2]
Les plis de sa robe pourprée,
Et son teint au vôtre pareil.

Las[3] ! voyez comme en peu d'espace,
Mignonne, elle a dessus la place,
Las, las ses beautés laissé choir !
Ô vraiment marâtre Nature,
Puisqu'une telle fleur ne dure
Que du matin jusques au soir !

Donc, si vous me croyez, mignonne,
Tandis que votre âge fleuronne
En sa plus verte nouveauté,
Cueillez, cueillez votre jeunesse :
Comme à cette fleur, la vieillesse
Fera ternir votre beauté.

Ronsard, *Odes*, I, 17 (1524).

1. Déclose : ouverte. **2.** Vesprée : soirée (après la prière des *vêpres*). **3.** Las : hélas.

siècle	
énonciateur	
destinataire	
thème	
métaphore choisie par le poète	
forme poétique	
niveau de langage	

CORRIGÉS

SE TESTER QUIZ

1 Qu'est-ce que la poésie ?

1) a. Faux. Un poème n'est pas nécessairement écrit en vers. Il peut être en prose.
b. Faux. Les vers ne se terminent pas nécessairement par des rimes.
c. Vrai. Aloysius Bertrand est considéré comme l'inventeur du poème en prose.
d. Faux. Un sonnet est constitué de deux quatrains et deux tercets.
e. Vrai. Un quatrain est bien une strophe de quatre vers.
f. Faux. Un tercet n'est pas une strophe de six mais de trois vers.

2) a. Un alexandrin.
b. Un décasyllabe.
c. Un octosyllabe.

2 La versification

a. Vrai. Les rimes créent un effet d'écho à la fin du vers : *encensoir/soir*, par exemple.
b. Faux. Les rimes embrassées correspondent au schéma « ABBA ».
c. Vrai. Cette figure de style permet d'insister sur une idée et de créer un rythme.
d. Faux. C'est l'assonance qui repose sur la répétition d'un même son voyelle.

3 Les rimes

1) Réponse c. 2) Réponses a et d.

4 Poésie lyrique et poésie engagée

1) Réponse b. 2) Réponse a.

OBJECTIF BREVET

5 Étudier un poème lyrique

siècle	XVIe siècle (la Renaissance)
énonciateur	le poète
destinataire	la jeune Cassandre que le poète appelle « mignonne »
thème	la fuite du temps, la fugacité de la jeunesse
métaphore	la rose, si belle mais si fragile et si vite fanée (v. 16 à 18)
forme poétique	ode constituée d'octosyllabes aux rimes tour à tour suivies et embrassées
niveau de langage	soutenu : le poète vouvoie la jeune fille

15 Reconnaître et construire une argumentation

EN BREF ▸ *Dans un texte argumentatif, l'émetteur cherche à convaincre le destinataire de quelque chose.*

I Reconnaître un texte argumentatif

1 Un énoncé où l'émetteur s'implique

Prenons l'exemple du *Racisme expliqué à ma fille*, de Tahar Ben Jelloun.

> La lutte contre le racisme doit être un réflexe quotidien. Notre vigilance ne doit jamais baisser. Il faut commencer par donner l'exemple et faire attention aux mots qu'on utilise. Les mots sont dangereux. Certains sont employés pour blesser et humilier, pour nourrir la méfiance et même la haine. [...] D'autres sont beaux et heureux. Il faut renoncer aux idées toutes faites, à certains dictons et proverbes qui vont dans le sens de la généralisation et par conséquent du racisme.
>
> Tahar Ben Jelloun, *Le Racisme expliqué à ma fille*, coll. « Expliqué à... »,
> © Éditions du Seuil (1998, nouv. éd. 2009).

■ Pour convaincre, l'**émetteur s'implique** dans son discours : les marques de la première personne sont nombreuses.

> Notre vigilance ne doit jamais baisser.

Il peut aussi **s'adresser au destinataire** en recourant aux marques de la deuxième personne.

REMARQUE
L'argumentation peut se rencontrer dans des textes très variés : articles de journaux, débats politiques, littérature d'idées, mais aussi dans les récits et les pièces de théâtre.

■ Le **présent** de l'indicatif est le temps de référence.

> Les mots sont dangereux.

■ Dans un texte argumentatif, l'émetteur exprime une **opinion personnelle** : c'est un discours subjectif. Les marques de la subjectivité sont variées : verbes d'opinion, modalisateurs, vocabulaire mélioratif ou péjoratif.

> D'autres sont beaux et heureux.

2 Une visée : agir sur le destinataire

■ L'émetteur peut chercher à **faire partager une opinion**.
Dans son ouvrage, Tahar Ben Jelloun détaille les mécanismes du racisme ; il veut convaincre les enfants de ne pas avoir de préjugés envers ceux qui sont différents.

■ L'émetteur peut aussi vouloir **pousser** le destinataire à agir.

II Organiser une argumentation

Un texte argumentatif, pour être convaincant, doit être construit autour d'une thèse argumentée et illustrée par des exemples.

1 La thèse

La thèse est l'**opinion défendue** par le locuteur à propos d'une réalité donnée, d'un sujet de discussion. Elle est souvent mentionnée clairement.

> Dans son livre, Tahar Ben Jelloun affirme que le racisme n'a pas de fondement légitime, qu'il repose sur la peur.

2 Les arguments

Les arguments sont les **raisonnements** permettant de justifier la thèse défendue. Ils sont souvent abstraits, c'est-à-dire qu'ils ont une portée générale.

3 Les exemples

Les exemples **illustrent** les arguments et permettent de mieux les comprendre. Ce sont des faits concrets, vérifiables.

> Je suis heureux d'avoir des amis issus de cultures différentes. En effet, l'été dernier, j'ai été invité au Maroc, où j'ai découvert une autre façon de vivre.

zoOm

Les stratégies argumentatives

Convaincre → Le locuteur fait appel à la **raison**, à la logique.

> On utilise le racisme ou la religion pour pousser les gens à se détester alors qu'ils ne se connaissent même pas.
>
> Tahar Ben Jelloun, *ibid.*

Persuader → Le locuteur fait appel à l'**émotion**.

> Tu te rends compte, si on pouvait reproduire les humains comme on fait des photocopies, on contrôlerait le monde [...]. C'est horrible.
>
> Tahar Ben Jelloun, *ibid.*

Dans les deux cas, le but est d'agir sur le destinataire. Il est fréquent qu'un même texte utilise les deux stratégies, pour mieux **emporter l'adhésion des lecteurs**.

16 Écrire un dialogue argumentatif

EN BREF ▸ « Les réseaux sociaux font partie intégrante de la vie des adolescents. » *À partir de cette affirmation, on peut imaginer un dialogue entre deux personnes argumentant sur l'intérêt ou non des réseaux sociaux pour les adolescents.*

I Repérer la situation de communication

Pour écrire un dialogue argumentatif, il faut se poser les questions suivantes : où et quand a-t-il lieu, qui sont les interlocuteurs et quelle est leur position ?

1 Le thème et le cadre

- Commence par définir le thème : de quoi est-il question ? Ici, il s'agit de l'utilisation des réseaux sociaux par les adolescents.
- Repère à quelle époque se déroule le dialogue : le vocabulaire et les idées ne seront pas les mêmes si le dialogue se situe à notre époque ou au siècle des Lumières. Ici, évidemment, le dialogue se déroule à notre époque.

2 Les interlocuteurs

- Tu dois définir précisément qui sont les interlocuteurs. Dans l'exemple choisi, on peut imaginer un dialogue entre un père et son fils.
- Quelles thèses défendent-ils ? Ils peuvent défendre des thèses opposées. Mais ce n'est pas obligatoire : l'un des interlocuteurs peut chercher à convaincre l'autre, qui n'a pas d'idée arrêtée. Ce dernier peut alors soulever des **objections**.

> **MOT CLÉ**
> Une **objection** est un argument contradictoire, opposé.

II Prévoir la progression de l'échange

Pour éviter qu'un dialogue ne tourne en rond, avec des interlocuteurs campés sur leur position, il faut prévoir la progression de l'échange.

1 Chercher des arguments

- La thèse de chaque interlocuteur doit être soutenue par des arguments, développés parfois par des exemples.
- Le fils peut mentionner les arguments suivants :

– les réseaux sociaux permettent de partager des textes, de la musique, des expériences avec des gens qui nous sont proches, même s'ils sont éloignés géographiquement ;

– ils sont interactifs et faciles à utiliser ;

– ils sont sécurisés car accessibles aux seuls « amis ».

2 | Classer les arguments

■ Les arguments doivent être présentés **du moins convaincant** (qui recevra donc des objections) **au plus convaincant**. Mais tous doivent être adaptés au destinataire.

■ Le père présentera ses arguments dans cet ordre :
- les réseaux sociaux sont chronophages : ils occupent trop de temps ;
- c'est un système anonyme : on ne sait pas toujours à qui l'on s'adresse ;
- aucune information ne se perd : ce que l'on partage aujourd'hui pourra être encore accessible dans plusieurs années et causer du tort.

III Rédiger le dialogue

1 | Personnaliser l'échange

Le dialogue doit être rendu vivant grâce :
- aux **adresses directes** à l'interlocuteur, qui rappellent que le dialogue s'inscrit dans une situation donnée ;

> Écoute ce que j'ai à te dire…

- à la mention de **sentiments ressentis**, ou à des **types de phrases variés** qui donnent de l'épaisseur aux interlocuteurs.

> Tu ne comprends pas que les réseaux sont importants pour moi ? J'y retrouve mes amis !

2 | Conclure l'échange

À la fin du dialogue, le lecteur doit **savoir si l'argumentation a été efficace**. La position d'un des interlocuteurs a dû changer, la thèse victorieuse doit être claire.

> C'est vrai, je comprends qu'il y a certains dangers. Je ferai très attention dorénavant avant de publier des informations personnelles.

zoOm

Utiliser des connecteurs logiques

Les connecteurs **explicitent les liens** entre les différentes étapes de l'argumentation. Ils permettent à l'interlocuteur de mieux comprendre la démonstration.

Buts	Connecteurs
énumérer, ajouter des idées	*d'abord, ensuite, enfin, et, de plus, par ailleurs, d'une part… d'autre part, non seulement… mais aussi…*
exprimer une opposition	*mais, or, cependant, néanmoins, pourtant, malgré, alors que, au contraire…*
exprimer la cause	*car, parce que, puisque, comme, en raison de…*
exprimer la conséquence	*donc, par conséquent, c'est pourquoi, si bien que…*

17 Identifier un texte à visée satirique

EN BREF ▸ *Un texte satirique vise certes à faire rire mais aussi et surtout à attaquer les vices et les ridicules d'une personne ou d'une société, souvent dans un but argumentatif.*

I Distinguer le genre et le registre satirique

1 La satire, un genre poétique de l'Antiquité

■ La satire, au sens restreint du terme, est un poème qui dénonce un travers et le combat en s'en moquant. Dans l'Antiquité, les principaux auteurs de satires sont les Latins Horace et Juvénal.

■ Le genre a perduré à travers les siècles. Ainsi, au XVIIe siècle, Boileau publie des *Satires* dans lesquelles il s'attaque aux défauts et aux ridicules de son temps.

2 La satire, un registre qui traverse les genres

■ Le registre satirique donne au texte une tonalité particulière, dans le but de moquer et de dénoncer les défauts des hommes ou de la société. On le trouve dans tous les genres littéraires.

Siècle	Genre	Auteurs	Cibles de la satire
XVIIe siècle	Fable	La Fontaine	L'arbitraire royal et la vanité des courtisans
	Comédie	Molière	Les problèmes et les ridicules de la société
XVIIIe siècle		Beaumarchais	Les privilèges de l'Ancien Régime
	Conte philosophique	Voltaire	L'obscurantisme, l'intolérance religieuse, les préjugés et l'absurdité de la guerre
XIXe siècle	Roman	Balzac	La bourgeoisie provinciale

■ Au XXe siècle, le registre satirique se retrouve dans les chroniques télévisuelles ou radiophoniques ainsi que dans les spectacles d'humoristes, tels ceux de Pierre Desproges qui se distinguent par un humour grinçant et un sens certain de l'absurde.

MOT CLÉ

Le **conte philosophique**, dont Voltaire est le créateur et le maître incontesté, met toutes les qualités du conte traditionnel (récit fictif bref et amusant) au service de questions philosophiques. Il unit la narration et l'argumentation.

II Connaître les procédés du registre satirique

1 L'emphase

L'emphase s'appuie sur des hyperboles, des superlatifs, des répétitions, des comparaisons et des métaphores, ou encore un lexique péjoratif.

[Voici comment Boileau fustige les « embarras de Paris ».]

> Tout conspire à la fois à troubler mon repos,
> Et je me plains ici du moindre de mes maux :
> Car à peine les coqs, commençant leur ramage,
> Auront des cris aigus frappé le voisinage
> Qu'un affreux serrurier, laborieux Vulcain,
> Qu'éveillera bientôt l'ardente soif du gain,
> Avec un fer maudit qu'à grand bruit il apprête,
> De cent coups de marteau me va fendre la tête.
>
> Boileau, *Satire VI* (1660).

[Boileau parodie le style épique pour traiter d'un sujet trivial. En comparant le serrurier à Vulcain, dieu romain du feu, il accentue l'idée de vacarme.]

2 L'ironie

L'ironie consiste à dire **le contraire de ce que l'on pense**. Elle est implicite : c'est au lecteur de décrypter ce que l'auteur sous-entend.

> On dit qu'un célèbre janséniste a proposé un édit par lequel il sera défendu à tous les philosophes de parler [...].
>
> Pour moi, je pense qu'il serait beaucoup plus utile et plus convenable de leur *couper la main droite* pour les empêcher d'écrire, et de leur *arracher la langue* de peur qu'ils ne parlent.
>
> Voltaire, *Lettre à M. le comte de Rochefort* (2 novembre 1768).

[L'auteur de *Candide*, ardent défenseur de la liberté d'expression, cherche ici à choquer pour mieux convaincre.]

3 L'éloge paradoxal

L'éloge paradoxal, variante de l'ironie, est une **critique implicite**.

[Voici comment Sganarelle, dans *Le Médecin malgré lui*, parle de la médecine.]

> Je trouve que c'est *le métier le meilleur de tous* ; car, soit qu'on fasse bien ou soit qu'on fasse mal, on est toujours payé de même sorte [...]. Les bévues ne sont point pour nous ; et *c'est toujours la faute de celui qui meurt*. Enfin le bon de cette profession est *qu'il y a parmi les morts une honnêteté, une discrétion la plus grande du monde ; et jamais on n'en voit se plaindre du médecin qui l'a tué.*
>
> Molière, *Le Médecin malgré lui*, III, 1 (1666).

[Molière dessine ici une violente satire de la médecine du XVIIe siècle.]

18 Analyser un dessin satirique

EN BREF ▸ *Le dessin satirique possède les mêmes caractéristiques que le texte satirique, avec un avantage : il donne à voir immédiatement et peut s'afficher à la une des journaux ou sur les murs. Passée la première impression, il faut savoir se livrer à une lecture plus méthodique pour décrypter les intentions de l'auteur.*

I Qu'est-ce qu'un dessin satirique ?

- Le dessin satirique cherche à dénoncer et à critiquer, tout en se moquant. Il prend souvent la forme de la **caricature**.
- Le dessin satirique s'est développé à partir de la Révolution française. Son essor est lié à celui de la presse, qui en devient le principal canal de publication : au XIXe siècle, *La Caricature* ou *Le Charivari* ; au XXe siècle, *Le Canard enchaîné* ou *Hara-Kiri*, qui deviendra *Charlie Hebdo* en 1970.

MOT CLÉ
Une **caricature** (de l'italien *caricare*, « charger ») est la représentation grotesque d'un personnage, obtenue par l'exagération et la déformation des traits du visage ou des proportions du corps.

II Comment fonctionne-t-il ?

1 Les fonctions du dessin satirique

- Comme un texte, le dessin satirique cherche à se moquer et à ridiculiser, à accuser une personne ou à critiquer une situation, à affirmer ou à dénoncer une opinion politique.
- Mais il peut aussi être mis au service du pouvoir à travers la propagande d'État, comme ce fut le cas pendant la Seconde Guerre mondiale avec les caricatures antisémites destinées à diaboliser les Juifs.

2 Les procédés du dessin satirique

- Rapidité de lecture, caractère instantané du message (côté « coup de poing ») font la force du dessin satirique.
- Le dessin satirique s'appuie sur un certain nombre de procédés : exagération de particularités physiques, animalisation, végétalisation (Daumier métamorphosant le roi Louis-Philippe en poire, au XIXe siècle par exemple), comparaison dévalorisante (géant/nain) ou encore diabolisation.

zoOm

Un exemple : Victor Hugo par Benjamin Roubaud

1. Roubaud donne à Hugo une grosse tête et un front démesuré, qui semblent lourds à soutenir.

2. Hugo tient une plume à la main, comme plongé dans les affres de la création. Mais son regard semble dirigé vers son coffre à « rentes », posé à ses pieds.

3. Le dessinateur accentue le contraste entre la taille de l'auteur et les monuments de Paris qu'il domine de toute sa stature.

- Cette caricature de Victor Hugo par Benjamin Roubaud est parue en 1841 dans *Le Charivari*. Elle représente l'**écrivain prolifique**, le chef de file du théâtre romantique. Il ne s'agit pas encore de l'homme politique.

- Cette caricature **hésite entre éloge et critique**. Ce très haut front reprend une caractéristique physique de l'écrivain : Hugo avait bien, selon Théophile Gautier, « un front vraiment monumental qui couronnait comme un fronton de marbre blanc son visage d'une placidité sérieuse ». Mais il peut aussi suggérer le poids du génie créateur ou la « forte tête » romantique car un tel front, depuis l'Antiquité, est considéré comme le signe de l'inspiration divine.

- En montrant Hugo concentré sur son coffre, Roubaud le présente comme un homme intéressé par son enrichissement personnel. C'est là, semble-t-il, la principale charge qu'il dirige contre lui.

SE TESTER QUIZ

1 Les arguments à l'appui d'une thèse

→ FICHES 15 et 16

Quels arguments sont en faveur de la vie en ville ? Lesquels sont contre ?

	Pour	Contre
a. J'habite dans un appartement exigu.	☐	☐
b. J'ai le choix entre de nombreuses activités culturelles.	☐	☐
c. Je n'ai pas besoin de faire de longs trajets pour travailler.	☐	☐
d. Je ne vois pas la nature évoluer au rythme des saisons.	☐	☐

2 Les connecteurs logiques

→ FICHE 16

Relie chaque connecteur à ce qu'il exprime.

a. C'est pourquoi •	• cause
b. En effet •	
c. Mais •	• opposition
d. Ainsi •	
e. Cependant •	• conséquence

3 Les visées de la satire

→ FICHE 17

La satire a pour but de…

☐ **a.** faire rire, amuser
☐ **b.** faire l'éloge d'une personne
☐ **c.** se moquer de quelqu'un ou de quelque chose
☐ **d.** s'attaquer à une opinion

4 Les procédés du registre satirique

→ FICHE 17

Emphase ou ironie ? Coche la bonne réponse.	Emphase	Ironie
a. Il est horriblement mesquin !	☐	☐
b. C'est un véritable requin : il a fait fortune dans la finance.	☐	☐
c. C'est un homme redoutable : il a peur de son ombre !	☐	☐

OBJECTIF BREVET

Lance-toi dans un sujet !

5 Comprendre un texte littéraire et une image

40 min

→ FICHES 17 et 18

Document A Les embarras de Paris

En quelque endroit que j'aille, il faut fendre la presse
D'un peuple d'importuns qui fourmillent sans cesse.
L'un me heurte d'un ais[1] dont je suis tout froissé ;
Je vois d'un autre coup mon chapeau renversé.
Là, d'un enterrement la funèbre ordonnance
D'un pas lugubre et lent vers l'église s'avance ;
Et plus loin des laquais[2] l'un l'autre s'agaçants[3],
Font aboyer les chiens et jurer les passants.
Des paveurs en ce lieu me bouchent le passage ;
Là, je trouve une croix de funeste présage[4],
Et des couvreurs grimpés au[5] toit d'une maison
En font pleuvoir l'ardoise et la tuile à foison.
Là, sur une charrette une poutre branlante
Vient menaçant de loin la foule qu'elle augmente ;
Six chevaux attelés à ce fardeau pesant
Ont peine à l'émouvoir[6] sur le pavé glissant.
D'un carrosse en tournant il accroche une roue,
Et du choc le renverse en un grand tas de boue :
Quand un autre à l'instant s'efforçant de passer,
Dans le même embarras se vient embarrasser.
Vingt carrosses bientôt arrivant à la file
Y sont en moins de rien suivis de plus de mille ;
Et, pour surcroît de maux, un sort malencontreux
Conduit en cet endroit un grand troupeau de bœufs ;
Chacun prétend passer ; l'un mugit, l'autre jure.
Des mulets en sonnant augmentent le murmure[7].
Aussitôt cent chevaux dans la foule appelés
De l'embarras qui croît ferment les défilés,
Et partout les passants, enchaînant les brigades[8],
Au milieu de la paix font voir les barricades.
On n'entend que des cris poussés confusément :
Dieu, pour s'y faire ouïr[9], tonnerait vainement.

Boileau, *Satire VI* (1666), vers 31-62.

1. Ais : planche. 2. Laquais : valets, serviteurs.
3. S'agaçants : au XVIIe siècle, le participe présent prenait un *s* au masculin pluriel.
4. Pour prévenir du danger, les couvreurs mettaient une croix sur la toiture en réfection.
5. Grimpés au : grimpés sur. 6. L'émouvoir : le faire avancer.
7. Murmure : bruit. 8. Brigades : groupes. 9. Ouïr : entendre.

Document B Kirk, « Si ces idiots prenaient le bus... »

Ce dessin a été publié en 1995 dans le *St. Paul Pioneer Press*, journal local du Minnesota (États-Unis). Il est ici adapté en français.

1 **a.** Quels sont les désagréments dont se plaint Boileau dans cet extrait ?
b. Énumère les différents éléments qui contribuent à ces désagréments.

2 **a.** Quel est l'objectif de Boileau ?
b. Quel genre littéraire choisit-il pour l'atteindre ?

3 Identifie au moins deux procédés qui créent un effet d'exagération.

4 Quelles ressemblances et quelles différences peux-tu trouver entre le texte et le dessin quant au sujet qu'ils évoquent ?

5 Quelles réactions le dessin provoque-t-il en toi ? Que révèle-t-il sur les automobilistes et sur notre société ?

CORRIGÉS

SE TESTER QUIZ

1 Les arguments à l'appui d'une thèse

a. Contre • **b.** Pour • **c.** Pour • **d.** Contre

2 Les connecteurs logiques

a. conséquence • b. cause • c. opposition • d. conséquence • e. opposition.

3 Les visées de la satire

Réponses a, c et d.

4 Les procédés du registre satirique

a. Emphase. b. Emphase. c. Ironie.

OBJECTIF BREVET

5 Comprendre un texte littéraire et une image

1 a. Dans cet extrait, Boileau se plaint des « embarras de Paris » : dangers (chute d'objets par exemple), nuisances sonores et embouteillages en tous genres.
b. Les éléments qui contribuent à embouteiller les rues de Paris sont nombreux et variés. Toutes les classes sociales sont représentées : artisans, domestiques, bourgeois ou nobles ; les charrettes côtoient les carrosses et les animaux, mulets, chevaux, bœufs, se mêlent aux hommes.

2 a. Cette peinture pittoresque de la capitale n'a d'autre objectif que d'amuser le lecteur, de le faire rire ou sourire.
b. Boileau adopte la forme traditionnelle de la satire héritée des poètes satiriques latins. Ce poème est composé d'alexandrins aux rimes suivies.

3 L'accumulation, la surenchère dans les nombres (« un carrosse », « vingt carrosses », « plus de mille », « six chevaux », « cent chevaux »), les répétitions (« Dans le même *embarras* se vient *embarrasser* », v. 20), l'hyperbole (« Dieu pour s'y faire ouïr tonnerait vainement », v. 32) contribuent à créer une impression de cacophonie et de désordre.

4 Le dessin et le texte sont tous les deux des satires sur les embouteillages subis par les citadins. Il est amusant de constater qu'un texte écrit au XVIIe siècle est plus que jamais d'actualité au XXIe siècle, même si les automobiles ont remplacé les carrosses, les charrettes et les troupeaux de bœufs, créant un spectacle plus uniforme et moins pittoresque. Cependant, la pollution atmosphérique rend le problème plus crucial à notre époque.

5 Ce dessin satirique fait rire mais provoque aussi une certaine colère : les automobilistes coincés dans l'habitacle de leur voiture, pare-choc contre pare-choc, ont tous la même mine renfrognée et hargneuse, la même pensée enfermée dans les bulles qui envahissent le cadre et qui évoquent les nuages de pollution que les véhicules laissent derrière eux. Autant d'individus isolés qui ne communiquent pas, prêts à s'insulter au moindre incident et surtout des individus égoïstes, refusant de renoncer au confort de leur voiture pour lutter contre la pollution. Sans compter – comble de l'absurdité – qu'ils rentreraient plus vite et avec moins de stress en empruntant les transports en commun ou en vélo.

19 Reconnaître les différentes formes de l'écriture de soi

EN BREF ▸ *Peut-être tiens-tu un blog où tu parles de ce que tu fais et de ce que tu aimes ? Si c'est le cas, tu perpétues une pratique littéraire que l'on appelle « l'écriture de soi », et qui peut prendre des formes variées.*

I La situation d'énonciation

1 Qui parle ?

- Le texte est rédigé à la 1re personne du singulier. L'auteur, l'énonciateur et le protagoniste sont une seule et même personne.
- L'énonciation est subjective : le *je* ne donne que son propre point de vue, qui peut être juste ou erroné.

> C'est un gosse qui parle. [...] Ce gosse, c'est moi quand j'étais gosse, avec mes exacts sentiments de ce temps-là. Enfin, je crois.
>
> Cavanna, *Les Ritals*, © 1978 Éditions Albin Michel.

2 De quoi et pour quelle raison ?

- Écrire sur soi repose sur l'introspection, c'est-à-dire l'observation méthodique de ce qui se trouve à l'intérieur de sa conscience. On prend la plume pour se présenter, raconter sa vie, mais aussi exposer ses pensées ou peindre ses sentiments.
- Les raisons d'écrire sur soi sont variées : trouver un sens à son existence, s'interroger sur son identité... Il peut aussi s'agir d'une recherche de vérité ou d'une justification.

II Les écrits privés

1 La lettre

Adressée à un proche, la lettre s'inscrit dans une situation d'énonciation précise. Dans les correspondances d'écrivains, souvent publiées après leur mort, on découvre leur intimité et le regard qu'ils portent sur leurs œuvres.

2 Le journal

- Le journal est destiné à faire le point sur soi-même, au jour le jour. Il prend souvent la forme d'un dialogue de l'auteur avec son double. On parle de *journal intime* quand il est destiné à être gardé secret.

REMARQUE
Certains écrivains tiennent leur journal dans l'intention avouée de le faire publier. Le journal sort alors du cadre privé pour devenir une pratique littéraire.

> Je vais pouvoir, j'espère, te confier toutes sortes de choses, comme je n'ai encore pu le faire à personne, et j'espère que tu me seras d'un grand soutien.
>
> Anne Frank, *Journal*, © Calmann-Lévy (publié en 1947).

- Jeune juive allemande réfugiée et cachée à Amsterdam, Anne tient son journal entre 1942 et 1944. Ce sont moins les faits (forcément peu variés) que le regard que l'énonciatrice porte sur eux qui est intéressant.

III Les écrits destinés à la publication

1 Les Mémoires

Les Mémoires (avec une majuscule, toujours au masculin pluriel), sont des écrits qui mettent davantage l'accent sur l'Histoire que sur la vie individuelle.

> Dès l'après-midi du 17 juin, j'exposai mes intentions à M. Winston Churchill. [...] Le lendemain, à 18 heures, je lus au micro le texte que l'on connaît.
>
> Charles de Gaulle, *Mémoires de guerre, L'Appel* (1954).

2 L'autobiographie

- Dans l'autobiographie → FICHE 19, c'est l'histoire de la construction d'une personnalité qui prime. Elle comporte un certain nombre de « passages obligés ».
- Les frontières entre Mémoires et autobiographie ne sont pas étanches, et on parle plus largement d'« écrits ou de romans autobiographiques ».

zoOm

Quand une lettre devient témoignage

Nos positions sont d'ailleurs magnifiques une route commode, des arbres splendides qui camouflent admirablement.

8 Sept. 1918

Chère maman

C'est du fin fond de la Terre, que je vous écris. Malgré le brillant soleil qui dehors sèche les feuilles détrempées et fait rentrer les escargots dans leurs pierres. Je suis dans le noir ou plutôt dans la maigre lumière d'une humble petite lampe Pigeon,

Certains écrits ne sont pas initialement destinés à être rendus publics. C'est le cas des lettres que les Poilus de la Première Guerre mondiale adressaient à leurs proches : publiées pour témoigner du quotidien des soldats au front, elles sont aussi émouvantes de par les préoccupations intimes qu'elles contiennent.

20 Caractériser un récit d'enfance, un récit autobiographique

EN BREF ▸ *À quarante-six ans, Romain Gary écrit un roman autobiographique,* La Promesse de l'aube, *dans lequel il commence par raconter son enfance. Le récit de l'enfance se trouve généralement au début de l'autobiographie, qui suit la chronologie des événements.*

I Définir le récit d'enfance

1 Les caractéristiques

- Le récit d'enfance peut être un simple épisode à l'intérieur d'un roman ou bien constituer l'essentiel de l'histoire.
- Écrit par un adulte, il possède plusieurs caractéristiques :

– le personnage principal, réel ou imaginaire, est un **enfant** ou un **adolescent**. Le récit s'attarde particulièrement sur les événements qui contribuent à la **formation de sa personnalité** ;
– le récit peut être mené à la **première** ou à la **troisième personne**.

2 Les thèmes

- Selon le récit, différents aspects du monde de l'enfance sont mis en avant : la **cruauté** (*Sa majesté des mouches*, de William Golding, 1954), le **goût de l'aventure** (*Tom Sawyer*, de Mark Twain, 1876), la **fantaisie** et le **rejet du monde** (*Le Baron perché*, d'Italo Calvino, 1957).
- Prenons l'exemple de *Vipère au poing*, le roman d'Hervé Bazin.

Jean Rezeau, double de l'auteur, élevé jusqu'alors par sa grand-mère, se rend à la gare avec sa tante et son frère pour accueillir sa mère qui rentre de Chine.

> Enthousiasmés, nous nous précipitâmes, dans ses jambes, à la portière.
> – Allez-vous me laisser descendre, oui !
> Nous écarter d'elle, à ce moment, nous eût semblé sacrilège. Mme Rezeau dut le comprendre et, pour couper court à toutes effusions, lança rapidement à droite, puis à gauche, ses mains gantées. Nous nous retrouvâmes par terre, giflés avec une force et une précision qui dénotaient beaucoup d'entraînement.
> – Oh ! fit tante Thérèse.
>
> Hervé Bazin, *Vipère au poing*, © Éditions Grasset & Fasquelle (1948).

[Dans ce roman à la première personne, en grande partie autobiographique, la mère se révèle être une véritable marâtre. Cet extrait montre la crainte inspirée par une mère cruelle que le narrateur ne cessera par la suite de défier avec l'aide de ses frères, comme lui martyrisés.]

II Reconnaître une autobiographie au sens strict

1 La narration

- L'**autobiographie** est un récit à la première personne dans lequel l'auteur raconte sa propre vie : auteur, narrateur et personnage principal sont une seule et même personne.
- Le récit relate des événements qui ont vraiment eu lieu. L'auteur s'engage à être sincère.

> **MOT CLÉ**
> Du grec *auto*, « soi-même », *bios*, « vie » et *graphein*, « écrire », l'**autobiographie** est un genre littéraire où l'auteur fait le récit de sa propre vie.

> Le moment est peut-être venu de m'expliquer franchement sur un point délicat, au risque de choquer et de décevoir quelques-uns de mes lecteurs.
>
> Romain Gary, *La Promesse de l'aube*, © Éditions Gallimard (1960).

2 Le système de temps

- L'autobiographie est un récit rétrospectif : le narrateur adulte se penche sur son passé et le recompose.
- Elle mêle donc deux systèmes de temps : le passé et le présent. Il y a un va-et-vient constant entre le je adulte, narrateur du récit et le je enfant, personnage.

> En ce dimanche, ma mère et moi nous étions ridiculement bien habillés et je considère avec pitié ces deux naïfs d'antan, si inutilement bien habillés, car personne n'était avec eux, personne ne se préoccupait d'eux.
>
> Albert Cohen, *Le Livre de ma mère*, © Éditions Gallimard (1954).

[Au moment de l'écriture, Albert Cohen adulte porte un jugement sur l'enfant qu'il était et sur la figure maternelle.]

zoOm

Différencier autobiographie et récit d'enfance

- Romain Gary (1914-1980) est l'auteur d'un roman autobiographique, *La Promesse de l'aube* (1960) et d'un récit d'enfance imaginaire, *La Vie devant soi* (1976).
- Dans *La Promesse de l'aube*, il consacre de longues séquences au récit de sa propre enfance. En revanche, dans *La Vie devant soi*, il invente un récit racontant l'enfance et l'adolescence du petit Momo, confié par sa mère à Mme Rosa, une ancienne prostituée.

21 Analyser un autoportrait

EN BREF ▸ *Un autoportrait est la représentation qu'un artiste fait de lui-même. Qu'il s'agisse d'un texte, d'un tableau ou d'une photo, pour analyser un autoportrait, tu dois procéder avec ordre.*

I Comprendre le contexte

■ Tu dois chercher des informations sur la nature de l'œuvre, sa date de création, sa place dans la vie de l'artiste.

■ Prenons par exemple le tableau ci-contre, qui a la particularité de présenter un double autoportrait. De brèves recherches t'apprendront que l'artiste mexicaine Frida Kahlo (1907-1954) a peint cinquante-cinq autoportraits ; qu'elle a été longtemps immobilisée en raison de problèmes de santé dus à un très grave accident de la circulation ; et qu'en 1939, elle divorce du célèbre peintre Diego Rivera (1886-1957).

Frida Kahlo, *Les Deux Frida* (1939), huile sur toile (1,73 x 1,73 m). Musée national d'Art moderne, Mexico.

II Observer

■ Procède de manière ordonnée :
- au premier plan, la toile offre deux représentations en pied de Frida Kahlo ; les deux Frida se tiennent la main et fixent le spectateur, sans sourire ;
- à gauche, Frida porte une robe blanche tachée de sang ; elle est pâle. Une lésion laisse voir son cœur blessé. Elle tient une pince chirurgicale qui réduit l'écoulement de sang d'une veine sortant du cœur ;
- à droite, Frida porte une robe mexicaine traditionnelle ; des couleurs vives sont utilisées pour les vêtements comme pour le visage. Son cœur, intact, est relié par une artère à celui de la Frida de gauche. Elle tient dans sa main gauche un petit médaillon qui représente son mari lorsqu'il était enfant ;
- de gros nuages sur fond gris et orageux occupent l'arrière-plan.

III Interpréter

1 L'impression d'ensemble

- Une impression de grande souffrance se dégage de ce tableau : le sang, la blessure, l'outil chirurgical nous montrent une **douleur physique**, dont on se doute qu'elle est tout autant **psychologique**.
- L'arrière-plan ténébreux, l'expression triste du visage, la taille des silhouettes (presque grandeur nature) provoquent un **certain malaise** chez le spectateur.

2 Les pistes d'interprétation

- La figure de droite, plus forte et plus masculine, contrôle l'homme, représenté comme un enfant, et soutient la plus fragile, celle qui a « le cœur brisé ». La **Frida forte** saura prendre le pas sur la **Frida fragile**.
- Pourtant, on s'aperçoit que le **petit portrait** que tient dans la main la Frida forte est relié à une veine de son cœur : sans ce portrait, il ne reste qu'une Frida en train de se vider de son sang.
- La figure de droite n'est qu'une **image du passé** alors que la figure de gauche, la Frida mourante, représente l'**état actuel du peintre**, qui ne se remet pas de la séparation avec l'être aimé, son mari dont elle vient de divorcer : la robe blanche chevauche en effet la robe colorée.

REMARQUE
Il est fréquent que, pour l'analyse d'un autoportrait, plusieurs interprétations soient possibles. Tel est cas ici.

zoOm

L'intérêt de l'autoportrait

- Les raisons pour lesquelles un artiste fait le choix de l'autoportrait sont multiples, et ne peuvent se réduire à une forme de narcissisme.
- Il offre une représentation de lui-même au public :
  - pour réfléchir à son identité ;
  - pour traduire une émotion intérieure.

Frida Kahlo devant *Les Deux Frida*.
Photographie de Nickolas Muray, 1939.

22 Écrire une lettre personnelle

EN BREF ▸ *Pour ta correspondance, tu recours sans doute plus volontiers aux textos et aux courriels, plus informels que la lettre traditionnelle. Cependant, pour rédiger un courrier officiel ou une lettre privée, tu dois respecter les conventions épistolaires.*

I Respecter les conventions épistolaires

Pour toute correspondance **épistolaire**, qu'elle soit envoyée par la poste ou par Internet, tu dois obéir à quelques conventions.

MOT CLÉ
Épistolaire signifie « qui concerne la correspondance par lettres ».

1 La mise en page

- Si tu veux écrire une lettre officielle, tu dois indiquer : ton nom et tes coordonnées en haut à gauche ; le nom de ton destinataire à droite, suivi du lieu et de la date de l'énonciation ; l'objet de ta requête et, à la fin du message, apposer ta signature.
- Si tu veux écrire une lettre privée, la présentation est moins formelle.

2 Les formules de politesse

- Voici deux formules que tu pourras utiliser à la fin d'une lettre officielle : *Je vous prie d'agréer, Madame, l'expression de mes sentiments distingués* ; *Veuillez recevoir, Monsieur, mes salutations respectueuses*.
- En revanche, on utilise des formules plus simples dans les courriels ou les lettres amicales : *cordialement, amitiés*…

3 Deux exemples : la lettre administrative et la lettre privée

Zoé Dupont
9, rue Jean Jaurès
La Clairière

Cabinet vétérinaire du docteur Legrand
La Clairière, le 10 novembre 2020

Objet : demande de stage en entreprise

Monsieur,

Je suis actuellement en troisième au collège Victor Hugo de La Clairière. Je m'adresse à vous dans l'espoir que vous accepterez de me prendre comme stagiaire du 7 au 11 décembre 2020 dans le cadre du stage d'observation en entreprise.

Je suis passionnée par les animaux depuis toute petite et aimerais plus tard devenir vétérinaire. Aussi, je peux vous assurer que vous n'aurez pas à regretter la confiance que vous voudrez bien m'accorder.

Dans l'attente de votre réponse, je vous prie, Monsieur, d'accepter mes salutations respectueuses.

Zoé Dupont

Le 10 novembre 2020

Chère Mamie,

J'espère que tu vas bien. Moi, je suis en train de chercher un stage en entreprise et j'aimerais beaucoup pouvoir le faire dans un cabinet vétérinaire. J'ai proposé ma candidature et je croise les doigts. Tu sais bien que j'adore les animaux depuis toute petite. D'ailleurs, à ce sujet, comment va Grisette ? A-t-elle eu ses chiots ? J'ai hâte de les voir ! Vivement les prochaines vacances…

Je t'embrasse, Mamie.

Ta petite Zoé qui t'aime

II Savoir adapter son message au destinataire

1 Le niveau de langue

Tu dois adapter ton niveau de langue au contenu de ton message et à ton destinataire.

- La langue **courante voire soutenue** est préconisée pour les **lettres officielles** ou celles adressées à un adulte, un professeur par exemple.
- Le niveau de langue **familier** est réservé à la **lettre privée** (aux amis, à la famille).

2 Le contenu

Dans une lettre, le contenu de ton message doit aussi être adapté à ton destinataire. Voici deux exemples de lettres évoquant un prêt de livres.

- Lettre adressée à un professeur

Monsieur,

Je tenais à vous remercier pour les ouvrages que vous m'avez prêtés et que j'ai beaucoup appréciés.
J'ai aimé lire *Germinal* et découvrir la lutte des mineurs au XIXe siècle. Quant au *Cid* de Corneille, il m'a rappelé la superbe représentation de la Comédie-Française à laquelle vous aviez emmené la classe.

J'ai passé avec vous une excellente année de troisième : vous avez su susciter en moi le goût de la lecture.

Je vous envoie mes sentiments respectueux.

Rémi Dupont

- Lettre adressée à un camarade

Salut mon pote,
Merci pour les bouquins que tu m'as prêtés : c'était super !
J'ai adoré. Il y a de l'action, du suspense : tout ce que j'aime !
Tu peux m'en passer d'autres ?
À +

Rémi

vocabulaire et tournures familières

vocabulaire et tournures soutenues

formules de politesse

SE TESTER QUIZ

Vérifie que tu as compris les points clés

1 Reconnaître le récit d'enfance et le récit autobiographique

→ FICHE 20

1 De quel type de récit s'agit-il ?

> Il y a quinze ans, je ne savais pas encore si le sang d'où je sortais était noble ou non, si j'étais bâtarde ou légitime. Ce début paraît annoncer un roman : ce n'en est pas un pourtant que je raconte ; je dis la vérité comme je l'ai apprise de ceux qui m'ont élevée.
>
> Marivaux, *La Vie de Marianne* (1731-1742).

☒ **a.** d'un récit rétrospectif
☐ **b.** d'un récit écrit par un enfant
☒ **c.** d'un récit autobiographique
☒ **d.** d'un récit d'enfance

2 Qu'est-ce qui caractérise ce texte ?

> J'ai failli m'appeler Félix, car je suis né le jour de la Saint-Félix. J'arrivais en septième position ; les prénoms se faisaient rares chez nous. Chez nous, c'est tout un programme. [...] Le problème de mon prénom fut débattu dans le chœur familial. [...] En fin de compte, on s'accorda sur Claude, avec cependant droit de regard sur les autres prénoms. Ce qui donne à l'état civil : Claude, Marie, Dominique, Antoine, Félix.
>
> Claude Michelet, *Une fois sept* (1983), © Pocket.

☐ **a.** auteur ≠ narrateur
☒ **b.** auteur = narrateur = personnage principal
☐ **c.** ce texte est écrit dans le système du passé
☒ **d.** ce texte mêle les systèmes du passé et du présent
☒ **e.** il s'agit d'une autobiographie
☐ **f.** il s'agit d'un récit d'enfance

2 Écrire une lettre personnelle

→ FICHE 22

Remets dans l'ordre les différents éléments, de façon à reconstituer une lettre.

a. Votre ancien élève, Jules. …

b. Monsieur, …

c. Je vous prie d'accepter, Monsieur, mon respectueux souvenir. …

d. Je vous écris pour vous donner des nouvelles de mes études. …

e. Paris, le 5 juillet 2011. …

f. J'ai eu mon brevet avec la mention « bien » et souhaite poursuivre mes études en seconde générale. …

OBJECTIF BREVET

Lance-toi dans un sujet !

3 Comprendre un texte littéraire

40 min

→ FICHES 19 et 20

Document Le baccalauréat

Michel Onfray est né en 1959, dans une famille modeste. L'auteur, philosophe, a toujours revendiqué le rôle du vécu personnel dans sa philosophie.

Dans le monde où mon enfance se déplia, la tendresse ne se disait pas. Ni par les mots ni par les gestes. De sorte qu'il m'est facile de me souvenir de l'une des deux ou trois reprises où mon père dérogea. C'était fin juin 1976, je venais d'avoir mon baccalauréat, j'avais dix-sept ans. L'été donnait sa meilleure lumière, sa chaleur qui me ravit toujours autant. Je n'avais guère travaillé cette année-là. […] Contre toute attente, le rattrapage me fut favorable et j'empochai de justesse un diplôme qui, pour mes parents, signifiait quelque chose : le baccalauréat, un sésame, une couronne de laurier, une médaille olympique, de toute façon plus que toute autre chose, car, par exemple, plus tard, mon doctorat fit moins impression. Toujours est-il que, le soleil aidant, j'avais décroché l'occasion de véritables vacances, dans le genre repos du guerrier.

Apprenant mon succès, mon père sourit, posa sa main, comme en une onction[1], sur ma tête, sur mes cheveux. Je sentis son poids, son épaisseur, les doigts dans leur détail, la paume, sa surface, le presque abandon mais la retenue, toutefois, dans le poignet. L'immobilité lourde de son geste trahissait à la fois une peur de mal dire, mal faire, de briser ou de casser quelque chose, et une vérité sans détour, sans ambages[2]. Aucun mot n'accompagna le geste, aucune durée, non plus dans celui-ci qui, malgré tout, devint pour moi de la matière dont on fait l'éternité. Mon corps fut ému et traversé par l'influx de mon père, sa paix, sa joie secrète, silencieuse et profonde. Le temps d'un instant, je suis devenu sa fierté. [...]

Souvent je me demande si mon goût pour les mots ne vient pas, de manière réactive, de mon attente toujours déçue d'entendre mon père me parler, me dire, me raconter.

Michel Onfray, *Journal hédoniste, Le Désir d'être un volcan*, © Éditions Grasset (1996).

1. Onction : bénédiction. **2.** Sans ambages : énoncée de manière directe.

1 Quel épisode est raconté dans cet extrait ? Pourquoi a-t-il marqué le narrateur ?

2 Identifie les deux temps principalement employés, et justifie leur emploi. Comment expliques-tu l'emploi du présent dans le dernier paragraphe ?

3 **a.** Étudie le champ lexical de la parole dans l'extrait.
b. En quoi ce champ lexical permet-il de montrer l'importance de ce souvenir fondateur pour le narrateur adulte ?

4 Selon toi, à quel genre littéraire ce texte appartient-il ?

DÉMARRONS ENSEMBLE

2 Pense à la valeur des différents temps dans un récit → FICHE 1.

4 Ne te contente pas de répondre simplement par une affirmation. Tu dois justifier ton opinion, en t'appuyant sur des éléments précis du texte et du paratexte.

CORRIGÉS

SE TESTER QUIZ

1 Reconnaître le récit d'enfance et le récit autobiographique

1 **Réponses a et d.** Les verbes au présent (de l'énonciation) permettent de commenter le récit des événements passés, racontés à l'imparfait, qui remontent à l'enfance. Il ne s'agit pas d'une autobiographie car l'auteur, Marivaux, est un homme, distinct de la narratrice.

2 **Réponses b, d et e.** La correspondance des prénoms et le mélange des systèmes de temps indiquent qu'il s'agit d'une autobiographie.

2 Écrire une lettre personnelle

L'ordre est e (lieu et date d'écriture), b (adresse au destinataire), d (présentation de l'objet de la lettre), f (nouvelles), c (formule d'adieu), a (signature).

OBJECTIF BREVET

3 Comprendre un texte littéraire

1) Le narrateur raconte la réaction de son père lorsqu'il a **obtenu son baccalauréat**. Ce souvenir l'a marqué, car c'est l'une des seules fois où l'**affection de son père** s'est exprimée, dans cette famille où « la tendresse ne se disait pas ». Une phrase nominale souligne l'importance de cette particularité : « Ni par les mots ni par les gestes » (l. 1-2).

2) Le passé simple est employé pour les actions de premier plan (« j'empochai, je sentis »), tandis que l'imparfait est utilisé pour l'arrière-plan (« donnait, signifiait, trahissait »). Le dernier paragraphe de l'extrait est rédigé au présent (« je me demande, ne vient pas ») : il s'agit ici du **présent de l'énonciation**, ou présent de l'écriture, auquel le narrateur recourt pour commenter, au moment même où il écrit, ces souvenirs passés.

3) **a.** Le champ lexical de la parole est **très présent** dans cet extrait, même s'il est souvent utilisé sur un mode négatif : « ne se disait pas, ni par les mots, peur de mal dire, aucun mot, silencieuse, mots, parler, dire, raconter ».

b. Cette **absence de parole** semble avoir eu une importance essentielle pour le narrateur, puisque c'est elle qui est à l'origine de son intérêt pour les mots et de son **travail d'écrivain** : « [...] si mon goût pour les mots ne vient pas, de manière réactive, de mon attente toujours déçue d'entendre mon père me parler » (l. 23-24).

> **REMARQUE**
> La tendresse du père ne s'exprime pas par des mots mais par les gestes ; c'est par le biais du corps que se fait la communication entre le père et le fils.

4) Le **narrateur** est le **personnage principal** de ce récit à la première personne. Il semble en être aussi l'**auteur** : la date de naissance indiquée dans le paratexte confirme qu'il avait *dix-sept ans* en 1976. Le récit de cet épisode est **rétrospectif**, le texte mêle le système des temps du passé et le système du présent, et l'identité est établie entre auteur, narrateur et personnage : c'est une **autobiographie**.

23 Accorder un verbe avec son sujet

EN BREF ▸ *Le verbe s'accorde toujours en personne et en nombre avec son sujet. Il existe toutefois un certain nombre de cas particuliers qu'il faut connaître.*

I Appliquer la règle d'accord quelle que soit la place du sujet

- Le **sujet** est en général placé juste avant le verbe. Mais il peut être aussi placé après : on parle alors d'**inversion du sujet**.

> **REMARQUE**
> On trouve le **sujet** en posant la question *Qui est-ce qui ?* ou *Qu'est-ce qui ?* devant le verbe.

> Enfin, il me guida jusqu'à une salle gigantesque dans laquelle **travaillaient** environ quarante personnes.
>
> Amélie Nothomb, *Stupeur et Tremblements*, © Albin Michel (1999).

- Lorsque le sujet est un groupe nominal (GN) avec des expansions, il faut repérer le **nom noyau** du GN. C'est avec celui-ci que le verbe s'accorde.

  Tandis que je rêve, les souvenirs de mon enfance et de ma jeunesse me **reviennent** un à un.
  [Le verbe *reviennent* s'accorde avec le nom noyau du GN sujet *souvenirs*.]

- Un complément peut s'intercaler entre le sujet et le verbe.

  Mon bureau, situé près de la fenêtre, me **convient** parfaitement.

II Appliquer la règle d'accord quelle que soit la classe grammaticale du sujet

1 Les classes grammaticales

Le sujet peut appartenir à différentes classes grammaticales.

Classe du sujet

- nom ou groupe nominal
  L'héroïne **découvre** le monde du travail au Japon.
- pronom (personnel, relatif, interrogatif, etc.)
  Il me **désigna** ma place qui **était** juste en face de la sienne.
- verbe à l'infinitif
  Démissionner n'**était** pas envisageable.
- proposition subordonnée
  Qui est jugé inutile **est** relégué dans un bureau isolé.

2 Les règles d'accord

- Si le sujet est **un verbe à l'infinitif** ou une **proposition subordonnée**, l'accord du verbe se fait toujours à la troisième personne du singulier.
- Quand le sujet est le **pronom relatif** *qui*, il faut prendre garde à identifier son antécédent (le nom ou le pronom qu'il remplace), pour accorder correctement le verbe de la relative.

  Toi qui **connais** bien le Japon, qu'en penses-tu ?

III Connaître le cas particulier du verbe à plusieurs sujets

- Si les sujets sont à la **3e personne**, le verbe se met à la 3e personne du pluriel.

  Le frère et la sœur **se confondent** dans mes souvenirs.
- Si l'un des sujets est à la **1re personne**, le verbe se met à la 1re personne du pluriel.

  Jules et moi (= *nous*) **sommes** de vieux camarades.
- Si l'un des sujets est à la **2e personne**, le verbe se met à la 2e personne du pluriel.

  Cécile et toi (= *vous*) êtes de vraies amies.

zoOm

Troisième personne du singulier ou du pluriel ?

Dans certains cas, après avoir identifié le groupe sujet, il reste difficile de savoir si le verbe doit être conjugué à la 3e personne du singulier ou du pluriel.

Sujet	Règle d'accord	Exemple
il dans une construction impersonnelle	accord avec le sujet grammatical *il* et non avec le sujet réel	Il **reste** quelques personnes devant nous.
chacun, aucun, nul, personne, rien…	accord à la 3e personne du singulier	Chacun **prépare** son intervention.
peu, plusieurs, beaucoup, la plupart, trop, combien…	accord à la 3e personne du pluriel	La plupart **sont arrivés** en avance.
un GN ayant pour noyau un nom collectif (*un groupe de…, la majorité de…*)	accord à la 3e personne du singulier ou du pluriel	Une quarantaine de personnes **travaillai(en)t** dans cette salle.

24 Accorder le participe passé

EN BREF ▸ *« Les efforts que tu as fournis pour essayer d'apprendre ces règles compliquées sont enfin récompensés ! » Dans cette phrase, les trois participes passés s'accordent, mais pour des raisons différentes.*

I Accorder le participe passé employé seul

Le **participe passé** employé seul, sans auxiliaire, fonctionne **comme un adjectif qualificatif**. Il s'accorde en genre et en nombre avec le nom auquel il se rapporte.

Les équipes, **fatiguées** par le voyage, firent une pause.

ATTENTION !
Le **participe passé** de certains verbes du 3e groupe se termine par une consonne muette : *fait, offert, mis, pris*... Mets-le au féminin pour vérifier sa terminaison : *pris* → *prise*.

II Accorder le participe passé employé avec l'auxiliaire *être*

- Les verbes être et *avoir* sont appelés **auxiliaires** quand ils servent à conjuguer les autres verbes en se joignant à leur participe passé.
- Le participe passé employé avec l'auxiliaire être **s'accorde en genre et en nombre avec le sujet** du verbe, aussi bien à la voix active qu'à la voix passive.

  Les voisins sont **partis** (= voix active) sans nous dire au revoir.

  Les voisins ont été **obligés** (= voix passive) de déménager.
- Si le sujet est un **verbe à l'infinitif** ou une **proposition subordonnée**, le participe passé s'accorde au masculin singulier.

  Gagner était **devenu** sa seule raison de vivre.
- Lorsque le sujet est *on*, mis pour *nous* (niveau de langue familier), le participe passé s'accorde selon les personnes représentées.

  Virginie et moi aimons le cinéma. Samedi, on est **allé(e)s** ensemble voir deux films.

III Accorder le participe passé employé avec l'auxiliaire *avoir*

1 Première règle

Le participe passé employé avec l'auxiliaire *avoir* **ne s'accorde jamais avec le sujet**.

Les garçons ont **perdu** leur pari.

2 | Deuxième règle

■ Le participe passé employé avec *avoir* s'accorde avec le complément d'objet direct (COD), si celui-ci est placé avant le participe passé (antéposé).

■ Si le COD est un pronom, il faut trouver le GN que le pronom remplace pour bien accorder le participe passé.

> **CONSEIL**
> Pour trouver le COD, pose la question *qui ?* ou *quoi ?* après le verbe. Pour trouver le COI, pose la question *à qui ? de qui ? à quoi ?...*
> Exemple : Je lui pardonne (*lui* = COI).

J'ai trouvé ses lettres et je les ai **lues**. [Le participe passé *lues* s'accorde avec le pronom COD *les*, qui remplace *ses lettres*.]

Les maquettes que tu as **fabriquées** sont réussies. [Le participe passé *fabriquées* s'accorde avec le pronom relatif *que*, qui remplace *les maquettes*.]

zoOm

Et quand le verbe est pronominal ?

Verbes pronominaux de sens réfléchi

- Elle s'est **jetée** sur la voiture.
  [✔ *s'* = COD placé avant le verbe, accord]
- Elle s'est **cogné** la tête.
  [✘ *s'* = COI, *tête* = COD placé après le verbe, pas d'accord].

Verbes pronominaux de sens réciproque

- Ils se sont **battus**.
  [✔ ils ont battu eux-mêmes : *se* = COD, accord]
- Ils se sont **souri**.
  [✘ ils ont souri à eux-mêmes : *se* = COI, pas d'accord].

■ Un verbe à la forme pronominale est toujours accompagné d'un pronom personnel réfléchi. Aux temps composés, il se conjugue avec l'auxiliaire *être*.

■ L'accord du participe passé varie selon le type de verbe pronominal. Les verbes pronominaux de sens réfléchi (le sujet exerce l'action sur lui-même) et les verbes pronominaux de sens réciproque (les sujets exercent leur action les uns sur les autres) s'accordent avec le COD uniquement si celui-ci est placé avant le verbe.

25 Maîtriser l'écriture d'un verbe au présent et au passé composé

EN BREF ▸ *« Je peux, je peins, je prends » : ces trois verbes sont conjugués au présent, mais leurs terminaisons sont différentes. Quelles sont les règles à retenir ?*

I Orthographier un verbe conjugué au présent

1 Comprendre le fonctionnement

- Le présent est un **temps simple** : il ne se compose que d'une seule forme verbale.

  je lis, j'apprends, j'applique

- Le radical du verbe est suivi au singulier :

– des terminaisons *-e, -es, -e* pour les verbes du 1er groupe ;

  je fabrique

– des terminaisons *-s, -s, -t* pour les verbes du 2e groupe et de nombreux verbes du 3e groupe.

  tu choisis, il voit

- Aux personnes du pluriel, les terminaisons sont les mêmes pour tous les verbes : *-ons, -ez, -ent*.

  nous voul**ons**, vous hésit**ez**, ils croi**ent**

REMARQUE

Il existe toutefois des **exceptions**. Ainsi les verbes être, *dire* et *faire* prennent la terminaison *-tes* à la 2e personne du pluriel : *vous êtes, vous dites, vous faites*.

2 Connaître les difficultés

Aux trois personnes du singulier, certains verbes du 3e groupe présentent des terminaisons particulières.

Les verbes *pouvoir*, *vouloir* et *valoir* ont pour terminaisons : *-x, -x, -t*.	je peux, tu veux, il vaut
Les verbes qui ont un infinitif en *-dre* (sauf ceux qui ont un infinitif en *-indre* et *-soudre*) ont pour terminaisons : *-ds, -ds, -d*.	je compren**ds**, tu défen**ds**, il attend
Les verbes comme *cueillir* et *offrir* prennent, comme les verbes du 1er groupe, les terminaisons *-e, -es, -e*.	j'accueille, tu souffr**es**, il offre

II Orthographier un verbe conjugué au passé composé

Le passé composé de l'indicatif est un **temps composé**. Il se conjugue à l'aide de l'auxiliaire *être* ou *avoir* au présent, suivi du participe passé du verbe conjugué.

1 Choisir le bon auxiliaire

- Aux temps composés, la plupart des verbes se conjuguent avec l'**auxiliaire *avoir***.

  j'**ai** espéré, j'**ai** réfléchi, j'**ai** retenu

- Cependant les verbes qui expriment un mouvement ou un changement d'état utilisent l'**auxiliaire *être*** aux temps composés.

  je **suis** parti, je **suis** venu, je **suis** mort

2 Orthographier le participe passé

- Les verbes du **1er groupe** ont un participe passé en *-é*.

  Tu as hésit**é** à partir.

- Les verbes du **2e groupe** ont un participe passé en *-i*.

  Ils ont beaucoup vieill**i**.

- Les participes passés des verbes du **3e groupe** se terminent le plus souvent par *-i* (*parti, souri*...) ou *-u* (*connu, venu*...). Certains, cependant, se terminent par une consonne muette, *-t* ou *-s*, au masculin singulier (*peint, compris*...). Pour **identifier la lettre finale** du participe passé, il faut mettre celui-ci au féminin.

  vous avez concl**u** → conclue
  nous avons décri**t** → décrite
  je me suis assi**s** → assise

> **ATTENTION !**
> Une fois que tu sais quel est le participe passé d'un verbe, tu dois **appliquer les règles d'accord** → FICHE 24.

zoOm

Participe passé en *-é* ou infinitif en *-er* ?

Quand un verbe du 1er groupe se termine par le son [e], on peut hésiter entre la terminaison *-er* ou la terminaison *-é*.

Pour amuser/amusé ses invités, il a décider/décidé de chanter.

Je remplace par un verbe du 3e groupe à l'infinitif et je regarde si ma phrase est correcte.

✔ Ça fonctionne : *pour s'amuser* peut devenir *pour distraire* ; je choisis donc l'infinitif en *-er* → *amuser*.

✘ Ça ne fonctionne pas : *il a vouloir* est impossible ; je choisis donc le participe passé en *-é* → *il a décidé*.

26 Employer des verbes à l'imparfait et au passé simple

EN BREF ▸ *Ces deux temps sont les plus utilisés dans un récit au passé. Il est important de connaître leurs terminaisons et leurs valeurs pour savoir quand utiliser l'un ou l'autre. L'emploi du passé simple est aujourd'hui réservé à la langue écrite, notamment littéraire.*

I Orthographier un verbe conjugué à l'imparfait

1 Connaître les terminaisons

- À l'imparfait de l'indicatif, les terminaisons sont les mêmes pour tous les verbes, quel que soit leur groupe : *-ais, -ais, -ait, -ions, -iez, -aient*.

    j'ét**ais**, tu racont**ais**, elle vieilliss**ait**,
    nous ment**ions**, vous sav**iez**, ils promett**aient**

- Ces terminaisons s'ajoutent au radical de la 1re personne du pluriel du présent de l'indicatif.

    nous **écriv**ons → j'écrivais
    nous **buv**ons → tu buvais
    nous **croy**ons → il croyait

> **REMARQUE**
> Cette règle est surtout utile pour les **verbes irréguliers**.
> Pour les verbes du 1er groupe, le radical est en général le même à tous les temps et à toutes les personnes.

2 Retenir les particularités

- Les verbes en *-ier* : la 1re et la 2e personnes du pluriel s'écrivent avec **deux *i*** (le *i* du radical + le *i* de la terminaison).

    nous ri**i**ons, vous ri**i**ez
    [La prononciation est quasiment identique au présent de l'indicatif : *nous rions, vous riez*. Si tu as un doute, conjugue le verbe à la 2e personne du singulier : *tu ris* (présent) → *tu riais* (imparfait).]

- Les verbes en *-gner*, *-ller*, *-yer* : il ne faut pas oublier le *i* aux personnes du pluriel, même si on ne l'entend pas.

    nous ga**gni**ons, nous cuei**lli**ons, vous bala**yi**ez

- Les verbes en *-cer* et *-ger* : ils s'écrivent ç ou *ge* à certaines personnes pour obtenir la prononciation convenable.

    je lan**ç**ais, nous lan**c**ions
    je man**ge**ais, nous man**g**ions

II Orthographier un verbe conjugué au passé simple

Les terminaisons diffèrent selon le groupe du verbe, et il n'y a pas de règle absolue concernant les verbes du 3e groupe.

1 Connaître les terminaisons

Personne	verbes du 1er groupe + *aller*	verbes du 2e groupe et du 3e groupe*	Autres verbes du 3e groupe + *être* et *avoir*
je	*-ai*	*-is*	*-us*
tu	*-as*	*-is*	*-us*
il	*-a*	*-it*	*-ut*
nous	*-âmes*	*-îmes*	*-ûmes*
vous	*-âtes*	*-îtes*	*-ûtes*
ils	*-èrent*	*-irent*	*-urent*

* la plupart en *-ir* ou en *-re*

2 Retenir quelques particularités

- Les verbes *tenir*, *venir* et leurs composés (*retenir*, *parvenir*...) ont des terminaisons particulières : *-ins, -ins, -int, -înmes, -întes, -inrent*.

  il rev**int**, nous interv**înmes**, ils parv**inrent**

- Le radical de certains verbes est modifié.

  être → je **fus** ; avoir → tu **eus** ; vivre → je **vécus** ; naître → je **naquis** ; devoir → il **dut** ; savoir → il **sut** ; pouvoir → il **put**

zoOm 

-*ai* ou -*ais* ?

- *Je me promenais* (imparfait) et *je rencontrai* (passé simple) ont une terminaison qui se prononce de la même manière.
- Pour identifier de quel temps il s'agit, rappelle-toi que dans un récit :
  – le passé simple sert à mettre l'action au premier plan ;
  – l'imparfait sert à décrire ou à évoquer des actions à l'arrière-plan.

> Un jour, comme je me promenais sur le quai, je rencontrai un homme que je crus reconnaître.
>
> Guy de Maupassant, « Apparition » (1883).

action à l'arrière-plan
action au premier plan

- Pour t'aider, tu peux également changer de personne.

  Un jour, comme il **se promenait** sur le quai, il **rencontra** un homme...

SE TESTER QUIZ

Vérifie que tu as compris les points clés

1 L'accord sujet-verbe

→ FICHE 23

Singulier ou pluriel ?

a. L'air vif du matin les…	☒ ranime.	☐ raniment.
b. Peu de parents…	☐ se déplace.	☒ se déplacent.
c. La plupart…	☐ est au travail.	☒ sont au travail.

2 L'accord du participe passé

→ FICHE 24

Choisis la bonne orthographe.

a. Ils se sont…	☐ regardé.	☒ regardés.
b. Ils se sont…	☒ souri.	☐ souris.
c. Ils se sont…	☒ parlé.	☒ parlés.
d. Ils se sont…	☒ réconcilié.	☒ réconciliés.

3 Présent et passé composé

→ FICHE 25

Avec quel auxiliaire se conjugue chaque verbe ?

a. cesser •	
b. devenir •	• avoir
c. être •	• être
d. s'envoler •	

4 Imparfait et passé simple

→ FICHE 26

Parmi ces verbes, lesquels sont conjugués au passé simple ?

☐ **a.** il écrit	☐ **d.** tu décidais
☒ **b.** je semblai	☒ **e.** j'apprendrai
☒ **c.** nous voulûmes	☒ **f.** ils vinrent

OBJECTIF BREVET

Lance-toi dans des sujets !

5 Réécriture : changer le nombre du sujet

→ FICHE 23

Réécris ces lignes extraites d'un roman de Zola en remplaçant *Denise* par *les jeunes filles*. Tu feras toutes les modifications nécessaires.

Document Le baccalauréat

Denise, arrivée à Paris avec ses frères qu'elle doit faire vivre, est engagée comme vendeuse au Bonheur des dames, grand magasin prospère.

> Denise, frappée au cœur, désespérant de jamais réussir dans la maison, était demeurée immobile, les mains ballantes. On allait la renvoyer sans doute, les enfants seraient sans pain. Le brouhaha de la foule bourdonnait dans sa tête, elle se sentait chanceler, les muscles meurtris d'avoir soulevé des brassées de vêtements, besogne qu'elle n'avait jamais faite.

Émile Zola, *Au Bonheur des dames* (1883).

DÉMARRONS ENSEMBLE

- ➜ Le nom *Denise* n'apparaît qu'une fois mais il est repris trois fois par un **pronom sujet ou COD**, que tu devras aussi mettre au pluriel.
- ➜ Demande-toi si le déterminant possessif *sa* devient *leur* ou *leurs*.

6 Dictée : accorder les participes passés

20 min

→ FICHE 24

Document Une recherche infructueuse

Contacté par un policier nommé Langlais, le narrateur s'efforce de retrouver une femme qu'il a connue autrefois, Dannie.

> Et Dannie avait disparu définitivement. J'avais pourtant dressé sur la dernière page du carnet noir la liste de certains détails dont je me souvenais et qui auraient dû me mettre sur sa piste. J'y avais ajouté les autres détails que je ne connaissais pas et que j'avais appris en feuilletant les pages du dossier de Langlais. Pourtant mes recherches étaient demeurées vaines et j'avais fini par les abandonner. Je ne me faisais plus beaucoup d'illusions. Tout cela, un jour ou l'autre, tomberait dans l'oubli. Depuis que j'écris ces pages, je me dis qu'il y a un moyen, justement, de lutter contre l'oubli. C'est d'aller dans certaines zones de Paris où vous n'êtes pas retourné depuis trente, quarante ans et d'y rester un après-midi, comme si vous faisiez le guet.

Patrick Modiano, *L'Herbe des nuits*,

7 Réécriture : transposer un récit au passé

→ FICHE 26

Réécris ce texte dans le système du passé, en commençant par « Mon oncle m'attendait le lendemain… ». Tu feras toutes les modifications nécessaires.

Document

Jacques, le narrateur, va passer ses vacances au pays, chez son oncle, curé de la paroisse de Chaudeyrolles.

> Mon oncle m'attend demain. Quelques-uns de ses paroissiens venus pour la foire doivent repartir en bande ; ils m'emmèneront. L'un d'eux a justement acheté un cheval. Je le monterai et nous irons en caravane à Chaudeyrolles. Le rendez-vous est chez Marcelin. Marcelin tient une auberge dans une rue du faubourg. Il a la réputation à dix lieues à la ronde pour le vin blanc et les grillades de cochon.

Jules Vallès, *L'Enfant* (1879).

DÉMARRONS ENSEMBLE

→ La première phrase t'est donnée : le présent est remplacé par l'**imparfait**. Change de la même manière les quatre autres verbes au présent du texte.

→ L'autre temps employé est le futur. Dans un récit au passé, il devient un **futur du passé**, c'est-à-dire un conditionnel présent. Trois verbes sont concernés.

CORRIGÉS

SE TESTER QUIZ

1 L'accord sujet-verbe

a. ranime. **b.** se déplacent. **c.** sont.

2 L'accord du participe passé

a. regardés. *Se* = eux-mêmes= COD, donc le participe s'accorde avec ce COD.
b. souri. *Se* = à eux-mêmes = COI, donc le participe passé ne s'accorde pas.
c. parlé. *Se* = à eux-mêmes = COI, donc le participe passé ne s'accorde pas.
d. réconciliés. *Se* = eux-mêmes = COD, donc le participe s'accorde avec ce COD.

3 Présent et passé composé

a. avoir • **b.** être • **c.** avoir • **d.** être

4 Imparfait et passé simple

Réponses b, c et f. *écrit* est au présent, *décidais* à l'imparfait, *apprendrai* au futur

OBJECTIF BREVET

5 Réécriture : changer le nombre du sujet

Les termes modifiés sont en couleur.

Les jeunes filles, frappées au cœur, désespérant[1] de jamais réussir dans la maison, étaient demeurées immobiles, les mains ballantes. On allait les renvoyer sans doute, les enfants seraient sans pain. Le brouhaha de la foule bourdonnait dans leur [2] tête, elles se sentaient chanceler, les muscles meurtris d'avoir soulevé des brassées de vêtements, besogne qu'elles n'avaient jamais faite[3].

1. *Désespérant* est un participe présent, donc invariable.
2. *Leur*, déterminant possessif, est au singulier : chacune des jeunes filles n'a qu'une tête.
3. *Faite*, participe passé s'accordant avec besogne, reste au singulier.

6 Dictée : accorder les participes passés

Et Dannie avait disparu définitivement. J'avais pourtant dressé sur la dernière page du carnet noir la liste de certains détails dont je me souvenais et qui auraient dû me mettre sur sa piste. J'y avais ajouté les autres détails que je ne connaissais pas et que j'avais appris en feuilletant les pages du dossier de Langlais. Pourtant mes recherches étaient demeurées vaines et j'avais fini par les abandonner. Je ne me faisais plus beaucoup d'illusions. Tout cela, un jour ou l'autre, tomberait dans l'oubli. Depuis que j'écris ces pages, je me dis qu'il y a un moyen, justement, de lutter contre l'oubli. C'est d'aller dans certaines zones de Paris où vous n'êtes pas retourné[1] depuis trente, quarante ans et d'y rester un après-midi, comme si vous faisiez le guet.

> participes passés qui ne s'accordent pas
> participe passé qui s'accorde avec le COD *les autres détails*
> participe passé qui s'accorde avec le sujet *mes recherches*

1. Retourné : participe passé du verbe *retourner* qui forme ses temps composés (ici le passé composé) avec l'auxiliaire *être*. Ici, il ne s'accorde pas, le *vous* remplaçant le *toi*, dans le vouvoiement.

7 Réécriture : transposer un récit au passé

Les termes modifiés sont en couleur.

Mon oncle m'attendait le lendemain. Quelques-uns de ses paroissiens venus pour la foire devaient repartir en bande ; ils m'emmèneraient. L'un d'eux avait justement acheté un cheval. Je le monterais et nous irions en caravane à Chaudeyrolles. Le rendez-vous était chez Marcelin. Marcelin tenait une auberge dans une rue du faubourg. Il avait la réputation à dix lieues à la ronde pour le vin blanc et les grillades de cochon.

27 Repérer le sujet et les compléments du verbe

EN BREF ▸ *Le sujet, les compléments d'objet et les attributs sont des fonctions essentielles.*

I Repérer le sujet

Le sujet accomplit l'action exprimée par le verbe à la forme active. Il est important de le repérer car il commande l'**accord du verbe** → FICHE 23.

1 Comment procéder ?

- Il te suffit de poser la question ***Qui est-ce qui ?*** ou ***Qu'est-ce qui ?*** suivie du verbe.
- Tu peux aussi utiliser la formule ***c'est... qui...***

Ce groupe de rock a donné un concert mémorable.
[**Qui est-ce qui** a donné un concert mémorable ? Ce groupe de rock.
C'est ce groupe de rock **qui** a donné un concert mémorable.]

2 Les pièges à éviter

Le sujet peut être **inversé** ou **séparé** du verbe par un complément.

La semaine prochaine, aura lieu à Paris **un festival de rock international**.
Ces morceaux, **le groupe Nelson** les joue à chaque concert.

II Identifier les compléments d'objet

- Certains verbes, dits **transitifs**, sont obligatoirement suivis d'un complément. Leur sens n'est pas complet sans cet élément appelé **complément d'objet**.

REMARQUE
Le **complément d'objet** ne peut pas être supprimé car il participe du sens du verbe, contrairement au complément circonstanciel.

- Le complément d'objet peut être construit **directement** (COD) ou **indirectement** (COI), par l'intermédiaire d'une préposition, généralement *à* ou *de*.
- Pour identifier un complément d'objet, commence par observer la construction du verbe. Tu peux aussi **remplacer le complément par un pronom** : *le*, *la*, *les*, *en* (si c'est un COD) ; *lui*, *leur*, *en*, *y* (si c'est un COI).

Verbe + complément	Exemple
jouer + COD	Je joue **ce morceau de rock**. Je **le** joue.
appartenir à + COI *s'inspirer de* + COI	La guitare appartient à Tim. La guitare **lui** appartient. Les mélodies s'inspirent de la **musique country**. Les mélodies s'**en** inspirent.
jouer + COD + COI	J'ai joué **ce morceau à mes amis**. Je **le leur** ai joué.

III Identifier les attributs du sujet et du COD

1 L'attribut du sujet

- Il permet de caractériser le sujet par l'intermédiaire du verbe *être* ou d'un **verbe équivalent** (*sembler, paraître, devenir…*).

  La musique rock est devenue **très populaire** dans les années 1960.

> **REMARQUE**
> Les verbes introduisant un attribut du sujet sont dits **attributifs**.
> Une astuce pour les reconnaître : essaye de les remplacer par le signe =.

- Attention aux confusions : certains verbes ont différents sens.

  Cet album **demeure** (= est) inégalé.
  [C'est *cet album* (sujet) qui est *inégalé*. *Inégalé* est un attribut du sujet.]
  Le guitariste **demeure** (= habite) rue de Maubeuge.
  [*Rue de Maubeuge* n'est pas un attribut du sujet mais un complément du verbe.]

2 L'attribut du COD

- Il permet de caractériser le COD par l'intermédiaire d'un verbe exprimant le plus souvent un jugement : *trouver, considérer comme, tenir pour…*
- Il ne faut pas confondre l'adjectif attribut du COD et l'adjectif épithète appartenant au COD. Pour éviter la confusion, il te suffit de remplacer le COD par un des pronoms personnels *le, la, les*.

  Je trouve **le clip de ce groupe de rock** très original. (Je le trouve **très original**.)
  J'ai trouvé un enregistrement inédit de ce clip. (Je l'ai trouvé.)
  [Dans la première phrase, *très original* est bien un attribut du COD alors que, dans la seconde, *inédit* est un adjectif épithète qualifiant *un enregistrement*.]

zoOm

Le complément d'agent

Les adolescents (sujet) aiment beaucoup cette chanson (COD). ACTIF

→ Cette chanson (sujet) est très aimée des adolescents (c. d'agent). PASSIF

- Lorsqu'on transforme une phrase active en phrase passive, le sujet devient le complément d'agent. Ce complément est introduit par *de* ou *par*.
- Dans la phrase passive, on emploie l'auxiliaire *être*, conjugué au même temps que le verbe de la phrase active suivi du participe passé de ce verbe. Attention à ne pas oublier d'accorder le participe passé avec le sujet.

28 Reconnaître les compléments circonstanciels

EN BREF ▸ *Un complément circonstanciel apporte des informations sur les circonstances de l'action.*

I Repérer un complément circonstanciel

Dans cet extrait des *Misérables*, les compléments circonstanciels sont en bleu.

> Cela se passait au fond d'un bois, la nuit, en hiver, loin de tout regard humain ; c'était un enfant de huit ans.
>
> [...] Elle soufflait avec une sorte de râlement douloureux ; des sanglots lui serraient la gorge, mais elle n'osait pas pleurer. [...] Elle était harassée de fatigue et n'était pas encore sortie de la forêt. Parvenue près d'un vieux châtaignier qu'elle connaissait, elle fit une dernière halte plus longue que les autres pour se bien reposer, puis elle rassembla toutes ses forces, reprit le seau et se remit à marcher courageusement.
>
> Victor Hugo, *Les Misérables* (1862).

1 La place des compléments circonstanciels

Contrairement aux compléments d'objet, ils peuvent généralement être :

- déplacés au sein de la phrase ;

  Cosette soufflait **avec une sorte de râlement douloureux.**

  Avec une sorte de râlement douloureux, Cosette soufflait.

- supprimés sans que la phrase perde son sens.

  Cosette soufflait.

2 La construction des compléments circonstanciels

- Les GN compléments circonstanciels sont souvent introduits par une préposition.

  Cosette soufflait **avec** une sorte de râlement douloureux.

- Mais certains se construisent directement, sans préposition.

  Cela se passait au fond d'un bois, **la nuit**.

II Définir la circonstance exprimée

Les compléments circonstanciels peuvent exprimer différentes circonstances.

Circonstance	Question	Exemple
temps	*quand ? pendant combien de temps ?*	Cela se passait au fond d'un bois, **la nuit**.
lieu	*où ?*	Elle posa le seau **sur le sol**.
manière	*comment ?*	Elle soufflait **avec une sorte de râlement douloureux**.
moyen	*avec quoi ?*	Cosette puise l'eau **avec un seau**.
cause	*pourquoi ?*	Elle s'assit **à cause de la fatigue**.
but	*dans quel but ?*	Elle fit une dernière halte plus longue que les autres **pour se bien reposer**.
conséquence	*avec quelle conséquence ?*	Le seau était tellement lourd **qu'elle dut s'arrêter**.
concession	*malgré quoi ?*	**Bien qu'épuisée**, elle se releva.
comparaison	*comme quoi ?*	Elle marchait **comme une somnambule**.

zoOm

La classe grammaticale du complément circonstanciel

La fonction de complément circonstanciel peut être remplie par des mots ou groupes de mots appartenant à diverses classes grammaticales.

Ce peut être…

- un nom ou un groupe nominal introduit, ou non, par une préposition.
  Cela se passait au fond d'un bois, **la nuit**, **en hiver**.
- un adverbe.
  Elle se remit à marcher **courageusement**.
- un verbe à l'infinitif.
  Elle fit une dernière halte plus longue que les autres **pour se bien reposer**.
- un verbe au gérondif.
  En tremblant, elle traversa le bois.
- une proposition subordonnée.
  Alors qu'il faisait nuit, Cosette marchait courageusement dans le bois.

29 Distinguer les constituants d'un groupe nominal

EN BREF ▸ *Le nom et son déterminant forment un groupe nominal (GN). Ce groupe peut être enrichi d'expansions diverses qui apportent des précisions sur le nom.*

I Reconnaître un déterminant

■ Le nom est presque toujours précédé d'un ou plusieurs déterminants avec lesquels il forme un groupe nominal minimal.

■ On distingue plusieurs types de déterminants :
- les articles : définis (*le, la, les*), indéfinis (*un, une, des*), partitifs (*du, de la*) ;
- les déterminants possessifs (*mon, ton, son*...) ;
- les déterminants démonstratifs (*ce, cet, cette, ces*) ;
- les déterminants indéfinis (*quelques, plusieurs, tous, aucun*...) ;
- les déterminants numéraux (*deux, soixante-cinq*...).

II Analyser une expansion du nom

Lis ce portrait de la vieille demoiselle Michonneau et repère, dans les groupes nominaux, les expansions qui donnent des détails sur le personnage.

> La vieille demoiselle Michonneau gardait sur ses yeux fatigués un crasseux abat-jour en taffetas vert, cerclé par du fil d'archal qui aurait effarouché l'ange de la Pitié. Son châle à franges maigres et pleurardes semblait couvrir un squelette, tant les formes qu'il cachait étaient anguleuses.
>
> Honoré de Balzac, *Le Père Goriot* (1835).

1 L'adjectif épithète

L'**adjectif qualificatif épithète** est placé à côté du nom qu'il qualifie et avec lequel il s'accorde. On le trouve avant ou après le nom.

la **vieille** demoiselle
un **crasseux** abat-jour en taffetas **vert**

ATTENTION !
Tu ne dois pas confondre l'**adjectif épithète**, qui fait partie du groupe nominal, avec l'adjectif attribut → FICHE 27.

2 Le complément du nom

Le complément du nom est généralement relié au nom qu'il complète par une préposition : *de, à, en*...

un crasseux abat-jour **en taffetas vert**
son châle **à franges maigres et pleurardes**

3 La proposition subordonnée relative

■ La proposition subordonnée relative est une subordonnée **introduite par un pronom relatif** (*qui, que, dont, où, lequel*...) qui représente le nom complété.

> Son châle [...] semblait couvrir un squelette, tant **les formes qu'il cachait** étaient anguleuses.

[Dans le GN *les formes qu'il cachait,* le nom *formes* est complété par la proposition relative *qu'il cachait.* Le pronom relatif *qu'* remplace *les formes*.]

■ La proposition subordonnée relative joue le même rôle qu'un adjectif épithète ou un complément du nom.

son châle **qui avait des franges**
= son châle frangé = un châle à franges

4 L'apposition

■ L'apposition est le plus souvent un nom ou un GN **séparé** du nom complété **par une virgule.**

La vieille demoiselle, **véritable squelette ambulant**, était maigre à faire peur.

■ On parle aussi d'apposition pour désigner un adjectif épithète en **position détachée**.

Très anguleuse, la demoiselle ressemblait à un squelette.

zoOm

Enrichir une description à l'aide d'expansions du nom

Au premier plan se trouvent deux très vieilles dames qui ressemblent à des squelettes, véritables caricatures de la vieillesse.

Celle de gauche, vêtue de noir, tend un miroir à celle de droite. Cette dernière, très coquette malgré son grand âge, est parée d'une étincelante robe blanche et de bijoux scintillants. Dans sa chevelure blonde, on distingue une flèche en diamants.

À l'arrière-plan, Chronos, le dieu du temps et de la mort dans la mythologie grecque, s'apprête à les faire passer de vie à trépas.

adjectif épithète	subordonnée relative
complément du nom	apposition

Francisco de Goya, *Le Temps ou les Vieilles* (vers 1808-1812). Lille, musée des Beaux-Arts.

SE TESTER QUIZ

Vérifie que tu as compris les points clés

1 Le sujet et les compléments d'objet

→ FICHE 27

1 Quelle est la fonction des mots en gras ?

a. J'ai joué **au loto**.
☐ COD ☐ COI ☐ attribut du sujet

b. Sur le rebord de la fenêtre, derrière les volets, est caché **un petit nid**.
☐ sujet ☐ attribut du sujet ☐ COD

c. J'ai joué **une pièce de théâtre**.
☐ sujet ☐ COI ☐ COD

d. Cet ami est **comédien** dans une troupe de théâtre.
☐ sujet ☐ attribut du sujet ☐ COD

2 Par quels pronoms peux-tu remplacer les GN en gras ?

a. J'ai donné **ce CD** à mon ami.
☐ lui ☐ l' ☐ te

b. J'ai donné cette guitare **à mes sœurs**.
☐ les ☐ la ☐ leur

c. J'ai parlé des vacances **à ma mère**.
☐ la ☐ lui ☐ le

2 Les compléments circonstanciels

→ FICHE 28

Précise ce qu'indiquent les compléments circonstanciels en gras.

a. La station de ski a fermé **par manque de neige**.
☐ la manière
☐ la cause
☐ le moyen

b. La station a ouvert **en décembre**.
☐ le but
☐ le lieu
☐ le temps

c. La station a été construite **dans les Alpes**.
☐ le but
☐ le lieu
☐ le temps

d. J'ai rejoint mes amis **avec plaisir**.
- ☒ la manière ✓
- ☐ la cause
- ☐ le moyen

e. J'ai rejoint mes amis **par le train.**
- ☐ la manière
- ☐ la cause
- ☒ le moyen ✓

3 Les constituants du groupe nominal

→ FICHE 29

1 Analyse la phrase suivante, puis coche les bonnes réponses.

J'ai eu très peur car c'était un énorme animal qui me menaçait, un gros chien de chasse.

	Vrai	Faux
a. *animal* est le nom noyau du GN.	☐	☐
b. *un* est un déterminant.	☐	☐
c. *énorme* et *gros* sont des adjectifs attributs.	☐	☐
d. *qui me menaçait* est un complément du nom.	☐	☐
e. *un gros chien de chasse* est un GN en apposition.	☐	☐

2 Relie chaque GN à la bonne proposition.

a. une petite voix clairette •	• nom + adj. + subordonnée relative
b. un regard blanc qui donnait froid •	• nom + adj. + complément du nom
c. une figure rabougrie de vieille femme •	• adj. + nom + adj.

4 La proposition subordonnée relative

→ FICHE 29

Vrai ou faux ?	Vrai	Faux
a. Une proposition subordonnée relative dépend d'une proposition principale.	☐	☐
b. La subordonnée relative ne peut pas jouer le même rôle qu'un adjectif épithète.	☐	☐
c. La subordonnée relative est introduite par un pronom relatif.	☐	☐
d. *Donc* est un pronom relatif.	☐	☐
e. *Ou* est un pronom relatif.	☐	☐

OBJECTIF BREVET

Lance-toi dans un sujet !

5 Repérer les fonctions essentielles

→ FICHE 27

Document

Le narrateur est un jeune juif d'une dizaine d'années, qui tente d'échapper aux persécutions nazies. Mais il tombe dans une souricière de la Gestapo et il est arrêté.

> Le mur se jette sur moi, mes paumes claquent dessus. Je les ai jetées devant moi pour ne pas me fracasser le crâne.
>
> La douleur s'irradie dans mon dos, je me retourne.
>
> Il **est** là, il m'**a propulsé** avec le canon de la mitraillette. Le vert ferreux de l'uniforme **accapare** toute la lumière de la pièce.
>
> Il va peut-être me tuer, le cercle noir du canon est à quelques centimètres de mon nez. [...]
>
> Il se penche. Il **sent** la cigarette. Sa main me **serre** le bras et les larmes **gonflent** mes paupières, il **serre** fort, très fort. [...]
>
> Le soldat **fonce** sur moi et je **lève** le bras pour me **protéger** le visage [...].

Joseph Joffo, *Un sac de billes*, © Éditions Lattès (1973).

1 **a.** Dans l'extrait ci-dessus, surligne en jaune le sujet des verbes en gras.
b. Surligne en vert les compléments d'objet directs et en rouge les compléments d'objet indirects.

2 **a.** Quel est le groupe nominal annoncé par le pronom « il » (l. 4, 6, 8) ?
b. Quel est l'effet recherché ?

CORRIGÉS

SE TESTER QUIZ

1 Le sujet et les compléments d'objet

1 **a.** COI. Il est introduit par la préposition *à* (*à* + *le* = *au*).
b. Sujet. C'est un sujet inversé, placé après le verbe.
c. COD. On peut le remplacer par le pronom *l'* : *je l'ai jouée*.
d. Attribut du sujet. *Cet ami* = *comédien*

2 **a.** l' • **b.** leur • **c.** lui

2 Les compléments circonstanciels

a. La cause. Pourquoi ? *par manque de neige.*
b. Le temps. Quand ? *en décembre.*
c. Le lieu. Où ? *dans les Alpes.*
d. La manière. Comment ? de quelle manière ? *avec plaisir.*
e. Le moyen. Par quel moyen ? *par le train.*

3 Les constituants du groupe nominal

1) a. Vrai. *Animal* est bien le nom noyau du groupe nominal.
b. Vrai. *Un* est bien un déterminant : c'est un article indéfini.
c. Faux. *Énorme* et *gros* sont des adjectifs épithètes et non attributs.
d. Faux. *Qui me menaçait* est une proposition subordonnée relative.
e. Vrai. Il s'agit bien d'un GN en apposition.
2) a. adj. + nom + adj. • **b.** nom + adj. + subordonnée relative • **c.** nom + adj. + complément du nom.

4 La proposition subordonnée relative

a. Vrai. Comme toutes les subordonnées, la subordonnée relative dépend d'une proposition principale.
b. Faux. La subordonnée relative peut jouer le même rôle qu'un adjectif.
c. Vrai. La subordonnée relative est introduite par un pronom relatif (*qui, que, dont, où, lequel*).
d. Faux. *Donc* n'est pas un pronom relatif mais une conjonction de coordination, à ne pas confondre avec le pronom relatif *dont*.
e. Faux. *Ou* n'est pas un pronom relatif mais une conjonction de coordination, à ne pas confondre avec le pronom relatif *où*.

OBJECTIF BREVET

5 Repérer les fonctions essentielles

sujet
complément d'objet direct
complément d'objet indirect

1) Le mur se jette sur moi, mes paumes claquent dessus. Je les ai jetées devant moi pour ne pas me fracasser le crâne.
La douleur s'irradie dans mon dos, je me retourne.
Il **est** là, il m'**a propulsé** avec le canon de la mitraillette. Le vert ferreux de l'uniforme **accapare** toute la lumière de la pièce.
Il va peut-être me tuer, le cercle noir du canon est à quelques centimètres de mon nez. […]
Il se penche. Il **sent** la cigarette. Sa main me **serre** le bras et les larmes **gonflent** mes paupières, il **serre** fort, très fort. […]
Le soldat **fonce** sur moi et je **lève** le bras pour me **protéger** le visage […].

2) a. Le pronom « il » annonce le GN « un soldat ».
b. L'effet recherché est d'entretenir le suspense.

30 Analyser une phrase complexe

EN BREF ▸ *Une phrase est une suite de mots qui possède un sens complet et qui, à l'écrit, commence par une majuscule et se termine par un point. Mais qu'est-ce qu'une phrase complexe ?*

I Repérer une phrase complexe

- Une phrase simple ne contient qu'un seul verbe conjugué.
- Une phrase complexe contient plusieurs verbes conjugués. Chaque verbe conjugué est le noyau d'une **proposition**.

> Pâle et terrible, Milady se redressa, et, repoussant d'Artagnan d'un violent coup dans la poitrine, elle s'élança hors du lit.
>
> Alexandre Dumas, *Les Trois Mousquetaires* (1844).

[Cette phrase compte deux verbes conjugués, donc deux propositions : c'est une phrase complexe.]

MOT CLÉ
Une **proposition** est un ensemble de mots organisé grammaticalement autour d'un verbe afin de produire un sens cohérent.

II Analyser les liens entre les propositions

Dans une phrase complexe, les différentes propositions peuvent être juxtaposées, coordonnées, ou bien subordonnées.

1 Les propositions juxtaposées

Les propositions sont juxtaposées lorsqu'elles sont simplement séparées par un signe de ponctuation tel qu'une virgule, un point-virgule ou un deux-points.

> Et elle courut à un coffret de marqueterie posé sur la toilette, l'ouvrit d'une main fiévreuse et tremblante, en tira un petit poignard […].
>
> Alexandre Dumas, *ibid.*

[La phrase comprend trois propositions séparées par des virgules : ce sont des propositions **indépendantes** juxtaposées.]

REMARQUE
Une **proposition indépendante** est une proposition qui ne dépend d'aucune autre et dont aucune autre ne dépend. Elle se suffit à elle-même.

2 Les propositions coordonnées

Les propositions sont coordonnées lorsqu'elles sont reliées par une conjonction de coordination (*mais, ou, et, donc, or, ni, car*) ou un adverbe de liaison (*cependant, puis, en effet…*).

> D'Artagnan la retint par son peignoir de fine toile des Indes pour implorer son pardon mais elle, d'un mouvement puissant et résolu, elle essaya de fuir.
>
> Alexandre Dumas, *ibid.*

3 Les propositions subordonnées

- Une proposition est subordonnée lorsqu'elle est reliée à une autre proposition, appelée proposition principale, par un mot subordonnant. Il s'agit le plus souvent d'une **conjonction de subordination** ou d'un **pronom relatif**.
- La proposition subordonnée ne peut exister sans la proposition principale.

> Il recula, [**comme** il eût fait à l'approche d'un serpent] [**qui** eût rampé vers lui].
>
> Alexandre Dumas, *ibid.*

[Dans cette phrase, il y a trois propositions, dont deux propositions subordonnées (délimitées par les crochets). L'une est introduite par la conjonction de subordination *comme*, l'autre par le pronom relatif *qui*.]

zoOm

Connaître les différentes propositions subordonnées

Voici un schéma répertoriant les différentes propositions subordonnées selon leur fonction dans la phrase.

Proposition subordonnée relative

→ FICHE 29

Fonction : complément de l'antécédent

D'Artagnan [...] reconnut la fleur de lis, cette marque indélébile [**qu'imprime la main infamante du bourreau**].

→ subordonnée relative, épithète du nom *marque*

Proposition subordonnée complétive

→ FICHE 31

Fonction : complément d'objet

Milady annonce à d'Artagnan [**qu'elle va le tuer**].

→ subordonnée COD du verbe *annonce*

Proposition subordonnée circonstancielle

→ FICHES 32 et 33

Fonction : complément circonstanciel

[**Quoique le jeune homme fût brave**], on le sait, il fut épouvanté de cette figure bouleversée.

→ subordonnée CC de concession

31 Reconnaître et employer des subordonnées complétives

EN BREF ▸ *Parmi les subordonnées, on appelle « complétives » celles qui remplissent la fonction de complément d'objet. Selon la nature du mot qui les introduit, il s'agit de subordonnées conjonctives ou de subordonnées interrogatives indirectes.*

I Identifier une subordonnée complétive conjonctive

1 Reconnaître une subordonnée complétive conjonctive

■ Elle est introduite par la conjonction de subordination *que* ou les locutions conjonctives *à ce que, de ce que*.

Je crois **qu'il va pleuvoir**.

Nous nous attendons **à ce qu'il pleuve**.

■ Elle est le plus souvent complément d'objet direct (COD). Mais elle peut être également complément d'objet indirect (COI).

J'attends **que les vacances arrivent**. (COD)

Il se plaint **de ce qu'il manque de temps**. (COI)

■ La proposition subordonnée complétive peut généralement être remplacée par un GN de même fonction.

J'attends **l'arrivée des vacances**. (COD)

Il se plaint **du manque de temps**. (COI)

ATTENTION
La subordonnée complétive conjonctive peut aussi exercer la fonction de **sujet du verbe**.
[Qu'il ait réussi son examen] ne m'étonne pas du tout.

2 Utiliser le bon mode dans une subordonnée complétive conjonctive

Le verbe de la subordonnée complétive peut être à l'indicatif ou au subjonctif selon le sens du verbe de la proposition principale.

Verbe de la principale	Mode dans la complétive
Verbes exprimant une déclaration, un jugement, un savoir : *dire, déclarer, affirmer, penser, juger, savoir…*	**indicatif** Je dis [qu'il ne **viendra** pas]. Je pense [que tu te **trompes**]. Je sais [qu'il **va** venir].
Verbes exprimant une nécessité, un désir, un refus, une crainte : *vouloir, désirer, refuser, craindre…*	**subjonctif** Je voudrais [qu'il **s'en souvienne**]. Je refuse [qu'il **prenne** ce risque]. Je crains [qu'il ne **parte** bientôt].

II Identifier une subordonnée interrogative indirecte

1 Reconnaître une subordonnée interrogative indirecte

- Une proposition subordonnée interrogative indirecte permet de **poser une question indirectement**. Les marques de l'interrogation directe disparaissent. Il n'y a pas de point d'interrogation.
- On la trouve après un verbe exprimant une interrogation : *demander, ignorer*… Elle est introduite par un **mot interrogatif** : *si, quand, où, pourquoi*…
- Elle est toujours **COD**.

2 Employer une subordonnée interrogative indirecte

- Lorsque l'interrogation est **totale**, c'est l'adverbe *si* qui est employé.

  Je me demande [**si** la neige sera tombée].

- Lorsque l'interrogation est partielle, le mot interrogatif peut être :

– un **adverbe interrogatif** : *quand, où, comment, pourquoi, combien*… ;

  Je me demande [**où** il s'est caché].
  Je me demande [**pourquoi** il est venu].

– un **pronom interrogatif** : *qui, lequel*… ;

  J'ignore [**qui** aura le dernier mot].
  Je ne sais pas [**lequel** je dois choisir].

– un **déterminant interrogatif** : *quel(s), quelle(s)*.

  Je me demande [**quel** roman est le plus intéressant].

MOT CLÉ
Une interrogation est **totale** lorsqu'on peut y répondre par *oui* ou par *non*.

zoOm

La concordance des temps dans les complétives

Temps dans la principale	Temps dans la subordonnée		
	Action antérieure	Action simultanée	Action postérieure
présent ou futur *Je **sais**…*	passé composé *qu'il **a réussi**.*	présent *qu'il **réussit**.*	futur *qu'il **réussira**.*
passé *Je **savais**…*	plus-que-parfait *qu'il **avait réussi**.*	imparfait *qu'il **réussissait**.*	conditionnel *qu'il **réussirait**.*

- Le temps du verbe de la subordonnée varie en fonction de deux critères :
– le temps du verbe de la principale (passé, présent ou futur) ;
– la chronologie des actions.
- Attention ! Le tableau ci-dessus envisage uniquement le cas d'une subordonnée complétive à l'indicatif.

32 Identifier une subordonnée de temps, de cause, de conséquence ou de but

EN BREF ▸ *Certaines propositions subordonnées apportent des précisions sur le moment, la cause, la conséquence, le but… de l'action de la principale. On les appelle des « propositions subordonnées circonstancielles ».*

I Identifier une subordonnée de temps

■ Partons d'un exemple : un extrait de *Germinal*, dans lequel le héros descend pour la première fois au fond d'une mine.

> Enfin, une secousse l'ébranla, et tout sombra ; les objets autour de lui s'envolèrent, [tandis qu'il éprouvait un vertige anxieux de chute], qui lui tirait les entrailles.
>
> Émile Zola, *Germinal* (1885).

[La proposition entre crochets est une subordonnée circonstancielle de temps.]

REMARQUE
Germinal est un roman qui dresse un tableau puissant et très réaliste de la vie misérable des mineurs et de leur lutte sociale au XIXe siècle.

■ Une subordonnée circonstancielle de temps répond aux questions ***quand ? pendant combien de temps ?…*** Elle est introduite par l'une des conjonctions de subordination (ou locutions conjonctives) suivantes :

quand, lorsque, pendant que, jusqu'à ce que, tandis que, avant que, après que…

II Distinguer les subordonnées de cause, de conséquence et de but

1 La subordonnée circonstancielle de cause

■ Elle répond à la question : ***pourquoi ?*** Elle est introduite par l'une des conjonctions de subordination (ou locutions conjonctives) suivantes :

parce que, puisque, comme, étant donné que, vu que, sous prétexte que…

■ Elle se place **avant** ou **après la principale**.

Conjonction de subordination	Place de la subordonnée	Exemple
comme	avant la principale	[**Comme la descente est rapide**], Étienne ressent un vertige anxieux de chute.
puisque	souvent avant la principale	[**Puisque la descente est rapide**], Étienne ressent un vertige anxieux de chute.
parce que	souvent après la principale	Étienne ressent un vertige anxieux de chute [**parce que la descente est rapide**].

2 La subordonnée circonstancielle de conséquence

- Elle répond à la question *avec quelle conséquence ?*
- Elle est introduite par l'une des conjonctions de subordination (ou locutions conjonctives) suivantes :
si… que, tellement… que, si bien que, de telle sorte que, à tel point que…

La descente était **tellement** rapide **qu'**Étienne ressentit un vertige anxieux de chute.

La descente était très rapide, **si bien qu'**Étienne ressentit un vertige anxieux de chute.

3 La subordonnée circonstancielle de but

- Elle répond à la question *dans quel but ?* Elle est introduite par l'une de ces locutions conjonctives : *pour que, afin que, de peur que…*
- Elle est **toujours au subjonctif**.

C'est pour que la parole ouvrière **puisse** s'exprimer qu'Étienne organise la grève des mineurs.

zoOm

Les modes dans les circonstancielles de temps

Action de la subordonnée	Conjonction	Mode du verbe
postérieure	*avant que, jusqu'à ce que…*	**subjonctif** [Avant que la cage de l'ascenseur ne **s'arrêtât** au fond de la mine], Étienne eut l'impression d'une descente interminable.
simultanée	*pendant que, lorsque, quand, alors que…*	**indicatif** [Lorsque la cage, enfin, **s'arrêta** au fond], il s'étonna d'apprendre que la descente avait duré juste une minute.
antérieure	*après que, depuis que, dès que…*	**indicatif** [Après que la cage, enfin, **se fut arrêtée** au fond], il apprit que la descente avait duré juste une minute.

- Le mode employé dans la subordonnée temporelle dépend de la chronologie établie entre les deux propositions.
- On emploie le subjonctif dans une subordonnée de temps quand l'action qu'elle exprime est postérieure à celle de la principale.

33 Identifier une subordonnée de condition, d'opposition ou de comparaison

EN BREF ▸ *Les subordonnées circonstancielles de condition, comme celles d'opposition et de comparaison, apportent, elles aussi, des informations sur les circonstances d'une action.*

I Identifier une subordonnée de condition

■ La subordonnée circonstancielle de condition est introduite par l'une des conjonctions de subordination (ou locutions conjonctives) suivantes :

si, au cas où, pourvu que, à moins que…

■ Son mode varie en fonction de la conjonction employée :

– **indicatif** après *si, selon que…* ;

S'il **pleut**, nous resterons à la maison.

– **conditionnel** après *au cas où* ;

Au cas où il **pleuvrait**, nous resterions à la maison.

– **subjonctif** dans les autres cas.

À moins qu'il ne **fasse** beau, nous resterons à la maison.

II Identifier une subordonnée d'opposition

■ La subordonnée circonstancielle d'opposition souligne le contraste entre deux faits. On peut distinguer deux nuances :

– l'**opposition simple** : les deux faits contrastent entre eux ;

J'aime bien la bande dessinée, tandis que les mangas m'ennuient.

– la **concession** : le premier fait entraîne un second fait inattendu.

Bien qu'il fasse très beau, je dois rester à la maison.

■ La subordonnée circonstancielle d'opposition est introduite par l'une des conjonctions (ou locutions conjonctives) suivantes :

quoique, bien que, sans que, alors que, tandis que, même si, quand bien même…

■ Son mode varie en fonction de la conjonction employée :

– **subjonctif** après *bien que, quoique, sans que…*

Quoiqu'il **fasse** très beau, les températures restent basses.

– **indicatif** après *tandis que, alors que, même si…*

Tu vas à la plage, tandis que je **finis** mon roman.

– **conditionnel** après *quand bien même.*

Quand bien même il **ferait** très beau, je resterais à la maison.

III Identifier une subordonnée de comparaison

- La subordonnée circonstancielle de comparaison permet d'établir un rapport de **ressemblance**, de **dissemblance** ou de **proportion** entre deux faits.

  J'espère que nous retrouverons la maison **telle que** nous l'avons laissée après les vacances.

  Ce film est **aussi** passionnant **que** les critiques l'avaient annoncé.

- Elle est introduite par l'une des conjonctions de subordination (ou locutions conjonctives) suivantes : ***comme***, *de même que, tel que, ainsi que, aussi… que, autant… que, de la même façon que, moins… que, plus… que, comme si…*

- Elle est **le plus souvent à l'indicatif**.

  Il ment comme il **respire**.

- Elle peut aussi être au **conditionnel**.

  Je lis ce roman d'aventures de la même façon que je **voyagerais** dans un pays lointain.

> **REMARQUE**
> La conjonction ***comme*** peut aussi introduire une subordonnée circonstancielle de temps (*Comme je sortais de l'école, la pluie se mit à tomber*) et de cause (*Comme l'orage menaçait, nous nous sommes réfugiés à la maison*).

zoOm

La concordance des temps dans une subordonnée de condition

La concordance des temps est un ensemble de règles qui régissent l'emploi du mode et du temps dans une subordonnée en fonction de ceux employés dans la principale.

Principale	Subordonnée
futur de l'indicatif *Nous* ***irons*** *à la plage*	*si* + présent *s'il* ***fait*** *beau.*
conditionnel présent *Nous* ***irions*** *à la plage*	*si* + imparfait *s'il* ***faisait*** *beau.*
conditionnel passé *Nous* ***serions allés*** *à la plage*	*si* + plus-que-parfait *s'il* ***avait fait*** *beau.*

SE TESTER QUIZ

Vérifie que tu as compris les points clés

1 Analyser une phrase complexe

→ FICHE 30

Combien y a-t-il de propositions dans chacune de ces phrases ?

	1	2	3	4
a. Je ne sais pas ce que je ferai quand j'aurai réussi mon examen.	☐	☐	☐	☐
b. Le garçon que nous venons de croiser ne m'est pas inconnu.	☐	☐	☐	☐
c. Il a fait soleil, puis le vent s'est mis à souffler et le ciel qui était tout bleu s'est couvert.	☐	☐	☐	☐
d. Ce jour-là, le soleil brillait dans un ciel parsemé de petits nuages blancs.	☐	☐	☐	☐

2 Reconnaître et employer des subordonnées complétives

→ FICHE 31

Relie chaque proposition principale à la subordonnée complétive qui convient.

a. Je me demande •	• qu'il ne fasse pas beau.
b. J'ai peur •	• qu'il fera beau.
c. Je crois •	• s'il fera beau.

3 Identifier les subordonnées circonstancielles

→ FICHES 32 et 33

Coche la bonne réponse.

	condition	concession	comparaison
a. Il est aussi beau que son père l'était.	☐	☐	☐
b. Bien qu'il fasse très froid, il est bras nus.	☐	☐	☐
c. Tu pourras aller au cinéma si tu termines tes devoirs rapidement.	☐	☐	☐

4 Respecter la concordance des temps

→ FICHES 32 et 33

Coche la bonne réponse.

	ai	*avais*	*avais eu*
a. Si j'… assez d'agent, je t'inviterais au cinéma.	☐	☐	☐
b. Si j'… assez d'argent, je t'inviterai au cinéma.	☐	☐	☐
c. Si j'… assez d'argent, je t'aurais invité au cinéma.	☐	☐	☐

OBJECTIF BREVET

Lance-toi dans un sujet !

5 Identifier les différentes propositions subordonnées

→ FICHES 31 à 33

Document

> L'homme était parti de Marchiennes vers deux heures. [...] Une seule idée occupait sa tête vide d'ouvrier sans travail et sans gîte, l'espoir que le froid serait moins vif après le lever du jour. Depuis une heure, il avançait ainsi, lorsque sur la gauche, à deux kilomètres de Montsou, il aperçut des feux rouges, trois brasiers brûlant au plein air, et comme suspendus. [...]
>
> Brusquement, à un coude du chemin, les feux reparurent près de lui, sans qu'il comprît davantage comment ils brûlaient si haut dans le ciel mort, pareils à des lunes fumeuses.
>
> Émile Zola, *Germinal* (1885)

1 Relève la subordonnée interrogative indirecte.

2 **a.** Relève les deux subordonnées circonstancielles et précise si elles expriment le temps, la cause, la conséquence, le but, l'opposition ou encore la comparaison.
b. Quelle différence remarques-tu en ce qui concerne les modes verbaux employés dans ces subordonnées ?

CORRIGÉS

SE TESTER QUIZ

1 Analyser une phrase complexe

a. 3. La phrase contient trois verbes conjugués (*sais - ferai - aurai réussi*).
b. 2. La phrase contient deux verbes conjugués (*venons – est*).
c. 4. La phrase contient quatre verbes conjugués (*a fait - s'est mis - était - s'est couvert*).
d. 1. La phrase contient un seul verbe conjugué (*brillait*).

2 Reconnaître et employer des subordonnées complétives

a. Je me demande **s'il fera beau.**
b. J'ai peur **qu'il ne fasse pas beau.**
c. Je crois **qu'il fera beau.**

3 Identifier les subordonnées circonstancielles

a. Comparaison.
b. Concession. Il y a une contradiction entre les deux propositions.
c. Condition.

4 Respecter la concordance des temps

a. Avais.
b. Ai.
c. Avais eu.

OBJECTIF BREVET

5 Identifier les différentes propositions subordonnées

1 Subordonnée interrogative indirecte : « comment ils brûlaient si haut dans le ciel mort, pareils à des lunes fumeuses » (l. 7-8).

2 **a.** « lorsque sur la gauche, à deux kilomètres de Montsou, il aperçut des feux rouges, trois brasiers brûlant au plein air, et comme suspendus » (l. 4-5) = subordonnée circonstancielle de temps.
« sans qu'il comprît davantage comment ils brûlaient si haut dans le ciel mort, pareils à des lunes fumeuses » (l. 6-7) = subordonnée circonstancielle exprimant l'opposition.
b. Le mode verbal employé dans la première subordonnée est l'indicatif (« aperçut ») et dans la seconde, le subjonctif (« comprît »).

MATHS

TOUT LE PROGRAMME

- 46 fiches de cours
- Exercices et sujets corrigés

SOMMAIRE

Quand tu en as fini avec une fiche ou un entraînement, coche la case ☐ correspondante !

Algorithmique et programmation

1. Algorithmes et programmes

Nombres et calculs

2. Divisibilité et nombres premiers

3. Calculs sur les écritures fractionnaires et les puissances

4. Calcul littéral, équations

SOMMAIRE

Organisation et gestion de données, fonctions

5. Notion de fonction, fonctions linéaires

6. Fonctions affines

7. Statistiques

8. Probabilités

Géométrie, grandeurs et mesures

9. Triangles, transformations

10. Quadrilatères, configuration de Thalès

11. Géométrie dans l'espace

12. Grandeur composées, unités de mesure

1 Écrire et utiliser un algorithme simple

EN BREF ▸ *Les algorithmes sont utilisés pour de nombreuses applications, des ordinateurs à l'intelligence artificielle.*

I Qu'est-ce qu'un algorithme ?

Un algorithme, c'est une suite d'instructions à appliquer sur des **variables** qui, une fois exécutée correctement, conduit à la résolution d'un problème.

Exemple : Dans un calcul comportant plusieurs opérations, on suit l'algorithme suivant :
- calcul des expressions entre parenthèses ;
- calcul des multiplications et des divisions ;
- calcul des soustractions et additions de gauche à droite.

MOT CLÉ
Une **variable** est une valeur qui peut être modifiée au cours d'un programme. Elle doit avoir un nom, ainsi qu'un type (nombre entier, mot...).

II Écrire et utiliser un algorithme

D'une façon générale, on peut considérer trois étapes dans un algorithme.

- La première étape concerne le choix des variables et l'entrée des données.
- La deuxième étape regroupe le traitement des données : on détermine toutes les instructions à écrire pour résoudre le problème.
- La troisième étape est la sortie des résultats.

Exemple : Voici un algorithme associé au calcul du périmètre et de l'aire d'un disque, écrit en langage naturel.

Entrée	Saisir R
Traitement des données	Affecter à P la valeur $2 \times 3{,}14 \times R$
	Affecter à A la valeur $3{,}14 \times R^2$
Sortie	Afficher P et A

La variable R enregistre la valeur du rayon du disque. La variable P prend la valeur du périmètre du disque. La variable A prend la valeur de l'aire du disque.

À NOTER
L'**affectation** consiste à attribuer une valeur à une variable.

2 Écrire et utiliser une instruction conditionnelle

EN BREF ▸ *La résolution de certains problèmes nécessite la mise en place d'un test pour savoir si l'on doit effectuer une tâche.*

I Utilisation d'une instruction conditionnelle

■ Une **instruction conditionnelle** permet d'effectuer un **test** sur une condition : si la condition est remplie, alors une instruction est effectuée. Ce test peut être la comparaison de deux valeurs, et la condition, l'un des symboles $<$, $=$ et $>$.

En langage naturel, elle peut se présenter sous la forme suivante :

> SI *Condition*
> ALORS
> *Instruction*

■ Une variante permet de préciser l'instruction à effectuer **si la condition n'est pas remplie** :

> SI *Condition*
> ALORS *Instruction 1*
> SINON *Instruction 2*

À NOTER
La consigne alternative (sinon) n'est pas obligatoire.

Si le test est positif, on effectue l'instruction 1.

Sinon, c'est-à-dire si le test est négatif, on effectue l'instruction 2.

II Exemple dans un algorithme

Exemple : Voici un algorithme en langage naturel comportant une instruction conditionnelle.

Entrée	Saisir A
Traitement des données	SI $A < 0$
	ALORS B prend la valeur $3A$
	SINON B prend la valeur $A + 5$
Sortie	Afficher B

Si on saisit -3 en entrée, A ayant la valeur -3 est inférieur à 0 donc le test $A < 0$ est validé. B prend alors la valeur $3A$ et -9 s'affiche.

Si on saisit 10 en entrée, 10 étant positif, la condition n'est pas remplie. B prend la valeur $A + 5$ et 15 s'affiche.

3 Écrire et utiliser une boucle dans un algorithme complexe

EN BREF ▸ *Dans un algorithme, utiliser une boucle permet de recommencer plusieurs fois un bloc d'instructions. Il y a plusieurs sortes de boucles.*

I Boucles « Pour ... »

■ La boucle « Pour... » permet de **répéter** les mêmes instructions **un nombre prédéfini de fois**.

Elle se présente sous la forme suivante :

> POUR *variable* **allant de** *valeur début* **à** *valeur fin*
> **Faire** *Instructions*

■ La *variable* utilisée est un **compteur** : elle compte le nombre de répétitions de la boucle.

Exemple : Dans l'algorithme ci-dessous, l'entier i sert de compteur.

Entrée	Saisir x
Traitement des données	POUR i allant de 1 à 5
	x prend la valeur $x+2$
	Afficher x
	FIN DU POUR

On répète 5 fois de suite les instructions « x prend la valeur $x+2$ » et « Afficher x ». Si on saisit 10, les nombres 12, 14, 16, 18, 20 s'afficheront, car l'instruction « Afficher x » est à l'intérieur de la boucle.

II Boucles « Tant que ... »

La boucle « Tant que... » permet de **répéter** les mêmes instructions **tant qu'une condition est vérifiée**. Elle se présente sous la forme suivante :

> TANT QUE *Condition est vraie*
> **Faire** *Instructions*

Exemple :

Entrée	Saisir x
	n prend la valeur 1
Traitement des données	TANT que $n \leqslant 5$
	x prend la valeur $x+3$
	n prend la valeur $n+1$
	Afficher x

Si on saisit 10, les nombres 13, 16, 19, 22 et 25 s'afficheront.

4 Résoudre un problème à l'aide d'un algorithme

EN BREF ▸ *Un algorithme est une méthode pour résoudre un problème. Quand les calculs sont très nombreux et répétitifs, on a intérêt à faire appel à un ordinateur.*

I Un exemple de problème à résoudre

Exemple : Marie choisit un nombre entre 1 et 5, elle le multiplie par 3, puis lui ajoute 8. Paul choisit un nombre entre 6 et 10, il le multiplie par 2, puis lui retranche 10. Marie dit à Paul : « Mon résultat sera toujours plus grand que le tien ». Marie a-t-elle raison ?

Pour résoudre le problème, il faut **tester tous les cas possibles**, ici il y en a 25. Pour chaque couple de nombres choisis on compare les résultats.

II Utiliser un algorithme

1 Entrées et variables

On introduit deux compteurs, I et J, qui correspondent aux deux nombres choisis par Marie et Paul. Les variables A et B contiennent les résultats des calculs de Marie et Paul.

```
I et J sont des entiers
A et B sont des nombres
N prend la valeur 0
```

La variable N compte le nombre de cas où le résultat de Marie est supérieur à celui de Paul.

2 Traitement des données

On a deux boucles imbriquées. Le nombre I doit prendre toutes les valeurs entre 1 et 5. Pour chaque valeur de I, le nombre J doit prendre toutes les valeurs entre 6 et 10. On compare les deux variables à l'aide du test $A > B$. Une instruction conditionnelle permet de compter, avec N, le nombre de fois où le test est vérifié.

```
POUR I allant de 1 à 5
   A prend la valeur 3 × I + 8
   POUR J allant de 6 à 10
      B prend la valeur 2 × J − 10
      Si A > B alors N prend la valeur N + 1
   FIN DU POUR
FIN DU POUR
```

3 Sortie

À la fin on affiche la valeur de N. Dans ce cas on trouve que N prend la valeur 25, donc que Marie a raison.

```
Afficher N
```

SE TESTER QUIZ

Vérifie que tu as compris les points clés

1 Utiliser le logiciel Scratch

→ FICHE 1

Dans le logiciel Scratch, une variable est introduite par le bloc :

☐ **a.** « données » ☐ **b.** « contrôle » ☐ **c.** « opérateurs »

2 Faire un calcul littéral avec le logiciel Scratch

→ FICHE 2

Ce script correspond à un programme de calcul.
Quelle est l'écriture littérale de ce calcul ?

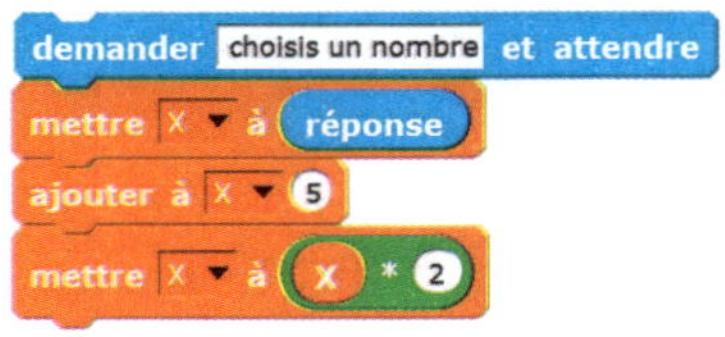

☐ **a.** $2x+5$

☐ **b.** $x+5\times2$

☐ **c.** $(x+5)\times2$

3 Utiliser une instruction conditionnelle

→ FICHE 2

Quand on exécute ce script, que fait le lutin ?

☐ **a.** Rien.

☐ **b.** Il miaule.

☐ **c.** Il dit « Bonjour »

4 Utiliser une boucle

→ FICHE 3

1) Quand on exécute ce script, que dessine le lutin ?

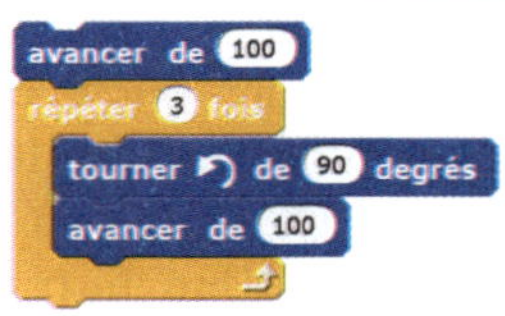

☐ **a.** un triangle

☐ **b.** un carré

☐ **c.** un rectangle

2) Quand on exécute ce script, quel nombre dit le lutin ?

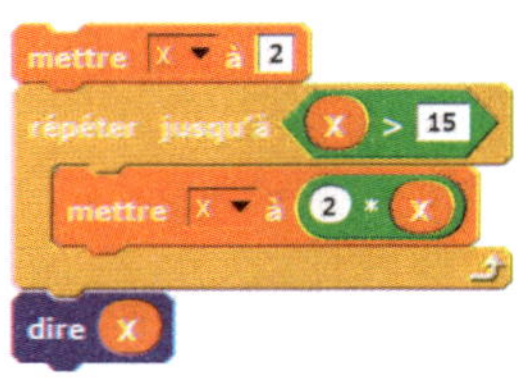

☐ **a.** 15

☐ **b.** 16

☐ **c.** 18

OBJECTIF BREVET

Lance-toi dans des sujets !

5 Dessiner avec une boucle

10 min

→ FICHE 3

Voici un script écrit à l'aide du logiciel Scratch. Ce script utilise des instructions du bloc « stylo ».
Quelle figure dessine ce programme ?

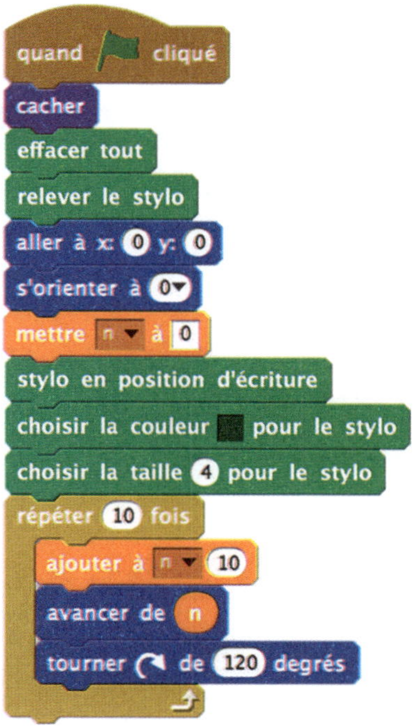

DÉMARRONS ENSEMBLE

Observe qu'on répète 10 fois un bloc d'instructions. Ces instructions concernent un déplacement de n (où n est une variable à laquelle on ajoute 10 à chaque répétition) et une rotation de 120°.

6 Reconstituer la logique algorithmique d'un programme

⏱ 15 min

→ FICHES 2, 3 et 4

Voici un script écrit à l'aide du logiciel Scratch. Ce script utilise une boucle et deux instructions conditionnelles. Expliquer ce que fait ce programme.

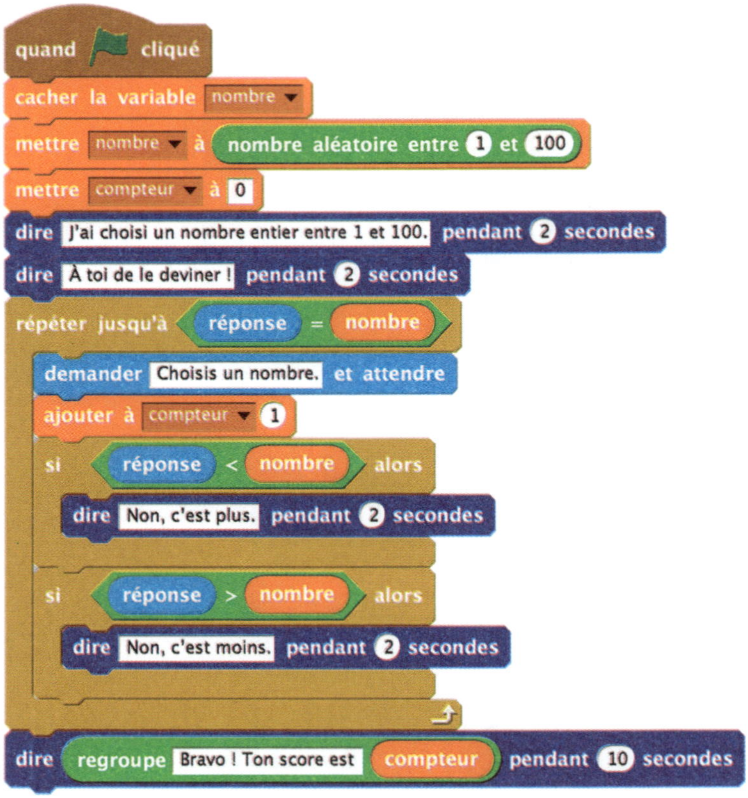

DÉMARRONS ENSEMBLE

- L'instruction en vert « Nombre aléatoire entre 1 et 100 » dit à l'ordinateur de choisir un nombre au hasard entre 1 et 100. Que contient alors la variable « *nombre* » ?
- « *Réponse* » est une variable qui prend comme valeur le nombre choisi par l'utilisateur.
On teste si le nombre choisi par l'utilisateur est plus grand ou plus petit que celui choisi par le programme.
- Quelle est l'utilité de la variable « *compteur* » ?

CORRIGÉS

SE TESTER QUIZ

1 Utiliser le logiciel Scratch

Réponse a.

2 Faire un calcul littéral avec le logiciel Scratch

Réponse c.

3 Utiliser une instruction conditionnelle

Réponse c.

4 Utiliser une boucle

1) Réponse b.

2) Réponse b.

OBJECTIF BREVET

5 Dessiner avec une boucle

À chacune des 10 répétitions de la boucle, le lutin avance de 10 pas de plus que la fois précédente. De plus, après avoir avancé, il tourne de 120°.

On obtient la figure ci-contre, une « spirale triangulaire ».

6 Reconstituer la logique algorithme d'un programme

- Le programme choisit un nombre aléatoire entre 1 et 100 que l'on doit deviner. Cette variable est nommée « *nombre* » dans le programme.
- On entre un nombre entre 1 et 100, cette variable est nommée « *réponse* » dans le programme.
- On compare alors les deux variables à l'aide des tests < ou >.

Si ce nombre est plus petit que le nombre choisi par le programme, le lutin répond « Non, c'est plus ».

Le compteur prend alors la valeur « compteur plus 1 ».

La boucle s'arrête quand les deux variables sont égales.

À la fin, le programme affiche « Bravo ! Ton score est : *la valeur du compteur* », c'est-à-dire le nombre d'essais.

À NOTER
Ici, le score est meilleur quand il est plus bas.

5 Rechercher des diviseurs

EN BREF ▸ *Pour trouver les diviseurs d'un nombre entier, on peut s'aider des critères de divisibilité.*

I Multiples et diviseurs

On désigne par a et b deux entiers strictement positifs.
On dit que b est un diviseur de a s'il existe un entier positif n tel que $a = b \times n$.
a est alors un multiple de b.

MOT CLÉ
Les **nombres entiers** sont des nombres qui s'écrivent sans virgule.

Exemples : $30 = 5 \times 6$, donc 5 est un diviseur de 30 et 30 est un multiple de 5.
$21 = 3 \times 7$ donc 3 est un diviseur de 21 et 21 est un multiple de 3.

II Les critères de divisibilité

- Un entier est divisible par 2 si le chiffre des unités est 0, 2, 4, 6 ou 8. Cet entier est alors pair.
- Un entier est divisible par 3 si la somme de ses chiffres est divisible par 3.
- Un entier est divisible par 5 si le chiffre des unités est 0 ou 5.
- Un entier est divisible par 9 si la somme de ses chiffres est divisible par 9.
- Un entier est divisible par 10 si le chiffre des unités est 0.

Exemples : 120 est divisible par 2, 3, 5 et 10.
75 est divisible par 3 et 5.

III Trouver les diviseurs d'un nombre entier

Pour trouver les diviseurs d'un nombre, il faut écrire de toutes les façons possibles ce nombre sous la forme d'un produit de deux entiers, en s'aidant des critères de divisibilité. On cherche si l'entier est divisible par 1, 2, 3, 4, ainsi de suite.

À NOTER
Tout nombre entier strictement supérieur à 1 admet au moins deux diviseurs : 1 et lui-même.

Exemple : On veut trouver les diviseurs de 40.
40 s'écrit 40×1, donc 40 est divisible par 1 et 40.
40 est un nombre pair et $40 = 2 \times 20$, donc 2 et 20 sont des diviseurs de 40.
La somme des chiffres de 40 est 4, donc 40 n'est pas divisible par 3.
40 s'écrit 4×10 ou 5×8.
Il n'y a plus d'entiers entre 5 et 8 qui divisent 40.
Donc les diviseurs de 40 sont : 1, 2, 4, 5, 8, 10, 20 et 40.

6 Décomposer un nombre en produit de facteurs premiers

EN BREF ▸ *Tout entier peut s'écrire sous la forme d'un produit de facteurs premiers.*

I Qu'est-ce qu'un nombre premier ?

- Un nombre premier est un entier positif qui admet exactement deux diviseurs.

Exemples : 2 n'est divisible que par 1 et 2. Donc 2 est un nombre premier.

4 est divisible par 1, 2 et 4. Donc 4 n'est pas un nombre premier.

À NOTER
L'entier 1 n'est divisible que par 1. Donc 1 n'est **pas un nombre premier**.

- Voici la liste des nombres premiers inférieurs à 50 dans l'ordre croissant :

2	3	5	7	11	13	17	19
23	29	31	37	41	43	47	

II Décomposer un nombre en produit de facteurs premiers

Tout entier peut s'écrire sous la forme d'un **produit** où tous les **facteurs** sont des nombres premiers. On appelle cette écriture la décomposition en produit de facteurs premiers de cet entier.

MOTS CLÉS
Le **produit** est le résultat d'une multiplication. Les nombres qui la composent sont les **facteurs**.

Exemple : Pour trouver la décomposition en produit de facteurs premiers de 60, on cherche s'il est divisible par chacun des nombres premiers en les prenant dans l'ordre croissant.

- 60 est un nombre pair, donc il est divisible par 2.
On a $60 = 2 \times 30$.
- 30 est un nombre pair, donc il est divisible par 2.
On a $30 = 2 \times 15$ et $60 = 2 \times (2 \times 15) = 2 \times 2 \times 15$.
- 15 n'est pas divisible par 2, il est divisible par 3.
On a $15 = 3 \times 5$ et $60 = 2 \times 2 \times (3 \times 5)$.
- 5 est un nombre premier.
- La décomposition en produit de facteurs premiers de 60 est : $2 \times 2 \times 3 \times 5$.

7 Simplifier une fraction pour la rendre irréductible

EN BREF ▸ *Il peut être compliqué d'effectuer un calcul avec des fractions si ces fractions n'ont pas été simplifiées. La méthode de décompositions en produit de facteurs premiers permet d'obtenir rapidement une fraction irréductible.*

I Qu'est-ce qu'une fraction irréductible ?

- Une fraction est **irréductible** lorsqu'elle ne peut plus être simplifiée.
- Si les **décompositions** en produit de facteurs premiers du numérateur et du dénominateur d'une fraction n'ont plus de facteurs identiques, alors la fraction est irréductible.

Exemple : La décomposition en produit de facteurs premiers de 6 est 2×3 et celle de 35 est 5×7. Ces deux décompositions n'ont pas de facteurs identiques. La fraction $\frac{6}{35}$ est irréductible.

II Simplifier une fraction à l'aide de décompositions en produit de facteurs premiers

- Si on divise le numérateur et le dénominateur d'une fraction par un même nombre, on obtient une **fraction égale**.
- Pour simplifier une fraction, on cherche les décompositions en produit de facteurs premiers du **numérateur** et du **dénominateur.**

Exemple : Pour simplifier la fraction $\frac{24}{18}$, on décompose 24, puis 18.

On obtient :

$$\frac{24}{18} = \frac{2 \times 12}{2 \times 9} = \frac{2 \times 2 \times 6}{2 \times 3 \times 3} = \frac{2 \times 2 \times 2 \times 3}{2 \times 3 \times 3}$$

On divise le numérateur et le dénominateur par 2, puis par 3.
On obtient :

$$\frac{24}{18} = \frac{2 \times 2}{3} = \frac{4}{3}.$$

MOTS CLÉS

Le **numérateur** est le nombre au-dessus de la barre de fraction. Le nombre en dessous s'appelle le **dénominateur**.

SE TESTER QUIZ

Vérifie que tu as compris les points clés

1 Rechercher des diviseurs

→ FICHE 5

La liste complète des diviseurs de 27 est :

☐ **a.** 1 ; 27

☐ **b.** 1 ; 3 ; 27

☐ **c.** 1 ; 3 ; 9 ; 27

2 Reconnaître un nombre premier

→ FICHE 6

Le nombre 7 est :

☐ **a.** un nombre premier

☐ **b.** un nombre uniquement divisible par 7

☐ **c.** un multiple de 14

3 Décomposer un nombre en produit de facteurs premiers

→ FICHE 6

La décomposition en produit de facteurs premiers de 12 est :

☐ **a.** 2×6

☐ **b.** 3×4

☐ **c.** $2 \times 2 \times 3$

4 Simplifier une fraction pour la rendre irréductible

→ FICHE 7

La fraction $\frac{6}{8}$ est :

☐ **a.** irréductible

☐ **b.** simplifiable par 2

☐ **c.** simplifiable par 3

OBJECTIF BREVET

Lance-toi dans des sujets !

5 Un multiple de 10

10 min

→ FICHE 5

« Je prends un nombre entier. Je lui ajoute 3 et je multiplie le résultat par 7. J'ajoute le triple du nombre de départ au résultat et j'enlève 21. J'obtiens toujours un multiple de 10. »

Est-ce vrai ? Justifier.

DÉMARRONS ENSEMBLE

- Appelle x le nombre entier choisi au départ.
- Si tu lui ajoutes 3, le nombre devient $x + 3$. Multiplie le résultat précédent par 7 sans oublier les parenthèses indispensables.
- Continue à effectuer les opérations indiquées et conclus.

6 Nombres premiers jumeaux

10 min

→ FICHE 6

Deux nombres premiers jumeaux sont deux nombres premiers dont la différence est 2, comme par exemple 3 et 5.

1) Quel est le nombre premier jumeau avec 11 ? avec 17 ?

2) 119 est un nombre premier. Admet-il un nombre premier jumeau ?

DÉMARRONS ENSEMBLE

1) Ajoute 2 ou retranche 2 au nombre 11. Observe les deux résultats obtenus et conclus. Raisonne de même avec 17.

2) Cherche si les nombres obtenus sont premiers ou non.

7 Fraction et proportion

10 min

→ FICHE 7

Un producteur de pommes décide de se reconvertir dans l'agriculture biologique et souhaite connaître le taux de pesticides dans les pommes qu'il produit.

Pour cela, il prélève deux lots de pommes sur deux arbres différents :
- Dans le premier lot, 63 pommes sur 225 présentent un taux anormal de pesticides.
- Dans le second lot, 96 pommes sur 400 présentent aussi un taux anormal.

Quel lot est le moins pollué par les pesticides ?

DÉMARRONS ENSEMBLE

• Dans le premier lot, 63 pommes sur 225 présentent un taux anormal de pesticides : l'écriture de cette proportion est $\frac{63}{225}$. Décompose 63 et 225 en produits de facteurs premiers à l'aide des critères de divisibilité, puis simplifie la fraction $\frac{63}{225}$.
• Raisonne de même pour le second lot.

8 Fraction et simplification

10 min

→ FICHE 7

Dans un collège, tous les élèves de troisième passent un brevet blanc.
Le professeur de mathématiques dit que $\frac{144}{180}$ des élèves ont réussi le brevet blanc.
Le professeur de français dit que $\frac{112}{140}$ des élèves ont réussi. Sont-ils d'accord ?

DÉMARRONS ENSEMBLE

Il s'agit de simplifier chacune des deux fractions données. Pour cela, décompose en produit de facteurs premiers le numérateur et le dénominateur de ces fractions.

CORRIGÉS

SE TESTER QUIZ

1 Rechercher des diviseurs

Réponse c.

2 Reconnaître un nombre premier

Réponse a.

3 Décomposer un nombre en produit de facteurs premiers

Réponse c.

4 Simplifier une fraction pour la rendre irréductible

Réponse b.

OBJECTIF BREVET

5 Un multiple de 10

> **CONSEIL**
> Les parenthèses autour de la somme $n + 3$ sont indispensables.

Appelons n le nombre choisi.
Appliquons le programme de calcul proposé.
On ajoute 3, on obtient $n + 3$.
On multiplie le résultat par 7, on obtient $(n + 3) \times 7$.
On ajoute le triple du nombre de départ au résultat, on obtient $(n + 3) \times 7 + n \times 3$.
On enlève 21, on obtient $(n + 3) \times 7 + n \times 3 - 21$.
Posons $A = (n + 3) \times 7 + n \times 3 - 21$.
On simplifie cette expression :
$A = n \times 7 + 3 \times 7 + n \times 3 - 21$
$A = n \times (3 + 7) + 21 - 21$
$A = n \times 10$.
On obtient donc toujours un multiple de 10.

6 Nombres premiers jumeaux

> **À NOTER**
> 1) 9 et 15 ne sont pas des nombres premiers car ils sont divisibles par 3.

1) On a $11 - 2 = 9$ et $11 + 2 = 13$.
Le nombre premier jumeau avec 11 est 13.
On a $17 - 2 = 15$ et $17 + 2 = 19$.
Le nombre premier jumeau avec 17 est 19.

2) On a $119 - 2 = 117$ et $119 + 2 = 121$.
117 est divisible par 3, donc il n'est pas premier.
Et 121 est divisible par 11, donc il n'est pas premier.
Donc 119 n'admet pas de nombre premier jumeau.

7 Fraction et proportion

On écrit sous forme de fractions les proportions données : $\frac{63}{225}$ et $\frac{96}{400}$.
On simplifie ces deux fractions :
$\frac{63}{225} = \frac{3 \times 3 \times 7}{3 \times 3 \times 5 \times 5} = \frac{7}{5 \times 5} = \frac{7}{25}$ et $\frac{96}{400} = \frac{2 \times 2 \times 2 \times 2 \times 2 \times 3}{2 \times 2 \times 2 \times 2 \times 5 \times 5} = \frac{2 \times 3}{5 \times 5} = \frac{6}{25}$.
$\frac{6}{25} < \frac{7}{25}$ donc, en proportion, le second lot contient moins de pommes présentant un taux anormal de pesticides que le premier : c'est le moins pollué par les pesticides.

8 Fraction et simplification

On veut comparer les deux fractions, pour cela on les simplifie. On décompose en produit de facteurs premiers chacun des nombres. On obtient :
$\frac{144}{180} = \frac{2 \times 2 \times 2 \times 2 \times 3 \times 3}{2 \times 2 \times 3 \times 3 \times 5} = \frac{4}{5}$ et $\frac{112}{140} = \frac{2 \times 2 \times 2 \times 2 \times 7}{2 \times 2 \times 5 \times 7} = \frac{4}{5}$.
Les deux fractions simplifiées sont égales, les deux professeurs sont donc d'accord.

8 Représenter un nombre sur une droite graduée

EN BREF ▸ *Un thermomètre, une règle ou un verre doseur sont des instruments du quotidien qui présentent une graduation avec des nombres relatifs, décimaux ou rationnels.*

I Représenter un nombre relatif sur une droite graduée

- Pour placer un nombre décimal positif sur une droite graduée, on repère sa **partie entière** et sa **partie décimale.**
- Pour placer un décimal négatif, on place d'abord son opposé qui est positif. On effectue une symétrie par rapport au nombre 0.

MOTS CLÉS
La **partie entière** d'un décimal positif est le nombre situé à gauche de la virgule. Sa **partie décimale** est située à droite.

Exemple : Placer +2,6 et −2,6 sur la droite graduée ci-dessous.

On écrit +2,6 = +2 + 0,6. On compte alors 6 petites divisions à partir de +2 vers la droite. Par symétrie par rapport à 0, on place −2,6.

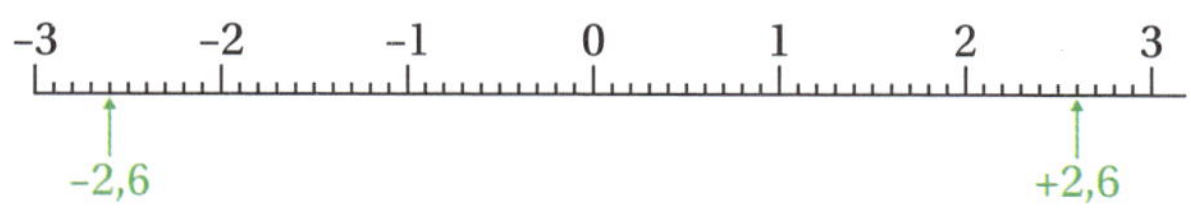

II Représenter un rationnel sur une droite graduée

Pour placer un **rationnel** sur une droite graduée, on partage chaque unité en autant de divisions que le dénominateur du rationnel.

Le numérateur indique le nombre de divisions qu'il faut compter à partir du nombre 0.

MOT CLÉ
Un **rationnel** est un nombre qui peut s'écrire sous la forme d'un quotient de deux entiers. Il a une infinité d'écritures, chacune d'entre elles est une fraction.

Exemple : Placer $\frac{3}{4}$ sur la droite graduée ci-dessous.

On partage chaque unité en quatre divisions et on compte 3 divisions à partir de 0.

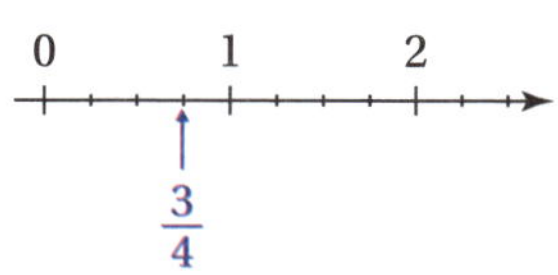

9 Comparer des décimaux, des fractions

EN BREF ▸ *Comparer deux quantités, c'est chercher quelle est la plus grande ou la plus petite des deux.*

I Comparer deux décimaux

1 Comparer deux décimaux positifs

- Pour comparer deux décimaux positifs, on regarde d'abord leurs parties entières.

Si les deux parties entières sont différentes, le plus grand est celui qui a la plus grande partie entière.

- Si les deux parties entières sont égales, on compare de la même manière les deux chiffres des dixièmes. On poursuit le processus si nécessaire en comparant les chiffres des centièmes, des millièmes, etc.

Exemple :
Comparons 3,45 et 3,37.
Ces deux nombres ont la même partie entière 3. Le chiffre des dixièmes de 3,45 est 4 et celui de 3,37 est 3.
$4 > 3$, donc $3{,}45 > 3{,}37$.

2 Comparer deux décimaux négatifs

Deux décimaux négatifs sont rangés dans l'ordre contraire de leurs opposés respectifs.

Exemple :
On a $3{,}45 > 3{,}37$ donc $-3{,}45 < -3{,}37$.

II Comparer deux fractions

Pour comparer deux fractions, on les écrit d'abord avec le même dénominateur. La plus grande est alors celle qui a le plus grand numérateur.

Exemple :
Comparons $\frac{-2}{7}$ et $\frac{-1}{5}$.
Écrivons les deux fractions au même dénominateur.
$\frac{-2}{7} = \frac{-2 \times 5}{7 \times 5} = \frac{-10}{35}$ et $\frac{-1}{5} = \frac{-1 \times 7}{5 \times 7} = \frac{-7}{35}$.
Comparons les deux numérateurs. On a $-10 < -7$, donc $\frac{-10}{35} < \frac{-7}{35}$.
Finalement, $\frac{-2}{7} < \frac{-1}{5}$.

10 Effectuer des calculs sur des relatifs en écriture fractionnaire

EN BREF ▸ *Tu connais les nombres en écriture fractionnaire, c'est-à-dire ceux qui s'écrivent sous la forme d'un quotient de deux nombres relatifs. Il s'agit maintenant d'apprendre à effectuer des calculs sur ces nombres.*

I Addition ou soustraction de deux fractions

Pour additionner ou soustraire des fractions, on les réduit au même dénominateur et on ajoute ou on soustrait les numérateurs.

Exemple :

On pose $A = \frac{1}{12} + \frac{(-3)}{8}$.

On a $A = \frac{2}{24} + \frac{(-9)}{24}$, soit $A = \frac{2-9}{24}$ d'où $A = \frac{-7}{24}$.

À NOTER

On a $\frac{a}{b} = \frac{-a}{-b}$ et $\frac{-a}{b} = \frac{a}{-b} = -\frac{a}{b}$, b étant non nul.

II Multiplication de deux fractions

Pour multiplier deux fractions, on multiplie d'une part les numérateurs et d'autre part, les dénominateurs.

Exemple :

$B = \frac{2}{7} \times \frac{21}{8}$ donc $B = \frac{2 \times 21}{7 \times 8}$.

On simplifie :

$B = \frac{\cancel{2} \times 3 \times \cancel{7}}{\cancel{7} \times \cancel{2} \times 2 \times 2}$, soit $B = \frac{3}{4}$.

CONSEIL

Après avoir écrit les deux produits, décompose chaque nombre en produit de facteurs premiers et simplifie avant d'effectuer les produits restants.

III Division de deux fractions

Pour diviser deux fractions, on multiplie la première par l'**inverse** de la deuxième.

Exemple :

$C = \frac{5}{6} \div \frac{-10}{9}$ donc $C = \frac{5}{6} \times \frac{9}{-10}$.

On simplifie :

$C = \frac{\cancel{5} \times (\cancel{3} \times 3)}{(2 \times \cancel{3}) \times (-2 \times \cancel{5})}$, soit $C = -\frac{3}{4}$.

MOT CLÉ

L'**inverse** de la fraction $\frac{a}{b}$ est la fraction $\frac{b}{a}$ où a et b sont non nuls.

11 Conduire un calcul en respectant les règles de priorité

EN BREF ▸ *Quand une expression comporte plusieurs opérations, les calculs doivent être effectués dans un ordre précis. On parle de règles de priorité des opérations.*

I Expression sans parenthèse

Pour calculer une expression sans parenthèses, on effectue d'abord les puissances, puis les multiplications et les divisions. On termine le calcul avec les additions et les soustractions.

Exemple :

Calculer $B = \frac{1}{2} + \frac{5}{2} \times \frac{3}{4}$.

On effectue la multiplication : $B = \frac{1}{2} + \frac{15}{8}$.

On effectue l'addition : $B = \frac{4}{8} + \frac{15}{8}$, soit $B = \frac{19}{8}$.

II Expression comportant des parenthèses

- Pour calculer une expression comportant des parenthèses, on effectue d'abord les opérations entre parenthèses.

Exemple :

Calculer $A = \frac{1}{2} \times \left(2 + \frac{1}{2}\right) + \frac{9}{4}$.

On effectue l'expression entre parenthèses :

$A = \frac{1}{2} \times \left(\frac{4}{2} + \frac{1}{2}\right) + \frac{9}{4}$, soit $A = \frac{1}{2} \times \frac{5}{2} + \frac{9}{4}$.

On effectue la multiplication : $A = \frac{5}{4} + \frac{9}{4}$.

On effectue l'addition et on simplifie la fraction : $A = \frac{14}{4}$, soit $A = \frac{7}{2}$.

- Si l'expression comporte plusieurs séries de parenthèses ou de crochets emboîtés, on commence par calculer les parenthèses les plus intérieures.

Exemple :

Calculer $C = 2 \times [2 - 4\,(5 - 1)]$.

On calcule l'expression entre parenthèses :

$C = 2 \times [2 - 4 \times 4]$.

On calcule l'expression entre crochets :

$C = 2 \times [2 - 16]$

$C = 2 \times [-14]$.

On effectue la multiplication : $C = -28$.

12 Conduire un calcul avec des puissances

EN BREF ▸ *Le produit d'un nombre x plusieurs fois par lui-même est appelé puissance de x. L'écriture x^n facilite les calculs sur des nombres très grands ou très petits.*

I Puissance d'un nombre x

1 Puissance d'exposant positif d'un nombre x

- x est un nombre relatif et n est un entier positif supérieur ou égal à 2.

La **puissance d'exposant n** de x est le nombre x^n égal au produit de n facteurs tous égaux à x.

- **Convention :** $x^0 = 1$ et $x^1 = x$.
- **Cas particulier** : x^2 désigne le carré de x et x^3 désigne le cube de x.

Exemples : $8^2 = 8 \times 8 = 64$ $(-2)^3 = (-2)\times(-2)\times(-2) = (-8)$.

2 Puissance d'exposant négatif d'un nombre x

x est un nombre relatif et n est un entier positif supérieur ou égal à 2.

La **puissance d'exposant $-n$** de x est le nombre x^{-n}. On a : $x^{-n} = \dfrac{1}{x^n}$.

Exemple : $7^{-3} = \dfrac{1}{7^3} = \dfrac{1}{7\times7\times7} = \dfrac{1}{343}$.

À NOTER

- Ne confonds pas le double de x et son carré. Le double de 8 est 16 et son carré est 64.
- x désigne un nombre relatif non nul, x^{-n} est l'inverse de x^n. On a : $x^{-n} \times x^n = 1$.

II Puissance de 10

- n est un entier positif non nul.

On a : $10^n = \underbrace{10 \times \ldots \times 10}_{n \text{ facteurs}} = 1\underbrace{00\ldots0}_{n \text{ zéros}}$ et $10^{-n} = \dfrac{1}{10^n}$.

- Voici les différents noms attribués à des puissances de 10 particulières.

Puissance de 10	Préfixe	Symbole
10^{12}	téra	T
10^9	giga	G
10^6	méga	M
10^3	kilo	k
10^2	hecto	h
10^1	déca	da

Puissance de 10	Préfixe	Symbole
10^{-1}	déci	d
10^{-2}	centi	c
10^{-3}	milli	m
10^{-6}	micro	µ
10^{-9}	nano	n

13 Donner l'écriture scientifique d'un nombre

EN BREF ▸ *La recherche scientifique est souvent confrontée à des nombres très grands ou très petits. L'écriture scientifique permet de simplifier les calculs. Elle est utilisée notamment en physique.*

I Écriture scientifique d'un nombre

■ L'écriture scientifique d'un nombre non nul est l'écriture de ce nombre sous la forme :

$$a \times 10^n$$

Si le nombre est positif, alors a est un nombre positif tel que $1 \leqslant a < 10$ et n est un entier relatif.

Si le nombre est négatif, alors a est un nombre négatif tel que $-10 < a \leqslant -1$ et n est un entier relatif.

■ L'écriture scientifique d'un nombre est unique.

Exemples : L'écriture scientifique de 2 000 est 2×10^3.
L'écriture scientifique de –0,056 est $-5{,}6 \times 10^{-2}$.

II Effectuer un calcul et donner l'écriture scientifique du résultat

Pour écrire une expression sous forme scientifique, on donne l'écriture décimale de chaque puissance de 10 après les avoir regroupées. Puis on effectue les calculs.

Exemple : On donne $A = 6 \times 10^2 \times 5 \times 10^{-4}$.
On cherche l'écriture scientifique de A. On a :
$A = 6 \times 100 \times 5 \times 0{,}0001$
$A = 30 \times (100 \times 0{,}0001)$
$A = 30 \times 0{,}01$
$A = 3 \times 10 \times 0{,}01$
$A = 3 \times 0{,}1$
$A = 3 \times 10^{-1}$. L'écriture scientifique de A est 3×10^{-1}.

III Comparer des nombres en écriture scientifique

Pour comparer deux nombres en écriture scientifique, on compare d'abord les puissances de 10. Celui qui a la plus grande puissance de 10 est le plus grand nombre. Si les puissances de 10 sont les mêmes, on compare les facteurs placés devant les puissances de 10.

Exemples : $4{,}5 \times 10^2 > 9{,}5 \times 10^{-1}$ $\quad$ $2{,}1 \times 10^{-3} < 3{,}5 \times 10^{-3}$.

SE TESTER QUIZ

Vérifie que tu as compris les points clés

1 Comparer des décimaux, des fractions

→ FICHE 9

On considère les fractions suivantes : $\frac{1}{4}$; $\frac{1}{2}$; $\frac{1}{8}$.

Le plus grand de ces nombres est :

☐ **a.** $\frac{1}{4}$ ☐ **b.** $\frac{1}{2}$ ☐ **c.** $\frac{1}{8}$

2 Effectuer des opérations sur des relatifs en écriture fractionnaire

→ FICHE 10

On pose $C = \frac{2}{3} \div \frac{3}{7}$. Le nombre C est égal à :

☐ **a.** $\frac{6}{21}$ ☐ **b.** $\frac{14}{9}$ ☐ **c.** $\frac{1}{14}$

3 Conduire un calcul en respectant les règles de priorité

→ FICHE 11

On pose $G = 2^2 - 2^{-2} \times 8$. Le nombre G est égal à :

☐ **a.** 2 ☐ **b.** 8 ☐ **c.** 4

4 Conduire un calcul avec des puissances

→ FICHE 12

1 On pose $J = 10^2 \times 10^{-3}$. Le nombre J est égal à :

☐ **a.** 10^{-1} ☐ **b.** 10^{-2} ☐ **c.** 10^5

2 Le nombre 4^{-1} est égal à :

☐ **a.** -4 ☐ **b.** 0,4 ☐ **c.** 0,25

5 Donner l'écriture scientifique d'un nombre

→ FICHE 13

L'écriture scientifique de 0,0123 est :

☐ **a.** $0{,}123 \times 10^{-1}$

☐ **b.** $1{,}23 \times 10^{-2}$

☐ **c.** $1{,}23 \times 10^{-3}$

OBJECTIF BREVET

Lance-toi dans des sujets !

15 min 6 Vente d'une propriété et fraction

→ FICHE 10

1) Effectuer le calcul ci-dessous et donner le résultat sous forme d'une fraction irréductible : $A = 1 - \left(\frac{1}{4} + \frac{3}{4} \times \frac{4}{5}\right)$.

2) Un propriétaire terrien a vendu le quart de sa propriété au mois de janvier et les quatre cinquièmes du reste au mois de décembre.

a. Quelle fraction de la propriété a été vendue au mois de décembre ?

b. Quelle fraction de la propriété reste invendue après ces deux ventes ?

DÉMARRONS ENSEMBLE

1) Effectue d'abord la multiplication des deux fractions dans les parenthèses.

2) a. Un quart a été vendu au mois de janvier. Cherche la fraction de la propriété restante. Calcule alors les quatre cinquièmes de cette fraction.

b. Utilise le résultat trouvé à la question précédente.

10 min 7 Masse d'un atome de carbone

→ FICHE 12

La masse d'un atome de carbone est égale à $1{,}99 \times 10^{-26}$ kg.
Les chimistes considèrent des paquets contenant $6{,}022 \times 10^{23}$ atomes.

1) Calculer la masse en grammes d'un tel paquet d'atomes de carbone.

2) Donner une valeur arrondie de cette masse au gramme près.

DÉMARRONS ENSEMBLE

1) Convertis d'abord la masse d'un atome de carbone en grammes. Pour cela, souviens-toi que 1 g = 0,001 kg.

2) Tu cherches l'arrondi à l'unité du résultat trouvé à la question précédente.

10 min 8 Écriture décimale et scientifique d'un nombre

→ FICHE 13

On donne l'expression numérique : $A = 2 \times 10^2 + 10^1 + 10^{-1} + 2 \times 10^{-2}$.

1) Donner l'écriture décimale de A.

2) Donner l'écriture scientifique de A.

3) Écrire A sous la forme du produit d'un nombre entier par une puissance de 10.

4) Écrire A sous la forme de la somme d'un entier et d'une fraction irréductible inférieure à 1.

CORRIGÉS

SE TESTER QUIZ

1 Comparer des décimaux, des fractions

Réponse b.

2 Effectuer des opérations sur des relatifs en écriture fractionnaire

Réponse b.

3 Conduire un calcul en respectant les règles de priorité

Réponse a.

4 Conduire un calcul avec des puissances

1) Réponse a.
2) Réponse c.

5 Donner l'écriture scientifique d'un nombre

Réponse b.

OBJECTIF BREVET

6 Vente d'une propriété et fraction

1) On calcule A :

$$A = 1 - \left(\frac{1}{4} + \frac{3}{\cancel{4}} \times \frac{\cancel{4}}{5}\right)$$

$$A = 1 - \left(\frac{1}{4} + \frac{3}{5}\right)$$

$$A = 1 - \left(\frac{5}{20} + \frac{12}{20}\right)$$

$$A = \frac{20}{20} - \frac{17}{20}$$

$$A = \frac{3}{20}.$$

2) a. Le propriétaire a vendu un quart de sa propriété, donc il lui reste les trois quarts. Il vend les quatre cinquièmes du reste au mois de décembre, c'est-à-dire les quatre cinquièmes des trois quarts de sa propriété, soit : $\frac{4}{5} \times \frac{3}{4} = \frac{3}{5}$.
Le propriétaire vend donc les trois cinquièmes de sa propriété en décembre.
b. Le propriétaire a vendu le quart, puis les trois cinquièmes de sa propriété, donc il lui reste : $1 - \left(\frac{1}{4} + \frac{3}{5}\right)$.

On retrouve le calcul effectué à la question précédente. La fraction de la propriété restée invendue après ces deux ventes est donc $\frac{3}{20}$.

7 Masse d'un atome de carbone

1) Calculons la masse m en grammes d'un tel paquet d'atomes de carbone. On a :
$m = 1,99 \times 10^{-26} \times 6,022 \times 10^{23}$
$m = 11,98378 \times 10^{-3}$ kg.
La masse en grammes d'un tel paquet d'atomes de carbone est 11,98378 g.

> **CONSEIL**
> **1)** Souviens-toi que $1 \text{ kg} = 1\,000 \text{ g} = 10^3 \text{ g}$.

2) Une valeur arrondie de cette masse au gramme près est 12 g.

8 Écriture décimale et scientifique d'un nombre

1. On a $A = 2 \times 10^2 + 10^1 + 10^{-1} + 2 \times 10^{-2}$
$A = 2 \times 100 + 10 + 0,1 + 2 \times 0,01$
$A = 200 + 10 + 0,1 + 0,02$
$A = 210,12$.
L'écriture décimale de A est 210,12.

2) On a $A = 210,12 = 2,1012 \times 100 = 2,1012 \times 10^2$.
L'écriture scientifique de A est $2,1012 \times 10^2$.

3) On a $A = 210,12 = 21\,012 \times 0,01 = 21\,012 \times 10^{-2}$.
L'écriture de A sous la forme du produit d'un nombre entier par une puissance de 10 est $21\,012 \times 10^{-2}$.

4) On a $A = 210,12 = 210 + 0,12$
$A = 210 + \frac{12}{100}$
$A = 210 + \frac{2 \times 2 \times 3}{2 \times 2 \times 5 \times 5}$
$A = 210 + \frac{3}{25}$.

> **CONSEIL**
> **4)** Décompose en produit de facteurs premiers le numérateur et le dénominateur pour rendre irréductible une fraction.

L'écriture de A sous la forme de la somme d'un entier et d'une fraction irréductible inférieure à 1 est $210 + \frac{3}{25}$.

14 Connaître la distributivité

EN BREF ▸ *Pour résoudre des problèmes, on est amené à factoriser, c'est-à-dire transformer une somme en produit, ou bien à développer, c'est-à-dire transformer un produit en somme.*

I Distributivité simple

La multiplication est distributive par rapport à l'addition et la soustraction.

Soit a, b, c trois nombres quelconques. La règle de distributivité simple donne :

Factoriser

$$a \times (b + c) = a \times b + a \times c.$$

Développer

> **MOT CLÉ**
> Cette égalité traduit la **distributivité** de la multiplication sur l'addition.

Exemples :

• On veut développer $A = 2(4x + 3)$.
On obtient $A = 2 \times 4x + 2 \times 3$, soit $A = 8x + 6$.

• On veut factoriser $B = 5x - 7x$.
On obtient $B = x \times (5 - 7)$; $B = x \times (-2)$, soit $B = -2x$.

II Distributivité double

Soit a, b, c et d des nombres quelconques. La règle de distributivité double donne :

$$(a + b)(c + d) = a(c + d) + b(c + d) = ac + ad + bc + bd$$

Exemple :
On veut développer $A = (2x - 3)(3x + 5)$.
On obtient :
$A = 2x\ (3x + 5) + (-3)\ (3x + 5)$
$A = 2x \times 3x + 2x \times 5 - 3 \times 3x - 3 \times 5$
$A = 6x^2 + 10x - 9x - 15$
$A = 6x^2 + x - 15.$

15 Résoudre une équation du premier degré

EN BREF ▸ *Une équation est une égalité dans laquelle l'inconnue est désignée par une lettre. Résoudre une équation, c'est trouver toutes les valeurs de l'inconnue qui vérifient l'égalité proposée.*

I Résoudre une équation du type $x + a = b$

Soit a et b deux nombres donnés. Pour résoudre une équation du type $x + a = b$, on ajoute à chaque membre de l'équation **l'opposé de a.**

MOT CLÉ
L'opposé de a est $-a$.

Exemple : Résoudre $x + 4 = 6$.
On ajoute –4 aux deux membres de l'équation.
On obtient $x + 4 - 4 = 6 - 4$. Soit $x = 2$.
On vérifie : $2 + 4 = 6$.
L'équation a donc pour solution le nombre 2.

II Résoudre une équation du type $ax = b$

Soit a et b deux nombres donnés, a étant non nul. Pour résoudre une équation du type $ax = b$, on multiplie chaque membre de l'équation par l'inverse de a.

Exemple : Résoudre $\frac{5}{2}x = 7$.

On multiplie par $\frac{2}{5}$ les deux membres de l'équation.

On obtient $\frac{5}{2}x \times \frac{2}{5} = 7 \times \frac{2}{5}$. Soit $x = \frac{14}{5}$.

On vérifie : $\frac{5}{2} \times \frac{14}{5} = \frac{5 \times 14}{2 \times 5} = \frac{5 \times 2 \times 7}{2 \times 5} = 7$.

L'équation a donc pour solution $\frac{14}{5}$.

À NOTER
Pour tous nombres c et d non nuls, l'inverse de $\frac{c}{d}$ est $\frac{d}{c}$.
On a : $\frac{c}{d} \times \frac{d}{c} = 1$.

Exemple : Résoudre $-2x + 7 = 5$.

On soustrait 7 aux deux membres de l'équation.

On obtient $-2x + 7 - 7 = 5 - 7$, soit $-2x = -2$.

On multiplie par $-\frac{1}{2}$ les deux membres de l'équation.

On obtient $-\frac{1}{2}(-2x) = -2\left(-\frac{1}{2}\right)$, soit $x = +1$.

On vérifie : $-2(+1) + 7 = -2 + 7 = 5$.

L'équation a pour solution 1.

16 Résoudre des équations produits simples

EN BREF ▸ *Pour résoudre des équations du second degré, on est souvent amené à factoriser un des membres de l'équation à l'aide d'une identité remarquable. On obtient alors une équation produit.*

I Une identité remarquable pour factoriser ou développer

Soit a et b deux nombres quelconques. On a **l'identité remarquable** suivante : $a^2 - b^2 = (a + b)(a - b)$.

> **MOT CLÉ**
> Une **identité remarquable** est une égalité entre un produit et une somme.

Exemples :

• On veut factoriser $A = x^2 - 9$. x^2 est le carré du nombre x et 9 est le carré de 3.
On a : $A = x^2 - 3^2 = (x + 3)(x - 3)$.

• On veut développer $B = (x + 5)(x - 5)$. Le carré du nombre x est x^2 et le carré de 5 est 5^2.
On a : $B = x^2 - 5^2 = x^2 - 25$.

• On veut développer $C = (2x - 1)(2x + 1)$. Le carré de $2x$ est $2x \times 2x = 4x^2$ et le carré de 1 est 1.
On a : $C = 4x^2 - 1$.

II Équation produit

■ Une équation produit est une équation dont l'un des membres est un produit de facteurs et dont l'autre membre est nul.

■ Pour résoudre ce type d'équation, on applique la propriété suivante :
si un produit de facteurs est nul, alors au moins l'un de ses facteurs est nul.

Exemple :
Résoudre l'équation $(x + 2)(3x - 1) = 0$
$(x + 2)(3x - 1) = 0$ donc $x + 2 = 0$ ou $3x - 1 = 0$
$x = -2$ ou $x = \frac{1}{3}$

Vérification :
pour $x = -2$, on a $(-2 + 2)(3(-2) - 1) = 0 \times (-7) = 0$;
pour $x = \frac{1}{3}$, on a : $\left(\frac{1}{3} + 2\right)\left(3\left(\frac{1}{3}\right) - 1\right) = \left(\frac{1}{3} + 2\right) \times 0 = 0$.

Les solutions de cette équation sont -2 et $\frac{1}{3}$.

17 Résoudre un problème à l'aide d'une équation

EN BREF ▸ *Beaucoup de situations de la vie courante trouvent leur solution à l'aide de la résolution d'équations. Au brevet aussi tu devras sûrement mettre en équation ce type de situation puis en effectuer la résolution.*

I Cinq étapes clés

Pour résoudre un problème nécessitant la résolution d'une équation, on procède en cinq étapes :

- **Choix de l'inconnue :** on désigne par une lettre l'inconnue que l'on cherche.
- **Mise en équation du problème :** on traduit les données par une équation.
- **Résolution de l'équation :** on résout l'équation pour trouver la valeur (ou les valeurs) de l'inconnue.
- **Vérification :** on remplace l'inconnue par la valeur trouvée dans l'égalité de départ.
- **Conclusion :** on interprète le résultat par rapport au problème posé.

II Exemple

On cherche s'il existe des nombres qui sont égaux à leur double augmenté de 1.

- **Choix de l'inconnue** : soit x le nombre cherché.
- **Mise en équation** :

$x = 2x + 1$

- **Résolution de l'équation** :

$x = 2x + 1$

$x - 2x = 1$

$-x = 1$

$x = -1.$

- **Vérification** :

$-1 = 2(-1) + 1$

- **Conclusion** : le nombre qui est égal à son double augmenté de 1 est -1.

À NOTER
Il ne faut pas oublier de conclure en répondant à la question posée.

SE TESTER QUIZ

Vérifie que tu as compris les points clés

1 Connaître la distributivité simple et double

→ FICHE 14

1 L'expression développée de $A = 2 \times (x + 4)$ est :

☐ **a.** $2x + 4$ ☐ **b.** $2x + 8$ ☐ **c.** $2x + 6$

2 L'expression $B = (x + 1)^2$ est égale à :

☐ **a.** $(x + 1)(x + 1)$ ☐ **b.** $(x + 1)(x - 1)$ ☐ **c.** $(x + 1) \times 2$

2 Résoudre une équation du premier degré

→ FICHE 15

1 10 est solution de l'équation :

☐ **a.** $x + 5 = 2$ ☐ **b.** $2x - 1 = 19$ ☐ **c.** $2 - x = 0$

2 L'équation $\frac{1}{2}x = 0$ a pour solution :

☐ **a.** $x = 0$ ☐ **b.** $x = -2$ ☐ **c.** $x = 2$

3 Utiliser une identité remarquable

→ FICHE 16

1 On a : $A = x^2 - 1$. La forme factorisée de A est :

☐ **a.** $(x - 1)^2$ ☐ **b.** $(x - 1)(x - 1)$ ☐ **c.** $(x + 1)(x - 1)$

2 On a : $B = (2x + 1)(2x - 1)$. La forme développée de B est :

☐ **a.** $2x^2 - 1$ ☐ **b.** $4x^2 - 1$ ☐ **c.** $4x - 1$

4 Résoudre une équation produit

→ FICHE 16

1 L'équation $(x + 5)(x - 9) = 0$ a pour solution :

☐ **a.** -5 et 9 ☐ **b.** 5 et -9 ☐ **c.** 5 et 9

2 L'équation $4x^2 - 1 = 0$ a pour solution :

☐ **a.** $\frac{-1}{4}$ et $\frac{1}{4}$ ☐ **b.** $\frac{-1}{2}$ et $\frac{1}{2}$ ☐ **c.** $\frac{1}{2}$

5 Résoudre un problème à l'aide d'une équation

→ FICHE 17

En calculant les trois quarts d'un nombre x, on obtient 12.
Le nombre x est :

☐ **a.** 16 ☐ **b.** 20 ☐ **c.** 24

OBJECTIF BREVET

Lance-toi dans des sujets !

6 Utiliser la double distributivité

15 min

→ FICHE 14

Tom doit calculer $3{,}5^2$. « Pas la peine de prendre la calculatrice, lui dit Julie, tu n'as qu'à effectuer le produit de 3 par 4 et rajouter 0,25. »

1) Effectuer le calcul proposé par Julie et vérifier que le résultat obtenu est bien le carré de 3,5.

2) Proposer une façon simple de calculer $7{,}5^2$ et donner le résultat.

3) Julie propose la conjecture suivante :
$(x + 0{,}5)^2 = x(x + 1) + 0{,}25$ où x est un nombre entier positif.
Prouver que la conjecture de Julie est vraie (quel que soit le nombre x).

DÉMARRONS ENSEMBLE

3) Développe en observant que $(x+0{,}5)^2 = (x+0{,}5)(x+0{,}5)$.

7 Calcul littéral et aire

30 min

→ FICHE 14

Sur la figure ci-dessous, les quadrilatères ABCD et AGFE sont des carrés.
De plus, on sait que AB = 2 et BG = x où x est un nombre strictement positif.

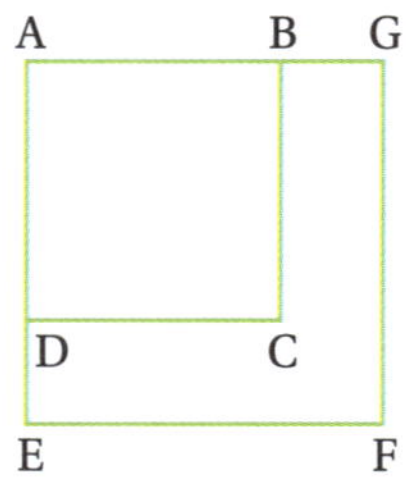

1) Exprimer la longueur AG en fonction de x.

2) Exprimer l'aire du carré AGFE en fonction de x.

3) Montrer que l'aire du polygone BGFEDC est égale à $x^2 + 4x$.

4) Montrer que l'aire du polygone BGFEDC est 8 fois plus grande que l'aire du carré AGFE lorsque $x = 4$.

DÉMARRONS ENSEMBLE

1) Observe que AG = AB + BG.

2) AG est la longueur du côté du carré. N'oublie pas les parenthèses indispensables.

3) L'aire du polygone BGFEDC est égale à la différence de deux aires.

8 Résoudre un problème à l'aide d'une équation

15 min

→ FICHES 15 et 17

Léo choisit un nombre, le multiplie par 6 puis ajoute 5.

Julie choisit le même nombre, lui ajoute 8, multiplie le résultat par le nombre de départ, puis soustrait le carré du nombre de départ.

1) Léo et Julie choisissent au départ le nombre −3.

a. Quel résultat obtient Léo ?

b. Quel résultat obtient Julie ?

2) Quel nombre positif doivent-ils choisir au départ pour obtenir le même résultat ?

DÉMARRONS ENSEMBLE

2) Appelle x le nombre positif choisi par Léo et Julie. Écris en fonction de x le nombre obtenu par Léo. Écris ensuite celui obtenu par Julie sans oublier les parenthèses indispensables. Résous alors une équation.

CORRIGÉS

SE TESTER QUIZ

1 Connaître la distributivité simple et double

1) Réponse b. 2) Réponse a.

2 Résoudre une équation du premier degré

1) Réponse b.

2) Réponse a.

3 Utiliser une identité remarquable

1) Réponse c.

2) Réponse b.

4 Résoudre une équation produit

1) Réponse a.

2) Réponse b.

5 Résoudre un problème à l'aide d'une équation

Réponse a.

OBJECTIF BREVET

6 Utiliser la double distributivité

1) On a : $3 \times 4 + 0{,}25 = 12{,}25 = 3{,}5^2$.

2) On a : $7 \times 8 + 0{,}25 = 56{,}25 = 7{,}5^2$

3) On a :
$A = (x + 0{,}5)^2 = (x + 0{,}5)(x + 0{,}5)$
$A = x^2 + 0{,}5x + 0{,}5x + 0{,}25 = x^2 + x + 0{,}25$
$A = x(x + 1) + 0{,}25$
La conjecture de Julie est vraie (quel que soit le nombre x).

7 Calcul littéral et aire

1) On a : AB = 2 et BG = x et AG = AB + BG. On obtient AG = $2 + x$.

2) L'aire du carré AGFE est égale à $AG \times AG = AG^2 = (2 + x)^2$.

3) L'aire du polygone BGFEDC est égale à $Aire(AGFE) - Aire(ABCD)$.
Or $Aire(ABCD) = AB^2 = 4$. On a alors :
$Aire(BGFEDC) = (2 + x)^2 - 4 = (2 + x)(2 + x) - 4 = 4 + 2x + 2x + x^2 - 4 = x^2 + 4x$.
4) Lorsque $x = 4$, on a :
$Aire(BGFEDC) = 4^2 + 4 \times 4 = 16 + 16 = 32$.
On a : $8 \times Aire(ABCD) = 8 \times 4 = 32$.
Lorsque $x = 4$, on a bien :
$Aire(BGFEDC) = 8 \times Aire(ABCD)$.

8 Résoudre un problème à l'aide d'une équation

1) Léo et Julie choisissent au départ le nombre -3.
a. On a : $-3 \times 6 + 5 = -18 + 5 = -13$
b. On a : $-3 + 8 = 5$
$5 \times (-3) = -15$
$-15 - (-3)^2 = -24$

2) On choisit un nombre quelconque x comme nombre de départ.
Le calcul de Léo donne : $x \times 6 + 5$.
Celui de Julie donne : $(x + 8) \times x - x^2$.
On résout l'équation $x \times 6 + 5 = (x + 8) \times x - x^2$.
On a : $x \times 6 + 5 = x^2 + 8x - x^2$
$6x + 5 - 5 - 8x = 8x - 8x - 5$
$-2x = -5$
$x = \frac{5}{2}$.

Léo et Julie ont choisi le nombre $\frac{5}{2}$.

18 Comprendre les notions de fonction, d'image et d'antécédent

EN BREF ▸ *Dans beaucoup de situations, on peut définir une relation entre deux nombres. Par exemple, la vitesse est liée au temps ou encore l'aire d'un carré est liée à la longueur du côté de ce carré. On va s'intéresser à ce type de relation, les fonctions.*

I Notion de fonction

■ Une fonction est un procédé de calcul qui permet d'associer au plus un nombre à un autre nombre.

■ Pour définir une fonction, on peut utiliser :

• une phrase ;

Exemple : On définit la fonction f qui à tout nombre x, associe le double de x.

• une notation symbolique ;

Exemple : On définit la fonction $f : x \mapsto 2x$.

• une égalité.

Exemple : On définit la fonction f telle que $f(x) = 2x$.

II Antécédents et image d'un nombre par une fonction

1 Comment trouver l'image d'un nombre ?

Pour trouver l'image d'un nombre par une fonction, on remplace x par ce nombre dans l'expression de $f(x)$.

Graphiquement, les images se lisent sur l'axe vertical, c'est-à-dire sur l'axe des ordonnées.

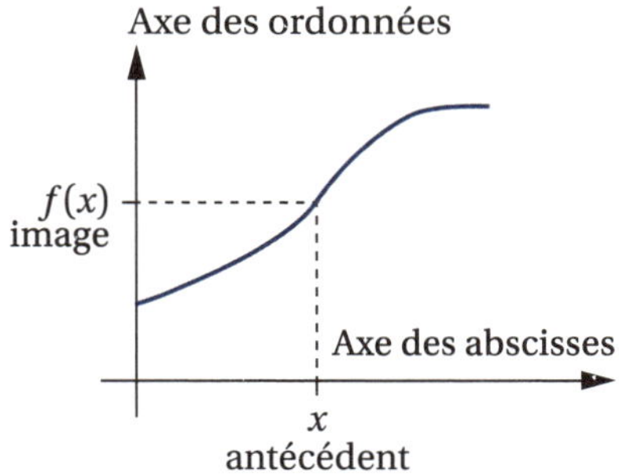

2 Comment trouver l'antécédent d'un nombre ?

Pour trouver un antécédent d'un nombre k par une fonction, on cherche la ou les valeurs de x solution de l'équation $f(x) = k$.

Graphiquement, les antécédents se lisent sur l'axe horizontal, c'est-à-dire sur l'axe des abscisses.

À NOTER
Un nombre peut avoir plusieurs antécédents.

19 Définir la fonction linéaire associée à une situation de proportionnalité

EN BREF ▸ *Une fonction linéaire peut être directement liée à une situation de proportionnalité, telle qu'on la rencontre souvent dans la vie courante.*

I La quatrième proportionnelle

■ a, b, c et d sont quatre nombres non nuls.

On considère le **tableau de proportionnalité** ci-dessous :

a	b
c	d

MOT CLÉ
Un **tableau de proportionnalité** contient deux lignes de valeurs. On obtient les valeurs de l'une en multipliant les valeurs de l'autre par un même nombre.

■ Pour calculer la quatrième proportionnelle de ce tableau, ici d, on utilise la propriété suivante : le tableau de proportionnalité est équivalent à $\frac{a}{c} = \frac{b}{d}$ ou encore $ad = bc$ (appelé « produit en croix »).

Exemple : On considère le tableau de proportionnalité ci-dessous :

0,5	2,1
12	d

À l'aide d'un produit en croix, on obtient $0{,}5 \times d = 12 \times 2{,}1$.

On en déduit que $d = \frac{12 \times 2{,}1}{0{,}5}$, soit $d = 50{,}4$.

II Notion de fonction linéaire

1 Qu'est-ce qu'une fonction linéaire ?

Soit a un nombre donné non nul. La fonction qui à un nombre x associe le nombre ax est appelée fonction linéaire. On note :

$$f : x \mapsto ax \text{ ou } f(x) = ax$$

2 Que traduit une fonction linéaire ?

Une fonction linéaire traduit une situation de proportionnalité dont le coefficient est le nombre a.

20 Déterminer l'image/l'antécédent par une fonction linéaire

EN BREF ▸ *La recherche d'image ou d'antécédent par une fonction linéaire permet de résoudre des problèmes concrets. Il existe différentes méthodes permettant de trouver ces nombres.*

I Déterminer l'expression d'une fonction linéaire

Une fonction linéaire a pour expression $f(x) = ax$. Pour déterminer la valeur du coefficient a, on divise l'image par son antécédent.

Exemple : On cherche la fonction linéaire f telle que $f(4) = 20$. Le coefficient a est égal à $20 \div 4 = 5$. Le coefficient a est égal à 5, donc $f(x) = 5x$.

CONSEIL
Si la division de l'image par l'antécédent ne donne pas un quotient exact, on gardera le coefficient a sous la forme d'une fraction.

II Déterminer une image ou un antécédent

1 À l'aide de l'expression de la fonction

■ Pour trouver l'image d'un nombre, on remplace x par ce nombre dans l'expression $f(x) = ax$.

Exemple : On considère la fonction f définie par $f(x) = -1{,}3x$.
On a $f(-5) = -1{,}3 \times (-5) = 6{,}5$.
L'image par f de -5 est $6{,}5$.

■ Pour trouver l'antécédent d'un nombre k, on résout l'équation $f(x) = k$.

Exemple : On considère la fonction f définie par $f(x) = 3x$. On résout $f(x) = -4{,}5$.
On obtient :
$3x = -4{,}5$
$x = -4{,}5 \div 3$
$x = -1{,}5$.
L'antécédent par f de $-4{,}5$ est $-1{,}5$.

2 À l'aide de la représentation graphique de la fonction

Les images se lisent sur l'axe des ordonnées et les antécédents sur l'axe des abscisses.

Exemple :

On lit $f(2) = 1$ et $f(4) = 2$.

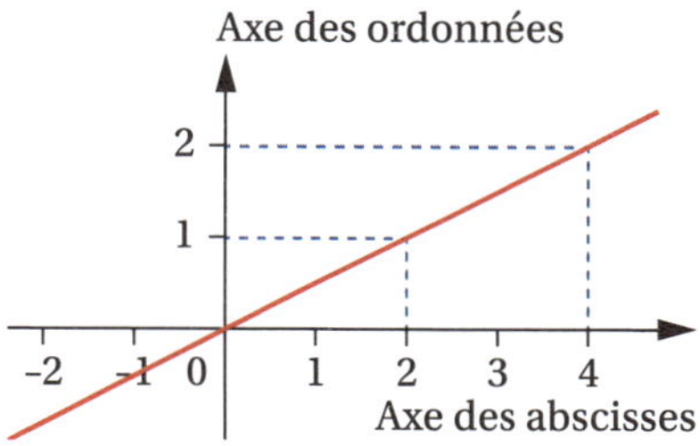

21 Résoudre un problème de pourcentage

EN BREF ▸ *Dans la vie courante, on rencontre souvent la notion de pourcentage : dans les sondages, dans les résultats d'élections, durant les soldes. Comment se détermine un pourcentage ?*

I Déterminer un pourcentage

Pour déterminer le pourcentage que représente une quantité x par rapport à une quantité y, on divise x par y et on multiplie par 100.

CONSEIL
Si tu n'obtiens pas un quotient exact quand tu divises x par y, donne une valeur approchée.

Exemple : Sur 25 élèves d'une classe de 3e, 10 sont demi-pensionnaires.

Pour trouver le pourcentage que représentent les demi-pensionnaires dans cette classe, on calcule :
$(10 \div 25) \times 100 = 0,4 \times 100 = 40$.

Le pourcentage de demi-pensionnaires dans cette classe est donc de 40 %.

II Calculer une augmentation ou une diminution

1 Augmentation

Pour augmenter un nombre x de a %, on multiplie x par $1 + \frac{a}{100}$.

Exemple : Un objet valant 25 € subit une augmentation de 5 %.
Pour trouver son nouveau prix, on calcule :

$$\begin{aligned} 25 \times \left(1 + \frac{5}{100}\right) &= 25 \times (1 + 0,05) \\ &= 25 \times 1,05 \\ &= 26,25 \end{aligned}$$

Le prix après augmentation est égal à 26,25 €.

2 Diminution

Pour diminuer un nombre x de a %, on multiplie x par $1 - \frac{a}{100}$.

Exemple : Un objet valant 50 € subit une diminution de 10 %.
Son nouveau prix est :

$$\begin{aligned} 50 \times \left(1 - \frac{10}{100}\right) &= 50 \times (1 - 0,1) \\ &= 50 \times 0,9 \\ &= 45 \end{aligned}$$

Le prix diminué est égal à 45 €.

SE TESTER QUIZ

Vérifie que tu as compris les points clés

1 Comprendre les notions de fonction, d'image et d'antécédent

→ FICHE 18

1) Soit f la fonction définie par $f(x) = x^2 + 3$. L'image de 3 par f est :

☐ **a.** 6 ☐ **b.** 9 ☐ **c.** 12

2) Soit f la fonction définie par $f(x) = x + 6$. L'antécédent de 6 est :

☐ **a.** 0 ☐ **b.** –6 ☐ **c.** 12

2 Utiliser une situation de proportionnalité

→ FICHE 19

On considère le tableau de proportionnalité ci-contre :

5	8
–15	d

1) Le nombre d est égal à :

☐ **a.** 24 ☐ **b.** –7 ☐ **c.** –24

2) La fonction linéaire f associée à cette situation de proportionnalité est définie par :

☐ **a.** $f(x) = 3x$ ☐ **b.** $f(x) = -3x$ ☐ **c.** $f(x) = x - 3$

3 Déterminer par le calcul une image ou un antécédent par une fonction linéaire

→ FICHE 20

Soit f la fonction définie par $f(x) = -2x$.

1) f est une fonction :

☐ **a.** qui ne traduit pas une situation de proportionnalité

☐ **b.** linéaire ☐ **c.** négative

2) L'image de –3 est :

☐ **a.** 6 ☐ **b.** –5 ☐ **c.** 5

3) L'antécédent de 4 est :

☐ **a.** –8 ☐ **b.** 2 ☐ **c.** –2

4 Résoudre un problème de pourcentage

→ FICHE 21

Un pantalon vaut 50 euros. Le commerçant fait un rabais de 10 %.
Le pantalon soldé vaut :

☐ **a.** 55 € ☐ **b.** 5 € ☐ **c.** 45 €

OBJECTIF BREVET

Lance-toi dans des sujets !

5 Résoudre un problème de proportionnalité

20 min

→ FICHE 18

Une entreprise fabrique des saladiers en faïence qui sont vendus 5,50 € pièce.

1) Quel est le prix de vente de 800 saladiers ?

2) Soit x le nombre de saladiers achetés par un supermarché. Déterminer le prix $f(x)$ qu'il paiera à l'entreprise.

3) Déterminer le nombre dont l'image par f est 6 600. Interpréter le résultat.

4) Représenter graphiquement la fonction f dans un repère orthogonal. On prendra l'origine du repère en bas à gauche sur la feuille, en abscisses, 1 cm pour 100 saladiers et, en ordonnées, 1 cm pour 400 €.

5) En utilisant le graphique, retrouver le résultat de la question **3.** (faire apparaître les tracés nécessaires).

DÉMARRONS ENSEMBLE

1) Multiplie 800 par le prix d'un saladier.

2) Cette fois-ci, le nombre de saladiers est x.

3) Résous l'équation $f(x) = 6\ 600$.

4) La représentation d'une fonction linéaire est une droite qui passe par l'origine du repère.

6 Calculer des pourcentages d'aires

10 min

→ FICHE 21

Une feuille de papier a pour longueur 29,7 cm et pour largeur 21 cm.

1) Calculer l'aire de cette feuille.

2) On réduit les dimensions de cette feuille de 10 %.

a. Quelles sont les dimensions de la feuille réduite ?

b. Quelle est l'aire de la feuille réduite ?

3) Calculer le pourcentage que représente l'aire de la feuille réduite par rapport à la feuille de départ.

DÉMARRONS ENSEMBLE

1) Multiplie la longueur par la largeur.

2) **a.** Souviens-toi qu'une réduction de t % revient à multiplier par $1 - \frac{t}{100}$.

3) Divise l'aire de la feuille réduite par celle de la feuille de départ.

CORRIGÉS

SE TESTER QUIZ

1 Comprendre les notions de fonction, d'image et d'antécédent

1) Réponse c.

2) Réponse a.

2 Utiliser une situation de proportionnalité

1) Réponse c.

2) Réponse b.

3 Déterminer par le calcul une image ou un antécédent par une fonction linéaire

1) Réponse b.

2) Réponse a.

3) Réponse c.

4 Résoudre un problème de pourcentage

Réponse c.

OBJECTIF BREVET

5 Résoudre un problème de proportionnalité

1) On a $5{,}50 \times 800 = 4\,400$. Le prix de vente de 800 saladiers est 4 400 €.

2) On multiplie 5,50, le prix d'un saladier, par x, le nombre de saladiers. On obtient $f(x) = 5{,}50 \times x = 5{,}50x$.

3) Pour calculer l'antécédent de 6 600 par f, on résout l'équation $f(x) = 6\,600$.
On obtient :
$5{,}5x = 6\,600$
$x = 6\,600 \div 5{,}5$
$x = 1\,200$.
Pour 6 600 €, on peut acheter 1 200 saladiers.

4) La courbe représentative de la fonction f est une droite qui passe par l'origine du repère. À l'aide du résultat de la question 1., la droite passe par le point d'abscisse 800 et d'ordonnées 4 400.

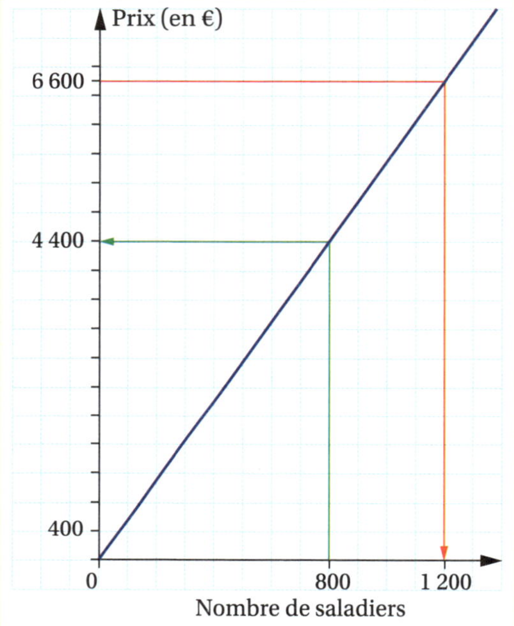

À NOTER

4) Avec les unités choisies, 800 correspond à 8 cm et 4 400 à 11 cm. Ici le graphique n'est pas à l'échelle.

5) Le point d'abscisse 1 200 a pour ordonnée 6 600. On retrouve ainsi le résultat de la question 3.

6 Calculer des pourcentages d'aires

1) On multiplie la longueur par la largeur, l'aire est : $29{,}7 \times 21 = 623{,}7$ cm^2.

2) **a.** Calculons la longueur de la feuille réduite :

$$29{,}7 \times \left(1 - \frac{10}{100}\right) = 29{,}7 \times (1 - 0{,}1) = 29{,}7 \times 0{,}9 = 26{,}73 \text{ cm.}$$

Calculons sa largeur :

$$21 \times \left(1 - \frac{10}{100}\right) = 21 \times (1 - 0{,}1) = 21 \times 0{,}9 = 18{,}9 \text{ cm.}$$

b. Calculons l'aire de la feuille réduite :

$2{,}73 \times 18{,}9 = 505{,}197$ cm^2.

3) On divise l'aire de la feuille réduite par celui de la feuille de départ. On obtient : $\frac{505{,}197}{623{,}7} = 0{,}81 = \frac{81}{100}$.

Le pourcentage que représente l'aire de la feuille réduite par rapport à l'aire de la feuille de départ est 81 %.

À NOTER

3) Deux réductions successives de 10 % reviennent à multiplier par $0{,}9 \times 0{,}9 = 0{,}81$. On retrouve le pourcentage de 81 %.

22 Définir la fonction affine associée à une situation problème

EN BREF ▸ *Les problèmes abordent souvent des situations de la vie courante. Ils commencent par l'étude d'un cas pratique, ils se poursuivent par l'étude du cas général et demandent l'étude d'une ou plusieurs fonctions affines.*

I Fonction affine

Soit a et b deux nombres donnés. La fonction qui à un nombre x associe le nombre $ax + b$ est appelée fonction affine.

On note cette fonction :

$$f : x \mapsto ax + b \text{ ou } f(x) = ax + b$$

Exemple :
La fonction qui à un nombre x associe son double augmenté de 3 est une fonction affine. On la note $f : x \mapsto 2x + 3$ ou $f(x) = 2x + 3$.

II Fonctions affines particulières

- Une fonction linéaire f définie par $f(x) = ax$ est une fonction affine particulière pour laquelle $b = 0$.
- Une fonction constante f définie par $f(x) = b$ est une fonction affine particulière pour laquelle $a = 0$. Cette fonction associe au nombre x le nombre b.

Exemple :
La fonction f définie par $f(x) = 5$ est la fonction constante qui, au nombre x, associe le nombre 5.

III Fonctions affines et situation problème

Dans de nombreuses situations concrètes, on est amené à définir une ou plusieurs fonctions affines pour résoudre le problème posé.

Exemple :
Une location de voiture coûte 43 € par jour.
Le loueur demande une caution de 120 €.
Le prix payé pour x jours de location est associé à la fonction affine f définie par $f(x) = 43x + 120$.

23 Représenter une fonction affine

EN BREF ▸ *La représentation graphique d'une fonction affine est une droite. Tu vas découvrir ici les propriétés de cette droite.*

I Représentation graphique d'une fonction affine

- f désigne la fonction affine définie par $f(x) = ax + b$ où a et b sont deux nombres donnés.

Un repère orthogonal étant choisi, la représentation graphique d'une fonction affine est une droite.

- Dans le cas de la fonction constante, la droite est parallèle à l'axe des abscisses.
- Dans le cas de la fonction linéaire, la droite passe par l'origine.

II Droite représentant une fonction affine

- La droite $\mathscr{D}$ représentant la fonction affine f telle que $f(x) = ax + b$ coupe l'axe des ordonnées au point de coordonnées $(0 ; b)$.
- Pour trouver un autre point, on cherche l'image par f d'un nombre donné.
- Le nombre a est le coefficient directeur de la droite $\mathscr{D}$.
- Le nombre b est l'ordonnée à l'origine de la droite $\mathscr{D}$.

Exemple : On considère la fonction affine définie par $f(x) = 2x + 1$.

La droite $\mathscr{D}$ représentant la fonction affine f coupe l'axe des ordonnées au point B de coordonnées (0 ; 1).

Pour trouver un autre point appartenant à $\mathscr{D}$, on calcule, par exemple, l'image de 5 par f.

On a $f(5) = 2 \times 5 + 1 = 11$.

La droite $\mathscr{D}$ passe donc par le point A de coordonnées (5 ; 11).

La représentation de la fonction f est la droite représentée ci-contre.

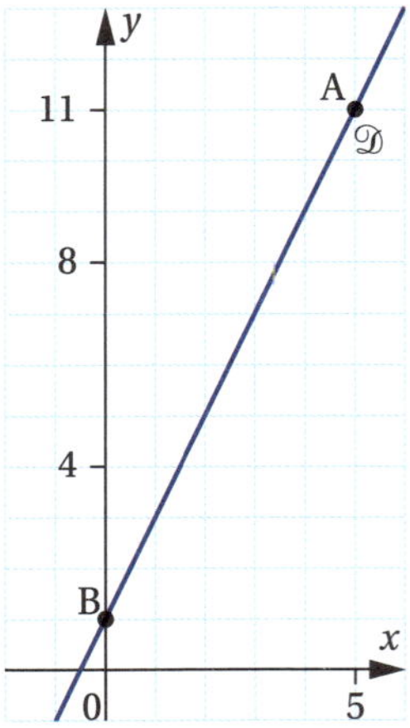

CONSEIL
Pour trouver le deuxième point, choisis une valeur de x éloignée de 0. Le dessin sera plus précis.

24 Déterminer une fonction affine

EN BREF ▸ *f désigne la fonction affine définie par f(x) = ax + b où a et b sont deux nombres donnés. Déterminer la fonction f, c'est déterminer la valeur du nombre a et celle du nombre b. Deux méthodes sont présentées ici, l'une graphique et l'autre calculatoire.*

I Détermination graphique d'une fonction affine

Soit $\mathcal{D}$ la droite représentant la fonction affine f définie par $f(x) = ax + b$.

1 Comment déterminer graphiquement le nombre *a* ?

Pour déterminer le nombre a, on repère sur la droite $\mathcal{D}$ deux points $A(x_A\,;\,y_A)$ et $B(x_B\,;\,y_B)$. On a alors :

$$a = \frac{y_A - y_B}{x_A - x_B} = \frac{\text{différence des ordonnées}}{\text{différence des abscisses}}$$

2 Comment déterminer graphiquement le nombre *b* ?

Le nombre b est l'ordonnée du point d'intersection de la droite $\mathcal{D}$ et de l'axe des ordonnées.

II Détermination d'une fonction affine par le calcul

f désigne la fonction affine définie par $f(x) = ax + b$ où a et b sont deux nombres donnés.

1 Comment déterminer le nombre *a* par le calcul ?

Pour déterminer le nombre a par le calcul, il faut connaître l'image de deux nombres x_1 et x_2 par f. On a alors :

$$a = \frac{f(x_1) - f(x_2)}{x_1 - x_2} = \frac{\text{différence des images}}{\text{différence des antécédents}}$$

2 Comment déterminer le nombre *b* par le calcul ?

Pour déterminer le nombre b, il faut déjà connaître le nombre a et l'image d'un nombre x_1 par f.

Exemple : f est une fonction affine de coefficient $a = 2$, et telle que $f(3) = 4$.
Comme f est une fonction affine de coefficient 2, alors $f(x) = 2x + b$.
Or $f(3) = 4$, donc $2 \times 3 + b = 4$. On obtient $b = 4 - 6 = -2$.
La fonction f est définie par $f(x) = 2x - 2$.

SE TESTER QUIZ

Vérifie que tu as compris les points clés

1 Définir la fonction affine correspondant à une situation problème

→ FICHE 22

1) Le prix d'une place de cinéma est 5 €. Le prix de x places est :

☐ **a.** $x + 5$ ☐ **b.** $5x$ ☐ **c.** $x - 5$

2) La fonction qui, au nombre x, associe son double diminué de 3 est définie par :

☐ **a.** $x^2 - 3$

☐ **b.** $2x - 3$

☐ **c.** $2x + 3$

2 Représenter une fonction affine

→ FICHE 23

1) La fonction affine f est définie par $f(x) = 2x - 1$.

La représentation graphique de la fonction f est :

☐ **a.**

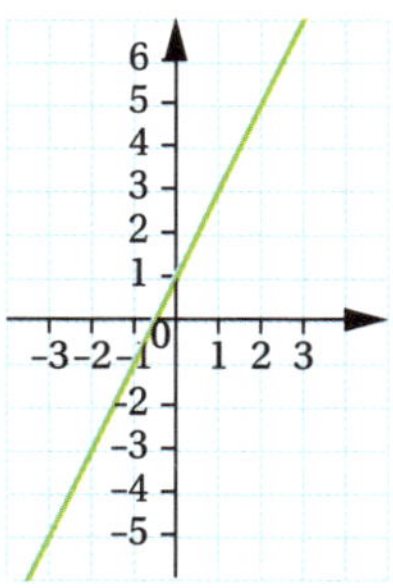

☐ **b.**

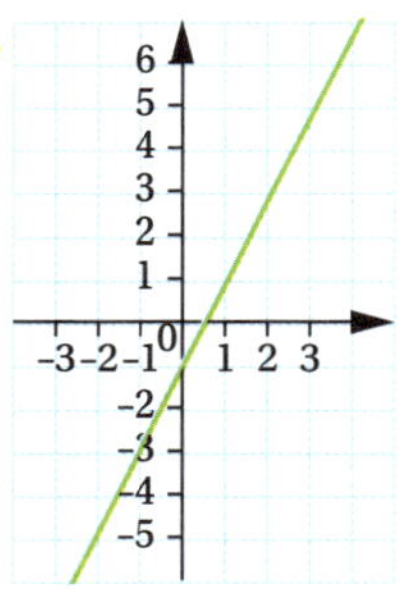

☐ **c.**

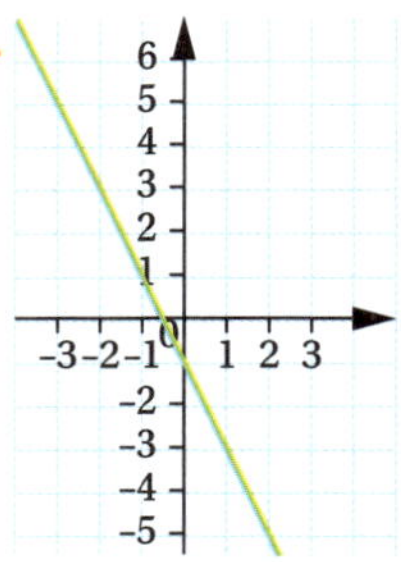

2) La représentation graphique de la fonction f définie par $f(x) = 3x + 2$ est la droite passant par les points :

☐ **a.** A(0 ; 2) et B(1 ; 6) ☐ **b.** A(0 ; –2) et B(1 ; 5) ☐ **c.** A(0 ; 2) et B(1 ; 5)

3 Déterminer une fonction affine par le calcul

→ FICHE 24

1) La fonction affine f est telle que $f(x) = -3x + b$ et $f(-4) = 1$.
Le nombre b est égal à :

☐ **a.** 11 ☐ **b.** –11 ☐ **c.** –8

2) L'image de –3 par la fonction affine f définie par $f(x) = -x + 10$ est :

☐ **a.** 13 ☐ **b.** 7 ☐ **c.** –7

OBJECTIF BREVET

Lance-toi dans des sujets !

4 Rythme cardiaque et fonction affine

15 min

→ FICHE 22

Pour des raisons de santé, il est conseillé de limiter ses efforts durant des activités sportives, afin de ne pas dépasser un certain rythme cardiaque.
Autrefois, la relation entre l'âge x d'une personne et $f(x)$ la fréquence cardiaque maximale recommandée était décrite par la formule suivante : $f(x) = 220 - x$ avec la fréquence cardiaque en pulsations/minute et l'âge en années.
Des recherches récentes ont montré que cette formule devait être légèrement modifiée. La nouvelle formule est : $g(x) = 208 - 0{,}7x$.

1 Avec la formule $f(x)$, quelle est la fréquence cardiaque maximale recommandée pour un enfant de 5 ans ?

2 Avec la formule $g(x)$, quelle est la fréquence cardiaque maximale recommandée pour un enfant de 5 ans ?

3 Des recherches ont démontré que l'exercice physique est le plus efficace lorsque la fréquence cardiaque atteint 80 % de la fréquence cardiaque maximale recommandée donnée par la nouvelle formule. Calculer pour une personne de 30 ans la fréquence cardiaque, en pulsations/minute, pour que l'exercice physique soit le plus efficace.

5 Comparer des tarifs

20 min

→ FICHE 23

Pour la saison 2021-2022, le théâtre *Modecia* propose ses tarifs.
- Tarif A : 150 € la carte permettant d'assister à tous les spectacles.
- Tarif B : 75 € l'abonnement saisonnier qui permet d'acheter une place pour 6 €.
- Tarif C : 19 € la place plein tarif.

1 Calculer le prix que devra payer Marc pour cinq places avec chacun des tarifs proposés.

2 Si x est le nombre de spectacles auxquels Marc assiste durant la saison, écrire, en fonction de x, les prix $P_A(x)$, $P_B(x)$ et $P_C(x)$ que devrait payer Marc, suivant le tarif utilisé.

3 Parmi ces trois fonctions, y a-t-il une fonction linéaire ? Si oui, laquelle ?

4 Dans la figure page suivante, on a tracé les représentations graphiques $\mathcal{T}_A$ et $\mathcal{T}_C$ des fonctions P_A et P_C. Tracer la représentation graphique $\mathcal{T}_B$ de la fonction P_B dans le même repère.

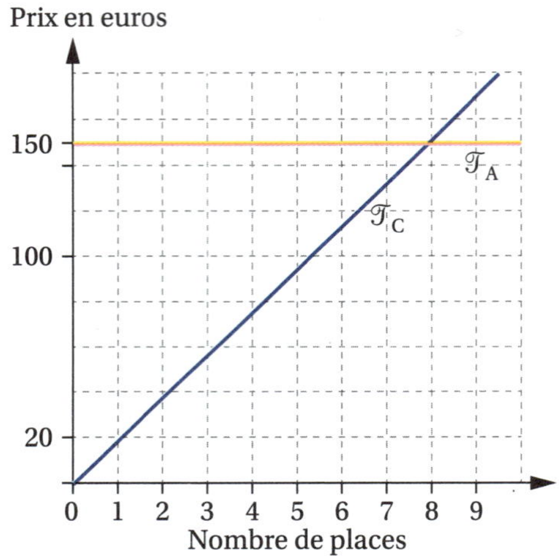

5 On dispose de 100 €. Lire graphiquement le nombre de spectacles auxquels on peut assister avec le tarif C (laisser apparaître les tracés sur le graphique).

6 Retrouver graphiquement le tarif le plus intéressant pour voir huit spectacles.

DÉMARRONS ENSEMBLE

1 Le tarif A ne dépend pas du nombre de places achetées. Pour les deux autres tarifs, multiplie le prix d'une place par 5, sans oublier l'abonnement s'il y a lieu.

3 Cherche une fonction de la forme $x \mapsto ax$.

6 Sur chacune des trois droites, lis l'ordonnée du point d'abscisse 8.

CORRIGÉS

SE TESTER QUIZ

1 Définir la fonction affine correspondant à une situation problème

1 Réponse b. **2** Réponse b.

2 Représenter une fonction affine

1 Réponse b. **2** Réponse c.

3 Déterminer une fonction affine par le calcul

1 Réponse b. **2** Réponse a.

OBJECTIF BREVET

4 Rythme cardiaque et fonction affine

1 Avec la formule $f(x) = 220 - x$, on remplace x par 5. On obtient :
$f(5) = 220 - 5 = 215$. La fréquence cardiaque maximale recommandée pour un enfant de 5 ans est de 215 pulsations/minute.

2 Avec la formule $g(x) = 208 - 0{,}7x$, on remplace x par 5. On obtient :
$g(5) = 208 - 0{,}7 \times 5 = 208 - 3{,}5 = 204{,}5$. La fréquence cardiaque maximale recommandée pour un enfant de 5 ans est de 204 pulsations/minute.

3 On a : $g(30) = 208 - 0{,}7 \times 30 = 208 - 21 = 187$.
L'exercice physique, pour une personne de 30 ans, est le plus efficace lorsque la fréquence cardiaque atteint 80 % de 187 pulsations/minute. On a :
$187 \times \dfrac{80}{100} = 187 \times 0{,}80 = 149{,}6$.
Pour que l'exercice physique soit le plus efficace pour une personne de 30 ans, la fréquence cardiaque doit être de 150 pulsations/minute.

5 Comparer des tarifs

1 Avec chacun des tarifs proposés, pour cinq places, Marc devra payer :
- 150 € avec le tarif A, la carte permettant d'assister à tous les spectacles. Le prix ne dépend pas du nombre de places ;
- $75 + 6 \times 5 = 105$ € avec le tarif B, l'abonnement de 75 € permettant d'acheter une place pour 6 € ;
- $19 \times 5 = 95$ € avec le tarif C, 19 € étant le prix de la place plein tarif.

2 x est le nombre de spectacles auxquels Marc assiste durant la saison. On a :
- $P_A(x) = 150$;
- $P_B(x) = 75 + 6 \times x = 75 + 6x$;
- $P_C(x) = 19 \times x = 19x$.

3 On a $P_C(x) = 19x$. P_C est de la forme $x \mapsto ax$. Donc P_C est une fonction linéaire.

4 On a $P_B(0) = 75 + 6 \times 0 = 75$ et $P_B(5) = 75 + 6 \times 5 = 105$. La droite $\mathcal{T}_B$ passe par les points de coordonnées (0 ; 75) et (5 ; 105).

5 Le tracé rouge montre que l'antécédent de 100 par P_C se trouve entre 5 et 6. On peut assister à cinq spectacles avec le tarif C.

6 Le tracé vert montre que l'ordonnée du point d'abscisse 8 est la plus petite si ce point est sur la droite $\mathcal{T}_B$. Le tarif B est donc le plus avantageux pour voir 8 spectacles.

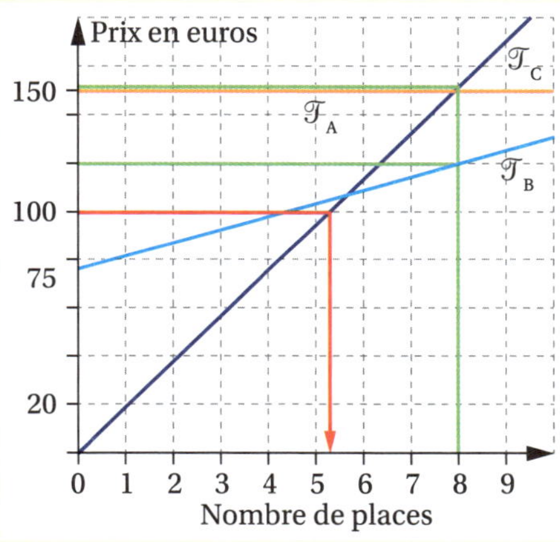

25 Calculer une fréquence et une moyenne

EN BREF ▸ *La statistique est une partie des mathématiques qui étudie les caractères des individus d'une population (par exemple, la taille, la couleur des yeux...). La fréquence et la moyenne sont deux critères qui permettent d'interpréter les résultats.*

I Fréquence

La fréquence de la valeur d'un caractère dans une série statistique est égale au quotient de l'**effectif** de cette valeur par l'effectif total.

Exemple : Le tableau suivant donne la répartition des élèves de 3e d'un collège.

Caractère qualitatif	Externe	Demi-pensionnaire	Total
Effectif	54	26	80

Sur 80 élèves, 54 sont externes.

On a $\frac{54}{80} = 0{,}675$.

La fréquence associée au caractère « externe » est égale à 0,675, soit 67,5 %.

MOTS CLÉS

- L'**effectif** est le nombre d'individus possédant un caractère donné.
- Il existe deux types de **caractères** : qualitatif (exemple : la couleur des yeux) ou quantitatif (exemple : la taille).

II Moyenne

1 Calculer une moyenne simple

Pour calculer une moyenne simple, on additionne toutes les valeurs du caractère et on divise la somme obtenue par l'effectif total.

Exemple : Voici les notes de 10 élèves de 3e d'un collège au dernier devoir de maths : 8 ; 10 ; 10 ; 12 ; 12 ; 12 ; 13 ; 15 ; 16 ; 18.
La moyenne de ces notes est :
$(8 + 10 + 10 + 12 + 12 + 13 + 15 + 16 + 18) \div 10 = 114 \div 10 = 11{,}4$.

2 Calculer une moyenne pondérée

Pour calculer une moyenne pondérée, on additionne les produits de chaque valeur du caractère par l'effectif correspondant, puis on divise par l'effectif total.

Exemple : Voici les 2 notes obtenues par Léo en maths : 15 (coefficient 2) et 12 (coefficient 3). Sa moyenne est $\frac{15 \times 2 + 12 \times 3}{5} = 13{,}2$.

26 Calculer la médiane et l'étendue

EN BREF ▸ *La médiane est la valeur d'un caractère qui partage une série statistique en deux séries de même effectif. L'étendue est la différence entre la plus grande et la plus petite des valeurs. Ces critères permettent d'interpréter les résultats statistiques.*

I Médiane

1 Qu'est-ce qu'une médiane ?

Les valeurs du caractère étant rangées par ordre croissant, la médiane est un nombre qui partage une série statistique en deux séries de même effectif.

Exemple : On considère les nombres 1, 2, 3, 4, 5, 6, 7, 8, 9. La médiane est 5.
Il y a 5 nombres inférieurs ou égaux à 5 et 5 nombres supérieurs ou égaux à 5.

2 Déterminer une médiane

Pour calculer une médiane, on range par ordre croissant les valeurs du caractère.

- Si l'effectif total est un nombre impair, alors la médiane est la valeur du caractère qui se trouve au centre de la série.

Exemple : On considère la série des nombres 4, 5, 10, 12, 13, 15 et 18. Elle contient 7 valeurs. Le centre de la série est 12. La médiane de cette série est 12.

À NOTER
Il ne faut pas confondre « médiane » et « moyenne ». En général, ces deux nombres ne sont pas égaux.

- Si l'effectif total est un nombre pair, alors la médiane est la moyenne des deux valeurs du caractère qui se trouvent au centre de la série.

Exemple : On considère la série de nombres 5, 8, 10, 12, 14, 15, 20, 25. Elle contient 8 valeurs et les deux valeurs centrales sont 12 et 14.
La médiane de cette série est : $(12 + 14) \div 2 = 13$.

II Étendue

Les valeurs du caractère étant rangées par ordre croissant, l'étendue est la différence entre la plus grande valeur du caractère et la plus petite.

Exemple : On considère les nombres 5, 8, 10, 12, 14, 15, 20, 25.
L'étendue est : $25 - 5 = 20$.

27 Interpréter et construire un diagramme statistique

EN BREF ▸ *On peut représenter une série statistique sous la forme d'un graphique. Il en existe différentes sortes.*

I Construire un diagramme statistique

1 Construire un diagramme circulaire

Dans un diagramme circulaire, la mesure de l'angle au centre de chaque partie du disque est proportionnelle à l'effectif du caractère correspondant. On utilise un tableau de proportionnalité pour calculer la mesure des angles.

À NOTER
La totalité du disque représente un angle au centre de 360°.

Exemple : Voici la répartition de la couleur des yeux dans une classe de 25 élèves.

Couleur	bleu	vert	marron	Total
Effectif	3	4	18	25
Angle (en °)	43,2	57,6	259,2	360

2 Construire un diagramme à barres

Un diagramme à barres est composé de bâtons de même largeur.

La hauteur de chaque barre est proportionnelle à l'effectif du caractère correspondant.

3 Construire un histogramme

Un histogramme est utilisé lorsque la série est regroupée en **classes**. Si les classes ont la même amplitude, les rectangles de l'histogramme ont la même largeur.

MOT CLÉ
Une **classe** est le regroupement de plusieurs valeurs d'un même caractère.

II Interpréter un diagramme

1 Interpréter un diagramme circulaire

On repère sur le diagramme la signification de chacune des valeurs du caractère. En général, les effectifs sont indiqués en pourcentage.

2 Interpréter un diagramme à barres ou un histogramme

On repère sur l'axe horizontal la signification de chacune des valeurs du caractère. On lit sur l'axe vertical les effectifs correspondants.

SE TESTER QUIZ

Vérifie que tu as compris les points clés

1 Calculer une fréquence

→ FICHE 25

Un effectif de 8 sur un total de 20 correspond à une fréquence égale à :

☐ **a.** 4 ☐ **b.** 0,4 ☐ **c.** 4 %

2 Calculer une moyenne, une étendue

→ FICHES 25 et 26

Le tableau ci-dessous donne la répartition par âge des élèves d'un club sportif.

Valeur	10	11	12	13	14
Effectif	4	8	2	5	1

1) L'étendue est égale à :

☐ **a.** 4 ☐ **b.** 7 ☐ **c.** 14

2) La moyenne pondérée est égale à :

☐ **a.** 11,55 ☐ **b.** 12 ☐ **c.** 13,55

3 Déterminer une médiane

→ FICHE 26

Parmi les trois séries ci-dessous, laquelle admet une médiane égale à 10 ?

☐ **a.** 1 ; 5 ; 10 ; 15. ☐ **b.** 1 ; 20 ; 10 ; 15 ; 30. ☐ **c.** 1 ; 5 ; 10 ; 15 ; 20.

4 Interpréter un diagramme circulaire

→ FICHE 27

Voici la répartition des 100 élèves d'un collège en fonction de leurs activités.

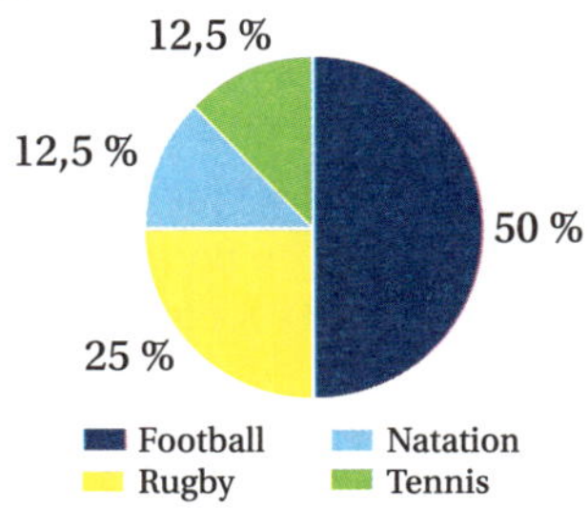

1) La mesure de l'angle au centre de la partie verte du disque est :

☐ **a.** 180° ☐ **b.** 90° ☐ **c.** 45°

2) La fréquence correspondant à la catégorie « natation » est :

☐ **a.** $\frac{1}{2}$ ☐ **b.** $\frac{1}{4}$ ☐ **c.** $\frac{1}{8}$

3) L'effectif de la catégorie « rugby » est :

☐ **a.** 100 ☐ **b.** 50 ☐ **c.** 25

OBJECTIF BREVET

Lance-toi dans des sujets !

5 Compétition d'athlétisme

20 min

→ FICHE 25

Durant une compétition d'athlétisme, les 7 concurrents ont couru le 200 m avec les temps suivants (en secondes) :
20,25 ; 20,12 ; 20,48 ; 20,09 ; 20,69 ; 20,19 et 20,38.

1) Quelle est l'étendue de cette série ?

2) Quelle est la moyenne de cette série, arrondie au centième ?

3) Quelle est la médiane de cette série ?

4) Quelle est la vitesse moyenne de l'athlète classé premier, en mètres par seconde (m/s), arrondie au millième ?

DÉMARRONS ENSEMBLE

1) Classe d'abord les temps dans l'ordre croissant.
2) Revois la fiche 25 pour calculer une moyenne.
3) Observe que $7 = 3 + 1 + 3$.
4) Le coureur classé premier parcourt le 200 m en 20,09 s. Calcule la distance parcourue en 1 s.

6 Le poids des cartables

15 min

→ FICHE 26

Dans un collège, une enquête a été menée sur « le poids des cartables ». Pour cela, on a pesé le cartable de 48 élèves du collège.
Les résultats de cette enquête sont inscrits dans le tableau suivant.

Poids (en kg)	1	2	3	4	5	6	7	8	9	10
Effectif	1	2	4	2	5	11	8	8	3	4

1) Calculer l'étendue de cette série statistique.

2) Déterminer la médiane de cette série statistique.

3) Une personne affirme : « Plus des trois quarts des 48 élèves vient en cours avec un cartable qui pèse 5 kg ou plus ».
A-t-elle raison ? Justifier la réponse.

DÉMARRONS ENSEMBLE

1) Cherche le poids le plus grand et le poids le plus petit.
2) Observe que l'effectif total est pair.
3) Calcule trois quarts de 48. Grâce au tableau, calcule le nombre d'élèves ayant un cartable pesant 5 kg ou plus. Compare ces deux résultats.

7 Moyens de transport

10 min

→ FICHE 27

On a interrogé 30 élèves sur le moyen de transport qu'ils utilisent pour venir au collège. Voici les résultats obtenus :

Moyen de transport	À pied	En bus	En métro	En voiture
Effectif	12	8	6	4

Construire le diagramme circulaire représentant cette série.

DÉMARRONS ENSEMBLE

- Ajoute une nouvelle ligne en bas dans le tableau et intitule-la « Angle (en degrés) ».
- Ajoute une nouvelle colonne à droite dans le tableau et intitule-la « Total ».
- Tu sais que l'effectif total est égal à 30 et correspond à un angle de 360°.
- Utilise un produit en croix pour calculer la mesure des angles correspondant à chaque catégorie.

CORRIGÉS

SE TESTER QUIZ

1 Calculer une fréquence

Réponse b.

2 Calculer une moyenne, une étendue

1) Réponse a.

2) Réponse a.

3 Déterminer une médiane

Réponse c.

4 Interpréter un diagramme circulaire

1) Réponse c.

2) Réponse c.

3) Réponse c.

OBJECTIF BREVET

> **CONSEIL**
> **1** Pour trouver l'étendue ou la médiane, il faut ranger les données dans l'ordre croissant.

5 Compétition d'athlétisme

1 On range les données dans l'ordre croissant :
20,09 ; 20,12 ; 20,19 ; 20,25 ; 20,38 ; 20,48 ; 20,69.
On a $20,69 - 20,09 = 0,60$. L'étendue de cette série est égale à 0,60.

2 On calcule : $\dfrac{20,09 + 20,12 + 20,19 + 20,25 + 20,38 + 20,48 + 20,69}{7} \approx 20,314$.
La moyenne de cette série, arrondie au centième, est 20,31.

3 On a $7 = 3 + 1 + 3$. C'est donc le quatrième temps qui donne la médiane. La médiane de cette série est 20,25 s.

4 Le coureur classé premier parcourt 200 m en 20,09 s. On calcule la distance parcourue en une seconde. On a $200 \div 20,09 \approx 9,9552$. La vitesse moyenne de l'athlète classé premier, arrondie au millième, est donc 9,955 m/s.

6 Le poids des cartables

1 On a $10 - 1 = 9$. L'étendue de cette série statistique est 9.

2 On a $48 \div 2 = 24$. On cherche les valeurs des 24e et 25e poids.
Les deux valent 6 kg. La médiane de cette série statistique est donc 6 kg.

3 On ajoute les effectifs des six dernières colonnes du tableau.
On a $5 + 11 + 8 + 8 + 3 + 4 = 39$. Or les trois quarts de 48, c'est $\dfrac{3}{4} \times 48 = 36$. Donc la personne qui affirme que plus des trois quarts des 48 élèves vient en cours avec un cartable de 5 kg ou plus a raison.

7 Moyens de transport

On complète le tableau avec une ligne « Angle (en degrés) » et une colonne « Total ».

Moyen de transport	À pied	En bus	En métro	En voiture	Total
Effectif	12	8	6	4	30
Angle (en degrés)	a	b	c	d	360

On calcule les mesures des angles à l'aide de produits en croix.
- L'angle a est donné par $12 \times 360 = 30 \times a$.
Soit $4\,320 = 30a$.
D'où $a = 4\,320 \div 30 = 144$.
L'angle au centre représentant les élèves qui sont à pied mesure 144°.

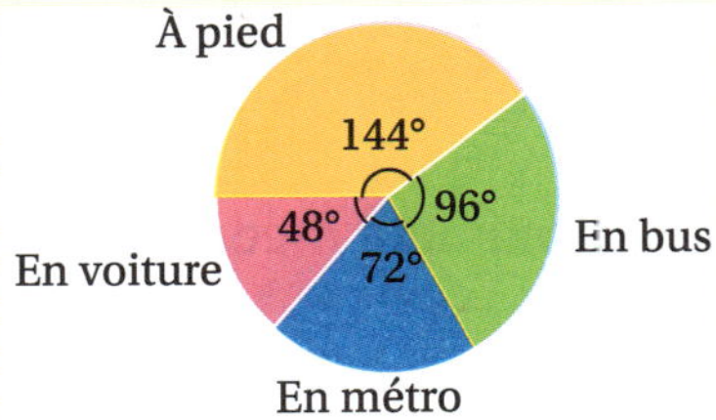

- De la même façon, on obtient : $b = 96°$, $c = 72°$ et $d = 48°$.

> **CONSEIL**
> Vérifie que les angles de 72° et de 48°, que tu as tracés, sont plus petits qu'un angle droit.

28 Connaître le vocabulaire des probabilités

EN BREF ▸ *Les probabilités sont une partie importante des mathématiques pour lesquelles on emploie un vocabulaire particulier qu'il est nécessaire de connaître.*

I Qu'est-ce qu'une expérience aléatoire ? une issue ?

Une **expérience aléatoire** est une expérience conduisant à plusieurs résultats, et pour laquelle on ne peut pas connaître le résultat qui se produira.

Ces différents résultats sont appelés **issues** (ou résultats, épreuves, possibilités...).

Exemple :
On lance une pièce de monnaie et on regarde la face supérieure.
Les issues possibles de cette expérience aléatoire sont : pile, face.

II Qu'est-ce qu'un événement ?

- On appelle **événement** une partie de l'ensemble des issues d'une expérience aléatoire.

- L'événement est dit **élémentaire** s'il ne correspond qu'à une seule et unique issue.

Exemple :
Lors du lancer d'une pièce de monnaie, l'événement « pile » est un événement élémentaire.

- Deux événements sont dits **incompatibles** s'ils ne peuvent pas se produire en même temps.

Exemple :
On lance un dé à six faces.
L'événement « Obtenir 2 » et l'événement « Obtenir un nombre impair » sont incompatibles car 2 n'est pas un nombre impair.

- L'événement **contraire** d'un événement est celui qui se réalise lorsque l'événement n'a pas lieu.

Exemple :
On lance un dé à six faces et on regarde la face supérieure du dé.
L'événement « Obtenir 1 ou 2 » et l'événement « Obtenir 3, 4, 5 ou 6 » sont deux événements contraires.

29 Calculer une probabilité simple

EN BREF ▸ *Dans la vie courante, le hasard intervient très fréquemment : quand on joue aux cartes, lorsqu'on lance un dé, lors du tirage d'un loto. Aux différents événements, on va associer un nombre positif inférieur ou égal à 1 : la probabilité d'obtenir tel résultat lors de l'expérience.*

I Probabilité

■ Lorsqu'on répète un grand nombre de fois une expérience aléatoire, la fréquence d'apparition d'une issue tend vers une valeur « idéale ».

On appelle cette valeur **probabilité** de l'événement élémentaire associé à l'issue considérée.

Exemple :
On lance un dé à six faces.
La probabilité d'obtenir le nombre 3 est égale à $\frac{1}{6}$.

■ La **probabilité** d'un événement est un nombre compris **entre 0 et 1**.

■ La **somme des probabilités** des événements élémentaires est **égale à 1**.

II Équiprobabilité

■ Lorsque tous les événements élémentaires ont la même probabilité, on dit qu'il y a **équiprobabilité** ou que les événements élémentaires sont **équiprobables.**

■ Dans une situation d'équiprobabilité, la **probabilité d'un événement** A est égale à :

$$p(\text{A}) = \frac{\text{nombre d'issues favorables}}{\text{nombre d'issues possibles}}$$

III Probabilité d'un événement contraire

Si p est la probabilité d'un événement A, alors la **probabilité de l'événement contraire** de A est égale à :

$$1 - p$$

Exemple :
On lance un dé à six faces.
La probabilité d'obtenir le nombre 3 est égale à $\frac{1}{6}$. La probabilité de ne pas obtenir le nombre 3 est $1 - \frac{1}{6}$.

30 Faire le lien entre probabilité et fréquence des issues

EN BREF ▸ *Une fréquence est obtenue lors d'une expérience. Si on répète un grand nombre de fois cette expérience, la fréquence tend vers une valeur théorique appelée probabilité.*

I Fréquence d'une issue

■ Si on lance un dé dont les faces sont numérotées 1, 2, 3, 4, 5, 6, il y a 6 issues possibles : obtenir 1, 2, 3, 4, 5 ou 6.

On s'intéresse à l'une des issues. Si elle se réalise k fois au cours de n expériences identiques (c'est-à-dire n lancers du dé), sa **fréquence** est égale à $\frac{k}{n}$. On note $f = \frac{k}{n}$.

Exemple :
On a lancé un dé 8 fois ; la face numérotée 3 apparaît 5 fois. La fréquence d'apparition de la face numérotée 3 parmi ces 8 lancers est $\frac{5}{8}$, soit 0,625.

■ **Propriétés**

- Une fréquence est comprise entre 0 et 1.
- La somme des fréquences de toutes les issues est égale à 1.

II Stabilisation d'une fréquence

Si on répète une expérience aléatoire un très grand nombre de fois, la fréquence f d'une issue finit par se stabiliser autour d'une valeur p. On prend alors cette valeur p comme **probabilité** de l'issue.

Exemple :
Si l'on effectue un lancer de dé un très grand nombre de fois, la fréquence d'apparition de la face numérotée 5 est de plus en plus proche de $\frac{1}{6}$.

Évolution des fréquences du 5 calculées après chaque lancer au cours des 900 lancers :

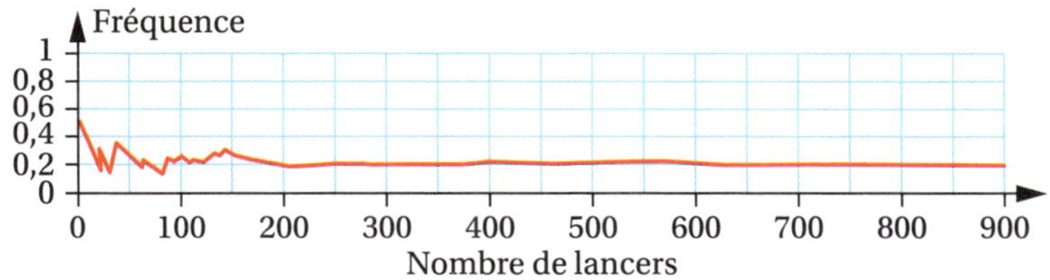

SE TESTER QUIZ

Vérifie que tu as compris les points clés

1 Connaître le vocabulaire des probabilités

→ FICHE 28

Un sac contient 26 cartons sur lesquels sont écrites les 26 lettres de l'alphabet. On tire au hasard un carton de l'urne.

1) Le nombre d'issues possibles est : ☐ **a.** 1 ☐ **b.** 26 ☐ **c.** 52

2) L'événement « Le carton tiré est la lettre Z » est un événement :

☐ **a.** élémentaire ☐ **b.** incompatible ☐ **c.** contraire

2 Calculer une probabilité simple

→ FICHE 29

1) On lance un dé équilibré à six faces. La probabilité d'obtenir un nombre divisible par 3 est :

☐ **a.** $\frac{1}{6}$ ☐ **b.** $\frac{1}{2}$ ☐ **c.** $\frac{1}{3}$

2) On tire au hasard une carte dans un jeu de 32 cartes.
La probabilité d'obtenir une dame ou un roi est :

☐ **a.** $\frac{1}{6}$ ☐ **b.** $\frac{1}{2}$ ☐ **c.** $\frac{1}{4}$

3 Calculer la probabilité d'un événement contraire

→ FICHE 29

1) La probabilité qu'un événement ne se réalise pas est égale à $\frac{2}{5}$.
Alors la probabilité qu'il se réalise est égale à :

☐ **a.** $\frac{2}{5}$ ☐ **b.** $\frac{3}{5}$ ☐ **c.** 1

2) On dispose de 40 roses et de 35 tulipes. On prend une fleur au hasard.
La probabilité que cette fleur ne soit pas une tulipe est égale à :

☐ **a.** $\frac{8}{15}$ ☐ **b.** $\frac{7}{15}$ ☐ **c.** $\frac{7}{8}$

4 Faire le lien entre probabilité et fréquence des issues

→ FICHE 30

Lors d'une expérimentation, on lance 100 fois une pièce parfaitement équilibrée.
On obtient 60 fois pile. Le nombre $\frac{60}{100}$ est :

☐ **a.** une fréquence ☐ **b.** une probabilité ☐ **c.** une issue

OBJECTIF BREVET

Lance-toi dans des sujets !

5 Tirage de lettres dans une urne

15 min

→ FICHE 29

La roussette rousse est une espèce de chauve-souris. Dans une urne, on a dix boules indiscernables au toucher portant les lettres : R, O, U, S, S, E, T, T, E et S.

On tire au hasard une boule dans cette urne et on regarde la lettre inscrite dessus.

1 Quels sont les six résultats possibles à l'issue d'un tirage ?

2 Déterminer les probabilités suivantes :

a. la lettre tirée est un R ; **b.** la lettre tirée est un S ;

c. la lettre tirée n'est pas un S.

3 Alice affirme qu'elle a plus de chance d'obtenir une voyelle qu'une consonne à l'issue d'un tirage. A-t-elle raison ? Justifier la réponse.

DÉMARRONS ENSEMBLE

1 Des lettres sont utilisées plusieurs fois. Fais la liste des lettres différentes.

2 **a.** Il y a dix lettres dont une seule est un R.
b. Compte le nombre de lettres S.
c. C'est l'événement contraire d'un événement déjà rencontré dans l'exercice.

3 Compte le nombre de voyelles, puis le nombre de consonnes.

6 Comparer deux probabilités

10 min

→ FICHE 29

Pour un tirage au hasard, on a placé dans une urne 25 boules de même taille, les unes blanches, les autres noires.

La probabilité de tirer une boule blanche est 0,32.

Quelles sont les boules les plus nombreuses dans l'urne : les blanches ou les noires ? Expliquer.

DÉMARRONS ENSEMBLE

- Calcule d'abord la probabilité de tirer une boule noire en utilisant un événement contraire.
- Écris le nombre 0,32 sous la forme d'une fraction de dénominateur 100 et simplifie-la.

7 Tirage d'une loterie

15 min

→ FICHE 29

Dans une loterie, une roue est divisée en six secteurs identiques : deux de ces secteurs permettent de gagner 1 €, deux permettent de gagner 2 €, un permet de gagner 10 € et un autre de gagner 15 €.

1) Quelle est la probabilité de gagner 1 € ?

2) Quelle est la probabilité de gagner plus de 1 € ?

3) Quelle est la probabilité de gagner au moins 10 € ?

DÉMARRONS ENSEMBLE

1) Détermine d'abord le nombre total de secteurs, puis le nombre de ceux permettant de gagner 1 €.

2) Pense à utiliser l'événement contraire.

3) Gagner au moins 10 € revient à gagner 10 € ou plus.

CORRIGÉS

SE TESTER QUIZ

1 Connaître le vocabulaire des probabilités

1) Réponse b.

2) Réponse a.

2 Calculer une probabilité simple

1) Réponse c.

2) Réponse c.

3 Calculer la probabilité d'un événement contraire

1) Réponse b.

2) Réponse a.

4 Faire le lien entre probabilité et fréquence des issues

Réponse a.

OBJECTIF BREVET

5 Tirage de lettres dans une urne

1) Les six résultats possibles à l'issue d'un tirage sont les lettres : R, O, U, S, E, T.

2) a. Il y a un seul R dans les dix lettres inscrites sur les boules.
La probabilité que la lettre tirée soit un R est égale à $\frac{1}{10}$.

b. Il y a trois S dans les dix lettres inscrites sur les boules. La probabilité que la lettre tirée soit un S est égale à $\frac{3}{10}$.

c. L'événement « la lettre tirée n'est pas un S » est l'événement contraire de « la lettre tirée est un S ».
La probabilité cherchée est égale à $1 - \frac{3}{10} = \frac{7}{10}$.

3) Dans les dix lettres, il y a quatre voyelles et six consonnes. Alice a tort quand elle affirme avoir plus de chances d'obtenir une voyelle qu'une consonne à l'issue d'un tirage.

À NOTER
3) Comme il y a plus de consonnes que de voyelles, Alice a plus de chances d'obtenir une consonne.

6 Comparer deux probabilités

« Tirer une boule noire » est l'événement contraire de « Tirer une boule blanche ». La probabilité de l'événement « Tirer une boule noire » est égale à 1 - 0,32 = 0,68.

On remarque que $0{,}32 = \frac{32}{100} = \frac{8}{25}$ et $0{,}68 = \frac{68}{100} = \frac{17}{25}$.

Il y a 25 boules dans l'urne. On en déduit que 8 sont blanches et 17 sont noires. Les boules les plus nombreuses sont de couleur noire.

À NOTER
On remarque que $0{,}68 > 0{,}32$, ce qui permet aussi de conclure qu'il y a plus de boules noires que de boules blanches.

7 Tirage d'une loterie

1) La roue comporte six secteurs au total et deux de ces secteurs permettent de gagner 1 €. La probabilité de gagner 1 € est égale à $\frac{2}{6} = \frac{1}{3}$.

2) « Gagner plus de 1 € » est l'événement contraire de l'événement « Gagner 1 € ». La probabilité de gagner plus de 1 € est égale à $1 - \frac{1}{3} = \frac{2}{3}$.

3) Gagner au moins 10 € revient à gagner 10 € ou plus.
C'est donc gagner 10 € ou 15 €.
La probabilité de gagner au moins 10 € est égale à $\frac{2}{6} = \frac{1}{3}$.

À NOTER
2) La somme des probabilités d'un événement et de son contraire est égale à 1.

31 Reconnaître une médiatrice, une hauteur

EN BREF ▸ *La médiatrice d'un segment et la hauteur d'un triangle sont deux droites remarquables dans un triangle.*

I Médiatrice d'un segment

1 Définition

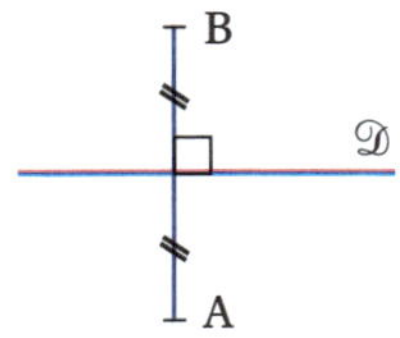

La **médiatrice** d'un segment est la droite qui coupe perpendiculairement ce segment en son milieu.

2 Propriétés

- Tout point de la médiatrice d'un segment est à égale distance des **extrémités** de ce segment.
- Tout point situé à égale distance des extrémités d'un segment appartient à la médiatrice de ce segment.

MOT CLÉ
Les **extrémités** du segment [AB] sont les points A et B.

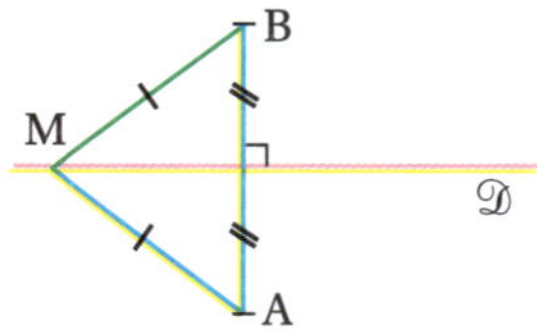

II Hauteurs d'un triangle

1 Définition

Une **hauteur** d'un triangle est une droite qui passe par un sommet de ce triangle et qui est perpendiculaire au côté opposé à ce sommet.

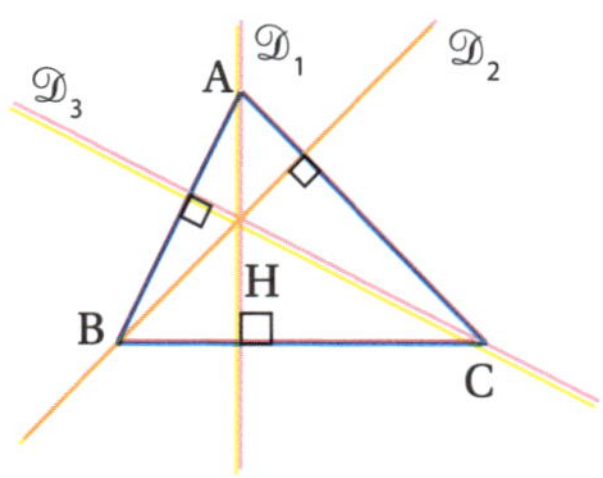

2 Propriété

Les trois hauteurs d'un triangle sont **concourantes** en un point appelé **orthocentre** du triangle.

MOT CLÉ
Si trois droites passent par un même point, on dit qu'elles sont **concourantes** en ce point.

32 Transformer une figure à l'aide d'une symétrie, translation, rotation

EN BREF ▸ *Les symétries, les translations et les rotations sont des transformations du plan qui conservent, entre autres, les longueurs et le parallélisme.*

I Les symétries

1 La symétrie axiale

Deux points M et M′ sont symétriques par rapport à une droite $\mathscr{D}$ si la droite $\mathscr{D}$ est la **médiatrice** du segment [MM′].

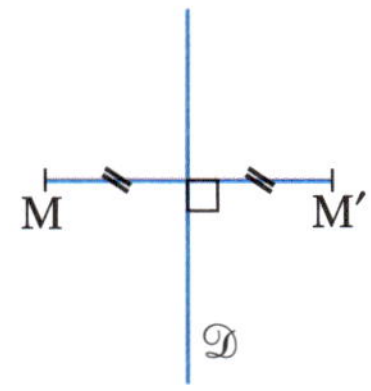

2 La symétrie centrale

Deux points M et M′ sont symétriques par rapport à un point O si le point O est le **milieu** du segment [MM′].

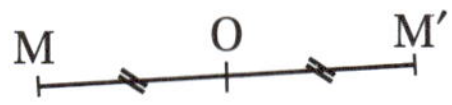

Exemple : La figure $\mathscr{F}_1$ est un rectangle.
Pour construire la figure $\mathscr{F}_2$ symétrique de la figure $\mathscr{F}_1$ par rapport au point O, on construit les images des sommets A, B, C et D par la symétrie centrale de centre O.

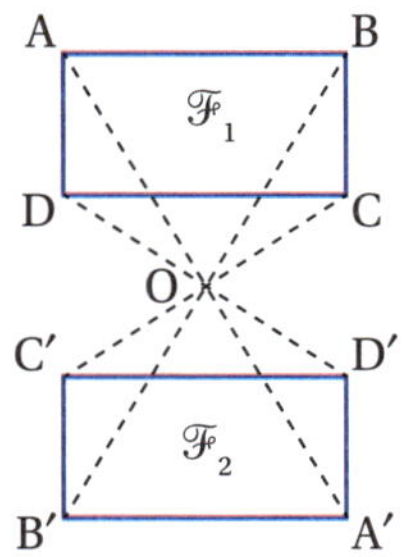

II La translation

Soit A et B deux points distincts du plan et soit M un autre point du plan. L'image du point M par la translation qui transforme le point A en B est le point M′ tel que **ABM′M est un parallélogramme.**

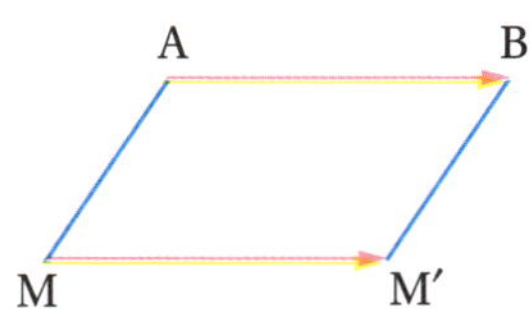

III La rotation

Soit O et M deux points distincts du plan et α une mesure d'angle. L'image du point M par la rotation de centre O et d'angle α est le point M′ du cercle de centre O passant par M tel que $\widehat{MOM'} = \alpha$. On précise le sens de rotation. Ici, il est dans le sens contraire des aiguilles d'une montre.

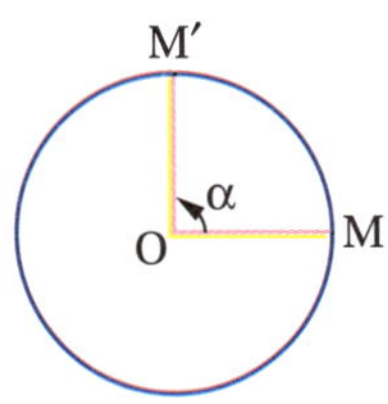

33 Transformer une figure à l'aide d'une homothétie

EN BREF ▸ *L'agrandissement et la réduction d'une figure sont souvent associés à une transformation du plan appelée homothétie.*

I Définition

Soit O et M deux points distincts du plan, et k un nombre strictement positif. L'image du point M par l'**homothétie** de centre O et de rapport k est le point M′ de la demi-droite [OM) tel que $OM' = k \times OM$.

Exemple : Image d'un point M par une homothétie de centre O et de rapport 3. On a $OM' = 3\,OM$.

II Agrandissement ou réduction

- Si $0 < k < 1$, l'image d'une figure $\mathscr{F}$ par l'homothétie de centre O et de rapport k est une **réduction** de la figure $\mathscr{F}$.
- Si $k > 1$, l'image d'une figure $\mathscr{F}$ par l'homothétie de centre O et de rapport k est un **agrandissement** de la figure $\mathscr{F}$.

Exemple :

A′B′C′ est un agrandissement du triangle ABC.

ABC est une réduction du triangle A′B′C′.

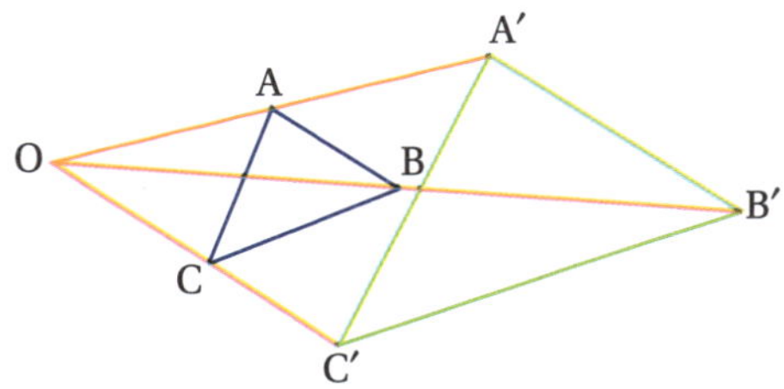

- Si le triangle ABC a pour image le triangle A′B′C′ par une homothétie, ces deux triangles sont **semblables**. Les angles de ces deux triangles sont égaux deux à deux.

III Homothétie et longueur

Une homothétie de rapport k multiplie les longueurs par k, les aires par k^2 et les volumes par k^3.

34 Utiliser la propriété de la somme des angles dans un triangle

EN BREF ▸ *En classe de cinquième, on démontre que la somme des angles d'un triangle est toujours la même. Dans beaucoup d'exercices de brevet, on est amené à utiliser cette propriété.*

I Propriété de la somme des angles

La somme des trois angles d'un triangle est égale à 180°.

Exemple : On veut connaître la mesure de l'angle $\widehat{BCA}$.

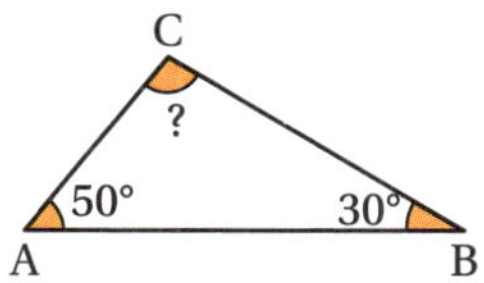

Pour cela, on utilise la propriété citée précédemment : $\widehat{BCA} + \widehat{BAC} + \widehat{ABC} = 180°$.

On isole la mesure de l'angle cherché $\widehat{BCA}$:

$\widehat{BCA} = 180° - (\widehat{BAC} + \widehat{ABC})$

$\widehat{BCA} = 180° - (50° + 30°)$

$\widehat{BCA} = 100°$.

L'angle $\widehat{BCA}$ mesure 100°.

CONSEIL
N'oublie pas les parenthèses indispensables pour soustraire une somme.

II Triangles particuliers

- Un triangle rectangle est un triangle qui a un angle droit.
- Un triangle isocèle est un triangle qui a deux angles de même mesure.
- Un triangle équilatéral est un triangle qui a trois angles de même mesure, égale à 60°.

Triangle rectangle en A

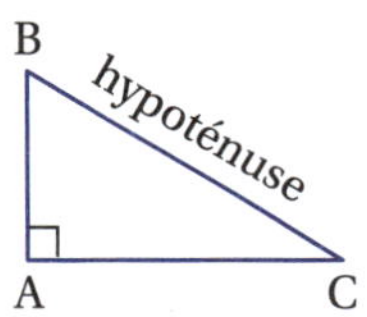

Triangle isocèle en A

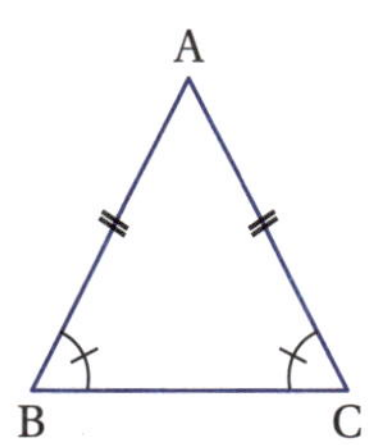

Triangle équilatéral

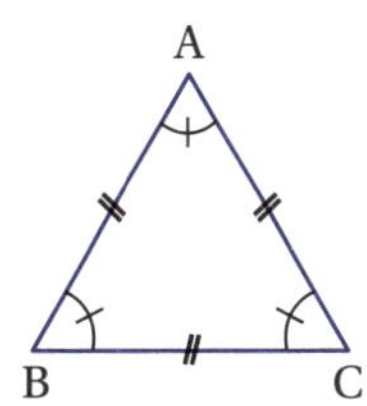

35 Utiliser le théorème de Pythagore et sa réciproque

EN BREF ▸ *En classe de quatrième, on énonce le théorème de Pythagore et sa réciproque. Ce théorème intervient souvent dans les exercices de brevet portant sur la trigonométrie.*

I Théorème de Pythagore

Dans un triangle rectangle, le carré de la longueur de l'hypoténuse est égal à la somme des carrés des longueurs des deux autres côtés.

Exemple : Le triangle ABC est rectangle en A, donc :

$$BC^2 = AB^2 + AC^2$$

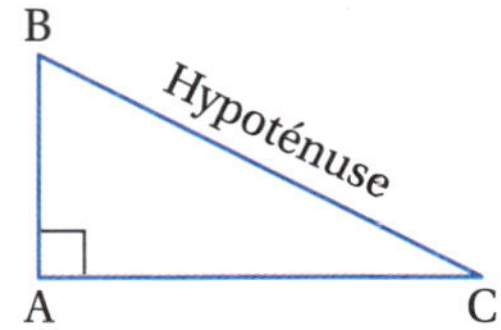

II La racine carrée d'un nombre

Soit a un nombre positif. La racine carrée de a, notée $\sqrt{a}$, est le nombre positif dont le carré est a.

Exemple : ABC est un triangle rectangle en A tel que AB = 5 et AC = 3. Pour calculer la longueur BC, on applique le théorème de Pythagore.
On a $BC^2 = 5^2 + 3^2 = 34$.
La longueur BC est égale à la racine carrée de 34. On écrit $BC = \sqrt{34}$.

III Réciproque du théorème de Pythagore

Si, dans un triangle, le carré de la longueur du plus grand côté est égal à la somme des carrés des longueurs des deux autres côtés, alors ce triangle est rectangle.

Exemple : Pour déterminer si le triangle ABC ci-contre (pas en vraie grandeur) est rectangle, on calcule les carrés des longueurs des trois côtés :

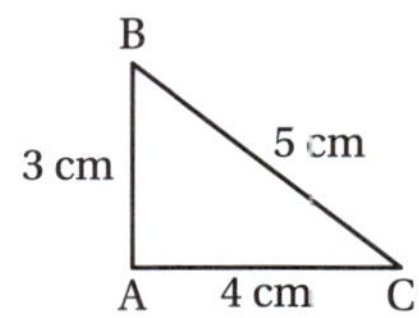

$AC^2 = 4^2 = 16$
$AB^2 = 3^2 = 9$
$BC^2 = 5^2 = 25$.
On additionne les carrés des longueurs les plus petites :
$AC^2 + AB^2 = 16 + 9 = 25$.
Or $BC^2 = 25$. On a alors $AC^2 + AB^2 = BC^2$.
Le triangle ABC est rectangle en A.

36 Calculer une longueur en utilisant la trigonométrie

EN BREF ▸ *En classe de quatrième, on a défini le cosinus d'un angle dans un triangle rectangle. La trigonométrie donne d'autres rapports de longueur, notamment le sinus et la tangente d'un angle.*

I Rapports trigonométriques

1 Reconnaître les côtés d'un triangle rectangle

Dans un triangle rectangle :

- l'**hypoténuse** est le côté opposé à l'angle droit ; c'est aussi le côté le plus long ;
- un angle aigu est formé par l'hypoténuse et un autre côté du triangle appelé **côté adjacent** à l'angle ;
- le côté du triangle qui n'est pas un côté de l'angle est appelé **côté opposé** à l'angle.

À NOTER
Le côté opposé et le côté adjacent dépendent de l'angle choisi.

2 Déterminer le sinus, le cosinus et la tangente d'un angle aigu

Soit ABC un triangle rectangle en A. On a :

$$\cos \hat{B} = \frac{\text{côté adjacent}}{\text{hypoténuse}} = \frac{BA}{BC}$$

$$\sin \hat{B} = \frac{\text{côté opposé}}{\text{hypoténuse}} = \frac{AC}{BC}$$

$$\tan \hat{B} = \frac{\text{côté opposé}}{\text{côté adjacent}} = \frac{AC}{BA}$$

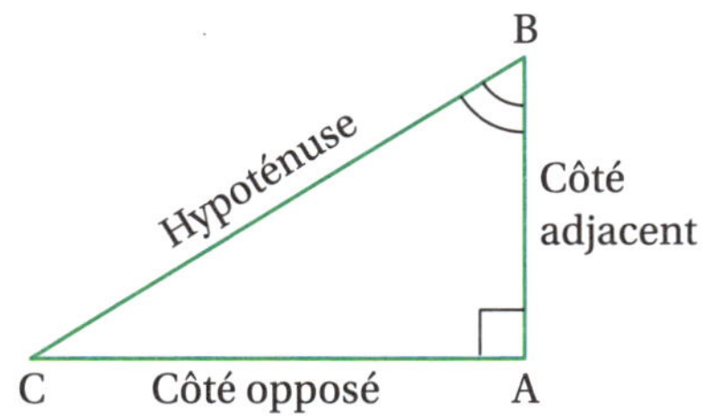

II Calculer une longueur en utilisant la trigonométrie

Si dans un triangle rectangle on connaît un angle et une longueur, on peut calculer les **deux autres longueurs**.

Pour tous nombres x, b et c non nuls, on a :

$\sin x = \dfrac{b}{c}$ équivaut à $c \times \sin x = b$ équivaut à $c = \dfrac{b}{\sin x}$.

Exemple : $\sin 30° = \dfrac{3}{c}$ équivaut à $c \times \sin 30° = 3$ soit $c = \dfrac{3}{\sin 30°}$. La calculatrice donne $c = 6$.

À NOTER
Tu peux aussi employer cette méthode avec un cosinus ou une tangente.

37 Calculer un angle en utilisant la trigonométrie

EN BREF ▸ *La trigonométrie permet de connaître la valeur d'un angle dans un triangle rectangle lorsque l'on connaît la longueur de certains côtés. La calculatrice permet de trouver une valeur exacte ou approchée de cet angle.*

I Calculer un angle

- Pour calculer un angle, on cherche d'abord, selon les données de l'exercice à traiter, son sinus, son cosinus ou sa tangente.
- Puis on utilise la calculatrice pour trouver la valeur de l'angle.

CONSEIL
Utilise les rapports trigonométriques → FICHE 36.

II Utiliser la calculatrice

Sur la calculatrice, on appuie sur la touche [2nd] ou [inv], puis sur l'une des touches [cos], [sin], [tan] selon le cas.

Exemple : Dans le triangle ABC rectangle en A, on a AB = 3 cm et BC = 6 cm. On veut calculer la valeur approchée à un degré près de l'angle $\widehat{ACB}$.

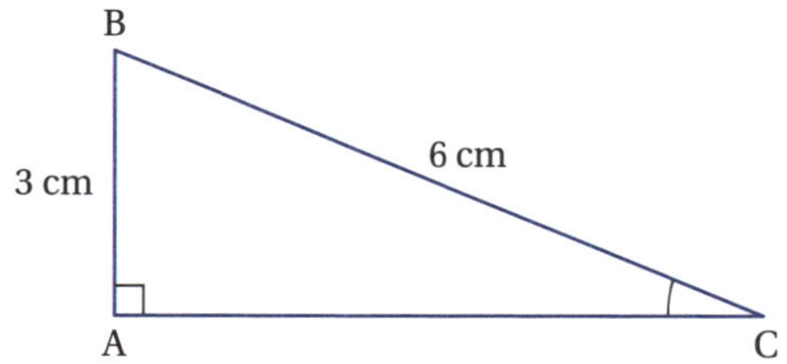

On identifie les côtés donnés : [AB] est le côté opposé à l'angle $\widehat{ACB}$ et [BC] est l'hypoténuse.

On va donc écrire le sinus de l'angle :

$\sin \widehat{ACB} = \frac{AB}{BC} = \frac{3}{6} = \frac{1}{2}$.

Les touches [2nd] [sin] [0] [.] [5] donnent 30. L'angle $\widehat{ACB}$ mesure 30°.

À NOTER
Dans cet exemple, la valeur de l'angle est une valeur exacte.

SE TESTER QUIZ

Vérifie que tu as compris les points clés

1 Reconnaître une homothétie

→ FICHE 33

L'image d'un segment de longueur 6 cm par une homothétie de rapport 2 est un segment de longueur :

☐ **a.** 6 cm ☐ **b.** 3 cm ☐ **c.** 12 cm

2 Utiliser la propriété de la somme des angles d'un triangle

→ FICHE 34

Un triangle peut posséder des angles mesurant :

☐ **a.** 45°, 65° et 25° ☐ **b.** 60°, 70° et 50° ☐ **c.** 90°, 60° et 40°

3 Utiliser le théorème de Pythagore

→ FICHE 35

1) Le triangle BCD est un triangle rectangle en D.
La longueur DC en centimètres est :

☐ **a.** 1,5 cm ☐ **b.** 9,6 cm ☐ **c.** 4,5 cm

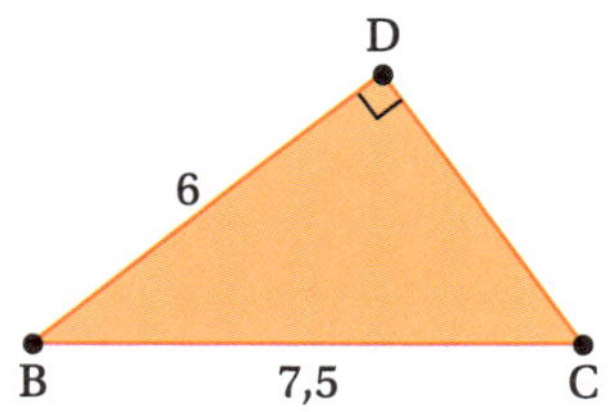

2) Les côtés du triangle ABC mesurent respectivement 5 cm, 12 cm et 13 cm. Le triangle ABC est :

☐ **a.** rectangle ☐ **b.** quelconque ☐ **c.** isocèle

4 Connaître et utiliser la trigonométrie

→ FICHES 36 et 37

Sur la figure ci-contre, le triangle ABC est rectangle en A.

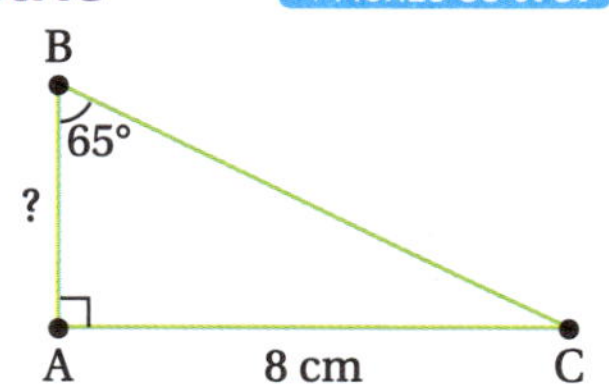

1) $\sin\widehat{ABC}$ est égal à :

☐ **a.** $\dfrac{AC}{BC}$ ☐ **b.** $\dfrac{AB}{AC}$ ☐ **c.** $\dfrac{AB}{BC}$

2) La longueur AB est égale à :

☐ **a.** $\dfrac{\tan 65°}{8}$ ☐ **b.** $\dfrac{8}{\tan 65°}$ ☐ **c.** $8 \times \tan 65°$

OBJECTIF BREVET

Lance-toi dans des sujets !

5 Calculer un sinus dans deux triangles rectangles

15 min

→ FICHE 35

On considère la figure ci-dessous. Les points A, B et C sont alignés ainsi que les points A, D et E.
Les droites (BD) et (CE) sont perpendiculaires à la droite (AE).
De plus, AB = 2,5 ; BD = 1,5 et CE = 4,5.
La figure n'est pas en vraie grandeur.

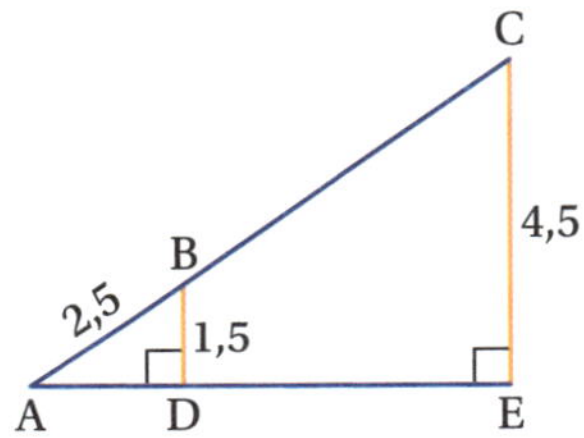

1) Calculer AD. Justifier.

2) Déterminer la mesure, arrondie au degré, de l'angle $\widehat{BAD}$. Justifier.

3) Calculer les valeurs exactes de AC et de AE. Justifier.

DÉMARRONS ENSEMBLE

1) Utilise le théorème de Pythagore dans le triangle ABD.

2) Remarque que BD est la longueur du côté opposé à l'angle $\widehat{BAD}$.

3) Les angles $\widehat{BAD}$ et $\widehat{CAE}$ sont égaux. Utilise la trigonométrie dans le triangle ACE.

6 Utiliser la trigonométrie pour calculer une longueur

20 min

→ FICHE 36

PAR est un triangle rectangle en A. Les points R, P et E sont alignés ainsi que les points A, P et M.

On donne AR = 2 cm et RP = 4 cm (la figure n'est pas en vraie grandeur).

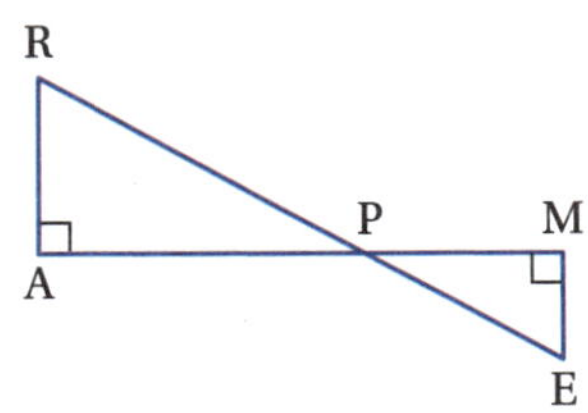

1) Calculer la valeur exacte de AP.

2) Déterminer la mesure de l'angle $\widehat{RPA}$.

3) Expliquer pourquoi les angles $\widehat{RPA}$ et $\widehat{MPE}$ ont la même mesure.

4) PME est un triangle rectangle en M. On donne ME = 3 cm.
Calculer PM à 1 mm près.

DÉMARRONS ENSEMBLE

1) La valeur exacte de AP est de la forme $\sqrt{a}$ où a est un nombre positif.

2) AR est la longueur du côté opposé à l'angle $\widehat{RPA}$.

3) Cherche quelle position particulière occupent les angles $\widehat{RPA}$ et $\widehat{MPE}$.

4) ME est la longueur du côté opposé à l'angle $\widehat{MPE}$ et PM est la longueur du côté adjacent à cet angle.

CORRIGÉS

SE TESTER QUIZ

1 Reconnaître une homothétie

Réponse c.

2 Utiliser la propriété de la somme des angles d'un triangle

Réponse b.

3 Utiliser le théorème de Pythagore

1) Réponse c.

2) Réponse a.

4 Connaître et utiliser la trigonométrie

1) Réponse a.

2) Réponse b.

OBJECTIF BREVET

5 Calculer un sinus dans deux triangles rectangles

1) On applique le théorème de Pythagore au triangle ABD rectangle en D :
$AB^2 = AD^2 + BD^2$. Soit $2{,}5^2 = AD^2 + 1{,}5^2$.
D'où $AD^2 = 6{,}25 - 2{,}25 = 4$.
Or AD est une longueur, donc $AD > 0$. On en déduit que $AD = 2$.

2) Les données de l'exercice donnent les longueurs AB et BD du triangle ABD. On choisit de calculer le sinus de l'angle $\widehat{BAD}$: $\sin\widehat{BAD} = \dfrac{BD}{AB} = \dfrac{1{,}5}{2{,}5} = 0{,}6$. À l'aide de la calculatrice, on trouve 37° pour mesure arrondie au degré de l'angle $\widehat{BAD}$.

3) Les angles $\widehat{BAD}$ et $\widehat{CAE}$ sont égaux. Donc, dans le triangle ACE :
$\sin\widehat{BAD} = \sin\widehat{CAE} = 0{,}6$.
Or $\sin\widehat{CAE} = \dfrac{CE}{AC}$.
On en déduit $\dfrac{4{,}5}{AC} = 0{,}6$.
D'où $4{,}5 = 0{,}6 \times AC$.
Donc $AC = \dfrac{4{,}5}{0{,}6} = 7{,}5$.
On applique le théorème de Pythagore à ACE rectangle en E pour calculer AE :
$AC^2 = AE^2 + CE^2$
$7{,}5^2 = AE^2 + 4{,}5^2$
$AE^2 = 56{,}25 - 20{,}25 = 36$.
Or AE est une longueur, donc $AE > 0$. On en déduit $AE = 6$ (valeur exacte).

> **À NOTER**
> **3)** Si deux angles sont égaux, alors ils ont le même sinus.

6 Utiliser la trigonométrie pour calculer une longueur

1) On applique le théorème de Pythagore au triangle PAR rectangle en A.
On a $PR^2 = AP^2 + AR^2$. Soit $4^2 = AP^2 + 2^2$. D'où $AP^2 = 16 - 4 = 12$.
Or $AP > 0$, donc $AP = \sqrt{12}$.

2) AR est la longueur du côté opposé à l'angle $\widehat{RPA}$ et RP est la longueur de l'hypoténuse, donc $\sin\widehat{RPA} = \dfrac{AR}{PR} = \dfrac{2}{4} = \dfrac{1}{2}$. À l'aide de la calculatrice, on trouve 30° pour mesure exacte de l'angle $\widehat{RPA}$.

3) Les angles $\widehat{RPA}$ et $\widehat{MPE}$ sont opposés par le sommet, donc ils ont la même mesure.

> **À NOTER**
> **3)** Deux angles opposés par le sommet ont la même mesure.

4) ME est la longueur du côté opposé à l'angle $\widehat{MPE}$, PM est la longueur du côté adjacent à cet angle et $\tan\widehat{MPE} = \dfrac{ME}{PM}$.
On effectue un produit en croix : $PM \times \tan\widehat{MPE} = ME$.
D'où $PM = \dfrac{ME}{\tan\widehat{MPE}} = \dfrac{3}{\tan 30°}$. À l'aide de la calculatrice, on trouve 5,2 cm pour mesure de la longueur PM à 1 mm près.

38 Démontrer qu'un quadrilatère est particulier

EN BREF ▸ *Un quadrilatère est un polygone à quatre côtés. En fonction de ses propriétés, il porte un nom particulier : parallélogramme, rectangle, losange, carré.*

I Le parallélogramme

Un quadrilatère est un parallélogramme s'il possède une de ces propriétés :
- ses côtés opposés sont parallèles ;
- ses côtés opposés ont la même longueur ;
- ses diagonales ont le même milieu.

CONSEIL
Pour démontrer qu'un quadrilatère est un parallélogramme, démontre qu'il possède une des propriétés ci-contre.

II Les parallélogrammes particuliers

1 Le rectangle

Un quadrilatère est un rectangle s'il possède une de ces propriétés :
- il a trois angles droits ;
- c'est un parallélogramme qui a un angle droit ;
- c'est un parallélogramme qui a ses diagonales de même longueur.

2 Le losange

Un quadrilatère est un losange s'il possède une de ces propriétés :
- il a quatre côtés de même longueur ;
- c'est un parallélogramme avec deux côtés consécutifs de même longueur ;
- c'est un parallélogramme qui a ses diagonales perpendiculaires.

3 Le carré

Un quadrilatère est un carré s'il est à la fois un rectangle et un losange.

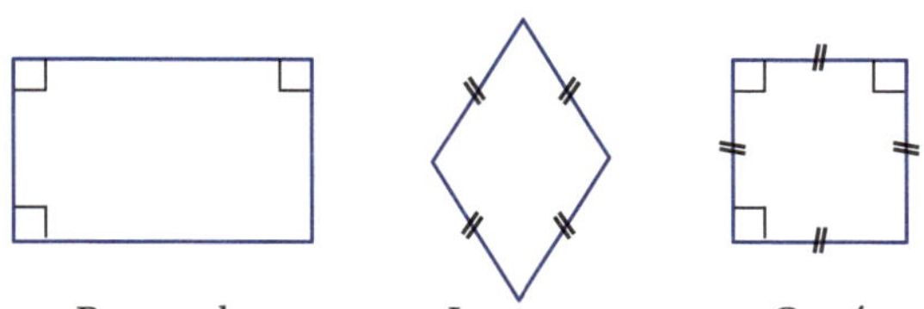

Rectangle Losange Carré

CONSEIL
Pour démontrer qu'un quadrilatère est un carré, montre qu'il possède une des propriétés du rectangle et une du losange.

39 Calculer une longueur à l'aide du théorème de Thalès

EN BREF ▸ *Thalès de Milet est un mathématicien grec qui vécu au VIe siècle av. J.-C. Il a mis en évidence ce que l'on appelle maintenant une configuration de Thalès, c'est-à-dire deux droites sécantes coupées par deux droites parallèles.*

I Le théorème de Thalès

Soit deux droites $\mathscr{D}$ et $\mathscr{D}'$ sécantes en A. Soit B et M deux points de $\mathscr{D}$ distincts de A. Soit C et N deux points de $\mathscr{D}'$ distincts de A.

Si les droites (BC) et (MN) sont parallèles, alors : $\frac{AM}{AB} = \frac{AN}{AC} = \frac{MN}{BC}$

Il y a deux configurations possibles :

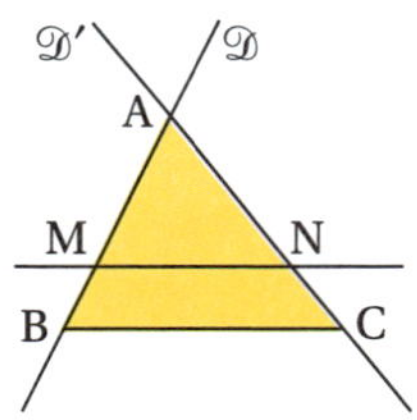

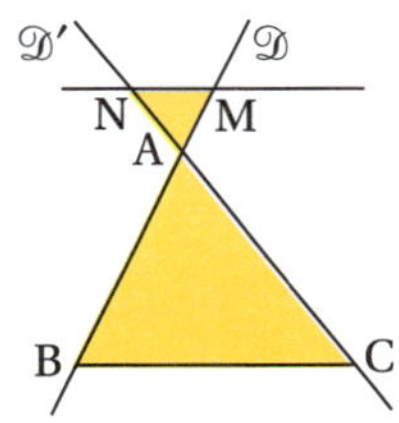

II Calculer une longueur

Après avoir vérifié les conditions d'application du théorème de Thalès, on écrit les rapports égaux. On remplace ensuite par les longueurs connues. On utilise le produit en croix pour calculer les longueurs manquantes.

Exemple :

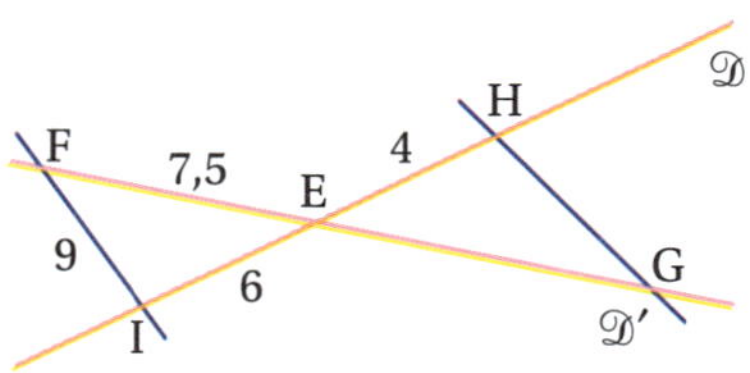

On veut calculer les longueurs HG et EG. $\mathscr{D}$ et $\mathscr{D}'$ sont sécantes en E. (HG) et (FI) sont parallèles. Les points H et I appartiennent à $\mathscr{D}$ et les points F et G appartiennent à $\mathscr{D}'$. On applique le théorème de Thalès :

$\frac{EH}{EI} = \frac{EG}{EF} = \frac{HG}{IF}$. On remplace les longueurs connues : $\frac{4}{6} = \frac{EG}{7{,}5} = \frac{HG}{9}$.

À l'aide du produit en croix, on obtient :

$EG = (4 \times 7{,}5) \div 6 = 5$ et $HG = (4 \times 9) \div 6 = 6$.

40 Démontrer que des droites sont parallèles

EN BREF ▸ *Le théorème de Thalès possède une réciproque qui permet de démontrer le parallélisme ou le non-parallélisme de deux droites. Pour cela, tu devras calculer des rapports et regarder s'ils sont égaux.*

I La réciproque du théorème de Thalès

Soit deux droites $\mathcal{D}$ et $\mathcal{D}'$ sécantes en A. Soit B et M deux points de $\mathcal{D}$ distincts de A. Soit C et N deux points de $\mathcal{D}'$ distincts de A.

Si $\frac{AM}{AB} = \frac{AN}{AC}$ et si les points A, B, M d'une part, et A, C, N d'autre part sont alignés dans cet ordre, alors les droites (BC) et (MN) sont parallèles.

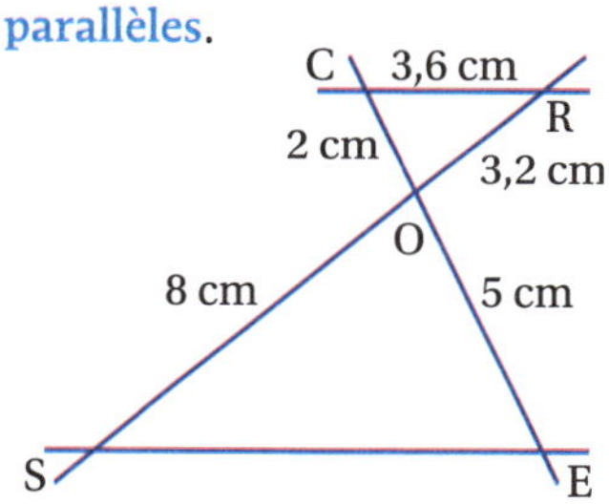

Exemple : Avec les données de la figure ci-contre, on veut montrer que les droites (CR) et (SE) sont parallèles.

On a $\frac{OC}{OE} = \frac{2}{5} = 0{,}4$ et $\frac{OR}{OS} = \frac{3{,}2}{8} = 0{,}4$.

On a donc $\frac{OC}{OE} = \frac{OR}{OS}$.

De plus, les points C, O, E d'une part, et les points R, O, S d'autre part sont alignés dans cet ordre. D'après la réciproque du théorème de Thalès, les droites (CR) et (SE) sont parallèles.

À NOTER
Il est indispensable de vérifier la position des points.

II Démontrer que deux droites sont parallèles

Pour démontrer que deux droites sont parallèles, on peut :

- Utiliser la réciproque du théorème de Thalès.
- Démontrer que les deux droites définissent deux angles alternes-internes égaux.

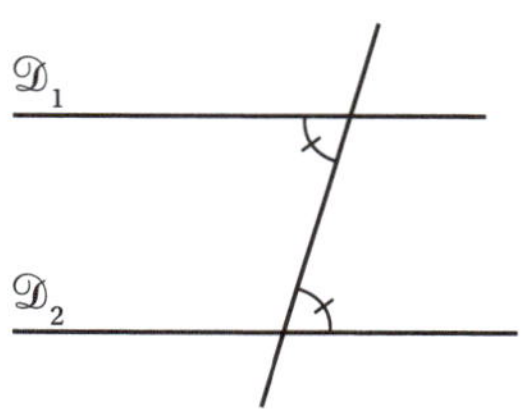

Les angles alternes-internes sont égaux : $\mathcal{D}_1 // \mathcal{D}_2$.

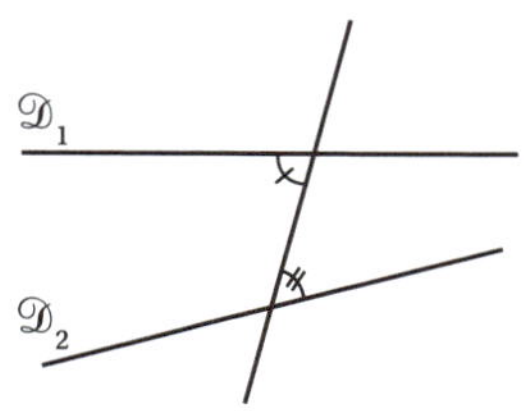

Les angles alternes-internes ne sont pas égaux : $\mathcal{D}_1$ et $\mathcal{D}_2$ ne sont pas parallèles.

SE TESTER QUIZ

1 Démontrer qu'un quadrilatère est particulier

→ FICHE 38

Si un quadrilatère est un losange, alors on est sûr que :

☐ **a.** c'est un carré

☐ **b.** ses diagonales ont la même longueur

☐ **c.** ses quatre côtés ont la même longueur

2 Calculer une longueur à l'aide du théorème de Thalès

→ FICHE 39

On considère la figure ci-dessous (qui n'est pas en vraie grandeur).

(BC) // (DE)
AB = 12 cm
AC = 8 cm
AD = 6 cm

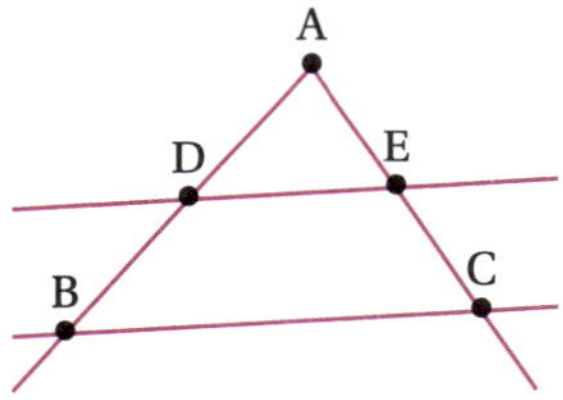

1] Le théorème de Thalès permet d'écrire l'égalité suivante :

☐ **a.** $\frac{AB}{BD} = \frac{AC}{AE}$ ☐ **b.** $\frac{AB}{AD} = \frac{AC}{CE}$ ☐ **c.** $\frac{AD}{AB} = \frac{AE}{AC}$

2] La longueur AE vaut :

☐ **a.** 3 cm ☐ **b.** 4 cm ☐ **c.** 5 cm.

3 Utiliser la réciproque du théorème de Thalès

→ FICHE 40

On considère la figure ci-contre (qui n'est pas en vraie grandeur).

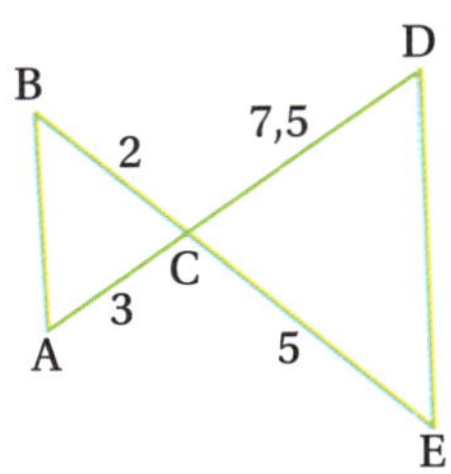

1] Pour appliquer la réciproque du théorème de Thalès aux droites (AB) et (ED), on compare les rapports :

☐ **a.** $\frac{CB}{CA}$ et $\frac{CD}{CE}$ ☐ **c.** $\frac{CB}{CE}$ et $\frac{CA}{CD}$

☐ **b.** $\frac{BE}{CD}$ et $\frac{AD}{AC}$

2] Les droites (AB) et (DE) sont :

☐ **a.** sécantes ☐ **b.** parallèles ☐ **c.** non parallèles

OBJECTIF BREVET

Lance-toi dans des sujets !

4 Mesurer un arbre

20 min

→ FICHE 39

Julien veut mesurer un jeune chêne avec une croix de bûcheron comme le montre le schéma ci-dessous.

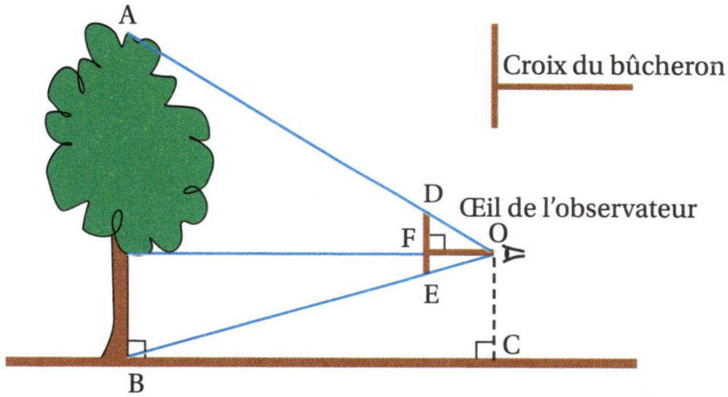

Il place la croix de sorte que O, D et A d'une part et O, E et B d'autre part soient alignés. Il sait que DE = 20 cm et OF = 35 cm. Il place [DE] verticalement et [OF] horizontalement. Il mesure au sol BC = 7,7 m.

1) Le triangle ABO est un agrandissement du triangle ODE. Justifier que le coefficient d'agrandissement est 22.

2) Calculer la hauteur de l'arbre en mètres.

3) Certaines croix du bûcheron sont telles que DE = OF. Quel avantage apporte ce type de croix ?

4) Julien enroule une corde autour du tronc de l'arbre à 1,5 m du sol. Il mesure ainsi une circonférence de 138 cm.
Quel est le diamètre de cet arbre à cette hauteur ? Donner un arrondi au centimètre près.

DÉMARRONS ENSEMBLE

1) Divise la longueur de la hauteur issue de O dans le triangle OAB par la longueur de celle issue de O dans le triangle ODE.

2) Tu connais le coefficient d'agrandissement. Compare les longueurs AB et DE.

3) Explique pourquoi, dans ce cas, le coefficient d'agrandissement est plus facile à calculer.

4) Souviens-toi que la longueur d'un cercle est égale au produit de π par le diamètre.

5 Démontrer que deux droites sont parallèles

15 min

→ FICHES 39 et 40

Sur la figure ci-contre (elle n'est pas en vraie grandeur) :

- les points K, A, F, C sont alignés ;
- les points G, A, E, B sont alignés ;
- (EF) et (BC) sont parallèles ;
- AB = 5 et AC = 6,5 ;
- AE = 3 et EF = 4,8 ;
- AK = 2,6 et AG = 2.

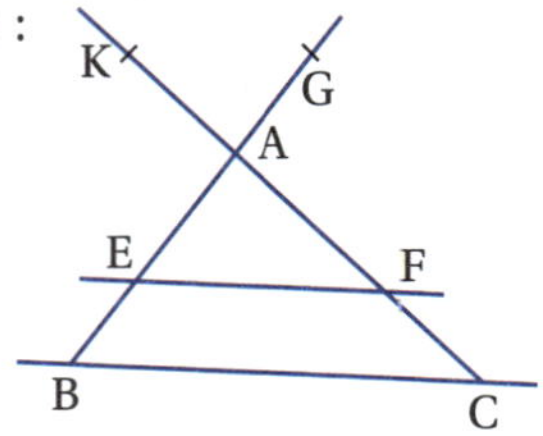

1) Démontrer que BC = 8.

2) Les droites (KG) et (BC) sont-elles parallèles ? Justifier.

3) Les droites (AC) et (AB) sont-elles perpendiculaires ? Justifier.

DÉMARRONS ENSEMBLE

1) Applique le théorème de Thalès aux droites (AB) et (AC) en considérant les droites parallèles (EF) et (BC).

2) Cette fois-ci, c'est la réciproque du théorème de Thalès qu'il faut utiliser.

3) Cherche si le triangle ABC est rectangle en A. Tu connais la longueur de ses trois côtés.

CORRIGÉS

SE TESTER QUIZ

1 Démontrer qu'un quadrilatère est particulier

Réponse c. Tout losange n'est pas un carré, donc la proposition a est fausse. Les diagonales d'un losange n'ont pas obligatoirement la même longueur. La proposition b est fausse. Un losange est un quadrilatère qui a ses quatre côtés de la même longueur.

2 Calculer une longueur à l'aide du théorème de Thalès

1) Réponse c. 2) Réponse b.

3 Utiliser la réciproque du théorème de Thalès

1) Réponse c. 2) Réponse b.

OBJECTIF BREVET

4 Mesurer un arbre

1) Le triangle ABO est un agrandissement du triangle ODE. La hauteur issue de O dans le triangle ABO mesure 7,7 m et celle issue de O dans le triangle ODE mesure 35 cm ou 0,35 m. Le coefficient d'agrandissement est donné par le rapport $\frac{BC}{OF} = \frac{7,7}{0,35} = 22$. Le coefficient d'agrandissement est 22.

2) Le coefficient d'agrandissement est 22. On a donc $AB = 22 \times DE$, soit $AB = 440$ cm. L'arbre mesure 440 cm ou 4,4 m.

3) Certaines croix du bûcheron sont telles que DE = OF. D'après ce qui précède, on a l'égalité de rapports $\frac{BC}{OF} = \frac{AD}{DE}$. Or si DE = OF, alors AB = BC, ce qui facilite les calculs.

4) La longueur d'un cercle de diamètre d est égale à $\pi \times d$. On a donc $138 = \pi \times d$, d'où $d = 138 \div \pi$. Un arrondi au centimètre près du diamètre est 44 cm.

> **MOT CLÉ**
> La **longueur d'un cercle** s'appelle aussi la circonférence d'un cercle.

5 Démontrer que deux droites sont parallèles

1) On applique le théorème de Thalès en observant que les droites (AB) et (AC) se coupent en A. Les droites (EF) et (BC) sont parallèles. Les points B et E appartiennent à (AE) et les points F et C appartiennent à (AC). On obtient : $\frac{AE}{AB} = \frac{AF}{AC} = \frac{EF}{BC}$.
On remplace les longueurs connues : $\frac{3}{5} = \frac{AF}{6,5} = \frac{4,8}{BC}$. À l'aide du produit en croix, on a $BC = (4,8 \times 5) \div 3 = 8$.

2) On applique la réciproque du théorème de Thalès aux droites (BG) et (CK) sécantes en A.
On a $\frac{AG}{AB} = \frac{2}{5} = 0,4$ et $\frac{AK}{AC} = \frac{2,6}{6,5} = 0,4$. On a donc $\frac{AG}{AB} = \frac{AK}{AC}$.
En outre, les points G, A, B d'une part, et les points K, A, C d'autre part sont alignés dans cet ordre. D'après la réciproque du théorème de Thalès, les droites (KG) et (BC) sont parallèles.

3) On calcule les carrés des longueurs des trois côtés : $AB^2 = 25$, $AC^2 = 42,25$ et $BC^2 = 64$.
On observe que $BC^2 \neq AB^2 + AC^2$. D'après la réciproque du théorème de Pythagore, le triangle ABC n'est pas rectangle. Les droites (AC) et (AB) ne sont pas perpendiculaires.

> **À NOTER**
> 1) et 2) Pour calculer une longueur, on emploie le théorème de Thalès et pour montrer le parallélisme de deux droites, on emploie sa réciproque.

41 Caractériser une sphère et s'y repérer

EN BREF ▸ *Le système des coordonnées géographiques constitué de la longitude et de la latitude est un des moyens de repérer un point sur la Terre. Cette théorie repose sur les notions de parallèles et de méridiens.*

I Caractériser une sphère

- Une sphère de centre O et de rayon r est l'ensemble des points M de l'espace tels que $OM = r$.
- Le cercle de centre O et de rayon OA est un grand cercle ($OA = r$).
- Les segments [AB] et [EF] sont des diamètres de la sphère.
- Le segment [AC] est une corde du grand cercle.

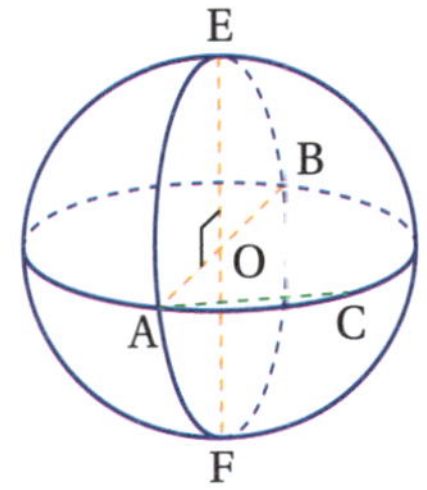

II Se repérer sur la sphère

- La longitude est l'angle mesuré en degrés qui sépare un méridien du méridien de Greenwich.
Cette mesure est exprimée par un nombre de 0° à 180° en allant vers l'ouest, ou par un nombre de 0° à 180° en allant vers l'est.

À NOTER
Le point O n'appartient pas à la sphère.

- La latitude est l'angle mesuré en degrés, de 0° à 90°, qui sépare un parallèle de l'équateur. Dans l'hémisphère nord, on parle de latitude nord et dans l'hémisphère sud, on parle de latitude sud.

Exemple : La latitude de New York est de 40° nord et sa longitude est de 74° ouest.

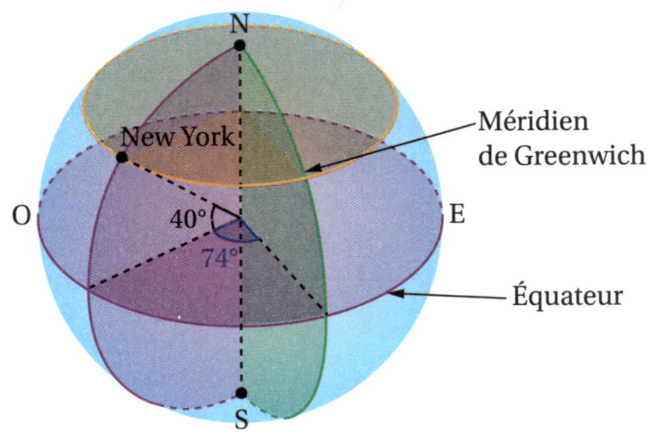

42 Se repérer dans l'espace

EN BREF ▸ *Nous vivons dans un monde à trois dimensions. Pour repérer un point dans l'espace, il faut connaître trois nombres : l'abscisse, l'ordonnée et l'altitude du point.*

I Définir un repère dans un pavé droit

Pour se repérer dans le pavé droit, on choisit un point O pour origine, puis on détermine sur la figure l'axe des abscisses (Ox), l'axe des ordonnées (Oy) et l'axe des altitudes (Oz) ainsi que les unités choisies sur chacun de ces axes.

À NOTER
On choisit en général pour origine un des sommets du pavé droit.

II Se repérer dans un pavé droit

On associe à un point M un triplet (x ; y ; z) qui sont les coordonnées du point M dans l'espace :
- x est l'abscisse du point M ;
- y est l'ordonnée du point M ;
- z est l'altitude du point M.

Exemple :

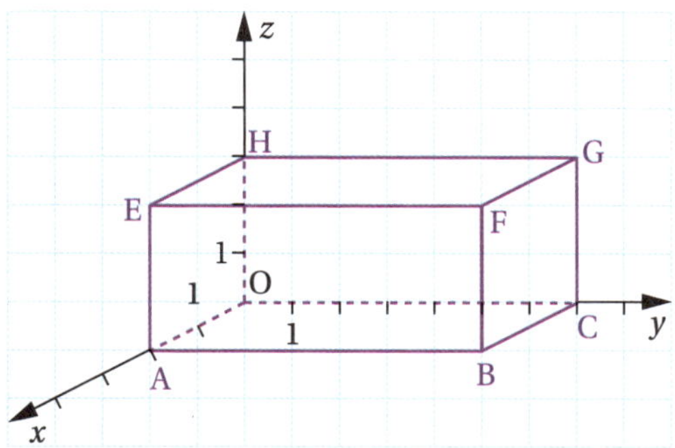

OA = 2 ; OC = 7 ; OH = 3.
Le point A se trouve sur l'axe (Ox), donc ses coordonnées sont (2 ; 0 ; 0).
Le point C se trouve sur l'axe (Oy), donc ses coordonnées sont (0 ; 7 ; 0).
Le point H se trouve sur l'axe (Oz), donc ses coordonnées sont (0 ; 0 ; 3).
Pour aller du point O au point B, on va de O à A sur (Ox), puis de A à B sur une droite parallèle à (Oy). Les coordonnées de B sont (2 ; 7 ; 0).
Pour aller du point O au point F, on va de O à A sur (Ox), puis de A à B sur une droite parallèle à (Oy) et enfin de B à F sur une droite parallèle à (Oz). Les coordonnées de F sont (2 ; 7 ; 3).
De la même manière, on obtient que le point E a pour coordonnées (2 ; 0 ; 3) et que le point G a pour coordonnées (0 ; 7 ; 3).

43 Calculer le volume d'un solide

EN BREF ▸ *Pour calculer le volume d'un solide, on reconnaît d'abord le solide et on choisit ensuite la formule qui correspond. Pour le brevet, tu dois connaître ces formules et savoir les appliquer.*

I Volume d'un pavé droit ou d'un cylindre de révolution

- Le volume $\mathcal{V}$ d'un pavé droit de dimensions a, b et c est donné par la formule :

$$\mathcal{V} = a \times b \times c$$

- Le volume $\mathcal{V}$ d'un cylindre de révolution de rayon de base r et de hauteur h est donné par la formule :

$$\mathcal{V} = \pi r^2 h$$

Exemple : On veut calculer le volume $\mathcal{V}$ d'un cylindre de rayon de base 3 cm et de hauteur 5 cm. On a $\mathcal{V} = \pi \times 3^2 \times 5 = \pi \times 9 \times 5$. D'où $\mathcal{V} = 45\pi$ cm^3 (valeur exacte).

II Volume d'une pyramide ou d'un cône de révolution

- Le volume $\mathcal{V}$ d'une pyramide d'aire de **base** $\mathcal{A}$ et de hauteur h est donné par la formule :

$$\mathcal{V} = \frac{\mathcal{A} \times h}{3}$$

- Le volume $\mathcal{V}$ d'un cône de révolution de rayon de **base** r et de hauteur h est donné par la formule :

$$\mathcal{V} = \frac{\pi r^2 h}{3}$$

MOT CLÉ
La **base** d'une pyramide est un polygone. La **base** d'un cylindre ou d'un cône est un disque.

III Volume d'une sphère

Le volume $\mathcal{V}$ d'une sphère de rayon r est donné par la formule :

$$\mathcal{V} = \frac{4}{3}\pi r^3$$

SE TESTER QUIZ

Vérifie que tu as compris les points clés

1 Se repérer dans une sphère

→ FICHE 41

On considère la figure ci-contre sur laquelle l'équateur est en rouge et le méridien de Greenwich en vert.

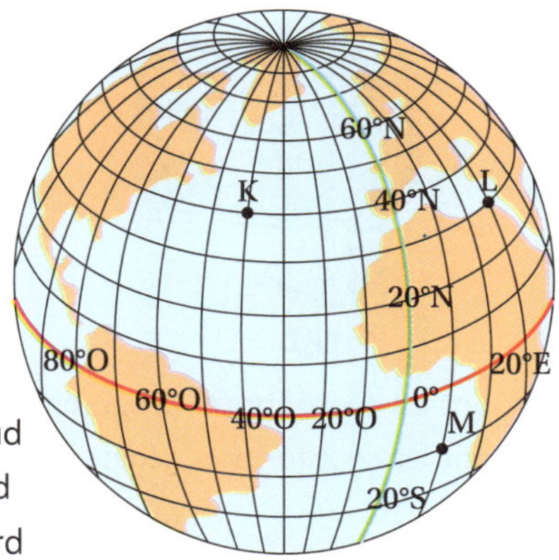

1) La longitude du point K est :

☐ **a.** 40° ouest

☐ **b.** 40° est ☐ **c.** 40° nord

2) Les coordonnées géographiques du point M sont :

☐ **a.** longitude : 10° ouest ; latitude : 10° sud

☐ **b.** Longitude : 10° est ; latitude : 10° sud

☐ **c.** Longitude : 10° est ; latitude : 10° nord

2 Se repérer dans l'espace

→ FICHE 42

On considère la figure ci-contre.

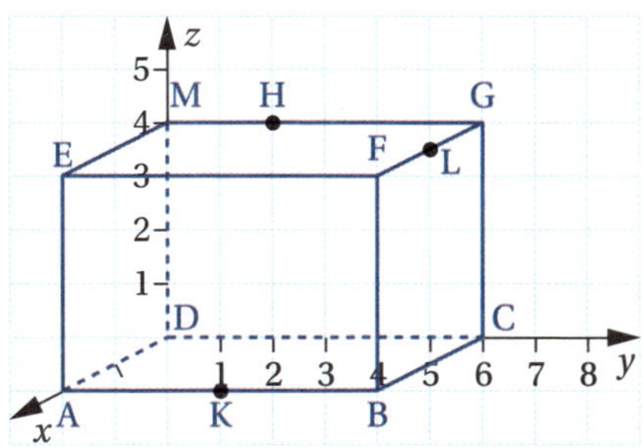

1) Les coordonnées du point H sont : ☐ **a.** (0 ; 2 ; 4)

☐ **b.** (2 ; 0 ; 4) ☐ **c.** (0 ; 4 ; 2)

2) L'altitude du point L est :

☐ **a.** 2 ☐ **b.** 5 ☐ **c.** 4

3 Calculer le volume d'un solide

→ FICHE 43

1) Le volume d'une sphère de rayon 12 cm est égal à :

☐ **a.** 6 912π cm^3 ☐ **b.** 3 456π cm^3 ☐ **c.** 2 304π cm^3

2) Une pyramide a pour base un rectangle de 3 cm sur 2 cm. Sa hauteur est 5 cm. Son volume est égal à :

☐ **a.** 10 cm^3 ☐ **b.** 30 cm^3 ☐ **c.** 25 cm^3

3) Un cône a pour volume 24π cm^3. Son disque de base à pour aire 4π cm^2. Sa hauteur est égale à :

☐ **a.** 18 cm ☐ **b.** 12 cm ☐ **c.** 6 cm

OBJECTIF BREVET

Lance-toi dans des sujets !

4 Se repérer dans la sphère

10 min

→ FICHE 41

Sur chacune des figures ci-dessous, G est un point du méridien de Greenwich et A est un point de l'équateur.

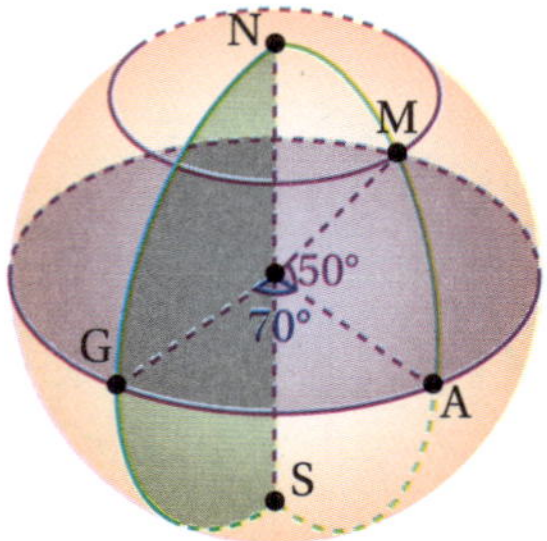

Figure 1

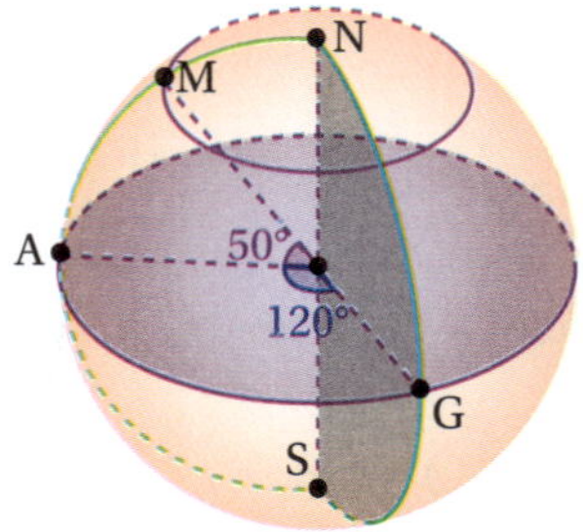

Figure 2

1) Quelles sont les coordonnées géographiques du point M sur la figure 1 ?

2) Quelles sont les coordonnées géographiques du point M sur la figure 2 ?

DÉMARRONS ENSEMBLE

1) L'angle de 70° indique la longitude. L'angle de 50° indique la latitude.

5 Se repérer dans l'espace

10 min

→ FICHE 42

Sur la figure ci-dessous, le point I a pour coordonnées (1 ; 0 ; 0), le point J a pour coordonnées (0 ; 1 ; 0) et le point K a pour coordonnées (0 ; 0 ; 1).

1) Quelles sont les coordonnées des points A, B et F ?

2) Placer le point M milieu du segment [AB]. Quelles sont les coordonnées du point M ?

3) Placer le point N milieu du segment [CG]. Quelles sont les coordonnées du point N ?

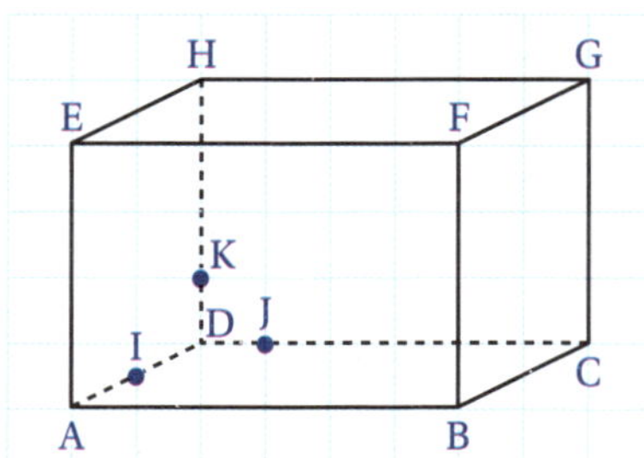

DÉMARRONS ENSEMBLE

1) Le point A a deux coordonnées nulles, le point B en a une.

2) Pour aller de D à M, on se déplace de D à A, puis de A à M.

3) Pour aller de D à N, on se déplace de D à C, puis de C à N.

6 Calculer le volume de deux solides
15 min

→ FICHE 43

Abel achète une glace à la pistache. Elle a la forme d'une boule posée sur un cône comme sur la figure ci-dessous.

Abel, qui est gourmand, se demande s'il ne serait pas plus intéressant de remplir le cône à ras bord avec de la glace plutôt que de poser une boule sur le cône.

Que peut-on en penser ?

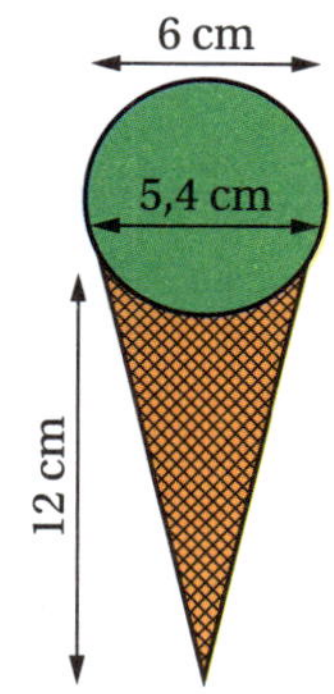

DÉMARRONS ENSEMBLE

- Calcule d'abord le volume de la boule de glace. Souviens-toi que le volume d'une boule de rayon r est égal à $\frac{4}{3}\pi r^3$.
- Puis calcule le volume du cône.
- Compare enfin les deux volumes.

CORRIGÉS

SE TESTER QUIZ

1 Se repérer dans une sphère

1) Réponse a.

2) Réponse b.

2 Se repérer dans l'espace

1) Réponse a.

2) Réponse c.

3 Calculer le volume d'un solide

1 Réponse c.

2 Réponse a.

3 Réponse a.

OBJECTIF BREVET

4 Se repérer dans la sphère

1 Les coordonnées géographiques du point M sur la figure 1 sont : longitude : 70° est ; latitude : 50° nord.

2 Les coordonnées géographiques du point M sur la figure 2 sont : longitude : 120° ouest ; latitude : 50° nord.

5 Se repérer dans l'espace

1 Les coordonnées du point A sont (2 ; 0 ; 0). Les coordonnées du point B sont (2 ; 6 ; 0) et celles du point F sont (2 ; 6 ; 4).

2 Le point M milieu du segment [AB] a pour coordonnées (2 ; 3 ; 0).

3 Le point N milieu du segment [CG] a pour coordonnées (0 ; 6 ; 2).

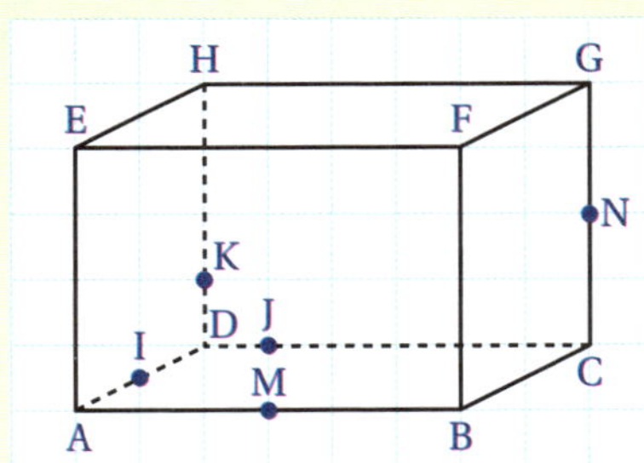

6 Calculer le volume de deux solides

Le rayon de la boule de glace est 3 cm. Son volume est égal à $\frac{4}{3}\pi \times 3^3 = 36\pi$ cm^3.

Le rayon de la base du cône est 2,7 cm. Le volume du cône est égal à $\frac{\pi \times 2{,}7^2 \times 12}{3} = 29{,}16\pi$ cm^3.

Or $36\pi > 29{,}16\pi$, donc il est plus intéressant de prendre la glace sous forme d'une boule.

CONSEIL
Pour comparer les deux volumes, exprime-les en fonction de π.

44 Distinguer grandeurs quotients et grandeurs produits

EN BREF ▸ *Quand on multiplie deux quantités, on obtient une grandeur « produit » et quand on les divise, on obtient une grandeur « quotient ». En physique, tu trouveras beaucoup de ces grandeurs : la vitesse d'un véhicule, le débit d'un fleuve, le volume…*

I Grandeurs quotients

Quand on effectue le quotient de deux grandeurs, on obtient une **grandeur quotient**.

Exemples :

- La vitesse est le quotient de la distance parcourue par le temps écoulé. C'est donc une grandeur quotient. Si la distance est exprimée en kilomètres et le temps écoulé en heures, alors la vitesse est exprimée en kilomètres par heure (km/h ou $km \times h^{-1}$).

À NOTER
En physique, on note de préférence l'unité de vitesse : $km \cdot h^{-1}$.

- Le débit d'un fleuve est le quotient du volume de liquide qui passe à un endroit par le temps écoulé. Si le volume de liquide est exprimé en mètres cubes et le temps écoulé en heures, alors le débit est exprimé en mètres cubes par heure (m^3/h ou $m^3 \times h^{-1}$).
- La concentration d'une solution est égale au quotient de la masse de la substance dissoute par le volume de la solution. C'est donc une grandeur quotient. Si la masse de la substance dissoute est exprimée en grammes et le volume en litres, alors la concentration est exprimée en grammes par litre (g/L ou $g \times L^{-1}$).

II Grandeurs produits

Quand on effectue le produit de deux grandeurs, on obtient une **grandeur produit**.

Exemples :

- Un volume est égal au produit d'une aire par une longueur. C'est donc une grandeur produit. Si l'aire est exprimée en mètres carrés et la longueur en mètres, alors le volume est exprimé en mètres cubes (m^3).
- L'énergie électrique consommée est égale au produit de la puissance électrique par la durée. C'est une grandeur produit. Si la puissance est exprimée en watts (W) et la durée en heures (h), alors l'unité de l'énergie est le wattheure (Wh).

45 Convertir des unités de mesure

EN BREF ▸ *Certaines unités sont des unités simples comme le mètre. D'autres sont composées comme le kilomètre par heure. La conversion des unités de mesure est utile quand on passe d'un pays à un autre (mesures anglo-saxonnes).*

I Changer d'unité de mesure simple

Pour convertir des unités de longueur, on utilisera le tableau suivant :

kilomètre	hectomètre	décamètre	**mètre**	décimètre	centimètre	millimètre

← × 0,1 → × 10

On convertit de la même façon des unités de capacité en remplaçant mètre par litre, des unités de masse en remplaçant mètre par gramme.

II Changer d'unité d'aire ou de volume

On passe d'une unité d'aire à l'unité supérieure en multipliant par 0,01 et d'une unité d'aire à l'unité inférieure en multipliant par 100.

On passe d'une **unité de volume** à l'unité supérieure en multipliant par 0,001 et d'une unité de volume à l'unité inférieure en multipliant par 1 000.

MOT CLÉ
Les **unités de volume** et de capacité sont liées par l'égalité 1 L = 1 dm^3 et 1 mL = 1 cm^3.

III Convertir des unités de mesure composées

Pour convertir des unités de mesure composées, on convertit séparément chaque unité.

Exemples :

- On veut convertir 12 m/min en km/h.
On convertit d'abord 1 h en minutes : 1 h = 60 min.
On multiplie donc 12 par 60 et on obtient 720 m/h.
On convertit ensuite 720 m en km :
720 m = 0,72 km. On obtient 0,72 km/h.

- On veut convertir 0,03 kg/m^3 en g/dm^3.
On convertit d'abord 0,03 kg en g : 0,03 kg = 30 g.
On convertit 1 dm^3 en m^3 : 1 dm^3 = 0,001 m^3.
On multiplie donc 30 par 0,001 et on obtient 0,03 g/dm^3.

46 Résoudre un problème de vitesse

EN BREF ▸ *La vitesse moyenne d'un mobile correspond à la vitesse à laquelle il se serait déplacé s'il avait gardé une vitesse constante. La vitesse, la distance parcourue et la durée du parcours sont liées par une relation que tu dois connaître.*

I Vitesse moyenne

La **vitesse moyenne** v d'un objet mobile est le quotient de la distance d parcourue pendant la durée t du parcours :

$$v = \frac{d}{t}$$

Exemple : Un automobiliste parcourt 240 km en deux heures. Sa vitesse moyenne v est :

$v = \frac{240}{2} = 120$ km/h.

À NOTER
Une vitesse de 120 km/h signifie que l'automobiliste a parcouru 120 km en une heure.

II Unités de vitesse

L'**unité de la vitesse** dépend de l'unité de longueur et de l'unité de durée choisies.

Exemples :

- Si la distance est en kilomètres et la durée en heures, la vitesse s'exprime en km/h ou en $km \times h^{-1}$.
- Si la distance est en mètres et la durée en secondes, la vitesse s'exprime en m/s ou $m \times s^{-1}$.

III Résoudre un problème de vitesse

L'égalité $v = \frac{d}{t}$ est équivalente aux égalités :

$$d = v \times t \quad \text{et} \quad t = \frac{d}{v}$$

On peut donc calculer l'une des grandeurs v, d ou t quand on connaît les deux autres.

Exemple : Un escargot se déplace à la vitesse de 0,09 m/min. On cherche la distance parcourue en 1 h.
On a $d = 0{,}09 \times 60 = 5{,}4$ m.

À NOTER
Dans une heure, il y a 60 minutes.

SE TESTER QUIZ

Vérifie que tu as compris les points clés

1 Distinguer grandeurs quotients et grandeurs produits

→ FICHE 44

1) Une vitesse est :

☐ **a.** une grandeur produit

☐ **b.** une grandeur quotient

☐ **c.** ni l'un ni l'autre

2) La masse volumique s'exprime en kg/m^3. Une masse volumique est :

☐ **a.** une grandeur produit

☐ **b.** une grandeur quotient

☐ **c.** ni l'un ni l'autre

2 Convertir des unités de mesure

→ FICHE 45

1) 12 356 cm^3 est égal :

☐ **a.** 123,56 dm^3 ☐ **b.** 1235,6 dm^3 ☐ **c.** 12,356 dm^3

2) Si on convertit 2 h en secondes, on obtient :

☐ **a.** 120 s ☐ **b.** 3 600 s ☐ **c.** 7 200 s

3 Convertir des unités composées

→ FICHE 45

1) Si l'on convertit 180 km/h en kilomètres par minute, on obtient :

☐ **a.** 540 km/min ☐ **b.** 3 km/min ☐ **c.** 240 km/min

2) Si on convertit 5 kWh, en wattheures, on obtient :

☐ **a.** 50 Wh ☐ **b.** 500 Wh ☐ **c.** 5 000 Wh

4 Résoudre un problème de vitesse

→ FICHE 46

1) Un automobiliste roule à une vitesse moyenne de 80 km/h.
En 2 heures, il parcourt :

☐ **a.** 40 km ☐ **b.** 80 km ☐ **c.** 160 km

2) Un cycliste parcourt 90 km en 3 h. Sa vitesse moyenne sur ce parcours en $km \cdot h^{-1}$ est :

☐ **a.** 24 $km \cdot h^{-1}$ ☐ **b.** 28 $km \cdot h^{-1}$ ☐ **c.** 30 $km \cdot h^{-1}$

OBJECTIF BREVET

Lance-toi dans des sujets !

5 Calculer une durée
5 min

→ FICHE 46

La longueur du Canal du Midi est de 240 km de Toulouse à l'étang de Thau et la vitesse des embarcations y est limitée à 8 km/h.

Combien de temps, au moins, faut-il pour effectuer ce trajet en péniche sans faire de pause ?

6 Air brassé par une éolienne
20 min

→ FICHES 45 et 46

Le schéma ci-dessous représente la colonne d'air brassée par une éolienne en une seconde.

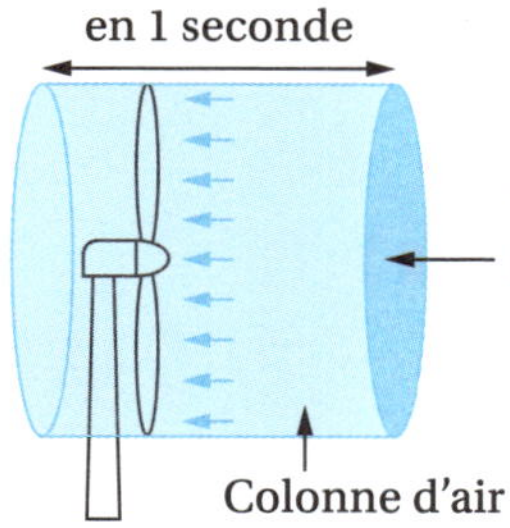

1) Calculer la distance *d* parcourue en une seconde par un vent dont la vitesse est de 18 km/h.

2) Calculer l'aire de la surface balayée par une éolienne dont le rotor a un diamètre de 80 m.

3) Déduire des réponses précédentes le volume d'air brassé en une seconde par une éolienne dont le rotor a un diamètre de 80 m quand le vent souffle à la vitesse de 18 km/h.

4) La masse volumique de l'air est de 1,292 kg/m^3. En déduire la masse d'air brassée en une seconde par une éolienne dont le rotor a un diamètre de 80 m quand le vent souffle à la vitesse de 18 km/h.

DÉMARRONS ENSEMBLE

1) Convertis 18 km/h en m/s, puis utilise la relation $v = \frac{d}{t}$.
2) La surface balayée est un disque de rayon 40 m.
3) Le volume d'air est celui d'un cylindre.
4) La densité de l'air est le quotient de la masse d'air par le volume d'air.

CORRIGÉS

SE TESTER QUIZ

1 Distinguer grandeurs quotients et grandeurs produits

1 Réponse b. 2 Réponse b.

2 Convertir des unités de mesure

1 Réponse c. 2 Réponse c.

3 Convertir des unités composées

1 Réponse b. 2 Réponse c.

4 Résoudre un problème de vitesse

1 Réponse c. 2 Réponse c.

OBJECTIF BREVET

5 Calculer une durée

Le temps mis pour effectuer ce trajet est le quotient de la distance parcourue par la vitesse : $t = \frac{d}{v}$. Avec $d = 240$ km et $v = 8$ km/h, on a $t = \frac{240}{8} = 30$.

Il faut au moins 30 heures pour effectuer ce trajet en péniche sans faire de pause.

ATTENTION
Vérifie que le temps, la distance et la vitesse sont exprimés dans des unités compatibles.

6 Air brassé par une éolienne

1 La vitesse est exprimée en km/h. On la convertit en m/s. On a :
$18 \text{ km/h} = 18\,000 \text{ m/h} = \frac{18\,000}{3\,600} \text{ m/s} = 5 \text{ m/s}$.

La distance d parcourue en une seconde est 5 m.

2 La surface balayée par une éolienne est un disque de diamètre de 80 m. Le rayon est égal à 40 m. L'aire est égale à : $\pi \times 40^2 = 1\,600\pi = 5\,024 \text{ m}^2$.

3 Le volume d'air est celui d'un cylindre dont la base a pour aire $5\,024 \text{ m}^2$ et pour hauteur 5 m. Le volume de ce cylindre est égal à $5\,024 \times 5 = 25\,120 \text{ m}^3$.

4 La masse volumique de l'air est le quotient de la masse d'air par le volume d'air. On a : $1{,}292 = \frac{m}{2\,512}$ où m est la masse d'air. À l'aide d'un produit en croix, on obtient $m = 1{,}292 \times 25\,120 = 32\,455{,}04$ kg. La masse d'air brassée en 1 s par une éolienne dont le rotor a un diamètre de 80 m quand le vent souffle à la vitesse de 18 km/h est 3 245,504 kg.

HISTOIRE-GÉO EMC

TOUT LE PROGRAMME

- 54 fiches de cours
- Exercices et sujets corrigés

SOMMAIRE

Quand tu en as fini avec une fiche ou un entraînement, coche la case ☐ correspondante !

Histoire

SOMMAIRE

5. La France après la guerre : des années 1950 aux années 1980

Géographie

6. Les aires urbaines : une nouvelle géographie d'une France mondialisée

7. Les espaces productifs et de faible densité français

8. Aménager pour répondre aux inégalités croissantes entre territoires français

9. L'Union européenne et la France dans le monde

Enseignement moral et civique

10. Respecter autrui

11. Les valeurs de la République

12. L'engagement : agir individuellement et collectivement

1 Civils et militaires dans la Première Guerre mondiale (1914-1918)

EN BREF ▸ *Conflit d'une durée inattendue, la Première Guerre mondiale mobilise les populations entières et les confronte à une violence inédite.*

I L'expérience combattante

1 Une guerre à l'ampleur inédite

■ La guerre, déclenchée en août 1914, est d'abord européenne. Elle oppose les empires centraux (Allemagne et Autriche-Hongrie) et la Triple Entente (France, Russie et Royaume-Uni).

■ Le conflit se mondialise. D'août à novembre 1914, l'échec des offensives révèle l'équilibre des forces. La **guerre de mouvement** se transforme en **guerre de tranchées**. Les métropoles font appel aux colonies et, en avril 1917, les États-Unis s'engagent aux côtés de l'Entente.

MOTS CLÉS

La **guerre de mouvement** se caractérise par des offensives rapides et un front mobile. La **guerre de tranchées** (ou de position) se distingue par le maintien de positions fortifiées dans les tranchées et un front presque immobile.

2 Le tournant de 1917 et la fin de la guerre

■ L'année 1917 marque un tournant. Les offensives meurtrières sapent le moral des troupes et des mutineries éclatent. En octobre, la défection russe → FICHE 2 affaiblit l'Entente. Au printemps 1918, la dernière offensive allemande est brisée. L'armistice est signé le 11 novembre 1918.

■ La guerre a fragilisé les empires centraux et leurs alliés. En 1918, quatre empires disparaissent : l'Empire allemand, l'Empire austro-hongrois, l'Empire russe et l'Empire ottoman.

3 La violence de la guerre de masse

■ Durant les quatre années de guerre, la puissance de feu est considérablement augmentée. La combinaison d'armes classiques (mitrailleuses) avec le moteur et l'avion élargit les champs de bataille. L'armement chimique (gaz à partir de 1915) a des effets physiques et psychologiques très lourds.

■ L'enlisement du conflit entraîne une mobilisation sans précédent des populations : 70 millions d'Occidentaux entre 1914 et 1918.

■ La vie dans les tranchées est difficile (froid, boue, vermine) et rythmée par les montées en première ligne. Les offensives (toujours vaines), par leur durée et les masses humaines qu'elles mobilisent, se transforment en boucheries → ZOOM.

II Les civils dans la guerre totale

1 L'effacement de la séparation entre combattants et civils

- Les civils connaissent des conditions de vie difficiles (pénuries, rationnements). Ils subissent également les violences de la guerre (bombardements) et représentent 40 % du total des victimes.

- Des populations entières sont prises pour cibles. En 1915-1916, le pouvoir ottoman déporte et massacre les Arméniens, accusés de pactiser avec l'ennemi russe. Ce génocide, le premier du XXe siècle, fait 1,5 million de victimes.

MOT CLÉ
Un **génocide** est l'extermination systématique et planifiée de nations ou de groupes ethniques.

2 La mobilisation de l'arrière

- La guerre totale suppose la mobilisation de l'ensemble de la société (individus, économie, entreprises). La répartition des matières premières, les salaires et les prix sont fixés par l'État. L'arrière, zone éloignée du front et des combats, doit armer des millions de soldats. Dans les usines et aux champs, les femmes et les travailleurs coloniaux remplacent les hommes partis au front.

MOT CLÉ
La **guerre totale** désigne un conflit dont les conséquences touchent l'ensemble des sociétés des pays mobilisés.

- La propagande et la censure se généralisent. Le contrôle des nouvelles par les états-majors, le « bourrage de crâne » doivent empêcher le découragement des populations.

- La guerre fait au total neuf millions de morts et vingt millions de blessés.

zoOm

Une expérience combattante inédite

- La bataille de Verdun (février-décembre 1916) fait 770 000 morts, blessés ou disparus, à part égale entre Français et Allemands. Le perfectionnement de la puissance de feu, l'usage d'armes chimiques causent des blessures terribles et expliquent la lourdeur du bilan.

- La fraternité des tranchées, la correspondance avec l'arrière, les permissions permettent aux soldats de tenir.

Soldats français durant la bataille de Verdun, mars 1916.

2 De la révolution bolchevique au régime stalinien (1917-1939)

EN BREF ▸ *Avec la lassitude de la guerre et du régime du tsar, la Russie connaît deux révolutions, puis l'instauration par Staline d'un régime totalitaire.*

I Les révolutions de 1917

1 La fin du tsarisme

- En Russie, alors que les mutineries se multiplient sur le front et que l'arrière est épuisé par les pénuries, une révolution spontanée en février 1917 entraîne le renversement du régime et l'abdication du tsar Nicolas II.
- Mais le gouvernement provisoire issu de cette révolution décide de maintenir le pays dans la guerre, ce qui le discrédite auprès du peuple.

2 La prise du pouvoir par Lénine

- En octobre 1917, l'insurrection des bolcheviks, préparée par Trotski, entraîne un coup d'État et l'arrivée au pouvoir de Lénine. Les bolcheviks veulent instaurer le **communisme**.
- Après l'armistice de décembre, les bolcheviks signent à Brest-Litovsk une paix séparée avec les Empires centraux en mars 1918.

MOT CLÉ
Le **communisme** est la doctrine politique qui s'appuie sur les principes marxistes-léninistes et vise l'instauration d'une société sans classe sociale.

3 La guerre civile

- Après trois ans d'une guerre civile meurtrière qui oppose Rouges (communistes) et Blancs (anticommunistes), le régime bolchevique finit par s'imposer (1921).
- L'Union des républiques socialistes soviétiques (URSS) est proclamée en 1922.

II La prise du pouvoir par Staline

1 Un pouvoir personnel

- Secrétaire général du parti bolchevique depuis 1922, Joseph Staline concentre peu à peu tous les pouvoirs. Après la mort de Lénine en 1924, il s'impose progressivement en éliminant ses principaux adversaires politiques.
- La propagande construit un culte de la personnalité autour de Staline → ZOOM.

2 La terreur comme instrument de pouvoir

- Le régime impose la terreur. La police politique (NKVD) traque les opposants, envoyés au **Goulag**.
- Entre 1936 et 1938, la « Grande Terreur » frappe 680 000 personnes et les procès de Moscou permettent d'éliminer plusieurs personnalités du Parti.

MOT CLÉ
Le **Goulag** désigne l'ensemble des camps de travail forcé en URSS.

III La construction de l'État soviétique

1 La reconnaissance officielle de l'URSS

- L'adoption de la Constitution de l'URSS (1924) renforce la centralisation.
- Dans les années 1930, grâce à son engagement antifasciste, l'URSS s'insère dans le jeu diplomatique mondial. La signature du pacte germano-soviétique en août 1939 est une immense surprise.

2 1929, « le grand tournant »

- Staline veut transformer l'URSS en puissance industrielle. La **planification** de l'économie (1928) lance l'étatisation des moyens de production. Dans les campagnes, la collectivisation impose la création de fermes collectives (sovkhozes et kolkhozes) et met fin à la propriété privée.

> **MOT CLÉ**
> La **planification** est la définition par l'État d'objectifs de production que les entreprises sont chargées de mettre en œuvre.

- Les effets sont désastreux : la production agricole s'effondre, la famine de 1932-1933 ainsi que la « liquidation » des koulaks (paysans riches) font plus de cinq millions de victimes.

3 Un régime totalitaire

- L'État poursuit l'objectif totalitaire de forger un Homme nouveau, *Homo Sovieticus,* héros du travail et de la révolution socialiste.
- L'embrigadement de la population s'opère par le biais d'organisations de jeunesse et de la propagande.

zoOm

Culte de la personnalité et propagande en URSS

- À partir de 1930, un culte de la personnalité s'organise autour de Staline. Les artistes sont appelés à honorer « le petit père des peuples », héritier de Lénine et guide suprême du pays, comme le montre ce photomontage de Gustav Kluzis réalisé en 1933.
- La propagande, omniprésente, a un double objectif : dénoncer l'ennemi intérieur (le koulak, le bourgeois) et célébrer les valeurs du régime (la force du travailleur, la puissance de la technologie, la construction du socialisme).

« La bannière de Lénine », affiche, 1933.

3 L'installation du régime nazi (1933-1945)

EN BREF ▸ *Arrivé légalement au pouvoir, Hitler instaure en Allemagne une dictature totalitaire et raciste.*

I Une arrivée légale au pouvoir

1 Une république allemande fragile

- En 1918, l'Allemagne fait l'expérience de la défaite. Le sentiment qu'un *Diktat* a été imposé par les vainqueurs, avec le traité de Versailles, alimente la contestation contre la République de Weimar instaurée en 1918.
- Adolf Hitler, à la tête du parti nazi (NSDAP), contribue à la violence politique par le biais de sa milice, les Sections d'assaut (SA). Les multiples confrontations avec les communistes sont brutales.

2 Hitler chancelier

- Dans le contexte de la Grande Dépression qui touche de plein fouet l'Allemagne – le chômage atteint 30,8 % de la population active en 1932 –, le NSDAP réussit une percée électorale sur un programme nationaliste, belliciste (tourné vers la guerre) et raciste. Il devient le premier parti au Reichstag (l'Assemblée).
- Le 30 janvier 1933, le président Hindenburg nomme Hitler chancelier.

II La dictature hitlérienne

1 La suppression de la démocratie

- La **dictature** hitlérienne interdit les partis et les syndicats. La loi du 29 mars 1933 supprime les libertés individuelles. Le « Führer et chancelier du Reich » dirige à la fois le parti unique et l'État.

> **MOT CLÉ**
> Une **dictature** est un régime politique qui rassemble tous les pouvoirs aux mains d'un seul homme ou parti qui s'impose par la force.

- Hitler jouit d'une autorité sans partage et d'une immense popularité, soutenue par une propagande intense → ZOOM.

2 Terreur et répression

- Les opposants sont poursuivis par la police politique (Gestapo). Dès 1933, 50 000 Allemands sont internés dans le camp de concentration de Dachau. Ils sont près d'un million en 1939, répartis dans une trentaine de camps sous contrôle des SS (*Schutzstaffel*, « escadrons de protection »).

III Le projet nazi

1 Une société totalitaire

- L'État veut forger un « homme nouveau ». Le régime **totalitaire** nazi repose sur un embrigadement de la population. Au sein des Jeunesses hitlériennes, les adolescents sont soumis à une discipline militaire.

MOT CLÉ
Un régime **totalitaire** cherche à contrôler toute la société et tous les aspects de la vie publique et privée des individus.

- Les « asociaux » (handicapés, vagabonds, prostituées, homosexuels) sont retranchés de la communauté : 50 000 d'entre eux sont internés entre 1937 et 1939.

2 Le mythe de la « race pure »

- Les nazis ont une vision raciste du monde : la « race » supposée supérieure, les Aryens, est appelée à dominer les « races inférieures » (Slaves, Juifs, Tziganes).
- L'antisémitisme d'État est établi par les lois de Nuremberg (1935) qui excluent les Juifs allemands de la communauté nationale. Les pogroms, comme la Nuit de cristal (9-10 novembre 1938), se multiplient.

3 Un régime expansionniste

- Dans *Mein Kampf* (1924), Hitler affirme la nécessité de conquérir un « espace vital » (*Lebensraum*). Il revendique l'expansion de la « race aryenne » vers l'Est.
- Cette conquête est présentée comme une revanche sur le *Diktat* de Versailles. Hitler ordonne la remilitarisation dès 1935.
- Le régime noue des alliances avec l'Italie (axe Rome-Berlin, 1936) puis le Japon (pacte anti-Komintern, 1936).

zoOm

Nuremberg, capitale idéologique du IIIe Reich

- De 1933 à 1938, la ville de Nuremberg accueille le congrès annuel du parti nazi (ici en 1935). Ces congrès sont l'occasion de mises en scène spectaculaires du ministre de la Propagande, Joseph Goebbels. Le Führer s'y adresse à la foule dans des discours enflammés, retransmis dans tout le Reich.
- Les lois antisémites de 1935 sont adoptées par le Reichstag, lors d'une session du parlement tenue à Nuremberg à l'occasion du VIIe Congrès du NSDAP.

4 L'expérience du Front populaire et la montée des périls (années 1930)

EN BREF ▸ *À l'origine d'importantes conquêtes sociales en France, le Front populaire ne peut se maintenir longtemps dans un contexte de crise économique et de menaces extérieures.*

I La IIIe République affaiblie

1 La crise économique et sociale

Depuis 1931, la France est plongée dans la dépression économique mondiale. Les faillites se multiplient et le chômage augmente fortement (10 % des salariés en 1936).

2 La violence politique

■ La multiplication des scandales politico-financiers alimente un fort **antiparlementarisme**. Des ligues (associations) d'**extrême droite** maintiennent un climat d'agitation mêlé de xénophobie (rejet de l'étranger).

■ Le 6 février 1934, à Paris, une manifestation à l'appel des ligues dégénère en émeute quand la foule approche du palais Bourbon. La gauche y voit une tentative de coup de force **fasciste**.

MOTS CLÉS

L'**antiparlementarisme** est le rejet du système parlementaire rendu responsable d'un affaiblissement du pouvoir. Le courant politique d'**extrême droite** revendique un pouvoir fort, des valeurs nationalistes et une vision traditionnelle de la société.

MOT CLÉ

Au sens large, le **fascisme** désigne les courants et groupements politiques qui se revendiquent de la dictature de Mussolini en Italie.

3 L'union de la gauche dans un front antifasciste

■ Communistes, socialistes (SFIO) et radicaux forment une alliance électorale, le Front populaire, qui leur apporte la victoire aux élections législatives d'avril 1936.

■ Léon Blum forme le gouvernement dans lequel entrent pour la première fois trois femmes. Le PCF le soutient sans y participer.

II Le Front populaire : espoirs et déceptions

1 « Tout est possible » ?

■ Les lois sociales de l'été imposent une augmentation des salaires de 7 à 15 % (accords de Matignon). Les salariés obtiennent deux semaines de congés payés et la semaine de travail de 40 heures.

■ Jean Zay, ministre de l'Éducation nationale, initie une réforme scolaire (l'âge de la fin de la scolarité obligatoire passe de 13 à 14 ans). Le gouvernement démocratise la culture en encourageant le cinéma et le théâtre populaires.

- La Banque de France, la SNCF et plusieurs industries de guerre passent sous le contrôle de l'État.

2 Difficultés et oppositions

- Mais le chômage et les prix augmentent. Les **difficultés financières** obligent à ralentir les réformes. L'**extrême droite** multiplie les attaques haineuses et antisémites contre plusieurs membres du gouvernement.
- Le Front populaire est **divisé**. Le PCF critique le refus d'intervenir dans la guerre civile espagnole (qui éclate en juillet 1936) pour aider le gouvernement républicain contre Franco, soutenu par Mussolini et Hitler. En juin 1937, Blum démissionne.

III La France à la veille de la guerre

1 La montée des périls

- Les gouvernements successifs restent passifs face aux **violations des clauses du traité de Versailles** par Hitler : occupation de la Rhénanie (mars 1936), rattachement avec l'Autriche (*Anschluss* : mars 1938).
- En septembre 1938 à Munich, la France et le Royaume-Uni cèdent devant les exigences d'Hitler sur les Sudètes (Tchécoslovaquie).

2 Une société en crise

En 1939, la **crise économique** qui n'est pas surmontée et le **vieillissement de la population** font douter les Français de la puissance du pays. Le pacifisme domine.

zoOm

L'esprit du Front populaire

- Le gouvernement de Léon Blum entend élargir la **démocratie sociale**. L'augmentation des salaires, l'avènement des congés payés, la réduction du temps de travail, répondent aux espoirs exprimés lors des grèves de la joie qui ont éclaté dans tout le pays en mai 1936.
- Pour des millions de Français, la loi instituant **deux semaines de congés payés** est l'occasion de partir en vacances pour la première fois.

Les premiers congés payés des Français vus par le magazine *Regards* du 29 juillet 1937.

SE TESTER QUIZ

Vérifie que tu as compris les points clés

1 La Première Guerre mondiale

→ FICHE 1

1) Combien de morts la Première Guerre mondiale a-t-elle causées ?

- **a.** 2 millions
- **b.** 9 millions
- **c.** 20 millions

2) L'enlisement dans la guerre de tranchées s'explique par…

- **a.** le refus des offensives dans les différents états-majors.
- **b.** l'équilibre des forces militaires entre les deux camps.
- **c.** la recherche de nouvelles armes pour supplanter l'ennemi.

2 Les régimes totalitaires

→ FICHES 2 et 3

1) La collectivisation des terres en URSS entraîne…

- **a.** la redistribution des terres aux paysans.
- **b.** la réunion forcée des terres et des paysans dans des fermes collectives.
- **c.** la récupération des terres par leurs anciens propriétaires.

2) Qu'instaurent les lois de Nuremberg (1935) ?

- **a.** La dictature
- **b.** L'antisémitisme légal
- **c.** La fin de la République

3 Le Front populaire

→ FICHE 4

1) Le Front populaire est une alliance politique entre des partis…

- **a.** de gauche.
- **b.** de droite.
- **c.** de droite et du centre.

2) Le gouvernement du Front populaire instaure…

- **a.** le suffrage universel.
- **b.** la journée de 8 heures.
- **c.** les premiers congés payés.

OBJECTIF BREVET

Lance-toi dans des sujets !

4 Situer des événements dans le temps

10 min

→ FICHES 1 à 4

Place sur une frise chronologique les éléments suivants.

- Prise du pouvoir par Staline
- Pacte de non-agression entre l'Allemagne et l'URSS
- Révolution bolchevique
- Première Guerre mondiale
- Front populaire
- Arrivée d'Hitler au pouvoir

1900 1905 1910 1915 1920 1925 1930 1935 1940 1945 1950

5 Rédiger un développement construit

35 min

→ FICHE 1

Sous la forme d'un développement construit d'une vingtaine de lignes, explique en quoi l'expérience de la guerre vécue par les soldats durant la Première Guerre mondiale fut inédite.

6 Analyser et comprendre un document

45 min

→ FICHE 3

Document **Les lois de Nuremberg (1935)**

Certain que la pureté du sang allemand est la condition nécessaire pour assurer la vie du peuple allemand et animé par la volonté inflexible d'assurer l'avenir de la nation allemande, le Reichstag a décidé unanimement la loi promulguée ici :

1. Les mariages entre Juifs et citoyens allemands ou assimilé sont interdits. Les mariages consentis malgré cette interdiction n'ont pas de valeur, même s'ils ont été conclus à l'étranger pour ne pas tomber sous le coup de la présente loi.

2. Les relations extra-conjugales entre Juifs et citoyens allemands ou assimilé sont interdites. […]

3. Les Juifs ne peuvent pas utiliser au service de leur ménage des femmes de sang allemand ou assimilé âgées de moins de quarante-cinq ans.

4. Il est interdit aux Juifs de pavoiser[1] aux couleurs allemandes nationales. Par contre, ils peuvent pavoiser aux couleurs juives : l'exercice de ce droit est protégé par l'État.

1. Pavoiser : orner un bâtiment de drapeaux.

1 Quelle est la nature du document ?

2 Comment le préambule présente-t-il l'objectif des lois de Nuremberg ?

3 De quelles caractéristiques du régime hitlérien ce document témoigne-t-il ?

4 Montre que ces mesures excluent les Juifs de la communauté allemande.

CORRIGÉS

SE TESTER QUIZ

1 La Première Guerre mondiale

1 **Réponse b.** La Première Guerre mondiale a fait **9 millions de morts** parmi les 70 millions de militaires mobilisés.

2 **Réponse b.** Dès l'automne 1914, l'incapacité des états-majors à percer le front ennemi révèle l'équilibre des forces et contraint les armées à s'enterrer.

2 Les régimes totalitaires

1 **Réponse b.** La collectivisation se traduit par le regroupement forcé des terres et des paysans dans des fermes collectives. Elle fait des millions de morts parmi les koulaks.

2 **Réponse b.** Les lois de Nuremberg excluent les Juifs de la nationalité allemande et interdisent les mariages mixtes.

3 Le Front populaire

1 **Réponse a.** Le Front populaire résulte de l'alliance entre la SFIO, le parti radical et le PCF.

2 **Réponses b et c.** Les accords de Matignon entre les syndicats patronaux et ouvriers s'accordent sur la réduction de la journée de travail à 8 heures et deux semaines de congés payés.

OBJECTIF BREVET

4 Situer des événements dans le temps

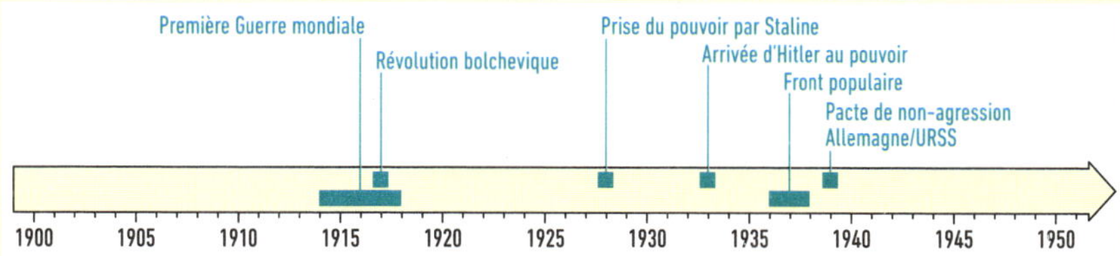

5 Rédiger un développement construit

L'expérience de la guerre vécue par les soldats durant la Première Guerre mondiale est **inédite** par les conditions de vie imposées aux combattants, par l'ampleur de la mortalité ainsi que par le degré et la nature de la violence déployée.

> **MOT CLÉ**
> **Inédit** est synonyme de « nouveau ».

■ L'échec des grandes offensives d'août à novembre 1914 ruine l'espoir d'une guerre courte. Malgré des pertes humaines considérables, aucun camp n'est parvenu à l'emporter. Les armées s'enterrent dans des tranchées pour se protéger. Les soldats y connaissent des conditions de vie difficiles : ils vivent dans la boue, côtoyant poux et rats.

■ De nouveaux armements sont développés. Obus et mitrailleuses causent un très grand nombre de morts, infligent des blessures affreuses et des traumatismes psychologiques.

■ Les multiples offensives destinées à percer le front se soldent par des bilans effroyables : 700 000 morts, blessés ou disparus à **Verdun**, entre février et décembre 1916. La mortalité quotidienne est élevée tout au long du conflit.

> **CONSEIL**
> Étaye ton argument par un exemple vu en cours.

6 Analyser et comprendre un document

1) Il s'agit d'un texte législatif adopté en 1935. Il instaure un antisémitisme officiel et légal dans l'Allemagne hitlérienne.

2) Le préambule évoque la volonté du régime de préserver « la pureté du sang allemand », assumant ainsi un racisme officiel.

3) Ce document illustre l'une des principales caractéristiques du régime nazi : l'antisémitisme officiel, inscrit dans la loi.

4) Les Juifs ne peuvent plus porter les couleurs nationales (art. 4) ; ils ne sont plus considérés comme des citoyens allemands.

5 La Seconde Guerre mondiale : une guerre planétaire (1939-1945)

EN BREF ▸ *Par la longueur du conflit, l'extension des théâtres d'opération, l'ampleur de la mobilisation des hommes et des économies, la guerre de 1939-1945 a entraîné un engagement total des sociétés.*

I Les victoires de l'Axe (1939-1942)

1 Les succès de la guerre-éclair d'Hitler (1939-1941)

- De septembre 1939 à 1941, l'Axe, alliance militaire entre l'Allemagne nazie, l'Italie fasciste et le Japon, connaît des succès militaires rapides.
- La stratégie de la guerre-éclair (*Blitzkrieg*) menée par la Wehrmacht (l'armée du IIIe Reich) combine l'utilisation des blindés et de l'aviation. La Pologne est envahie dès septembre 1939 puis, au printemps 1940, c'est le tour du Danemark, de la Norvège, des Pays-Bas et de la France qui signe l'armistice le 22 juin.
- Le Royaume-Uni, qui résiste aux **bombardements stratégiques**, se retrouve seule dans la guerre.
- La Yougoslavie et la Grèce sont occupées au printemps 1941.

> **MOT CLÉ**
> Les « **bombardements stratégiques** » sont une stratégie fondée sur des bombardements massifs visant à détruire les bases économiques de l'ennemi et à saper le moral des civils pris pour cibles.

2 La rupture du pacte germano-soviétique (1941)

- Hitler peut dès lors envahir l'URSS, conformément au projet nazi de conquête d'un « espace vital » à l'Est. Le 21 juin 1941, il lance l'opération *Barbarossa*.
- La progression de la Wehrmacht est rapide : en septembre, elle est aux portes de Leningrad et menace Moscou. Staline appelle alors les Soviétiques à se mobiliser pour la « grande guerre patriotique ».

3 L'expansion japonaise en Asie

- En Asie, après la conquête de la Mandchourie par le Japon en 1931, la guerre reprend contre la Chine dès juillet 1937. Au printemps 1942, le Japon contrôle toute l'Asie du Sud-Est.
- Le bombardement de la flotte américaine à Pearl Harbor (Hawaï), le 7 décembre 1941, déclenche l'entrée en guerre des États-Unis.

II La victoire de la Grande Alliance (1942-1945)

1 Les années 1942-1943 : le tournant de la guerre

- En juin 1942 dans le **Pacifique**, les Japonais perdent une partie de leur flotte (Midway). En octobre en **Afrique du Nord**, les Britanniques arrêtent les Allemands à **El Alamein**. Un mois plus tard, les Alliés débarquent en Algérie et au Maroc.
- Sur le front Est, la **victoire soviétique à Stalingrad** en janvier 1943 marque le début d'une lente reconquête.

2 Une guerre totale sans précédent

- La guerre suppose la **mobilisation des industries** et des scientifiques. La machine industrielle américaine devient l'« arsenal des démocraties ».
- Le conflit est aussi **idéologique**. Les Alliés, réunis autour des principes de liberté et de démocratie, s'opposent à la vision raciale de l'Axe.

3 À partir de 1944, la progression alliée s'accélère

- Les débarquements en Sicile (juillet 1943) entraînent la **capitulation de l'Italie**. Après l'**opération *Overlord*** en Normandie (6 juin 1944), la France est peu à peu libérée ; l'Armée rouge progresse en Europe orientale et centrale.
- Les Alliés prennent en tenaille l'**Allemagne** qui **capitule le 8 mai** → ZOOM. Après le largage de deux bombes atomiques sur Hiroshima et Nagasaki (6 et 9 août), **le Japon capitule le 2 septembre 1945**.
- La Seconde Guerre mondiale est le **conflit le plus meurtrier de l'histoire**, faisant entre 60 et 80 millions de morts, dont 65 % de civils.

zoOm

La capitulation de l'Allemagne

- La vaste offensive soviétique lancée en janvier 1945 permet une progression fulgurante au dépend du Grand Reich, tandis que sur le front ouest le Rhin est atteint en mars.
- Le 30 avril 1945, les derniers défenseurs du Reichstag, à Berlin, se rendent à l'Armée rouge (photo). Le même jour, Hitler se suicide dans son bunker. C'est la fin du régime nazi. Cette ultime victoire soviétique marque la fin des combats en Europe.

6 Le génocide des Juifs et des Tziganes

EN BREF ▸ *Le régime nazi théorise et met en œuvre la destruction des Juifs et des Tziganes d'Europe.*

I Le projet nazi : « purifier » l'Europe

1 L'antisémitisme « légal » dans l'Europe occupée

- L'occupation de l'Europe par les nazis s'accompagne de lois visant à exclure les Juifs de la communauté : interdiction de pratiquer certaines professions, d'accéder aux lieux publics, **aryanisation** de leurs biens.

> **MOT CLÉ**
> L'**aryanisation** désigne la confiscation des biens juifs pour les confier ou les vendre à des « Aryens ».

- Puis vient le temps du recensement. Dans les pays occupés, les Juifs ont l'obligation de se faire inscrire sur des registres et de faire apposer la mention « juif » sur leur carte d'identité. Le port de l'étoile est obligatoire en Pologne dès 1939, en Belgique, aux Pays-Bas et en France à partir de 1942.

2 Le rejet des Tziganes, « race hybride »

- Considérés comme « asociaux » du fait de leur mode de vie nomade, les Tziganes d'Allemagne sont soumis, à partir de 1937, à un examen « biologique ».
- Le régime nazi préconise leur rassemblement dans des camps de travail forcé et leur stérilisation en masse.

II Les étapes de l'extermination

1 Le regroupement dans des ghettos

- Les ghettos (quartiers réservés aux Juifs) sont une étape préalable à la déportation. Des centaines sont ouverts de la Pologne à la Grèce. Des dizaines de milliers de Juifs y sont entassés dans des conditions très difficiles (sous-nutrition, épidémies...).
- La population y est louée aux entreprises qui travaillent pour l'armée allemande.

2 La « Shoah par balles » à l'Est

L'invasion de l'URSS en juin 1941 marque le début de la Shoah, génocide des Juifs européens. Quatre *Einsatzgruppen* (« groupes mobiles d'intervention ») fusillent toutes les familles juives vivant dans les territoires conquis.

3 Les camps d'extermination : l'industrialisation de la mort

- Le 20 janvier 1942, à la conférence de Wannsee, est décidée la « Solution finale » de la question juive, c'est-à-dire l'extermination des Juifs. Six camps d'extermination sont installés en Pologne : Chelmno, Belzec, Sobibor, Treblinka, Auschwitz-Birkenau et Majdanek.

■ Auschwitz est à la fois un **camp de concentration** et un **camp d'extermination** → ZOOM.

■ En décembre 1942, les familles tziganes du Reich sont déportées à Auschwitz-Birkenau, avant leur « liquidation » décidée en mai 1944. De nombreux Tziganes sont soumis à des expérimentations médicales atroces.

MOTS CLÉS

Dans les **camps de concentration**, opposants, « asociaux », résistants et Juifs subissent la mort par le travail. Les **camps d'extermination** visent à la destruction immédiate de populations entières.

III Le bilan

■ Les camps de la mort sont organisés dans une logique de secret : les fours crématoires doivent faire disparaître les corps. À la Libération, les nazis tentent de cacher les preuves du génocide en détruisant les chambres à gaz.

■ Au total, on considère que le génocide a fait 5,1 millions de victimes juives et entre 200 000 et 500 000 victimes tziganes.

zoOm

Auschwitz, le plus grand complexe concentrationnaire nazi

Arrivée de déportés au camp d'Auschwitz-Birkenau, juin 1944.

■ À l'arrivée au camp, les déportés sont divisés en deux groupes. À gauche, femmes, enfants, vieillards, malades sont soumis à un « traitement » immédiat : gazage et incinération des corps dans des fours crématoires. À droite, les déportés les plus solides sont envoyés dans le camp de concentration où ils subissent l'extermination par le travail.

■ Près d'un million de Juifs et 21 000 Tziganes sont exterminés à Auschwitz-Birkenau.

7 Les résistances dans l'Europe nazie

EN BREF ▸ *D'abord minoritaire et éclatée, la résistance s'organise et joue un rôle non négligeable dans la libération de l'Europe.*

I Les débuts de la résistance

1 La diversité de la résistance intérieure

■ En 1940, la résistance est le fait d'une minorité. Dans les pays occupés, des civils, résistants du quotidien, cherchent à mobiliser la population pour la défense des libertés, la protection des proscrits.

■ Peu à peu, une résistance armée spécialisée dans la guérilla (attentats, sabotages) et le renseignement s'organise. En URSS, dès l'été 1941, les partisans (combattants clandestins face à l'occupant) se multiplient.

2 La clandestinité des résistants

■ Traqués par la Gestapo (police politique allemande), les SS et les États collaborateurs comme le régime de Vichy, les résistants luttent dans la clandestinité. Beaucoup meurent sous la torture, fusillés ou en déportation. Le décret *Nacht und Nebel* (décembre 1941) permet de les déporter.

■ Pour empêcher les populations de soutenir la résistance, les nazis utilisent des otages et pratiquent des représailles aveugles.

3 Les deux centres de la résistance extérieure

■ La résistance extérieure est dès 1940 constituée des gouvernements en exil à Londres – gouvernements polonais, néerlandais, luxembourgeois, tchèque – ou d'individus isolés. Ainsi, Charles de Gaulle est reconnu par Winston Churchill comme le représentant légitime de la France.

■ À l'Ouest, les Britanniques mettent sur pied le SOE (*Special Operations Executive*) en charge du soutien logistique à la résistance intérieure. Les contacts se font par la radio (BBC) et les filières d'évasion.

■ À l'Est, après juin 1941, Moscou devient la deuxième capitale de la résistance et abrite les leaders des partis communistes en exil.

II Le tournant de 1942-1943

1 La résistance s'organise

■ La radicalisation de la politique nazie gonfle les rangs de la résistance. À partir de 1943, les réfractaires au STO (Service du travail obligatoire) prennent le **maquis**.

MOT CLÉ

On appelle **maquis** les lieux peu accessibles dans lesquels se réfugient les résistants pour mener la guérilla.

■ Les mouvements s'unifient. Ainsi, la résistance française se centralise autour du général de Gaulle grâce à **Jean Moulin** qui crée en mai 1943 le **Conseil national de la Résistance** (CNR).

■ En Yougoslavie et en Grèce, les mouvements ne parviennent pas à s'unir et la Libération débouche sur des guerres civiles.

2 La résistance participe à la libération

■ Après les débarquements, les Alliés s'appuient sur les « combattants de l'ombre ». C'est le cas des **Forces françaises de l'intérieur** (FFI) qui rejoignent les Forces françaises libres (FFL) → ZOOM.

■ Certains pays tentent de se libérer seuls. Si l'insurrection de Varsovie en août 1944 est écrasée, l'**Armée de libération nationale** du communiste **Tito** reprend le contrôle de l'ouest de la Yougoslavie durant l'automne 1944.

■ Dans de nombreux pays, des résistants siègent dans les gouvernements d'après-guerre. En France, le **Gouvernement provisoire de la République** (GPRF), dirigé par de Gaulle, s'installe dans Paris libéré en août 1944. Il confirme l'élargissement du **droit de vote aux femmes** et met peu à peu en œuvre le **programme du CNR** (Sécurité sociale, allocations familiales).

zoOm

Les résistants, relais indispensable des Alliés

■ Cette affiche française, datée de 1945 et émanant du Mouvement de libération nationale, célèbre les combattants de l'intérieur (FFI) dont l'action armée a soutenu la libération du territoire.

■ L'affiche rappelle aussi le rôle du général de Gaulle, reconnu par les Alliés (Churchill, Roosevelt et Staline) comme représentant de la France combattante.

8 La France défaite et occupée : collaboration et résistance

EN BREF ▸ *La France vaincue par l'Allemagne en 1940 voit s'installer un gouvernement qui rejette la République et collabore avec le régime hitlérien.*

I La défaite de la France

1 La débâcle et l'exode

- Après plusieurs mois d'une « drôle de guerre », l'armée française cède devant l'offensive lancée par la Wehrmacht le 10 mai 1940.
- Les combats se soldent par 95 000 morts et 1,8 million de prisonniers, tandis que 8 millions de Français, fuyant l'avancée allemande, prennent le chemin de l'exode.

2 Le choix du printemps 1940

- Le maréchal Pétain, nommé président du Conseil, demande l'armistice. Héros de Verdun, il apparaît comme un sauveur aux yeux des Français.
- L'armistice signé le 22 juin 1940 impose l'occupation de la moitié du territoire → ZOOM, le désarmement des troupes et le paiement de 400 millions de francs par jour au Reich.

II Le régime de Vichy

1 La démocratie reniée par la « Révolution nationale »

- Le 10 juillet 1940, les parlementaires votent les pleins pouvoirs à Pétain. Les élections sont suspendues, les syndicats interdits, la presse et la radio censurées.
- La « Révolution nationale » vise à réorganiser la France autour de valeurs antirépublicaines, synthétisées dans la devise « Travail, Famille, Patrie » que relaie la propagande. L'adoption d'un statut des Juifs (octobre 1940) traduit la nature antisémite du régime, qui prend le nom d'« État français ».
- Les Français sont peu sensibles à la Révolution nationale, mais le maréchal Pétain, objet d'un culte officiel, jouit d'une grande popularité.

2 La collaboration avec l'Allemagne nazie

- Inaugurée à Montoire par la rencontre entre Pétain et Hitler (24 octobre 1940), la **collaboration** est présentée comme un moyen de préserver la souveraineté française. Après l'occupation de la zone libre (novembre 1942), elle devient soumission.

> **MOT CLÉ**
> Durant la Seconde Guerre mondiale, on appelle **collaboration** le soutien (individuel ou étatique) à l'Allemagne hitlérienne.

- La police et l'administration épaulent l'occupant. La milice soutient la Gestapo dans la traque des résistants. Les 16 et 17 juillet 1942, 16 000 Juifs sont raflés à Paris, enfermés au Vélodrome d'Hiver avant d'être déportés et exterminés.

III La France du refus

1 Les « Français libres »

■ Le 18 juin 1940, à la BBC, le général de Gaulle appelle à continuer le combat. Il prétend assumer un pouvoir politique légitimé par le refus de la défaite.

■ La **France libre** s'affirme. En 1941, de Gaulle est reconnu par les Alliés comme le représentant légitime de la France. Des Forces françaises libres (FFL) se battent aux côtés des Anglo-Américains dès 1942 en Afrique du Nord.

> **MOT CLÉ**
> Les individus qui ont fui à Londres, ainsi que les troupes et les colonies qui se sont placées sous l'autorité du général de Gaulle, forment la **France libre**.

2 Vers la libération

■ À l'automne 1943, Alger devient la capitale de la France combattante. Le Comité français de libération nationale prépare la libération et le rétablissement de la légalité républicaine.

■ Après le débarquement (6 juin 1944), la Résistance française soutient la progression alliée, ce qui permet à la France de figurer parmi les vainqueurs du conflit.

zoOm

La France divisée et occupée

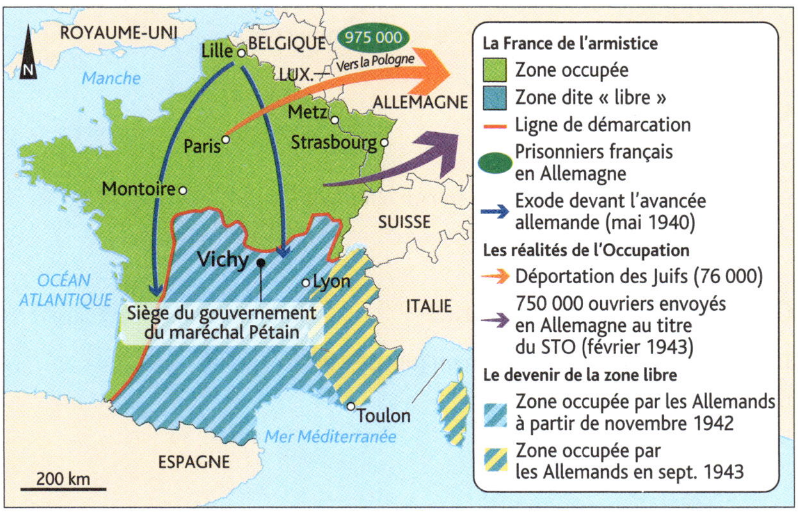

La ligne de démarcation, qui divise le territoire français entre une zone occupée et une zone sous administration de Vichy, ne peut être franchie qu'avec un laissez-passer. Après l'invasion de la zone libre en novembre 1942, la tutelle nazie sur le gouvernement se renforce et la collaboration s'amplifie.

SE TESTER QUIZ

Vérifie que tu as compris les points clés

1 Une guerre planétaire

→ FICHE 5

Qu'appelle-t-on la « guerre éclair » ?

☐ **a.** La victoire de la Grande Alliance

☐ **b.** Les succès rapides du Reich en Europe

☐ **c.** La reconquête du territoire soviétique

2 Le génocide des Juifs et des Tziganes

→ FICHE 6

La conférence de Wannsee (janvier 1942) décide de...

☐ **a.** l'attaque de la Pologne.

☐ **b.** l'invasion de l'URSS.

☐ **c.** la destruction systématique des Juifs européens.

3 Les résistances dans l'Europe nazie

→ FICHES 7 et 8

1) Les deux capitales de la résistance européenne sont :

☐ **a.** Londres et Paris

☐ **b.** Londres et Moscou

☐ **c.** Moscou et Paris

2) En 1945, la France est comptée parmi les pays...

☐ **a.** vainqueurs. ☐ **b.** vaincus. ☐ **c.** neutres.

4 Collaboration et résistance

→ FICHE 8

1) Que propose le maréchal Pétain en juin 1940 ?

☐ **a.** L'armistice

☐ **b.** La capitulation

☐ **c.** La paix

2) Quelle est la mission de Jean Moulin en France ?

☐ **a.** Organiser la résistance extérieure

☐ **b.** Créer de nouveaux maquis

☐ **c.** Unir la résistance intérieure

OBJECTIF BREVET

Lance-toi dans des sujets !

5 Rédiger un développement construit

35 min

→ FICHE 7

Sous la forme d'un développement construit d'une vingtaine de lignes, explique pourquoi et comment les civils ont résisté dans l'Europe hitlérienne.

DÉMARRONS ENSEMBLE

→ Ce sujet porte sur « l'Europe hitlérienne » : tu dois prendre en compte l'ensemble des territoires dominés par le Reich, sur toute la durée de la guerre.

→ Interroge-toi d'abord sur les motivations des résistants puis sur les actions menées par la résistance, en montrant qu'elles sont diverses : renseignement, lutte armée, etc.

6 Analyser et comprendre un document

45 min

→ FICHE 6

Document Plan du camp d'Auschwitz-Birkenau

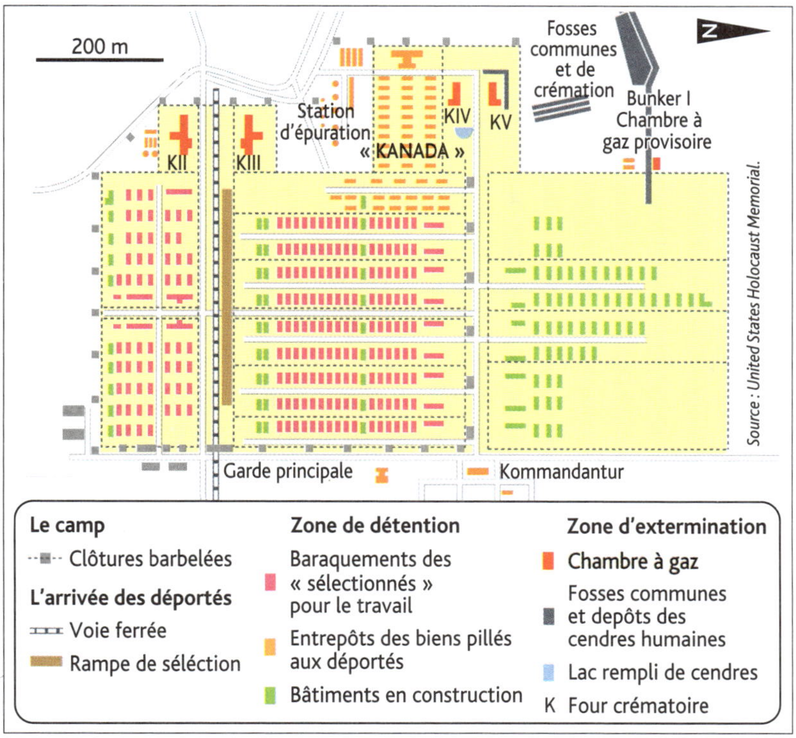

1) Identifie le document.

2) Où se situe le camp d'Auschwitz-Birkenau ? Qui les nazis y envoient-ils ?

3) Étudie le plan : comment le camp est-il organisé ? Que peux-tu en déduire sur sa finalité ?

4) Que nous apprend ce document sur le génocide juif et tzigane ? Quel en est le bilan ?

DÉMARRONS ENSEMBLE

2) À quel objectif hitlérien répond la construction du camp d'Auschwitz ?

3) Distingue les différentes zones du camp suivant leur fonction. Comment les déportés sont-ils conduits jusqu'au camp ? Quel sort leur est alors réservé ?

4) Relève des éléments du plan pour justifier tes réponses.

CORRIGÉS

SE TESTER QUIZ

1 Une guerre planétaire

Réponse b. La *Blitzkrieg* (« guerre éclair ») désigne la tactique militaire nazie d'offensives rapides par l'usage conjoint de forces motorisées, terrestres et aériennes.

2 Le génocide des Juifs et des Tziganes

Réponse c. La conférence de Wannsee met au point, dans le secret, l'organisation de l'extermination des Juifs européens, initiée par des tueries massives à l'est de l'Europe.

3 Les résistances dans l'Europe nazie

1) **Réponse b.** Londres devient la capitale de la résistance européenne dès juin 1940. Après l'invasion de l'URSS par les nazis en juin 1941, Moscou organise la résistance communiste en Europe.

2) **Réponse a.** La France est classée parmi les vainqueurs grâce à sa participation à la reconquête de l'Europe.

4 Collaboration et résistance

1) **Réponse a.** Le maréchal Pétain veut la signature de l'armistice, en violation de l'alliance passée avec le Royaume-Uni.

2) **Réponse c.** Jean Moulin unit les différents mouvements de résistance sous l'autorité du général de Gaulle.

OBJECTIF BREVET

5 Rédiger un développement construit

Au cours de la Seconde Guerre mondiale, dans tous les territoires dominés par le Reich, on observe l'apparition de mouvements de résistance.

■ Les **résistants européens** viennent d'horizons divers, mais ont en commun de lutter contre l'oppression nazie, soit par patriotisme (défendre la patrie occupée), soit par idéologie, soit par humanité (venir en aide aux personnes traquées). Les **premiers réseaux** et **mouvements** qui se constituent sont éclatés et minoritaires, et leurs moyens d'action sommaires (renseignement, diffusion de tracts, journaux clandestins). Les risques sont énormes : dénonciation, arrestation, torture.

■ Une **résistance extérieure** s'organise peu à peu à Londres, puis à Moscou à partir de juin 1941. Elle vise à soutenir militairement la résistance intérieure et à obtenir des renseignements pour les débarquements futurs.

■ Les combattants de l'intérieur **s'unissent et organisent la lutte armée** : en France, autour de la figure du général de Gaulle ; en Yougoslavie et en Grèce, en deux mouvements hostiles, royalistes et communistes. Au moment de la Libération, les résistants soutiennent l'avancée des Alliés.

CONSEIL
Tu peux aussi rappeler pourquoi les résistants doivent agir dans la clandestinité.

6 Analyser et comprendre un document

1) Ce document est un **plan du camp d'extermination d'Auschwitz-Birkenau**. Il s'agit donc d'un document réalisé à l'aide de données scientifiques et de relevés sur le terrain (malgré les destructions opérées par les nazis à la fin de la guerre).

2) Le camp est construit en **Pologne**. Ce sont essentiellement des **Juifs** et des **Tziganes** qui sont envoyés à Auschwitz. En effet, la fonction première du camp est l'extermination de ces populations, définies comme « inférieures » par le régime hitlérien. Néanmoins, Auschwitz comporte également un camp de travail. Les nazis y envoient donc également des résistants.

3) Le plan montre les **installations de mise à mort** : chambres à gaz et crématoires, ainsi que les bâtiments réservés au stockage et au tri des biens des déportés (« Kanada »). Les corps des victimes sont voués à la destruction et à la disparition : aucune preuve du crime ne doit être visible. Les déportés qui ne sont pas « sélectionnés » pour une mort immédiate sont désignés pour le travail.

4) Le document illustre le **caractère industriel** du génocide juif et tzigane. La machine de mort est organisée pour exterminer à **grande échelle**. Le génocide juif a fait plus de 5 millions de victimes. Pour les Tziganes, le chiffre se situe entre 200 000 et 500 000 morts.

9 Effondrement des empires coloniaux et indépendances

EN BREF ▸ *La Seconde Guerre mondiale renforce le nationalisme dans les colonies et marque le point de départ d'un processus d'émancipation en Asie, puis en Afrique.*

I La décolonisation débute en Asie…

1 Les conséquences de la Seconde Guerre mondiale

- La défaite des métropoles européennes en 1940 favorise l'essor des **mouvements indépendantistes** dans les colonies.
- En 1945, les États-Unis et l'URSS sont favorables à l'**émancipation** des colonies.
- L'**Organisation des Nations unies (ONU)**, créée en 1945, réaffirme le droit des peuples à choisir leur forme de gouvernement.

MOT CLÉ
L'**émancipation** désigne le processus par lequel un peuple dominé se libère de la tutelle coloniale.

2 L'étincelle asiatique

- En 1945, la capitulation japonaise crée un vide politique en Asie. Face à **Soekarno** qui proclame l'**indépendance de l'Indonésie**, les Pays-Bas alternent entre négociations et répression mais, sous la pression internationale, quittent le pays en 1949.
- En **Indochine**, la France refuse de reconnaître la **République démocratique du Vietnam** proclamée par Hô Chi Minh (1890-1969) et le Vietminh en 1945. Après huit années de guerre, en juillet 1954, les **accords de Genève** reconnaissent le Vietnam indépendant.

3 L'indépendance des Indes britanniques

- En **Inde**, les négociations entre le Royaume-Uni et les indépendantistes aboutissent à l'indépendance le 15 août 1947, mais au prix d'une partition : l'**Union indienne** majoritairement hindouiste et le **Pakistan** musulman → FICHE 10.
- **Ceylan** (Sri Lanka) et la **Birmanie** s'émancipent en 1948, la **Malaisie** et **Singapour** en 1957 et 1959.

II … et s'étend à l'Afrique

1 L'effet accélérateur de Bandung

En avril 1955, les leaders de 29 pays nouvellement indépendants d'Asie, d'Afrique et du Moyen-Orient organisent une **conférence internationale** à Bandung (Indonésie). Elle **condamne le racisme et le colonialisme** et pose les bases d'une **solidarité entre pays dominés** → FICHE 12.

2 | L'émancipation des territoires français d'Afrique du Nord

- Les protectorats tunisien et marocain évoluent vers l'indépendance par la négociation (1956).
- En Algérie, le Front de libération nationale (FLN) entame la lutte armée en novembre 1954 par une série d'attentats. Au bout de huit ans, l'indépendance est reconnue en juillet 1962 par les accords d'Évian → FICHE 10.

3 | L'accès à l'indépendance de l'Afrique subsaharienne

- Dès 1957, le Ghana ouvre la voie à la décolonisation des territoires de l'Empire britannique, qui s'achève dans les années 1960.
- Dans les colonies britanniques comptant une forte minorité blanche, des violences ont lieu, comme en Rhodésie.
- En 1960, alors que la Belgique quitte le Congo, les territoires français d'Afrique subsaharienne s'émancipent.
- Les colonies portugaises (Angola, Mozambique, Guinée-Bissau) accèdent à l'indépendance après 12 ans de guerre, à la chute de la dictature portugaise en 1975.

zoOm

Les étapes de la décolonisation en Afrique et en Asie

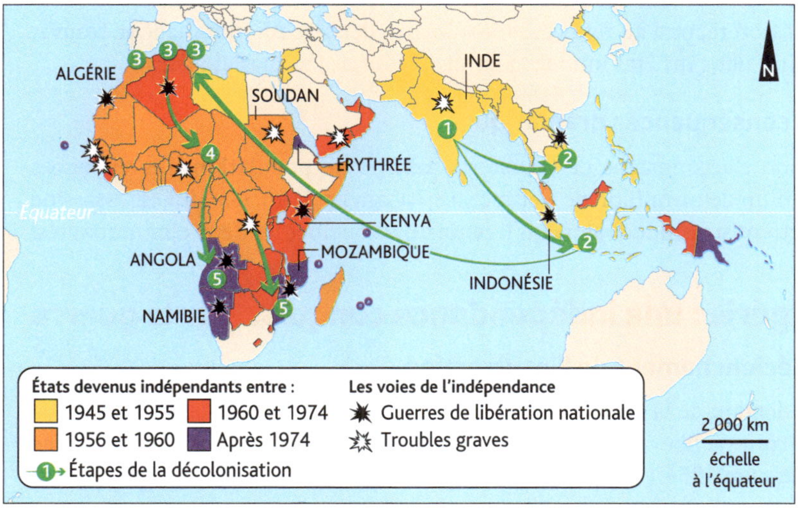

La décolonisation prend des formes variées, qui peuvent aller des négociations pacifiques aux guerres de libération nationale.

10 L'Inde et l'Algérie : deux modalités d'accès à l'indépendance

EN BREF ▸ *Les modalités d'accès à l'indépendance diffèrent selon les empires et selon la situation particulière de chaque colonie.*

I L'Inde : une émancipation acquise pacifiquement ?

1 Un nationalisme précoce

- En Inde, dès la fin du XIXe siècle, le parti du Congrès réclame la participation des Indiens à la gestion de la colonie.
- Gandhi, qui a multiplié les campagnes non violentes dans les années 1920 contre la présence britannique, est reconnu en 1931 par la métropole.

MINI BIO

Figure dominante du nationalisme indien, **Mohandas Karamchand Gandhi (1869-1948)** préconise la non-violence pour lutter contre la présence britannique. Lors de l'indépendance, il ne peut s'opposer à la partition du pays.

2 L'indépendance et la partition

- Le 15 août 1947, l'indépendance est proclamée par le représentant britannique, Lord Mounbatten, au prix d'une partition en deux États : l'Union indienne, majoritairement hindouiste, et le Pakistan, musulman.
- La partition répond au refus des musulmans, derrière Ali Jinnah, de se trouver minoritaires dans un État unique, comme le désirait Jawaharlal Nehru.

3 Des conséquences dramatiques

La partition s'accompagne de transferts massifs de population. Les violences font près d'un demi-million de victimes. Le 30 janvier 1948, Gandhi est assassiné par un extrémiste hindou, alors qu'il tente de réconcilier les deux communautés.

II L'Algérie : une indépendance conquise par la guerre

1 Le déclenchement de l'insurrection

- Au lendemain de la Seconde Guerre mondiale, des nationalistes algériens forment le Front de libération nationale (FLN) → ZOOM. Ils lancent la lutte armée le 1er novembre 1954 (« Toussaint rouge »).
- L'Algérie est alors divisée en trois départements et peuplée de près d'un million de pieds-noirs (Français d'Algérie) hostiles à l'indépendance. Le gouvernement répond à l'insurrection par la répression et l'envoi d'un nombre croissant d'appelés.

2 L'engrenage (1954-1959)

- En 1956, des « pouvoirs spéciaux » sont accordés à l'armée. En 1957, une vague d'attentats à Alger conduit l'armée à pratiquer massivement la torture lors de la « bataille d'Alger ».
- Le 13 mai 1958, les pieds-noirs, craignant que la métropole accorde l'indépendance, s'emparent du Gouvernement général et réclament le retour du général de Gaulle.

3 Vers l'indépendance (1960-1962)

- En 1959, de Gaulle, revenu au pouvoir, propose le droit à l'**autodétermination** du peuple algérien. Les partisans de « l'Algérie française » s'y opposent. Après l'échec du putsch de quatre généraux (1961), l'Organisation armée secrète (OAS) se lance dans le terrorisme. La violence gagne la métropole. Près de 200 Algériens sont tués par la police lors d'une manifestation à Paris, le 17 octobre 1961.

MOT CLÉ

L'**autodétermination** est le terme employé par le général de Gaulle pour montrer la liberté de choix des Algériens entre la francisation, l'association ou la sécession.

- Mais les négociations finissent par aboutir aux accords d'Évian en mars 1962 : un cessez-le-feu est décrété et l'indépendance reconnue trois mois plus tard. Les pieds-noirs sont rapatriés.

zoOm

Le FLN, acteur majeur de la guerre d'indépendance algérienne

Arrestation des leaders du FLN à Alger par les autorités françaises, le 22 octobre 1956.

En Algérie, le Front de libération nationale (FLN) mène 8 ans de guerre contre la métropole avec son bras armé, l'Armée de libération nationale (ANL). Avec sa branche politique, le Gouvernement provisoire de la République algérienne, il obtient la signature des accords d'Évian en mars 1962.

11 Un monde bipolaire au temps de la guerre froide (1947-1962)

EN BREF ▸ *Après la Seconde Guerre mondiale, l'antagonisme idéologique entre les États-Unis et l'URSS entraîne une bipolarisation du monde lourde de dangers.*

I Un monde bipolarisé

1 Un conflit de puissances

■ Dès 1945, les relations entre les États-Unis et l'URSS, alliés dans la lutte contre le nazisme, se tendent. Les États-Unis s'inquiètent de l'expansion communiste en Europe de l'Est. En 1947, le *containment* (ou endiguement), énoncé par le président Truman, vise à contenir l'expansion communiste, notamment par une aide économique *via* le **plan Marshall**.

MOT CLÉ

Le **plan Marshall** est l'aide financière, en nature et en dollars, versée par les États-Unis aux pays européens à partir de 1948, pour favoriser leur reconstruction.

■ En réponse, l'URSS appelle à la lutte contre les États occidentaux qualifiés d'« impérialistes ». Le Kominform (1947) coordonne l'action des partis communistes d'Europe.

2 La constitution des blocs

■ Le monde se divise dès lors en deux blocs structurés autour des États-Unis et de l'URSS (bloc de l'Ouest et bloc de l'Est) qui organisent des réseaux d'alliances militaires pour étendre leur zone d'influence.

■ À l'Alliance atlantique (OTAN) organisée en 1949 autour des États-Unis, l'URSS répond par le pacte de Varsovie en 1955.

3 La concurrence entre deux modèles idéologiques

■ Les deux Grands s'opposent dans tous les domaines : politique, diplomatique, militaire, économique... Mais c'est surtout l'antagonisme idéologique qui rend toute paix impossible. Le libéralisme politique et économique des Américains est incompatible avec le communisme soviétique.

■ Le conflit idéologique prend la forme d'une guerre de propagande qui utilise tous les moyens de communication modernes → ZOOM.

II Un conflit par pays interposés, d'intensité variable

1 La course aux armements

La guerre froide voit alterner périodes de crises et d'apaisement. Mais l'**affrontement militaire direct est évité** par l'**équilibre de la terreur**.

> **MOT CLÉ**
> On appelle « **équilibre de la terreur** » la parité des moyens de destruction massive (bombe atomique) visant à dissuader l'adversaire de faire usage de la force.

2 Les crises répétées

- De 1947 à la mort de Staline (1953), l'**Allemagne** occupée est au centre des tensions. L'échec du **blocus de Berlin** (juin 1948-mai 1949) entraîne la **partition du pays** entre la **République fédérale d'Allemagne (RFA)** et la **République démocratique allemande (RDA)** en 1949.
- La guerre froide se déplace en Asie où le communiste Mao s'affirme à la tête de la **République populaire de Chine**. La tentative de la **Corée du Nord communiste** d'envahir le Sud est néanmoins mise en échec (guerre de Corée, 1950-1953).
- La fuite des Allemands de l'Est vers la RFA convainc l'URSS et la RDA de la nécessité de fermer le « **rideau de fer** ». Dans la nuit du 12 au 13 août 1961, l'érection d'un **mur à travers Berlin** bloque tout passage.
- Lors de la **crise de Cuba** (1962), le risque de déflagration nucléaire pousse Khrouchtchev et Kennedy à entrer dans une période de détente.

zoOm

Est et Ouest, deux modèles antagonistes

- Dans ce dessin réalisé en Allemagne en 1945, la division du monde en deux camps opposés semble déjà en place. Elle annonce l'affrontement entre les anciens alliés américain et soviétique.
- Les deux puissances affirment des modèles idéologiques opposés et cherchent à constituer autour d'elles un « bloc » de pays alliés.

12 De l'émergence du tiers-monde à la fin du monde bipolaire (1962-1991)

EN BREF ▸ *Alors que les deux Grands tentent de maintenir la cohésion de leur bloc, la bipolarisation est mise à mal par l'apparition de nouveaux acteurs sur la scène internationale à partir des années 1960.*

I La détente à partir des années 1960

1 Un accord pour limiter le risque nucléaire

- Après la crise de Cuba, des rencontres régulières entre les deux Grands ont lieu. Le « téléphone rouge » facilite les communications.
- Le traité de non-prolifération des armes nucléaires (1968) limite la possession de l'arme nucléaire aux cinq pays qui la maîtrisent (États-Unis, URSS, Chine, France, Royaume-Uni).

2 La remise en cause de la logique bipolaire

- Lors des conférences de Bandung (1955) → ZOOM et de Belgrade (1961), les nouveaux États indépendants refusent la bipolarisation : le **tiers-monde** affirme ainsi sa volonté de non-alignement.
- Dans le bloc communiste, rompant avec l'URSS (1959), la Chine offre au tiers-monde un modèle concurrent et condamne l'impérialisme des deux Grands. En Europe, la contestation monte dans le bloc de l'Est. En 1968, le « Printemps de Prague » est réprimé dans le sang.

> **MOT CLÉ**
> Le **tiers-monde** désigne les pays anciennement colonisés et peu développés économiquement, affirmant leur solidarité sur la scène internationale.

- Parallèlement, les partenaires européens des États-Unis s'autonomisent avec la construction de la Communauté économique européenne (CEE) → FICHE 13.

3 Le repli américain

- Les États-Unis sont pris dans un engrenage au Vietnam où, pour contenir la poussée communiste du Nord, ils s'engagent à partir du milieu des années 1960 dans une guerre meurtrière de plus en plus impopulaire. Ils sont contraints de partir en 1972, laissant la péninsule indochinoise aux communistes.
- En 1979, l'invasion de l'Afghanistan par l'URSS et l'installation d'une République islamique en Iran, ancien allié des États-Unis, sont autant de signes de l'affaiblissement américain sur la scène internationale.

II La fin de la guerre froide

1 « *America is back* »

- En 1980, l'élection de Ronald Reagan rompt avec la détente. Il entreprend une **croisade idéologique** contre « l'empire du Mal » et oblige l'URSS à une nouvelle course aux armements ruineuse.
- Les États-Unis soutiennent les combattants afghans, contribuant à l'enlisement de l'Armée rouge, et arment la guérilla anticommuniste au Nicaragua.

2 L'arrivée au pouvoir de Gorbatchev et la chute du mur de Berlin

- En 1985, **Mikhaïl Gorbatchev** lance de **profondes réformes** en URSS pour sauver le système communiste, à bout de souffle. Sa politique de restructuration économique (*perestroïka*) ébranle la cohésion du bloc de l'Est tandis que la politique de transparence (*glasnost*) libère la parole.
- La **chute du mur de Berlin** (novembre 1989) achève de déstabiliser l'URSS. En deux mois, les régimes communistes d'Europe de l'Est s'effondrent.

3 La disparition de l'URSS (1991)

Les **revendications nationalistes** dans les républiques soviétiques, en particulier baltes, et un putsch conservateur raté en août 1991 provoquent l'**éclatement soviétique** : le 25 décembre 1991, la **démission de Gorbatchev** met fin à l'URSS et consacre la victoire des États-Unis dans la guerre froide.

zoOm

La conférence de Bandung (avril 1955)

- La conférence afro-asiatique de Bandung est l'occasion pour les nouveaux États nés de la décolonisation d'affirmer leur **solidarité internationale** et leur volonté de **non-alignement**. Le tiers-monde naît à Bandung.
- La Chine communiste, représentée par le Premier ministre Zhou Enlai, ici à la tribune, y voit l'occasion de promouvoir son **modèle** de développement.

13 La construction européenne jusqu'en 1992

EN BREF ▸ *En 1945 resurgit l'idée de fonder une Europe politique unie. C'est pourtant sur des bases économiques que naît et s'approfondit la CEE.*

I Les débuts de la construction européenne

1 La CECA

En 1951, sous l'impulsion des Français Jean Monnet et Robert Schuman, une Communauté européenne du charbon et de l'acier (CECA) réunit six États européens : France, RFA, Italie, Belgique, Pays-Bas et Luxembourg. Ces pays s'accordent sur la libre circulation des produits sidérurgiques et du charbon.

2 L'échec de la CED

Dans le contexte de la guerre froide, les Américains incitent leurs alliés européens à créer une défense commune. Mais la Communauté européenne de défense (CED) échoue face au refus français (1954).

3 La Communauté économique européenne

- L'échec de la CED ouvre la voie à la relance de la construction européenne à partir de l'**intégration économique**.
- Le 26 mars 1957, les six membres de la CECA signent les traités de Rome qui fondent une Communauté économique européenne (CEE) → ZOOM.

MOT CLÉ
L'**intégration économique** est l'unification des politiques économiques de différents États pour l'établissement d'une zone de libre-échange.

- L'union douanière et la Politique agricole commune (PAC) visent à rendre l'Europe autosuffisante sur le plan alimentaire : modernisation des exploitations, soutien du niveau de vie des agriculteurs et sécurisation des approvisionnements.

II Quelle Europe ?

1 Le couple franco-allemand, moteur de la construction européenne

Avec le traité de l'Élysée (1963) signé entre le général de Gaulle et le chancelier Adenauer pour favoriser la collaboration franco-allemande, le couple devient le moteur de la construction européenne.

2 Les élargissements successifs

- En 1973, le Danemark, le Royaume-Uni et l'Irlande adhèrent à la CEE.
- Les élargissements se font ensuite en direction de l'Europe du Sud : Grèce (1981), Espagne et Portugal (1986) → FICHE 14.

3 | De lents approfondissements

En 1979, le Parlement européen est élu au suffrage universel direct. L'Acte unique européen adopté en 1986 renforce les institutions européennes.

III Maastricht, une nouvelle ambition ?

1 | La fin de la logique bipolaire en Europe

Entre 1989 et 1991, l'émancipation des pays de l'ancien bloc de l'Est laisse présager un élargissement de la CEE. Il apparaît alors nécessaire de redéfinir les traités européens.

2 | La naissance de l'Union européenne

- Le traité de Maastricht (1992) institue l'Union européenne (UE), reposant sur « trois piliers » : la Communauté européenne, cadre de la libre circulation des marchandises, des services, des capitaux et des personnes ; la Politique étrangère et de sécurité commune (PESC) ; la coopération policière et judiciaire en matière pénale.
- Une citoyenneté européenne est créée, ainsi que la possibilité pour les ressortissants de l'UE de voter ou de se présenter aux élections locales et européennes dans leur État membre.
- Enfin, le traité institue l'Union économique et monétaire (UEM), préparant ainsi l'adoption d'une future monnaie unique.

zoOm

Les traités des Rome instituent la CEE (1957)

- La Communauté économique européenne prévoit l'établissement d'un marché commun fondé sur la libre circulation des personnes, des services et des capitaux.
- L'Euratom (Communauté européenne de l'énergie atomique) amorce une coopération dans le domaine nucléaire.

« L'Europe unie pour le progrès et pour la paix », affiche italienne célébrant la signature des traités de Rome, le 25 mars 1957.

FRANÇAIS MATHS HISTOIRE GÉO EMC PHYSIQUE CHIMIE SVT TECHNO ANGLAIS BREVETS BLANCS

14 Le projet européen depuis le traité de Maastricht

EN BREF ▸ *Les élargissements successifs de l'Union européenne s'accompagnent d'un approfondissement de la logique communautaire, mais au prix de la mise en place d'une Europe à plusieurs vitesses.*

I Les enjeux d'une Europe élargie

1 De nouveaux candidats

En 1995, l'UE s'élargit à trois nouveaux États : l'Autriche, la Finlande et la Suède → ZOOM. Pour les pays candidats d'Europe de l'Est, des critères politiques (institutions démocratiques) et économiques (économie de marché) sont fixés.

2 L'euro

- La **Banque centrale européenne (BCE)** est créée en 1998. Elle est chargée d'émettre la monnaie unique européenne, l'euro, mise en circulation dans 11 pays en janvier 2002.

MOT CLÉ
Institution monétaire de l'Union européenne, la **Banque centrale européenne** est en charge de l'émission de l'euro. Elle siège à Francfort (Allemagne).

- La zone euro concerne aujourd'hui 19 pays de l'UE. Devenu la deuxième devise internationale derrière le dollar américain, l'euro facilite les échanges et renforce l'influence économique de l'UE dans le monde.

3 Schengen, un espace de libre circulation des personnes

En 1995, 7 pays signataires de la convention de Schengen (1985) mettent en place un espace de libre circulation des personnes. Celui-ci prévoit la suppression des contrôles aux frontières intérieures et un renforcement des contrôles aux limites extérieures de l'UE.

II Une Europe à dimensions variables

1 L'Europe-continent

- En 2004, huit pays d'Europe de l'Est et deux d'Europe du Sud intègrent l'UE. En 2007, c'est au tour de la Bulgarie et de la Roumanie, suivies en 2013 par la Croatie. L'Union compte alors 28 pays et 514 millions d'habitants.
- Les élargissements ont pour but d'étendre la zone de stabilité et de paix à une large partie du continent, de stimuler la croissance économique et les échanges, et de renforcer la place de l'UE dans les affaires mondiales.

2 Une Europe à plusieurs vitesses

Les élargissements soulèvent des difficultés et de nouveaux défis, les retards en matière de développement économique et social des nouveaux entrants étant importants.

III Des solutions longtemps différées

1 La réorganisation des institutions communautaires

- Le traité de Lisbonne (2009) augmente les pouvoirs du Parlement européen, dorénavant en charge de l'élection du président de la Commission européenne.
- Un poste de président du Conseil européen, élu par le Conseil des chefs d'État et de gouvernement, est créé, ainsi que celui de Haut représentant de l'Union pour les Affaires étrangères et la politique de sécurité.

2 L'UE en crise

- Depuis la fin des années 2000, la crise grecque, la crise migratoire et la montée de l'euroscepticisme suscitent des tensions. Celles-ci culminent en juin 2016, lorsque les Britanniques votent pour une sortie de l'UE (Brexit), effective en janvier 2021.
- La montée en puissance de gouvernements illibéraux, qui remettent en cause les libertés individuelles (Pologne, Hongrie), suscite des sanctions financières de l'UE.

zoOm

La construction européenne

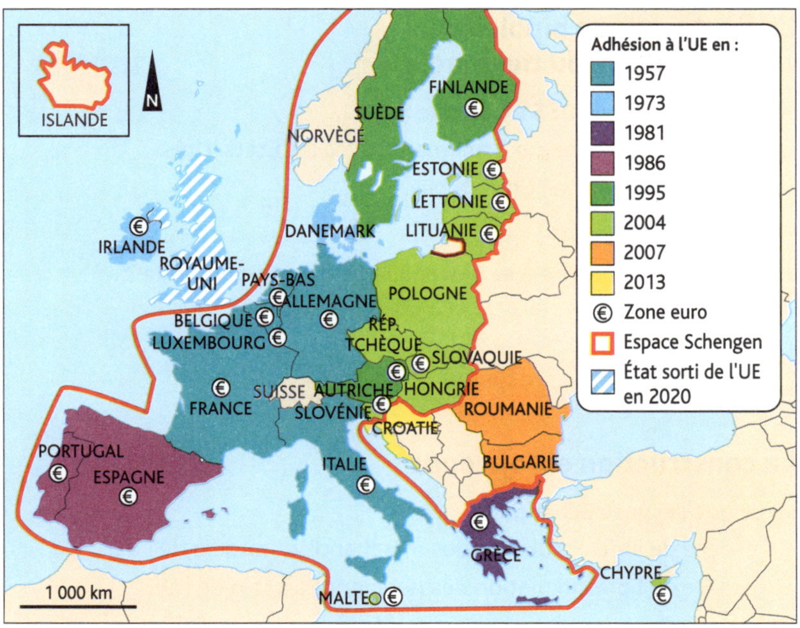

SE TESTER QUIZ

Vérifie que tu as compris les points clés

1 L'effondrement des empires coloniaux

→ FICHES 9 et 10

Coche la réponse qui convient.

	Vrai	Faux
a. En 1945, Hô Chi Minh déclare l'indépendance de l'Indonésie.	☒	☒
b. L'indépendance de l'Inde est proclamée en 1947.	☒	☒
c. Les accords d'Évian mettent fin à la guerre d'Algérie.	☒	☐

2 La guerre froide

→ FICHE 11

La guerre froide est une période…

☐ **a.** d'affrontements directs entre les deux Grands.
☒ **b.** de confrontation entre les deux Grands par pays interposés.
☒ **c.** d'antagonisme idéologique entre les deux Grands.

3 La fin du monde bipolaire et l'émergence du tiers monde

→ FICHE 12

1) L'effondrement de l'URSS s'explique par…

☒ **a.** la relance de la course aux armements avec les États-Unis.
☒ **b.** les réformes de Mikhaïl Gorbatchev.
☐ **c.** un putsch raté.

2) Quelle puissance cherche à se placer à la tête du tiers-monde ?

☐ **a.** Les États-Unis
☒ **b.** L'URSS
☒ **c.** La Chine

4 La construction européenne

→ FICHES 13 et 14

Qu'est-ce que l'espace Schengen ?

☒ **a.** Un espace de libre circulation des marchandises au sein de l'UE
☒ **b.** Un espace de libre circulation des personnes au sein de l'UE
☐ **c.** Un espace de libre circulation des capitaux au sein de l'UE

OBJECTIF BREVET

Lance-toi dans des sujets !

5 Rédiger un développement construit

35 min

→ FICHE 10

Sous la forme d'un développement construit d'une vingtaine de lignes, présente les acteurs et les modalités d'accès à l'indépendance de l'Algérie.

DÉMARRONS ENSEMBLE

→ Présente d'abord les forces impliquées dans le processus d'indépendance de l'Algérie : États, organisations, individus en opposition.

→ Le terme « modalités » implique de s'intéresser à la manière dont l'Algérie a accédé à l'indépendance : par la négociation ou par la guerre ?

→ Rappelle brièvement dans quel contexte international cela s'est déroulé.

6 Analyser et comprendre un document

45 min

→ FICHE 11

Document **Le bras de fer entre les deux Grands**

« D'accord monsieur le Président, discutons. »
Caricature de Leslie Gilbert Illingworth, *Daily Mail*, 29 octobre 1962.

1) Présente le document et précise son contexte.

2) Décris le document et indique qui sont les acteurs de la crise de Cuba.

3) Comment comprends-tu la légende : « D'accord monsieur le Président, discutons » ?

4) Pourquoi la crise de Cuba est-elle considérée comme l'une des plus graves de la guerre froide ? Quelles ont été ses conséquences sur les relations américano-soviétiques ?

CORRIGÉS

SE TESTER QUIZ

1 L'effondrement des empires coloniaux

a. Faux. Hô Chi Minh proclame l'indépendance du Vietnam en 1945, ce qui marque le début de la guerre d'Indochine.
b. Vrai. En 1947, les Indes britanniques accèdent à l'indépendance par la création de deux États, l'Union indienne et le Pakistan.
c. Vrai. Les accords d'Évian mettent fin à la guerre d'Algérie ; l'indépendance est proclamée le 5 juillet 1962.

2 La guerre froide

Réponses b et c. La guerre froide, conflit indirect entre les États-Unis et l'URSS, oppose deux systèmes idéologiques, et la propagande y tient une large place.

3 La fin du monde bipolaire et l'émergence du tiers-monde

1) **Réponses a et b.** Les causes de l'effondrement de l'URSS sont à la fois extérieures – la reprise de la compétition avec les États-Unis – et intérieures – les réformes de Gorbatchev.

2) **Réponse c.** La Chine s'érige en modèle de développement pour les pays du tiers-monde.

4 La construction européenne

Réponse b. L'espace Schengen désigne l'espace de libre circulation des personnes au sein de l'UE.

OBJECTIF BREVET

5 Rédiger un développement construit

C'est au prix d'une guerre que l'Algérie accède à l'indépendance.

■ Celle-ci met aux prises, de 1954 à 1962, d'un côté les nationalistes algériens, au sein du FLN, qui se battent pour l'émancipation, et de l'autre, le gouvernement français. Celui-ci refuse l'indépendance de sa colonie conquise en 1830, divisée en trois départements et où vivent près d'un million de colons européens (pieds-noirs). Dès 1955, pour faire face à l'insurrection, la France envoie le contingent.

■ Mais les autorités françaises récusent le mot « guerre » auquel elles préfèrent le terme d'« événements » d'Algérie, considérant que la France ne peut être en guerre contre une partie de son territoire. Pourtant, face aux militants du FLN qui utilisent la guérilla et les attentats, l'armée française mène une véritable guerre dont les méthodes (torture) sont dénoncées en métropole.

> **REMARQUE**
> La guerre touche aussi la **métropole**, où l'OAS organise des attentats.

■ En 1962, la signature des accords d'Évian marque la fin de la guerre et l'indépendance de l'Algérie. Face aux pressions internationales et dans un contexte mondial favorable au processus d'émancipation coloniale, la France n'avait d'autre choix que d'accepter l'indépendance.

6 Analyser et comprendre un document

1) Ce document est une caricature réalisée par le dessinateur britannique Leslie Gilbert Illingworth et parue dans le quotidien *Daily Mail*, le 29 octobre 1962. À cette date, le monde est « au bord du gouffre », depuis que le président américain Kennedy a menacé l'URSS de représailles atomiques après la découverte de rampes de lancement de missiles soviétiques en construction sur l'île de Cuba.

2) La caricature met en scène le leader soviétique, Khrouchtchev (à gauche) et le président américain, Kennedy (à droite), assis chacun sur un énorme missile, s'opposant dans un bras de fer. Chacun des deux hommes pointe le doigt sur un bouton qui pourrait déclencher la bombe sur laquelle l'autre est assis.

3) La légende est ironique, puisqu'elle souligne que la discussion entre les deux Grands se résume à une épreuve de force.

4) La course aux armements entre les deux Grands a installé un équilibre de la terreur. La crise de Cuba est considérée comme l'une des plus graves de la guerre froide, car elle a mis le monde au bord de la déflagration nucléaire. Conscients de ce danger, les deux Grands n'ont de cesse, ensuite, de mettre en place le cadre d'un dialogue plus pacifique.

> **REMARQUE**
> La **dissuasion nucléaire** est centrale dans la stratégie des deux Grands.

15 Un nouvel ordre mondial après 1989

EN BREF ▸ *La fin de la guerre froide a donné naissance à un nouvel ordre mondial où l'hégémonie américaine est progressivement remise en cause.*

I La superpuissance états-unienne

1 Un nouvel ordre mondial

- Avec la disparition de l'URSS en 1991, un ordre mondial unipolaire, dominé par les États-Unis, se met en place.
- La victoire rapide des États-Unis lors de la guerre du Golfe (1991) conforte le pays dans son statut de leader. Il s'impose comme la seule puissance détentrice d'une force de projection planétaire.
- Le président Clinton (1993-2001) défend la démocratie et l'économie de marché à travers le monde. Il privilégie l'action diplomatique dans le règlement des conflits, malgré certains engagements militaires, comme en Bosnie en 1995.

2 La rupture du 11-Septembre

- Le 11 septembre 2001, les États-Unis sont frappés par des attentats terroristes revendiqués par Al-Qaïda. Le président Bush (2001-2009) défend dès lors un changement de la diplomatie américaine et justifie la guerre préventive contre le **terrorisme**, avec l'intervention militaire en Afghanistan (octobre 2001) contre le régime taliban dénoncé comme base arrière d'Al-Qaïda.
- En 2003, l'intervention en Irak vise à renverser le régime de Saddam Hussein.

MOT CLÉ
Action violente à but politique dirigée contre une institution, un État ou des civils, le **terrorisme** a pour but de créer un climat de peur.

II Les nouveaux conflits

1 Des enjeux complexes et de multiples acteurs

- Depuis les années 1990, les conflits combinent des enjeux politiques, religieux et stratégiques qui rendent les relations internationales plus complexes. Si le nombre de guerres entre États a diminué, les conflits intraétatiques (guerres civiles) ont augmenté (conflit en Syrie → FICHE 17).
- Les conflits mêlent de nombreux acteurs : armées rebelles, minorités, groupes terroristes. Les civils en sont les premières victimes. Ils fuient la guerre, grossissant les flux de déplacés et de réfugiés.

2 De nouvelles menaces

- Certains États cherchent à se doter de l'arme nucléaire (Corée du Nord, Iran), en violation du traité de non-prolifération (1968).

- L'**islamisme** nourrit un terrorisme de masse. Al-Qaïda et son frère ennemi l'organisation État islamique, apparue en 2012, défendent le ***djihad*** et essaiment en Afrique, au Moyen-Orient et en Asie.

MOT CLÉ
L'**islamisme** est un mouvement politique qui veut imposer la loi musulmane dans l'organisation politique et sociale, au besoin par la violence, qui prend alors le nom de ***djihad***.

III Vers un monde dépolarisé

1 L'échec américain et l'impuissance internationale

- À partir de 2011, échouant à rétablir la stabilité politique en Afghanistan et en Irak, l'administration Obama décide d'évacuer progressivement les troupes.
- La déstabilisation de plusieurs régions du Moyen-Orient et d'Afrique révèle la faiblesse des États face à des contestations multiformes.
- Les mécanismes traditionnels de sécurité collective, relevant en principe de l'ONU, semblent en panne.

2 Les nouveaux acteurs géopolitiques

- Dans un monde dépolarisé où aucune puissance ne peut plus prétendre seule à l'hégémonie, la Chine et la Russie s'affirment sur la scène internationale.
- L'UE peine à parler d'une seule voix et laisse ses États membres agir seuls. Ainsi, la France intervient militairement au Mali en 2013 contre la menace islamiste.

zoOm

Une gouvernance mondiale du climat ?

- Depuis la fin des années 1980, une gouvernance politique mondiale sur le climat est mise en place sous la tutelle de l'ONU. Des conférences annuelles sont organisées dans le but de réduire l'émission des gaz à effet de serre (GES).
- L'accord de Paris, signé en 2015 dans le cadre de la COP21 (photo), prévoit des efforts plus ambitieux. Cependant les positions climatosceptiques de certains États pollueurs (États-Unis sous Donald Trump, Brésil) en limitent les effets.

FRANÇAIS MATHS HISTOIRE GÉO EMC PHYSIQUE CHIMIE SVT TECHNO ANGLAIS BREVETS BLANCS

16 De nouveaux types de conflits : le Moyen-Orient

EN BREF ▸ *Au centre d'enjeux à la fois politiques, religieux et économiques, le Moyen-Orient est l'une des principales zones de conflit dans le monde contemporain.*

I Une région en proie à de multiples tensions

1 Une mosaïque culturelle et religieuse

Le Moyen-Orient brasse des populations diverses : Arabes, Turcs, Kurdes, Iraniens. De multiples communautés religieuses y cohabitent : juifs, chrétiens, musulmans divisés en une majorité **sunnite** et une minorité **chiite**.

MOTS CLÉS

Sunnisme et **chiisme** sont les deux branches principales de l'islam. Leur antagonisme religieux donne lieu à des affrontements violents depuis plus d'un millénaire.

2 Des tensions liées aux ressources naturelles

- Le Moyen-Orient recèle 90 % des réserves connues d'hydrocarbures, ce qui représente un enjeu stratégique pour les grandes puissances.
- L'inégale répartition des ressources en eau y est aussi un facteur de tensions.

3 Une instabilité politique

- De nombreux litiges territoriaux persistent, comme le montrent la lutte des Palestiniens contre Israël et celle des Kurdes, dispersés entre la Turquie, l'Irak et la Syrie, pour obtenir la création d'un État-nation.
- Depuis les années 1980, l'islamisme alimente des mouvements de contestation divers dans de nombreux États (Égypte, Syrie, Irak).
- La concurrence entre sunnisme et chiisme se double de rivalités entre puissances, notamment entre l'Arabie saoudite, sunnite, et l'Iran, chiite.

II Des conflits nombreux et multiformes

1 Le conflit israélo-palestinien

- Les accords d'Oslo (13 septembre 1993) entre Israël et Palestiniens, signés sous la tutelle des États-Unis, ouvrent la voie à la création d'un État palestinien.
- À partir de 2000, les Palestiniens se soulèvent à nouveau. Israël y répond par la construction d'un mur de 700 km isolant les territoires sous tutelle palestinienne. Les attentats-suicides palestiniens et les représailles militaires israéliennes (bombardements) maintiennent une situation de guerre larvée.

2 De la guerre du Golfe à la guerre d'Irak

- En août 1990, Saddam Hussein, chef de l'État irakien, envahit le Koweït. En janvier-février 1991, l'ONU autorise l'intervention d'une coalition de 34 États sous commandement américain pour faire cesser cette occupation. La victoire militaire assure aux Américains une présence permanente au Moyen-Orient.
- En 2003, les États-Unis lancent une nouvelle opération militaire pour renverser le régime irakien, accusé à tort de fabriquer des armes de destruction massive. La chute de Saddam Hussein n'entraîne pas de retour à la stabilité. Le désengagement des États-Unis (2011) laisse une situation de guerre civile entre sunnites et chiites.

3 De la guerre civile syrienne à la coalition internationale

- En 2011, la Syrie sombre dans la guerre civile. Le régime syrien, soutenu par l'Iran et la Russie, se bat contre l'Armée syrienne libre (ASL) et contre l'opposition djihadiste, de plus en plus puissante et organisée.
- Entre 2014 et 2019, une coalition de 22 pays reconquiert peu à peu les territoires contrôlés par les djihadistes de l'État islamique, à cheval sur la Syrie et l'Irak.

zoOm

Le Moyen-Orient, un territoire de conflits (depuis 2003)

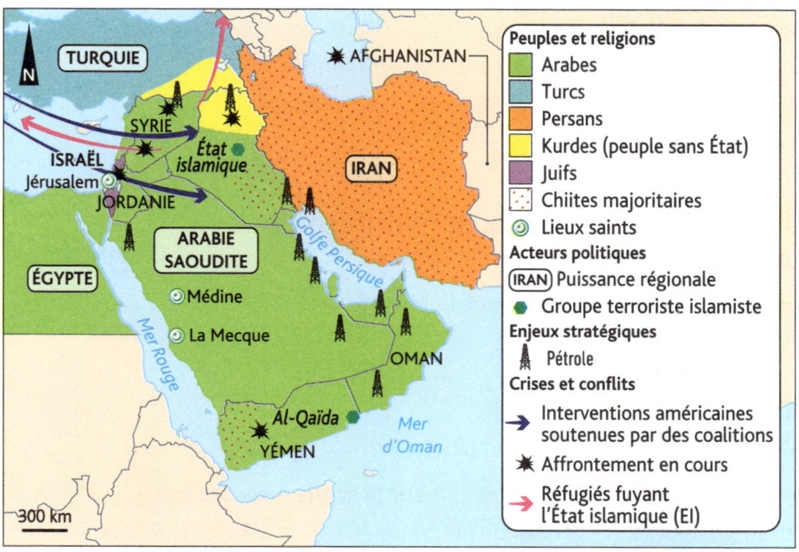

SE TESTER QUIZ

Vérifie que tu as compris les points clés

1 Un nouvel ordre mondial après 1989

→ FICHE 15

Après la disparition de l'URSS, quel pays domine le nouvel ordre mondial ?

☐ **a.** Aucun

☐ **b.** L'ensemble des pays du monde

☒ **c.** Les États-Unis

2 Vers un monde dépolarisé

→ FICHE 15

Les attentats du 11 septembre 2001 entraînent…

☐ **a.** une réponse collective de la communauté internationale.

☒ **b.** un tournant isolationniste dans la politique extérieure américaine.

☒ **c.** l'éradication d'Al-Qaïda.

3 De multiples tensions au Moyen-Orient

→ FICHE 16

1) La principale puissance chiite au Moyen-Orient est…

☒ **a.** l'Iran. ☐ **b.** la Turquie. ☐ **c.** l'Égypte.

2) Les accords d'Oslo prévoient…

☒ **a.** la reconnaissance d'une autorité palestinienne.

☐ **b.** la souveraineté d'Israël sur les territoires occupés.

☐ **c.** la fin de l'Intifada.

4 Des conflits nombreux et multiformes au Moyen-Orient

→ FICHE 16

1) Quels types de guerres a connus le Moyen-Orient depuis la fin des années 1980 ?

☒ **a.** Des guerres régionales

☒ **b.** Des guerres civiles

☒ **c.** Des guerres aux enjeux internationaux

2) La guerre en Syrie permet le retour sur la scène internationale…

☒ **a.** des États-Unis. ☐ **b.** de la Chine. ☒ **c.** de la Russie.

OBJECTIF BREVET

Lance-toi dans des sujets !

5 Rédiger un développement construit

35 min

→ FICHES 15 à 16

Sous la forme d'un développement construit d'une vingtaine de lignes, explique comment s'organise le nouvel ordre mondial qui apparaît après 1989. Tu t'appuieras sur un exemple de conflit étudié en classe pour présenter l'une des nouvelles menaces qui pèsent sur le monde contemporain.

DÉMARRONS ENSEMBLE

→ Commence par repérer le cadre chronologique du sujet : « après 1989 », c'est-à-dire l'après-guerre froide.

→ Cherche ensuite la définition de « nouvel ordre mondial » et dresse la liste des principaux conflits et acteurs des relations internationales.

6 Analyser et comprendre un document

45 min

→ FICHE 16

Document **Les troupes américaines évacuent l'Irak**

Barack Obama avait promis un retrait total des troupes américaines. Celui-ci est effectif depuis hier. Neuf ans de guerre s'achèvent sur un bilan très contrasté. […]

L'opération « Iraqi Freedom » – la guerre la plus controversée depuis celle du Vietnam – s'achève donc dans l'amertume. Certes, le tyran Saddam Hussein a été renversé ; certes l'Irak a connu ses premières élections démocratiques depuis 50 ans. Mais à quel prix ? Plus de 100 000 morts parmi les civils sont à déplorer […]. <u>Des conflits ethnico-religieux entre sunnites, chiites et kurdes menacent la stabilité d'un gouvernement très fragile</u>. […] L'économie du pays est exsangue : les services de base comme la distribution de l'électricité et de l'eau potable sont défectueux et la reprise des exportations du pétrole – 2,2 millions de barils par jour soit 7 milliards de dollars par mois – sont bien faibles.

Cette troisième guerre du Golfe, guerre « préventive » théorisée par George W. Bush après les attentats du 11 septembre 2001 et qui a été émaillée de nombreux scandales […] aura aussi coûté cher aux États-Unis. Financièrement (770 milliards de dollars par an), humainement (4 484 soldats morts) et moralement.

Philippe Rioux, « Irak, la fin d'une sale guerre », *La Dépêche*, 19 décembre 2011.

1) Présente le document en rappelant quand a commencé la guerre en Irak.

2) Quel président américain a lancé l'intervention en Irak et sous quel prétexte ? L'ONU a-t-elle donné son accord ?

3) Pourquoi l'auteur du texte évoque-t-il une « guerre controversée » ?

4) Quel est le bilan de l'intervention ?

5) Explique la phrase soulignée et montre qu'elle annonce la déstabilisation générale de l'Irak à partir de 2012.

DÉMARRONS ENSEMBLE

2) À l'aide du texte et de tes connaissances, rappelle le contexte dans lequel l'intervention militaire a été décidée.

3) À quelles critiques les Américains ont-ils dû répondre au sujet de cette intervention ?

4) Quel a été le prix de la guerre pour les États-Unis ? Pour l'Irak ? Envisage l'aspect économique et financier, mais aussi humain (le nombre de victimes).

CORRIGÉS

SE TESTER QUIZ

1 Un nouvel ordre mondial après 1989

Réponse c. Les États-Unis dominent le nouvel ordre mondial : ils cumulent seuls tous les aspects de la puissance et s'imposent comme « gendarmes du monde ».

2 Vers un monde dépolarisé

Réponse b. Après les attentats du 11 septembre, la politique extérieure américaine prend un tournant isolationniste. Les États-Unis entendent assurer leur sécurité sans l'aval de l'ONU.

3 De multiples tensions au Moyen-Orient

1) **Réponse a.** L'Iran, république islamique chiite, apporte son soutien aux populations chiites de la région.

2) **Réponse a.** Les accords d'Oslo prévoient la création d'un État palestinien, non encore advenue.

4 Des conflits nombreux et multiformes au Moyen-Orient

1) **Réponses a, b et c.** Le Moyen-Orient est la région la plus conflictuelle au monde et de nombreux enjeux s'y entremêlent.

2) **Réponse c.** La guerre en Syrie permet à la Russie d'affirmer son influence au Moyen-Orient et plus largement sur la scène internationale.

OBJECTIF BREVET

5 Rédiger un développement construit

En 1989, la fin de la guerre froide et de la bipolarisation laisse place à un nouvel ordre géopolitique dominé par les États-Unis, unique superpuissance. Seul État capable d'intervenir militairement n'importe où, le pays joue un temps le rôle de « gendarme du monde », intervenant au gré de ses intérêts.

- L'effondrement du communisme en Europe est un facteur de déstabilisation, comme en témoigne la guerre qui éclate dans les Balkans (1991-1995). Néanmoins, cette guerre confirme l'hégémonie américaine. L'Union européenne, incapable de mettre fin au siège de Sarajevo, laisse les États-Unis intervenir par le biais de l'OTAN. Et c'est sous tutelle américaine que les accords de Dayton sont signés en novembre 1995.

- Les attentats du 11 septembre 2001 révèlent cependant l'existence d'un terrorisme international capable d'ébranler la première puissance mondiale et d'infléchir la stratégie américaine.

6 Analyser et comprendre un document

1) Ce document est extrait d'un article de Philippe Rioux, intitulé « Irak, la fin d'une sale guerre » et paru dans *La Dépêche*, le 19 décembre 2011. Il évoque le retrait des troupes américaines d'Irak qui prend fin en décembre 2011.

2) L'intervention américaine en Irak a été décidée en 2003 par l'administration Bush. Dans le contexte de l'après 11-Septembre, G. W. Bush voit dans le régime de S. Hussein, qu'il accuse de détenir des armes de destruction massive, une menace contre la paix mondiale. C'est donc une guerre « préventive » que les États-Unis veulent mener en Irak, contre l'avis de la communauté internationale : l'ONU n'a pas donné son accord. L'objectif politique est de renverser le régime de S. Hussein, l'objectif économique est de se maintenir dans un pays riche en pétrole.

3) L'auteur évoque les controverses suscitées par l'intervention. Les États-Unis sont accusés de mener une guerre dans leur seul intérêt. Le résultat immédiat – la chute de S. Hussein – n'a pas permis d'installer une démocratie durable. Les troupes américaines doivent se maintenir pendant huit ans et constatent une déstabilisation totale du pays (économique et politique).

4) La guerre a coûté très cher aux États-Unis : l'auteur évoque le coût financier (770 milliards de dollars par an), humain (4 484 soldats morts) et moral (l'image des États-Unis dans le monde). En Irak, l'intervention s'est traduite par des pertes immenses (100 000 morts) et une désorganisation de la vie économique.

5) Sur le plan politique, les oppositions sont de plus en plus violentes, dans un pays où les divisions religieuses (sunnisme contre chiisme) et ethniques (majorité arabe contre minorité kurde) sont nombreuses. Elles font sombrer le pays dans l'anarchie et favorisent l'émergence d'un nouvel acteur politique dans la région : l'État islamique.

17 La refondation de la République après la Libération (1944-1946)

EN BREF ▸ *Au sortir de la guerre, la reconstruction politique de la France passe par l'instauration d'une nouvelle république et la mise en place d'une démocratie sociale.*

I Reconstruire

1 Le rétablissement de la paix civile

- Le Gouvernement provisoire de la République (GPRF), dirigé par Charles de Gaulle, s'installe dans Paris libéré en août 1944. Il intègre les diverses forces politiques issues de la Résistance.
- Pour mettre fin aux règlements de compte de la Libération (exécutions, lynchages des collaborateurs), le GPRF organise l'**épuration**. Celle-ci s'opère dans un cadre juridique légal avec la création de tribunaux spéciaux et d'une Haute Cour de Justice. Les procès de Pétain et Laval (août et octobre 1945) permettent de ressouder les Français dans la réprobation du régime de Vichy.

MOT CLÉ
Dans la France de la Libération, l'**épuration** désigne la traque des anciens collaborateurs du régime de Vichy et de l'occupant, qui aboutit d'abord à des exécutions sommaires avant la mise en place d'une épuration légale (procès).

2 La modernisation des structures de l'État et de l'économie

- La réorganisation de la fonction publique et la création d'une École nationale d'administration (ENA) visent à former les nouvelles élites dirigeantes.
- La reconstruction de l'économie passe par la nationalisation des secteurs stratégiques, comme l'énergie, le transport, le crédit et la banque.

II Refonder la République

1 La naissance difficile de la IVe République

- Le 21 octobre 1945, les Français se prononcent contre le maintien de la IIIe République et élisent une assemblée constituante. Mais la forme à donner à la nouvelle Constitution divise la classe politique.
- De Gaulle, hostile au nouveau projet (retour à un régime d'assemblée), démissionne le 20 janvier 1946. En fondant, en 1947, le RPF (Rassemblement du peuple français), il se range dans l'opposition.
- La Constitution de la IVe République est approuvée par référendum à une faible majorité des Français (53 % des suffrages) en octobre 1946.

2 Un régime parlementaire

- Le **pouvoir exécutif** est détenu par le président de la République et par le président du Conseil (désigné par le président de la République) qui choisit ses ministres.
- Le **pouvoir législatif** revient à deux Chambres : l'Assemblée nationale et le Conseil de la République. Celles-ci élisent le président de la République et contrôlent le gouvernement, qu'elles peuvent renverser (motion de censure).

III Redéfinir la démocratie

- Le GPRF considère que la libération de la patrie doit s'accompagner d'une **émancipation politique des femmes**. En avril 1945, les Françaises votent pour la première fois.
- L'instauration de nouveaux droits sociaux s'inspire du **programme du Conseil national de la Résistance (CNR)** →ZOOM. La **création de la Sécurité sociale** en 1945 installe la France dans l'**État-providence**. La mise en place des allocations familiales (1946) encourage la reprise de la natalité.
- Le nouveau régime entend ainsi installer une **République démocratique et sociale**.

MOT CLÉ

L'expression d'**« État-providence »** désigne l'intervention de l'État dans l'économie afin d'assurer une meilleure redistribution des richesses et de prendre en charge différents risques sociaux (maladies, accidents du travail, vieillesse).

zoOm

Le programme du CNR

- En mars 1944, le Conseil national de la Résistance adopte un programme de gouvernement intitulé *Les Jours heureux*. Ce texte comprend un plan d'action immédiate et des mesures à appliquer après la libération du territoire.
- Le programme guide les ambitieuses réformes mises en place dans la France de l'après-guerre : nationalisations, création de la Sécurité sociale et des comités d'entreprise, etc.

Programme du CNR édité clandestinement dans la France sous occupation allemande.

18 De Gaulle et la naissance de la Ve République

EN BREF ▸ *De Gaulle est au centre de la vie politique de la Ve République dont il a façonné les institutions. La nouvelle Constitution donne une place centrale à la fonction présidentielle (1958-1969).*

I D'une république à l'autre

1 La chute de la IVe République

Face à la guerre qui dure en Algérie depuis 1954, la IVe République, affaiblie par l'instabilité gouvernementale, apparaît impuissante aux yeux de beaucoup. De Gaulle, qui s'était retiré à Colombey-les-Deux-Églises, se pose alors en recours.

2 La crise du 13 mai 1958

- Lors d'une manifestation à Alger, les Français d'Algérie soutenus par des officiers, craignant que la France accorde l'indépendance, prennent d'assaut le siège du Gouvernement général. Ils réclament un changement de régime et le retour du général de Gaulle.
- De Gaulle se déclare prêt à assumer le pouvoir et à préparer un nouveau projet constitutionnel. Il est nommé chef du gouvernement le 1er juin 1958.

3 La nouvelle Constitution

La Constitution est approuvée par référendum à plus de 80 %, le 28 septembre 1958. De Gaulle est élu président de la République en décembre 1958.

II Un équilibre des pouvoirs repensé

1 Le renforcement du pouvoir exécutif

- Le président de la République, élu par un collège de 80 000 grands électeurs, nomme le Premier ministre. Il peut consulter les citoyens par référendum et dissoudre l'Assemblée. En cas de menace sur les institutions ou le pays, il peut prendre les pleins pouvoirs (art. 16). Chef des armées, il dirige la politique étrangère.
- Le Premier ministre coordonne l'action du gouvernement. Lui et son gouvernement sont responsables devant l'Assemblée qui peut les renverser par une motion de censure.

2 La limitation du pouvoir législatif

- Le Parlement est composé de deux chambres : l'Assemblée nationale, élue pour cinq ans au suffrage universel direct, et le Sénat, élu au suffrage indirect tous les neuf ans (renouvelable par tiers).

■ Le Parlement n'a pas la maîtrise de son ordre du jour, fixé par le gouvernement. Celui-ci peut faire passer certaines lois sans débat ni vote (art. 49.3).

■ Le **scrutin majoritaire** aux élections législatives assure des majorités parlementaires larges et stables, dont la vocation est de soutenir le gouvernement.

■ Le Conseil constitutionnel veille à la constitutionnalité des lois : il vérifie que celles-ci sont bien conformes à la Constitution.

> **MOT CLÉ**
> Le **scrutin majoritaire** est uninominal (choix d'un seul nom) et à deux tours. Pour être élu au premier tour, le candidat doit obtenir la majorité absolue des voix. Au second tour, la majorité relative suffit.

III La pratique gaullienne du pouvoir

1 La révision constitutionnelle de 1962

■ Dans le contexte de la crise algérienne → FICHE 10, de Gaulle veut réviser la Constitution afin de renforcer la légitimité présidentielle.

■ Le référendum d'octobre 1962, proposant l'élection du président de la République au suffrage universel direct, est largement approuvé alors que les partis de gauche dénoncent une dérive monarchique du régime.

2 Les années de Gaulle

■ De Gaulle établit un lien direct avec les Français (référendums…). Il s'appuie sur un parti gaulliste (UNR puis UDR) qui réunit une grande partie de la droite.

■ En 1965, de Gaulle est élu pour un second mandat, mais il démissionne le 28 avril 1969, à la suite de l'échec du référendum sur la réforme du Sénat.

zoOm

1958, une nouvelle république

■ Lors du référendum du 28 septembre 1958, plus de 80 % des Français approuvent le projet constitutionnel proposé par de Gaulle alors que les principales forces politiques de gauche ont appelé à voter « non ».

■ Les référendums organisés durant les deux mandats de de Gaulle lui sont tous favorables, sauf le dernier qui entraîne sa démission en 1969.

Affiche appelant à voter en faveur de la nouvelle Constitution, réalisée pour le référendum du 28 septembre 1958

19 Les évolutions de la Vᵉ République

EN BREF ▸ *Les évolutions de la vie politique, les alternances et les cohabitations montrent la souplesse des institutions de la Vᵉ République (de 1969 au milieu des années 1980).*

I Héritage et transition (1969-1981)

1 Georges Pompidou : l'héritier de De Gaulle à l'Élysée

- Pompidou est élu le 15 juin 1969. Il reprend à son compte la pratique des institutions établie par de Gaulle dont il a été le Premier ministre de 1962 à 1968.
- Le septennat est interrompu par sa mort le 2 avril 1974.

2 Valéry Giscard d'Estaing : continuité et rajeunissement

- Ministre des Finances de Pompidou, Giscard appartient à la droite modérée et s'affiche comme le candidat du renouveau. Il est élu le 19 mai 1974, à 48 ans.
- Il prend acte des évolutions de la société. Pour répondre aux revendications exprimées par la jeunesse en mai 1968, l'âge de la majorité est abaissé à 18 ans. En 1975, la loi Veil autorise l'IVG.

3 La rénovation de la vie politique

- Face à la domination des partis de droite, la gauche se rassemble autour d'un grand parti, pour pouvoir gagner les élections. Le PS est créé en 1971 pour réunir tous les socialistes. Il se rapproche du PCF et des radicaux.
- À droite, la concurrence est forte entre le parti gaulliste (RPR) et les modérés, réunis dans le parti fondé par Giscard en 1978, l'UDF.

II Alternances et cohabitations (1981-1995)

1 François Mitterrand, premier président socialiste de la Vᵉ République

- L'élection de Mitterrand le 10 mai 1981 marque la première **alternance**. Le premier gouvernement de Pierre Mauroy accueille quatre ministres communistes.
- Le gouvernement veut élargir la démocratie sociale : retraite à 60 ans, semaine de 39 heures, 5ᵉ semaine de congés payés, augmentation des prestations sociales.

> **MOT CLÉ**
> L'**alternance** est la succession de majorités parlementaires et de présidents de la République appartenant à des familles politiques différentes.

- Il engage également des réformes majeures dans différents domaines : abolition de la peine de mort, fin du délit d'homosexualité, remboursement de l'IVG par la Sécurité sociale.

- Parallèlement, le gouvernement lance une ambitieuse politique de décentralisation, élargie depuis → FICHE 50.

2 | Des institutions qui s'adaptent

- À deux reprises, sous les deux septennats de Mitterrand, une majorité de droite est élue à l'Assemblée. Le président choisit son Premier ministre dans la nouvelle majorité : Jacques Chirac (1986-1988) et Édouard Balladur (1993-1995).
- La **cohabitation** introduit une division au sein de l'exécutif : le président de la République se replie sur la politique étrangère ; le gouvernement définit et mène la politique intérieure. Le rôle de l'Assemblée est renforcé, puisque le gouvernement ne peut s'appuyer que sur sa majorité parlementaire → FICHE 49.

MOT CLÉ
On parle de **cohabitation** quand le président de la République et le pouvoir législatif, tous deux issus du suffrage universel, représentent des tendances politiques opposées.

- L'élection de Jacques Chirac à la fonction présidentielle en 1995 marque une nouvelle alternance, cette fois en faveur de la droite gaulliste.

zoOm

François Mitterrand, premier président socialiste de la Ve République

François Mitterrand devant la pyramide du Louvre, 28 juin 1989

- En 1981, l'élection du socialiste François Mitterrand marque la première alternance à la tête de la Ve République et la première victoire de la gauche.
- La durée de sa présidence ainsi que sa pratique du pouvoir renforcent l'image d'un « monarque républicain ». Président bâtisseur, il est à l'origine du Grand Louvre, de l'opéra Bastille, de la Bibliothèque nationale de France, etc.

20 Économie et société : des Trente Glorieuses à la crise économique

EN BREF ▸ *À partir de 1945, la France entre dans une période de prospérité qui s'accompagne d'une transformation des structures économiques et de mutations sociales.*

I Les bouleversements de l'économie française

1 Les Trente Glorieuses

- De 1945 à 1975, l'économie française connaît une période de forte prospérité, les **Trente Glorieuses**, marquée par des taux de croissance du PIB élevés (autour de 5 %) et le plein emploi.
- L'État soutient la croissance en favorisant la recherche et en lançant de grands travaux d'équipement.

MOT CLÉ

L'expression **« Trente Glorieuses »** désigne la période de forte croissance économique que connaît la France, comme l'ensemble des pays industrialisés entre 1945 et 1975.

2 La récession

- Cette période faste prend fin dans les années 1970 : l'économie française subit de plein fouet la récession qui se traduit par une forte hausse des prix (inflation) et l'apparition d'un chômage de masse.
- Le chômage frappe davantage les femmes et les jeunes non diplômés ainsi que les secteurs industriels traditionnels (mines, sidérurgie et textile).

3 L'évolution de la population active

- Le développement du salariat (84 % de la population active en 1982) s'explique en grande partie par l'essor des services et la diminution du nombre des travailleurs indépendants (commerçants, artisans, etc.).
- Les salariés bénéficient d'une législation favorable (allongement des congés payés, salaire minimum). Parallèlement, la paysannerie et le monde ouvrier déclinent.

II La société française en mouvement

1 Du *baby-boom* au vieillissement

- Dans les années 1950 et 1960, la France connaît une forte croissance démographique encouragée par une politique nataliste (Sécurité sociale, allocations familiales) : c'est le *baby-boom*.
- À partir des années 1970, la natalité baisse du fait de la généralisation du travail féminin ; le nombre moyen d'enfant par femme diminue (il est de 1,86 en 1985).

- La crise économique amplifie le phénomène. Parallèlement, l'allongement de l'espérance de vie entraîne un **vieillissement de la population**.

2 L'urbanisation du territoire

- Les campagnes se dépeuplent et l'urbanisation s'accélère. De grands ensembles sont construits à la **périphérie des grandes villes** et les **banlieues** s'étalent.
- Quand la crise économique éclate, les périphéries urbaines concentrent de nombreux **problèmes sociaux**.

3 Le triomphe de la société de consommation

- Les années 1950 et 1960 marquent l'entrée dans la consommation de masse, symbolisée notamment par la création des premiers supermarchés.
- La **crise des années 1970-1980** fait pourtant apparaître les limites de la société d'abondance. Toute une frange de la société sombre dans l'exclusion. Un **Revenu minimum d'insertion (RMI)** est créé par l'État en 1988.

4 Un nouveau groupe social : la jeunesse

- Avec le *baby-boom*, le **poids des jeunes dans la société** s'accroît. En 1959, l'âge de fin de scolarité obligatoire passe à 16 ans.
- En **mai 1968**, la jeunesse réclame davantage d'autonomie et conteste les autorités traditionnelles (famille, école, État). En réponse, Valéry Giscard d'Estaing propose l'abaissement de l'âge de la majorité à 18 ans en 1974.

zoOm

La consommation de masse

- L'augmentation du niveau de vie permet aux Français d'accéder à la propriété et de s'équiper en biens durables. Les vacances et les loisirs se généralisent. De nouveaux produits, fabriqués en série, et de nouveaux services apparaissent.
- La voiture, symbole de la société industrielle, se démocratise. Dans les années 1950, la 4 CV de Renault est produite à un million d'exemplaires.

Une publicité pour la 4 CV de Renault, 1959

21 L'évolution de la condition des femmes

EN BREF ▸ *Après 1945, les femmes gagnent une nouvelle visibilité dans la société française et obtiennent de nouveaux droits.*

I L'évolution du statut de la femme

1 La femme sous tutelle, une condition remise en cause

- Le Code civil établi par Napoléon en 1804 pose le cadre juridique qui régit les rapports au sein de la famille en France jusqu'au milieu du XXe siècle.
- La femme mariée ne peut alors ni étudier, ni travailler, ni disposer de ses biens et de son salaire sans l'autorisation de son mari. L'homme est l'unique chef de famille.
- En 1949, la philosophe Simone de Beauvoir (1908-1986) dénonce la domination subie par les femmes dans un ouvrage, *Le Deuxième Sexe*. Elle a une influence déterminante sur le **féminisme** français.

MOT CLÉ
Le **féminisme** est un mouvement qui combat pour l'égalité des droits entre les femmes et les hommes.

2 La féminisation de l'enseignement supérieur

- Durant les Trente Glorieuses, l'élévation du niveau de vie s'accompagne d'une massification scolaire qui profite aux filles.
- La loi Haby (1975) généralise la mixité scolaire.
- Les filles accèdent aux études supérieures : en 1946, à 20 ans, 3 % des filles étaient scolarisées (contre 6,5 % des garçons) ; le taux passe 11 % en 1962 (11 % des garçons) et à 62 % en 1996 (54 % des garçons).

3 La féminisation du marché du travail

- Avec l'essor de l'emploi tertiaire, le travail féminin ne cesse d'augmenter depuis les années 1960. En 1965, la réforme des régimes matrimoniaux permet aux femmes d'exercer librement une activité professionnelle.
- La distinction des emplois en fonction du sexe reste discriminante. Les femmes occupent le plus souvent des emplois peu qualifiés. Les inégalités de salaire hommes-femmes perdurent aujourd'hui.

II L'intégration récente des femmes à la vie politique

1 Un droit de vote tardif

Il faut attendre 1944 pour que le GPRF accorde le droit de vote aux femmes leur donnant ainsi l'égalité politique → FICHE 17.

2 | Une faible représentation politique

- Malgré la création en 1974 d'un secrétariat d'État à la Condition féminine, transformé en 1981 en ministère des Droits de la femme, la vie politique s'ouvre très lentement aux femmes.
- Il faut attendre 1991 pour voir la première femme nommée au poste de Premier ministre, Édith Cresson.

III Le droit à disposer de son corps

1 | L'émergence de nouvelles revendications

L'égalité politique acquise, le processus d'**émancipation** des femmes se déplace sur le terrain de la procréation. Le droit à la contraception est légalisé en 1967 (loi Neuwirth).

MOT CLÉ
L'**émancipation** des femmes désigne le processus par lequel ces dernières s'affranchissent de la domination qui pèse sur elles.

2 | Les luttes féministes dans les années 1960-1970

- De nouveaux mouvements féministes, nés de mai 68 comme le Mouvement de libération des femmes (MLF), militent pour sortir la femme du rôle d'épouse et de mère auquel la société la réduit.
- La légalisation de l'avortement en 1975 par la loi Veil est une victoire.

zoOm

Un mouvement féministe, le planning familial

- Créé en 1960, le planning familial promeut le contrôle des naissances, l'éducation sexuelle et le droit à la contraception. Sur cette affiche de 1980, l'association rappelle les moments clés de l'émancipation des femmes en matière de procréation : droit à la contraception (loi Neuwirth) puis à l'avortement (loi Veil).
- Le vote de ces lois témoigne des luttes féministes et d'une politisation croissante de la question des droits des femmes.

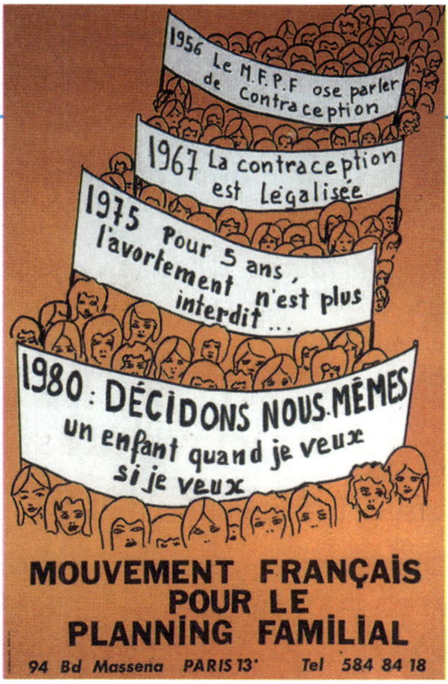

22 Les politiques d'immigration et la place des immigrés

EN BREF ▸ *Après 1945, la France fait appel à la main-d'œuvre étrangère pour accompagner la croissance, mais la récession des années 1970 met un terme à l'immigration.*

I La France, un vieux pays d'immigration

1 Une immigration initiée très tôt

- La France a été le premier pays européen à connaître au XIXe siècle une forte baisse de sa natalité, nécessitant de recourir à l'immigration de travail.
- Jusqu'à la Seconde Guerre mondiale, les **immigrés** viennent des pays européens : Belgique et Italie d'abord, Pologne ensuite.

MOT CLÉ
Un **immigré** est un étranger né à l'étranger et résidant en France.

2 De nouveaux immigrants durant les Trente Glorieuses

- En France, afin d'accompagner la croissance, l'État et les entreprises encouragent l'immigration de travailleurs étrangers, stoppée depuis la crise économique des années 1930. L'Office national d'immigration est créé dès 1945 afin d'encadrer ces flux.
- Les travailleurs viennent alors surtout du Portugal, des pays du Maghreb récemment décolonisés, puis d'Afrique subsaharienne.
- Si la provenance des immigrés se modifie, leur part dans la population reste identique à celle du début du siècle (7 %).

3 La fin de l'immigration de travail

En 1974, l'immigration de travailleurs est stoppée et les conditions d'entrée sur le territoire sont durcies. Ce virage s'explique par la crise qui fait suite au choc pétrolier de 1973. Pour favoriser l'intégration des immigrés déjà installés, le regroupement familial est néanmoins autorisé.

II La place des immigrés dans la société française

1 Un travail peu qualifié

- Arrivés seuls, les immigrés sont souvent des hommes qui font vivre leur famille restée au pays en s'employant dans l'industrie et dans les services → ZOOM.
- Dans les entreprises, ils sont souvent moins payés que les ouvriers français et ne peuvent guère espérer une ascension dans la hiérarchie.

2 Des conditions de vie difficiles

Dans les années 1950 et 1960, les immigrés s'entassent dans les bidonvilles. Dans les années 1970, la construction de grands ensembles à la périphérie des villes constitue une amélioration matérielle.

3 Quelle intégration ?

- Si le nombre d'immigrés est stable, l'**intégration** des derniers arrivants semble en panne. La ségrégation spatiale et les inégalités de réussite scolaire semblent en être les principaux facteurs.

MOT CLÉ

L'**intégration** est le processus par lequel des individus acquièrent le sentiment d'appartenir à la communauté dans laquelle ils vivent.

- Pour autant, la hausse des mariages mixtes, celle des naturalisations et l'ascension sociale des fils et filles d'immigrés sont autant de signes encourageants.
- La question de l'immigration devient un enjeu central du débat politique. Dans les années 1980, l'essor du Front national qui en a fait son principal argument de campagne électorale, en témoigne.

zoOm

La France des Trente Glorieuses et l'immigration

- Comme cet ouvrier photographié en 1963 sur une chaîne de montage d'une usine Renault, les travailleurs immigrés occupent le plus souvent des emplois peu qualifiés dans l'industrie. Ils sont embauchés dans les secteurs économiques qui connaissaient des pénuries de main-d'œuvre.
- Les Algériens constituent dans les années 1970 le quart des manœuvres et des ouvriers non qualifiés ; les Portugais et les Espagnols forment plus de 50 % du personnel de service.

SE TESTER QUIZ

Vérifie que tu as compris les points clés

1 De Gaulle et la Ve république

→ FICHES 17 et 18

1) Quel est l'objectif de l'État-providence ?

☐ **a.** Élargir les droits politiques

☐ **b.** Établir une démocratie sociale

☐ **c.** Assurer la redistribution des richesses

2) La Constitution de la Ve République donne la primauté…

☐ **a.** au pouvoir exécutif.

☐ **b.** au pouvoir législatif.

☐ **c.** à aucun, mais maintient un équilibre entre les deux.

3) La réforme constitutionnelle de 1962 prévoit…

☐ **a.** le passage du septennat au quinquennat.

☐ **b.** l'élection du président au suffrage universel indirect.

☐ **c.** l'élection du président au suffrage universel direct.

2 L'évolution de la condition des femmes

→ FICHE 21

1) L'évolution de la condition féminine à partir des années 1950 s'explique par…

☐ **a.** l'entrée des femmes sur le marché du travail.

☐ **b.** la réforme des régimes matrimoniaux.

☐ **c.** le droit de vote.

2) L'avortement est légalisé en France en…

☐ **a.** 1956.

☐ **b.** 1967.

☐ **c.** 1975.

3 Les politiques d'immigration en France

→ FICHE 22

Relie les différentes phases de la politique migratoire française à la période correspondante.

a. Immigration légale favorisée par l'État •	• 1945
b. Fin de l'immigration de travail légale •	• 1945-1974
c. Création de l'Office national de l'immigration •	• depuis 1974

OBJECTIF BREVET

Lance-toi dans des sujets !

4 Rédiger un développement construit

35 min

→ FICHE 17

Sous la forme d'un développement construit d'une vingtaine de lignes, explique comment et sur quelles bases s'est opérée la refondation républicaine à la Libération.

DÉMARRONS ENSEMBLE

➜ Commence par te rappeler pourquoi il faut refonder la République à la Libération. Quel régime s'est effondré en 1944 ? Quel pouvoir le remplace ? Qui est à sa tête ?

➜ L'idée de refondation implique que les principes républicains sont restaurés : de quels principes s'agit-il ?

➜ Quels nouveaux droits les citoyens obtiennent-ils ?

5 Analyser et comprendre un document

45 min

→ FICHE 22

Document « Immigration, la France manque de bras »

Il n'y a plus de frontières ; elles ont craqué sous la pression d'une invasion pacifique : 2,5 millions d'étrangers vivent dorénavant en France. 34 000 entrées en 1962, mais 115 000 en 1963 et 140 000 prévues pour 1964. Désormais, à Paris, on parle italien, espagnol, arabe, portugais, etc. […] Or tout cela n'a provoqué aucun à-coup ; […] les jeunes gens n'ont que l'embarras du choix en matière d'embauche et le patronat déclarait il y a quelques jours : « Une politique active d'immigration de travailleurs étrangers est nécessaire. » Cette masse de main-d'œuvre nouvelle est tout juste venue, en effet, boucher les trous. L'expansion accélérée que connaît la France depuis dix ans exige un nombre chaque jour plus grand de travailleurs.

L'Express, n° 680, 25 juin 1964.

1) Présente le document.

2) De quoi fait-il état ?

3) À l'aide de tes connaissances, situe le document dans son contexte : quelle période connaît une reprise importante de l'immigration ? Pour quelles raisons ?

4) En t'appuyant sur tes connaissances, explique quelle a été l'évolution de la politique migratoire en France dans les années 1970.

CORRIGÉS

SE TESTER QUIZ

1 De Gaulle et la Vᵉ République

> **INFO**
> Comme la France, le Royaume-Uni met en place un **État-providence** au lendemain de la Seconde Guerre mondiale.

1) Réponses b. et c. L'**État-providence** a pour objectif d'établir une démocratie sociale et d'assurer la redistribution des richesses.

2) Réponse a. Le régime parlementaire de la Vᵉ République octroie de larges pouvoirs à l'exécutif.

3) Réponse c. La réforme constitutionnelle de 1962 prévoit l'élection du président au suffrage universel direct afin de donner une légitimité démocratique à la fonction présidentielle.

2 L'évolution de la condition des femmes

1) Réponses a. et b. L'évolution de la condition des femmes passe par leur émancipation économique et juridique.

2) Réponse c. L'avortement est légalisé en France par la loi Veil, adoptée en 1975.

3 Les politiques d'immigration en France

a. Immigration légale favorisée par l'État : 1945-1974.

b. Fin de l'immigration de travail légale : depuis 1974.

c. Création de l'Office national de l'immigration : 1945.

OBJECTIF BREVET

4 Rédiger un développement construit

Alors que le territoire français est progressivement libéré par les Alliés, le régime de Vichy s'effondre. De retour à Paris en août 1944, le général de Gaulle y installe le gouvernement provisoire (GPRF), reconnu par les Alliés.

- Dès lors, il s'agit de restaurer la légalité républicaine en déclarant nulles et non avenues toutes les mesures du régime précédent. La devise et les valeurs républicaines sont rétablies. Il s'agit également de restaurer l'ordre en mettant fin au déchaînement de violences contre les « collabos », par la mise en place d'une épuration légale (Pétain et Laval sont jugés).
- Le GPRF octroie de nouveaux droits sociaux aux citoyens (Sécurité sociale, allocations familiales) conformément au programme de gouvernement établi par le CNR en mars 1944. Sur le plan politique, les Françaises obtiennent le droit de vote. Elles participent ainsi au référendum qui décide l'instauration d'une nouvelle République : la Constitution de la IVe République est adoptée en octobre 1946.

5 Analyser et comprendre un document

1) Ce document est un article, paru dans l'hebdomadaire *L'Express* en juin 1964. Il décrit la politique française en matière migratoire.

2) L'article fait état d'une reprise importante de l'immigration. Depuis la fin de la Seconde Guerre mondiale, la France a rouvert ses frontières aux travailleurs étrangers. L'article décrit Paris dans les années 1960 comme une ville cosmopolite où vivent des travailleurs immigrés originaires d'Europe du Sud et du Maghreb. Dans les années qui suivent, de nombreux travailleurs en provenance d'Afrique subsaharienne sont aussi encouragés à venir travailler en France.

3) Dans le contexte de la reconstruction et des Trente Glorieuses, le pays a besoin de bras. L'État et les entreprises encouragent l'immigration par une politique incitative. Les immigrés sont embauchés dans l'industrie où ils occupent souvent des postes peu qualifiés, et dans les services (personnel de maison, par exemple).

4) Au début des années 1970, le ralentissement économique entraîne une hausse du chômage. L'État décide en conséquence de fermer les frontières à l'immigration de travailleurs étrangers. Seul le regroupement familial est autorisé.

23 Les nouvelles formes de l'urbanisation de la France

EN BREF ▸ *Aujourd'hui, 85 % de la population française résident dans une aire urbaine, et jusqu'à 95 % vivent dans un territoire sous influence urbaine. La France est un pays de citadins.*

I Une croissance urbaine par étalement

1 Le triomphe de la périurbanisation

■ L'**exode rural** s'achève vers 1975 : les campagnes cessent globalement de perdre des habitants.

MOT CLÉ
L'**exode rural** désigne le départ définitif de ruraux vers la ville.

■ Depuis, l'urbanisation se poursuit sous une forme différente : les banlieues des agglomérations, surtout constituées de grands ensembles dans les années 1950 et 1960, deviennent majoritairement des banlieues pavillonnaires d'habitat individuel.

■ Les villes s'étalent donc et leur densité diminue. La périurbanisation gagne sur les campagnes proches : les lotissements de pavillons individuels grignotent l'espace rural environnant, à la faveur du développement de l'automobile et de prix fonciers plus attractifs. L'ensemble forme une aire urbaine.

2 L'urbanisation colonise l'espace rural

■ Depuis une dizaine d'années, les communes rurales proches des aires urbaines se développent à leur tour, à condition d'être bien reliées au pôle urbain proche, notamment par des voies rapides. L'urbain colonise la campagne. On peut parler de rurbanisation.

■ L'espace rural tend donc aujourd'hui à regagner des habitants. Seul le rural profond, à l'écart des grandes aires urbaines, mal desservi, poursuit son déclin, surtout dans la moitié nord de la France.

II L'explosion des mobilités

1 La dissociation des lieux de vie

■ La dissociation entre lieu de vie, lieu de travail, lieu de loisirs ou de consommation, a été permise par la généralisation de l'automobile à partir des années 1960. Elle a donc entraîné l'explosion des mobilités, c'est-à-dire des changements de lieux quotidiens ou hebdomadaires.

■ Les mobilités sont liées aux déplacements quotidiens pour se rendre à son travail, conduire les enfants à l'école, rentrer chez soi. Le week-end, les mobilités de loisirs et de consommation prennent le relais : courses ou loisirs dans les centres commerciaux périphériques ou dans le centre-ville.

2 | Des conséquences surtout négatives

■ Les axes de communication, vides en dehors des heures de pointe, sont périodiquement saturés par les **migrations pendulaires**. Pour faire face à un trafic sans cesse croissant, les équipements de communication se multiplient, générant pertes de temps et pollution.

MOT CLÉ
Les **migrations pendulaires** sont des déplacements quotidiens qui se produisent à certaines heures de la journée, par exemple de 7 à 9 heures, lorsque les populations se rendent sur leur lieu de travail.

■ Mais la construction de nouveaux équipements routiers permet à son tour le développement de nouveaux lotissements, consommant toujours plus d'espace et aggravant la congestion des voies de communications.

■ Les mobilités sont donc un **enjeu majeur de développement durable**. Une tendance récente au retour vers les centres semble se dessiner, en liaison avec les efforts des villes-centres pour entraver l'usage de l'automobile et favoriser les transports en commun.

zoOm

Schéma d'une aire urbaine

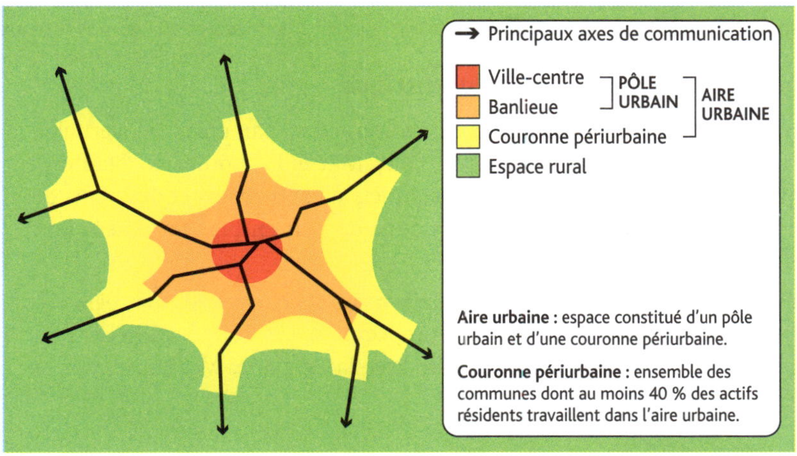

■ Le pôle urbain comprend la **ville-centre**, un espace bâti en continu, très dense, et les **banlieues** qui peuvent être des banlieues résidentielles en **habitat pavillonnaire**, ou des banlieues de **grands ensembles**, d'habitat collectif.

■ Au-delà du pôle urbain commence la **couronne périurbaine** : l'habitat s'agglomère autour de petits villages-centres qui grossissent par **développement d'habitats pavillonnaires** ; mais au moins 40 % des actifs y résidant travaillent dans le pôle urbain ou dans une autre commune de l'aire urbaine.

24 Les dynamiques de métropolisation en France

EN BREF ▸ *La mondialisation privilégiant les lieux de commandement connectés, la métropolisation impacte fortement le territoire français. Cette métropolisation favorise Paris et les grandes métropoles.*

I Paris et les métropoles, gagnantes de la métropolisation

1 Paris, ville mondiale

- L'aire urbaine de Paris compte 12,5 millions d'habitants, et compte pour 20 % de la croissance démographique totale de la France. Paris est une ville mondiale, hyperconnectée aux autres villes mondiales. Elle est l'interface primaire du pays avec le reste du monde, notamment *via* ses aéroports internationaux, Roissy-Charles-de-Gaulle et Orly.

- La **métropolisation** renouvelle une très ancienne tradition : héritière de mille ans de centralisation royale, impériale et républicaine, Paris concentre les fonctions supérieures de l'État et les fonctions de commandement du capitalisme mondialisé. La région-capitale produit 31 % du PIB français.

> **MOT CLÉ**
> La **métropolisation** est la concentration croissante des hommes, des activités et des fonctions de commandement dans les grandes villes les mieux connectées aux grands réseaux.

2 Un système métropolitain polycentrique

- Un demi-siècle d'aménagement du territoire a fini par créer un véritable archipel métropolitain en France. Lyon, Lille, Marseille, Bordeaux, Nantes… s'efforcent d'attirer les activités grâce à des projets d'équipement et des plans de communication. Les métropoles dominent donc de plus en plus fortement leur espace régional.

- Mais elles développent également des relations hors de leur système régional, avec d'autres métropoles, françaises ou européennes. Les coopérations transfrontalières sont largement sollicitées (Lille avec la Belgique, Mulhouse avec la métropole suisse de Bâle).

II Les villes petites et moyennes sous dépendance

1 Des villes petites et moyennes héritées de l'Histoire

- Les villes moyennes sont définies comme des aires urbaines centrées autour de villes de 20 000 à 100 000 habitants. Au-dessus sont les grandes villes et métropoles. En dessous sont les petites villes.

■ Depuis la Révolution et jusque vers 1945, le **maillage territorial administratif** a favorisé le développement de ce tissu de chefs-lieux de cantons et de départements, bénéficiaires de l'exode rural au XIXe siècle.

2 | Des villes en crise et dépendantes

■ Dans ces villes, deux types d'activités économiques sont surreprésentés : l'**économie résidentielle** et les **activités industrielles**. Or, la mondialisation a fortement impacté ces industries, souvent anciennes. Représentant le principal employeur de la ville, leur disparition affecte très durement le territoire. Les deux tiers des villes petites et moyennes perdent aujourd'hui des habitants.

> **MOT CLÉ**
> L'**économie résidentielle** produit des biens et services destinés à la population résidant sur le territoire : ils dépendent donc de la démographie.

■ Ces villes sont **dépendantes de leur proximité avec une métropole** (la croissance métropolitaine rejaillit sur elles). Elles **dépendent aussi du dynamisme régional** : les villes petites et moyennes du Sud et de l'Ouest continuent de gagner des habitants.

zoOm

Le système urbain français

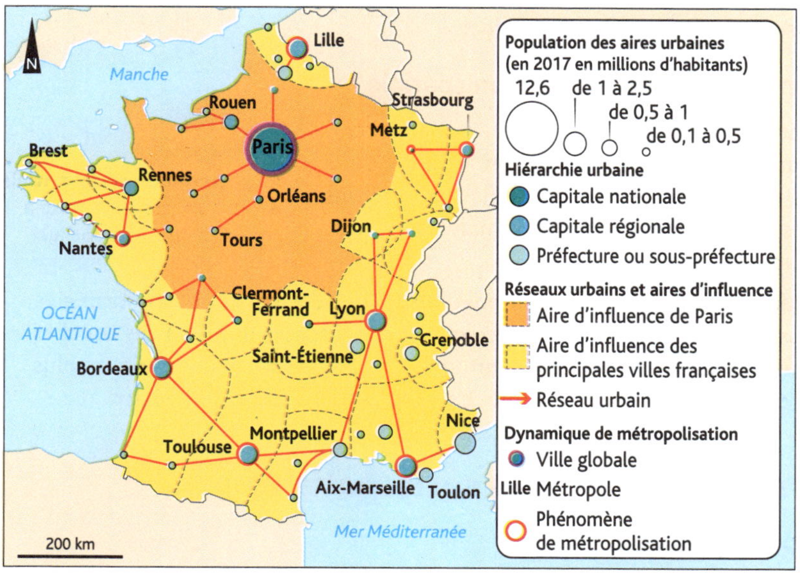

■ Hors Paris, le territoire français est structuré par un **réseau de métropoles régionales**, qui dominent et organisent le système urbain.

■ Vingt-deux d'entre elles sont devenues des **métropoles aux compétences élargies** depuis la loi MAPTAM (loi de modernisation de l'action publique territoriale et d'affirmation des métropoles du 27 janvier 2014).

25 Les inégalités sociospatiales à l'échelle urbaine

EN BREF ▸ *Les villes ont toujours compté de beaux quartiers et d'autres plus populaires. Mais les phénomènes de métropolisation impulsés par la mondialisation ont renforcé les inégalités sociospatiales.*

I Mondialisation et inégalités sociospatiales

1 Le développement des inégalités sociospatiales

■ Les centres-villes et les beaux quartiers historiques connaissent un puissant processus de **gentrification**. Les couches populaires et les jeunes ménages, chassés par les prix immobiliers, s'installent dans les banlieues et la couronne périurbaine. Ils échangent un logement individuel plus grand contre des trajets quotidiens.

> **MOT CLÉ**
> La **gentrification** signifie l'embourgeoisement, le remplacement des catégories populaires par des catégories aux revenus plus élevés.

■ Les banlieues d'habitat individuel et au cadre agréable se distinguent de banlieues plus populaires, souvent constituées de grands ensembles d'habitats collectifs et classées « zone urbaine sensible ».

2 Des processus de ségrégation spatiale

■ Ces inégalités entre les quartiers se renforcent, établissant une véritable **ségrégation sociospatiale**. Dans un même lieu se regroupent des populations uniformes, le prix au mètre carré excluant de fait certains groupes.

> **MOT CLÉ**
> La **ségrégation sociospatiale** est un processus de mise à l'écart de groupes sociaux.

■ Les couches les plus aisées de la population mettent en place des stratégies d'évitement (choix du quartier, des écoles, voire résidences fermées) des couches jugées infréquentables. Certaines communes, malgré des amendes toujours plus lourdes, refusent de construire le pourcentage légal de logements sociaux.

II Corriger les inégalités sociospatiales

1 Les politiques de la ville

■ Les politiques de la ville naissent en France après 1975, quand les premiers problèmes apparaissent dans les cités populaires, que les classes moyennes ont fui pour les couronnes périurbaines, et qui accueillent de plus en plus de couches défavorisées, souvent d'origine immigrée.

■ Un premier axe privilégie les opérations de réhabilitation de l'habitat. Un deuxième axe est de favoriser la mixité sociale.

- La **loi SRU**, votée en 2000 et durcie en 2013, impose aux communes importantes de disposer d'au moins 25 % de logements sociaux.

> **REMARQUE**
> La **loi SRU** (loi relative à la solidarité et au renouvellement urbain) prévoit des amendes pour les communes récalcitrantes.

2 | Des résultats très mitigés

- Les résultats très mitigés des politiques de la ville ont conduit à l'adoption en 2007 de la loi DALO (droit au logement opposable), qui permet aux mal-logés de saisir la justice pour faire respecter leur droit. Mais son bilan est relativement décevant : en 2018, 63 000 ménages restent privés d'un logement décent.
- L'offre de logements reste de fait insuffisante. **Les inégalités sociospatiales perdurent donc et elles continuent de s'accroître à Paris.** Les lois de mixité ne parviennent pas à freiner les effets de l'ultra-métropolisation parisienne, liée aux processus de mondialisation.

zoOm

Les inégalités sanitaires à Paris et dans la petite couronne

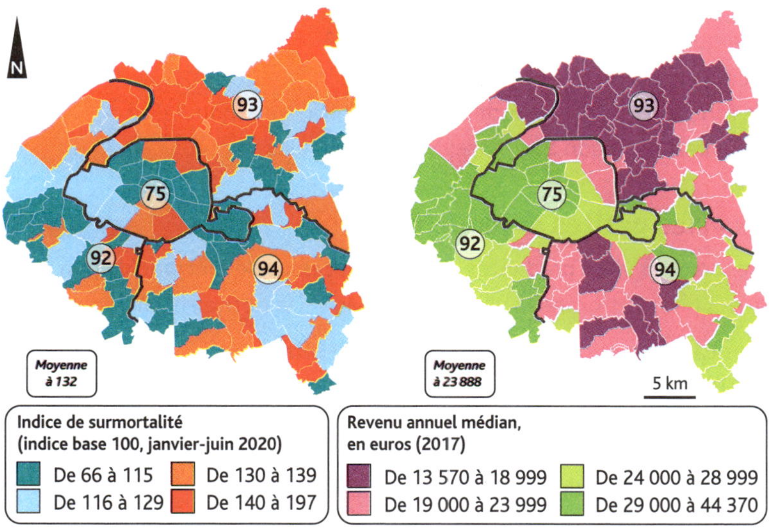

- À Paris et dans la petite couronne (départements 92-93-94), l'épidémie de COVID-19 a causé une surmortalité moyenne de 32 % par rapport à la mortalité en année normale. Or, cette surmortalité touche inégalement les populations de Paris et sa petite couronne (carte de gauche).
- Ces inégalités sanitaires rejoignent les inégalités de revenus (carte de droite). Les communes ouest et sud, plus riches, semblent moins frappées que celles du nord (93) et de l'est, aux revenus moindres.

SE TESTER QUIZ

Vérifie que tu as compris les points clés

1 L'explosion des mobilités

→ FICHE 23

1) Quels sont les problèmes posés par les migrations pendulaires ?

☐ **a.** La saturation des axes et moyens de transport
☐ **b.** La pollution
☐ **c.** Les pertes de temps

2) Quelles sont les dynamiques actuelles de l'urbanisation en France ?

☐ **a.** L'exode rural
☐ **b.** L'étalement urbain
☐ **c.** La disparition des banlieues

2 Paris et les métropoles

→ FICHE 24

Qu'est-ce qui fait de Paris une ville mondiale ?

☐ **a.** Sa concentration des fonctions de l'État
☐ **b.** Ses fonctions de commandement du capitalisme mondialisé
☐ **c.** Son hyperconnexion aux autres villes mondiales

3 Les villes petites et moyennes

→ FICHE 24

1) Quelles sont les villes perdantes dans les processus de métropolisation ?

☐ **a.** Paris ☐ **b.** Les grandes villes ☐ **c.** Les villes petites et moyennes

2) Quelles caractéristiques montrent le déclin relatif des villes petites et moyennes ?

☐ **a.** Leur faible compétitivité industrielle
☐ **b.** La diminution de leur population
☐ **c.** L'importance de leur économie résidentielle

4 Les inégalités sociospatiales à l'échelle urbaine

→ FICHE 25

Qu'est-ce que la gentrification ?

☐ **a.** L'installation de populations modestes dans les banlieues
☐ **b.** Le remplacement des catégories populaires par des couches aisées
☐ **c.** Une politique urbaine de réimplantation de populations modestes

OBJECTIF BREVET

Lance-toi dans des sujets !

5 Réaliser une tâche cartographique

15 min

→ FICHE 24

Document **Les métropoles françaises**

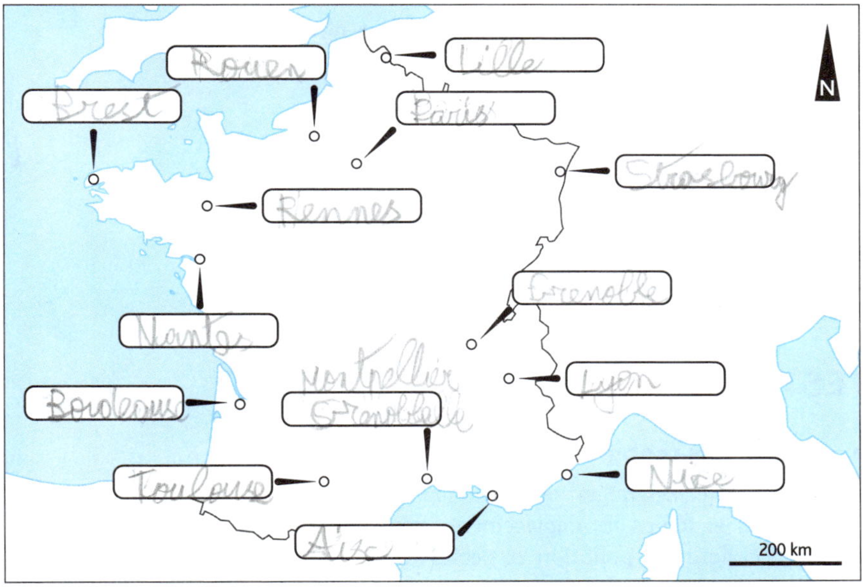

1) Sur la carte ci-dessus, place au moins huit des villes suivantes :

- Brest
- Aix-Marseille
- Paris
- Lyon
- Montpellier
- Nantes
- Lille
- Rouen
- Strasbourg
- Bordeaux
- Grenoble
- Toulouse
- Nice
- Rennes

2) Souligne le nom de cinq métropoles mises en place par la loi MAPTAM.

6 Rédiger un développement construit

35 min

→ FICHE 25

Sous la forme d'un développement construit d'une vingtaine de lignes, explique comment la mondialisation influence le système urbain français.

DÉMARRONS ENSEMBLE

Analyse les conséquences de la mondialisation à chaque niveau du système urbain : Paris, grandes métropoles, villes petites et moyennes.

CORRIGÉS

SE TESTER QUIZ

1 L'explosion des mobilités

1) Réponses a, b et c. Les migrations pendulaires concentrent dans le temps les déplacements des populations, occasionnant pollution et **pertes de temps**.

INFO
Les **pertes de temps** liées aux encombrements en région parisienne équivalent au PIB de la ville de Lyon !

2) Réponse b. L'étalement urbain se poursuit, même s'il semble arriver à ses limites. L'exode rural est achevé depuis 1975. Les banlieues poursuivent leur développement.

2 Paris et les métropoles

Réponses a, b et c. Le cumul des fonctions de très haut niveau (commandement politique et économique mondialisé) fait de Paris une ville mondiale.

3 Les villes petites et moyennes

1) Réponse c. Les villes petites et moyennes n'atteignent pas la masse critique nécessaire dans la compétition internationale.

2) Réponses a et b. Les industries dans les villes petites et moyennes sont souvent peu compétitives, donc menacées, ce qui ne contribue pas à attirer les populations.

REMARQUE
L'importance de l'économie résidentielle n'est pas en soi une caractéristique de déclin.

4 Les inégalités sociospatiales à l'échelle urbaine

Réponse b. Les populations aisées s'installent dans les centres-villes, ce qui fait monter les prix. Les catégories sociales les plus modestes ne peuvent pas s'aligner et quittent donc ces quartiers.

OBJECTIF BREVET

5 Réaliser une tâche cartographique

1)

2) Tu pouvais souligner n'importe quel nom : toutes les villes présentées sur la carte sont des métropoles.

6 Rédiger un développement construit

La mondialisation influence le système urbain français, parce qu'elle privilégie les lieux de commandement connectés. Elle favorise donc la **métropolisation** et au premier chef la capitale.

- **Paris**, ville mondiale, concentre les fonctions supérieures de l'État et les fonctions de commandement du capitalisme mondialisé. Elle est l'interface primaire du pays avec le reste du monde.

CONSEIL
Fais un paragraphe à chaque fois que tu développes une idée différente (ici, après le paragraphe introductif, on a : Paris – métropoles – villes petites et moyennes = 3 paragraphes).

- Hors Paris, le territoire français est structuré par un réseau de **métropoles régionales**. Celles-ci dominent leur espace régional et développent des relations avec d'autres métropoles, françaises ou européennes.
- Dans les **villes petites et moyennes**, en revanche, sont surreprésentés les activités industrielles malmenées par la mondialisation et les services aux populations. Les deux tiers des villes petites et moyennes perdent des habitants.

26 Les espaces productifs français au cœur des logiques mondialisées

EN BREF ▸ *Avec un PIB de 2 426 milliards d'euros en 2019, la France se situe au 7e rang mondial, et au 2e dans l'Union européenne. Elle fait partie des pays les plus développés, mais semble aujourd'hui en déclin relatif.*

I Une grande économie en perte de vitesse

1 Atouts et handicaps français

■ Les avantages du territoire français sont encore conséquents : une économie diversifiée, de fortes capacités technologiques, de grandes firmes transnationales ; un État de droit stable ; une population à haut niveau de vie et d'éducation ; des réseaux de communication performants.

■ Le rang économique de la France a toutefois reculé. La croissance économique est au plus bas depuis la crise de 2008, et plus encore avec les confinements imposés à l'économie par la pandémie de COVID-19.

2 Un territoire en perte d'attractivité ?

■ Le territoire français est fortement inséré dans la mondialisation. Paris et sa région créent près de 31 % du PIB français ; le tiers des 500 plus grandes entreprises mondiales y ont un siège. Les investissements directs étrangers (IDE) se maintiennent : la France est le 1er pays de l'UE récepteur d'IDE industriels en 2019 (+11 %).

■ Pourtant, la France perd de son attractivité. Le *made in France* perd des parts de marché, passant entre 1993 et 2019 du 4e au 5e rang des exportateurs mondiaux de biens et services →ZOOM. Depuis 1975, l'essentiel des emplois créés en France sont des **emplois présentiels** et les **emplois productifs** diminuent (48 % de l'emploi total en 1975, 34 % aujourd'hui).

MOTS CLÉS

Les **emplois présentiels** produisent des biens et services destinés à la population locale : ils dépendent donc de la démographie. Les **emplois productifs** répondent à une demande extérieure : ils dépendent de la compétitivité du territoire.

II Des mutations différenciées

1 Espaces gagnants, espaces perdants

■ Les espaces gagnants sont les régions métropolitaines, certaines régions littorales et frontalières. Industries et services modernes s'y développent. De même, certains espaces à forte tradition industrielle, aujourd'hui pôles de compétitivité, ont su conserver une activité soutenue, liée à la haute technologie et à l'innovation.

■ À l'inverse, les régions anciennement industrialisées ont perdu une grande partie de leur tissu productif et poursuivent leur reconversion. Les espaces productifs agricoles tendent à se spécialiser afin de gagner en compétitivité, mais les structures peu innovantes, quel que soit le secteur économique, stagnent ou déclinent.

2 Une nouvelle géographie productive

- La mondialisation modèle ainsi puissamment les espaces productifs français. Certes, les activités présentielles sont peu affectées, mais les emplois productifs sont exposés à la concurrence internationale.

- Ces dynamiques territoriales liées à la mondialisation altèrent donc progressivement la géographie des activités sur le territoire. Une France productive en « peau de léopard » se dessine.

MOT CLÉ
Une « **peau de léopard** » caractérise un espace avec des zones d'activités (taches) séparées les unes des autres par des espaces en déclin.

zoOm

L'évolution du solde de la balance commerciale de la France (1950-2019)

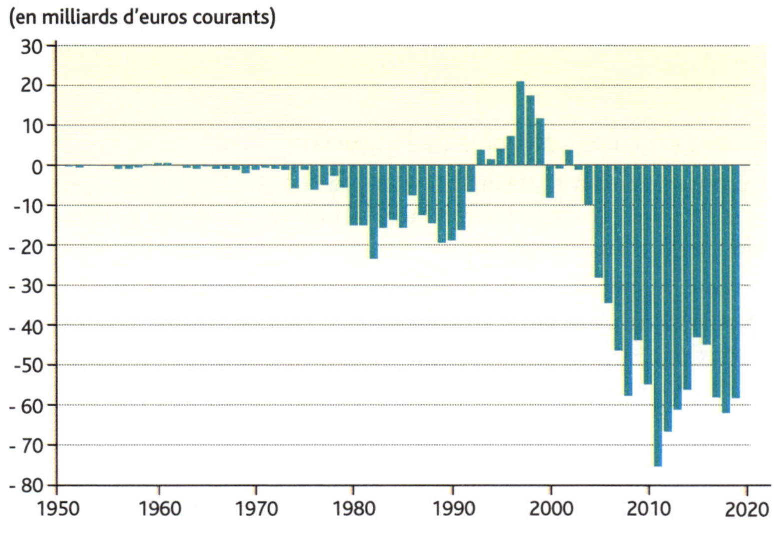

Source : Insee, comptes nationaux.

- La balance commerciale est la différence entre les exportations et les importations de biens. Si elle est négative, cela signifie que les exportations sont inférieures aux importations, ce qui est synonyme de déficit commercial et donc de dégradation de la position française dans la mondialisation.
- La crise liée à la pandémie de COVID-19 touche particulièrement le commerce français, dont le premier secteur à l'export est l'aéronautique.

27 Les espaces productifs industriels

EN BREF ▸ *L'industrie ne crée plus que 13,5 % de la valeur ajoutée nationale en 2019, contre 19 % en 2000 et 25 % en 1974. Elle ne représente plus que 13,3 % de l'emploi salarié en 2018.*

I Les nouveaux facteurs de localisation industrielle

1 Désindustrialisation et mondialisation

■ L'industrie française n'est pas assez compétitive dans la mondialisation en raison de l'insuffisance de la recherche-développement et de coûts trop élevés pour des produits de gamme trop moyenne. Cette inadaptation relative entraîne une diminution de la part de l'industrie dans la création de valeur : c'est la désindustrialisation.

■ Celle-ci doit être cependant nuancée : de nombreux emplois industriels ont été déplacés vers les services : ce sont des **emplois périproductifs**, au service d'entreprises industrielles toujours plus robotisées. La crise du COVID-19 a également fait prendre conscience de la perte de souveraineté qu'entraîne cette désindustrialisation.

> **MOT CLÉ**
> Les **emplois périproductifs** assurent des services consommés par les entreprises industrielles, par exemple des services de transport, publicité, nettoyage, sécurité.

2 Les nouvelles formes spatiales de l'industrie

■ Dans une économie post-fordiste où les facteurs de localisation sont la qualité de la main-d'œuvre, les capacités d'innovation technologique et des réseaux de communication performants, les métropoles sont les grandes gagnantes → ZOOM.

■ L'industrie contemporaine privilégie des formes spatiales particulières : les clusters (regroupement d'entreprises du même secteur), les technopôles, qui mêlent fonctions de recherche et de production, ou les systèmes productifs locaux, aux activités complémentaires. En 2004, l'État a créé les pôles de compétitivité (55 en 2020) autour de thématiques ciblées.

II Les mutations régionales des espaces industriels

1 Des espaces industriels qui résistent

■ Les politiques de déconcentration industrielle des années 1960-1980 ont gommé la ligne Le Havre-Marseille : la France de l'Ouest, autrefois agricole et rurale, a bénéficié de nombreuses implantations industrielles (Basse-Seine, Centre, Bretagne), surtout dans les métropoles.

■ Les espaces littoraux ont bénéficié de la maritimisation de l'économie (ports de Marseille, Le Havre et Dunkerque) : les activités ont fleuri dans les zones industrialo-portuaires (ZIP), mieux placées que les localisations plus continentales. La sidérurgie lorraine a ainsi glissé vers Dunkerque.

2 | Le déclin des anciennes régions industrialisées

- La mondialisation a entraîné le déclin des anciennes régions industrielles du Nord et de l'Est, fondées sur l'exploitation de matières premières aujourd'hui abandonnées.

> **INFO**
> Ces régions, développées au XIXe siècle sur les gisements de fer et de charbon, sont typiques de la **première révolution industrielle**.

- Toutefois, délocalisations et fermetures ont été partiellement compensées par de nouvelles activités liées aux IDE (investissements directs à l'étranger), attirées par la proximité de la mégalopole européenne (Toyota à Valenciennes).

zoOm

France des hautes technologies, France des basses technologies

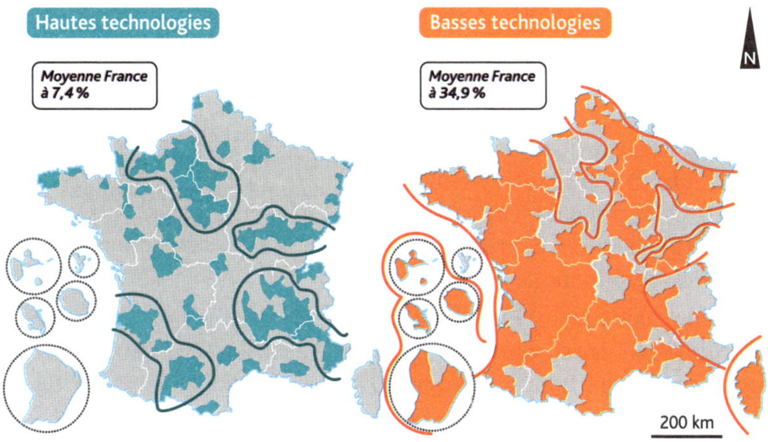

- Ces cartes montrent la surreprésentation des emplois manufacturiers selon le niveau de technologie par rapport à la moyenne nationale, en 2015.
- La France industrielle des hautes technologies fait la part belle aux grandes régions métropolitaines (régions parisienne, lyonnaise, toulousaine, bordelaise) et aux pôles de compétitivité.
- Cette métropolisation de la *high-tech* en « peau de léopard » s'oppose aux vastes espaces des industries de basses technologies (*low-tech*), qui couvrent une grande partie du territoire : régions anciennement industrialisées du Nord et de l'Est, semis des petites et moyennes villes industrielles.

28 Les espaces productifs agricoles

EN BREF ▸ *Premier producteur européen, la France est aussi le 6e exportateur mondial. C'est le pays du monde où la valeur ajoutée par agriculteur est la plus forte. L'agriculture ne représente pourtant que 2,3 % du PIB.*

I La France, une grande puissance agricole moderne

1 Une agriculture puissante et intégrée

- Ses effectifs sont pourtant peu importants : 2,5 % de la population active, qui se partagent 28 millions d'hectares, soit 51 % du territoire, malgré le grignotage périurbain. Le nombre d'exploitations a été divisé par deux en 20 ans, mais leur superficie moyenne a augmenté : 63 ha en 2019.

- Les produits bruts de l'agriculture sont transformés par de puissantes industries agroalimentaires, qui génèrent 17 % de la valeur de la production industrielle et constituent un secteur fortement exportateur, notamment au travers de grands groupes transnationaux, comme Danone.

2 L'agriculture productiviste : réussites et excès

- La **PAC** et la mondialisation ont poussé les agriculteurs à la modernisation de leur système de production. L'agriculture productiviste est fortement consommatrice de matériels, d'intrants (engrais, produits phytosanitaires), de techniques (irrigation, suivi satellite), de capitaux, de recherche (semences hybrides, agronomie).

> **MOT CLÉ**
> La **PAC** ou **politique agricole commune** a été mise en place par l'Union européenne dès 1957 pour soutenir les agricultures des pays membres. Pour la période 2014-2020, la France a reçu à ce titre 58 milliards d'euros.

- L'agriculture productiviste a cependant conduit à des excès : pollutions, surconsommation d'eau, crises sanitaires. La réforme de la PAC de 2020 s'efforce ainsi de concilier durabilité, contraintes écologiques et sécurité alimentaire. Des pratiques d'agriculture raisonnée ou biologique se répandent.

II Des espaces diversement insérés dans la mondialisation

1 Des espaces intégrés

- L'insertion différenciée dans la mondialisation se traduit dans l'espace. Les régions les plus intégrées, compétitives et exportatrices (grande céréaliculture, élevage industriel, vignobles de renom), comptent des exploitations de grandes dimensions, aux revenus souvent élevés.

■ Ces exploitations restent malgré tout exposées à la concurrence étrangère, celle du poulet brésilien par exemple, ou au contexte international, tel le relèvement des taxes américaines décidé par le président Trump en 2019.

2 | Des espaces en marge

■ Les espaces peu insérés dans les réseaux de la mondialisation se marginalisent progressivement. Les exploitations sont de plus petites dimensions, les revenus plus faibles, les cultures moins spécialisées (polyculture). Les friches progressent.

■ Certains de ces espaces connaissent cependant parfois une revitalisation sensible. Les agriculteurs créent des labels, des produits de terroir artisanaux, vendus en filières courtes. Souvent situés en moyenne montagne, ils développent une seconde activité liée au **tourisme vert**.

MOT CLÉ
Le **tourisme vert** est un tourisme diffus, pratiqué en milieu rural et qui se consacre à la découverte de la nature, du terroir et de ses traditions.

zoOm

Les espaces productifs agricoles français

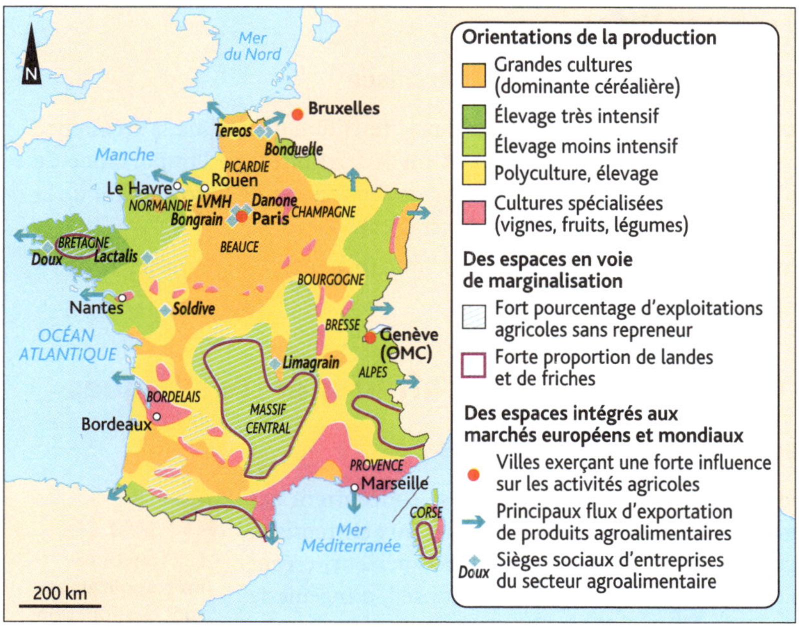

La recherche de la compétitivité a poussé à une spécialisation des espaces productifs, chaque terroir valorisant ses avantages comparatifs : grande culture à dominante céréalière dans le Bassin parisien, élevage intensif en Bretagne, viticulture en Bourgogne, dans le Bordelais, en Champagne.

29 Les espaces productifs de services

EN BREF ▸ *Le secteur tertiaire produit des services, non des biens. 76 % des actifs y sont employés actuellement en France. Le secteur tertiaire est aujourd'hui le seul à créer des emplois en nombre.*

I Les services, un secteur très divers

1 Services protégés, services exposés

- La **fonction publique** (20 % des actifs) produit des services non marchands, c'est-à-dire rémunérés par l'impôt (éducation, police). Ils se distinguent des services marchands du secteur privé, rémunérés à l'acte (nettoyage, gardiennage).

> **REMARQUE**
> On distingue la **fonction publique** d'État (armée, enseignement...), territoriale (dépendant des collectivités) et hospitalière.

- Une partie des services sont à l'abri de la compétition mondiale, car ils dépendent de la demande locale : c'est l'économie résidentielle. D'autres activités sont exposées à la mondialisation et peuvent parfois être délocalisées (ex. : SAV téléphonique au Maroc).

2 Une répartition territoriale hiérarchisée

- La répartition des espaces de services sur le territoire dépend de la fréquence d'accès (les services de base sont partout sur le territoire), de l'importance de la demande (une zone peuplée offrira plus de services) et de la solvabilité de la demande (une zone riche offrira plus de services).
- Les services à haute valeur ajoutée sont donc fortement hiérarchisés et privilégient les grandes métropoles.

II Les espaces productifs d'affaires et touristiques

1 Les espaces productifs d'affaires

- Dans les espaces productifs d'affaires se concentrent des services marchands de haut niveau, dédiés aux entreprises. Ces services, parfois qualifiés de tertiaire supérieur, créent beaucoup de valeur ajoutée : activités de conseil, d'ingénierie financière ou juridique, d'encadrement et de commandement des grandes entreprises (sièges sociaux). Les grandes villes, et en particulier Paris, concentrent ces **fonctions métropolitaines**.

> **MOT CLÉ**
> Les **fonctions métropolitaines** sont des fonctions de commandement, public ou privé.

- Ces **lieux de commandement** bénéficient de connexions à hautes performances qui garantissent une **accessibilité optimale**. Les quartiers d'affaires produisent des espaces spécifiques, marqués par la verticalité. Ainsi de **La Défense**, premier quartier d'affaires européen, qui concentre 1 500 sièges sociaux.

2 Les espaces productifs touristiques

- Le tourisme est une activité majeure : la France est le **premier pays touristique mondial** (2 millions d'emplois, 6,5 % du PIB). La France accueille ainsi près de **90 millions de touristes étrangers**, européens, mais de plus en plus américains, chinois et russes, qui ont généré 64 Mds € de recettes en 2019. La saison 2020 a vu cependant la baisse des recettes en raison de la pandémie.
- L'activité touristique peut être diffuse (tourisme vert), mais **elle marque souvent fortement l'espace**, par les aménagements qu'elle entraîne. Le tourisme balnéaire, par exemple, suppose des voies d'accès (autoroutes), des hébergements (hôtels, campings, marinas), des infrastructures de loisirs (ports de plaisance, parcs d'attractions) et de commerce.

zoOm

Les espaces productifs touristiques

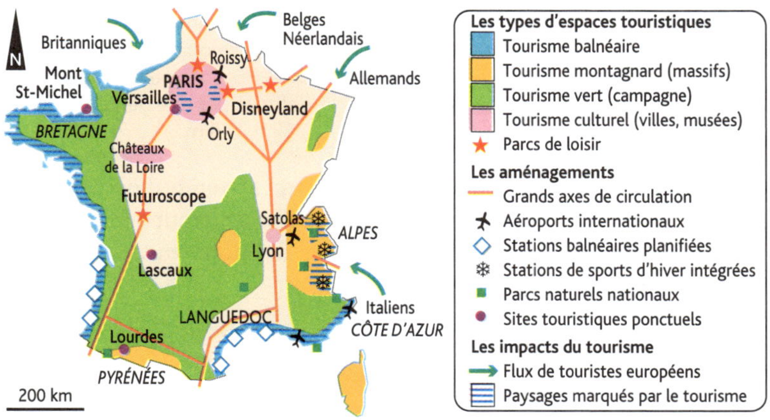

- La vocation touristique française s'explique par **la grande variété du territoire et l'extrême richesse du patrimoine français**. Son excellente connexion à l'espace européen et mondial et sa proximité avec des zones à haut niveau de vie favorisent cette vocation.
- **Tous les types de tourisme** y sont représentés : culturel, d'affaires, historique, religieux, gastronomique, balnéaire, montagnard, vert…

30 Qu'est-ce que les espaces de la faible densité ?

EN BREF ▸ *Avec une densité moyenne de 119 hab./km², la France est en situation intermédiaire entre une Europe du Nord-Ouest très dense et une Europe du Nord ou du Sud qui le sont beaucoup moins. Cette moyenne française cache cependant des disparités importantes sur le territoire.*

I Les espaces de la faible densité

1 Des espaces où les hommes sont rares

- Les espaces de faible densité (moins de 30 hab./km²) comptent près de 4 millions d'habitants et les espaces désertifiés (moins de 10 hab./km²) un demi-million. 42 % des communes de France appartiennent aux espaces de faible densité, 10 % aux espaces désertifiés → ZOOM.
- Ces espaces de la faible densité définissent donc des lieux où les hommes sont rares, plus rares qu'ailleurs. Leur présence y est plus ponctuelle, plus dispersée, plus diffuse. Les ressources liées aux hommes sont par conséquent également rares, et les moyens d'action des collectivités territoriales limités.

2 Des espaces en difficulté ?

- Ces espaces sont souvent perçus comme des espaces en difficulté, en déprise (abandonnés), en déclin démographique et économique. En outre, ils font l'objet de dispositifs d'aide publique : c'est le cas des **zones de revitalisation rurale (ZRR)**.

> **MOT CLÉ**
> Les **ZRR**, créées par la loi d'orientation pour l'aménagement et le développement du territoire de 1995, sont notamment définies par une densité inférieure à 33 hab./km².

- Pourtant, la faible densité correspond parfois à un système d'occupation très ancien, selon un équilibre validé par l'Histoire entre un groupe humain et un milieu fragile ou contraignant, comme les zones de montagne. La déprise humaine elle-même doit être relativisée.

II Un retournement démographique des campagnes ?

1 Le renouveau des communes peu denses

- En effet, l'exode rural s'est achevé en France dans les années 1970. Depuis une quinzaine d'années, on observe une reprise démographique dans les territoires ruraux : entre 2007 et 2017, la population des communes peu denses a augmenté de 0,65 % par an, nettement plus que les autres types de communes.

■ **La « diagonale du vide » se fracture** : si sa partie nord poursuit sa désertification, sa partie sud connaît une poussée démographique sensible. Celle-ci ne tient pas au solde naturel (différence entre naissances et décès), généralement quasi nul, mais au **solde migratoire** (différence entre arrivées et départs d'habitants).

2 La fracture entre communes peu denses et très peu denses

■ Les espaces ruraux de **faible densité** sont **redevenus attractifs** pour des populations qui rejettent le mode de vie périurbain. La **rurbanisation** est d'autant plus manifeste que la **croissance migratoire** y est actuellement **indépendante de la distance aux aires urbaines** : on s'y installe quel que soit l'éloignement de la ville la plus proche.

> **MOT CLÉ**
> La **rurbanisation** est le développement des espaces ruraux par l'arrivée de citadins dans un espace qui demeure rural. La rurbanisation se situe au-delà de la périurbanisation.

■ Les communes de **très faible densité** (ou désertifiées), en revanche, poursuivent leur **déclin relatif** : +0,15 % par an seulement entre 2007 et 2017.

zoOm

Où se situent les espaces de faible densité en France ?

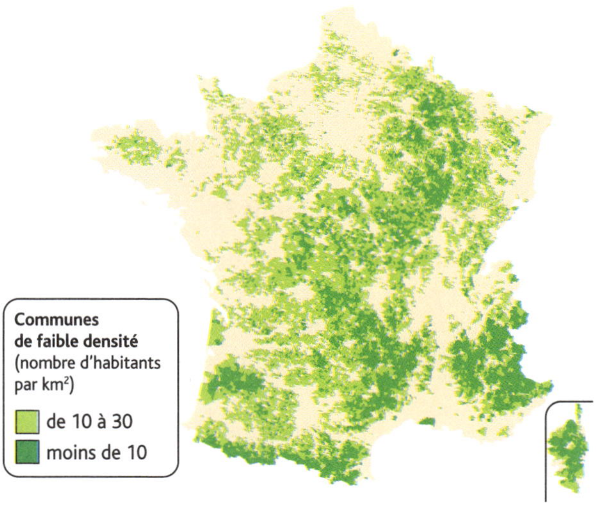

■ Les espaces de faible densité sont **presque exclusivement des espaces ruraux**.

■ À l'échelle nationale, on les trouve dans la « **diagonale du vide** », dans les plateaux de Champagne, les zones de montagne (Pyrénées, Alpes du Sud), les arrière-pays (Bretagne, Normandie) ou les grands massifs forestiers (Morvan, Landes, Ardennes).

31 Des sociétés en mutation

EN BREF ▸ *Les sociétés vivant dans les espaces de faible densité présentent, malgré leur extrême diversité, des points communs. Mais la reprise démographique des espaces de faible densité produit également des sociétés très complexes, marquées fondamentalement par une très grande diversité.*

I Des sociétés aux caractéristiques ambivalentes

1 Des sociétés plus âgées et plus agricoles

■ La faible densité est généralement associée à des **populations plus âgées que la moyenne** nationale. Ce **vieillissement** est particulièrement accentué dans le sud de la « diagonale du vide », notamment en raison des migrations **héliotropiques** liées au passage à l'âge de la retraite.

■ Les espaces de faible densité étant presque exclusivement ruraux, ils sont davantage marqués que les autres par l'**activité agricole**. Les **espaces artificialisés** y sont moins présents que sur le reste du territoire. L'**emploi agricole**, si faible dans la population active générale (2,5 %), est surreprésenté. Dans certains secteurs (sud du Massif central ou Préalpes), il peut atteindre 30 % !

MOT CLÉ
L'**héliotropisme** est la tendance à préférer les régions au climat plus chaud et ensoleillé, du moins en été.

MOT CLÉ
Les **espaces artificialisés** sont ceux construits par l'Homme, tels les espaces résidentiels, les voies de communication, les zones industrielles.

2 Des sociétés en voie de renouvellement ?

■ Des **couches de population très différentes** les unes des autres y cohabitent : anciens habitants demeurés sur place, ceux revenus vivre au pays, nouveaux résidents permanents ou secondaires. Les **résidences secondaires** sont ainsi particulièrement présentes dans les massifs montagneux, les arrière-pays breton, normand ou bourguignon.

■ La coexistence de groupes sociaux aux aspirations parfois très différentes peut se traduire plus qu'ailleurs par des **conflits d'usage de l'espace**, par exemple entre un paysan aux bruyantes machines agricoles et un retraité revenu au pays chercher la tranquillité loin de la ville.

II Des sociétés dépendantes ?

1 Le coût de l'âge et de l'espace

- La faible densité représente un **coût pour le fonctionnement des sociétés**. La présence d'équipements publics, hôpitaux ou écoles n'est pas toujours rentable et leur maintien relève de la solidarité nationale.
- Les sociétés de faible densité, plus âgées, sont également plus souvent qu'ailleurs dépendantes du **versement des retraites ou pensions** et des **équipements de santé**. Pourtant, malgré la distance et la discontinuité fréquente de l'habitat, les équipements de santé sont souvent presque aussi bien implantés que dans les pôles urbains.

2 Un coût en voie d'atténuation ?

- La relative pauvreté des régions de faible densité pourrait laisser croire à leur dépendance envers les prestations sociales. Mais c'est loin d'être le cas. D'autant qu'on y sous-estime souvent les **échanges non monétaires** entre personnes, l'**autoconsommation** ou les **solidarités** familiales ou villageoises.
- Avec les conséquences à long terme de la crise sanitaire de 2020, nombreux sont les Français à rêver d'une installation à la campagne (**développement du télétravail**, difficultés du confinement en zone urbaine dense).

zoOm

Le niveau des revenus dans les espaces de faible densité

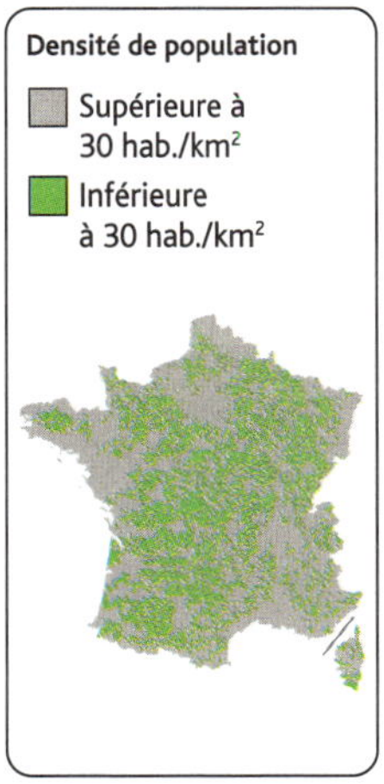

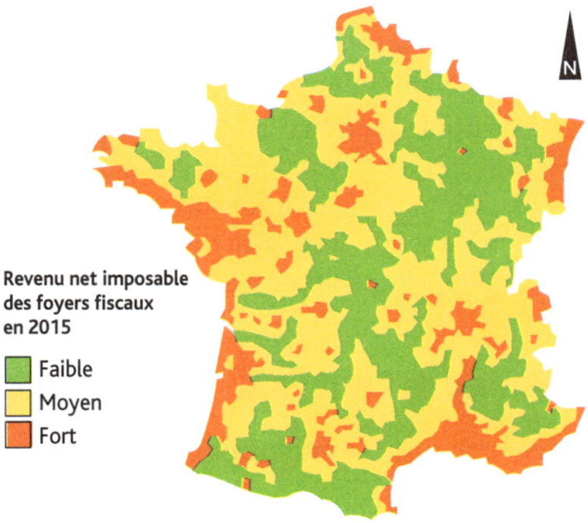

Si certains espaces de faible densité sont plutôt aisés, notamment dans les régions marquées par l'héliotropisme, **les niveaux de revenus sont globalement plus faibles** que sur le reste du territoire national, en raison de l'absence de grandes métropoles productrices de richesses.

32 Des bases économiques fragiles mais renouvelées

EN BREF ▸ *Les activités économiques pratiquées dans les espaces de faible densité sont très consommatrices d'espace. À l'économie résidentielle, peu ou pas exposée à la concurrence mondiale, et aux activités traditionnelles, liées à l'agriculture, s'ajoutent aujourd'hui de nouvelles activités qui recomposent les bases économiques de ces espaces.*

I L'activité qui structure l'espace : l'agriculture

1 Le déclin de l'agriculture traditionnelle

■ L'activité productive la plus ancienne est l'agriculture. Les activités agricoles sont héritières d'une longue histoire, d'époques où le peuplement en France était plus diffus, davantage marqué par l'autoconsommation. L'agriculture était donc l'activité essentielle, qui permettait la survie.

■ Les pratiques agricoles anciennes sont cependant en voie de disparition. Ainsi, l'élevage extensif, la polyculture faiblement mécanisée ou encore la viticulture en dehors des grands vignobles de qualité ont reculé depuis la connexion par chemin de fer au XIXe siècle, puis la mondialisation au XXe siècle.

2 De nouvelles pratiques agricoles

■ Dans certaines régions, comme l'est du Bassin parisien, des systèmes intégrés se sont développés, tournés vers l'exportation dans une logique mondialisée. Ces exploitations ont été fortement modernisées depuis un demi-siècle, notamment grâce à la Politique agricole commune (PAC) → FICHE 13.

■ Plus récemment sont apparues de nouvelles pratiques, tournées vers des productions de qualité, au terroir identifié, aux méthodes de production contrôlées, qui vendent leurs produits sur des marchés de proximité. Les exploitants sont parfois des **néo-ruraux**.

> **MOT CLÉ**
> On appelle **néo-ruraux** les citadins qui viennent s'installer à la campagne.

II De nouvelles activités économiques

1 Développement rural, développement durable

■ Avec l'émergence du développement durable, le développement rural a pris une importance particulière. La surface forestière augmente depuis 1850 et atteint aujourd'hui 17 millions d'hectares, soit plus de 30 % du territoire. De nouveaux usages du bois (construction ou biocombustibles) se développent.

■ Avec le développement des énergies renouvelables, les espaces de faible densité retrouvent des activités de production d'énergie. Outre l'hydroélectricité, les réserves d'espace ont permis le développement des installations éoliennes et solaires photovoltaïques, gourmandes en surface au sol.

2 Les aménités de la faible densité

■ La préservation des ressources environnementales prend aujourd'hui un caractère stratégique. On attribue même aux agriculteurs des missions d'entretien des paysages et de leurs **aménités**. L'installation de néo-ruraux, parfois impliqués dans la démocratie locale, contribue à renforcer la préservation du cadre de vie.

> **MOT CLÉ**
> Les **aménités** sont les éléments qui contribuent à l'agrément d'un lieu pour ceux qui y vivent (environnement, climat, paysage).

■ Les espaces de faible densité apparaissent aussi comme des lieux récréatifs, valorisant des ressources patrimoniales culturelles et naturelles. Ils sont le théâtre privilégié du tourisme vert, fondé sur la découverte de la nature et des cultures locales, des séjours à la ferme ou dans les parcs naturels → ZOOM.

zoOm

Les parcs naturels en France

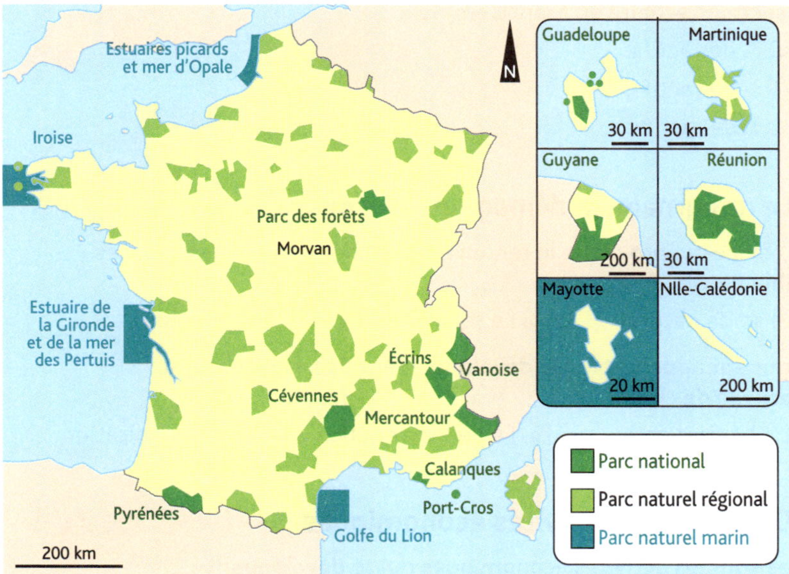

La localisation des parcs naturels – régionaux, nationaux ou marins – en métropole comme outre-mer est fortement corrélée aux espaces de faible densité. Ces parcs prennent aujourd'hui une importance particulière, car ils constituent des espaces protégés pour la biodiversité : plus de 81 % des écosystèmes européens sont présents sur le seul territoire métropolitain !

SE TESTER QUIZ

1 L'économie française dans le monde

→ FICHE 26

Quel est le rang mondial de l'économie française ?

☐ **a.** 4e ☐ **b.** 6e ☒ **c.** 7e

2 Les espaces productifs français

→ FICHES 27 à 29

1) En 2019, quelle est la part de la richesse nationale créée par l'industrie ?

☐ **a.** 13,5 % ☒ **b.** 19 % ☐ **c.** 25 %

2) Comment se traduit la modernisation de l'agriculture française ?

☐ **a.** Par le développement de la polyculture

☒ **b.** Par la spécialisation des espaces productifs

☐ **c.** L'agriculture française ne se modernise pas

3) Le secteur tertiaire en France emploie…

☒ **a.** 70 % des actifs.

☐ **b.** 76 % des actifs.

☐ **c.** 82 % des actifs.

3 Le retournement démographique des campagnes

→ FICHE 30

1) Qu'est-ce qui provoque le renouveau démographique des espaces de faible densité ?

☐ **a.** Le solde naturel ☒ **b.** Le solde migratoire ☐ **c.** Les deux

2) Comment appelle-t-on le développement des espaces ruraux par l'arrivée de citadins ?

☒ **a.** L'urbanisation ☐ **b.** La périurbanisation ☒ **c.** La rurbanisation

4 De nouvelles activités économiques

→ FICHE 32

Quelles sont les activités économiques qui se développent dans les espaces de faible densité ?

☐ **a.** L'agriculture traditionnelle

☐ **b.** La production d'énergie

☒ **c.** Le tourisme vert

OBJECTIF BREVET

Lance-toi dans des sujets !

5 Rédiger un développement construit

35 min

→ FICHES 26 et 27

Sous la forme d'un développement construit d'une vingtaine de lignes, explique comment les espaces productifs industriels s'adaptent aux défis de la mondialisation.

DÉMARRONS ENSEMBLE

➜ Commence par poser la question centrale du recul industriel français.

➜ Analyse ensuite les mutations des espaces industriels français sous l'effet de la compétition internationale.

➜ Décris les formes métropolitaines de l'industrie actuelle.

6 Analyser et comprendre un document

45 min

→ FICHE 32

1 Que représente le document ? Où cet espace se situe-t-il ?

2 Qu'est-ce qu'un parc naturel régional (PNR) ? Quelle est la différence avec un parc national ?

3 Quelle activité économique typique des espaces de faible densité se lit sur la carte ? Justifie ta réponse.

4 Dans quel grand ensemble géographique se situe le PNR du Morvan ? Quelles autres caractéristiques des espaces de faible densité s'y retrouvent ?

Document Le parc naturel régional du Morvan

DÉMARRONS ENSEMBLE

1 Regarde la carte de France dans l'encart pour localiser le PNR du Morvan.

3 Certains noms te sont peut-être connus : Vézelay, Bibracte... Qu'en déduis-tu ?

CORRIGÉS

SE TESTER QUIZ

1 L'économie française dans le monde

Réponse c. La France est toujours une grande puissance économique dans le monde, mais a été récemment dépassée par l'Inde et le Royaume-Uni.

2 Les espaces productifs industriels

1 **Réponse a.** La part de la richesse nationale créée par l'industrie a reculé de moitié entre 1974 et aujourd'hui.

2 **Réponse b.** C'est en effet cette spécialisation qui permet de déployer les ressources de l'agriculture productiviste (mécanisation, chimisation).

3 **Réponse b.** Avec 76 % des actifs, le secteur des services (dit aussi tertiaire) est le seul à créer massivement des emplois.

3 Le retournement démographique des campagnes

1 **Réponse b.** Le **solde migratoire** souligne l'attractivité de ces espaces de faible densité, à la qualité de vie réputée.

2 **Réponse c.** La rurbanisation est un terme qui conjugue espace rural et urbanisation. Urbanisation et périurbanisation concernent les aires urbaines.

> **INFO**
> Toutefois, en raison de populations plus vieilles que dans les métropoles, le **solde naturel** est quasi nul et parfois même négatif.

4 De nouvelles activités économiques

Réponses b et c. La production d'énergie renouvelable tire parti de l'abondance de l'espace disponible. Le tourisme vert exploite les vertus de l'environnement rural.

OBJECTIF BREVET

5 Rédiger un développement construit

■ Face à la mondialisation, la France est-elle en voie de désindustrialisation ? En effet, l'industrie ne crée plus que **13,5 %** de la valeur ajoutée nationale et **2 millions** d'emplois industriels ont été détruits depuis 1980 ! L'industrie française manque de compétitivité.

> **CONSEIL**
> Il faut apprendre quelques **chiffres** pour démontrer une idée.

■ Néanmoins, les espaces industriels ont évolué pour s'adapter à la concurrence internationale. La mondialisation a entraîné le déclin des activités industrielles traditionnelles dans les régions du Nord et de l'Est. Mais de nouvelles activités, liées aux investissements directs étrangers, s'y sont développées. Les espaces littoraux ont bénéficié de la maritimisation de l'économie (ports de Marseille, Le Havre et Dunkerque) : les activités industrielles ont fleuri dans les zones industrialo-portuaires.

■ En outre, la France conserve des atouts grâce à ses métropoles, en développant les activités en *clusters* et pôles de compétitivité. La région parisienne est la première région industrielle française, devant Lyon.

6 Analyser et comprendre un document

1) Le document est une carte du parc naturel régional du Morvan. Ce parc naturel se situe en Bourgogne, dans le massif montagneux du Morvan, entre les grandes régions urbaines de Paris et de Lyon.

2) Un parc national est considéré comme un espace sanctuaire pour la protection des espèces animales et végétales. Un parc régional, en revanche, est un territoire habité, qui conserve ses activités économiques. Il a, outre ses missions de préservation, un rôle de promoteur du développement.

> **REMARQUE**
> Tu trouveras les **localisations** des PNN et PNR sur la carte de la **fiche 33**.

3) Le tourisme vert est typique des espaces de faible densité. Les parcs offrent un espace de détente, de loisirs, dans un cadre préservé, à destination des populations locales, mais aussi parisiennes ou lyonnaises. Cette fonction récréative est confirmée sur la carte par les réseaux autoroutiers (A6) et TGV (Montbard), qui confortent l'accessibilité du PNR. On relève également la présence de lacs, de châteaux, de l'oppidum de Bibracte, du mont Beuvray et de la basilique de Vézelay, site classé au patrimoine mondial.

4) Le PNR du Morvan se situe dans la partie nord de la « diagonale du vide ». La faible densité se voit par l'absence de pôle urbain important : les grandes villes (Paris, Lyon, Dijon) sont extérieures à cet espace. La faible densité apparaît aussi à travers l'abondance de l'espace, confirmée par la présence du PNR, qui offre un cadre pour valoriser les ressources patrimoniales (Vézelay, Bibracte, mont Beuvray, châteaux) et environnementales (lacs, forêts) locales.

33 Des inégalités territoriales croissantes à toutes les échelles

EN BREF ▸ *Les inégalités territoriales augmentent en France depuis une trentaine d'années. Les processus de mondialisation affectent en effet diversement les territoires, renforçant les uns, affaiblissant les autres.*

I Les inégalités sociales des territoires

1 Les inégalités aux échelles régionale et départementale

■ Mesurées par le **taux de pauvreté (France : 14,8 %)**, de premières inégalités apparaissent **à l'échelle régionale** : les régions méridionales (Corse : 18,7 %, Occitanie : 16,8 %) et septentrionales (Hauts-de-France : 17,9 %) apparaissent comme les plus défavorisées. L'outre-mer l'est plus encore (Réunion : 38,3 %).

■ **À l'échelle départementale**, le Sud (Aude : 20,8 %) et le Nord (Pas-de-Calais : 19,3 %) sont plus pauvres que l'Ouest (Finistère : 10,6 %) et l'Est (Haute-Savoie : 9,1 %). Mais l'Île-de-France regroupe les départements avec le taux de pauvreté le plus faible (Yvelines : 9,4 %) et le plus fort (Seine-Saint-Denis : 27,9 %) du pays.

2 Les inégalités aux échelles communale et infracommunale

■ C'est à ces **échelles** que les inégalités sociales sont les plus grandes. Les communes qui comptent le plus de pauvres sont les **villes-centres des grandes aires urbaines**. La seule aire urbaine de Paris concentre 20 % des pauvres de France.

> **REMARQUE**
> À l'**échelle communale**, on compare les communes entre elles.
> À l'**échelle infracommunale**, on s'intéresse à ce qui se passe à l'intérieur d'une même commune.

■ Le taux de pauvreté est plus élevé dans les pôles urbains (16 %) que dans les couronnes périurbaines (10 %). Le taux de pauvreté national semble avoir sensiblement progressé avec la crise sanitaire de la COVID-19.

II Les inégalités spatiales des territoires

1 Les inégalités dans l'activité économique

■ Pour l'essentiel, les régions qui connaissent la plus forte croissance des emplois de **cadres** sont les **régions dynamiques : atlantiques, méridionales, alpines et l'Île-de-France**. À l'inverse, les régions les moins dynamiques sont la Lorraine et les régions de la « diagonale du vide ».

> **MOT CLÉ**
> Les **cadres** et les professions intellectuelles supérieures sont des professions exerçant des fonctions de contrôle, de création, de décision.

■ À une autre échelle, **la croissance du nombre de cadres profite aux capitales régionales** beaucoup plus qu'aux villes petites et moyennes. Cette concentration est d'autant plus importante que la région est dynamique. Certaines villes moyennes tirent ainsi parti de leur localisation littorale ou frontalière.

2 | Les inégalités dans l'accès aux services

■ Les inégalités peuvent enfin se mesurer dans l'**accès des populations aux services**, et notamment à ceux de la vie courante (supermarché, école, soins). Là encore, **les inégalités sont croissantes et mesurables à toutes les échelles**. Globalement, les temps d'accès aux services sont fonction de la **densité** de la commune → ZOOM.

■ Les différences sont importantes entre les **grands espaces urbanisés**, notamment les métropoles, et le reste du territoire, un phénomène qu'aggravent les **contraintes de relief** (Pyrénées, Alpes du Sud). Les disparités s'accroissent si l'on monte en gamme dans les services.

zoOm

Les inégalités d'accès aux services selon les territoires

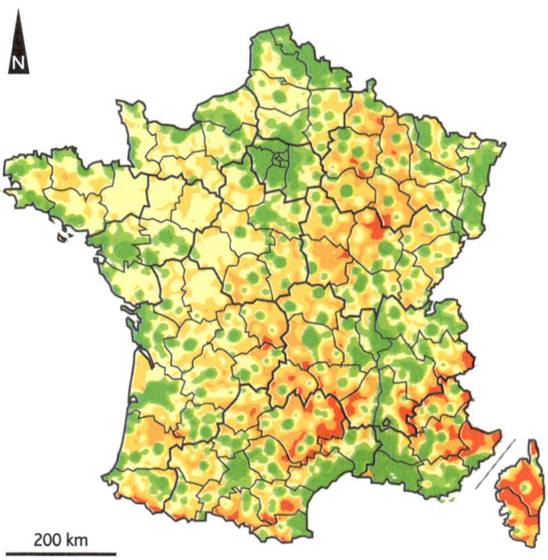

La carte présente une allure en « peau de léopard » : dans les **régions très urbanisées** (Île-de-France, PACA), la quasi-totalité des habitants accède aux services en moins de sept minutes ; mais c'est le cas pour moins de la moitié de la population en Corse.

34 Acteurs et enjeux de l'aménagement du territoire

EN BREF ▸ *Face aux inégalités croissantes entre les territoires, de multiples acteurs tentent aujourd'hui d'apporter des solutions d'aménagement pour répondre à des enjeux multiples et parfois contradictoires.*

I La multiplication des acteurs de l'aménagement du territoire

1 Les acteurs de l'aménagement : de l'État à l'Union européenne

■ Le premier acteur a naturellement été l'État. Les années 1960, avec la création de la **DATAR**, voient le lancement de grandes politiques : métropoles d'équilibre, création de stations touristiques intégrées, développement des autoroutes, puis des lignes à grande vitesse…

MOT CLÉ
La **DATAR** est la Délégation à l'aménagement du territoire et à l'action régionale. En 2020, elle devient l'Agence nationale de la cohésion des territoires.

■ Mais depuis les années 1980, l'État n'est plus le seul à intervenir : il est rejoint par l'Union européenne. L'action de l'UE se manifeste *via* les fonds structurels et d'investissements européens. La France a ainsi reçu 27,3 milliards d'euros pour la période 2014-2020.

2 La multiplication des acteurs infranationaux

■ Les collectivités territoriales (régions, départements, communes), depuis les lois de décentralisation de 1982, 2003 et 2014-2015, ont aussi bénéficié d'importants transferts de compétences dans le développement économique, les transports, l'enseignement, l'action sociale.

■ La Nouvelle organisation territoriale de la République (lois MAPTAM et NOTRe de 2014 et 2015) a créé 14 métropoles (21 aujourd'hui), de plus de 400 000 habitants, chargées du développement économique, de l'innovation, de la transition énergétique et de l'urbanisme. Elle a ramené le nombre de régions à 13 → ZOOM.

II Les nouveaux enjeux de l'aménagement du territoire

1 Réduire la complexité territoriale administrative ?

■ Malgré la dénonciation régulière du « mille-feuilles administratif », de nouveaux acteurs se sont développés depuis 1999, sans toutefois remplacer les structures existantes. Ainsi, les **EPCI** mettent en œuvre des opérations d'aménagement à l'échelle des communautés de communes.

MOT CLÉ
Les **EPCI** sont des Établissements publics de coopération intercommunale.

■ La **multiplicité des acteurs** complexifie toutefois l'aménagement. Les doublons inutiles et coûteux se multiplient, tels à Marseille le Musée des Civilisations de l'Europe et de la Méditerranée, créé sous l'égide de l'État, et la Villa Méditerranée, bâtie par le Conseil départemental, à 30 mètres du premier…

2 Les nouvelles échelles de l'aménagement territorial

■ L'aménagement du territoire ne peut plus être pensé dans un cadre uniquement national. L'**intégration européenne** est un impératif catégorique pour les territoires qui affirment ainsi leur compétitivité, en concurrence, mais aussi en complémentarité, avec les autres métropoles ou régions de l'UE.

■ La compétitivité des territoires se joue également au **niveau mondial**. La **mondialisation** doit-elle conduire à privilégier les territoires les plus compétitifs ou l'égalité territoriale ? Le **développement durable** oblige également les collectivités territoriales à « verdir » leur développement économique.

zoOm

La réforme territoriale

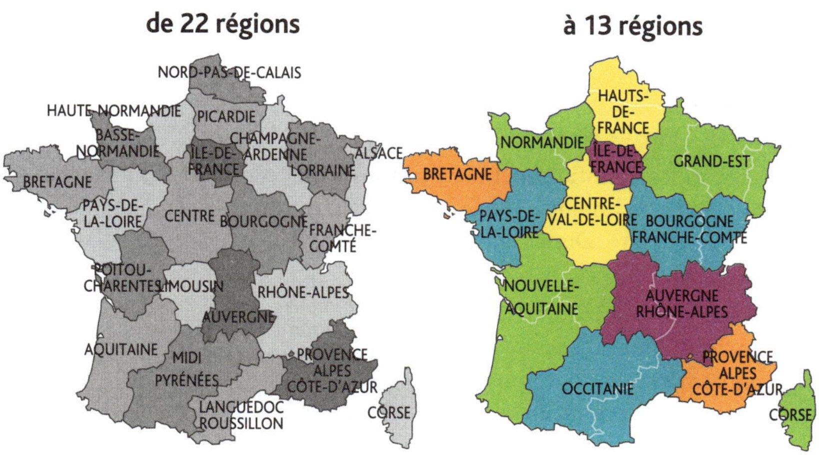

La réforme territoriale a mis en place, au 1er janvier 2016, **13 régions métropolitaines agrandies**, aux compétences stratégiques renforcées (soutien au développement économique, transports et intermodalités, innovation), en lieu et place des 22 précédentes (sans compter l'outre-mer). Cela doit leur permettre de mieux développer leur compétitivité face aux autres régions européennes.

35 L'organisation du territoire français

EN BREF ▸ *L'insertion de la France dans la mondialisation produit d'importants effets sur le territoire, définissant des régions capables d'affronter la concurrence internationale et d'autres qui cumulent les handicaps.*

I Les régions gagnantes

1 La région parisienne

- Parmi les régions qui sortent renforcées des processus de mondialisation, la région parisienne est de loin la première. Avec 19 % de la population et 31 % du PIB, c'est la première région industrielle et la première région touristique française.
- Paris, 3e ville mondiale, cumule les pouvoirs : politiques et diplomatiques, mais aussi économiques (La Défense), technologiques et culturels. La région parisienne est la première réceptrice d'investissements directs étrangers (IDE).
- Si, longtemps, l'État a tenté de freiner la croissance parisienne, la politique actuelle est de tenter de valoriser les atouts parisiens dans la compétition mondiale avec la création du **Grand Paris** (2016).

MOT CLÉ
Le **Grand Paris** est un projet de développement visant la création de pôles économiques autour de Paris, structurés par des transports ultramodernes, incluant un métro automatique.

2 Les régions métropolitaines, littorales, frontalières

- Les autres métropoles connaissent un développement plus rapide que le reste du territoire, surtout lorsqu'elles se situent dans des régions elles-mêmes dynamiques, offrant un cadre de vie réputé agréable.
- Les régions littorales atlantiques et méditerranéennes profitent des activités touristiques et de haute technologie (Toulouse, Bordeaux, Montpellier, Nice). Les ports de Marseille, Le Havre, Dunkerque souffrent de la concurrence mondiale.
- L'intégration européenne a renversé les perspectives des régions frontalières, jadis angles morts, aujourd'hui espaces dynamiques de la construction européenne et proches de la **mégalopole européenne**.

MOT CLÉ
La **mégalopole européenne**, de Londres à Milan, centrée sur l'Europe rhénane, concentre hommes et activités. C'est une grande zone de commandement de l'économie mondiale.

II Les régions perdantes

1 Les vieilles régions

- En dehors des outre-mer → FICHES 37 à 39, les régions anciennement industrialisées (le Nord, la Lorraine), se reconvertissent avec plus ou moins de succès.

■ Les **régions de faible densité**, notamment situées dans la « **diagonale du vide** », possèdent certes une certaine qualité de vie. Mais les activités économiques y sont de plus en plus strictement résidentielles. Le déclin démographique y menace parfois le maintien des équipements de base.

2 Les villes et banlieues défavorisées

■ Les **villes petites et moyennes**, souvent en situation de mono-activité industrielle, sont trop peu compétitives en face de métropoles mieux connectées et plus riches en matière grise.

■ À l'**échelle infra-urbaine**, les métropoles françaises doivent gérer des **banlieues défavorisées** qui cumulent les difficultés socio-économiques, malgré 30 ans de politiques urbaines sans grand résultat.

> **REMARQUE**
> La France comptait 751 « **zones urbaines sensibles** ». Ces ZUS ont été remplacées en 2015 par 1 514 « **quartiers prioritaires de la politique de la ville** » situés dans 859 communes.

zoOm

L'organisation du territoire français dans la dynamique de la mondialisation

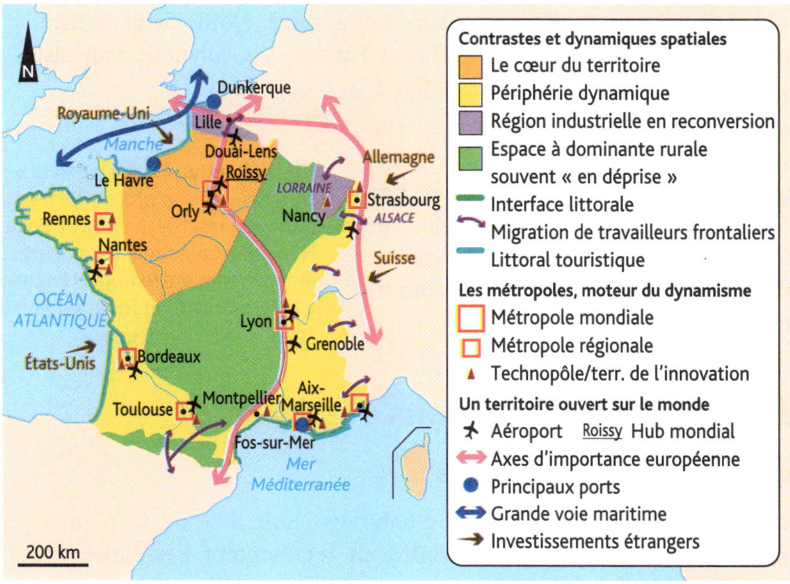

L'impact de la mondialisation sur le territoire détermine des régions gagnantes et des régions perdantes. Les grandes métropoles sont les territoires les plus favorisés car elles cumulent les atouts dans la compétition internationale.

36 La diversité de la France d'outre-mer

EN BREF ▸ *Les territoires ultramarins connaissent des situations géographiques très variées. Véritables « confettis d'empire » répartis sur tous les océans, ils sont tout ce qui reste de l'empire colonial de la France.*

I La diversité géographique et administrative

1 Les départements et régions d'outre-mer (DROM)

■ Les territoires d'outre-mer présentent une grande diversité de statuts administratifs, liés à leur histoire propre. Les plus anciens sont aujourd'hui des départements et régions d'outre-mer (DROM → ZOOM), au statut identique à celui des départements et régions de métropole.

■ Depuis le traité d'Amsterdam (1997), les cinq DROM ont également reçu le statut de régions ultrapériphériques (RUP), ce qui leur permet de bénéficier de programmes d'aide européens spécifiques.

2 Les autres territoires ultramarins

■ Les collectivités d'outre-mer (COM) rassemblent cinq territoires aux statuts assez divers : Saint-Pierre-et-Miquelon dans l'Atlantique Nord, Saint-Barthélemy et Saint-Martin dans les Antilles, Wallis-et-Futuna et la Polynésie française (appelée « Pays d'outre-mer ») dans le Pacifique.

■ La Nouvelle-Calédonie constitue une **collectivité « sui generis »** ; les Terres australes et antarctiques françaises (TAAF : îles Crozet, Kerguelen, Saint-Paul et Amsterdam, Terre-Adélie, îles Éparses) forment un « territoire d'outre-mer » ; Clipperton, enfin, fait partie des propriétés domaniales de l'État français.

INFO

Une **collectivité « sui generis »** signifie « de son propre genre », donc inclassable. Le statut de la Nouvelle-Calédonie est encore indéterminé entre appartenance à la République et indépendance.

II La diversité des populations

1 Les spécificités démographiques

■ Les outre-mer comptent 2,8 millions d'habitants, soit 4 % de la population française. Avec 2,2 millions, les DROM en représentent l'essentiel. Les populations ultramarines ont choisi de rester dans la République. Le cas de la Nouvelle-Calédonie, dont la population est mélangée, est plus complexe : deux référendums d'autodétermination en 2018 et 2020 ont rejeté l'indépendance.

■ **Leur démographie** est assez spécifique : la fécondité y est plus élevée et plus précoce qu'en métropole, en raison de la jeunesse de la population ; l'accroissement naturel y est le double de la métropole (surtout en Guyane et à Mayotte), mais tend à ralentir. La population vieillit donc rapidement.

2 Des territoires sous fortes contraintes

■ L'exiguïté insulaire en milieu tropical entraîne **souvent de fortes densités** : 345 hab./km² à la Réunion, 335 en Martinique, 244 en Guadeloupe. En Guyane, de climat équatorial, la population se concentre sur le littoral. Ce sont dans les territoires les plus denses que se trouvent les **aléas naturels** les plus violents : cyclones, volcanisme, séismes.

> **REMARQUE**
> Parmi les **aléas naturels**, la montée du niveau marin concerne particulièrement les territoires ultramarins, notamment les archipels du Pacifique.

■ À l'inverse, **certains territoires sont quasi vides** (forêt guyanaise, TAAF, Clipperton). Les contraintes qui ont entraîné l'absence de population – à l'exception d'équipes scientifiques temporaires – sont liés à l'isolement (Clipperton) ou au climat polaire (Terre-Adélie) ou subpolaire (Kerguelen).

zoOm

La France d'outre-mer

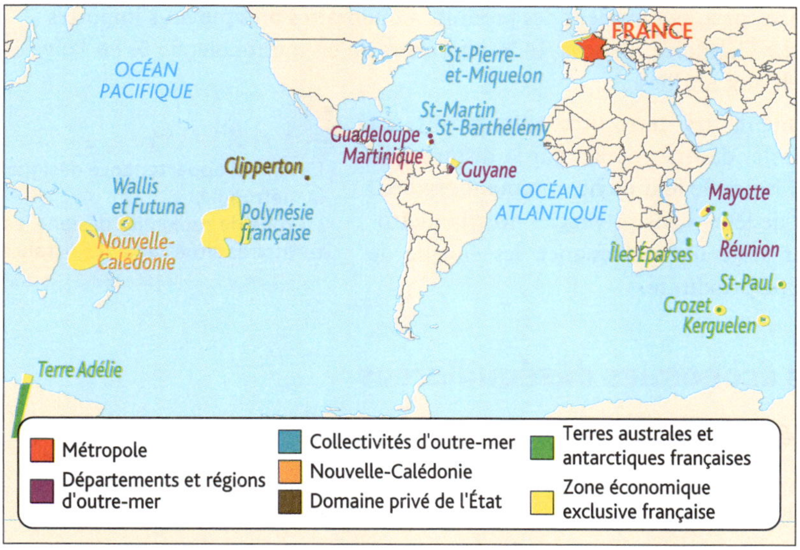

Ces territoires aux statuts variés sont presque tous **insulaires**. Leur situation géographique assure une présence française sur tous les océans du globe. Leur isolement a permis jusqu'ici le maintien d'une **biodiversité** souvent remarquable.

37 Des régions périphériques

EN BREF ▸ *La plupart des outre-mer présentent un retard par rapport aux autres régions françaises : le PIB/hab. des Antilles n'est que les deux tiers de celui de la métropole, moins de la moitié en Guyane, le tiers à Mayotte.*

I Les handicaps de régions ultrapériphériques

1 Les handicaps liés à l'insularité

▪ L'**insularité** concerne la plupart des territoires ultramarins. Même la Guyane, qui n'est pas une île, est isolée par la forêt équatoriale. L'accessibilité à des territoires dépend donc uniquement des réseaux portuaires ou aéroportuaires.

▪ Exiguïté et insularité posent des problèmes liés à l'**échelle des territoires** souvent trop petits pour s'autosuffire. Les ressources y sont rares, en dehors du nickel de Nouvelle-Calédonie.

2 Les handicaps liés à la distance

▪ La **distance** impose ses lois : il faut 8 heures de vol depuis la métropole pour atteindre les Antilles françaises, 11 pour la Réunion, 22 pour Tahiti. **La distance renchérit les prix**, notamment des produits alimentaires presque tous importés : en Nouvelle-Calédonie, ils sont 44 % plus chers qu'en métropole, 55 % en Polynésie, 17 % aux Antilles.

▪ L'**isolement** des territoires ultramarins est double : isolés des métropoles par la distance, ils sont aussi **isolés de leur environnement régional** en raison de leurs liens privilégiés avec la métropole. Leur **zone d'appartenance** les éloigne de leur **zone de proximité**.

MOTS CLÉS

La **zone d'appartenance** désigne la métropole.
La **zone de proximité** désigne les territoires situés à faible distance.

II Des économies déséquilibrées

1 Des économies fragiles

▪ Les économies ultramarines, dépourvues de firmes transnationales donneuses d'ordres ou de métropoles de rang mondial, ne créent **pas suffisamment d'activité sur place**, et leur richesse relative les prive des investissements étrangers qui profitent des faibles coûts salariaux des pays voisins.

■ **Les économies ultramarines sont donc très fragiles**. L'absence de matières premières, la faiblesse du niveau de formation, mais en même temps le niveau de vie plutôt élevé, l'étroitesse du marché intérieur et les coûts liés à la distance freinent le développement. Les taux de chômage sont élevés : 23 % en Guadeloupe, 24 % à la Réunion contre 9 % en métropole en 2018 → ZOOM.

2 Des économies dépendantes

■ Les économies ultramarines **dépendent souvent d'un seul produit ou activité** (nickel en Nouvelle-Calédonie, tourisme dans les Antilles) : en cas de crise, toute l'économie du territoire est affectée. Les exportations ne couvrent les importations qu'à 9 % en Guyane, 2 % à Mayotte et 0,08 % à Wallis-et-Futuna...

■ La **dépendance envers la métropole** est donc forte. En Guyane, l'activité spatiale dépend ainsi des décisions prises à Paris ; le tourisme est peu compétitif aux Antilles françaises face à Saint-Domingue, mais peut compter sur les **touristes affinitaires**. Les conséquences économiques de la COVID pourraient être désastreuses.

MOT CLÉ
Les **touristes affinitaires** sont ceux venant visiter des parents ou amis.

zoOm

L'importance des prestations sociales en outre-mer

Part des prestations sociales dans le revenu disponible des ménages selon le quintile de niveau de vie en 2017

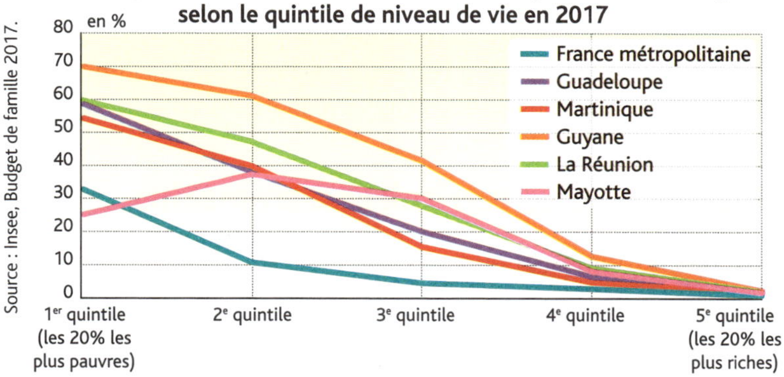

La richesse relative des territoires ultramarins par rapport à leur environnement régional (le PIB/hab. de la Réunion est d'environ 15 fois supérieur à celui de Madagascar) trouve son origine dans les aides nationales ou européennes et les prestations sociales, dont la part dans le revenu total est toujours plus importante en outre-mer qu'en métropole.

38 Aménager les territoires ultramarins

EN BREF ▸ *Malgré des handicaps structurels, les territoires ultramarins français présentent aussi un certain nombre d'atouts. L'État français et l'Union européenne tentent de les valoriser à travers des politiques d'aménagement.*

I Les atouts des territoires ultramarins

1 Les ressources naturelles et humaines

■ L'outre-mer français bénéficie de nombreuses ressources. Grâce à lui, la France bénéficie de la 2e ZEE mondiale. La découverte de gisements pétroliers au large de la Guyane en souligne l'importance, malgré la décision de ne pas les exploiter.

> **MOT CLÉ**
> La **zone économique exclusive (ZEE)** est une zone de 200 milles marins (370 km) où l'État côtier exerce des droits exclusifs sur les ressources naturelles.

■ Les ressources humaines ne doivent pas être oubliées : avec un taux de fécondité de 2,4 pour la Réunion et même de 3,56 en Guyane (1,9 en métropole), l'outre-mer contribue largement à la croissance démographique française.

2 Les avantages de la dispersion et de l'isolement

■ La position quasi équatoriale de la Guyane en fait un site de lancement spatial idéal ; l'isolement favorise la préservation de la biodiversité.

■ La dispersion des territoires ultramarins permet à la France de conserver une présence sur tous les océans du globe, à l'exception de l'Arctique. Le contrôle des espaces maritimes demeure un enjeu stratégique et militaire.

II L'aménagement des territoires ultramarins

1 Les politiques nationale et européenne pour l'outre-mer

■ La France a défini une politique de continuité territoriale qui doit permettre aux populations d'outre-mer le même accès aux services publics qu'en métropole, malgré les coûts liés à leur situation ultrapériphérique. Des dispositifs fiscaux s'efforcent de promouvoir le développement ultramarin.

■ L'Union européenne a mis en place 5 axes stratégiques d'aménagement, en vue d'améliorer l'accessibilité, la compétitivité, l'intégration régionale, la dimension sociale et la lutte contre le changement climatique.

■ Les RUP françaises ont reçu 4,9 milliards d'euros de subventions européennes pour la période 2014-2020.

> **MOT CLÉ**
> En droit européen, l'outre-mer français se répartit entre **régions ultrapériphériques (RUP)** et **pays et territoires d'outre-mer (PTOM)**.

■ Quant aux **PTOM**, le Fonds européen du développement leur a attribué une enveloppe globale de 364,5 millions d'euros → ZOOM.

REMARQUE

Contrairement aux RUP, les **PTOM** ne font pas partie de l'UE, mais ils bénéficient toutefois de certains programmes européens.

2 | Les réalisations et leur bilan

■ Parmi les projets financés par les programmes européens figurent des réalisations d'infrastructures compensant les handicaps de l'ultra-périphérie. Le programme POSEI tente de développer l'économie agricole ; figurent aussi des projets dans le domaine de la recherche ou du développement durable (géothermie en Guadeloupe, recyclage en Martinique).

■ Ces stratégies de développement portent leurs fruits. Mayotte, département depuis 2011 et RUP depuis 2014, a ainsi vu son PIB multiplié par 3,5 entre 2000 et 2015. Néanmoins, les crises économique en 2008 et sanitaire en 2020 laissent planer des menaces sur la pérennité et le montant des aides.

zoOm

L'outre-mer français dans le cadre juridique européen

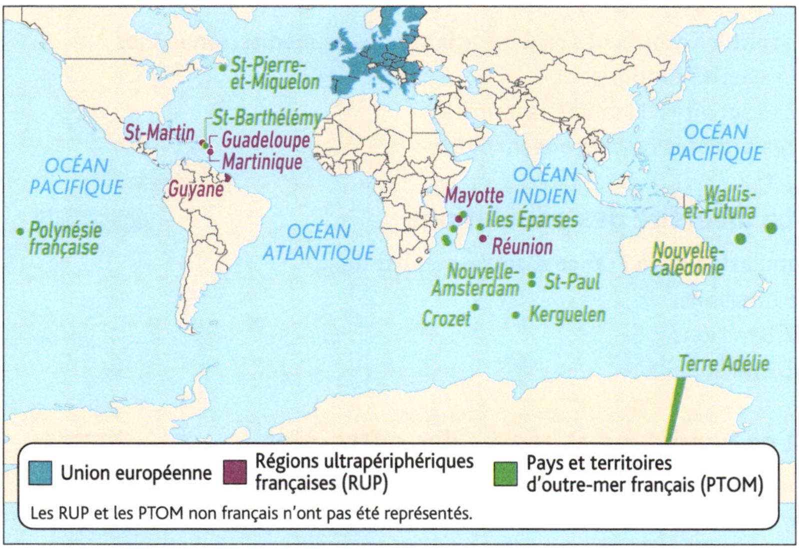

Les DROM français et la collectivité de Saint-Martin ont reçu de l'Union européenne le statut de régions ultrapériphériques (RUP). L'objectif affiché est celui de la convergence pour ces territoires en situation de retard économique. L'Union fournit également une aide aux PTOM français, dans les domaines de la lutte contre la pauvreté, le développement durable et l'intégration économique.

SE TESTER QUIZ

Vérifie que tu as compris les points clés

1 Les inégalités sociales et territoriales

→ FICHE 33

Avec la crise sanitaire de 2020, le taux de pauvreté…

☐ **a.** est resté stable.
☐ **b.** a diminué.
☒ **c.** a augmenté.

2 L'aménagement du territoire

→ FICHE 34

Combien de régions existe-t-il en France métropolitaine depuis 2016 ?

☐ **a.** 22
☐ **b.** 14
☒ **c.** 13

3 Les régions gagnantes et perdantes

→ FICHE 35

Quels sont les atouts des régions atlantiques et méditerranéennes ?

☒ **a.** Les activités touristiques
☐ **b.** Les activités d'industries lourdes
☒ **c.** Les activités de haute technologie

4 La diversité des populations

→ FICHE 36

La population de la France d'outre-mer est de…

☐ **a.** 67 millions.
☒ **b.** 2,8 millions.
☐ **c.** 2,2 millions.

5 Les handicaps et atouts des outre-mer

→ FICHE 37 et 38

1) Quels sont les problèmes spécifiques des outre-mer ?

☒ **a.** L'insularité, la distance et l'isolement
☐ **b.** Le vieillissement de la population
☒ **c.** La pauvreté par rapport à leur environnement régional

2) Grâce à l'outre-mer, la France bénéficie de la…

☒ **a.** 2e zone économique exclusive mondiale.
☒ **b.** 4e zone économique exclusive mondiale.

OBJECTIF BREVET

Lance-toi dans des sujets !

6 Analyser et comprendre un document
45 min

Document L'impact de la crise de 2008 → FICHE 33

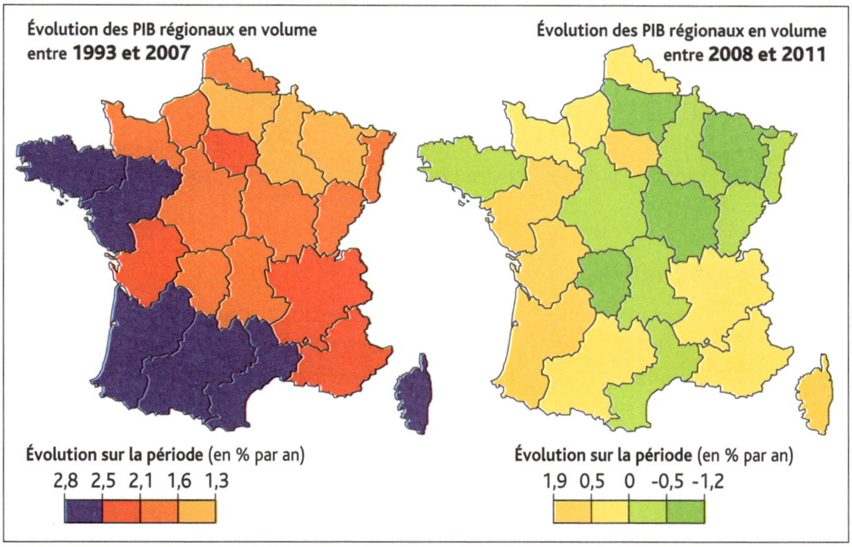

1) Que représentent ces deux cartes ?

2) Quelles sont les régions dont la croissance a été la plus forte entre 1993 et 2007 ? Comment peux-tu l'expliquer ?

3) Montre que la crise économique de 2008 a eu un impact très fort dans les régions.

4) Ce type de carte est-il suffisant pour décrire correctement la croissance économique dans les territoires ?

7 Rédiger un développement construit
35 min

→ FICHE 38

Sous la forme d'un développement construit d'une vingtaine de lignes, explique comment les pouvoirs publics français et européens tentent de compenser les inégalités territoriales qui affectent l'outre-mer.

CORRIGÉS

SE TESTER QUIZ

1 Les inégalités sociales entre les territoires

Réponse c. La crise sanitaire de 2020 a provoqué des confinements critiques pour les personnes déjà précaires souvent menacées par la perte de leur emploi.

2 L'aménagement du territoire

Réponse c. De 22, la loi NOTRe a réduit le nombre de régions à 13, mais a augmenté leurs compétences afin de les rendre plus compétitives en Europe et dans le monde.

3 Les régions gagnantes et perdantes

Réponses a et c. Les régions atlantiques et méditerranéennes sont connues pour leur fréquentation touristique (Côte d'Azur, Bretagne), mais aussi pour leurs technopôles urbains (Sophia Antipolis, Montpellier, Toulouse...).

4 La diversité des populations

Réponse b. Les outre-mer comptent 2,8 millions d'habitants, dont 2,2 pour les seuls DROM. 67 millions est la population de la France (métropole et outre-mer).

5 Les handicaps et atouts des outre-mer

1) **Réponse a.** Insularité (et donc souvent exiguïté), distance vis-à-vis de la métropole et isolement (Polynésie par exemple) sont les principaux handicaps.

2) **Réponse a.** La France dispose de la 2e ZEE mondiale, derrière les États-Unis.

OBJECTIF BREVET

6 Analyser et comprendre un document

1) Les deux cartes représentent l'évolution des produits intérieurs bruts (PIB) des régions françaises métropolitaines (ici encore au nombre de 22, étant donné la période considérée). L'évolution est calculée en pourcentage annuel. La carte de gauche montre l'évolution de 1993 à 2007, celle de droite l'évolution de 2008 à 2011.

2) Les régions dont la croissance a été la plus forte entre 1993 et 2007 sont celles de l'arc méditerranéen et atlantique. On peut y ajouter la région Rhône-Alpes et l'Île-de-France. Elles sont gagnantes, car pourvues de métropoles puissantes (Paris, Lyon, Marseille, Toulouse, Bordeaux, Nantes) et souvent d'un cadre de vie réputé agréable.

3) **La crise économique a eu un impact très fort :** la comparaison des deux cartes montre l'effondrement des taux de croissance du PIB. Sur la période 2008-2011, l'évolution du PIB devient même négative dans les espaces de faible densité (« diagonale du vide »), mais aussi dans des régions attractives, comme le Languedoc-Roussillon, la Bretagne ou même l'Alsace.

CONSEIL
Essaie toujours de répondre en reprenant les termes de la question, afin que le correcteur saisisse immédiatement ton propos.

4) Ce type de carte par régions est pénalisé par son échelle d'analyse trop grossière. Une échelle communale permettrait de distinguer des évolutions beaucoup plus fines, par exemple entre les aires urbaines et les espaces ruraux d'un même département, ou entre les communes d'une même aire urbaine.

7 Rédiger un développement construit

- La France met en œuvre une politique de continuité territoriale afin d'offrir aux populations d'outre-mer le même accès aux services publics qu'en métropole, indépendamment des coûts liés à leur situation ultrapériphérique, ainsi que des incitations fiscales. Les DROM français ont reçu de l'Union européenne le statut de régions ultrapériphériques (RUP). Les RUP françaises ont reçu 4,9 milliards d'euros de subventions européennes pour la période 2014-2020.

- Ces politiques qui tentent de compenser les inconvénients de l'ultrapériphérie se traduisent dans des programmes d'infrastructures ou de développement durable. Les résultats sont notables : Mayotte, département depuis 2011, RUP depuis 2014, a ainsi vu son PIB augmenter de 8,7 % par an depuis 2005, grâce aux aides nationales et européennes.

39 La construction d'un territoire européen

EN BREF ▸ *Après la Seconde Guerre mondiale, les pays d'Europe occidentale décident de s'unir pour prévenir une nouvelle guerre et redresser leurs économies.*

I Un territoire européen

1 La création d'un territoire commun

■ La signature du **traité de Rome le 25 mars 1957** crée la **Communauté économique européenne** (CEE) → FICHE 13. Le **traité de Maastricht de 1992** crée **l'Union européenne**. Après sept élargissements et le retrait du Royaume-Uni le 31 janvier 2020, l'UE compte **27 membres** → ZOOM.

■ Le traité de Rome crée un **marché commun**. Le traité de Maastricht en fait un **marché unique**, où biens, services, capitaux circulent librement. Les **accords de Schengen**, mis en œuvre en 1995, créent un espace de **libre circulation intérieure pour les populations** → FICHE 14. 26 États en sont membres, y compris des États non membres de l'UE.

> **REMARQUE**
> Le Royaume-Uni (avant le Brexit de 2020) et l'Irlande ont refusé l'accord de Schengen. La Roumanie, la Bulgarie, la Croatie et Chypre sont encore en attente.

2 La mise en place de politiques communes

■ En 2002, la **monnaie unique** est instituée : la **zone euro** compte aujourd'hui 19 États membres, soit un marché de 343 millions d'habitants → FICHE 14. Sept autres membres doivent y entrer à terme. La **convergence économique et monétaire** qui en résulte tend à **unifier le territoire européen**.

■ L'UE a également mis en place des **politiques communes**, qui accentuent l'intégration communautaire (**Politique agricole commune** → FICHE 13).

II Une construction inachevée

1 Une intégration complexe et parfois critiquée

■ Depuis quelques années se développe **une « Europe à la carte », à géométrie variable**, dont la gestion est devenue très complexe. Il existe donc un certain **euroscepticisme**, que renforcent la crise économique et l'apparent affaiblissement des États nationaux entre l'échelon européen et régional.

■ La **crise des migrants** et le **terrorisme islamiste** poussent certains partis politiques à défendre un retour aux frontières nationales. Avec l'arrivée au pouvoir, en Pologne et Hongrie, de **gouvernements populistes**, ces pays sont devenus incapables de satisfaire aux critères démocratiques d'intégration et critiquent une union dont ils perçoivent pourtant largement les subventions.

2 La crise sanitaire de 2020, révélatrice de progrès et de tensions

- Face à la crise économique induite par la COVID, l'UE a cependant annoncé **un plan de relance de 750 Mds €** financé par des **emprunts européens en commun**.

- Mais, en novembre 2020, la Pologne et la Hongrie ont retardé l'application du plan de relance ainsi que le budget 2021-2027, qui supposent le respect de l'État de droit. L'évolution de certains pays membres vers un régime de « **démocratie illibérale** » met ainsi la cohésion européenne à rude épreuve.

MOT CLÉ
Une **démocratie illibérale** est un « autoritarisme majoritaire », un régime qui rejette le libéralisme économique (mondialisation) et politique (droits des minorités). Il fonde sa légitimité sur le « peuple », dont la volonté prime sur le respect de l'État de droit.

zoOm

L'Union européenne aujourd'hui

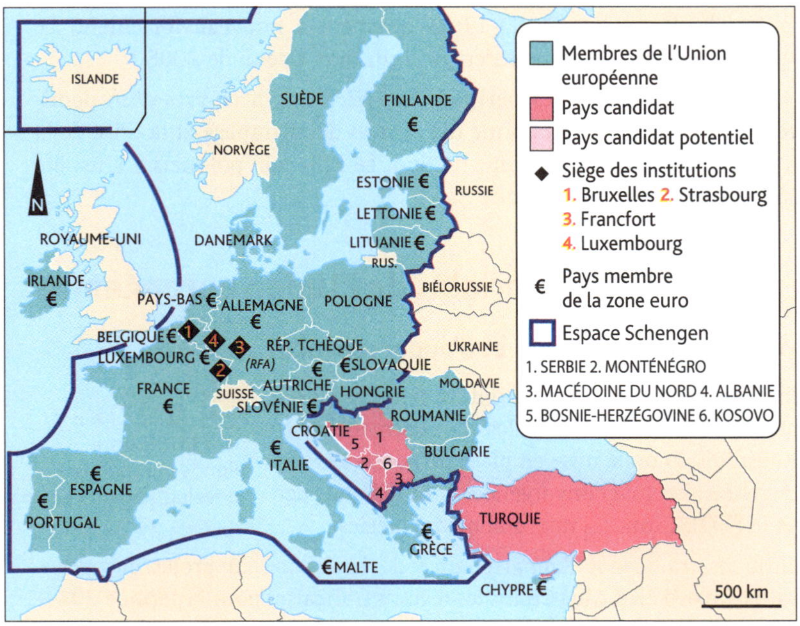

40 L'aménagement du territoire de l'UE

EN BREF ▸ *Les élargissements successifs ont certes permis d'intégrer des États très développés (pays scandinaves), mais aussi d'autres moins avancés (pays du Sud). À partir de 2004, ce sont des pays de l'Est très en retard qui intègrent l'Union. Des politiques d'aménagement sont donc indispensables.*

I Une Europe, des territoires

1 Un centre ou des centres ?

- Le territoire européen s'organise autour d'un cœur, l'Europe du Nord-Ouest et, en son sein, la mégalopole européenne, dorsale rhénane à haut niveau de vie et d'activité, flanquée de deux villes mondiales, Londres (hors UE) et Paris.
- Irriguée par un réseau de communication ultramoderne, la mégalopole européenne et les villes mondiales concentrent les activités et les fonctions de commandement de niveau mondial. Les capitales institutionnelles de l'UE s'y localisent : Bruxelles, Strasbourg, Luxembourg, Francfort.

2 Des périphéries

- Les périphéries du Sud (Espagne, Portugal, Italie du Sud, Grèce) ont certes convergé vers les niveaux du Nord-Ouest, mais la crise économique et celle de la dette, puis celle liée à la COVID-19 les touchent à nouveau fortement. Le PIB/hab. grec en 2019 est toujours inférieur d'un tiers à celui de 2008 !
- L'intégration dans l'Union des périphéries orientales, avec près d'un demi-siècle de régime socialiste, leur a donné dix années de rattrapage et la crise de la dette les a moins touchés que l'Europe du Sud. Le PIB/hab. polonais a ainsi été multiplié par 2,4 depuis son adhésion.

II Les politiques territoriales de l'Union européenne

1 Des politiques de cohésion et d'appartenance

- Les politiques territoriales de l'UE ont dû faire face à ce défi redoutable d'un territoire dont les élargissements ont accru les inégalités. D'où la mise en place de politiques de cohésion territoriale et de convergence, dont le Fonds de cohésion et le **FEDER** sont les instruments privilégiés.

MOT CLÉ
Le **FEDER** est le Fonds européen de développement régional.

- Ces politiques traduisent l'appartenance de la France au projet européen. L'Union a ainsi investi 27,3 Mds € dans les régions françaises pour la période 2014-2020 sur 351 Mds € de fonds structurels et d'investissement (FSI) européens.

2 | Des politiques de convergence et d'urgence

■ Mais ce sont les **pays périphériques**, d'Europe méridionale, et plus encore orientale qui ont le plus reçu d'aides européennes : pour 2014-2020, 77,5 Mds € pour la Pologne. Le développement y a donc été très rapide.

■ La crise de la dette récente a aussi été l'occasion de **politiques européennes de soutien d'urgence** aux États en difficultés. Le plan de relance post-COVID de 2020 accorde 65 Mds € à l'Italie, 59 Mds € à l'Espagne.

zoOm

Les niveaux d'éligibilité aux FSI européens

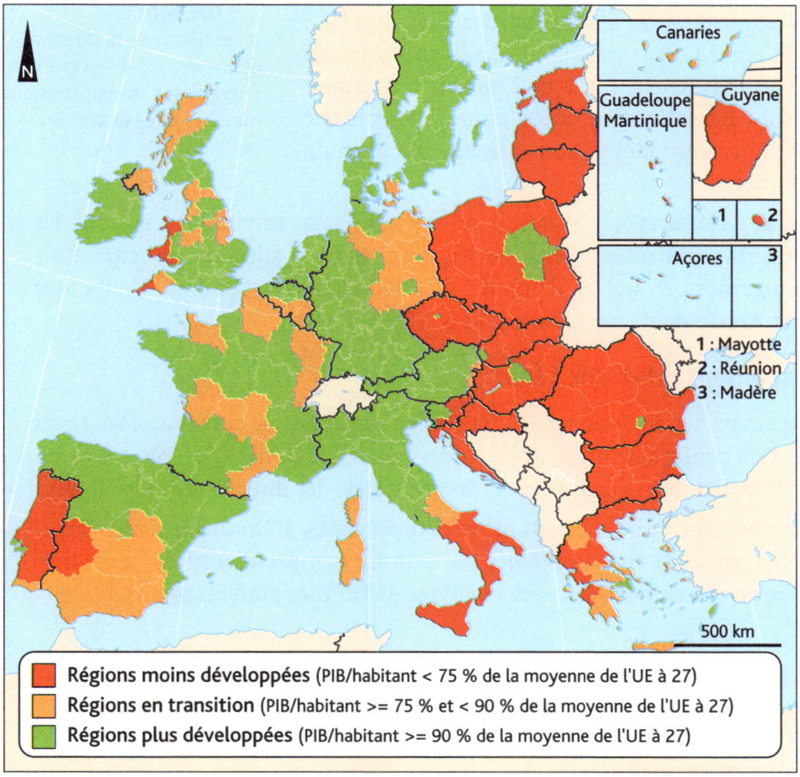

■ Les **inégalités territoriales** nord/sud et est/ouest guident la répartition des fonds structurels européens.

■ Mais **des disparités existent aussi à d'autres échelles**. Les métropoles sont plus développées que leurs périphéries plus rurales. Les quartiers d'une même ville peuvent montrer des inégalités plus criantes encore.

41 La France et l'intégration européenne

EN BREF ▸ *L'intégration de la France à l'Union européenne se traduit par une intensification des flux. L'Europe apparaît comme l'espace privilégié de la mondialisation de l'économie française.*

I L'intégration européenne, moteur de l'économie française

1 L'intégration spatiale à l'espace européen

■ Près des **deux tiers du commerce extérieur** français se font avec nos partenaires européens. 75 % du stock d'**IDE** investi en France le sont par des pays de l'UE : en 2019, la France est le pays d'Europe le plus attractif pour les IDE industriels. 30 % de l'industrie française est ainsi sous contrôle de groupes européens, surtout dans les régions frontalières, pour bénéficier à plein de l'**effet-frontière**.

> **MOT CLÉ**
> Les **IDE** sont les investissements directs étrangers, réalisés par des entreprises transnationales dans un pays étranger.

■ Le **réseau de transport**, autrefois centré sur Paris, privilégie à présent les **interconnexions aux réseaux européens**, optimisant la **situation du carrefour français** entre nord et sud de l'Union : TGV Eurostar vers Londres, Thalys vers Bruxelles et Amsterdam, interconnexion à l'ICE allemand.

2 L'effacement relatif de l'État

■ Comme ses partenaires européens, la France a abandonné **certaines fonctions régaliennes** au profit des institutions européennes. Deux tiers des lois votées en France sont en fait la transposition en droit français des directives européennes.

■ Il s'agit pourtant là de **délégation de compétences**. L'Union demeure largement pilotée par les États eux-mêmes : le Conseil européen, composé des chefs d'État ou de gouvernement des pays membres, définit les grandes orientations.

II Le développement des territoires frontaliers et transfrontaliers

1 Régions et eurorégions

■ L'intégration européenne a en revanche promu, par la décentralisation et le principe de **subsidiarité**, de **nouveaux acteurs territoriaux** : les **régions**, qui peuvent coopérer ou se concurrencer.

> **MOT CLÉ**
> Le principe de **subsidiarité** implique que l'échelon national n'intervient que si son action est jugée plus efficace que celle de l'échelon régional. L'action publique est ainsi plus proche des citoyens.

■ L'UE a permis la **création d'eurorégions**, qui associent des régions frontalières appartenant à des pays différents. L'eurorégion « Saar-Lor-Lux », par exemple, regroupe le Luxembourg, la Wallonie belge, la région Lorraine en France, ainsi que la Moselle et Meurthe-et-Moselle, et les Länder de Sarre et de Rhénanie-Palatinat.

2 Le retournement historique des espaces frontaliers

■ Avec la construction européenne, les régions frontalières françaises ont connu un retournement géographique majeur : de **périphériques, espaces de confrontation**, elles sont devenues **centrales, espaces de coopération**. C'est notamment le cas des régions frontalières du Nord et de l'Est.

■ Ces **interfaces** profitent aujourd'hui, dans un contexte pacifié, d'**une frontière qui unit davantage qu'elle ne sépare**. En Alsace, 35 % des entreprises sont à participation étrangère. Les flux de travailleurs frontaliers reflètent ce différentiel entre des économies dynamiques (Belgique, Luxembourg, Allemagne ou Suisse) et des régions françaises à fort taux de chômage → ZOOM.

zoOm

Les travailleurs transfrontaliers français du Nord et de l'Est

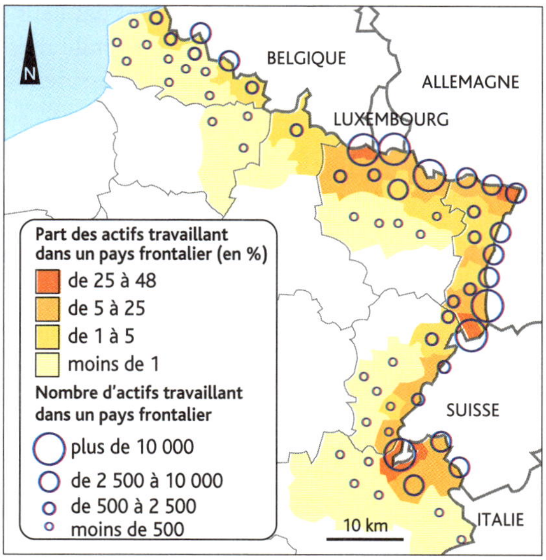

■ Les espaces frontaliers sont devenus des espaces centraux dans l'Union européenne, animés par de nombreux flux de capitaux ou de travailleurs (données 2013 sur la carte).

■ Les travailleurs français issus de régions moins dynamiques (Lorraine, Franche-Comté) profitent des opportunités d'emploi dans les pays voisins.

42 La France dans le monde

EN BREF ▸ *Avec 67 millions d'habitants, la France compte moins de 0,9 % de la population mondiale. 7e PIB mondial et 2e de l'Union européenne, l'économie française est-elle encore celle d'une grande puissance ?*

I Une puissance en recul

1 Le décrochage français

- La croissance du PIB français est la plupart du temps inférieure à celle de la zone euro, elle-même peu dynamique par rapport à celle des États-Unis, plus encore à celle des pays émergents. **Le déclin est-il donc spécifiquement français ?**

- Année après année, les parts de marché de l'industrie française reculent en raison d'une moindre compétitivité. Depuis 2017, toutefois, la France retrouve une certaine attractivité liée à la politique plutôt libérale du président Macron. Mais la crise sanitaire de 2020 introduit de nouvelles incertitudes.

2 La puissance en héritage

- Autrefois 2e empire colonial mondial, la France maintient des liens privilégiés avec ses anciennes colonies, qui lui consentent des facilités militaires (Sénégal, Côte d'Ivoire, Gabon). Mais ce sont surtout les outre-mer qui assurent à la France une **présence stratégique planétaire** et la 2e ZEE mondiale → FICHE 38.

- **Membre permanent du Conseil de sécurité** de l'ONU, la France conserve un droit de veto sur les affaires mondiales. Elle est surreprésentée dans toutes les instances dirigeantes de la planète : G7, FMI... Son **réseau diplomatique**, le troisième au monde, est l'outil d'une diplomatie autonome, appuyée sur sa puissance militaire.

II Une puissance d'influence mondiale

1 Un *hard power* inégal

- Le ***hard power*** français comprend la **force de frappe nucléaire et des équipements militaires** de pointe : avion de combat omnirôle Rafale, porte-avions nucléaire *Charles-de-Gaulle*, satellites...

> **MOT CLÉ**
> Le ***hard power*** est la capacité de contrainte, par la force militaire, politique ou économique.

- Mais les multiples interventions récentes (Libye, Côte d'Ivoire, Centrafrique, Sahel, Irak-Syrie...) mettent à rude épreuve le **6e budget militaire mondial**, en augmentation de 4,5 % en 2020.

2 Un *soft power* encore mondial

- Le ***soft power*** de la France est encore incontestable sur le plan culturel, en raison d'un **héritage historique exceptionnel**. La France apparaît comme le pays de la Révolution de 1789, de la liberté et des Droits de l'Homme. Mais ce modèle est contesté, notamment par l'islamisme radical, dont les attentats depuis 2015 ont durement touché le pays.

MOT CLÉ
Le ***soft power*** est la capacité d'influence, de persuasion, de séduction par la culture, le mode de vie, le *leadership* moral.

- La France reste la patrie d'un certain art de vivre qui fascine les élites du monde entier, à travers la gastronomie, la mode, le luxe, les arts et la littérature. Mais « l'**exception culturelle** » n'est pas toujours facile à défendre face à une culture mondialisée plutôt anglo-saxonne.

zoOm

Les pays francophones

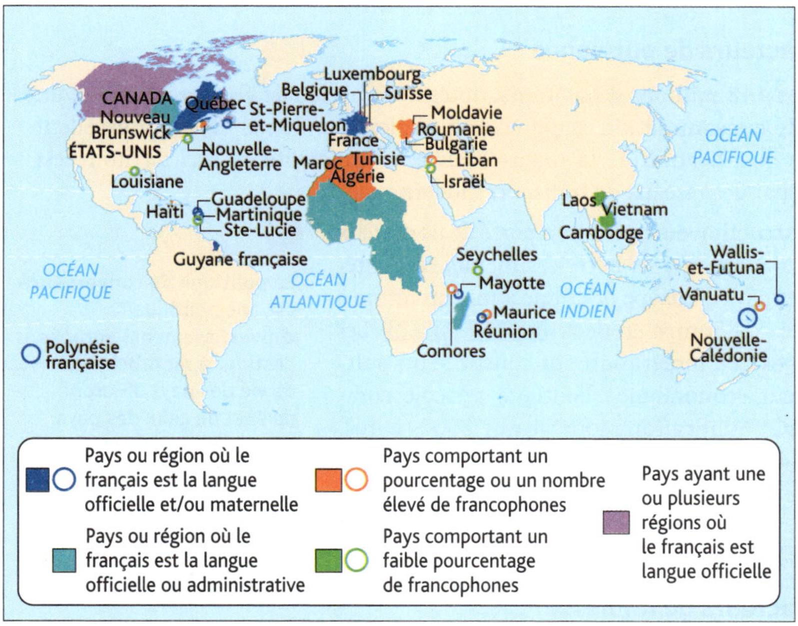

L'héritage colonial fait du français la **langue officielle de 29 pays** et **300 millions de personnes** le parlent. L'**Organisation internationale de la francophonie** (OIF) rassemble 55 États et s'attache à promouvoir la langue et la culture françaises, comme le font les médias francophones internationaux (Agence France Presse, France 24). Pourtant, le français n'est plus aujourd'hui que la 9e langue mondiale.

43 L'Europe dans le monde

EN BREF ▸ *L'Europe – dont l'Union européenne représente l'essentiel – est aujourd'hui une puissance incomplète, dépassée par ses rivaux dans un nombre croissant de domaines.*

I Les fondements de la puissance européenne

1 La puissance économique

- L'Europe est un **ensemble ouvert**, qui réalise 38 % du commerce mondial (UE : 18 % et 15 % du commerce mondial de biens), dont les deux tiers à l'intérieur de l'UE. C'est le 1er espace touristique mondial et un centre financier de premier ordre avec la City de Londres, désormais hors-UE.

- Un tiers des 500 premières entreprises mondiales sont européennes. Ces **firmes transnationales** jouent un rôle considérable dans les investissements directs à l'étranger (IDE) : l'UE émet et reçoit 26 % des flux d'IDE mondiaux.

2 Les facteurs de puissance

- Avec ses **448 millions d'habitants**, dotés d'un niveau de vie élevé, l'UE est un **marché de consommation majeur**. Cette richesse va de pair avec un excellent niveau de qualification de la main-d'œuvre. L'attractivité de son territoire est renforcée par des réseaux de transport modernes.

- La **construction européenne** a porté de nombreux fruits, et d'abord la paix entre ses membres. L'intégration des pays d'Europe orientale a mis un terme à la coupure de l'Europe en deux → FICHES 13 et 14. Les **dynamiques de l'intégration** ont constitué un puissant moteur économique : Politique agricole commune (PAC), unification monétaire de 2002 (euro), **politique de convergence** → FICHE 40.

> **MOT CLÉ**
> La **politique de convergence** est une politique d'investissements européens destinés à rapprocher le niveau de vie des pays d'Europe de l'Est de celui des pays d'Europe occidentale.

II Une puissance en déclin

1 Les facteurs de faiblesse

- L'Europe est un « **vieux continent** » : le solde naturel (différence entre naissances et décès) est nul et même négatif pour de nombreux pays (Allemagne). Le vieillissement entraîne des problèmes de financement (retraite, dépendance). Les migrations internationales, pourtant seul remède efficace, sont mal acceptées, comme le montre la crise des réfugiés de 2015.

- L'Union européenne n'a pas de projet de puissance, contrairement à ses rivaux (États-Unis, Chine, Russie, Turquie...). **Géant économique mais nain politique**, les divisions entre ses membres affaiblissent sa présence mondiale. Le Brexit laisse la France seule puissance militaire réelle de l'UE.

2 Le déclin économique

- Ces dernières années, la zone euro est celle où la croissance fut la plus faible. La crise de la dette ne permet pas de relance efficace de la croissance. Une faiblesse que le plan de relance de 750 Mds € de 2020 espère résorber.
- Les pays européens ont décroché face aux États-Unis, aujourd'hui 20 % plus riches que les Européens de l'Ouest, 40 % de plus que l'ensemble des Européens : c'est la **« divergence atlantique »**. L'UE souffre aussi de la **concurrence des pays émergents**, en particulier de la **Chine**, dont les ambitions géopolitiques sont à la mesure de sa nouvelle puissance économique.

zoOm

Déclin européen, dépassement chinois

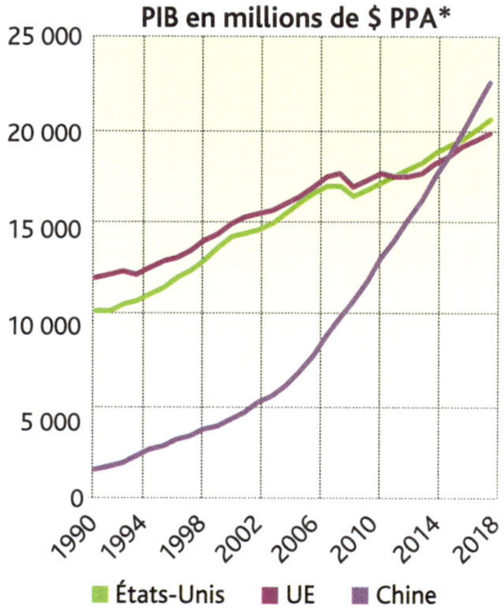

* Parité de pouvoir d'achat

Source : Banque mondiale, 2019.

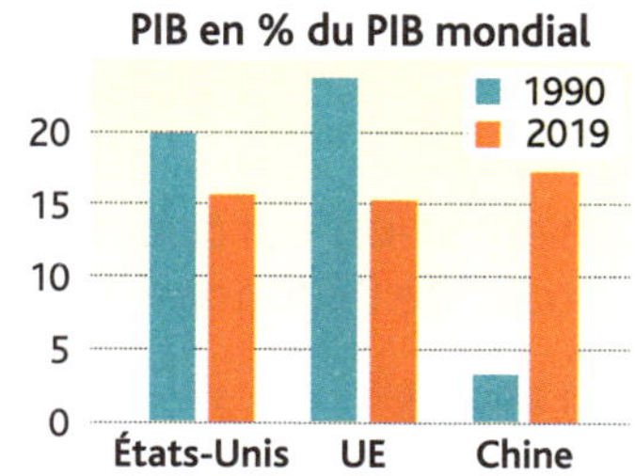

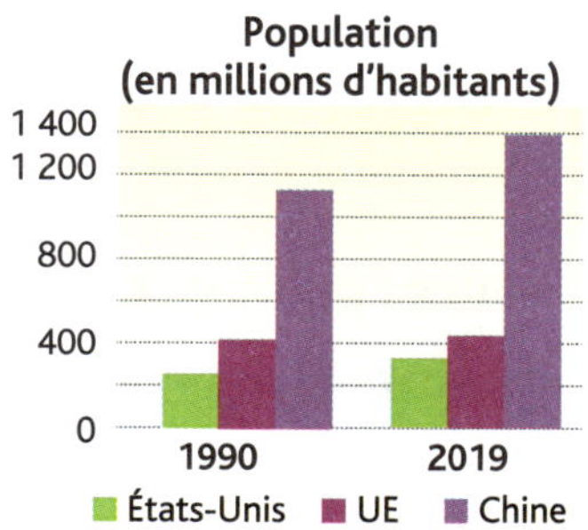

- L'Europe est un espace de production de niveau mondial, à présent derrière la Chine et les États-Unis. La part de l'UE dans le PIB mondial est ainsi tombée à 18,5 % en 2019 (et même à 15,3 % en parité de pouvoir d'achat).
- La Chine a rattrapé l'Europe et les États-Unis. Le déclin de l'Europe, la stagnation américaine et le rattrapage chinois sont les principaux facteurs de recomposition géopolitique du XXIe siècle.

SE TESTER QUIZ

Vérifie que tu as compris les points clés

1 Une construction européenne inachevée

→ FICHE 39

Quels événements ont renforcé l'euroscepticisme ?

☐ **a.** La crise des migrants en 2015
☐ **b.** Le terrorisme islamiste
☐ **c.** La pandémie de COVID-19

2 Les politiques territoriales de l'Union européenne

→ FICHE 40

Quel pays a reçu le plus de fonds structurels et d'investissement européens pour la période 2014-2020 ?

☐ **a.** La France
☐ **b.** L'Espagne
☐ **c.** La Pologne

3 L'intégration européenne, moteur de l'économie française

→ FICHE 41

Comment appelle-t-on les régions qui associent des territoires frontaliers appartenant à des pays différents ?

☐ **a.** Des zones franches
☐ **b.** Des eurorégions
☐ **c.** Des régions périphériques

4 La France : puissance d'influence mondiale

→ FICHE 42

Quels sont les pays où la France est intervenue militairement ?

☐ **a.** La Libye
☐ **b.** Le Mali
☐ **c.** La Syrie
☐ **d.** La République centrafricaine

5 L'Europe : puissance en déclin

→ FICHE 43

On qualifie souvent l'Union européenne de…

☐ **a.** géant économique, nain politique.
☐ **b.** géant politique, nain économique.
☐ **c.** nain politique, nain économique.

OBJECTIF BREVET

Lance-toi dans des sujets !

6 Rédiger un développement construit

35 min

→ FICHE 41

Sous la forme d'un développement construit d'une vingtaine de lignes, explique dans quelle mesure l'intégration européenne représente un potentiel de développement pour la France.

DÉMARRONS ENSEMBLE

- ➜ Montre comment l'économie française s'intègre, par les flux, à l'Europe.
- ➜ Souligne l'émergence de nouveaux acteurs, les régions.
- ➜ Analyse le développement des régions frontalières françaises.

7 Analyser et comprendre un document

45 min

→ FICHE 43

Document La crise des migrants en Europe

Le dernier décompte établi [...] par l'Organisation internationale pour les migrants (OIM) et le Haut-commissariat de l'ONU pour les réfugiés (HCR) fait état de 1 005 504 entrées de migrants en Europe, par voies maritime et terrestre. [...]

« Le total représente le flux migratoire le plus élevé depuis la Seconde Guerre mondiale », mentionne l'OIM dans son communiqué. « Alors que les sentiments anti-étrangers augmentent dans certains endroits, il est important de reconnaître les contributions positives des réfugiés et migrants aux sociétés dans lesquelles ils vivent » [...].

La Grèce a totalisé la très grande majorité du nombre d'arrivée des migrants, avec 816 752 entrées sur son territoire. La moitié des migrants qui traversent la Méditerranée viennent de Syrie, 20 % d'Afghanistan et 7 % de l'Iran, selon l'OIM.

Au moins 3 695 personnes ont trouvé la mort en tentant la traversée de la Méditerranée. En 2014, plus de 219 000 migrants avaient franchi la Méditerranée.

Face à cette situation les Européens n'ont toujours pas trouvé de vraie solution à la crise des migrants, et ils semblent même plus divisés que jamais [...]. Ainsi, sur le plan de « relocalisation » de 160 000 réfugiés adopté en octobre, seulement 184 personnes étaient concernées au 16 décembre.

Le Monde, 22 décembre 2015.

1 Combien de migrants sont entrés en Europe en 2015 ? Est-ce un chiffre élevé ? Qu'est-ce qui montre que ce chiffre a explosé en 2015 ?

2 D'où viennent surtout les migrants ? Pourquoi fuient-ils leur pays ?

FRANÇAIS
MATHS
HISTOIRE GÉO EMC
PHYSIQUE CHIMIE
SVT
TECHNO
ANGLAIS
BREVETS BLANCS

3) Par où passent principalement les migrants ? À quel prix ?

4) D'après le document, l'Union européenne traite-t-elle efficacement ce problème ? Donnes-en un exemple.

5) La démographie européenne justifie-t-elle les « sentiments anti-étrangers » qui peuvent se manifester face à ces migrants ?

DÉMARRONS ENSEMBLE

1) Un **migrant** est une personne qui se déplace volontairement vers un autre pays pour des raisons économiques (trouver du travail) ou politiques (fuir un conflit). Un **réfugié** est un migrant particulier qui, fuyant son pays pour des raisons politiques (guerre, persécutions), a obtenu l'asile d'un autre État.

5) La démographie est la science qui étudie notamment l'évolution des populations.

CORRIGÉS

SE TESTER QUIZ

1 Une construction européenne inachevée

Réponses a, b et c. Tous ces événements poussent certains États membres à fermer leurs frontières, en violation des accords de Schengen.

2 Les politiques territoriales de l'Union européenne

Réponse c. La Pologne a reçu 77,5 milliards d'euros, contre 28,5 pour l'Espagne et 27,3 pour la France, car c'est le pays dont le développement est moindre.

3 L'intégration européenne, moteur de l'économie française

Réponse b. Les eurorégions associent dans un territoire spécifique des régions frontalières appartenant à différents pays membres de l'UE.

4 La France : puissance d'influence mondiale

Réponses a, b, c et d. La France est intervenue militairement dans chacun de ces pays, soit avec un mandat de l'ONU, soit à la demande des États concernés.

5 L'Europe : une puissance en déclin

Réponse a. L'UE est souvent qualifiée de géant économique, nain politique.

OBJECTIF BREVET

6 Rédiger un développement construit

- L'intégration de la France à l'Union européenne a tout d'abord été favorable à une **intensification des flux** : les deux tiers du commerce extérieur français se font avec des partenaires européens. L'**européanisation du réseau de transport français** a accompagné cette intégration.
- L'intégration européenne a ensuite permis de donner plus de pouvoir aux **régions**. La nouvelle organisation territoriale a ainsi promu 13 grandes régions métropolitaines, plus compétitives.
- La construction européenne a enfin donné aux **régions frontalières françaises** une place centrale : **espaces de coopération**, elles bénéficient des économies dynamiques des pays frontaliers. En outre, l'UE a permis la création d'**eurorégions**, qui associent des régions frontalières appartenant à des pays différents, par exemple l'eurorégion « Saar-Lor-Lux ».

7 Analyser et comprendre un document

1) **Plus d'un million de migrants** sont entrés en Europe en 2015 (1 005 504 au 22 décembre). C'est un chiffre élevé, car l'OIM précise qu'il s'agit du **« flux migratoire le plus élevé depuis la Seconde Guerre mondiale »**. En 2014, les migrants n'étaient que 219 000 : le flux a donc presque quintuplé.

> **CONSEIL**
> Lorsque tu cites une partie du texte, il faut le faire entre guillemets.

2) Les migrants viennent pour 50 % de **Syrie**, pour 20 % d'**Afghanistan**. Ils fuient leur pays à cause des troubles politiques ou de la **guerre** qui y sévit.

3) Les migrants passent essentiellement en **traversant la Méditerranée** : une tentative risquée, puisqu'au moins **3 695 d'entre eux sont morts noyés**.

4) L'UE ne fournit pas de réponse adaptée : ses membres sont en effet très divisés. Entre octobre et décembre 2015, le plan de relocalisation de 160 000 réfugiés n'a atteint que... 0,1 % de ses objectifs !

5) La faiblesse de la démographie européenne (solde naturel quasi nul et négatif dans de nombreux pays membres, fécondité insuffisante) ne justifie pas les « sentiments anti-étrangers », car l'**immigration** est la seule solution qui puisse permettre d'**enrayer la baisse à terme de la population européenne**. Ajoutons que les sentiments **xénophobes** sont **contraires aux valeurs** affirmées dans le traité constitutionnel de l'Union.

> **MOT CLÉ**
> La **xénophobie** est l'hostilité envers les étrangers.

44 La lutte contre les discriminations

EN BREF ▸ *La discrimination consiste à moins bien traiter une personne ou un groupe par rapport au reste de la collectivité, en prenant prétexte d'une différence. En quoi cette inégalité de traitement entre-t-elle en contradiction avec les valeurs de la République et comment lutter contre ?*

I La discrimination, une pratique contraire aux valeurs républicaines

1 L'égalité, un des fondements de la démocratie

■ Selon l'article 1er de la Déclaration des droits de l'homme et du citoyen (1789), « les hommes naissent et demeurent libres et égaux en droits ». Mais des inégalités existent dans la société : l'égalité est une cause à défendre et un idéal à atteindre.

■ Les sociétés dites démocratiques reconnaissent deux formes d'égalité :

Égalité …
- … **politique** : les citoyens ont tous les mêmes droits et devoirs
- … **morale** : chaque individu a droit au respect, à la dignité et à la liberté

2 Les différentes formes de discrimination

■ La discrimination s'oppose à l'égalité : elle est antirépublicaine. En France, la loi distingue 25 critères, qui définissent plusieurs types de discrimination :
- raciales (contre les personnes d'une autre couleur de peau) ;
- religieuses (contre les personnes d'une autre religion) ;
- xénophobes (contre les personnes étrangères) ;
- sexistes (contre les personnes de l'autre sexe) ;
- homophobes (contre les personnes homosexuelles) ;
- ou encore selon l'âge, l'état de santé ou un handicap → ZOOM.

II Les mécanismes d'exclusion

1 Rejeter l'altérité

■ Les discriminations traduisent un rejet de l'autre et de sa différence. Elles reposent parfois sur des systèmes de pensée. Ainsi les discriminations raciales sont souvent le résultat d'idéologies racistes ou antisémites.

MOTS CLÉS

Le **racisme** est la croyance en l'existence de « races » humaines et en une hiérarchie entre elles.
L'**antisémitisme** désigne le racisme dirigé contre les Juifs.

2 Discriminations et inégalités sociales

- Les sociétés démocratiques reconnaissent l'égalité morale et politique entre les citoyens mais non l'égalité sociale (les individus n'ont pas tous les mêmes conditions de vie). Il convient ainsi de distinguer les discriminations des inégalités sociales, qui ne reposent pas sur des critères illégaux.
- Il est néanmoins nécessaire, au nom de l'égalité morale d'ouvrir des droits aux citoyens les plus pauvres pour améliorer leurs conditions de vie.

III Le combat contre les discriminations

1 Le rôle de la loi

Les discriminations sont interdites. Les personnes qui estiment que leurs droits n'ont pas été respectés peuvent saisir le **Défenseur des droits**.

MOT CLÉ

Le **Défenseur des droits** est une autorité indépendante de l'État chargée de favoriser l'égalité de tous dans l'accès aux droits et donc de lutter contre toutes les formes de discriminations.

2 Des associations mobilisées

Des associations soutiennent les victimes ou les assistent lors de procès. Elles peuvent aussi recourir à des opérations de testing (ou « test de discrimination ») : par exemple, en répondant à une offre d'emploi en envoyant deux CV équivalents, à l'exception d'un critère pouvant donner lieu à discrimination.

zoOm

Des lieux publics accessibles à tous ?

- Depuis 2005, la loi Handicap impose aux lieux publics (bâtiments et transports en commun) de permettre l'accès aux personnes handicapées.
- Si la discrimination n'est pas ici intentionnelle, la configuration des lieux exclut les individus en fauteuil roulant. La justice ou le Défenseur des droits doivent alors intervenir pour faire appliquer la loi.

45 Le principe de laïcité

EN BREF ▸ *La laïcité est un principe d'organisation de la société fondé sur la séparation du pouvoir religieux et du pouvoir politique. Elle occupe une place particulière parmi les valeurs fondatrices de la République française. Comment la laïcité permet-elle de mieux vivre ensemble ?*

I Un principe d'organisation de l'État

1 Les origines de la loi de 1905

- L'idée de laïcité naît avec l'affirmation de la **liberté de conscience** en 1789. Elle s'enracine tout au long du XIXe siècle chez les républicains, en réaction à l'influence de l'Église catholique qui s'oppose aux valeurs libérales et démocratiques.
- La laïcité, instaurée à l'école publique en 1882, est étendue à tous les services de l'État par la **loi de 1905**. Dès lors, les institutions publiques adoptent une stricte **neutralité à l'égard des religions** et ne financent plus aucun culte.

2 Un acquis républicain

- La laïcité devient un **principe** républicain. Le fonctionnement de la société repose désormais sur la séparation entre l'**espace privé**, lieu de la liberté de conscience, et l'**espace public**, lieu de la citoyenneté et de l'intérêt général.

> **MOT CLÉ**
> Un **principe** est une base sur laquelle repose le fonctionnement d'une société, d'une institution.

- La France est définie comme une **République laïque** dans l'article 1er de la Constitution de la Ve République.

II Un principe à la croisée des valeurs républicaines

- La neutralité de l'État en matière religieuse garantit à chacun la **liberté de choisir sa religion ou de ne pas en avoir**, et aux associations religieuses la liberté de s'organiser de manière autonome dans les limites du respect de l'ordre public.
- La laïcité est un facteur d'**égalité** : aucune distinction fondée sur la religion ne peut être faite entre les citoyens, tous ont les mêmes droits et les mêmes devoirs.
- La laïcité s'articule aussi avec la **fraternité**, car elle favorise la **tolérance** en instaurant un respect de toutes les croyances. Le « **vivre-ensemble** » suppose aussi des efforts d'ouverture : chacun est libre de croire en ce qu'il veut, mais cette liberté s'accompagne d'une **acceptation des croyances des autres**.

III D'importants enjeux actuels

1 Laïcité et liberté d'expression

- Cette valeur républicaine donne parfois lieu à de **vifs débats**. Au nom de la liberté d'expression, les citoyens sont libres d'exprimer des avis et des critiques sur les religions.
- La laïcité s'accompagne en effet du **respect des opinions** (religieuses, politiques...) de chacun, même si celles-ci peuvent heurter des croyances.

2 Réaffirmer la laïcité par l'école

- La loi de 2004 interdit dans l'enceinte des établissements scolaires le **port de signes religieux**. La **Charte de la laïcité** élaborée en 2013 explicite les règles à respecter pour appliquer le principe de laïcité en milieu scolaire → ZOOM.
- L'assassinat en 2020 d'un professeur d'histoire-géographie, pour avoir illustré son cours sur la liberté d'expression avec des caricatures de Mahomet, montre tragiquement que cette valeur nécessite d'être **expliquée** et **défendue**.

zoOm

La Charte de la laïcité

1 | La France est **une République indivisible, laïque, démocratique et sociale**. Elle assure l'égalité devant la loi, sur l'ensemble de son territoire, de tous les citoyens. Elle respecte toutes les croyances.

2 | La République laïque organise **la séparation des religions et de l'État**. L'État est neutre à l'égard des convictions religieuses ou spirituelles. Il n'y a pas de religion d'État.

9 | La laïcité implique **le rejet de toutes les violences et de toutes les discriminations**, garantit **l'égalité entre les filles et les garçons** et repose sur une culture du respect et de la compréhension de l'autre.

12 | **Les enseignements sont laïques.** Afin de garantir aux élèves l'ouverture la plus objective possible à la diversité des visions du monde ainsi qu'à l'étendue et à la précision des savoirs, **aucun sujet n'est a priori exclu du questionnement scientifique et pédagogique.** Aucun élève ne peut invoquer une conviction religieuse ou politique pour contester à un enseignant le droit de traiter une question au programme.

- La **Charte de la laïcité** doit être affichée dans toutes les écoles publiques de France. Elle rappelle la définition de la laïcité (article 2), son rôle central dans le projet républicain (article 9) et plus largement la manière dont elle est appliquée à l'école.
- Les personnes et les élèves sont **libres d'avoir leurs propres convictions** mais ils ne doivent pas les manifester de manière visible ni les mobiliser pour remettre en cause les enseignements dispensés (article 12).

46 Le rôle de la loi

EN BREF ▸ *Le parcours d'une loi est complexe en France, afin de respecter un certain nombre de règles et de garantir ainsi l'application des principes de la démocratie représentative. En quoi la loi est-elle au cœur du fonctionnement des sociétés démocratiques ?*

I La loi et l'État de droit

1 La nécessité de la loi

- Les lois sont à la base de la vie en société organisée, car elles permettent d'adopter des règles communes et d'éviter le développement de la « loi du plus fort ».
- Les lois sont la source du droit (appliqué ensuite par la justice).

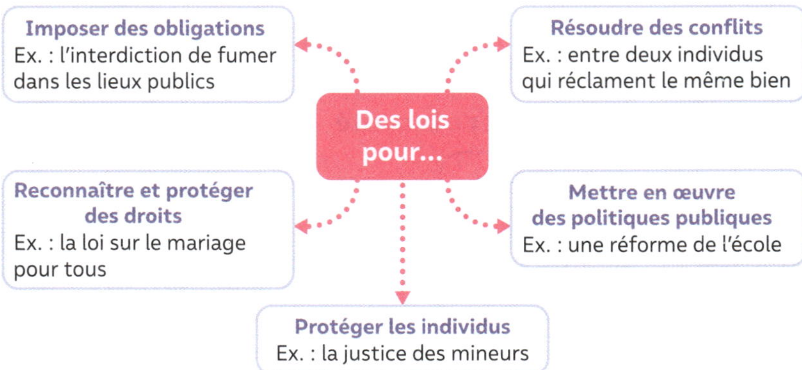

- Les lois sont à la base de l'État de droit. Cela signifie que l'État est soumis au droit au même titre que les individus, et qu'un particulier peut contester une action de l'État.

2 L'expression du peuple

- En France, le peuple est à l'origine des lois. Il exprime sa volonté par l'intermédiaire de représentants élus, c'est la démocratie représentative.
- Pour des lois importantes (ratification d'un traité, révision de la Constitution), le corps électoral peut être consulté par **référendum**.

MOT CLÉ
Un **référendum** est un vote direct des électeurs invités à répondre par « oui » ou « non » à une question législative précise.

II Les étapes de l'élaboration d'une loi

1 Le parcours parlementaire

- L'initiative d'une loi peut venir du gouvernement (projet de loi) ou des parlementaires (proposition de loi). Néanmoins, le **pouvoir législatif** (pouvoir de faire les lois) appartient uniquement aux deux chambres du Parlement : l'**Assemblée nationale** et le **Sénat**.
- Le parcours d'une loi respecte les **règles de la démocratie** : les parlementaires (577 députés et 348 sénateurs) débattent, modifient et votent les lois.
- La **navette parlementaire** désigne le va-et-vient entre les deux chambres après chaque modification du texte, afin qu'il soit adopté dans des termes identiques.

2 Valider la loi

- Avant la promulgation d'une loi, le **Conseil constitutionnel** (composé de 9 « Sages » dont les anciens présidents de la République) peut être saisi par des parlementaires pour vérifier qu'elle respecte bien les règles de la **Constitution**.

> **MOT CLÉ**
> La **Constitution** est la loi fondamentale fixant l'organisation et le fonctionnement de l'État.

- Le **Conseil d'État** doit aussi s'assurer qu'elle est conforme aux **traités internationaux** signés par la France (par exemple à ses engagements européens).

3 Adopter la loi

- Le président de la République peut ensuite **promulguer la loi**, puis veiller à son application. La loi est publiée dans le *Journal officiel*, qui diffuse quotidiennement les textes officiels auprès des citoyens.
- La loi **entre en vigueur** sur tout le territoire (« la France est une République indivisible » selon l'article 1 de la Constitution) le lendemain de cette publication.

zoOm

Comment a été élaborée la loi pour l'égalité femme-homme ?

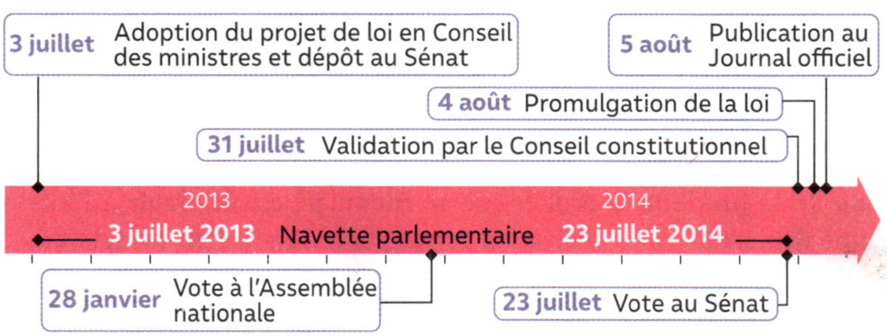

47 Les droits sociaux

EN BREF ▸ *Les droits sociaux sont l'ensemble des droits dont bénéficie un citoyen dans ses relations avec les autres. Comment ces « Droits de l'homme de seconde génération » viennent-ils compléter les droits-libertés pour constituer les droits fondamentaux des êtres humains ?*

I La reconnaissance des droits-libertés

1 L'émergence des Droits de l'homme

- En 1789, la Déclaration des droits de l'homme et du citoyen (DDHC) affirme l'**existence de droits naturels** (la liberté, l'égalité). Ils sont reconnus au niveau international en 1948 par la Déclaration universelle des droits de l'homme (DUDH).
- Ces **droits fondamentaux de première génération**, appelés « **droits-libertés** », peuvent être individuels ou collectifs. Ils apportent aux individus une certaine autonomie et la possibilité d'agir sans soumission (libertés d'expression, d'association…).
- Parmi eux, les **droits politiques** (le droit de vote et d'éligibilité) permettent aux individus de participer au pouvoir.

2 Un premier cercle de droits sociaux

- Le **droit de propriété** est reconnu dès la Révolution française. Les individus peuvent user, profiter et disposer des biens dont ils sont **propriétaires** dans les conditions fixées par la loi (comme pour la transmission par héritage).
- Au XIXe siècle, les ouvriers bénéficient du **droit de grève** en 1864 ou du droit d'appartenir à un syndicat en 1884. La société française se démocratise progressivement.

> **MOT CLÉ**
> Le **droit de grève** autorise l'arrêt collectif et concerté du travail afin d'obtenir la satisfaction de demandes (revendications) professionnelles.

II L'affirmation des droits sociaux

1 La mise en place d'une démocratie sociale

- Le **contexte de la fin de la Seconde Guerre mondiale** est favorable à l'instauration d'une démocratie plus sociale en France, avec la prise en compte des idéaux de la Résistance. De **nouveaux droits économiques et sociaux** (droit à l'instruction, à la santé, au travail) sont inscrits dans la Constitution de 1946.

■ Ces droits sont aussi appelés « droits-créances » car les individus peuvent les exiger de l'État. À la différence des « droits-libertés », l'application des droits sociaux a un coût et nécessite l'intervention des pouvoirs publics pour leur mise en œuvre. Leur reconnaissance coïncide en France avec la mise en place de l'**État-providence** (création de la Sécurité sociale en 1945).

> **MOT CLÉ**
> Un **État-providence** est un État qui intervient directement dans les domaines économiques et sociaux (prise en compte de risques sociaux comme la maladie ou la perte d'emploi).

2 | Renforcer la protection contre les risques sociaux

■ Le droit du travail régit les rapports entre employeurs et employés afin de sortir d'un rapport de subordination et de rééquilibrer leurs relations (salaire minimum, contrats de travail, normes de sécurité...).

■ De nouveaux droits sont reconnus, comme le droit au logement opposable en 2007 (« opposable » signifie que les pouvoirs publics ont une obligation de résultat). Leur application se heurte souvent à des contraintes budgétaires.

3 | Reconnaître de nouveaux droits ?

Des voix se font entendre pour la reconnaissance de « droits de l'homme de troisième génération » : droit à la paix, droit à un environnement sain...

zoOm

Comment les droits et les libertés peuvent-ils parfois entrer en tension ?

■ En vertu de la liberté syndicale et du droit de manifestation, des agents de la SNCF défilent ici à Toulouse en 2019 contre un projet de réforme de leur retraite.

■ Dans le secteur ferroviaire, le droit de grève est limité par le service minimum : pour permettre à l'entreprise de s'organiser, les employés grévistes doivent se déclarer 48 heures à l'avance.

■ Ce service minimum est-il une limite à la liberté d'expression et au droit de grève ? Ou permet-il aux usagers de mieux exercer leur liberté de se déplacer ?

SE TESTER QUIZ

Vérifie que tu as compris les points clés

1 La lutte contre les discriminations

→ FICHE 44

Les sociétés démocratiques reconnaissent…

- ☐ **a.** l'égalité politique.
- ☐ **b.** l'égalité morale.
- ☐ **c.** l'égalité sociale.

2 Le principe de laïcité

→ FICHE 45

1) Selon l'article 1er de la Constitution, la France est une république…

- ☐ **a.** catholique.
- ☐ **b.** laïque.
- ☐ **c.** athée.

2) À l'école publique, la laïcité permet…

- ☐ **a.** de porter des signes religieux visibles.
- ☐ **b.** de ne pas suivre certains enseignements.
- ☐ **c.** de discuter des différentes religions.

3 Le rôle de la loi

→ FICHE 46

Qui est à l'origine de la loi en France ?

- ☐ **a.** Le président de la République
- ☐ **b.** L'Assemblée nationale
- ☐ **c.** Le peuple

4 Les droits fondamentaux

→ FICHE 47

Comment qualifie-t-on un État qui intervient directement dans les domaines économiques et sociaux ?

- ☐ **a.** Un État de droit
- ☐ **b.** Un État-providence
- ☐ **c.** Un État démocratique

OBJECTIF BREVET

Lance-toi dans un sujet !

5 — 30 min — Mobiliser des compétences d'EMC à partir d'une situation pratique

→ FICHE 46

Document — Témoignage de Simone Veil sur l'élaboration de la loi autorisant l'interruption volontaire de grossesse (IVG)

Pour l'élaboration du texte de loi [...], j'ai consulté aussi de nombreux gynécologues [...]. J'ai rencontré chez les généralistes une quasi-unanimité en faveur de la loi. Quelles qu'aient pu être par ailleurs leurs convictions morales, ces hommes de terrain étaient effarés de voir les dégâts qu'entraînaient les avortements sauvages dans les couches populaires. Il fallait que la loi protège ces femmes. Les riches, si on peut dire, étaient mieux loties[1] : elles partaient se faire avorter clandestinement à l'étranger. [...]

Le texte du projet de loi, rapidement mis au point, a été déposé à l'Assemblée nationale pour examen en commission. C'est alors que les vraies difficultés ont commencé. Une partie de l'opinion, très minoritaire, mais d'une efficacité redoutable s'est déchaînée. J'ai reçu des milliers de lettres au contenu souvent abominable, inouï. [...]

C'est au cœur de cette agitation que, le 26 novembre 1974, la discussion s'ouvrit à l'Assemblée nationale. [...]

Ce furent des séances épuisantes et de bien étranges débats. [...]

Finalement, la loi a été votée dans la nuit du 29 novembre par deux cent quatre-vingt-quatre voix contre cent quatre-vingt-neuf, avec une courte majorité des voix de droite, complétée par la totalité de celles de gauche. La victoire était ainsi plus large que nous ne l'avions imaginée et espérée. [...]

Quinze jours plus tard, le texte fut voté au Sénat, quasiment dans les mêmes termes. Nous nous étions attendus à un bras de fer plus rude. [...]

La page législative tournée, il faudrait encore bien du temps et bien des actions pour que dans une société pourtant en mouvement, les mentalités elles-mêmes évoluent en profondeur. C'est aujourd'hui chose faite.

Simone Veil, *Une vie*,
© Éditions Stock, 2007.

1. « Mieux loties » : favorisées.

1) Identifie le nom de la personne qui est à l'origine de ce projet de loi.

2) Relève les principales étapes de l'élaboration de la loi décrites par le texte.

3) Montre que cette loi rend la société plus égalitaire.

4) Explique à la classe pourquoi il est important qu'il y ait des débats et des consultations pendant l'élaboration d'une loi.

DÉMARRONS ENSEMBLE

→ Ce document est un témoignage de Simone Veil extrait d'un livre biographique publié en 2007 (donc beaucoup plus récemment que le vote de cette loi en 1974).
→ Simone Veil (1927-2017) est une femme politique française qui fut notamment ministre de la Santé (lors du vote de cette loi), présidente du Parlement européen et membre du Conseil constitutionnel. Afin de lui rendre hommage, sa dépouille est conservée au Panthéon depuis 2018.
→ Pour répondre à la deuxième question, identifie les étapes évoquées dans le texte et compare ce cheminement avec celui appris dans ton cours.

CORRIGÉS

SE TESTER QUIZ

1 La lutte contre les discriminations

Réponses a et b. Les sociétés démocratiques reconnaissent l'égalité politique et l'égalité morale mais non l'égalité sociale. Elles considèrent que les hommes sont libres de posséder des biens et de chercher à accroître leurs richesses.

2 Le principe de laïcité

1) **Réponse b.** Selon l'article 1er de la Constitution, la France est une république indivisible, laïque, démocratique et sociale.

2) **Réponse c.** À l'école publique, la laïcité permet de discuter des différentes religions (comme en cours d'histoire, par exemple) mais non de porter des signes religieux visibles (loi de 2004) ou de refuser de suivre un enseignement pour des raisons religieuses.

3 Le rôle de la loi

Réponse c. Le peuple est à l'origine des lois en France. Dans une démocratie représentative, le peuple est souverain et exerce sa souveraineté par l'intermédiaire de ses représentants (les parlementaires qui eux votent la loi).

4 Les droits fondamentaux

Réponse b. Un État-providence est un État qui intervient directement dans les domaines économiques et sociaux.

OBJECTIF BREVET

5 Mobiliser des compétences d'EMC à partir d'une situation pratique

1 Ce projet de loi est déposé par Simone Veil, la ministre de la Santé, en 1974.

2 Le projet de loi est élaboré, puis déposé par la ministre au Parlement. Il est ensuite débattu et voté par l'Assemblée nationale, puis par le Sénat. Le témoignage n'évoque par une éventuelle saisie du Conseil constitutionnel ni sa promulgation par le président de la République.

À NOTER

Les étapes sont ici particulièrement visibles car présentées dans différents paragraphes. Par ailleurs, il est souvent pertinent d'évoquer les éléments de réponse non abordés dans les documents car cela te permet de montrer l'acquisition des connaissances mais aussi ta capacité à identifier les limites d'un document.

3 La loi renforce l'égalité entre les citoyens puisqu'avant son adoption les femmes plus fortunées se déplaçaient à l'étranger pour des interventions chirurgicales pratiquées légalement et en toute sécurité, alors que les plus pauvres recourraient à des avortements illégaux et très dangereux pour leur santé. Il s'agit donc ici de reconnaître un droit (celui de disposer de son corps) mais aussi de renforcer l'égalité entre les citoyens.

4 Les débats permettent d'avancer des arguments et de mettre en valeur les aspects positifs et négatifs d'un projet de loi. Pour les lois chargées d'importants enjeux, les débats débordent souvent du cadre du Parlement pour toucher l'ensemble de la société (comme pour l'IVG). Cela permet aux individus d'exprimer leur avis, de les confronter et finalement de mieux accepter le texte voté. La démocratie repose sur le vote majoritaire mais aussi sur le respect des opinions minoritaires.

48 Les valeurs au fondement de la République

EN BREF ▸ *Certaines valeurs sont propres aux individus et d'autres sont partagées au sein de groupes plus vastes. Sur quelles valeurs reposent le pacte républicain ?*

I Valeurs et symboles de la République française

1 Les grandes valeurs républicaines

■ Les **valeurs** sont reprises dans la devise nationale, « Liberté, Égalité, Fraternité ».

MOT CLÉ
Les **valeurs** sont des causes à défendre et des idéaux à atteindre.

- **Liberté** → « faire tout ce qui ne nuit pas à autrui » (Déclaration des droits de l'homme et du citoyen, 1789)
- **Égalité** → les Hommes ont tous les mêmes droits
- **Fraternité** → la solidarité entre les Hommes

■ La laïcité (la liberté de croire ou de ne pas croire) s'impose comme un principe permettant de renforcer ces trois valeurs républicaines → FICHE 45. Elle garantit la liberté de conscience, l'égalité sans distinction de religion et le vivre-ensemble. Ce principe de laïcité est souvent promu au rang de 4e grande valeur républicaine.

2 Les symboles républicains

■ Ces valeurs sont incarnées par des symboles : le drapeau, l'hymne national (*La Marseillaise*), la devise, Marianne et la fête nationale du 14 juillet. Ces symboles se sont imposés sous la Révolution française ou dans les combats républicains du XIXe siècle.

■ D'autres symboles moins répandus sont parfois mobilisés comme le coq ou le faisceau de licteur (une hache entourée de branches représentant l'union des Français autour de la liberté, reprise par exemple sur les passeports).

II Des valeurs garantes de la cohésion sociale

1 Le pacte républicain

■ Le pacte républicain signifie que ces valeurs sont un bien commun, des principes à la base de l'organisation et du fonctionnement de la République.

■ Leur mise en œuvre permet ainsi de renforcer la cohésion de la société. Les droits sociaux sont adoptés au nom de la fraternité, la lutte contre les discriminations est conduite pour défendre l'égalité entre les individus.

■ L'école est particulièrement sollicitée pour faire partager ces valeurs (apprentissage de la laïcité, promotion de l'égalité filles-garçons...).

2 De la République à la nation

■ La vie citoyenne est rythmée par des temps forts d'identification nationale. Ainsi, les journées mémorielles permettent de construire une mémoire collective autour de valeurs partagées : journée de la mémoire des génocides le 27 janvier, victoire de 1945 le 8 mai, journée de la mémoire de l'esclavage et de son abolition le 10 mai.

III Des valeurs partagées au-delà de la nation

■ Depuis le traité de Maastricht en 1992, les citoyens des pays membres de l'UE sont également des citoyens européens. Cette citoyenneté repose aussi sur des valeurs (la liberté, l'égalité, la démocratie, le respect des Droits de l'homme) et des symboles (le drapeau, la devise « Unie dans la diversité », l'hymne tiré de la *Symphonie n° 9* de L. V. Beethoven, la journée de l'Europe le 9 mai).

■ La volonté de défendre et de promouvoir ces valeurs relie la France à la communauté des nations démocratiques. La liberté et l'égalité sont ainsi érigées au rang de valeurs universelles dans la Déclaration universelle des droits de l'homme de 1948.

zoOm

En quoi ce tableau incarne-t-il la République ?

■ *La Liberté guidant le peuple* représente le combat pour la liberté. Le peintre Eugène Delacroix s'inspire de la révolte du peuple de Paris en 1830 contre le roi Charles X qui voulait restreindre les libertés des Français.

■ La femme au centre est devenue l'incarnation de la liberté et l'un des symboles de la République sous le nom de Marianne.

Huile sur toile, 259 × 325 cm, 1830 (musée du Louvre, Paris).

49 Les institutions de la Ve République

EN BREF ▸ *La Constitution de la Ve République adoptée en 1958 régit le fonctionnement des institutions politiques françaises. En quoi ces institutions respectent-elles les principes de la démocratie ?*

I L'application des règles démocratiques

1 La séparation des pouvoirs

- Ce principe de base de la démocratie a été énoncé en France par Montesquieu au XVIIIe siècle. Il vise à **éviter les abus liés à la concentration** des pouvoirs entre les mains de quelques hommes.
- En France, les trois pouvoirs sont aux mains d'institutions différentes.

Pouvoir législatif →	Parlement (Assemblée nationale et Sénat)
Pouvoir exécutif →	président de la République et son gouvernement
Pouvoir judiciaire →	juridictions indépendantes du pouvoir

2 Des principes respectés

- Le **pluralisme politique**, essentiel pour recevoir une information politique diversifiée, est respecté puisque toutes les grandes tendances politiques sont incarnées par des partis politiques. Ceux-ci disposent d'un égal temps de parole dans les médias lors des campagnes électorales.
- La vie politique sous la Ve République a été rythmée par sept **alternances politiques** (le pouvoir exécutif a changé sept fois de tendances politiques) → FICHE 19. Depuis 2017, Emmanuel Macron est le huitième président de la Ve République.

II Les modalités de consultation du peuple

1 Une démocratie représentative

- Le peuple exerce sa souveraineté par le **suffrage universel direct** (ou indirect pour les élections sénatoriales). Le mode de scrutin est **majoritaire** : est élu le candidat ou la liste ayant obtenu le plus de voix → FICHE 18.
- Le peuple peut être aussi directement consulté par la voie du **référendum** pour les lois les plus importantes (révision de la Constitution, ratification de traités).

2 Des mécanismes participatifs

Ces mécanismes permettent aussi de **mieux impliquer le peuple** dans la prise de décision, tel le référendum d'initiative partagée, instauré en 2015.

III Un régime semi-présidentiel

1 Un régime politique mixte

- Le **président de la République** est doté de pouvoirs élargis : chef de l'État et des armées, il nomme le Premier ministre, préside le Conseil des ministres et peut dissoudre l'Assemblée nationale.
- Mais le régime est aussi **parlementaire** car le Parlement vote les lois, le budget et exerce un contrôle sur le gouvernement.

2 Une présidentialisation croissante

- Les institutions de la Ve République ne sont pas figées et la Constitution a fait l'objet de plusieurs **révisions** (soumises à référendum).
- Afin de limiter les risques de cohabitation → FICHE 19, le mandat présidentiel a été réduit de 7 à 5 ans (réforme du **quinquennat** adoptée en 2000), ce qui permet de faire coïncider les élections présidentielles et législatives et d'assurer ainsi au président élu une majorité parlementaire pour l'intégralité de son mandat.

zoOm

Comment sont organisées les institutions de la Ve République ?

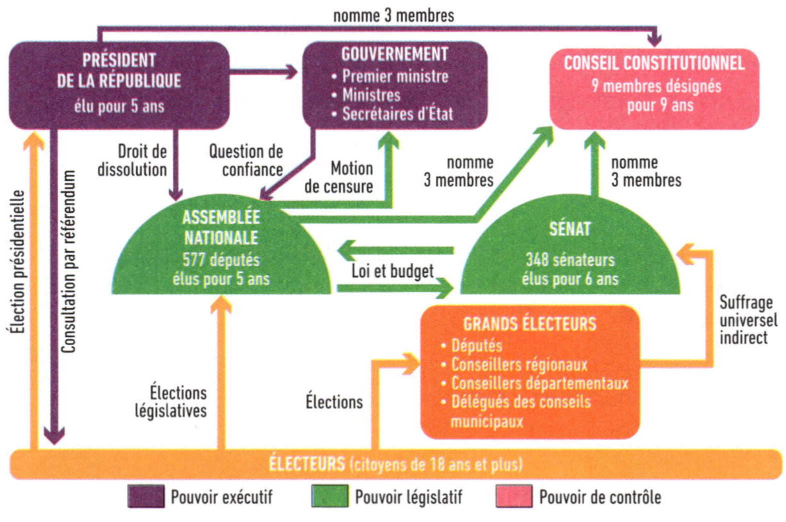

50 L'État et les collectivités locales

EN BREF ▸ *Une collectivité locale est une partie du territoire national disposant d'une certaine autonomie de gestion. Comment la France est-elle gouvernée et administrée ?*

I Un État garant de la cohésion sociale

1 L'État républicain

- L'État représente la collectivité. Il est incarné par les institutions républicaines auxquelles le peuple a délégué l'exercice de sa souveraineté (démocratie représentative).
- Les valeurs et les principes de la République peuvent être identifiés dans son fonctionnement et dans ses actions. L'État est, comme les individus, soumis au respect des règles juridiques (État de droit) et doit rendre des comptes lorsque des manquements sont constatés.

2 Les grandes missions de l'État

- L'État exerce un certain nombre de grandes fonctions souveraines, dites **régaliennes** : la défense, la diplomatie, la police, la justice et la fiscalité. Au nom de l'intérêt collectif, elles ne peuvent être confiées à des structures privées.

> **MOT CLÉ**
> Les **fonctions régaliennes** étaient les attributions qui relevaient directement du roi. L'expression désigne aujourd'hui les fonctions du ressort exclusif de l'État.

- L'État garantit ainsi les conditions de la vie en société puisqu'il assure la sécurité intérieure et extérieure, protège les droits des individus et finance ses actions (droits sociaux) par la fiscalité (impôts).
- Parmi la trentaine de missions identifiables (construction de logements, aide aux entreprises en difficulté, éducation des jeunes, promotion de la culture...), le gouvernement fait des choix budgétaires en fonction des priorités politiques.

II La prise en compte des particularismes locaux

1 La décentralisation

- Le modèle de l'État centralisé hérité de la Révolution française s'est longtemps imposé. La première loi de **décentralisation** de 1982 (loi Deferre) ouvre la voie à un profond bouleversement de la répartition des pouvoirs au profit des acteurs locaux.

> **MOT CLÉ**
> La **décentralisation** consiste à transférer des attributions de l'État vers des collectivités locales.

- Les collectivités locales (communes, départements, régions) sont reconnues comme des **structures administratives autonomes** dotés de compétences propres déléguées par l'État (comme la gestion des lycées par les conseils régionaux) → ZOOM et d'une autonomie financière.

- Si l'exercice de ces attributions **reste sous la surveillance de l'État**, la décentralisation permet néanmoins de décharger les administrations centrales (les ministères), de confier des responsabilités au niveau le plus adapté et de rapprocher les centres de décision des citoyens (qui élisent ces collectivités).

2 La déconcentration

- La décentralisation est accompagnée d'un **processus de déconcentration** afin d'améliorer la rapidité et l'efficacité de la prise de décision.

MOT CLÉ
La **déconcentration** désigne l'implantation locale d'autorités administratives représentants l'État (comme les préfets).

- À la différence de la décentralisation, les **services déconcentrés** dépendent directement du pouvoir central et ne sont pas autonomes. C'est toujours l'État qui prend les décisions mais il les prend au plus proche des habitants.

zoOm

Un exemple de partage de compétences : le système éducatif

Le collège La Fontaine des Près à Senlis (Oise).

- L'**État** fixe les programmes, délivre les diplômes nationaux, recrute et rémunère les enseignants. La politique éducative décidée par le gouvernement est mise en œuvre localement par les **rectorats** qui sont des services déconcentrés de l'Éducation nationale.

- Les **collectivités locales** assurent le fonctionnement matériel des établissements : des écoles pour les **communes**, des collèges pour les **départements**, des lycées pour les **régions**.

51 L'opinion publique, les médias et la démocratie

EN BREF ▸ *L'opinion publique désigne les avis, idées et jugements (parfois supposés) de l'ensemble des citoyens. Quelle est la place de l'opinion publique dans le débat démocratique ? Comment la société numérique change-t-elle le rapport des individus à l'information ?*

I L'opinion publique, un produit de la démocratie

1 L'affirmation de l'opinion publique

- L'avènement du suffrage universel fait de l'opinion publique un acteur majeur de la vie politique, dans un rôle complexe de soutien et d'obstacle au pouvoir en place.
- L'opinion publique s'affirme en France avec l'amélioration des niveaux de vie et culturels, et la diffusion des moyens d'information et de communication.

2 Mesurer l'opinion publique, une question problématique

- Les sondages servent d'outils de référence en offrant une photographie à un instant précis des opinions des citoyens, à partir des avis d'un échantillon jugé représentatif de la population.
- Ils sont néanmoins accusés de fabriquer de l'opinion en interrogeant les individus sur des sujets sur lesquels ils n'ont pas forcément d'avis.

II Médias et opinion publique

1 Le rôle des médias

Les **médias** entretiennent aussi des rapports complexes avec l'opinion publique. Lieux d'expression des avis des citoyens, ils permettent en même temps de les influencer. Ils jouent un rôle clé dans la vie démocratique.

MOT CLÉ
Les **médias** sont l'ensemble des moyens, techniques et supports qui permettent une diffusion massive de l'information (presse, radio, télévision, cinéma, Internet…).

2 Les médias traditionnels à l'heure d'Internet

- Le développement d'Internet a bouleversé le fonctionnement des médias traditionnels. L'information est désormais facilement disponible et consultable sur smartphone.
- Ces médias traditionnels cherchent à s'adapter à cette nouvelle manière d'informer en proposant des contenus en ligne, plus synthétiques et plus visuels. Depuis 2016, le journal *Le Monde* publie quotidiennement une édition sur le réseau social *Snapchat*.

III Les enjeux des réseaux sociaux

1 Des médias de masse

- Blogs, sites web et surtout **réseaux sociaux** accroissent les échanges d'informations tout en cassant les barrières classiques en termes de communication (inégalités sociales, isolement géographique...).
- En quelques clics, des **lanceurs d'alerte** peuvent ainsi être à l'origine de **mobilisations collectives**. Ces derniers bénéficient en France depuis 2013 d'une protection juridique face aux possibles représailles (licenciements, procès) de leur hiérarchie.

MOT CLÉ
Les **lanceurs d'alerte** sont des individus (scientifiques, simples citoyens) qui interpellent les médias et les pouvoirs publics pour signaler un risque ou un danger et susciter une prise de conscience.

2 La manipulation de l'information

- Internet permet aussi de diffuser massivement des **informations délibérément faussées** pour manipuler l'opinion publique (la COVID-19 serait fabriquée par l'Institut Pasteur, la banque Rothschild contrôlerait le monde...).
- Ces ***fake news*** gênent le débat démocratique. Elles peuvent peser sur un processus électoral, envenimer un débat voire déstabiliser un État.
- Devant les dangers de la désinformation, les citoyens doivent **apprendre à pratiquer les médias** : sélectionner l'information, identifier les sources, faire preuve d'esprit critique... → ZOOM.

zoOm

Comment lutter contre les *fake news* ?

- De grands médias lancent des opérations de « *fact checking* » (vérification des faits) afin d'analyser les informations diffusées et de « réinformer » correctement l'opinion publique. C'est le cas du *Monde* avec la rubrique « Les Décodeurs », ici sur la photo.
- Le *fact checking* présente toutefois d'importantes limites liées à l'ampleur de la tâche et au fait qu'il s'adresse à un public ayant confiance en la crédibilité des médias traditionnels et donc moins réceptif aux *fake news*.

SE TESTER QUIZ

Vérifie que tu as compris les points clés

1 Les valeurs de la République

→ FICHE 48

À quoi servent les journées mémorielles ?

☐ **a.** À construire une mémoire collective

☐ **b.** À avoir un jour férié

☐ **c.** À partager des valeurs

2 Les institutions de la Ve République

→ FICHE 49

1) Quel pouvoir possède le Parlement en France ?

☐ **a.** Le pouvoir législatif

☐ **b.** Le pouvoir exécutif

☐ **c.** Le pouvoir judiciaire

2) Combien de temps dure le mandat du président de la République ?

☐ **a.** 4 ans

☐ **b.** 5 ans

☐ **c.** 7 ans

3 L'État et les collectivités locales

→ FICHE 50

1) Les collectivités locales (ou territoriales) sont…

☐ **a.** des structures administratives autonomes.

☐ **b.** gérées par des agents de l'État.

☐ **c.** gérées par des élus.

2) Dans cette liste, relève les missions dites régaliennes de l'État.

☐ **a.** La défense

☐ **b.** La fiscalité

☐ **c.** La santé

☐ **d.** L'éducation

☐ **e.** La justice

☐ **f.** Le bien-être de la population

4 L'opinion publique

→ FICHE 51

Parmi ces propositions, lesquelles sont des médias ?

☐ **a.** Les journaux

☐ **b.** Le cinéma

☐ **c.** Les réseaux sociaux

OBJECTIF BREVET

Lance-toi dans un sujet !

5 Mobiliser des compétences d'EMC à partir d'une situation pratique

30 min

→ FICHE 48

Document 1 À quoi sert un règlement intérieur ?

Le règlement intérieur fixe l'ensemble des règles de vie dans l'établissement. Par exemple, il édicte[1] les horaires d'entrée et de sortie et précise les conditions d'exercice de la liberté d'expression des élèves, les conditions d'accès et les usages des établissements. [...]

Les règles sont rédigées par la direction de l'établissement, en concertation avec les autres membres de la communauté éducative [...].

C'est sur ce document que vous saurez ce qui est interdit ou non. L'interdiction de certains vêtements (casquette, short...) peut être prévue ainsi que les sanctions qui s'y rattachent. C'est aussi dans ce document que sont autorisées ou non le téléphone portable, les baladeurs, les casques... Le principe demeure que ce qui n'est pas interdit par le règlement intérieur est permis, si, bien entendu, cela est aussi permis à l'extérieur. [...]

Le règlement intérieur garantit la liberté d'information et d'expression, les principes de laïcité et de pluralisme, le cadre disciplinaire applicable à chaque établissement, l'interdiction de certaines pratiques comme le bizutage, et prévoit les sanctions applicables.

Centre d'information et de documentation jeunesse (CIDJ), 2016.

1. Édicte : impose.

Document 2 Extrait du règlement intérieur d'un collège

Le règlement intérieur met en application :

- la liberté d'information et d'expression ;
- le principe de neutralité politique, idéologique et religieuse ;
- le respect des principes de laïcité et de pluralisme ;
- le devoir de tolérance et le respect d'autrui ;
- les garanties de protection contre toute agression physique ou morale et contre toutes discriminations. Il en découle pour chacun le devoir de n'user d'aucune forme de violence ;
- l'égalité des chances et de traitement entre filles et garçons.

Site Internet du collège de Rousset (Bouches-du-Rhône).

1) Relève deux valeurs de la République auxquelles font référence ces deux documents.

2) Nomme un texte qui garantit ces valeurs pour tous les citoyens.

3) À partir des deux documents, complète le tableau en donnant deux interdictions et deux garanties présentes dans un règlement intérieur.

Le règlement intérieur interdit...	Le règlement intérieur garantit...
–	– ....
–	– ....

4) Ton collège accueille des élèves de CM2. À un écolier qui te dit que « connaître le règlement intérieur ne sert pas à grand-chose », tu réponds en lui montrant ce qui fait l'intérêt du règlement et la nécessité de bien le connaître.

DÉMARRONS ENSEMBLE

Il s'agit de deux documents de l'Éducation nationale. Le premier explique aux élèves l'utilité du règlement intérieur et le second est un extrait de règlement intérieur d'un collège des Bouches-du-Rhône qui s'adresse à l'ensemble de la communauté éducative (élèves, professeurs, parents...).

4) La question est une mise en situation fictive. La réponse doit être rédigée sur un ton neutre (évite le vocabulaire familier) et ne comporter aucune information d'identité.

CORRIGÉS

SE TESTER QUIZ

1 Les valeurs de la République

Réponses a et c. Les journées mémorielles permettent de construire une mémoire collective autour d'événements passés marquants pour la communauté nationale mais aussi à partager des valeurs.

2 Les institutions de la Ve République

1) **Réponse a.** Le pouvoir exécutif est entre les mains du président de la République et de son gouvernement ; le pouvoir judiciaire dans celles des différents tribunaux.

2) **Réponse b.** Son mandat a été ramené de 7 à 5 ans en 2000 (réforme du quinquennat). Aux États-Unis, le président est élu pour 4 ans.

3 L'État et les collectivités locales

1) **Réponses a et c.** Les collectivités locales sont des structures administratives autonomes gérées par des élus.

2) **Réponses a, b, e.** L'éducation et la santé ne sont pas des missions régaliennes car elles peuvent être déléguées à des structures privées (écoles, cliniques). Assurer le bien-être de la population ne fait pas l'objet d'une mission spécifique de l'État.

4 L'opinion publique

Réponses a, b et c. Les journaux, le cinéma, les réseaux sociaux (Internet) sont des médias puisqu'ils permettent de diffuser massivement de l'information.

OBJECTIF BREVET

5 Mobiliser des compétences d'EMC à partir d'une situation pratique

1) La **liberté**, l'**égalité** et la **laïcité** sont les valeurs évoquées dans les documents.

2) Plusieurs textes garantissent ces valeurs pour tous les citoyens. Le plus récent est la **Constitution de la Ve République** de 1958 qui est le fondement de notre organisation politique et sociale. On peut aussi citer la **Déclaration des droits de l'homme et du citoyen** de 1789 (même si la laïcité n'y est pas évoquée).

3)

Le règlement intérieur interdit...	Le règlement intérieur garantit...
• le port de certains objets ou vêtements • toute forme de violence	• la liberté d'expression des élèves • le respect des principes de la laïcité

À NOTER

D'autres réponses sont possibles (la garantie de l'égalité de traitement entre filles et garçons par exemple) mais la question invite à ne prélever que deux informations par colonne.

4) Je pense que tu te trompes en disant cela. Connaître le règlement intérieur te permet d'abord d'apprendre les interdits au sein de l'établissement et donc de prendre conscience du comportement à adopter pour ne pas être sanctionné. Au niveau collectif, ces règles **facilitent ainsi le vivre-ensemble**.

De plus, le règlement te permet de savoir ce que tu as le **droit** de faire (par exemple, pour l'utilisation du téléphone portable) et il te donne des **renseignements pratiques**, comme les horaires d'ouverture et de fermeture du collège.

Enfin, le règlement intérieur énumère des **garanties** que tu peux faire valoir auprès des enseignants ou des surveillants si tu penses qu'elles ne sont pas respectées : interdiction du bizutage, refus des discriminations, respect de la liberté d'expression.

52 Le sens de l'engagement

EN BREF ▸ *En France, les citoyens ont la possibilité d'agir et de s'impliquer dans la vie publique au sein de différentes structures. Leur engagement a un sens individuel, collectif et démocratique. Pourquoi et comment des citoyens s'engagent-ils au niveau associatif, syndical ou politique ?*

I Une diversité de structures

1 Un monde associatif riche et varié

- Depuis la loi de 1901, les associations doivent être composées d'au moins deux personnes et avoir des statuts déposés en préfecture. Celles-ci doivent partager **un but ou un intérêt commun** et être à **but non lucratif** (leur but ne doit pas être l'enrichissement personnel de leurs membres).
- Certaines associations sont **reconnues d'utilité publique**, c'est-à-dire que l'État juge leur action bénéfique pour l'ensemble de la société, ce qui leur donne le droit de récolter des dons → ZOOM.
- La France compte **1,3 million d'associations** (regroupant 13 millions de bénévoles) dont la variété est infinie, allant d'une petite association de quartier à une **ONG** présente dans plusieurs pays.

MOT CLÉ
Une **organisation non gouvernementale** (ONG) fonctionne de manière autonome, sans dépendre d'un État.

2 D'autres possibilités de s'engager

Les citoyens peuvent aussi s'engager dans des **syndicats** ou dans des **partis politiques**. Il existe aujourd'hui plus de 70 partis nationaux et plusieurs centaines de micro-partis impliqués uniquement dans la vie politique locale.

MOT CLÉ
Les **syndicats** sont des associations professionnelles qui regroupent des personnes exerçant des métiers similaires pour défendre des intérêts communs.

II L'engagement citoyen

1 Les motivations individuelles

Intégrer des structures associatives, syndicales ou politiques relève d'une démarche volontaire. Les **bénévoles** acceptent d'y consacrer une partie de leur **temps libre**. Les citoyens choisissent de s'y engager lorsqu'ils sont en accord avec les valeurs, les objectifs, le mode de fonctionnement et le mode d'action.

2 De multiples formes d'engagement

Le degré d'implication dépend de la **disponibilité** et de la **motivation** de chacun.

Associations, syndicats, partis politiques

- **Sympathisants :** approuvent les idées
- **Donateurs :** donnent de l'argent
- **Adhérents :** deviennent membres
- **Militants :** agissent de manière active

III Les enjeux démocratiques

- Les **actions collectives** sont organisées pour défendre des **idées** ou des **intérêts** : pétitions ou grèves par les syndicats afin d'appuyer des revendications professionnelles, campagnes d'informations d'associations écologiques comme Greenpeace.
- Ces structures permettent de **porter des attentes** (environnementales, sociales) et de **défendre des droits**. En exprimant les choix politiques des citoyens, les partis sont les principaux leviers du **pluralisme politique**.
- En s'engageant dans ces différentes structures, les citoyens participent à des prises de décisions, à des **projets collectifs**. Ils y trouvent du pouvoir d'agir et expérimentent concrètement la **démocratie**.

zoOm

Pourquoi s'engager dans une banque alimentaire ?

- Les banques alimentaires organisent des collectes de denrées alimentaires pour les plus démunis, comme ici en Alsace. En 2020, l'équivalent de 20 millions de repas ont ainsi été collectés dans toute la France.
- Ces associations fonctionnent grâce aux bénévoles, mais aussi grâce aux donateurs. Leur action permet d'améliorer les conditions de vie des personnes les plus pauvres et fait vivre la valeur républicaine de **fraternité**.

FRANÇAIS MATHS HISTOIRE GÉO EMC PHYSIQUE CHIMIE SVT TECHNO ANGLAIS BREVETS BLANCS

53 Les Français et la Défense nationale

EN BREF ▸ *La fin du service militaire a redessiné le rapport des citoyens à la Défense nationale. Comment les citoyens participent-ils à la sécurité du territoire et comment les armées contribuent-elles à la cohésion de la communauté nationale ?*

I Défense, citoyenneté et République

1 La professionnalisation de l'armée

- En 1792, la Première République a été fondée dans un contexte de guerres intérieures et extérieures. La défense du territoire et du régime républicain fut assurée par une armée de citoyens. Ce lien fort entre citoyenneté et **Défense nationale** s'est traduit par l'instauration du service militaire obligatoire pour les hommes.

MOT CLÉ
La **Défense nationale** désigne l'ensemble des moyens et des actions mises en œuvre pour garantir la sécurité du territoire et de sa population.

- Les nécessités de s'adapter au contexte des conflits modernes a conduit à professionnaliser l'armée française (une armée moins nombreuse mais mieux formée). La réforme du service national de 1997 a remplacé le service militaire obligatoire par un parcours de citoyenneté en trois grandes étapes.

2 Le parcours de citoyenneté

1. **Sensibilisation au devoir de défense :** en classe de 3e et de 1re, enseignement des principes et de l'organisation de la Défense nationale
2. **Recensement** des jeunes Français de 16 ans à la mairie de leur domicile ou en ligne
3. **Journée défense et citoyenneté** (JDC) avant 18 ans

3 L'organisation de la Défense nationale

La Défense nationale implique les jeunes Français mais aussi l'ensemble des pouvoirs publics : « chef des armées » et « garant de l'indépendance nationale » dans la Constitution, le président de la République est responsable de la sécurité sur le territoire ; le Parlement fixe le budget et débat des choix stratégiques, les ministères de l'Éducation nationale et de la Défense et les collectivités locales organisent le parcours de citoyenneté.

II Les engagements citoyens dans la Défense nationale

1 De multiples formes d'engagements

- Des citoyens s'engagent volontairement dans les armées mais peuvent aussi rejoindre la réserve opérationnelle et se tenir prêts en cas de nécessité.
- Il existe de nombreux dispositifs à destination de la jeunesse. Le service civique permet à des jeunes de s'engager au service de l'État ou d'une association pour réaliser une mission d'intérêt général. Des contrats armée-jeunesse leur permettent d'effectuer des stages rémunérés au sein des armées.
- Dans le cadre du dispositif « Défense deuxième chance », les jeunes de moins de 26 ans sans qualification peuvent signer un contrat de volontariat pour l'insertion et bénéficier d'un parcours de formation et d'orientation.

2 Les enjeux du Service national universel (SNU)

Le SNU est amené à remplacer la JDC. Les objectifs affichés sont de renforcer la cohésion sociale et territoriale (période de vie collective, détection des difficultés de lecture, de santé ou d'insertion de certains jeunes) et de développer la culture de l'engagement (découverte des opportunités civiles et militaires) → ZOOM.

zoOm

Qu'est-ce que le Service national universel ?

Volontaires du SNU avec des gendarmes dans les Hautes-Pyrénées, chargés de diffuser des messages de prévention sur la sécurité en montagne.

- Le SNU est un service civique d'un mois vers l'âge de 16 ans et peut être suivi d'un engagement plus long sur la base du volontariat, entre 16 et 25 ans.
- Sa mise en place a commencé par une phase d'expérimentation fin juin 2019 avant une mise en œuvre progressive vers sa généralisation prévue en 2024.

54 Les engagements internationaux de la France

EN BREF ▸ *La France s'engage pour faire face aux grands enjeux mondiaux et les citoyens participent aux interventions dans le cadre de la Défense nationale. Comment la France s'implique-t-elle dans la sécurité mondiale ?*

I Les engagements militaires

1 Une grande puissance militaire

Avec une armée de près de 270 000 soldats et 4 porte-aéronefs, la France reste une puissance militaire importante (7e mondiale, 1re européenne). Elle dispose d'une **force de dissuasion** avec 4 sous-marins nucléaires lanceurs d'engins (SNLE).

2 Une capacité de projection

- L'armée française est capable d'intervenir rapidement partout dans le monde grâce aux 20 000 engagés présents dans ses bases militaires situées dans les **territoires ultra-marins** français (Guyane) et dans des **pays alliés** (Djibouti).
- La France est récemment intervenue au Mali (2013) → ZOOM, en Centrafrique (2013), en Irak (2014), et en Syrie (2015). Elle s'est engagée dans **106 opérations** menées à l'extérieur des frontières nationales ces 25 dernières années.

II Les engagements solidaires et coopératifs

1 Les coopérations internationales

- Les interventions militaires françaises sont toujours menées **avec l'accord** de l'ONU et privilégient la **coopération** avec les puissances régionales (participation de pays du Sahel à l'opération *Barkhane* au Mali).
- La France participe aussi directement à des opérations militaires sous l'égide de l'**ONU** (Centrafrique), dans le cadre de l'**OTAN** (Syrie) ou de l'**UE** (opération *Atalante* pour lutter contre la piraterie sur les côtes somaliennes).

2 Les actions humanitaires

- L'objectif affiché des **engagements militaires** est de venir en aide aux populations. Les militaires jouent souvent un rôle humanitaire direct (distribution de vivres…).

> **REMARQUE**
> Les **engagements militaires** servent aussi des intérêts nationaux. Ainsi la lutte contre la piraterie sécurise les routes maritimes d'approvisionnement en pétrole.

- La France apporte aussi un soutien financier aux pays en grande difficulté sous la forme d'**aides publiques au développement** (APD). Le but est de permettre aux pays concernés de se développer afin de limiter l'afflux de migrants vers l'Europe.

III Une présence politique et culturelle

1 Une diplomatie active

■ Membre du Conseil de sécurité de l'ONU, la France participe aux prises de décisions stratégiques. Elle y dispose d'un droit de véto dont elle peut user pour s'opposer aux résolutions qui iraient contre ses intérêts et ses principes.

■ Pour sa diplomatie, la France s'appuie sur un réseau d'ambassades (162 dans le monde) et de consulats étendu (le troisième derrière les États-Unis et la Chine).

2 La francophonie

■ Dans le cadre de la francophonie, la France est aussi culturellement ouverte sur le monde : réseaux d'associations, regroupements de journalistes, d'écrivains ou encore de professeurs de français.

MOT CLÉ
La **francophonie** désigne l'ensemble des personnes (environ 300 millions) qui ont en commun l'usage de la langue française.

■ L'Organisation internationale de la francophonie (OIF) est vouée à la promotion de la langue française et des relations de coopération entre les 88 États et gouvernements membres ou observateurs de l'organisation.

zoOm

L'intervention française au Mali

■ Sous mandat de l'ONU, la France intervient au Mali depuis 2013 pour soutenir les troupes maliennes contre des groupes islamistes implantés dans le nord du pays et, plus largement, pour stabiliser la zone sahélienne.

■ 5 000 soldats participent à l'opération *Barkhane*. Si les offensives militaires ont connu des succès notables, 50 soldats français sont morts au combat et le Mali s'enfonce dans une grave crise politique.

SE TESTER QUIZ

Vérifie que tu as compris les points clés

1 Les enjeux démocratiques de l'engagement

→ FICHE 52

1 Quelles structures sont nécessaires à la vie démocratique ?

- ☐ **a.** Les associations
- ☐ **b.** Les syndicats
- ☐ **c.** Les partis politiques

2 Quels modes d'action utilisent les syndicats ?

- ☐ **a.** La grève
- ☐ **b.** Le sabotage
- ☐ **c.** Les pétitions

2 Les Français et la Défense nationale

→ FICHE 53

1 Qui est le chef des armées en France ?

- ☐ **a.** Le Parlement
- ☐ b. Le président de la République
- ☐ c. Le ministre de la Défense

2 Quelle est la troisième étape du parcours de citoyenneté ?

- ☐ **a.** La sensibilisation au devoir de défense
- ☐ **b.** La JDC
- ☐ **c.** Le recensement

3 La présence politique et culturelle de la France à l'étranger

→ FICHE 54

1 Quelle structure est vouée à la promotion de la langue française ?

- ☐ **a.** L'armée
- ☐ **b.** L'OIF
- ☐ **c.** Le réseau d'ambassades

2 Combien y a-t-il approximativement de francophones à l'échelle mondiale ?

- ☐ **a.** 70 millions
- ☐ **b.** 300 millions
- ☐ **c.** 1,2 milliard

OBJECTIF BREVET

Lance-toi dans des sujets !

4 Répondre à des questions de cours

15 min

→ FICHES 52 à 54

1) Qu'est-ce qu'une association et comment les citoyens peuvent-ils s'y impliquer ?

2) Cite trois formes d'engagement au service dans la Défense nationale.

3) Quels sont les objectifs des interventions militaires françaises ?

5 Comprendre le sens général d'un document

30 min

Document Une affiche de recrutement de l'Armée de l'air → FICHE 53

1) Décris cette affiche (les éléments, les personnages, ce qu'ils font...).

2) Explique le sens du slogan.

3) Comment l'affiche cherche-t-elle à motiver des jeunes pour qu'ils s'engagent dans l'armée ?

CORRIGÉS

SE TESTER QUIZ

1 Les enjeux démocratiques de l'engagement

1) Réponse a, b et c. 2) Réponse a et c.

2 Les Français et la Défense nationale

1) Réponse b. 2) Réponse b.

3 La présence politique et culturelle de la France à l'étranger

1) Réponse b. 2) Réponse b.

OBJECTIF BREVET

4 Répondre à des questions de cours

1) Une association est un groupement de personnes autour d'un but ou d'un intérêt commun. Selon leur degré d'engagement, les citoyens peuvent s'y impliquer en tant que sympathisants, adhérents, donateurs ou militants.

2) On peut citer : devenir soldat, rejoindre la réserve opérationnelle, réaliser un service civique. Il est aussi possible de signer des contrats armée-jeunesse ou de volontariat pour l'insertion et, depuis 2019, d'intégrer le dispositif du SNU.

3) Les interventions militaires françaises ont généralement pour objectif affiché d'aider des populations en difficulté (dimension humanitaire). Mais il s'agit aussi de défendre des intérêts nationaux, de sécuriser des routes maritimes (opération *Atalante* contre la piraterie dans l'océan Indien) ou encore de stabiliser des zones jugées stratégiques (opération *Barkhane* au Sahel).

5 Comprendre le sens général d'un document

1) L'affiche représente un jeune homme poussant la porte d'un Centre d'information et de recrutement de l'armée (CIRFA). Derrière cette porte se trouvent une base aérienne et des personnels militaires qui le regardent en souriant. Un flash code permet de se renseigner sur les métiers de l'Armée de l'air. Il y a aussi deux slogans et les logos de la République française et de l'Armée de l'air.

2) Le slogan « Ici, toute une armée croit en vous » s'adresse aux jeunes citoyens pour les motiver à s'engager et leur montrer qu'ils pourront trouver un métier et une reconnaissance dans l'armée, quel que soit leur parcours scolaire.

3) L'affiche montre que les jeunes qui décident de s'engager dans l'armée seront valorisés et qu'ils pourront recevoir une formation dans de nombreux métiers. De plus, le personnel militaire semble ici accueillant et bienveillant.

PHYSIQUE-CHIMIE

TOUT LE PROGRAMME

- 32 fiches de cours
- Exercices et sujets corrigés

SOMMAIRE

Organisation et transformations de la matière

1. Propriétés de la matière

2. Structure de la matière

3. Transformations chimiques

4. Organisation de la matière dans l'Univers

Mouvement et interactions

5. Études des mouvements des systèmes

Quand tu en as fini avec une fiche ou un entraînement, coche la case ☐ correspondante !

6. Forces et mouvements

L'énergie, ses transferts et ses conversions

7. Stockage et échange d'énergie

8. Un transport d'énergie : l'électricité

Des signaux pour observer et communiquer

9. Lumière et son : propagation de l'information

1 Décrire les états de la matière et leurs transformations

EN BREF ▸ *La matière est présente sur Terre sous différentes formes : on les appelle les états physiques de la matière.*

I La description microscopique de la matière

- Un **corps pur** est une substance constituée d'une seule sorte de **molécules**.

Exemple : l'eau distillée n'est constituée que de molécules d'eau.

> **MOT CLÉ**
> Une **molécule** est un assemblage d'atomes (→ FICHE 6).

- Un **mélange** est une substance constituée de plusieurs sortes de molécules.

Exemple : l'eau sucrée est constituée d'eau et de saccharose (sucre).

II Les trois états de la matière et leurs caractéristiques

- La matière peut exister sous trois états différents : **solide**, **liquide** ou **gaz**.
- Chaque état possède des caractéristiques particulières :

– à l'état solide, la matière a une forme et un volume propres ;

– à l'état liquide, la matière a un volume propre et prend la forme du récipient qui le contient ;

– à l'état gazeux, la matière n'a ni forme ni volume propres : elle occupe tout l'espace qui lui est offert.

III Les différents changements d'état

Le passage d'un état physique (solide, liquide ou gaz) à un autre est appelé **changement d'état**.

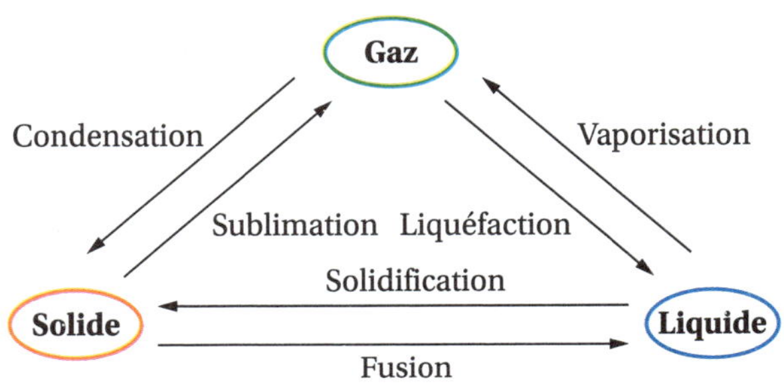

2 Comprendre les changements d'état au niveau microscopique

EN BREF ▸ *La matière est constituée de molécules. Leur organisation détermine dans quel état physique est la matière. Lors d'un changement d'état, les molécules s'agencent différemment.*

I L'organisation des molécules dans la matière

L'agencement des molécules d'un échantillon de matière diffère selon l'état de la matière :

– matière à l'**état solide**, les molécules sont **immobiles** et serrées les unes contre les autres, de manière **ordonnée** ;

– matière à l'**état liquide**, les molécules sont **désordonnées** et se déplacent en glissant les unes sur les autres ;

– matière à l'**état gazeux**, les molécules sont très **agitées**, elles occupent tout l'espace disponible et se déplacent rapidement de manière **désordonnée**.

Exemples : molécules d'un échantillon d'eau (les molécules sont représentées par des sphères).

État solide	État liquide	État gazeux
		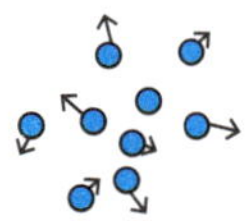

II Les changements d'état et leurs conséquences

Lors d'un changement d'état :

– la **masse de l'échantillon ne change pas** car le nombre de molécules reste constant ;

– le **volume de l'échantillon varie**, car les molécules ne sont pas à la même distance les unes des autres selon l'état.

Exemple : solidification de l'eau.

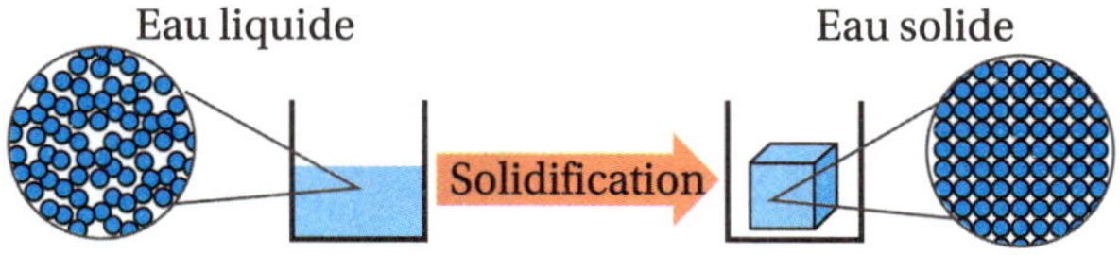

3 Connaître les caractéristiques d'un échantillon de matière

EN BREF ▸ *Chaque espèce chimique possède des propriétés physiques dont les valeurs lui sont propres : ce sont ses caractéristiques physiques.*

I La masse volumique

■ La masse volumique d'un échantillon de matière est égale à la **masse d'une unité de volume** de cette matière.

■ Pour calculer la masse volumique ρ d'un échantillon de matière, on divise la masse m de l'échantillon par son volume V :

$$\rho(\text{échantillon}) = \frac{m(\text{échantillon})}{V(\text{échantillon})}$$

ρ en kilogrammes par mètre cube (kg/m^3) ;
m en kilogrammes (kg) ;
V en mètres cubes (m^3).

■ La masse volumique d'un échantillon de matière diminue quand sa **température** augmente, car son volume augmente (sa masse restant constante).

II Les températures de changement d'état

■ Chaque substance est caractérisée par des températures de changement d'état qui lui sont propres.

Exemples :
- $T_{\text{fusion de l'eau}} = 0$ °C ;
- $T_{\text{fusion du fer}} = 1\ 535$ °C.

■ Les changements d'état des corps purs se font à température constante. En revanche, lors des changements d'état des mélanges, la température varie.

Exemples : courbes de variation de la température au cours du temps lors de la solidification d'un corps pur (eau distillée) et d'un mélange (eau salée).

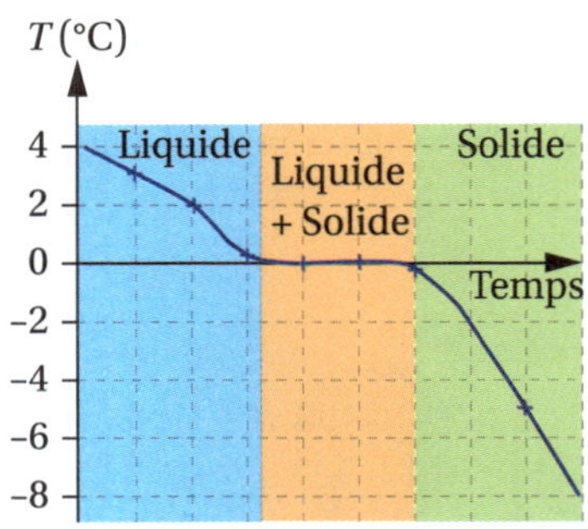

Eau distillée

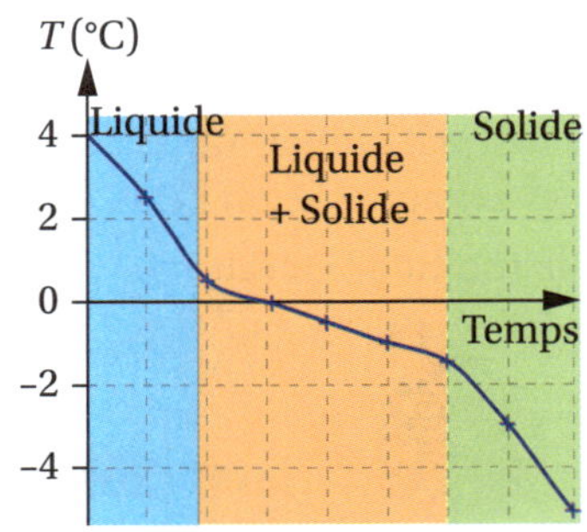

Eau salée

4 Préparer des solutions

EN BREF ▸ *On peut préparer une solution par dissolution d'un solide ou dilution d'un liquide. En fonction des quantités introduites et des caractéristiques des espèces utilisées, on obtient un mélange homogène ou hétérogène.*

I Dissolution, solubilité et fusion

■ Le mélange d'un solide avec un liquide conduit à deux résultats possibles :
– un mélange hétérogène : le solide et le liquide restent visibles à l'œil nu. Le solide est insoluble dans le liquide ;
– un mélange homogène : le solide (le soluté) s'est **dissout** dans le liquide (le solvant) et on obtient une solution. Le solide est **soluble** dans le liquide.

MOTS CLÉS

- Une **dissolution** consiste à dissoudre un solide (ou un gaz) dans un liquide pour obtenir une solution.
- La **solubilité** correspond à la quantité maximale de solide (ou de gaz) qui peut être dissoute dans un solvant donné.

Exemple : lorsque l'on met du sel dans l'eau de cuisson des pâtes, le sel se dissout dans l'eau : le sel est le soluté et l'eau le solvant.

■ La dissolution d'un soluté est limitée : lorsque le solvant ne peut plus dissoudre de soluté, on obtient une solution saturée.

■ La fusion est un changement d'état d'une substance (passage de l'état solide à l'état liquide), tandis que la dissolution est un mélange de deux substances chimiques.

Exemple : le sucre se dissout dans le café, tandis qu'il change d'état lorsqu'on le chauffe (fusion) pour préparer du caramel.

■ Lors d'une dissolution, il y a conservation de la masse totale :

$$m_{\text{solution}} = m_{\text{soluté}} + m_{\text{solvant}}$$

II Dilution d'une solution

■ Lorsqu'on ajoute du solvant à une solution déjà préparée, on réalise une dilution. On obtient alors un mélange homogène dont le volume est supérieur à celui de la solution initiale. Ce solvant et la solution sont miscibles.

Exemple : en ajoutant de l'eau à du sirop de menthe, on réalise une dilution.

■ Si le solvant ajouté ne se mélange pas avec la solution déjà préparée, on obtient alors un mélange hétérogène : on dit que les deux solutions ne sont pas miscibles.

SE TESTER QUIZ

Vérifie que tu as compris les points clés

1 Décrire la matière à l'échelle macroscopique → FICHE 1

« Un liquide n'a pas de forme propre » signifie qu'un liquide :

☐ **a.** est déformable

☐ **b.** est indéformable

☐ **c.** ne peut pas garder la même forme pendant plusieurs secondes

2 Décrire la matière à l'échelle microscopique → FICHE 2

Un solide a une forme propre, car les molécules qui le constituent sont :

☐ **a.** ordonnées

☐ **b.** immobiles

☐ **c.** serrées les unes contre les autres

3 Connaître les changements d'état → FICHES 1 et 2

Lors d'un changement d'état :

☐ **a.** le volume reste constant mais la masse varie

☐ **b.** le volume varie mais la masse reste constante

☐ **c.** le volume et la masse sont constants

4 Comprendre la masse volumique → FICHE 3

Quand la température d'un échantillon augmente, sa masse volumique :

☐ **a.** augmente ☐ **b.** reste constante ☐ **c.** diminue

5 Connaître les caractéristiques physiques d'un échantillon de matière → FICHE 3

Toutes les substances ont la même température d'ébullition.

☐ **a.** vrai ☐ **b.** faux

6 Préparer des solutions → FICHE 4

Lors d'une dilution, on ajoute :

☐ **a.** du soluté ☐ **b.** du solvant

OBJECTIF BREVET

Lance-toi dans un sujet !

7 Refroidissement d'un liquide
10 min

→ FICHE 3

En cours de physique-chimie, le professeur demande aux élèves de tracer les variations de la température d'un liquide au cours de son refroidissement.

1 Si les élèves refroidissent suffisamment le liquide, quel changement d'état va-t-il subir ?

2 Le graphique obtenu est reproduit ci-dessous. Le liquide est-il un mélange ou un corps pur ? Justifier.

Document **Variation de la température au cours du temps lors du refroidissement du liquide**

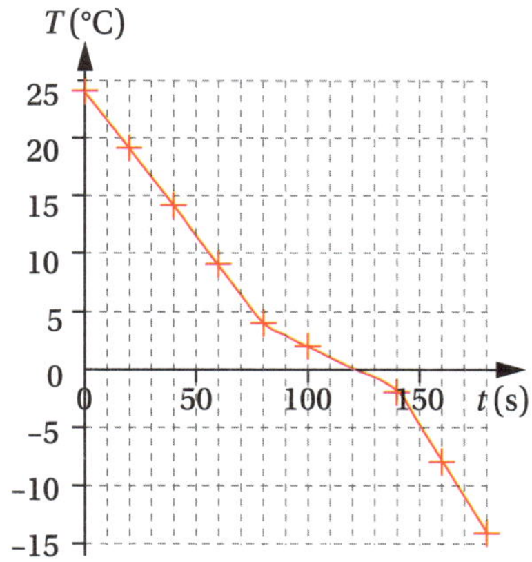

3 Déterminer, à l'aide du graphique, l'intervalle de temps durant lequel la substance est présente sous deux états physiques.

CORRIGÉS

SE TESTER QUIZ

1 Décrire la matière à l'échelle macroscopique

Réponse a. Un liquide n'a pas de forme propre : il prend la forme du récipient qui le contient (il est déformable).

2 Décrire la matière à l'échelle microscopique

Réponses a, b et c. Un solide est indéformable car les molécules qui le constituent sont fixes les unes par rapport aux autres.

3 Connaître les changements d'état

Réponse b. Lors d'un changement d'état, le nombre de molécules n'est pas modifié donc la masse reste constante. En revanche, les molécules s'organisent différemment, en étant plus ou moins proches les unes des autres selon le changement d'état considéré, donc le volume de l'ensemble des molécules varie.

4 Comprendre la masse volumique

Réponse c. Quand la température d'un échantillon augmente, les molécules s'éloignent les unes des autres donc le volume de l'échantillon augmente ; sa masse, en revanche, ne change pas. D'après la formule de la masse volumique, quand le volume augmente la masse volumique diminue.

5 Connaître les caractéristiques physiques d'un échantillon de matière

Réponse b. Chaque substance a une température d'ébullition qui lui est propre : c'est une de ses caractéristiques physiques.

6 Préparer des solutions

3) **Réponse b.** Lors d'une dilution, on ajoute du solvant afin d'augmenter le volume total de la solution.

OBJECTIF BREVET

7 Refroidissement d'un liquide

1) En refroidissant suffisamment, un liquide devient solide : il s'agit donc d'une **solidification**.

2) Le graphique ne présente pas de palier de température, celle-ci varie durant le changement d'état : le liquide étudié est un **mélange**.

3) La substance est présente sous deux états différents lors du changement d'état : ici, **entre 80 et 140 secondes** la substance est en partie à l'état liquide et en partie à l'état solide.

5 Décrire la structure des atomes

EN BREF ▸ *L'atome est la brique élémentaire de la matière : toute substance est composée d'atomes.*

I La description d'un atome

- Chaque **atome** est représenté par un symbole : une lettre en majuscule (souvent la première lettre du nom de l'atome) parfois suivie d'une lettre en minuscule.

Exemple : atome de carbone : C ; atome de cuivre Cu ; atome de sodium : Na.

À NOTER
Le noyau est 100 000 fois plus petit que l'atome !

- Un **atome** peut être assimilé à une sphère dont le rayon a pour ordre de grandeur **10^{-10} m**.
- Chaque atome est constitué d'un noyau autour duquel des **électrons** se déplacent.

Modèle atomique

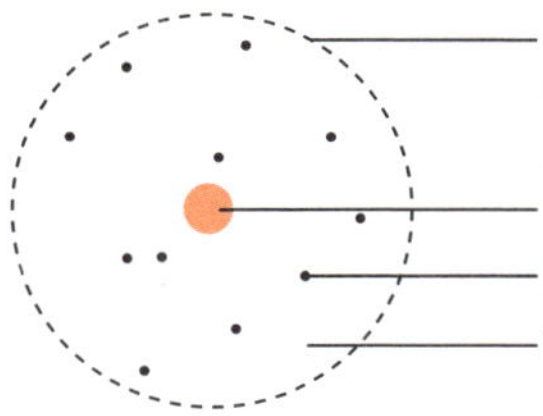

- Le noyau a un rayon d'environ **10^{-15} m**. Il contient des particules appelées nucléons. Il existe deux sortes de **nucléons** :
– Les **protons** (qui portent une charge électrique positive) ;
– Les **neutrons** (qui ont une charge électrique nulle : ils sont neutres).

Le nombre de nucléons est appelé **nombre de masse**, il est noté A.

- Chaque type d'atome est caractérisé par son **numéro atomique** noté Z qui est égal au nombre de protons du noyau.
- Un **électron** est une particule portant une charge négative. Les électrons sont en mouvement rapide et aléatoire autour du noyau. L'ensemble des électrons s'appelle le **cortège électronique**.
- Chaque noyau est représenté par un **symbole** de la forme $^{A}_{Z}X$, avec X le symbole de l'atome, A le nombre de masse et Z le numéro atomique.

Exemple : noyau de carbone : $^{12}_{6}C$.

II Les propriétés de l'atome

- Entre le noyau et les électrons il n'y a que du **vide** : l'atome possède une **structure lacunaire**.
- Un atome est **électriquement neutre** : il contient autant de charges positives (protons) dans son noyau que de charges négatives (électrons) autour du noyau.

Exemple : l'atome de chlore ($Z = 17$) contient 17 protons et 17 électrons.

6 Décrire la structure des molécules

EN BREF ▸ *La matière sur Terre est essentiellement constituée de molécules qui sont des assemblages d'atomes.*

I Composition et formule chimique d'une molécule

- Une molécule est un assemblage d'**atomes** (identiques ou différents) liés entre eux.

> **MOT CLÉ**
> Les **atomes** sont les briques élémentaires de la matière → FICHE 5.

- Chaque molécule possède une formule chimique qui contient :

– le symbole de chaque type d'atome présent dans la molécule (en général écrits dans l'ordre CHON, puis dans l'ordre alphabétique des symboles) ;
– le nombre de chaque type d'atome indiqué en indice après le symbole de l'atome concerné.

Exemple : la molécule d'eau de formule H_2O contient deux atomes d'hydrogène (symbole H) et un atome d'oxygène (symbole O).

II Modèle moléculaire

- Une molécule est représentée par un modèle moléculaire : c'est un édifice formé avec des boules de couleurs et de diamètres différents.
- Chaque boule représente un atome.

À chaque type d'atome correspond une boule de couleur et de taille spécifiques.

Type d'atome	Symbole	Modèle
Hydrogène	H	 (blanc)
Oxygène	O	 (rouge)
Carbone	C	 (noire)
Azote	N	 (bleue)

Exemples :
– dioxyde de carbone :  ;
– dioxygène :  ;
– méthane : .
– protoxyde d'azote : .

7 Décrire la structure des ions et les identifier

EN BREF ▸ *Un ion est un atome (ou groupe d'atomes) qui a perdu ou gagné un ou plusieurs électrons : seul le cortège électronique est modifié, le noyau reste identique.*

I Structure des ions

- Un **ion** est un atome (ou groupe d'atomes) qui a perdu ou gagné un ou plusieurs électrons.
- Un **cation** est un atome qui a perdu un ou plusieurs **électrons** : il est donc **chargé positivement**.

MOT CLÉ
Un **électron** est une particule ayant une charge électrique négative → FICHE 5.

- Un **anion** est un atome qui a gagné un ou plusieurs électrons : il est donc **chargé négativement**.

II Formule chimique des ions

- La formule chimique d'un ion est construite à partir :
  - du **symbole de l'atome** à partir duquel l'ion se forme ;
  - du **nombre** et du **signe des charges en excès**, indiqués **en exposant**.

Exemple : l'**ion chlorure** s'obtient à partir d'un atome de chlore $C\ell$ (de numéro atomique $Z = 17$) qui a gagné un électron. Il contient donc 17 protons (car $Z = 17$) et 18 électrons (car $17 + 1 = 18$). L'ion possède ainsi un excès de 1 charge négative, d'où sa formule $C\ell^-$.

- Il existe des **ions monoatomiques** formés à partir d'un seul atome (H^+, $C\ell^-$, ...) et des **ions polyatomiques** formés à partir de plusieurs atomes (HO^-, NH_4^+, ...).

III Identification des ions

La présence d'un ion en solution aqueuse peut être identifiée par la formation d'un **précipité** (solide en suspension) lorsqu'on ajoute un réactif approprié.

Ion à identifier	Réactif à ajouter	Précipité formé
Ion chlorure $C\ell^-$	Ion argent Ag^+	Précipité blanc qui noircit à la lumière
Ion cuivre Cu^{2+}	Ion hydroxyde HO^-	Précipité bleu
Ion fer II Fe^{2+}	Ion hydroxyde HO^-	Précipité vert
Ion fer III Fe^{3+}	Ion hydroxyde HO^-	Précipité rouille
Ion zinc Zn^{2+}	Ion hydroxyde HO^-	Précipité blanc

8 Distinguer les solutions acides et les solutions basiques

EN BREF ▸ *Parmi les solutions ioniques, il existe des solutions acides et basiques. Le pH de ces solutions dépend de la proportion en ions hydrogène (H^+) et en ions hydroxyde (HO^-) dans la solution.*

I Mesure du pH

- Pour déterminer le caractère acide ou basique d'une solution, il faut mesurer son **pH (potentiel hydrogène)**.
- Le pH d'une solution aqueuse est un nombre compris **entre 0 et 14**, sans unité. Il est relié à la concentration en ions hydrogène H^+ et en ions hydroxyde HO^- dans une solution.
- Le pH d'une solution aqueuse s'estime à l'aide de **papier pH** ou d'un **indicateur coloré** et se mesure à l'aide d'un **pH-mètre**.

II Acidité et basicité

- Une solution est **acide** lorsque son **pH est inférieur à 7** : elle contient alors plus d'ions H^+ que d'ions HO^-. Plus le pH est proche de 0, plus la solution est acide, plus elle contient d'ions H^+.

Exemple : le cola : pH = 3,1.

- Une solution est **basique** lorsque son **pH est supérieur à 7** : elle contient alors moins d'ions H^+ que d'ions HO^-. Plus le pH est proche de 14, plus la solution est basique, plus elle contient d'ions HO^-.

Exemple : l'eau de Javel : pH = 11,8.

- Une solution est **neutre** lorsque son **pH est égal à 7** : elle contient alors autant d'ions hydrogène H^+ que d'ions HO^-.

Exemple : la salive : pH = 7,0.

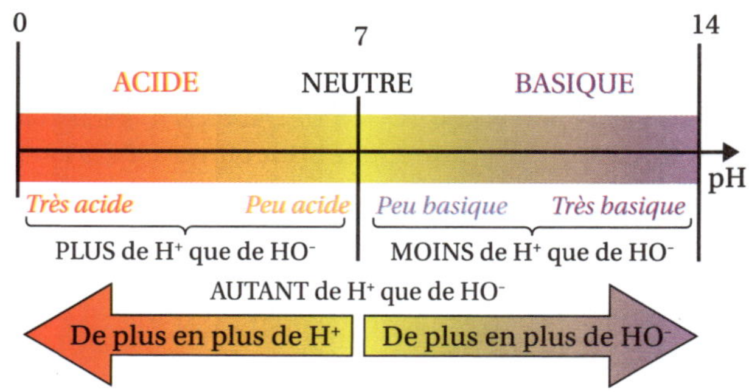

SE TESTER QUIZ

Vérifie que tu as compris les points clés

1 Connaître la structure des atomes

→ FICHE 5

1) Dans le symbole d'un noyau atomique $^{A}_{Z}X$, le Z correspond au nombre :

☐ **a.** de neutrons ☐ **b.** de protons ☐ **c.** d'électrons

2) Un atome contient :

☐ **a.** plus de protons que d'électrons

☐ **b.** autant de protons que d'électrons

☐ **c.** moins de protons que d'électrons

2 Connaître la structure des molécules

→ FICHE 6

1) La vitamine C a pour formule $C_6H_8O_6$, elle contient :

☐ **a.** 6 atomes d'hydrogène

☐ **b.** 6 atomes de carbone

2) Le modèle moléculaire ci-dessous correspond à la molécule de formule :

☐ **a.** C6H12O6

☐ **b.** $C_6H_{12}O_6$

☐ **c.** 6C12H6O

☐ **d.** $_6C_{12}H_6O$

3 Décrire la structure des ions et les identifier

→ FICHE 7

L'ion sulfate de formule SO_4^{2-} contient :

☐ **a.** 4 atomes de SO

☐ **b.** 4 atomes de O

☐ **c.** 2 électrons de plus que de protons

☐ **d.** 8 charges négatives

4 Distinguer solutions acides et basiques

→ FICHE 8

Une solution basique contient :

☐ **a.** plus d'ions H^+ que d'ions HO^-

☐ **b.** autant d'ions H^+ que d'ions HO^-

☐ **c.** moins d'ions H^+ que d'ions HO^-

OBJECTIF BREVET

Lance-toi dans un sujet !

5 Fonctionnement d'une pile électrique

10 min

→ FICHES 5 et 7

Dans une pile électrochimique, des atomes de fer (symbole Fe, $Z = 26$) perdent chacun deux électrons qui vont permettre de constituer un courant électrique.

1) Quel est le nombre de protons contenus dans le noyau d'un atome de fer et le nombre d'électrons autour du noyau ?

2) Trouver la formule de l'ion obtenu à partir de l'atome de fer.
S'agit-il d'un anion ou d'un cation ?

3) La pile est composée de deux compartiments : le premier contient une solution aqueuse avec des ions inconnus et le second contient des ions fer Fe^{2+}. On ajoute des ions hydroxyde HO^- dans chaque compartiment et il se forme un précipité bleu dans le premier compartiment.

a. Identifier l'ion inconnu dans le premier compartiment.

b. Que se passe-t-il dans le second compartiment ?

DÉMARRONS ENSEMBLE

1) Un atome est électriquement neutre : il contient autant de protons que d'électrons.

2) Pour la formule chimique d'un ion, on indique en exposant après le symbole de l'atome le nombre d'électrons en excès ou en défaut par rapport au nombre de protons.

3) Utilise les tests d'identification des ions.

CORRIGÉS

SE TESTER QUIZ

1 Connaître la structure des atomes

1) Réponse b. Z est le numéro atomique du noyau, il est égal au nombre de protons.

2) Réponse b. Pour être électriquement neutre, un atome contient autant de protons que d'électrons.

2 Connaître la structure des molécules

1) Réponse b. La vitamine C contient 6 atomes de carbone, 8 atomes d'hydrogène et 6 atomes d'oxygène.
2) Réponse b. La bonne écriture de la formule est $C_6H_{12}O_6$: les quantités de chaque sorte d'atomes sont écrites en indice à droite du symbole de l'atome.

3 Décrire la structure des ions et les identifier

Réponse b et c. L'ion sulfate de formule SO_4^{2-} contient un atome de soufre, quatre atomes d'oxygène et l'ensemble contient deux électrons de plus que de protons.

4 Distinguer solutions acides et basiques

Réponse c. Une solution basique contient davantage d'ions hydroxyde (HO^-) que d'ions hydrogène (H^+).

OBJECTIF BREVET

5 Fonctionnement d'une pile électrique

1) Le numéro atomique $Z = 26$ indique le nombre de protons dans le noyau. L'atome étant électriquement neutre, il possède autant d'électrons que de protons : il y a donc 26 électrons.

2) L'ion a été obtenu après que l'atome de fer ait perdu deux électrons. L'ion a donc deux électrons de moins que de protons, il porte un excès de charges positives. Sa formule est donc Fe^{2+}. Il s'agit d'un cation.

3) a. Le précipité bleu à partir d'ions hydroxyde est caractéristique de la présence d'ions cuivre, le premier compartiment contient donc des ions cuivre Cu^{2+}.
b. Au contact des ions Fe^{2+}, les ions hydroxyde forment un précipité vert.

9 Identifier une transformation chimique

EN BREF ▸ *Il est important de ne pas confondre mélange, transformation physique et transformation chimique. Les deux premiers ne modifient ni les atomes ni les molécules, alors qu'une transformation chimique les modifie.*

I Reconnaître une transformation chimique

- Un **mélange** est obtenu en réunissant plusieurs substances sans qu'aucune ne soit modifiée : les molécules des substances se mêlent les unes aux autres. Chaque substance peut être récupérée par **séparation** (filtration, décantation, distillation).
- Les changements d'état, la dissolution ou la dilution sont des **transformations physiques**. Les substances chimiques mises en jeu ne sont pas modifiées.

Exemple : la fusion de la glace (eau solide) produit de l'eau liquide.

- Au cours d'une **transformation chimique**, des substances chimiques initialement présentes disparaissent et forment de nouvelles substances chimiques.

Exemple : la formation de l'ammoniac est une transformation chimique, car le diazote et le dihydrogène sont utilisés pour former de l'ammoniac.

- Une transformation chimique entraîne souvent des **changements perceptibles** (dégagement gazeux, changement de couleur ou de température, formation de précipité, variation du pH…).

II Interpréter une transformation chimique

- Au cours d'une transformation chimique, des espèces chimiques initiales (les **réactifs**) réagissent entre elles et de nouvelles espèces chimiques sont formées (les **produits**).
- Les atomes des **molécules** des réactifs s'associent différemment pour former les **nouvelles molécules des produits**.

Exemple : une molécule de diazote N_2 réagit avec trois molécules de dihydrogène H_2 pour former deux molécules d'ammoniac NH_3.

> **MOT CLÉ**
> Les **molécules** sont des assemblages d'atomes → FICHE 6.

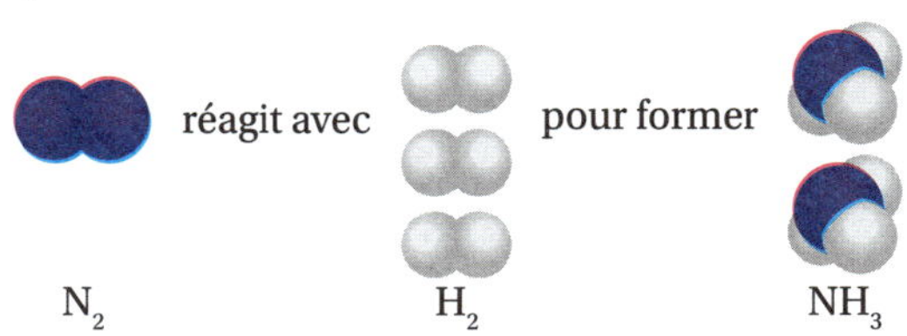

10 Modéliser une transformation chimique

EN BREF ▸ *Une transformation chimique peut être modélisée par l'écriture d'une équation de réaction chimique qui nous renseigne sur les réactifs mis en jeu et les produits formés.*

I Écrire une équation de réaction chimique

■ Une transformation chimique correspond à la réaction entre des espèces chimiques. L'écriture d'une réaction chimique s'appelle une **équation de réaction chimique**. Les réactifs et les produits y sont représentés par leurs formules chimiques avec les réactifs à gauche d'une flèche et les produits à droite :

$$\text{réactif}_1 + \text{réactif}_2 \rightarrow \text{produit}_1 + \text{produit}_2$$

Exemple : écriture de l'équation de la réaction entre le méthane et l'eau pour former du monoxyde de carbone et du dihydrogène :

$$CH_{4(g)} + H_2O_{(g)} \rightarrow CO_{(g)} + 3\ H_{2(g)}$$

■ Les nombres qui précèdent les formules chimiques sont appelés **coefficients stœchiométriques**. Ils indiquent dans quelles proportions les réactifs sont consommés et les produits formés.

À NOTER
Lorsque le coefficient est égal à 1, il n'est pas indiqué devant la formule de l'espèce chimique.

Exemple :

$$N_{2(g)} + 3\ H_{2(g)} \rightarrow 2\ NH_{3(g)}$$

Une molécule de diazote réagit avec trois molécules de dihydrogène pour former deux molécules d'ammoniac.

■ Les lettres entre parenthèses et en indice à la suite des formules indiquent dans quel état se trouvent les espèces chimiques au cours de la réaction : **(s)** pour **solide**, **(ℓ)** pour **liquide** et **(g)** pour **gaz**.

II Conservation de la masse au cours d'une transformation chimique

■ Au cours d'une transformation chimique, les mêmes atomes figurent en même nombre dans les réactifs et dans les produits : il y a **conservation des atomes**.

■ Au cours d'une transformation chimique, le nombre et la nature des atomes ne changent pas, donc la masse des produits formés est égale à la masse des réactifs mis en jeu : **la masse se conserve**.

11 Étudier les réactions de combustion

EN BREF ▸ *Lorsqu'une matière brûle, on dit qu'elle subit une combustion. Il s'agit d'une transformation chimique particulière.*

I Les combustions

- Pour qu'une combustion se produise, il faut réunir simultanément trois éléments :
  – un corps capable de brûler : un **combustible** ;
  – un corps capable de faire brûler : un **comburant** (souvent le dioxygène de l'air) ;
  – une **source d'énergie** qui permet d'initier la combustion (flamme, étincelle), puis de l'entretenir.

> **À NOTER**
> S'il manque un de ces éléments (ou s'ils sont séparés), aucune combustion ne peut se produire.

Exemple : quand une bougie brûle dans l'air, de la matière blanche disparaît : c'est le combustible. La combustion de la bougie nécessite la présence d'un comburant : le dioxygène de l'air. La combustion de la bougie libère de l'énergie sous forme de chaleur et de lumière.

- Lors d'une combustion, de **l'énergie est libérée** sous forme de chaleur (énergie thermique) et sous forme de lumière (énergie rayonnante).

- Lorsqu'un corps subit une **combustion complète**, ses molécules réagissent avec le dioxygène pour former du dioxyde de carbone et de l'eau.

> **À NOTER**
> Lorsque la quantité de dioxygène est insuffisante, on parle de combustion incomplète.

- Les combustions sont des **transformations chimiques**, elles peuvent donc être modélisées par une équation de réaction chimique.

Exemple : combustion du méthane : $CH_{4(g)} + 2\ O_{2(g)} \rightarrow CO_{2(g)} + 2\ H_2O_{(\ell)}$

II Les dangers des combustions

- Les combustions sont **dangereuses**. Elles peuvent conduire à un incendie, une explosion, une intoxication ou une asphyxie.

- Lors d'une **combustion incomplète**, il se forme en plus du dioxyde de carbone et de l'eau, des particules solides noires de carbone et un gaz inodore, incolore et très toxique : le monoxyde de carbone. Les intoxications au monoxyde de carbone peuvent être fatales.

- Il existe également des **combustions explosives**. Les flammes très rapides sont accompagnées d'une onde de choc destructrice, donc très dangereuse.

- Réalisées à grande échelle, notamment dans l'industrie, les combustions produisent une énorme quantité de dioxyde de carbone qui est le principal responsable du **réchauffement climatique**.

12 Étudier les réactions entre les solutions acides et basiques

EN BREF ▸ *Lors d'une réaction entre une solution acide et une solution basique, les proportions d'ions hydrogène et d'ions hydroxyde vont varier, donc le pH va changer.*

I Les réactions acido-basiques

- Les **solutions acides** contiennent majoritairement des ions hydrogène H^+, alors que les **solutions basiques** contiennent majoritairement des ions hydroxyde HO^-.
- Lorsqu'on mélange une solution acide avec une solution basique, les ions hydrogène (acides) vont réagir avec les ions hydroxyde (basiques) pour former des molécules d'eau :

À NOTER
L'acidité et la basicité d'une solution sont traitées dans le chapitre précédent → FICHE 8.

$$H^+_{(aq)} + HO^-_{(aq)} \rightarrow H_2O_{(\ell)}$$

L'**équation de la réaction** chimique nous indique qu'un ion hydrogène réagit avec un ion hydroxyde pour former une molécule d'eau.

- L'indication **(aq) en indice** après les formules des ions signifie que ces ions se trouvent en solution aqueuse, c'est-à-dire entourés de molécules d'eau.

II L'acidification des océans

- Le dioxyde de carbone n'est pas seulement **responsable du réchauffement climatique** : 25 % du dioxyde de carbone produit est absorbé par les mers et les océans.
- L'absorption du dioxyde de carbone par les mers et les océans permet de limiter le réchauffement climatique, mais n'est pas sans conséquence sur leur **équilibre** et sur l'**écosystème** qu'ils hébergent.
- Le dioxyde de carbone est une espèce chimique acide, dissout dans les mers et les océans, il diminue leur pH : c'est **l'acidification des océans**. L'acidification des océans ne rend pas les mers et les océans acides pour autant : leur pH est passé de 8,2 à 8,1 en 250 ans, ce qui correspond à une augmentation de l'acidité de 30 %.
- L'acidification des océans empêche les **plantes et les animaux marins de vivre** et de fabriquer leurs coquilles correctement, et engendre également la **diminution**, voire la disparition, **des récifs coralliens**.

13 Étudier les réactions entre les solutions acides et les métaux

EN BREF ▸ *Lors de la mise en contact d'un acide et d'un métal, on observe une effervescence et une diminution du volume du métal : une réaction chimique a lieu.*

I Réaction entre un métal et une solution acide

Lorsqu'on met en contact un acide et un métal, il y a formation de dihydrogène gazeux et transformation des atomes de métal en ions métalliques.

$$\text{métal}_{(s)} + \text{acide}_{(aq)} \rightarrow \text{ions métalliques}_{(aq)} + \text{dihydrogène}_{(g)}$$

II Réaction entre le fer et l'acide chlorhydrique

1 Protocole expérimental

On introduit dans un tube à essai un clou en fer et de l'acide chlorhydrique concentré. L'acide chlorhydrique est une solution aqueuse contenant des ions hydrogène H^+ et des ions chlorure $C\ell^-$. Un clou en fer est constitué d'atomes de fer Fe.

2 Observations

Lorsque le fer entre en contact avec l'acide, on observe un dégagement gazeux et après quelques instants le clou en fer apparaît « rongé ».

3 Identification des produits

■ Une fois la réaction terminée, on identifie les espèces chimiques présentes :

• on approche une allumette enflammée du tube à essai, la flamme est soufflée et on entend un « pop » : du dihydrogène a été formé ;

• on identifie les ions présents dans la solution finale :
– apparition d'un précipité vert lorsqu'on introduit une solution d'hydroxyde de sodium : des ions fer Fe^{2+} sont présents ;
– apparition d'un précipité blanc qui noircit à la lumière lorsqu'on introduit une solution de nitrate d'argent : des ions chlorure $C\ell^-$ sont présents.

> **À NOTER**
> Les tests d'identification des ions sont traités dans le chapitre précédent → FICHE 7.

■ Les ions chlorure sont présents à l'état initial (dans la solution d'acide chlorhydrique) et à l'état final, ils n'interviennent donc pas dans la transformation : ce sont des ions spectateurs.

4 Bilan de la réaction

L'équation de la réaction chimique est : $Fe_{(s)} + 2\,H^+_{(aq)} \rightarrow Fe^{2+}_{(aq)} + H_{2\,(g)}$
Elle est en adéquation avec les observations et l'identification des produits.

SE TESTER QUIZ

Vérifie que tu as compris les points clés

1 Distinguer les transformations chimiques des transformations physiques

→ FICHE 9

« Un bateau qui rouille » est une transformation :

☐ **a.** chimique ☐ **b.** physique

2 Modéliser une transformation chimique

→ FICHE 10

1 Lors d'une transformation chimique, la masse du système augmente.

☐ **a.** vrai ☐ **b.** faux

2 L'équation de réaction $4\ A\ell + 3\ O_2 \rightarrow 2\ A\ell_2O_3$ est :

☐ **a.** correcte ☐ **b.** incorrecte

3 Étudier les combustions

→ FICHE 11

1 En plus du combustible et du comburant, une combustion nécessite :

☐ **a.** de l'air ☐ **b.** une source d'énergie

☐ **c.** un extincteur ☐ **d.** des réactifs

2 L'équation de réaction $CO_2 + H_2O \rightarrow CH_2O + O_2$ est celle d'une combustion.

☐ **a.** vrai ☐ **b.** faux

4 Étudier les réactions entre les acides et les bases

→ FICHE 12

Lorsqu'on mélange une solution acide et une solution basique, il y a formation de molécules d'eau.

☐ **a.** vrai ☐ **b.** faux

5 Étudier les réactions entre les acides et les métaux

→ FICHE 13

1 Lors de la réaction entre un métal et une solution acide :

☐ **a.** le métal rouille ☐ **b.** le métal est consommé

2 Lors de la réaction entre une solution acide et un métal, des ions se forment :

☐ **a.** à partir de la solution acide ☐ **b.** à partir du métal

OBJECTIF BREVET

Lance-toi dans des sujets !

6 Étude de la réaction entre l'aluminium et l'acide chlorhydrique

10 min

→ FICHE 9

Un professeur demande aux élèves d'introduire de la poudre d'aluminium et de l'acide chlorhydrique dans un flacon et de le boucher immédiatement avec un ballon. La masse initiale de l'ensemble est de 124,0 g. Les élèves observent une effervescence et le gonflage du ballon.

1 Est-ce qu'une transformation chimique a lieu ? Justifier.

2 L'équation de réaction est $2\ A\ell_{(s)} + 6\ H^{+}_{(aq)} \rightarrow 2\ Al^{3+}_{(aq)} + 3\ H_{2\,(g)}$.
Combien d'ions hydrogène H^{+} réagissent avec un atome d'aluminium $A\ell$?

3 Quelle sera la masse finale de l'ensemble ? Justifier.

DÉMARRONS ENSEMBLE

3 Lors d'une transformation chimique, il y a conservation de la matière, donc la masse du système ne change pas.

7 Une solution d'acide chlorhydrique comme déboucheur

10 min

→ FICHES 10 et 12

Une solution d'acide chlorhydrique peut être utilisée comme déboucheur de canalisation. Il faut cependant éviter de l'utiliser lorsque les canalisations sont en zinc car alors, les ions hydrogène réagissent avec le zinc selon l'équation chimique :

$$Zn_{(s)} + 2\ H^{+}_{(aq)} \rightarrow Zn^{2+}_{(aq)} + H_{2\,(g)}$$

1 Quels sont les réactifs de la réaction ?

2 Quels sont les produits de la réaction ?

3 Combien de molécules de dihydrogène obtient-on si 10 ions hydrogène réagissent ?

4 Il existe d'autres déboucheurs qui sont des solutions contenant majoritairement l'ion hydroxyde HO^{-}. Il ne faut surtout pas les mélanger avec la solution d'acide chlorhydrique car il se produirait une réaction chimique dégageant beaucoup de chaleur selon l'équation de réaction suivante :

$$H^{+}_{(aq)} + HO^{-}_{(aq)} \rightarrow H_2O_{(\ell)}$$

Quelle sera la valeur du pH de la solution finale si à la fin de la réaction, les ions hydroxyde sont majoritaires ?

DÉMARRONS ENSEMBLE

3 Utilise l'équation chimique de la transformation.

CORRIGÉS

SE TESTER QUIZ

1 Distinguer les transformations chimiques des transformations physiques

Réponse a.

2 Modéliser une transformation chimique

1) Réponse b. 2) Réponse a.

3 Étudier les combustions

1) Réponse b. 2) Réponse b.

4 Étudier les réactions entre les acides et les bases

Réponse a.

5 Étudier les réactions entre les acides et les métaux

1) Réponse b. 2) Réponse b.

OBJECTIF BREVET

6 Étude de la réaction entre l'aluminium et l'acide chlorhydrique

1) Une transformation chimique a bien lieu car une nouvelle espèce chimique est apparue : celle qui correspond au gaz dégagé.

2) D'après l'équation de la réaction chimique, il faut 6 ions hydrogène pour réagir avec 2 atomes d'aluminium. On en déduit que 3 ions hydrogène vont réagir avec un atome d'aluminium.

3) Au cours d'une réaction chimique la masse est conservée, donc la masse finale sera également de 124,0 g.

> **À NOTER**
> 2) Les coefficients stœchiométriques indiquent dans quelles proportions les réactifs sont consommés et les produits formés.

7 Une solution d'acide chlorhydrique comme déboucheur

1) Les réactifs de la réaction sont le métal zinc et les ions hydrogène.

2) Les produits de la réaction sont le dihydrogène et l'ion zinc.

3) D'après l'équation de la réaction chimique, 2 ions hydrogène forment une molécule de dihydrogène. On en déduit que 10 ions hydrogène formeront 5 molécules de dihydrogène.

4) Si à la fin de la réaction les ions hydroxyde sont majoritaires, le pH de la solution finale sera supérieur à 7.

> **CONSEIL**
> 4) Revois la prédominance des espèces chimiques dans les solutions acides et basiques. → FICHE 8

14 Décrire l'Univers à l'échelle du noyau

EN BREF ▸ *À l'échelle de l'infiniment petit de l'Univers, on trouve les noyaux des atomes. Ces particules sont composées de particules encore plus petites : les nucléons. À chaque noyau est associé un symbole indiquant sa composition.*

I Description du noyau d'un atome

■ Un noyau est constitué de particules appelées **nucléons** qui sont de deux sortes :

– les **protons**, qui portent une **charge électrique positive**.

– les **neutrons** qui sont **électriquement neutres**.

■ Un noyau est donc chargé positivement, et sa charge correspond à celle des protons qu'il contient.

■ Un **noyau** a un diamètre de l'ordre de **10^{-15} m**, tandis que celui de l'atome est de l'ordre de 10^{-10} m.

À NOTER
Un noyau est environ 100 000 fois plus petit qu'un atome.

II Connaître le symbole du noyau d'un atome

Chaque noyau est représenté par un symbole nous informant sur sa composition.

$^{A}_{Z}X$

X est le **symbole** de l'atome auquel appartient le noyau ;
Z est le **numéro atomique** : c'est le nombre de protons du noyau ;
A est le **nombre de masse** : c'est le nombre de nucléons du noyau.

III Trouver la composition en nucléons d'un noyau

Le nombre de protons dans le noyau nous est directement donné par la valeur du numéro atomique *Z*. Sachant que *A* représente le nombre total de nucléons (protons et neutrons), pour trouver le **nombre *N* de neutrons** il suffit de réaliser le calcul suivant :

$$N = A - Z$$

Exemple : le noyau de fluor a pour symbole $^{19}_{9}F$; il contient donc 19 nucléons ($A = 19$), parmi lesquels on trouve 9 protons ($Z = 9$) et 10 neutrons ($N = A - Z = 19 - 9 = 10$).

15 Étudier la matière dans l'Univers

EN BREF ▸ *Les compositions en atomes des différents composants de l'Univers (étoile, planètes…) sont différentes. Les atomes sont classés dans un tableau appelé tableau périodique. Cela permet de regrouper les atomes selon leurs propriétés.*

I Les atomes dans l'Univers

Dans les étoiles, on trouve essentiellement des atomes d'**hydrogène H** et d'**hélium He**. Sur Terre, on trouve une très grande diversité d'atomes tels que l'oxygène O, l'azote N, le carbone C, le fer Fe, etc. Dans la croûte terrestre, on trouve des « terres rares », qui sont des métaux tels que le scandium ou l'yttrium.

II Le tableau périodique

■ Depuis le XIXe siècle, les scientifiques ont réalisé un décompte de tous les atomes connus afin de les classer. C'est le chimiste russe Dimitri Mendeleïev qui est à l'origine de la classification utilisée aujourd'hui, appelée **tableau périodique des éléments chimiques**.

À NOTER
On donne le nom d'élément chimique à l'ensemble des entités chimiques (atomes, isotopes ou ions) caractérisées par le même nombre *Z* de protons dans leur noyau. Les éléments chimiques sont représentés par leur symbole chimique.

Tableau périodique des éléments chimiques

	1	2	3	4	5	6	7	8	9	10	11	12	13	14	15	16	17	18
1	1 H																	2 He
2	3 Li	4 Be											5 B	6 C	7 N	8 O	9 F	10 Ne
3	11 Na	12 Mg											13 Al	14 Si	15 P	16 S	17 Cl	18 Ar
4	19 K	20 Ca	21 Sc	22 Ti	23 V	24 Cr	25 Mn	26 Fe	27 Co	28 Ni	29 Cu	30 Zn	31 Ga	32 Ge	33 As	34 Se	35 Br	36 Kr
5	37 Rb	38 Sr	39 Y	40 Zr	41 Nb	42 Mo	43 Tc	44 Ru	45 Rh	46 Pd	47 Ag	48 Cd	49 In	50 Sn	51 Sb	52 Te	53 I	54 Xe
6	55 Cs	56 Ba		72 Hf	73 Ta	74 W	75 Re	76 Os	77 Ir	78 Pt	79 Au	80 Hg	81 Ti	82 Pb	83 Bi	84 Po	85 At	86 Rn
7	87 Fr	88 Ra		104 Rf	105 Db	106 Sg	107 Bh	108 Hs	109 Mt	110 Ds	111 Rg	112 Cn	113 Uut	114 Fl	115 Uup	116 Lv	117 Uus	118 Uuo
				57 La	58 Ce	59 Pr	60 Nd	61 Pm	62 Sm	63 Eu	64 Gd	65 Tb	66 Dy	67 Ho	68 Er	69 Tm	70 Yb	71 Lu
				89 Ac	90 Th	91 Pa	92 U	93 Np	94 Pu	95 Am	96 Cm	97 Bk	98 Cf	99 Es	100 Fm	101 Md	102 No	103 Lr

■ Le tableau périodique classe tous les atomes dans l'**ordre croissant** de leurs numéros atomiques *Z*.

■ La place d'un atome dans ce tableau permet de prévoir certaines de ses **caractéristiques chimiques**. Chaque colonne du tableau périodique constitue une « famille chimique » : tous les atomes d'une même colonne ont des propriétés chimiques voisines.

16 Étudier la structure de l'Univers

EN BREF ▸ *La description de l'Univers se fait à différentes échelles : celle du système solaire, de notre galaxie, des amas de galaxies. On utilise des unités de longueurs adaptées pour décrire les distances.*

I Le Système solaire

■ Le Système solaire est constitué de différents corps célestes :
– une étoile, le Soleil autour duquel gravitent huit planètes classées en deux familles : les planètes telluriques (Mercure, Vénus, la Terre et Mars) et les planètes géantes gazeuses (Jupiter, Saturne, Uranus et Neptune) ;
– des planétoïdes tels que Pluton, qui gravitent à la périphérie du système (ceinture de Kuiper) ; des comètes qui repassent périodiquement à proximité du Soleil, en provenance du nuage d'Oort ; et des astéroïdes issus de la ceinture d'astéroïdes placée entre Mars et Jupiter.

■ Dans ce système, l'unité de longueur la plus adaptée est l'unité astronomique (UA) définie par la distance entre la Terre et le Soleil.

$$1 \text{ UA} = 1{,}50 \times 10^{8} \text{ km} = 1{,}50 \times 10^{11} \text{ m}$$

II La Voie lactée

■ La Voie lactée est le nom de notre galaxie qui regroupe plusieurs milliards d'étoiles dont le Soleil.

■ Pour apprécier les distances avec les étoiles les plus proches de nous, on utilise une unité adaptée qui est l'**année-lumière** (al) définie par :

$$1 \text{ al} = 9{,}46 \times 10^{12} \text{ km} = 9{,}46 \times 10^{15} \text{ m}$$

MOT CLÉ
L'**année-lumière** est la distance parcourue par la lumière pendant un an dans le vide.

III L'évolution de l'Univers

■ L'Univers « est né » il y a environ 13,8 milliards d'années d'une singularité (un point extrêmement dense et chaud) appelée big bang. Depuis, il n'a de cesse d'évoluer et de se dilater.

■ Dans les tout premiers instants, les protons, neutrons et électrons se sont formés ; puis, au fur et à mesure que l'Univers se dilatait et se refroidissait, les premiers noyaux se formèrent : hydrogène, hélium et lithium. Les atomes se formèrent par capture des électrons jusqu'alors libres, au bout de 380 000 ans.

■ Sous l'effet de la gravitation, ces particules de matière forment de grands nuages (nébuleuses), qui vont se réchauffer pour atteindre plusieurs millions de degrés et engendrer des étoiles.

SE TESTER QUIZ

Vérifie que tu as compris les points clés

1 Connaître l'Univers à l'échelle du noyau

→ FICHE 14

1) Un noyau de fluor possède 10 neutrons et 9 protons.
Son symbole est :

☐ **a.** $^{10}_{9}\mathrm{F}$

☐ **b.** $^{19}_{9}\mathrm{F}$

☐ **c.** $^{9}_{19}\mathrm{F}$

2) Dans un noyau de carbone de formule $^{14}_{6}\mathrm{C}$, on trouve :

☐ **a.** 14 neutrons et 6 protons

☐ **b.** 6 protons et 8 neutrons

☐ **c.** 8 protons et 6 neutrons

2 Connaître la matière dans l'Univers

→ FICHE 15

1) Lors d'une transformation chimique, les atomes d'une même colonne du tableau périodique réagiront différemment.

☐ **a.** vrai

☐ **b.** faux

2) Dans le tableau périodique :

☐ **a.** le carbone C et l'oxygène O appartiennent à la même famille chimique

☐ **b.** l'azote N et le phosphore P appartiennent à la même famille chimique

3 Connaître la structure de l'Univers

→ FICHE 16

1) La valeur de l'année-lumière en kilomètres est égale à :

☐ **a.** $1{,}50 \times 10^{8}$ ☐ **b.** $9{,}46 \times 10^{12}$ ☐ **c.** $9{,}46 \times 10^{15}$

2) Lors de la dilatation de l'Univers :

☐ **a.** sa température a diminué

☐ **b.** sa température a augmenté

3) La Terre est à une distance du Soleil égale à :

☐ **a.** 0,1 UA ☐ **b.** 10 UA ☐ **c.** 1,0 UA

OBJECTIF BREVET

Lance-toi dans des sujets !

4 Étude du fonctionnement du Soleil

10 min

→ FICHES 14 et 15

L'énergie du Soleil provient essentiellement des noyaux d'hydrogène qu'il contient. Quatre noyaux d'hydrogène se transforment au cours d'une réaction de fusion nucléaire en un noyau d'hélium avec un dégagement d'énergie.

1) Le symbole du noyau d'hydrogène est $^{1}_{1}\text{H}$. Trouver sa composition en protons et en neutrons.

2) Le Soleil possède une atmosphère appelée héliosphère contenant entre autres des noyaux de sodium $^{23}_{11}\text{Na}$ et de potassium $^{40}_{19}\text{K}$.

a. Quel est le numéro atomique du sodium ?

b. Combien de nucléons contient le noyau de potassium ?

c. Combien de neutrons contient le noyau de sodium ?

5 Le Soleil et son environnement

10 min

→ FICHES 14 et 16

Parmi les planètes du Système solaire, Neptune est la plus éloignée du Soleil. Elle se trouve à une distance du Soleil égale à $4{,}5 \times 10^9$ km. L'étoile la plus proche du Soleil est Proxima, située à près de 4,0 années-lumière.

1) Quelle est la distance entre le Soleil et Neptune en unités astronomiques (UA) ?

2) Quelle est la distance entre le Soleil et Proxima en kilomètres ?

3) On trouve dans l'atmosphère du Soleil des noyaux de carbone dont le symbole est $^{12}_{6}\text{C}$. Dans celle de Proxima, on trouve également des noyaux de carbone possédant 6 protons et 6 neutrons.

a. Quelle est la composition en protons et neutrons du noyau de carbone dans le Soleil ?

b. Quel est le symbole du noyau de carbone sur Proxima ?

c. Que peut-on conclure lorsqu'on compare les noyaux de carbone du Soleil et de Proxima ?

DÉMARRONS ENSEMBLE

1) Utilise la relation de proportionnalité entre kilomètres et unités astronomiques.
2) Utilise la relation de proportionnalité entre kilomètres et années-lumière.
3) Le nombre indiqué en exposant du symbole d'un atome correspond au nombre de nucléons qu'il contient, le nombre en indice correspond au nombre de protons. Les nucléons sont constitués des protons et des neutrons.

CORRIGÉS

SE TESTER QUIZ

1 Connaître l'Univers à l'échelle du noyau

1) Réponse b. Le symbole d'un noyau est ${}^{A}_{Z}X$ où A est égal au nombre de nucléons (protons + neutrons) et Z est égal au nombre de protons. On a : $A = 10 + 9 = 19$ et $Z = 9$.

2) Réponse b. Le nombre de masse $A = 14$ est le nombre de nucléons (protons + neutrons) et le numéro atomique $Z = 6$ est le nombre de protons : $N = A - Z = 14 - 6 = 8$: c'est le nombre de neutrons.

2 Connaître la matière dans l'Univers

1) Réponse b. Les éléments chimiques d'une même colonne du tableau périodique possèdent des propriétés chimiques similaires.

2) Réponse b. Une famille chimique est constituée par l'ensemble des éléments chimiques d'une même colonne du tableau périodique. C et O ne sont pas dans la même colonne, N et P sont dans la même colonne.

3 Connaître la structure de l'Univers

1) Réponse b. On sait que 1 al = $9{,}46 \times 10^{12}$ km.

2) Réponse a. L'Univers en expansion voit sa température diminuer car son volume augmente.

3) Réponse c. La distance Terre-Soleil est la longueur référence pour l'unité astronomique : elle est égale à 1,0 UA.

OBJECTIF BREVET

4 Étude du fonctionnement du Soleil

1) Le noyau d'hydrogène est composé d'**un proton** et de **zéro neutron**.

2) a. Le numéro atomique du sodium est **$Z = 11$**.
b. Le noyau de potassium contient **40 nucléons**.
c. Le noyau de sodium contient $N = 23 - 11 =$ **12 neutrons**.

> **À NOTER**
> **2)** Pour calculer le nombre de neutrons N d'un noyau ${}^{A}_{Z}X$, utilise la formule : $N = A - Z$.

5 Le Soleil et son environnement

1) Distance Soleil-Neptune : $\dfrac{4{,}5 \times 10^9}{1{,}50 \times 10^8} =$ **30 UA**.

2) Distance Soleil-Proxima : $4{,}0 \times 9{,}46 \times 10^{12} =$ **$3{,}8 \times 10^{13}$ km**.

3) a. Le noyau de carbone dans le Soleil possède **6 protons** et **6 neutrons**.
b. Le symbole du noyau de carbone sur Proxima est ${}^{12}_{6}C$.
c. Les noyaux de carbone du Soleil et de Proxima sont **identiques**.

17 Identifier les différents types de mouvements

EN BREF ▸ *Que ce soit à la surface de la Terre ou au sein du Système solaire, on observe une multitude d'objets dont les mouvements sont très différents les uns des autres. On peut cependant regrouper tous ces mouvements en quelques types bien identifiés.*

I Étude d'un mouvement

L'étude d'un mouvement doit se faire en plusieurs étapes :

1. Définir précisément le système en mouvement que l'on étudie.

2. Définir le référentiel d'étude : il s'agit d'un solide de référence par rapport auquel on étudiera le mouvement (la surface de la Terre, le Soleil…).

Exemple : étude du mouvement d'un ballon de foot par rapport au gardien.

3. Identifier la trajectoire du système : il s'agit du chemin suivi par le système en mouvement.

4. Identifier l'évolution de la vitesse du système au cours du mouvement.

Exemple : lors d'un coup franc, le ballon de foot a souvent une trajectoire parabolique et sa vitesse augmente au cours de son mouvement.

II Les différents types de mouvements

- La trajectoire du système est modélisée par une courbe qui permet de classer les différents mouvements selon l'allure de cette courbe.

Type de trajectoire	Droite	Cercle	Courbe quelconque
Type de mouvement	Rectiligne	Circulaire	Curviligne

- L'évolution de la vitesse permet également d'identifier des mouvements particuliers.

Évolution de la vitesse	La vitesse augmente	La vitesse diminue	La vitesse est constante
Type de mouvement	Accéléré	Décéléré	Uniforme

III La relativité du mouvement

Un même système étudié dans deux référentiels différents n'aura pas le même mouvement perçu.

Exemple : le mouvement de la Lune est perçu différemment selon qu'on l'étudie par rapport au Soleil (curviligne et uniforme) ou par rapport au centre de la Terre (circulaire et uniforme).

18 Étudier la vitesse d'un système

EN BREF ▸ *Pour un objet en mouvement, le calcul de sa vitesse et l'étude de son évolution font partie des fondements de l'analyse du mouvement.*

I Les caractéristiques de la vitesse

■ La vitesse possède deux caractéristiques : sa **valeur** (appelée aussi module) et sa **direction**.

• Sa valeur s'exprime en **mètres par seconde (m/s)**, mais aussi dans d'autres unités telles que le kilomètre par seconde (km/s) ou le kilomètre par heure (km/h).

> **À NOTER**
> Conversions utiles :
> 1 m/s = 3,6 km/h et
> 1 km/s = 1 000 m/s.

• La direction de la vitesse nous est donnée par la courbure de la trajectoire et le sens du mouvement.

■ Dans un **mouvement circulaire**, la vitesse change de direction à chaque instant, tandis que dans un **mouvement rectiligne**, elle garde toujours la même direction.

Exemple : on représente la direction de la vitesse par une flèche rouge en différents points de la trajectoire pour un mouvement circulaire et pour un mouvement rectiligne.

II La formule de la vitesse moyenne

■ Pour un **mouvement uniforme**, la valeur de la vitesse moyenne v peut être calculée si l'on connaît la distance parcourue d et la durée Δt mise pour la parcourir :

$$v = \frac{d}{\Delta t}$$

v en mètres par seconde (m/s) ;
d en mètres (m) ;
t en secondes (s).

■ On peut aussi utiliser cette formule sous une autre forme pour calculer une distance parcourue ou une durée :

calcul d'une distance d :

$$d = v \times \Delta t$$

calcul d'une durée Δt :

$$\Delta t = \frac{d}{v}$$

SE TESTER QUIZ

Vérifie que tu as compris les points clés

1 Étudier un mouvement

→ FICHE 17

1) La vitesse est constante pour un mouvement uniforme.

☐ **a.** vrai ☐ **b.** faux

2) Si la vitesse est constante et la trajectoire est un cercle, alors :

☐ **a.** le mouvement est curviligne et uniforme

☐ **b.** le mouvement est circulaire et uniforme

2 Connaître les caractéristiques de la vitesse

→ FICHE 18

1) Une vitesse égale à 10 km/h est plus grande qu'une vitesse égale à 5,0 m/s.

☐ **a.** vrai ☐ **b.** faux

2) Une vitesse égale à 10 m/s est aussi égale à :

☐ **a.** 1 km/h ☐ **b.** 36 km/h ☐ **c.** 360 km/h

3 Connaître la relation entre distance, durée et vitesse

→ FICHE 18

1) Un véhicule parcourt une distance égale à 14 km pendant une durée égale à 0,5 h. La valeur de sa vitesse est égale à :

☐ **a.** 28 km/h ☐ **b.** 7 km/h ☐ **c.** 140 km/h

2) Un système parcourt une distance égale à 500 m avec une vitesse égale à 20 m/s. La durée du mouvement est égale à :

☐ **a.** 10 000 s ☐ **b.** 25 s ☐ **c.** 0,04 s

4 Étudier le mouvement d'un satellite

→ FICHES 17 et 18

1) Le mouvement d'un satellite dans le référentiel géocentrique est circulaire et uniforme :

☐ **a.** sa vitesse augmente au cours du temps

☐ **b.** sa trajectoire est un cercle

2) Le satellite parcourt une distance égale à 40 000 km pendant une durée égale à 80 heures. Sa vitesse est égale à :

☐ **a.** 50 km/h ☐ **b.** 500 km/h ☐ **c.** 5 km/h

OBJECTIF BREVET

Lance-toi dans des sujets !

5 Étude du mouvement de la Terre dans le Système solaire

20 min

→ FICHE 18

Le mouvement de la Terre autour du Soleil est un mouvement circulaire et uniforme. La distance entre la Terre et le Soleil est égale à $1{,}50 \times 10^{11}$ m.

1) Trouver la valeur du rayon R de la trajectoire de la Terre autour du Soleil.

2) Sachant que le périmètre P d'un cercle a pour expression $P = 2 \times \pi \times R$, calculer le périmètre P_T associé à la trajectoire de la Terre.

3) La Terre effectue un tour complet autour du Soleil en 365,25 jours. On sait qu'un jour est équivalent à 86 400 secondes.

a. Calculer la durée Δt mise par la Terre pour effectuer un tour complet autour du Soleil, exprimée en secondes.

b. Calculer la vitesse moyenne v de la Terre, exprimée en m/s, puis en km/s.

c. Calculer la distance d parcourue par la Terre en un jour, en kilomètres.

6 Étude du mouvement d'un parachutiste

20 min

→ FICHES 17 et 18

Avant d'ouvrir son parachute, un parachutiste a un mouvement rectiligne et accéléré.

1) Par rapport à quoi doit-on étudier le mouvement du parachutiste ?

2) **a.** Comment évolue sa vitesse ?

b. Quelle est la forme de sa trajectoire ?

3) Après l'ouverture de son parachute, le parachutiste a un mouvement rectiligne et uniforme. Sa vitesse est alors égale à 30 m/s.

a. Comment évolue alors la vitesse du parachutiste ?

b. Quelle est la distance parcourue pendant une durée de 6,0 secondes ?

c. Sachant que la distance entre le parachutiste et le sol, au moment de l'ouverture du parachute, est égale à 2 400 m, quelle sera la durée du saut ?

DÉMARRONS ENSEMBLE

1) Pour étudier le mouvement d'un système, il faut toujours choisir une référence. Ici, l'observateur est au sol, donc la référence est la Terre.

CORRIGÉS

SE TESTER QUIZ

1 Étudier un mouvement

1) Réponse a. 2) Réponse b.

2 Connaître les caractéristiques de la vitesse

1) Réponse b. On convertit la vitesse 5,0 m/s en kilomètres par heure :

$v = 5{,}0 \times \dfrac{3\,600}{1\,000} = 18$ km/h. Cette vitesse est supérieure à 10 km/h.

2) Réponse b. On convertit la vitesse en kilomètres par heure :

$v = 10 \times \dfrac{3\,600}{1\,000} = 36$ km/h.

3 Connaître la relation entre distance, durée et vitesse

1) Réponse a. On applique la formule de la vitesse : $v = \dfrac{d}{\Delta t} = \dfrac{14}{0{,}5} = 28$ km/h.

2) Réponse b. On applique la formule de la vitesse : $v = \dfrac{d}{\Delta t}$ soit $\Delta t = \dfrac{d}{v} = \dfrac{500}{20} = 25$ s.

4 Étudier le mouvement d'un satellite

1) Réponse b. Dans un mouvement uniforme, la vitesse reste constante et dans un mouvement circulaire, la trajectoire est un cercle.

2) Réponse b. On applique la formule de la vitesse : $v = \dfrac{d}{\Delta t} = \dfrac{40\,000}{80} = 500$ km/h.

OBJECTIF BREVET

5 Étude du mouvement de la Terre dans le Système solaire

1) La valeur du rayon R est égale à $1{,}50 \times 10^{11}$ m.

2) Le périmètre du cercle est égal à :

$P_T = 2 \times \pi \times R = 2 \times \pi \times 1{,}50 \times 10^{11} = 9{,}42 \times 10^{11}$ m.

3) a. Calcul de la durée Δt : $\Delta t = 365{,}25 \times 86\,400 = 3{,}155\,76 \times 10^7$ s.

b. Calcul de la vitesse moyenne, exprimée en m/s, puis en km/s :

$v = \dfrac{P_T}{\Delta t} = \dfrac{9{,}42 \times 10^{11}}{3{,}155\,76 \times 10^7} = 2{,}99 \times 10^4$ m/s $= 2{,}99 \times 10^1$ km/s.

c. Calcul de la distance d parcourue en un jour, en kilomètres :

$d = v \times \Delta t = 29{,}9 \times 86\,400 = 2{,}58 \times 10^6$ km.

À NOTER

3) a. On multiplie le nombre de jours par le nombre de secondes par jour.

6 Étude du mouvement d'un parachutiste

1) On doit étudier le mouvement du parachutiste par rapport à la surface de la Terre.

2) a. Le mouvement est accéléré, donc la vitesse augmente.

b. Le mouvement est rectiligne, donc sa trajectoire est une droite.

3) a. Le mouvement est uniforme, donc la vitesse du parachutiste est constante.

b. $d = v \times \Delta t = 30 \times 6{,}0 = 180$ m. c. $\Delta t = \dfrac{2\,400}{30} = 80$ s.

19 Modéliser les actions par des forces

EN BREF ▸ *Tout système en mouvement ou non à la surface de la Terre, ou voyageant dans le Système solaire, est soumis à des actions. Ces actions sont modélisées par des forces, représentées elles-mêmes par des flèches.*

I Définition d'une action

■ Une action est une contrainte physique ou non, appliquée à un système qui va en ressentir les effets.

■ Cette action est créée par une source, qui peut être au contact du système (action de contact) ou non (action à distance).

Exemple : le sol exerce sur les objets posés à sa surface une action de contact (réaction), tandis que la Terre exerce sur tous les corps une action à distance (gravitation).

II Caractéristiques d'une force

■ Pour modéliser une action afin de pouvoir ensuite mesurer son effet sur un système, on définit une force $\vec{F}$ qui possède trois caractéristiques : sa droite d'action, son sens et sa valeur (exprimée en newtons N).

■ On représente une force par un segment fléché dont la droite d'action et le sens sont ceux de la force, et la longueur est proportionnelle à la valeur de la force.

> **À NOTER**
> On note une force en mettant une flèche sur la lettre majuscule symbolisant la force : par exemple, le poids $\vec{P}$, la réaction $\vec{R}$, la tension $\vec{T}$…

Exemple :

La force gravitationnelle exercée par la Terre sur la Lune :

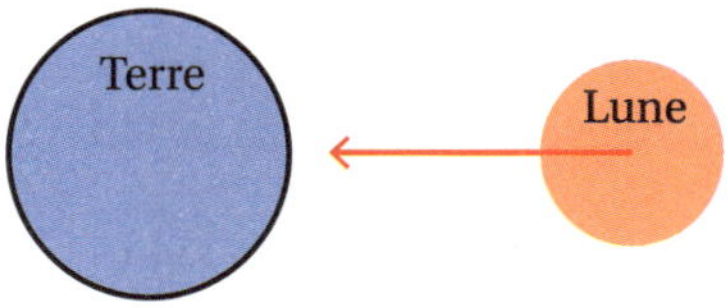

La force exercée par le sol sur un objet posé à sa surface :

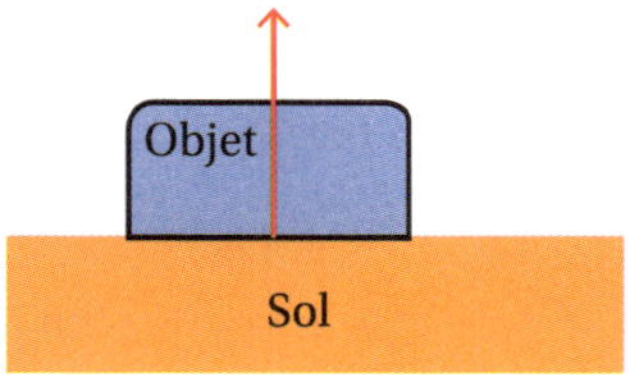

20 Connaître la force de gravitation et le poids

EN BREF ▸ *La force de gravitation est celle qu'exerce tout corps céleste sur les objets qui l'entoure. Le poids est la force à laquelle est soumise tout objet à la surface et aux environs de la surface terrestre.*

I La force gravitationnelle exercée par la Terre

■ La Terre peut être assimilée à une sphère dont le rayon est égal à $R_T = 6\ 400$ km et la masse à $M_T = 5{,}98 \times 10^{24}$ kg. Tout objet de masse m situé à une distance d du centre de la Terre est soumis à une action de la Terre modélisée par la force gravitationnelle. Cette force peut se représenter de la façon suivante :

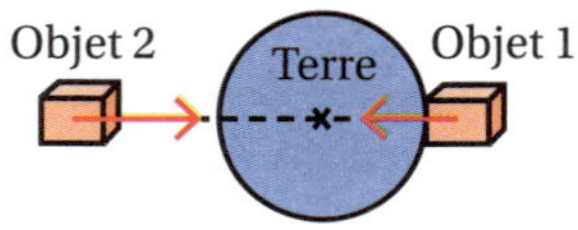

■ La force gravitationnelle a pour droite d'action la droite passant par les centres de l'objet et de la Terre, et son sens est dirigé vers le centre de la Terre.

■ La loi de la gravitation nous donne l'expression littérale de la force gravitationnelle :

$$F = G \times \frac{M_T \times m}{d^2}$$

m et M_T en kilogrammes (kg) ;
d en mètres (m) ;
F_G en newtons (N) ;
$G = 6{,}67 \times 10^{-11}\ N \cdot m^2/kg^2$;

m est la masse de l'objet et M_T, la masse de la Terre ;
G est la constante de gravitation.

II La force de pesanteur

■ La force de pesanteur (souvent appelée poids), notée P, est une force qui s'exerce sur chaque objet de masse m à la surface de la Terre. Son expression est la suivante :

$$P = m \times g$$

m en kilogrammes (kg) ;
$g = 9{,}8$ N/kg ;
P en newtons (N) ;

la constante g est appelée intensité de la pesanteur.

Le poids P est une fonction croissante de la masse m.

21 Connaître les effets d'une force sur le mouvement

EN BREF ▸ *Tous les mouvements ont en commun de voir le système en mouvement soumis à des actions, donc des forces. Ces forces, en général, peuvent soit faire varier la valeur de la vitesse soit sa direction.*

I Effet d'une force sur la valeur de la vitesse

Une force appliquée à un système en mouvement et dont la droite d'action est parallèle à la trajectoire fera **varier la valeur de la vitesse** :
– si le sens de la force et le sens du mouvement sont **les mêmes**, alors la valeur de la vitesse augmentera ;
– si le sens de la force et le sens du mouvement sont **opposés**, alors la valeur de la vitesse diminuera.

Exemple : il existe une force parallèle et de même sens que le mouvement rectiligne accéléré.

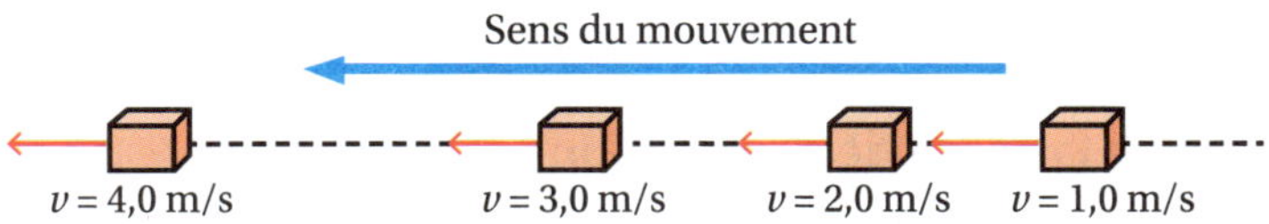

II Effet d'une force sur la direction de la vitesse

Une force appliquée à un système en mouvement et dont la droite d'action est perpendiculaire à la trajectoire fera **varier la direction de la vitesse** sans modifier sa valeur. La conséquence de ce changement de direction se traduira par une modification de la trajectoire.

Exemple : il existe une force perpendiculaire à la trajectoire du mouvement circulaire.

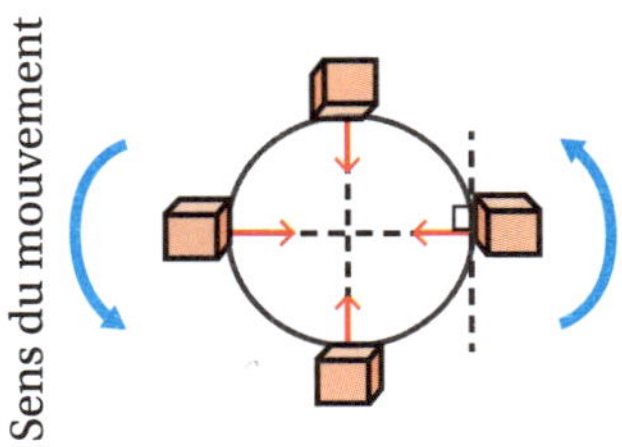

III Le cas du mouvement rectiligne et uniforme

Dans ce cas, la valeur de la vitesse et sa direction restent les mêmes. On en déduit deux possibilités : **aucune force** ne s'applique au système ; **toutes les forces** appliquées **se compensent**.

SE TESTER QUIZ

Vérifie que tu as compris les points clés

1 Savoir ce qu'est une action

→ FICHE 19

Une action est :

☐ **a.** une contrainte chimique qui fait évoluer un système

☐ **b.** une contrainte physique qui s'applique à un système

2 Modéliser une action par une force

→ FICHE 19

1) Une force est définie par trois caractéristiques.

☐ **a.** vrai ☐ **b.** faux

2) Une force est représentée par un segment.

☐ **a.** vrai ☐ **b.** faux

3 Connaître la force de gravitation

→ FICHE 20

La force gravitationnelle a pour expression :

☐ **a.** $F = \mathrm{G} \times \dfrac{M_T \times m}{d}$ ☐ **b.** $F = \dfrac{M_T \times m}{d^2}$ ☐ **c.** $F = \mathrm{G} \times \dfrac{M_T \times m}{d^2}$

4 Connaître la force de pesanteur

→ FICHE 20

1) La force de pesanteur a pour expression $P = \dfrac{m}{g}$.

☐ **a.** vrai ☐ **b.** faux

2) Le poids d'un objet de masse m a pour unité :

☐ **a.** le kilogramme ☐ **b.** le newton ☐ **c.** le gramme

5 Connaître les effets d'une force sur le mouvement

→ FICHE 21

1) Pour un mouvement rectiligne et uniforme, aucune force n'est appliquée au système (ou toutes les forces appliquées se compensent).

☐ **a.** vrai ☐ **b.** faux

2) Une force parallèle à la trajectoire a pour effet de :

☐ **a.** modifier la valeur de la vitesse

☐ **b.** modifier la direction de la vitesse

OBJECTIF BREVET

Lance-toi dans des sujets !

6 Étude du mouvement de la Lune autour de la Terre

20 min

→ FICHES 19 à 21

La Lune est le seul satellite naturel de la Terre. Elle est animée d'un mouvement circulaire et uniforme autour de la Terre. Sa distance à la Terre est égale à $3,8 \times 10^5$ km et sa masse est égale à $7,35 \times 10^{22}$ kg. La force gravitationnelle exercée par la Terre sur la Lune est perpendiculaire à la direction de la vitesse de la Lune et on suppose qu'il s'agit de l'unique force appliquée à la Lune.

1. Quelle est la forme de la trajectoire de la Lune ?
2. Est-ce cohérent avec la force exercée sur la Lune ?
3. Expliquer pourquoi le mouvement de la Lune est uniforme.
4. Calculer la valeur de la force gravitationnelle exercée sur la Lune sachant que la masse de la Terre est égale à $5,98 \times 10^{24}$ kg.

DÉMARRONS ENSEMBLE

1. La force exercée par la Terre sur la Lune est perpendiculaire à la trajectoire de la Lune.
2. Pour le calcul, exprime les distances en mètres et les masses en kilogrammes. N'oublie pas le carré au dénominateur dans le calcul de la force gravitationnelle.

7 Un spationaute sur la Lune

20 min

→ FICHE 20

Un spationaute est envoyé en mission sur la Lune. Sa masse m lorsqu'il est totalement équipé est égale à 160 kg.

Données :
- intensité de la pesanteur terrestre : $g_T = 9,800$ N/kg ;
- intensité de la pesanteur lunaire : $g_L = 1,622$ N/kg ;
- masse de la Lune : $M_L = 7,35 \times 10^{22}$ kg.

1. Quel est le poids du spationaute sur la Terre ?
2. Quel est le poids du spationaute sur la Lune ?
3. Le poids est-il une force de contact ou à distance ?
4. Le spationaute est désormais sur la Lune. Sa distance au centre de la Lune est alors égale au rayon lunaire, soit $R_L = 1\,737$ km.

a. Calculer la force gravitationnelle exercée par la Lune sur le spationaute.

b. Comparer le poids lunaire du spationaute à la force gravitationnelle calculée.

c. Que peut-on en déduire ?

CORRIGÉS

SE TESTER QUIZ

1 Savoir ce qu'est une action

Réponse b. Une action est une contrainte, une force, appliquée sur un système matériel.

2 Modéliser une action par une force

1) **Réponse a.** Une force est caractérisée par sa droite d'action, son sens et sa valeur.
2) **Réponse b.** Faux, car une force est représentée par un segment fléché.

3 Connaître la force de gravitation

Réponse c.

4 Connaître la force de pesanteur

1) **Réponse b.** Faux, car la force de pesanteur a pour expression : $P = m \times g$.
2) **Réponse b.** Le gramme et le kilogramme sont des unités de la masse m.

5 Connaître les effets d'une force sur le mouvement

1) **Réponse a.**
2) **Réponse a.** Si la force est parallèle à la trajectoire, la valeur de la vitesse est modifiée.

OBJECTIF BREVET

6 Étude du mouvement de la Lune autour de la Terre

1) La trajectoire de la Lune est **un cercle**.
2) **Oui**, c'est cohérent car la force exercée sur la Lune est perpendiculaire à la direction de la vitesse, ce qui a pour effet de modifier à chaque instant la trajectoire qui ne peut donc pas être rectiligne.
3) Le mouvement de la Lune est uniforme car il n'existe pas de force parallèle à la direction de la vitesse, donc la valeur de la vitesse ne sera pas modifiée : **elle reste constante**.
4) $F = G \times \dfrac{M_T \times M_L}{d^2} = 6{,}67 \times 10^{-11} \times \dfrac{5{,}98 \times 10^{24} \times 7{,}35 \times 10^{22}}{(3{,}8 \times 10^8)^2} = 2{,}0 \times 10^{20}$ **N**.

7 Un spationaute sur la Lune

1) $P = m \times g_T = 160 \times 9{,}800 = 1\,568$ **N**.
2) $P = m \times g_L = 160 \times 1{,}622 = 260$ **N**.
3) Le poids est une **force à distance**.
4) **a.** $F = G \times \dfrac{m \times M_L}{d^2} = 6{,}67 \times 10^{-11} \times \dfrac{160 \times 7{,}35 \times 10^{22}}{(1\,737 \times 10^3)^2} = 260$ **N**.

b. Le poids lunaire du spationaute et la force gravitationnelle calculée ont la **même valeur**.

c. On peut en déduire que les deux forces représentent **une seule et même force**.

22 Connaître les différentes formes d'énergie

EN BREF ▸ *L'énergie est une grandeur physique qui représente la capacité d'un système à fournir du travail ou de la chaleur, c'est également la capacité à produire des changements. Il existe deux sortes de sources d'énergie.*

I Les caractéristiques de l'énergie

■ Tous les systèmes possèdent de l'énergie. L'énergie prend principalement une des formes suivantes :

– énergie **cinétique** (liée à la vitesse $E_C = \frac{1}{2} \times m \times v^2$ avec m en kg et v en m/s) ;
– énergie **potentielle** (liée à l'altitude) ;
– énergie **chimique** (liée aux transformations chimiques) ;
– énergie **lumineuse** (liée aux **rayonnements électromagnétiques** visibles) ;
– énergie **électrique** (liée à la circulation d'un courant électrique) ;
– énergie **thermique** (liée à la température) ;
– énergie **nucléaire** (liée aux transformations mettant un jeu les noyaux atomiques).

> **MOT CLÉ**
> Un **rayonnement électromagnétique** est caractérisé par sa longueur d'onde notée λ. En fonction de celle-ci, le rayonnement peut être, entre autres, ultra-violet (400 nm $< \lambda <$ 100 nm), visible (400 nm $< \lambda <$ 750 mm), infrarouge (750 nm $< \lambda <$ 1 mm) ou micro-onde (1 mm $< \lambda <$ 30 cm).

Exemples : la lumière, les ondes utilisées dans les fours à micro-ondes sont des rayonnements électromagnétiques.

■ Cette énergie peut être **stockée** et **transportée**. Elle peut également être **convertie** d'une forme à une autre ou **transférée** à un autre système.

II Les sources d'énergie

■ Tous les systèmes ou phénomènes à partir desquels il est possible de retirer de l'énergie sont appelés **sources d'énergie**.

Exemple : la bouilloire augmente la température de l'eau : elle lui fournit de l'énergie thermique.

■ Il existe deux sortes de sources d'énergie :
– **sources renouvelables** (Soleil, chute d'eau…) : elles se renouvellent rapidement par rapport à la durée d'une vie humaine ou sont inépuisables ;
– **sources non renouvelables** (pétrole, gaz, charbon…) : leurs stocks s'épuisent et ils ont besoin de plusieurs millions d'années pour se renouveler.

23 Établir un bilan d'énergie

EN BREF ▸ *Les éoliennes produisent de l'énergie électrique à partir de l'énergie cinétique de l'air. L'énergie reçue par l'éolienne n'est pas intégralement utilisée pour la production d'électricité : une partie est perdue sous forme de chaleur dans les différentes parties de l'éolienne.*

I Transfert et conversion d'énergie

- Lorsque l'énergie d'un corps est transmise à d'autres corps, on parle de transfert d'énergie.

Exemple : de l'énergie thermique est transférée du four aux aliments qu'il contient.

- Lorsque l'énergie d'un corps change de forme, on parle de conversion d'énergie.

Exemple : un ventilateur convertit l'énergie électrique qu'il reçoit en énergie cinétique pour faire tourner ses pales.

II Conservation de l'énergie

Lors de toute transformation, l'énergie est conservée. Pour un corps donné, tout changement de forme d'énergie correspond soit à un transfert d'énergie entre deux corps, soit à une conversion d'énergie : la quantité totale d'énergie du système reste constante.

Exemple : une lampe reçoit une quantité d'énergie électrique qu'elle convertit en partie en énergie lumineuse et en partie en énergie thermique ; toute l'énergie reçue par la lampe est convertie.

III Bilan énergétique

- L'énergie reçue par un système est convertie en énergie utile (énergie qui sert à atteindre l'objectif recherché) et en énergie perdue (souvent sous forme d'énergie thermique).
- Le bilan énergétique du système est :

$$E_{\text{reçue}} = E_{\text{utile}} + E_{\text{perdue}}$$

Exemple : un robot de cuisine convertit l'énergie électrique reçue en énergie mécanique (mouvement des fouets) et en énergie thermique (moteur qui chauffe).

Bilan énergétique :

$E_{\text{électrique reçue}} = E_{\text{cinétique}} + E_{\text{thermique}}$

Diagramme énergétique ci-contre :

24 Calculer une consommation d'énergie

EN BREF ▸ *Dans le système international d'unités, l'énergie s'exprime en joules. Elle ne se mesure pas directement mais peut être déterminée à partir de mesures d'autres grandeurs dont la puissance électrique.*

I La puissance

- La **puissance** d'un système correspond à l'énergie qu'il reçoit en une seconde.
- La **puissance nominale** est la puissance délivrée par le système lorsqu'il est utilisé dans des conditions idéales. Elle est généralement indiquée sur l'appareil. Plus un dipôle a une puissance nominale élevée, plus son action est efficace.

Exemple : entre deux aspirateurs, c'est celui qui a la puissance nominale la plus grande qui aspire le plus fort.

- L'unité légale de la puissance est le **watt (W)** ; mais on utilise également le kilowatt (kW), le mégawatt (MW) et le gigawatt (GW).

Exemple : $P_{\text{aspirateur}} = 1\,200$ W = 1,200 kW.

II Relation liant puissance, énergie et temps

- L'**énergie électrique** E consommée par un appareil est égale au produit de sa puissance nominale P par sa durée de fonctionnement Δt :

$$E = P \times \Delta t$$

E, l'énergie électrique en joules (J) ;
P, la puissance nominale en watts (W) ;
Δt, la durée de fonctionnement de l'appareil en secondes (s).

- L'unité légale de l'énergie est le **joule** (J) ; mais on utilise également le kilojoule (kJ), le wattheure (Wh) et le kilowattheure (kWh).

> **À NOTER**
> Pour calculer une énergie exprimée en wattheures (Wh), il faut exprimer la puissance en watts (W) et la durée de fonctionnement en heures (h).
> Relation utile : 1 h = 3 600 s.

Exemple : l'aspirateur de puissance nominale 1 200 W utilisé pendant 30 min consomme une énergie : $E = P \times \Delta t$.

Calcul pour obtenir l'énergie en joules (on exprime le temps en secondes) :

$E = 1\,200 \times (30 \times 60) = 2{,}2 \times 10^6$ J.

Calcul pour obtenir l'énergie en wattheures (on exprime le temps en heures) :

$E = 1\,200 \times 0{,}5 = 600$ Wh.

25 Comprendre l'origine du changement climatique

EN BREF ▸ *Tout corps émet et reçoit de l'énergie sous forme de rayonnements électromagnétiques. L'absorption de ces rayonnements se fait à l'échelle microscopique mais ses effets sont visibles à l'échelle macroscopique : l'augmentation de l'effet de serre en est un exemple.*

I Transfert d'énergie par rayonnement

■ Tout objet présent dans l'Univers (Soleil, Terre, êtres vivants, neige, métaux…) émet des **rayonnements électromagnétiques** et perd ainsi de l'énergie.
Plus la température de l'objet est élevée, plus il **perd de l'énergie**.

■ Un objet ne peut émettre que les rayonnements qu'il est capable **d'absorber**. Lorsqu'un corps absorbe un rayonnement électromagnétique, son **énergie augmente.**

■ L'énergie passe de l'objet qui émet des rayonnements électromagnétiques à un objet qui les absorbe : c'est un **transfert d'énergie par rayonnement**.

II Absorption du rayonnement terrestre par les gaz à effet de serre

■ L'atmosphère terrestre contient des gaz dits à « effet de serre » (eau, dioxyde de carbone, protoxyde d'azote, ozone, méthane). Ces gaz laissent passer les rayonnements solaires (visibles), et absorbent puis renvoient vers la Terre, les rayonnements infrarouges qu'elle émet, la chaleur est alors piégée dans l'atmosphère : c'est **l'effet de serre.**

■ L'effet de serre est **indispensable** à la vie sur Terre : sans gaz à effet de serre dans l'atmosphère terrestre, les rayonnements solaires seraient intégralement réfléchis par le sol vers l'espace, la température moyenne de la Terre serait alors de −18 °C. Avec les gaz à effet de serre dans l'atmosphère, elle est de 15 °C.

■ Certaines activités humaines rejettent beaucoup de gaz à effet de serre, ce qui déséquilibre l'effet de serre naturel et augmente la température moyenne de la Terre. Il est indispensable et urgent que les êtres humains mettent tout en œuvre pour stopper le **réchauffement climatique**.

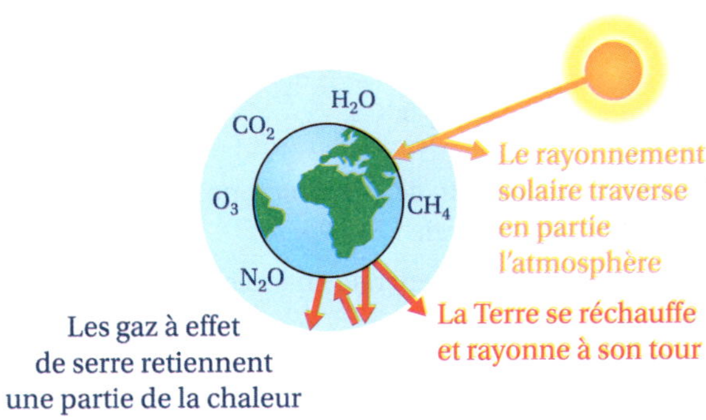

SE TESTER QUIZ

Vérifie que tu as compris les points clés

1 Connaître les formes d'énergie et leurs sources

→ FICHE 22

1 L'énergie mettant en jeu les noyaux des atomes est :

☐ **a.** l'énergie chimique

☐ **b.** l'énergie nucléaire

2 L'énergie cinétique a pour formule

☐ **a.** $E_C = \frac{1}{2} \times m \times v^2$ ☐ **b.** $E_C = \frac{1}{2} \times m \times v$ ☐ **c.** $E_C = 2 \times m \times v^2$

2 Savoir faire un bilan énergétique

→ FICHE 23

1 Lors d'une transformation, la quantité totale d'énergie du système :

☐ **a.** diminue ☐ **b.** augmente ☐ **c.** reste constante

2 Lors d'une conversion d'énergie, on a :

☐ **a.** $E_{reçue} = E_{utile} + E_{perdue}$

☐ **b.** $E_{utile} = E_{reçue} + E_{perdue}$

☐ **c.** $E_{utile} = E_{reçue} - E_{perdue}$

3 Connaître la relation entre puissance et énergie

→ FICHE 24

1 L'énergie est reliée à la puissance par la relation :

☐ **a.** $E = \frac{P}{\Delta t}$ ☐ **b.** $E = P \times \Delta t$ ☐ **c.** $E = \frac{\Delta t}{P}$

2 En quelle unité peut-on exprimer l'énergie ?

☐ **a.** le watt ☐ **b.** le wattheure ☐ **c.** le joule

4 Comprendre l'origine du changement climatique

→ FICHE 25

Coche l'affirmation correcte.

☐ **a.** Le dioxyde de carbone est naturellement produit par les êtres vivants lors de leur respiration, il ne peut donc pas être nocif

☐ **b.** Plus un corps est chaud, plus il perd de l'énergie

☐ **c.** L'atmosphère terrestre garde autant de rayonnements électromagnétiques que ce qu'il laisse partir dans l'espace

OBJECTIF BREVET

Lance-toi dans des sujets !

5 Réaliser un bilan de puissance

10 min

→ FICHES 22 et 24

Mathieu a acheté un ventilateur solaire : il s'agit d'un panneau solaire qui, à partir de l'énergie reçue du Soleil, va produire de l'énergie électrique qui alimente un moteur faisant tourner les pales du ventilateur.

1) Quelle est la source d'énergie du ventilateur ? Cette source est-elle renouvelable ?

2) Sous quelle forme l'énergie est-elle libérée par le ventilateur ?

3) Il n'y a pas de perte d'énergie au niveau du panneau solaire, par contre le moteur qui permet le mouvement des pales chauffe lorsqu'il fonctionne.

Sous quelle forme l'énergie perdue est-elle libérée dans l'air ?

4) Faire le diagramme énergétique du ventilateur solaire acheté par Mathieu.

DÉMARRONS ENSEMBLE

4) Pour le diagramme énergétique, fais apparaître les réservoirs d'énergie, les convertisseurs d'énergie, ainsi que les différentes formes d'énergie.

6 Calculer une consommation électrique

20 min

→ FICHE 24

La télévision, la box et les consoles de jeu, même en mode veille, consomment de l'énergie électrique. Pour un téléviseur, la puissance en veille est $P_{TV} = 2$ W, pour une box $P_{box} = 3$ W et pour une console de jeu $P_{console} = 4$ W.

1) Calculer l'énergie E consommée par cet équipement s'il est en veille 20 heures par jour.

2) Exprimer le résultat en wattheures (Wh).

3) Calculer l'énergie électrique totale E' perdue en France chaque jour, en admettant qu'il y a 40 millions de foyers disposant de cet équipement et qui le laissent en veille 20 heures par jour.

4) Quel geste simple peut-on faire pour économiser de l'énergie ?

DÉMARRONS ENSEMBLE

1) Exprime les durées en secondes. Souviens-toi que 1 h = 3 600 s.

2) Utilise la relation 1 Wh = 3 600 J.

CORRIGÉS

SE TESTER QUIZ

1 Connaître les formes d'énergie et leurs sources

1) Réponse b.
2) Réponse a.

2 Savoir faire un bilan énergétique

1) Réponse c.
2) Réponses a. et c.

3 Connaître la relation entre puissance et énergie

1) Réponse b.
2) Réponses b. et c.

4 Comprendre l'origine du changement climatique

Réponse b.

OBJECTIF BREVET

5 Réaliser un bilan de puissance

1) La source d'énergie est le Soleil. Le Soleil est une source d'énergie renouvelable, car il brillera encore pendant 4,5 milliards d'années : le stock est donc inépuisable à l'échelle humaine.

2) Le ventilateur libère l'énergie sous forme d'énergie cinétique (les pales sont mises en mouvement).

3) L'énergie perdue est libérée dans l'air sous forme d'énergie thermique.

4) Diagramme énergétique du ventilateur

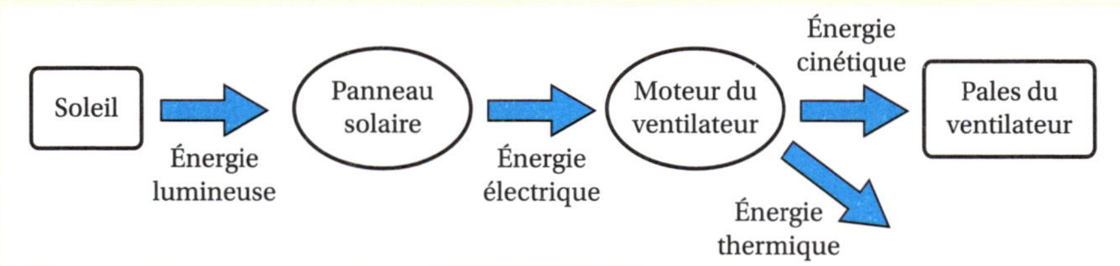

6 Calculer une consommation électrique

1) Calcul de l'énergie consommée par l'ensemble des équipements en 20 heures de veille : $E = P_{totale} \times \Delta t = (P_{TV} + P_{box} + P_{console}) \times \Delta t = (2 + 3 + 4) \times 20 \times 3\,600 = 648\,000$ J.

2) Conversion en wattheures : $E = \frac{648\,000}{3\,600} = 180$ Wh. L'énergie consommée par cet équipement lorsqu'il est en veille 20 heures par jour est de 648 000 J ou 180 Wh.

3) Calcul de l'énergie électrique totale perdue en France chaque jour :
$E' = E \times 40\,000\,000 = 180 \times 40\,000\,000 = 7,2 \times 10^9$ Wh $= 7,2$ GWh.

4) Pour économiser de l'énergie, il suffit d'éteindre les appareils électriques au lieu de les mettre en veille.

26 Connaître les circuits électriques

EN BREF ▸ *Les maisons, les voitures, les appareils domestiques que l'on utilise au quotidien contiennent tous des circuits électriques. Tous les circuits électriques répondent à des normes, aussi bien dans leur constitution que dans leur représentation. Un vocabulaire spécifique permet de bien comprendre les circuits électriques.*

I Les éléments d'un circuit électrique

- Un circuit électrique est constitué :
- d'un **générateur** (pile, batterie), qui fournit l'énergie électrique au circuit ;
- de **récepteurs** (lampe, moteur), qui convertissent l'énergie électrique en d'autres formes d'énergie ;
- de **fils de connexion** qui transportent l'énergie électrique.

- Un composant électrique constitué de deux bornes est appelé **dipôle** (lampe, générateur, résistance, etc.).
- Un **nœud** est un point de connexion d'au moins 3 fils.
- Une **branche** est une portion de circuit comprise entre deux nœuds consécutifs.
- Une **maille** est un ensemble de branches formant une boucle fermée.

Exemple :

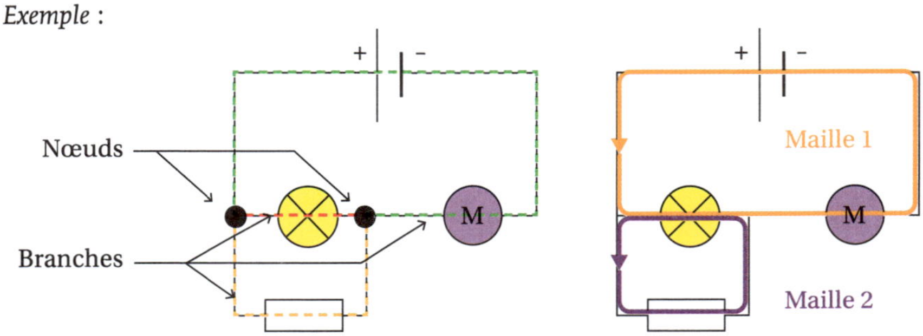

II Connaître les différentes associations de dipôles

- Des dipôles connectés les uns à la suite des autres sont branchés **en série**.
- Des dipôles dont les bornes sont reliées directement à celles d'autres dipôles sont branchés **en dérivation**.

Exemple : sur les schémas précédents :
- la lampe et le moteur sont associés en série ;
- la lampe et la résistance sont associées en dérivation.

- Dans un circuit en dérivation, la branche qui contient le générateur est la branche **principale**, les autres sont les branches **secondaires**.

27 Connaître et exploiter les lois de l'électricité

EN BREF ▸ *La tension électrique et l'intensité d'un courant sont des caractéristiques de chaque point d'un circuit électrique. Selon le type d'association des dipôles du circuit (en dérivation ou en série), intensités et tensions n'obéissent pas aux mêmes lois.*

I Représentation de la tension et de l'intensité

- Dans un circuit électrique, le courant circule de la borne positive vers la borne négative du générateur.
- Par convention, le courant électrique est représenté par une flèche placée sur les fils ; une tension est modélisée par une flèche placée à côté du dipôle. On oriente la flèche de la tension dans le sens opposé de celui du courant électrique pour les récepteurs et dans le même sens pour les générateurs.

Exemples :

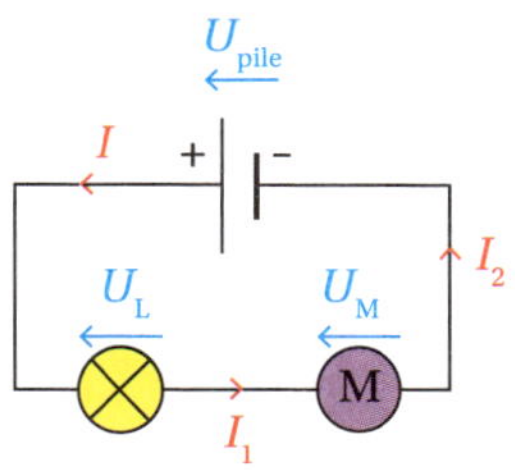

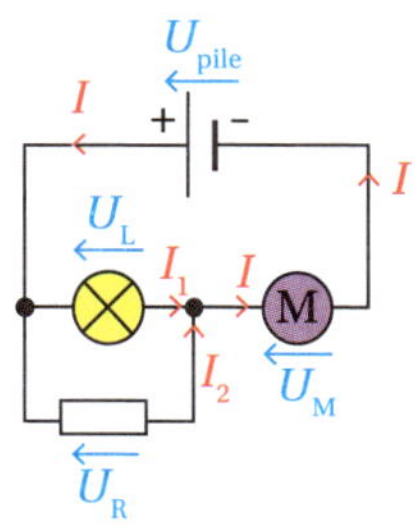

II Calcul des tensions et intensités

1 Circuit à une seule maille (circuit en série)

- Dans un circuit à une seule maille, l'intensité du courant électrique est la même en tout point : $I = I_1 = I_2$.
- Dans un circuit à une seule maille, la tension aux bornes du générateur est égale à la somme des tensions aux bornes de tous les récepteurs : $U_{pile} = U_L + U_M$.

2 Circuit à plusieurs mailles (circuit en dérivation)

- Dans un circuit à plusieurs mailles, la somme des intensités du courant qui arrivent à un nœud est égale à la somme de celles qui en partent : $I = I_1 + I_2$.
- Dans un circuit à plusieurs mailles, la tension aux bornes des dipôles branchés en dérivation est la même : $U_L = U_R$.
- Dans un circuit à plusieurs mailles, la tension aux bornes du générateur est égale à la somme des tensions aux bornes des récepteurs de chaque maille qui contient le générateur : $U_{pile} = U_M + U_L = U_M + U_R$.

28 Connaître et exploiter la loi d'Ohm

EN BREF ▸ *Plus on augmente la tension aux bornes d'un conducteur ohmique, plus le courant électrique qui le traverse est important : dans un conducteur ohmique, la tension et l'intensité du courant électrique sont proportionnelles. La relation mathématique qui relie ces grandeurs est la loi d'Ohm.*

I Étude expérimentale

■ On réalise un circuit contenant un **conducteur ohmique** et un générateur dont on peut faire varier la tension (montage ci-contre).

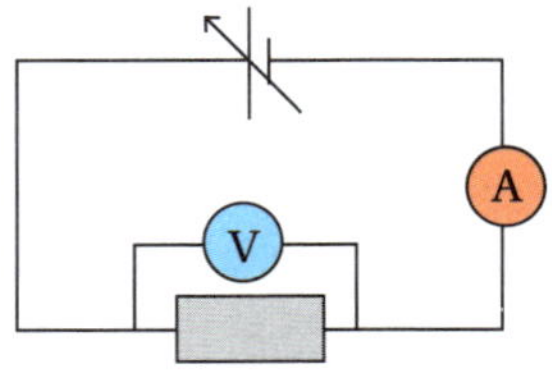

■ En faisant varier la tension aux bornes du générateur, on fait varier la tension aux bornes du conducteur ohmique.

■ Pour chaque valeur de la tension U aux bornes du conducteur ohmique, on relève l'intensité I du courant électrique qui le traverse.

■ On trace la **caractéristique** du conducteur ohmique, c'est-à-dire la représentation de la tension U aux bornes du conducteur ohmique en fonction de l'intensité I qui le traverse : les intensités sont portées en abscisse (axe horizontal) et les tensions en ordonnée (axe vertical).

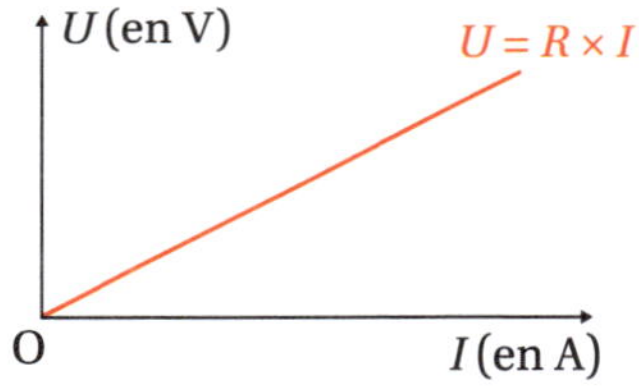

La caractéristique $U = f(I)$ d'un conducteur ohmique est une **droite linéaire** : il y a **proportionnalité** entre la tension et l'intensité du conducteur ohmique.

II Connaître la loi d'Ohm

■ D'après la **loi d'Ohm**, la tension aux bornes d'un conducteur ohmique est proportionnelle à l'intensité du courant qui le traverse. Le coefficient de proportionnalité R est la valeur de la résistance du conducteur ohmique.

$$U = R \times I$$

U, la tension en volts (V) ;
I, l'intensité en ampères (A) ;
R, la résistance du conducteur ohmique en ohms (Ω).

■ Lorsqu'un courant électrique traverse un conducteur ohmique, celui-ci libère de la chaleur. Ce phénomène s'appelle l'**effet Joule**.

Exemples : radiateur électrique ou fer à lisser.

29 Comprendre comment avoir une installation électrique sûre

EN BREF ▸ *Dans les habitations, la tension aux bornes des prises est de 230 V. En fonction des appareils branchés et de leur puissance, l'intensité du courant ne va pas toujours avoir la même valeur dans tout le circuit électrique. Si l'intensité du courant est trop importante, il y a risque d'incendie.*

I La puissance électrique d'un appareil

■ En régime continu, la puissance P consommée par un appareil est égale au produit de la tension U entre ses bornes par l'intensité du courant I qui le traverse :

$$P = U \times I$$

P en watts (W) ;
U en volts (V) ;
I en ampères (A).

■ Dans une installation domestique, la tension nominale délivrée est :

$$U_{\text{secteur}} = 230 \text{ V.}$$

■ Lorsque plusieurs appareils sont branchés dans une même pièce, ils sont en dérivation les uns par rapport aux autres : la puissance reçue par le circuit électrique de la pièce est égale à la somme des puissances consommées par les appareils fonctionnants simultanément.

Exemple : si un lave-vaisselle, une cafetière et deux lampes fonctionnent en même temps dans une cuisine, on a : $P_{\text{cuisine}} = P_{\text{LV}} + P_{\text{café}} + P_{\text{lampe1}} + P_{\text{lampe2}}$.

■ En fonction du nombre et de la puissance des appareils branchés dans un circuit électrique, la valeur de l'intensité du courant électrique va varier.

II La sécurité des installations domestiques

■ Le passage du courant électrique dans un conducteur provoque un échauffement de celui-ci. Si l'intensité du courant est trop élevée par rapport à la valeur de l'intensité maximale conseillée par le constructeur, il y a surintensité et risque d'incendie.

■ Il existe deux causes principales de surintensité :
- un trop grand nombre d'appareils branchés à une multiprise ;
- un **court-circuit**.

■ Les coupe-circuits (fusibles ou disjoncteurs) protègent l'installation électrique et le matériel en ouvrant le circuit quand l'intensité dépasse la valeur maximale admissible par l'installation.

MOT CLÉ

Un **court-circuit** est la mise en contact anormale de deux conducteurs d'un circuit électrique : le courant électrique passe alors directement d'un conducteur à l'autre au lieu de parcourir le circuit électrique prévu.

SE TESTER QUIZ

Vérifie que tu as compris les points clés

1 Connaître les circuits électriques

→ FICHE 26

1) Un moteur :

☐ **a.** produit de l'énergie électrique : c'est un générateur

☐ **b.** convertit l'énergie électrique qu'il reçoit : c'est un récepteur

2) Des dipôles situés l'un à la suite de l'autre sont branchés :

☐ **a.** en série ☐ **b.** en dérivation

2 Connaître les lois de l'électricité

→ FICHE 27

1) On représente la tension aux bornes d'un dipôle par une flèche sur les fils.

☐ **a.** vrai

☐ **b.** faux

2) Pour le circuit ci-contre, on peut écrire :

☐ **a.** $I = I_1 = I_2$

☐ **b.** $I = I_1 + I_2$

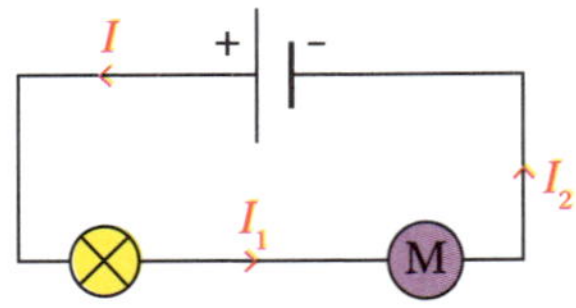

3 Connaître la loi d'Ohm

→ FICHE 28

1) La loi d'Ohm est valide pour tous les dipôles.

☐ **a.** vrai

☐ **b.** faux

2) La relation entre la tension et l'intensité du courant d'après la loi d'Ohm est :

☐ **a.** $U = \frac{I}{R}$ ☐ **b.** $U = R \times I$ ☐ **c.** $U = \frac{R}{I}$

4 Connaître les propriétés des appareils électriques

→ FICHE 29

1) La relation qui permet de déterminer la puissance électrique d'un appareil est :

☐ **a.** $P = \frac{U}{I}$ ☐ **b.** $P = \frac{I}{U}$ ☐ **c.** $P = U \times I$

2) Une surintensité peut provoquer :

☐ **a.** une explosion ☐ **b.** un incendie

OBJECTIF BREVET

Lance-toi dans des sujets !

5 Étude d'un circuit électrique

20 min

→ FICHES 27 et 28

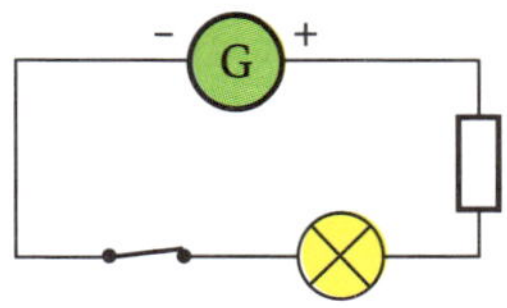

1) Représenter le sens du courant et les flèches de tension des dipôles du circuit.

2) L'intensité du courant traversant le conducteur ohmique est $I_R = 0{,}25$ A. A-t-on besoin de plusieurs mesures pour connaître l'intensité du courant traversant les autres dipôles ? Pourquoi ?

3) Les tensions aux bornes de certains dipôles ont été notées dans le tableau ci-dessous :

Dipôle	Générateur	Conducteur ohmique
Tension (V)	9,0	5,0

a. Déterminer la valeur de la tension aux bornes de la lampe.

b. Déterminer la valeur de la résistance du conducteur ohmique.

DÉMARRONS ENSEMBLE

3) a. Dans un circuit à une seule maille, la tension aux bornes du générateur est égale à la somme des tensions aux bornes de tous les récepteurs.

3) b. Applique la loi d'Ohm.

6 Utilisation d'une multiprise

20 min

→ FICHE 29

On veut brancher simultanément sur une multiprise un radiateur électrique de puissance 2 kW et un fer à repasser de puissance 1 500 W.

Le constructeur de la multiprise indique qu'elle supporte au maximum 10 A.

1) Comment les deux appareils électriques sont-ils branchés l'un par rapport à l'autre ?

2) Calculer la puissance totale des appareils branchés sur la multiprise.

3) Calculer l'intensité du courant qui circule dans la multiprise (arrondir à l'unité).

4) Peut-on faire fonctionner ces deux appareils en même temps ? Pourquoi ?

5) Si on fait fonctionner ces deux appareils simultanément, que va-t-il se passer ?

CORRIGÉS

SE TESTER QUIZ

1 Connaître les circuits électriques

1 Réponse b.

2 Réponse a.

2 Connaître les lois de l'électricité

1 Réponse b.

2 Réponse a.

3 Connaître la loi d'Ohm

1 Réponse b.

2 Réponse b.

4 Connaître les propriétés des appareils électriques

1 Réponse c.

2 Réponse b.

OBJECTIF BREVET

5 Étude d'un circuit électrique

1 Ci-contre.

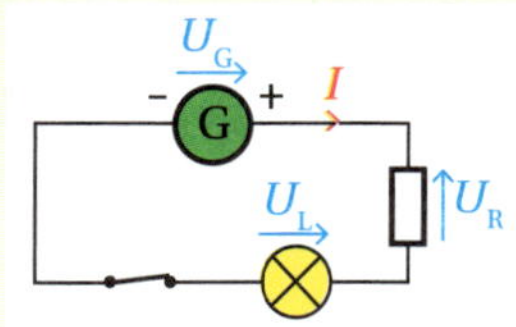

2 Pour connaître la valeur de l'intensité du courant traversant les dipôles du circuit, il n'est pas nécessaire de faire de mesure car dans un circuit à une maille l'intensité du courant électrique est la même en tous points : $I_R = I_L = I_G =$ **0,25 A**.

3 a. Dans un circuit à une maille, la tension aux bornes du générateur est égale à la somme des tensions aux bornes de tous les récepteurs : $U_G = U_L + U_R$.
On en déduit $U_L = U_G - U_R = 9{,}0 - 5{,}0 =$ **4,0 V**.

b. D'après la loi d'Ohm : $U = R \times I$, d'où : $R = \frac{U}{I} = \frac{5{,}0}{0{,}25} =$ **20 Ω**.

6 Utilisation d'une multiprise

1 Les deux appareils électriques sont branchés en **dérivation**.

2 $P_{tot} = P_{radiateur} + P_{fer} = 2\,000 + 1\,500 =$ **3 500 W**.

3 La multiprise délivre une puissance de 3 500 W.
Elle est branchée sur le secteur et a donc une tension de 230 V.
L'intensité qui traverse la multiprise est : $I = \frac{P_{tot}}{U} = \frac{3\,500}{230} =$ **15 A**.

4 **On ne peut pas faire fonctionner** ces deux appareils en même temps car l'intensité nécessaire (15 A) est supérieure à celle supportée par la multiprise (10 A).

5 Si on fait fonctionner ces deux appareils simultanément, il y aura une **surintensité** et une surchauffe des fils, ce qui peut provoquer un incendie.

30 Connaître et exploiter la propagation de la lumière

EN BREF ▸ *Les étoiles sont les principales sources de lumière dans l'Univers. La lumière se déplace principalement en ligne droite. On peut exploiter cette propriété sur Terre pour évaluer la hauteur inconnue d'un objet.*

I Les sources de lumière

- Une source primaire de lumière est un objet qui produit la lumière qu'il émet.

Exemple : les étoiles sont des sources primaires de lumière, car la lumière émise résulte de réactions nucléaires ayant lieu au cœur des étoiles.

- Une source secondaire de lumière renvoie une partie de la lumière qu'elle reçoit. Elle renvoie cette lumière dans toutes les directions : c'est un objet diffusant.

Exemple : la Lune est un objet diffusant la lumière reçue du Soleil.

II La propagation rectiligne de la lumière

La lumière se propage en ligne droite dans un milieu transparent, **homogène** et **isotrope**.

Exemple : dans le vide et dans l'air qui nous entoure, la lumière se propage en ligne droite.

MOT CLÉ
- **Homogène** signifie que les caractéristiques du milieu sont les mêmes en tout point.
- **Isotrope** signifie que toutes les directions dans le milieu sont équivalentes.

III Exploiter la propagation rectiligne de la lumière

Un faisceau de lumière est constitué d'une infinité de rayons lumineux qui sont modélisés par des droites sur lesquelles on indique le sens de propagation par une flèche. Ce modèle permet, par exemple, de calculer la hauteur d'un objet par la mesure de son ombre.

Exemple : on mesure les longueurs L_1 et L_2 de deux ombres, puis on applique la relation de proportionnalité entre hauteur et longueur de l'ombre : $\frac{H}{L_1} = \frac{h}{L_2} \Leftrightarrow H = \frac{L_1 \times h}{L_2}$.

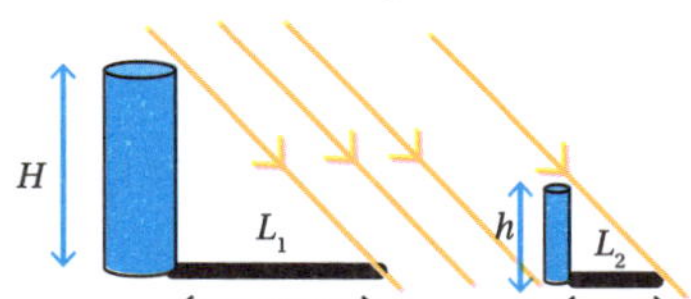

Objet de hauteur inconnue H — Objet de hauteur connue h

31 Connaître et exploiter la propagation du son

EN BREF ▸ *Le son se propage dans l'air, l'eau ainsi que dans tous les milieux matériels avec une vitesse de propagation caractéristique de ce milieu. Pour les sons périodiques, on définit une grandeur caractéristique qui est la fréquence en hertz. Les domaines en fréquence délimitent les sons audibles, les infrasons ou les ultrasons.*

I Conditions de propagation d'un son

- Le son est une vibration de la matière qui se propage de proche en proche.
- Le son ne peut se propager que dans un milieu matériel : il ne se propage pas dans le vide.

II Vitesse de propagation d'un son

- La durée Δt que met un son pour aller de sa source à un point situé à une distance d a pour expression :

$$\Delta t = \frac{d}{v}$$

Δt en secondes (s) ;
d en mètres (m) ;
v en mètres par seconde (m/s).

Exemple : lorsqu'un orage se rapproche de nous, la durée qui sépare un éclair du coup de tonnerre associé diminue car la distance d qui nous sépare du point d'impact de la foudre diminue.

- La formule précédente peut aussi être utilisée pour exprimer la vitesse de propagation du son : $v = \frac{d}{\Delta t}$. Celle-ci dépend de la température de l'air :

Température de l'air (°C)	–10	0	15	30
***v* (m/s)**	325	331	340	349

La valeur communément choisie est $v = 340$ m/s.

III La fréquence d'un son

- Un son est un phénomène périodique auquel est associée une grandeur appelée fréquence, exprimée en hertz (Hz). Cette fréquence représente le nombre de périodes temporelles dans une seconde.
- Les sons audibles par l'être humain se trouvent dans une gamme de fréquences bien définie (entre 20 et 20 000 Hz).

Fréquence (Hz)	0 à 20	20 à 20 000	Supérieure à 20 000
Catégorie de son	Infrasons	Sons audibles	Ultrasons

32 Savoir qu'un signal transporte de l'information

EN BREF ▸ *Le son ou la lumière sont produits par des émetteurs, se propagent en transportant une information, puis sont collectés par un récepteur. La lumière parcourant de très grandes distances dans l'Univers, on définit une unité de distance adaptée : l'année-lumière.*

I Émission et transport d'un signal sonore ou lumineux

■ Un son est produit par un **émetteur** (instrument de musique, gorge, haut-parleur) qui possède une membrane vibrante permettant la mise en **vibration de l'air**.

Exemple : une guitare émet des sons grâce à la mise en vibration de ses cordes.

■ La lumière est produite par une **source primaire** de lumière → FICHE 30.

Exemple : les étoiles sont des sources primaires de lumière.

■ Une fois produite, l'information sonore se propage de proche en proche **dans l'air** et est interceptée par un récepteur tel que l'oreille.

■ Une fois produite, l'information lumineuse se propage **dans le vide (ou dans l'air)** et est interceptée par un récepteur tel qu'un télescope.

■ La **distance d parcourue par la lumière dans le vide** se calcule à partir de la durée du trajet Δt et de la vitesse c de la lumière dans le vide :

$d = c \times \Delta t$	d en mètres ; Δt en secondes ; $c = 3{,}00 \times 10^8$ m/s.

II L'année-lumière

■ Par définition, l'**année-lumière** est égale à la distance parcourue par la lumière dans le vide pendant une durée d'un an. Le symbole de l'année-lumière est **al**.

■ Cette unité est pratique car elle nous permet d'accéder directement à la **durée** mise par la lumière pour nous parvenir.

Exemple : pour une étoile distante de 668 al, la lumière a mis 668 ans pour nous parvenir.

■ Ceci nous montre que plus une étoile est éloignée de nous, plus la lumière qui nous parvient aujourd'hui a été émise il y a longtemps dans le passé : **voir loin, c'est voir dans le passé**.

■ Conversions utiles :

$$1 \text{ al} = 9{,}46 \times 10^{12} \text{ km} = 9{,}46 \times 10^{15} \text{ m}$$

SE TESTER QUIZ

Vérifie que tu as compris les points clés

1 Exploiter la propagation de la lumière → FICHE 30

1) La lumière peut se propager en ligne courbe dans le vide (milieu homogène et isotrope).

☐ **a.** vrai ☐ **b.** faux

2) La lumière peut se propager dans des milieux tels que :

☐ **a.** le verre et l'eau ☐ **b.** le bois et le béton

2 Exploiter la propagation du son → FICHE 31

1) La durée de propagation du son a pour expression :

☐ **a.** $\Delta t = d \times v$ ☐ **b.** $\Delta t = \frac{d}{v}$ ☐ **c.** $\Delta t = \frac{v}{d}$

2) La vitesse du son ne dépend pas de la température de l'air.

☐ **a.** vrai ☐ **b.** faux

3) Une fréquence de 25 000 Hz correspond à :

☐ **a.** un infrason ☐ **b.** un ultrason ☐ **c.** un son

3 Savoir qu'un signal sonore transporte de l'information → FICHE 32

1) Un son peut transporter une information dans le vide.

☐ **a.** vrai ☐ **b.** faux

2) Le son peut être produit par un microphone.

☐ **a.** vrai ☐ **b.** faux

4 Savoir qu'un signal lumineux transporte de l'information → FICHE 32

1) La lumière est produite par un émetteur qui est une source secondaire.

☐ **a.** vrai ☐ **b.** faux

2) La lumière émise par une étoile située à 20 al de la Terre met une durée pour atteindre la Terre égale à :

☐ **a.** 20 s ☐ **b.** 20 h ☐ **c.** 20 ans

3) Plus une étoile est éloignée et plus nous l'observons dans le passé.

☐ **a.** vrai ☐ **b.** faux

OBJECTIF BREVET

Lance-toi dans des sujets !

5 Un jour d'orage

15 min

→ FICHE 31

Un promeneur est surpris par l'orage en pleine montagne. Pour avoir de plus amples renseignements, il sort son chronomètre et se munit de sa calculatrice. Après avoir vu un éclair, il chronomètre un temps de 20,5 s avant d'entendre le coup de tonnerre.

La vitesse du son est prise égale à $v = 340$ m/s.

1) Calculer la distance qui sépare le promeneur du point d'impact de la foudre en mètres, puis en kilomètres.

2) Le coup de tonnerre suivant a lieu 23,0 s après un nouvel éclair.

a. Calculer la nouvelle distance.

b. Est-ce que l'orage se rapproche ou s'éloigne du promeneur ?

3) Dans quel domaine doivent se trouver les fréquences associées au coup de tonnerre ?

DÉMARRONS ENSEMBLE

1) Utilise la relation entre vitesse, durée et distance : $d = v \times \Delta t$.

3) Les sons sont classés en trois catégories : les infrasons, les sons audibles et les ultrasons, en fonction de leurs fréquences.

6 Les étoiles de la constellation de la Vierge

20 min

→ FICHE 32

La Vierge est l'une des plus anciennes constellations identifiées par les astronomes. Elle comporte un grand nombre d'objets célestes parmi lesquels l'étoile la plus brillante est α Virginis située à 260 al et l'étoile la plus proche est Ross 128 située à 10,9 al de la Terre.

1) Combien de temps met la lumière pour nous parvenir de α Virginis ?

2) Calculer en kilomètres la distance qui nous sépare de Ross 128.

3) En quelle année a été émise la lumière par Ross 128 si elle nous parvient en 2021 ?

DÉMARRONS ENSEMBLE

2) Utilise la relation 1 al $= 9{,}46 \times 10^{12}$ km.

3) Détermine la durée du trajet de la lumière émise par Ross 128 et déduis-en la date d'émission.

CORRIGÉS

SE TESTER QUIZ

1 Exploiter la propagation de la lumière

1 **Réponse b.** Faux, car la lumière se propage en ligne droite dans de telles conditions.
2 **Réponse a.** La lumière traverse des matières transparente (verre, eau), mais ne peut pas traverser des matières opaques (bois, béton).

2 Exploiter la propagation du son

1 **Réponse b.** La durée est proportionnelle à la distance d et inversement proportionnelle à la vitesse de propagation.
2 **Réponse b.** Faux, car la vitesse de propagation du son est égale à 331 m/s à $t = 0$ °C et à 340 m/s à $t = 15$ °C.
3 **Réponse b.** Les ultrasons correspondent à des fréquences supérieures à 20 000 Hz.

3 Savoir qu'un signal sonore transporte de l'information

1 **Réponse b.** Faux, car le son ne peut pas se propager dans le vide.
2 **Réponse b.** Faux, car le microphone est un récepteur et pas un émetteur.

4 Savoir qu'un signal lumineux transporte de l'information

1 **Réponse b.** Faux, car la source de lumière est une source primaire.
2 **Réponse c.** La lumière parcourt une année-lumière (al) pendant une durée égale à un an, et donc parcourt 20 al pendant une durée égale à 20 ans.
3 **Réponse a.** Vrai, car plus une étoile est éloignée et plus la lumière reçue aujourd'hui a été émise il y a longtemps dans le passé.

OBJECTIF BREVET

5 Un jour d'orage

1 Calcul de la distance qui sépare le promeneur du point d'impact de la foudre :
$d = v \times \Delta t = 340 \times 20{,}5 = 6\ 970$ m = **6,970 km**.
2 **a.** Calcul de la nouvelle distance : $d = v \times \Delta t = 340 \times 23{,}0 =$ **7 820 m**.
b. L'orage **s'éloigne** du promeneur.
3 Les fréquences associées au coup de tonnerre doivent être comprises dans le domaine des sons audibles, soit **entre 20 Hz et 20 000 Hz**.

6 Les étoiles de la constellation de la Vierge

1 La lumière met **260 années** pour nous parvenir de α Virginis.
2 Calcul en kilomètres de la distance qui nous sépare de Ross 128 :
$d = 9{,}46 \times 10^{12} \times 10{,}9 =$ **$1{,}03 \times 10^{14}$ km**.
3 La lumière met 10,9 années pour nous parvenir de Ross 128. On calcule donc : 2021 – 10,9 = 2010,1. La lumière de Ross 128 nous parvenant en 2021 a été émise au cours de l'**année 2010**.

SVT

TOUT LE PROGRAMME

- 29 fiches de cours
- Exercices et sujets corrigés

SOMMAIRE

Le vivant et son évolution

1. Stabilité et diversité génétique des individus

2. L'évolution des êtres vivants

3. La nutrition cellulaire des organismes

Le corps humain et la santé

4. La lutte contre les micro-organismes pathogènes

Quand tu en as fini avec une fiche ou un entraînement, coche la case ☐ correspondante !

1 Localiser l'origine des caractères héréditaires

EN BREF ▸ *Les caractères héréditaires d'un individu proviennent des informations héréditaires transmises par ses parents. Ces informations sont stockées dans le noyau des cellules de l'organisme, au niveau des chromosomes.*

I Transmission des caractères héréditaires

- Les parents transmettent à leur descendant des **informations héréditaires** qui contrôlent la mise en place des caractères lors du développement embryonnaire.

MOT CLÉ
Information héréditaire : instruction contrôlant la mise en place d'un caractère héréditaire.

- Les informations héréditaires transmises par les parents sont donc présentes dès le stade embryon à une seule cellule : la cellule-œuf.

II Localisation des informations héréditaires

- Les mêmes informations héréditaires sont contenues dans le noyau de toutes les cellules de l'organisme (à l'exception des gamètes).
- Lors de la multiplication cellulaire, on observe au microscope la transformation du contenu du noyau en filaments : les **chromosomes** à deux brins.
- L'ensemble des chromosomes d'une cellule forme un **caryotype**.
- Un caryotype est caractéristique d'une espèce : tous les individus d'une même espèce possèdent le même nombre de chromosomes.
- Les chromosomes sont le support des informations héréditaires : une anomalie du nombre de chromosomes entraîne des caractères anormaux.

MOT CLÉ
Chromosomes : filaments présents dans le noyau de toutes les cellules.

À NOTER
Le terme **caryotype** désigne également le document présentant les chromosomes d'une cellule.

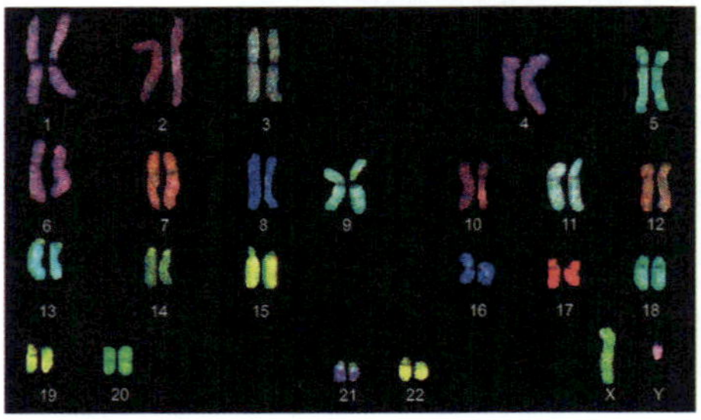

Doc **Caryotype d'un humain**

Il comporte 46 chromosomes, qui peuvent être rangés en 23 paires. Les chromosomes d'une paire ont la même taille et la même forme (excepté les chromosomes sexuels).

2 Dégager la notion de gène

EN BREF ▸ *Les chromosomes sont le support des informations héréditaires. Chaque information héréditaire est une portion précise de l'ADN d'un chromosome, appelée gène.*

I Détermination du support de l'information héréditaire

■ Le caryotype des individus d'une même espèce est différent selon leur sexe. Ainsi, pour l'espèce humaine, la 23e paire de chromosomes présente des différences (XX pour les femmes et XY pour les hommes).

La présence du chromosome Y détermine l'acquisition des caractères sexuels mâles, et l'absence de chromosome Y détermine l'acquisition des caractères sexuels femelles : on qualifie les chromosomes X et Y de chromosomes sexuels.

■ C'est en fait un fragment de chromosome Y qui détermine la mise en place des caractères sexuels masculins, et son absence la mise en place de caractères sexuels féminins. Ce fragment de chromosome est le support physique de l'information déterminant le sexe de l'individu : il s'agit du gène contrôlant l'apparition des caractères sexuels mâles.

MOT CLÉ
Gène : portion d'ADN (dans un chromosome) contrôlant l'apparition d'un caractère héréditaire.

■ Un gène est une portion d'ADN contenue dans le chromosome. Un chromosome est constitué d'une molécule d'ADN extrêmement pelotonnée au moment de la multiplication cellulaire ; les chromosomes deviennent donc visibles à ce moment de la vie de la cellule.

II Localisation des gènes dans les chromosomes

■ Un gène occupe une place déterminée dans un chromosome. Tous les individus d'une même espèce ont les mêmes gènes qui commandent les mêmes caractères sur les mêmes chromosomes, au même emplacement.

■ Sauf exception (sur les chromosomes sexuels notamment), les deux chromosomes d'une même paire portent au même endroit les mêmes gènes : on a donc deux exemplaires de chaque gène.

■ Un chromosome peut être le support de plusieurs centaines de gènes.

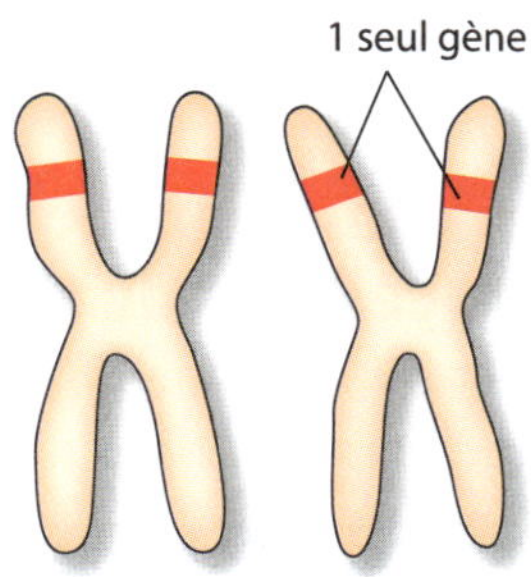

Doc Une paire de chromosomes
Les deux gènes sont localisés au même emplacement.

3 Expliquer la conservation du caryotype

EN BREF ▸ *Le caryotype d'une cellule-œuf est conservé lors des multiplications cellulaires. Ainsi, le programme génétique est conservé dans tous les types cellulaires d'un organisme.*

I Conservation du caryotype lors des multiplications cellulaires

■ Par multiplications cellulaires successives, la cellule-œuf est à l'origine de toutes les cellules de l'organisme. Elles possèdent toutes le même caryotype, donc le même **programme génétique**.

> **MOT CLÉ**
> **Programme génétique** : ensemble des informations contenues dans les gènes d'un individu.

■ Par exemple, quand une cellule humaine se multiplie, elle transmet à ses deux cellules filles 23 paires de chromosomes (à un brin). On dit qu'il y a conservation du nombre de chromosomes, donc conservation de l'information génétique au cours des multiplications cellulaires.

■ La multiplication cellulaire fait un partage très précis du matériel chromosomique entre deux cellules filles, pour que chacune hérite d'un brin de chaque chromosome de chaque paire : chaque cellule fille possède le même nombre de chromosomes que la cellule mère.

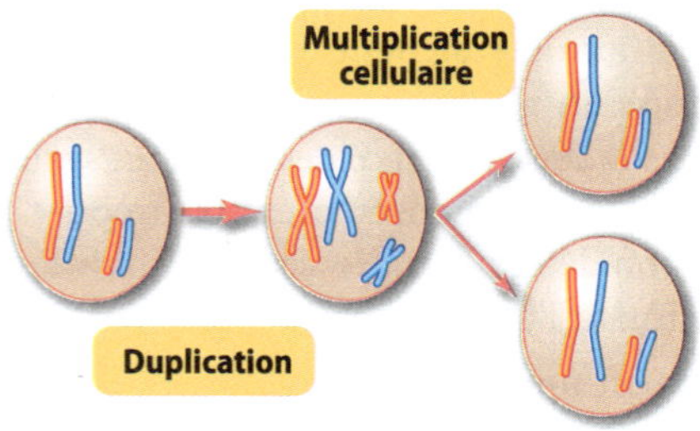

Doc Mécanisme de la conservation du nombre de chromosomes lors de la multiplication cellulaire

Exemple d'une cellule mère à deux paires de chromosomes.

II Conservation du programme génétique pour des cellules de types différents

■ Toutes les cellules d'un organisme (cellules nerveuses, musculaires...) contiennent la totalité du programme génétique.

■ Seule une partie des gènes s'exprime dans un type de cellule donné. Les gènes qui s'expriment dépendent de la spécialisation de la cellule : les gènes utiles aux cellules nerveuses ne s'expriment pas dans les cellules musculaires et *vice versa*...).

4 Expliquer les variations individuelles par la génétique

EN BREF ▸ *Tous les individus d'une espèce possèdent les mêmes gènes. Les individus montrent des caractères héréditaires variés car il existe différentes versions, nommées allèles, de la plupart des gènes.*

I Variations au sein d'un gène

Un même gène peut contenir des informations différentes concernant le même caractère (ex. : groupe sanguin). Ces variations sont appelées les **allèles** du gène.

MOT CLÉ

Allèles : versions différentes d'un même gène.

II Étude d'un exemple pour comprendre la notion d'allèles

■ L'appartenance à l'un ou l'autre des quatre groupes sanguins (A, B, AB ou O) dépend de la présence ou de l'absence de molécules situées à la surface membranaire des globules rouges (hématies). Les molécules présentes dépendent des deux gènes « groupe sanguin » situés sur la 9e paire de chromosomes. Les deux gènes peuvent exister sous des versions différentes : A, B ou O.

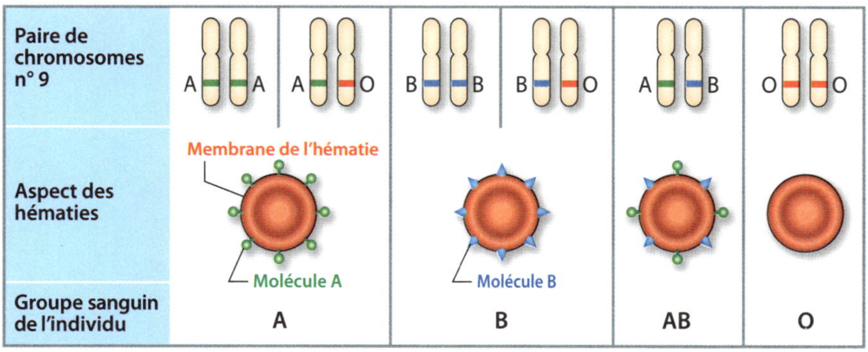

Doc Groupes sanguins selon la combinaison d'allèles de l'individu

■ On parle d'**allèles dominants** pour les allèles A et B ; on qualifie l'allèle O de **récessif** (il ne détermine pas la réalisation d'un caractère).

MOTS CLÉS

- **Allèle dominant** : allèle qui s'exprime.
- **Allèle récessif** : allèle qui ne s'exprime pas (il semble « caché » par un autre allèle).

■ Nous avons tous les mêmes gènes, mais nos gènes ne renferment pas les mêmes allèles. Cela explique nos variations individuelles et notre originalité.

5 Expliquer la diversité des individus par la formation des gamètes

EN BREF ▸ *Dans chaque gamète qu'il produit, un individu transmet, au hasard, l'un ou l'autre chromosome de chacune des paires de son caryotype. Ce mécanisme permet à un même individu de produire une très grande diversité de gamètes.*

I Le caryotype des gamètes

Chaque gamète contient la moitié des chromosomes de n'importe quelle autre cellule de l'organisme. Pour l'espèce humaine, les gamètes comportent 23 chromosomes chacun, c'est-à-dire un seul chromosome de chaque paire.

> **MOT CLÉ**
> **Gamète** : cellule reproductrice d'un être vivant.

II La formation des gamètes

- Pour l'espèce humaine, les gamètes (à 23 chromosomes) sont formés à partir d'une cellule mère des gamètes (à 23 paires de chromosomes).
- La formation des gamètes est considérée comme une loterie engendrant une extrême diversité d'individus à naître : chaque gamète reçoit au hasard l'un ou l'autre des chromosomes de chaque paire ; il ne reçoit donc que l'un ou l'autre des deux allèles de chacun des gènes.

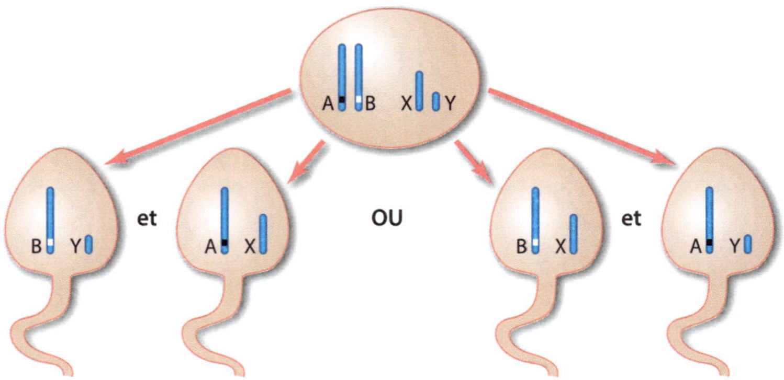

Doc Formation de quatre spermatozoïdes différents à partir d'une même cellule mère

Exemple d'une cellule mère à deux paires de chromosomes : deux chromosomes n° 9 et deux chromosomes sexuels.

- Cette loterie se répète pour les 23 paires de chromosomes, qui portent chacune des milliers de couples d'allèles : ainsi, un être humain peut être à l'origine de 2^{23} (= plus de 8 300 000) gamètes différents…

6 Expliquer la diversité des individus par la fécondation

EN BREF ▸ *La fécondation participe au brassage des gènes et donc à la diversité des individus car elle réunit au hasard un spermatozoïde et un ovule qui ont chacun une information génétique originale.*

I La fécondation dans l'originalité des individus

■ La fécondation rassemble les paires de chromosomes et rétablit ainsi le nombre de chromosomes de l'espèce (46 dans l'espèce humaine), en associant un lot de chromosomes d'origine maternelle à un lot d'origine paternelle (23 chromosomes par lot pour l'espèce humaine).

■ La fécondation réunit au hasard un spermatozoïde et un ovule portant chacun une information originale. → FICHE 5

■ L'information contenue dans la cellule-œuf sera différente selon l'information génétique présente dans les deux gamètes qui vont fusionner.

■ La fécondation crée donc au hasard un nouveau programme génétique responsable du développement d'un individu original.

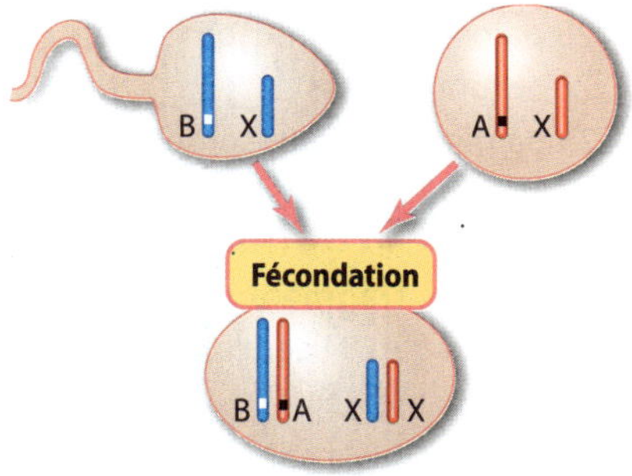

Doc Fécondation entre deux gamètes

Exemple avec un chromosome 9 et un chromosome sexuel : le spermatozoïde comporte un chromosome X et un chromosome 9 portant l'allèle B ; l'ovule comporte un chromosome X et un chromosome 9 portant l'allèle A. Le développement de la cellule-œuf obtenue conduira à la naissance d'une fille de groupe sanguin AB.

II L'origine d'une anomalie chromosomique

■ Une anomalie du nombre de chromosomes (ex. : trisomie 21) s'explique par l'absence de séparation d'une paire de chromosomes (la paire 21) lors de la formation des gamètes.

■ Si un gamète femelle (à deux chromosomes 21 au lieu d'un) est fécondé par un gamète mâle (à un chromosome 21), l'embryon comportera trois chromosomes au lieu de deux, d'où le terme *trisomie*.

SE TESTER QUIZ

Vérifie que tu as compris les points clés

1 Localiser l'origine des caractères héréditaires → FICHE 1

En l'absence d'anomalies chromosomiques, le caryotype d'une cellule humaine (excepté un gamète) comporte :

☐ **a.** 23 paires de chromosomes plus une paire de chromosomes sexuels
☐ **b.** 23 chromosomes
☐ **c.** 23 paires de chromosomes

2 Dégager la notion de gène → FICHE 2

Un gène est un fragment de :

☐ **a.** molécule d'ADN contrôlant l'apparition d'un caractère héréditaire
☐ **b.** chromosome Y
☐ **c.** molécule d'ADN contenu dans le chromosome Y

3 Expliquer la conservation du caryotype → FICHE 3

Suite à une multiplication cellulaire, les cellules filles comportent :

☐ **a.** le même nombre de chromosomes que la cellule mère
☐ **b.** moitié moins de chromosomes que la cellule mère
☐ **c.** deux fois plus de chromosomes que la cellule mère

4 Expliquer les variations individuelles → FICHE 4

Les allèles sont :

☐ **a.** des versions différentes de gènes différents
☐ **b.** des versions identiques d'un même gène
☐ **c.** des versions différentes d'un même gène

5 Expliquer la diversité génétique → FICHES 5 et 6

1) À l'issue de leur formation, les gamètes comportent :

☐ **a.** moitié moins d'allèles que la cellule mère des gamètes
☐ **b.** deux fois plus d'allèles que la cellule mère des gamètes
☐ **c.** autant d'allèles que la cellule mère des gamètes

2) Lors de la fécondation :

☐ **a.** chaque parent transmet la moitié de ses allèles
☐ **b.** chaque parent transmet la totalité de ses allèles
☐ **c.** un des parents ne transmet aucun allèle

OBJECTIF BREVET

Lance-toi dans un sujet !

6 Comprendre l'origine génétique de l'albinisme

25 min

→ FICHE 4

L'albinisme est une anomalie d'origine génétique qui se caractérise par une absence de pigmentation de la peau et des poils. Les individus atteints ont la peau et les poils blancs.
Cette anomalie est sous la dépendance d'un gène, localisé sur le chromosome n° 7, qui présente deux allèles : l'allèle A et l'allèle a.
Les individus atteints possèdent deux allèles a ; dans tous les autres cas, l'individu ne présente pas l'anomalie. L'allèle A est dominant, l'allèle a récessif.

Document **Arbre généalogique d'une famille où sont apparus des cas d'albinisme**

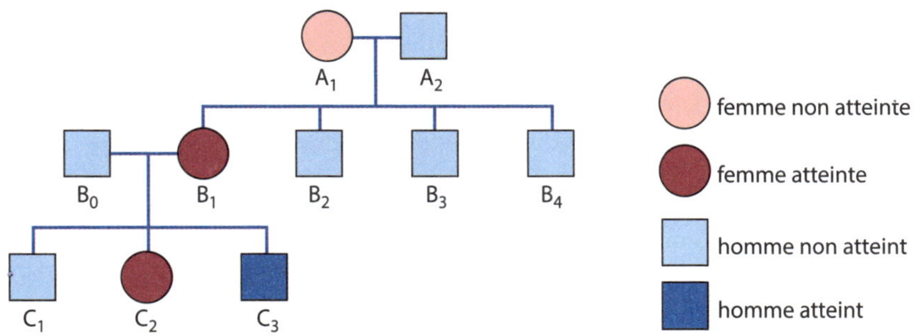

1 Indiquer les gènes de l'albinisme et ses allèles sur la paire de chromosomes n° 7 chez B_1, puis chez C_3. Justifier ce choix.

2 Même question pour les parents A_1 et A_2.

3 Même question pour B_0.

DÉMARRONS ENSEMBLE

1 Relis attentivement la fiche 4 sur les allèles.
Étant donné que les individus B_1 et C_3 sont atteints, il n'y a qu'**une seule combinaison** de la paire de chromosomes n° 7 possible.

2 Les parents A_1 et A_2 ne sont pas atteints, mais ont une fille (B_1) qui l'est ; cela doit te donner un **indice** sur les chromosomes n° 7 que possèdent les parents…

CORRIGÉS

SE TESTER QUIZ

1 Localiser l'origine des caractères héréditaires

Réponse c.

2 Dégager la notion de gène

Réponse a. Un gène est un fragment de molécule d'ADN contrôlant l'apparition d'un caractère héréditaire.

3 Expliquer la conservation du caryotype

Réponse a. La multiplication cellulaire ne modifie pas le nombre de chromosomes d'une cellule.

4 Expliquer les variations individuelles

Réponse c. Les allèles sont des versions différentes d'un même gène.

5 Expliquer la diversité génétique

1) Réponse a.

2) Réponse a.

OBJECTIF BREVET

6 Comprendre l'origine génétique de l'albinisme

1) B_1 et C_3 étant atteints, ils ont l'allèle a en deux exemplaires.

2) A_1 et A_2 ont eu une fille B_1 atteinte, avec deux allèles a. Or, celle-ci a hérité chaque allèle de ses parents (A_1 et A_2). On en déduit que ceux-ci possèdent un chromosome 7 portant un allèle a. De plus, comme A_1 et A_2 ne sont pas malades, ils doivent forcément posséder l'allèle A sur leur deuxième chromosome 7.

À NOTER
Les notions d'**allèle dominant** et d'**allèle récessif** sont évoquées dans la fiche 4.

3) B_0 et B_1 ont eu un garçon C_3 atteint, avec deux allèles a. Or, celui-ci a hérité chaque allèle de ses parents (B_0 et B_1). On en déduit que ceux-ci possèdent un chromosome 7 portant un allèle a. Or, comme B_0 n'est pas malade, il doit forcément posséder l'allèle A sur son deuxième chromosome 7.

7 Déterminer une succession d'espèces

EN BREF ▸ *L'étude des roches qui abritent des fossiles permet de reconstituer la succession d'espèces au cours des temps géologiques. Elle permet également d'estimer la date de l'apparition et de l'éventuelle disparition d'êtres vivants.*

I Étude d'un exemple : le groupe des ammonites

- Les ammonites, aujourd'hui disparues, appartiennent à un groupe d'animaux marins, les céphalopodes, dont les représentants actuels sont les pieuvres ou les seiches…

- On trouve des fossiles d'ammonites dans de nombreuses roches. Ces roches constituent donc un outil privilégié du géologue. Les ammonites présentent sur leur coquille des ornementations ou enroulements distincts permettant de les séparer en espèces différentes.

- L'observation de fossiles d'ammonites dans des **strates** successives montre que des espèces différentes d'ammonites sont apparues et se sont développées de façon échelonnée : elles se sont diversifiées (organisation progressivement plus complexe), ont régressé (moins de fossiles découverts) et ont fini par disparaître il y a près de 65 Ma.

Doc **Ammonite du genre *Amaltheus***

MOT CLÉ
Strate : couche de roche.

II Extinction d'êtres vivants

- L'histoire de la vie est marquée par plusieurs **crises biologiques** plus ou moins importantes ayant conduit à l'extinction de groupes entiers d'êtres vivants. Les ammonites ont donc subi une crise biologique il y a 65 Ma.

MOT CLÉ
Crise biologique : période d'extinction de groupes/espèces d'êtres vivants sur un temps relativement court à l'échelle des temps géologiques.

- Une crise biologique est souvent suivie d'une période de diversification biologique importante, donc de l'apparition de nombreux groupes et espèces nouveaux.

8 Établir un lien de parenté entre les êtres vivants

EN BREF ▸ *L'évolution des premiers êtres vivants apparus sur Terre a conduit à l'apparition d'espèces et de groupes d'espèces très variés. Cette origine commune se traduit par des liens de parenté entre tous les êtres vivants.*

I Lien de parenté au sein d'un même groupe

■ Les géologues ont découvert des fossiles de primates présentant de nombreuses ressemblances les uns avec les autres, en particulier un squelette permettant une certaine bipédie. Ces espèces de primates (l'Homme habile, l'Homme debout, l'Homme de Néandertal et l'Homme sage) sont apparues successivement et ont même pu, pour certaines espèces, coexister.

■ Des ressemblances entre espèces apparues successivement, au sein d'un même groupe, suggèrent un lien de parenté entre ces espèces. Elles se sont formées les unes à partir des autres : c'est l'**évolution** → FICHE 9. Pour les espèces d'hommes, on parle de **lignée humaine**.

MOTS CLÉS
- **Évolution** : transformation des espèces vivantes par des changements de leurs attributs au cours des générations.
- **Lignée humaine** : succession d'espèces ayant une parenté plus proche avec les humains qu'avec les chimpanzés.

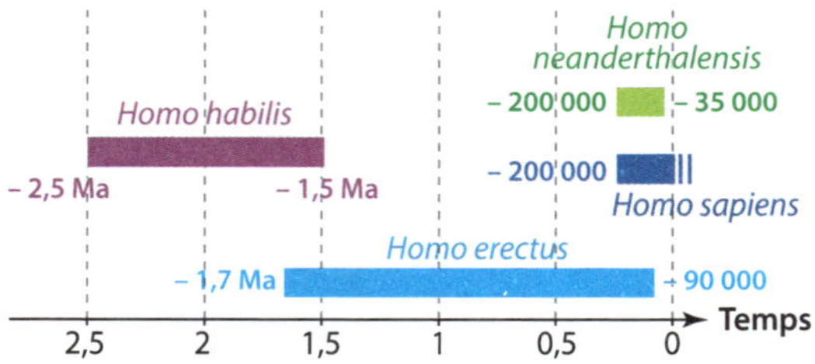

Doc Répartition dans le temps d'espèces de la lignée humaine

Homo habilis (Homme habile), *Homo erectus* (Homme debout), *Homo neanderthalensis* (Homme de Néandertal), *Homo sapiens* (Homme sage).

II Lien de parenté entre groupes différents

■ On observe également des ressemblances chez des êtres vivants appartenant à des groupes différents. Ceci atteste de l'existence d'un lien de parenté entre ces groupes différents.

■ L'archéoptéryx, par exemple, correspond à une forme intermédiaire entre deux groupes distincts : celui des dinosaures bipèdes, et celui des oiseaux. Il confirme l'existence d'une filiation entre ces deux groupes, et, par extension, d'une filiation entre tous les êtres vivants...

■ Les êtres vivants auraient tous une origine commune : des micro-organismes constitués d'une seule cellule.

9 Retracer les liens de parenté dans un arbre d'évolution

EN BREF ▸ *Les êtres vivants peuvent être classés en fonction des attributs qu'ils ont en commun. Le nombre d'attributs partagés traduit le degré de parenté. Les liens de parenté se schématisent par un arbre d'évolution.*

I Arbre d'évolution

- L'étude des fossiles a permis de constater l'apparition dans le temps de certains attributs (innovations évolutives). Par la suite, des organismes ont hérité de ces innovations (d'ancêtres dont ils sont issus).

- La classification des espèces sous forme de **groupes emboîtés** traduit un partage d'attributs de plus en plus nombreux : plus des êtres vivants partagent d'attributs, plus leurs relations de parenté sont étroites.

> **MOT CLÉ**
> **Groupes emboîtés** : groupes d'êtres vivants partageant les mêmes attributs.

Un arbre d'évolution, ou arbre de parenté, est la représentation schématique, sous forme d'un arbre, des liens de parenté supposés entre des groupes ou des espèces.

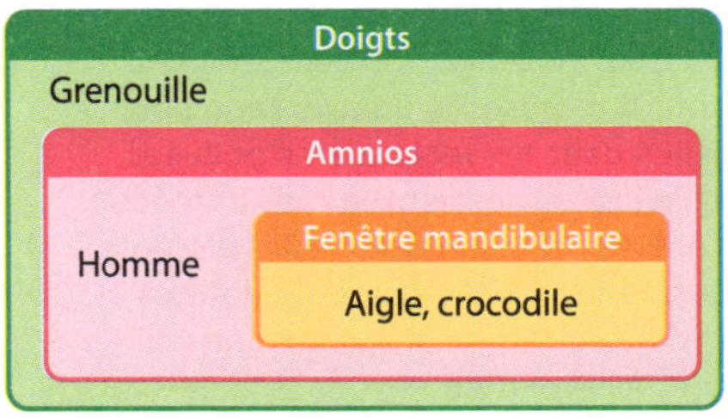

Doc 1 Groupes emboîtés chez des vertébrés

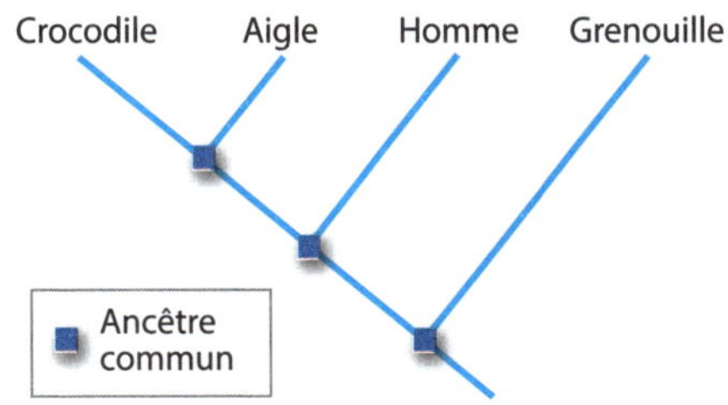

Doc 2 Arbre d'évolution chez des vertébrés

II La place de l'espèce humaine dans l'évolution

- L'espèce humaine, comme toutes les autres espèces, s'inscrit dans l'histoire évolutive de la vie.

- L'homme partage avec le chimpanzé un **ancêtre commun exclusif**. Ce dernier possède les attributs partagés par l'homme et le chimpanzé. Cependant, l'ancêtre commun exclusif ne présente ni les attributs propres à l'homme ni ceux propres au chimpanzé : ce n'est ni un homme ni un chimpanzé.

> **MOT CLÉ**
> **Ancêtre commun exclusif** : ancêtre commun que deux groupes/espèces ne partagent avec aucun autre groupe/espèce.

10 Expliquer l'apparition de nouvelles espèces

EN BREF ▸ *L'apparition de nouvelles espèces, à partir d'une population ancestrale commune, implique une divergence génétique, puis l'incapacité de se reproduire entre deux populations.*

I Les mécanismes de l'évolution

1 Les mutations et la sélection d'attributs

L'évolution des espèces est due à deux mécanismes :
– l'apparition au hasard de modifications du programme génétique : les **mutations** ;
– la sélection d'attributs sous l'influence du milieu de vie : les individus porteurs d'un attribut qui leur confère un avantage deviendront plus nombreux avec le temps. On dit qu'ils sont « sélectionnés ».

MOT CLÉ
Mutation : modification d'un gène, pouvant se traduire par une modification de caractère.

Une mutation intervenue au sein de la population de phalènes du bouleau a conféré une pigmentation plus prononcée aux individus porteurs de la mutation (phalènes noires). Cet attribut a représenté un avantage pour ces phalènes dans les régions très polluées, car lorsqu'elles se posaient sur des troncs d'arbres noircis par la pollution, elles étaient moins visibles pour les oiseaux prédateurs : ainsi, la mutation et la sélection naturelle contribuent à l'évolution.

Doc **Deux phalènes du bouleau posées sur un tronc d'arbre**

2 La divergence génétique

La divergence génétique correspond à l'accumulation, au cours du temps, de mutations différentes au sein de deux populations issues d'une même espèce. Les populations évoluent génétiquement indépendamment l'une de l'autre.

II L'apparition de nouvelles espèces

Lorsque la divergence génétique entre deux populations, appartenant à l'origine à une même espèce, est suffisamment importante pour que deux individus issus de ces deux populations ne puissent plus se reproduire, alors ces deux populations forment deux espèces différentes.

SE TESTER QUIZ

Vérifie que tu as compris les points clés

1 Déterminer les espèces au cours du temps → FICHE 7

L'étude des fossiles montre que :

☐ **a.** les espèces actuelles ont toujours existé

☐ **b.** tous les groupes d'êtres vivants sont apparus, se sont diversifiés et ont régressé avant de disparaître

☐ **c.** des groupes d'êtres vivants observables encore aujourd'hui existaient déjà il y a plusieurs millions d'années

2 Établir des liens de parenté entre espèces → FICHE 8

Des liens de parenté entre espèces différentes sont suggérés par :

☐ **a.** l'existence de ressemblances entre ces espèces

☐ **b.** l'existence de différences entre ces espèces

☐ **c.** l'existence de formes fossiles « intermédiaires » possédant des caractères de ces différentes espèces

3 Retracer les liens de parenté entre espèces → FICHE 9

Un arbre d'évolution est :

☐ **a.** un organisme végétal fossile

☐ **b.** une représentation schématique des liens de parenté supposés entre groupes d'êtres vivants

☐ **c.** une représentation schématique des liens de parenté supposés entre individus

4 Expliquer l'apparition de nouvelles espèces → FICHE 10

Une espèce nouvelle :

☐ **a.** présente uniquement des caractères ancestraux

☐ **b.** présente uniquement des caractères nouveaux

☐ **c.** présente des caractères nouveaux et ancestraux

☐ **d.** peut se reproduire avec l'espèce ancestrale dont elle est issue

OBJECTIF BREVET

Lance-toi dans un sujet !

5 Étudier un arbre de parenté

15 min

→ FICHES 8 et 9

La forme du bassin est un attribut qui permet de définir différents groupes : par exemple, les saurischiens possèdent un bassin à cavité acétabulaire (cavité où se loge la tête du fémur) perforée.

Les caractéristiques des orteils permettent également de définir des groupes : par exemple, les animaux appartenant au groupe des oiseaux possèdent tous un orteil inversé.

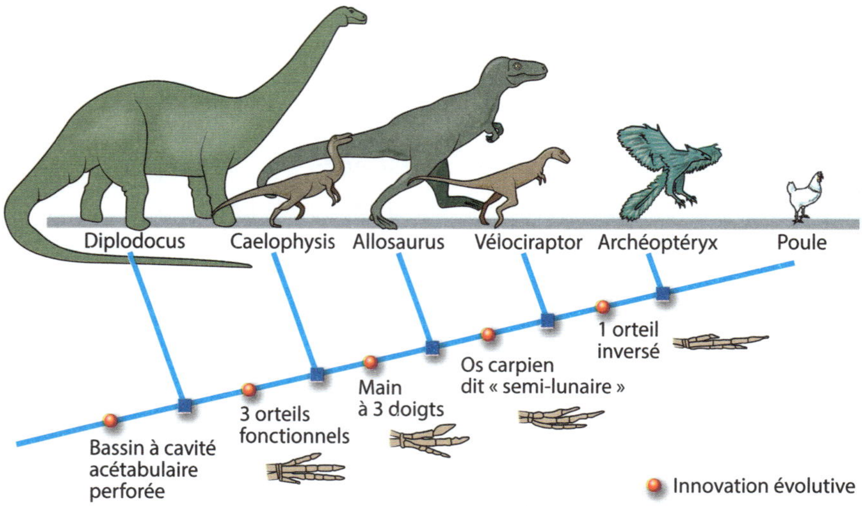

1) Citer le nom des animaux appartenant au groupe des saurischiens. Justifier.

2) Citer le nom des animaux appartenant au groupe des oiseaux. Justifier.

3) Le diplodocus avait-il trois orteils fonctionnels ? Justifier.

4) L'allosaurus avait-il trois orteils fonctionnels ? Justifier.

DÉMARRONS ENSEMBLE

- ➜ Les groupes sont placés **aux extrémités** des branches de l'arbre de parenté.
- ➜ Plus on s'éloigne de l'extrémité des branches, plus on remonte dans le temps.
- ➜ Chacun des nœuds de l'arbre (jonction entre deux branches) représente l'**ancêtre commun**.
- ➜ L'apparition d'un nouvel attribut se fait **avant le nœud**.
- ➜ Pour atteindre un groupe, il faut suivre le chemin sur l'arbre en passant par des nœuds.
Ex. : allosaurus : bassin à cavité perforée → 3 orteils fonctionnels → main à 3 doigts.

CORRIGÉS

SE TESTER QUIZ

1 Déterminer les espèces au cours du temps

Réponse c. L'étude des fossiles montre que certains groupes d'êtres vivants observables encore aujourd'hui existaient déjà il y a plusieurs millions d'années.
L'affirmation b est fausse : tous les groupes d'êtres vivants apparus n'ont pas disparu…

2 Établir des liens de parenté entre espèces

Réponses a et c. L'existence de caractères communs (donc des ressemblances) entre espèces différentes attestent de liens de parenté.

3 Retracer les liens de parenté entre espèces

Réponse b. Un arbre d'évolution est une représentation schématique résumant les liens de parenté supposés entre groupes d'êtres vivants.
L'affirmation c est fausse : une représentation schématique des liens de parenté entre individus constitue un arbre généalogique.

4 Expliquer l'apparition de nouvelles espèces

Réponse c. Une espèce nouvelle présente à la fois des caractères nouveaux (c'est ce qui permet de dire qu'il s'agit d'une espèce nouvelle), et des caractères ancestraux issus des populations initiales.
L'affirmation d est fausse : puisqu'ils constituent une nouvelle espèce, les individus ne peuvent plus se reproduire avec les individus de l'espèce ancestrale dont ils sont issus.

OBJECTIF BREVET

5 Étudier un arbre de parenté

1) Le diplodocus, le caelophysis, l'allosaurus, le vélociraptor, l'archéoptéryx et les autres oiseaux appartiennent au groupe des saurischiens, car ils possèdent tous un bassin à cavité acétabulaire perforée.

2) L'archéoptéryx et la poule appartiennent au groupe des oiseaux car ils possèdent un orteil inversé.

3) Le diplodocus n'avait pas trois orteils fonctionnels : sur l'arbre d'évolution, cet attribut apparaît plus tard.

4) L'allosaurus avait trois orteils fonctionnels : sur l'**arbre d'évolution**, cet attribut est apparu avant l'apparition d'un des ancêtres de l'allosaurus.

> **À NOTER**
> Tu peux retrouver un autre exemple d'**arbre d'évolution** dans la fiche 9.

11 La nutrition d'une cellule animale

EN BREF ▸ *Les cellules animales ont en permanence besoin de dioxygène et de nutriments. Certains nutriments jouent le rôle de matière première pour le renouvellement et la survie de la cellule ; d'autres nutriments permettent la production d'énergie.*

I Le milieu de vie des cellules animales

Dans les organes, une partie du sang quitte les vaisseaux sanguins : c'est la **lymphe** qui baigne ainsi toutes les cellules. Les cellules y prélèvent **en permanence** les **nutriments** et le **dioxygène** dont elles ont besoin. La lymphe sert d'intermédiaire entre le sang et les cellules.

> **MOT CLÉ**
> **Nutriments** : substances solubles, utilisables par la cellule pour sa survie et son fonctionnement.

II Le devenir des substances prélevées par les cellules animales

- Les cellules transforment les nutriments prélevés en nouvelles molécules. Ces molécules servent à l'entretien des cellules, et à préparer une éventuelle multiplication cellulaire. On appelle ces réactions chimiques l'**assimilation**.
- L'ordre d'assemblage des nutriments est déterminé par les **informations génétiques**. Cette synthèse nécessite de l'**énergie**.
- En présence de dioxygène, certains nutriments libèrent l'**énergie** indispensable aux activités cellulaires. On appelle ces réactions la **respiration cellulaire**.

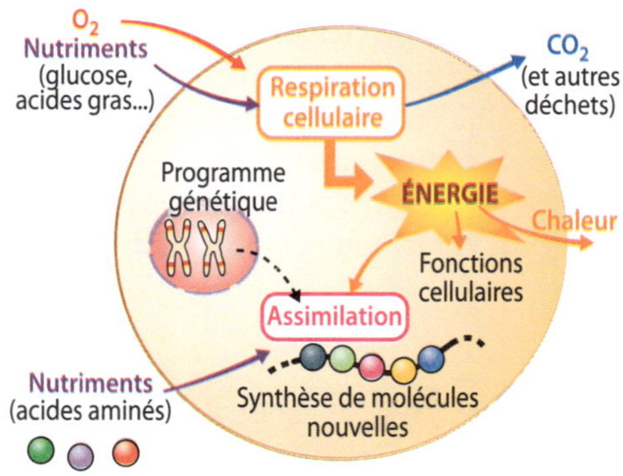

Doc **Fonctionnement d'une cellule animale**

> **MOT CLÉ**
> **Respiration cellulaire** : dégradation (= oxydation) de nutriments grâce au dioxygène.

Équation-bilan de la respiration cellulaire :

$C_6H_{12}O_6 + 6\ O_2 \rightarrow 6\ CO_2 + 6\ H_2O$ + énergie

$C_6H_{12}O_6$ = glucose ; O_2 = dioxygène ;

CO_2 = dioxyde de carbone ; H_2O = eau

- Les réactions chimiques qui se produisent dans les cellules produisent de l'eau, des déchets (dioxyde de carbone...) et de la chaleur.

12 La nutrition d'une cellule chlorophyllienne

EN BREF ▸ *Les cellules chlorophylliennes, contrairement aux cellules animales, n'ont pas besoin de puiser dans leur milieu la matière organique nécessaire pour vivre et fonctionner. Elles produisent cette matière organique par photosynthèse.*

I Le milieu de vie des cellules chlorophylliennes

Les **cellules chlorophylliennes** baignent dans un liquide issu de la sève du végétal. Elles y prélèvent en permanence l'eau, les minéraux, le dioxyde de carbone et le dioxygène dont elles ont besoin. Elles sont capables d'utiliser l'énergie de la lumière du soleil pour produire leur matière organique lors de la **photosynthèse** : elles fixent le CO_2 dans des molécules organiques (glucose…).

MOTS CLÉS

- **Cellule chlorophyllienne** : cellule végétale possédant un pigment, la chlorophylle, qui lui permet de capter l'énergie lumineuse du soleil.
- **Photosynthèse** : suite de réactions chimiques permettant aux végétaux chlorophylliens de produire de la matière organique à partir du CO_2, grâce à l'énergie de la lumière du soleil.

II Les activités de la cellule chlorophyllienne

1 La photosynthèse

- Équation-bilan de la photosynthèse :

$6\ CO_2 + 6\ H_2O + \text{lumière} \rightarrow C_6H_{12}O_6 + 6\ O_2$

Le dioxygène est un déchet de la photosynthèse…

- Les cellules chlorophylliennes produisent leur propre matière organique, alors que les cellules animales utilisent de la matière organique produite par d'autres organismes.

2 La respiration cellulaire

Comme les cellules animales, les cellules chlorophylliennes sont capables de dégrader les substances produites par photosynthèse pour produire de l'énergie lors de la respiration cellulaire.

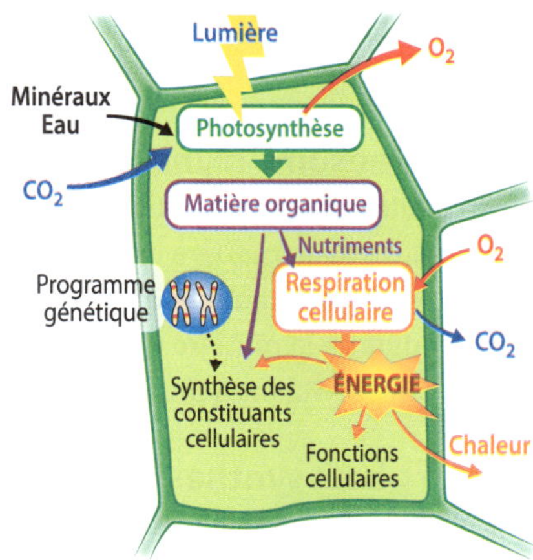

Doc **Fonctionnement d'une cellule chlorophyllienne**

SE TESTER QUIZ

Vérifie que tu as compris les points clés

1 Les besoins d'une cellule animale

→ FICHE 11

Une cellule animale prélève les nutriments et le dioxygène dont elle a besoin :

☐ **a.** directement dans le sang

☐ **b.** directement dans les intestins et les poumons

☐ **c.** dans la lymphe qui entoure chaque cellule

2 L'assimilation

→ FICHE 11

L'assimilation est :

☐ **a.** le passage des nutriments de l'intestin grêle au sang

☐ **b.** le passage des nutriments dans les cellules

☐ **c.** la transformation des nutriments prélevés en nouvelles molécules

3 La respiration cellulaire

→ FICHE 11

Le dioxygène :

☐ **a.** est nécessaire et suffisant pour que les cellules produisent de l'énergie

☐ **b.** est nécessaire, associé à des nutriments, pour que les cellules produisent de l'énergie

☐ **c.** est un déchet de la respiration cellulaire

4 Les besoins d'une cellule chlorophyllienne

→ FICHE 12

Une cellule chlorophyllienne :

☐ **a.** prélève de la matière organique pour renouveler ses constituants

☐ **b.** prélève de la matière organique pour produire de l'énergie

☐ **c.** produit de la matière organique pour renouveler ses constituants

☐ **d.** produit de la matière organique pour produire de l'énergie

5 La photosynthèse et la respiration

→ FICHE 12

Les cellules chlorophylliennes peuvent réaliser :

☐ **a.** la photosynthèse à la lumière et à l'obscurité

☐ **b.** la photosynthèse uniquement à la lumière

☐ **c.** la respiration à la lumière et à l'obscurité

☐ **d.** la respiration uniquement à la lumière

OBJECTIF BREVET

Lance-toi dans un sujet !

6 Étudier le devenir de certains nutriments dans une cellule du pancréas

20 min

→ FICHE 11

1) À partir du document 1, rechercher le nom donné à la réaction consistant à fabriquer de nouvelles protéines à partir d'acides aminés (nutriments) provenant de l'alimentation.

2) À partir du document 2, préciser le devenir des acides aminés radioactifs dans la cellule pancréatique.

3) Expliquer le rôle des acides aminés incorporés dans les cellules pancréatiques.

Document 1 L'utilisation des nutriments par les cellules pancréatiques

Pour connaître le devenir de certains nutriments dans les cellules, on fournit à un rat de la nourriture contenant des acides aminés très faiblement radioactifs. Ces molécules ne sont pas dangereuses pour l'animal, et on peut suivre leur trajet dans la cellule car elles laissent une marque sur une pellicule photographique.

De cette façon, on montre que les acides aminés sont incorporés dans les cellules, ici des cellules pancréatiques, puis assemblés en grosses molécules d'enzymes qui sont finalement expulsées hors de la cellule.

L'assemblage et l'expulsion nécessitent de l'énergie.

Une telle fabrication de molécules dans les cellules, à partir de nutriments, est appelée assimilation. Elle fournit les molécules nécessaires au renouvellement cellulaire et à l'activité des cellules. Les nutriments « bâtisseurs » sont essentiellement les acides aminés et les acides gras.

Document 2 Localisation des acides aminés radioactifs

Localisation : **a.** à $t = 0$, **b.** à $t = 20$ minutes, **c.** à $t = 120$ minutes.

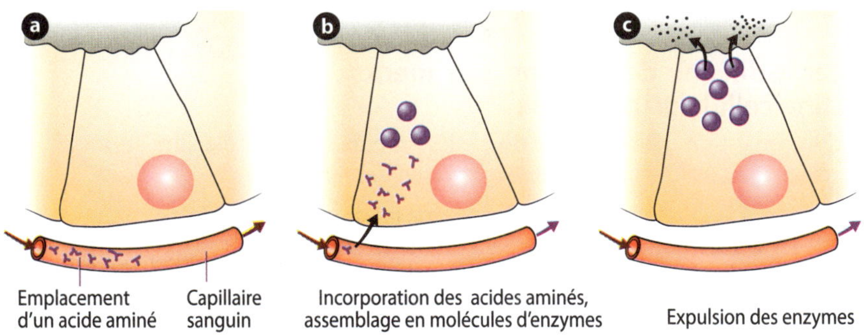

CORRIGÉS

SE TESTER QUIZ

1 Les besoins d'une cellule animale

Réponse c. Une cellule animale prélève les substances dont elle a besoin dans la lymphe qui l'entoure, et elle y rejette ses déchets.

2 L'assimilation

Réponse c. L'assimilation correspond à l'ensemble des réactions biochimiques qui transforment les nutriments prélevés en nouvelles molécules qui seront utilisées par la cellule pour son fonctionnement et son renouvellement.

3 La respiration cellulaire

Réponse b. Le **dioxygène** doit être associé à des nutriments pour produire de l'énergie.

> **À NOTER**
> Une cellule peut produire de l'énergie en **absence de dioxygène**, mais en très faible quantité : il s'agit de fermentation.

4 Les besoins d'une cellule chlorophyllienne

Réponses c et d. Une cellule chlorophyllienne produit de la matière organique par photosynthèse à la fois pour renouveler ses constituants, mais également pour produire de l'énergie.

5 La photosynthèse et la respiration

Réponses b et c. La lumière est indispensable à la photosynthèse. En revanche, la respiration se produit avec ou sans lumière.

OBJECTIF BREVET

6 Étudier le devenir de certains nutriments dans une cellule du pancréas

1) La réaction consistant à fabriquer de nouvelles protéines à partir d'acides aminés (nutriments) provenant de l'alimentation s'appelle l'assimilation.

2) Chez le rat à qui l'on a injecté des **acides aminés** radioactifs : à $t = 0$, les acides aminés sont localisés dans le sang ; à $t = 20$ min, ils ont pénétré dans la cellule pancréatique, ils sont alors incorporés et assemblés en molécules d'enzymes ; à $t = 120$ min, les enzymes ayant incorporé les acides aminés radioactifs sont expulsées de la cellule.

3) Les acides aminés incorporés dans les cellules pancréatiques vont servir à fabriquer de nouvelles protéines, ici des enzymes pancréatiques qui vont intervenir dans la digestion d'aliments.

> **À NOTER**
> 2) Le document 2 te montre le cheminement des **acides aminés** depuis le sang jusqu'à l'expulsion des enzymes, en passant par l'incorporation des acides aminés dans les enzymes.

13 Présenter les micro-organismes et les réactions du corps

EN BREF ▶ *Les micro-organismes sont extrêmement petits (du nm au µm), très divers (bactéries, virus…), et présents partout dans notre environnement. S'ils contaminent notre organisme, des cellules immunitaires non spécifiques interviennent immédiatement.*

I La contamination par les micro-organismes

- Si des micro-organismes franchissent les barrières naturelles du corps (peau, muqueuses) on parle de contamination.
- Dans le **milieu intérieur**, les conditions de vie leur étant favorables (humidité, nutriments, température…), ils prolifèrent rapidement (infection).
- Dès la contamination, l'organisme met en place un ensemble de réactions lui permettant de lutter contre l'infection.

> **MOT CLÉ**
> **Milieu intérieur** : liquide (sang, lymphe…) entourant les cellules des organismes constitués de plusieurs cellules.

II L'intervention de cellules immunitaires non spécifiques

- Au point d'entrée des micro-organismes, les capillaires sanguins sous-jacents permettent l'intervention d'un type de leucocytes (globules blancs) : les **cellules phagocytaires**.

> **MOT CLÉ**
> **Cellules phagocytaires** (ou phagocytes) : catégorie de leucocytes capables de réaliser la phagocytose.

- Les phagocytes migrent alors au point de contamination, puis captent, absorbent et digèrent tous les micro-organismes (pathogènes ou non) sans distinction (réaction immunitaire non spécifique) : il s'agit de la phagocytose.

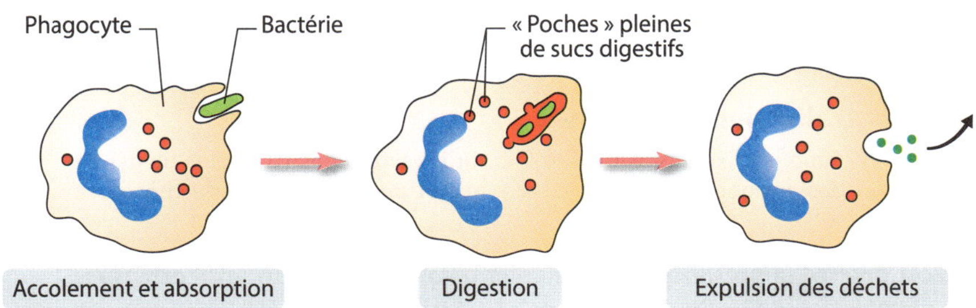

Doc **Les étapes de la phagocytose**

14 Expliquer la production des anticorps

EN BREF ▸ *Si la phagocytose ne suffit pas à stopper une infection, une seconde ligne de défense immunitaire intervient : la production d'anticorps.*

I La reconnaissance de substances anormales dans l'organisme

■ Tous les micro-organismes portent à leur surface des molécules que l'organisme reconnaît comme différentes des siennes : ce sont des **antigènes**. Certains micro-organismes sécrètent des toxines, qui elles aussi sont reconnues comme étrangères.

> **MOT CLÉ**
> **Antigène** : substance que l'organisme reconnaît comme étrangère et qui déclenche une réaction immunitaire.

■ La reconnaissance d'un antigène est une étape primordiale des défenses immunitaires. Sans elle, les réactions immunitaires ne peuvent pas se produire !

II La production des anticorps

■ Les anticorps sont des protéines sécrétées par une catégorie de leucocytes, les **lymphocytes B**, fabriqués par la moelle rouge des os.

■ Les anticorps produits se fixent spécifiquement sur les antigènes qui ont provoqué leur synthèse, et permettent leur neutralisation.

> **MOT CLÉ**
> **Lymphocytes B** : catégorie de leucocytes sanguins, capables de se multiplier et de produire des anticorps en réponse à la présence d'un antigène.

Doc La neutralisation d'antigènes

Les anticorps, en rouge, se fixent spécifiquement sur les antigènes (triangles bleus) de bactéries. Il s'agit des antigènes qui ont été reconnus et ont provoqué la synthèse des anticorps.

■ Lorsqu'on détecte la présence anormalement importante d'un anticorps spécifique, on estime que l'individu a été en contact avec l'antigène propre à cet anticorps : on dit alors que l'individu est séropositif.

15 Exposer le mode d'action des lymphocytes B et T

EN BREF ▸ *Les lymphocytes B luttent contre une infection en produisant des anticorps qui circulent dans le milieu intérieur. Les lymphocytes T agissent en détruisant directement les cellules infectées, par contact.*

I Mode d'action des lymphocytes B

■ Dès que des lymphocytes B détectent la présence d'un antigène, ils déclenchent une réaction immunitaire spécifique. Ces lymphocytes sont stockés dans les ganglions et la rate.

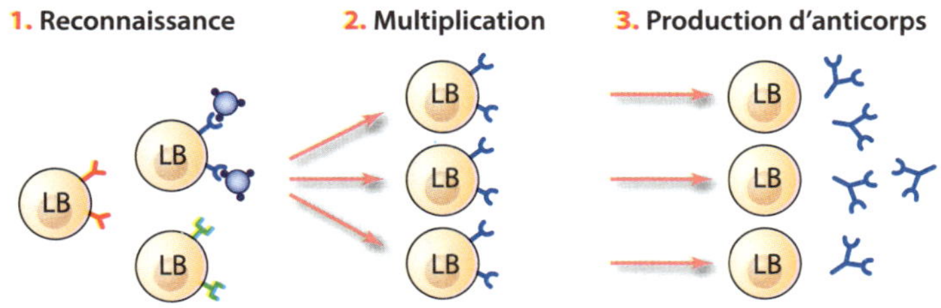

Doc **Mode d'action des lymphocytes B**

Lorsque des lymphocytes B (LB) **reconnaissent** un antigène (1), ils **se multiplient** dès la phase de reconnaissance (2), et, plusieurs jours plus tard, **fabriquent des anticorps** qui seront libérés dans le milieu intérieur (3).

■ Certains lymphocytes B permettent une réaction plus rapide lors d'un second contact avec le même antigène : on parle de mémoire immunitaire.

II Mode d'action des lymphocytes T

■ D'autres leucocytes, les **lymphocytes T**, détruisent par contact les cellules qui portent sur leur membrane des antigènes. Ces cellules sont principalement des cellules infectées par un virus, ou des cellules cancéreuses.

■ Là encore, il existe une mémoire immunitaire.

> **MOT CLÉ**
> **Lymphocytes T** : catégorie de leucocytes capables d'éliminer des cellules infectées par simple contact.

III Une réponse immunitaire en deux temps

■ Dans un premier temps, la phagocytose constitue le premier rempart contre l'infection : très rapide, mais peu précise (non spécifique).

■ Dans un deuxième temps, l'action des lymphocytes B et T est extrêmement efficace (spécifique à un type d'antigène), mais plus lente que la phagocytose… C'est le second rempart contre l'infection.

16 Décrire et expliquer la lutte contre la contamination

EN BREF ▸ *Les mesures d'hygiène personnelle, l'asepsie, l'usage d'antiseptiques et de dispositifs de protection (masques, gants, préservatif...) limitent la contamination. En cas d'infection, les antibiotiques ne sont utiles que pour lutter contre les bactéries.*

I La lutte contre la contamination

- Dans certains milieux (industrie alimentaire par exemple), la désinfection d'une pièce et des objets qui s'y trouvent, l'**asepsie**, est un moyen de limiter la contamination.

> **MOT CLÉ**
> **Asepsie** : élimination des micro-organismes d'un milieu (grâce à l'eau de Javel, à la chaleur...).

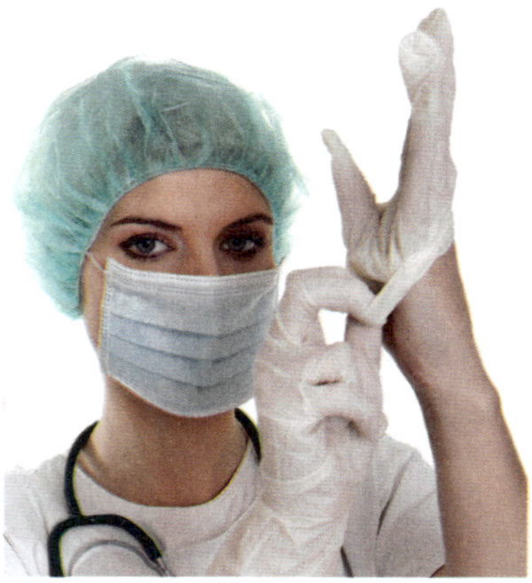

Doc Quelques mesures d'hygiène préventives en milieu hospitalier

- Chacun d'entre nous peut également limiter les risques de contamination en respectant certaines règles d'hygiène élémentaires (lavage des mains...).
- L'utilisation d'un préservatif lors d'un rapport sexuel permet d'éviter la transmission de micro-organismes responsables d'**IST**.
- En cas de blessure, la désinfection de la plaie par un produit **antiseptique** (alcool à 70°...) détruit les micro-organismes et limite la contamination.

> **MOTS CLÉS**
> - **IST** : infection sexuellement transmissible.
> - **Antiseptique** : produit détruisant les micro-organismes au niveau d'une plaie.

II La lutte contre l'infection

- Quand la contamination n'a pu être évitée, il faut lutter contre l'infection.
- L'utilisation d'**antibiotiques** appropriés permet d'éliminer les bactéries pathogènes responsables de l'infection ou d'en limiter la prolifération.
- Les antibiotiques sont inefficaces contre les virus : hormis des antiviraux qui ne font que ralentir leur développement, il n'existe aucun médicament pouvant détruire des virus...

> **MOT CLÉ**
> **Antibiotique** : substance pouvant éliminer un type de bactérie.

17 Comprendre la vaccination et la sérothérapie

EN BREF ▸ *La vaccination est une méthode préventive : elle permet d'éviter une infection. La sérothérapie est une méthode curative : elle soigne une infection.*

I La vaccination

■ La **vaccination** consiste à introduire dans l'organisme un antigène caractéristique d'un micro-organisme pathogène déterminé. La vaccination repose sur la mémoire immunitaire : on provoque artificiellement un premier contact avec l'antigène, de manière à ce qu'un éventuel nouveau contact avec le même antigène génère une réaction immunitaire plus rapide.

■ La vaccination permet à l'organisme d'acquérir préventivement et durablement une mémoire immunitaire contre un micro-organisme pathogène donné, grâce au maintien dans l'organisme de nombreux leucocytes spécifiques. Des **rappels** sont nécessaires pour réactiver la mémoire immunitaire.

Doc Le docteur Jenner inoculant la vaccine (détail)

Edward Jenner (médecin britannique, 1749-1823) réalise la première vaccination en 1796.

MOTS CLÉS
- **Vaccination** : injection d'un antigène dans l'organisme afin d'activer préventivement le système immunitaire.
- **Rappels** : injections répétées de l'antigène afin d'accroître l'efficacité du vaccin.

II Autres traitements médicaux aidant à lutter contre l'infection

■ Si la vaccination n'a pas été faite suffisamment tôt, les médecins peuvent inoculer directement des anticorps spécifiques de l'antigène : on parle de **sérothérapie**.

■ Lorsque le système immunitaire d'une personne est très affaibli, les médecins peuvent utiliser d'autres thérapies qui améliorent son efficacité, voire envisager une greffe de moelle osseuse.

MOT CLÉ
Sérothérapie : injection d'anticorps spécifiques d'un antigène.

SE TESTER QUIZ

Vérifie que tu as compris les points clés

1 L'infection et les réactions du corps

→ FICHE 13

L'infection est :

☐ **a.** le franchissement par des micro-organismes des barrières naturelles du corps (muqueuses, peau)

☐ **b.** la pénétration de micro-organismes dans le milieu intérieur de l'organisme

☐ **c.** la prolifération des micro-organismes dans le milieu intérieur

☐ **d.** la lutte contre la prolifération des micro-organismes

2 La production et l'action des anticorps

→ FICHE 14

Les cellules capables de produire des anticorps sont :

☐ **a.** des lymphocytes B

☐ **b.** des lymphocytes T

☐ **c.** des cellules phagocytaires

☐ **d.** les leucocytes

3 Le mode d'action des leucocytes

→ FICHES 13 et 15

Parmi les trois réactions immunitaires suivantes, la plus rapide est :

☐ **a.** la production d'anticorps

☐ **b.** la phagocytose

☐ **c.** l'action des lymphocytes T

4 Le mode d'action des lymphocytes T

→ FICHE 15

L'action des lymphocytes T est, dans l'ordre :

☐ **a.** destruction des cellules – reconnaissance de l'antigène – multiplication de lymphocytes

☐ **b.** reconnaissance de l'antigène – multiplication de lymphocytes – destruction des cellules

☐ **c.** multiplication de lymphocytes – destruction des cellules – reconnaissance de l'antigène

5 Lutter contre les infections

→ FICHES 16 et 17

Des moyens d'asepsie sont :

☐ **a.** se laver les mains avant de passer à table

☐ **b.** nettoyer une plaie

☐ **c.** stériliser des instruments chirurgicaux avant une opération

☐ **d.** donner un antibiotique

OBJECTIF BREVET

Lance-toi dans un sujet !

6 Étudier une maladie, le botulisme

20 min

→ FICHE 15

Le botulisme est une maladie qui atteint le système nerveux. Elle est due à une bactérie souvent présente dans le sol, et qui peut se trouver dans certaines boîtes de conserve.

1) Préciser si la bactérie du botulisme est pathogène. Justifier la réponse.

2) À partir des connaissances acquises sur les modes d'action des bactéries pathogènes, formuler deux hypothèses pour expliquer comment les bactéries du botulisme rendent malade.

3) Lorsque l'on met des légumes verts en conserve, on doit faire chauffer les légumes. Préciser l'intérêt d'une telle manipulation.

4) Si le chauffage n'a pas été suffisant, les légumes mis en conserve peuvent rendre malade du botulisme (bien que toutes les bactéries responsables du botulisme aient été détruites…).

Quelle hypothèse émise à la question 2 est validée par cette nouvelle donnée ? Expliquer pourquoi.

DÉMARRONS ENSEMBLE

1) Cherche si la bactérie peut rendre malade.

4) Reprends les deux hypothèses formulées à la question 2, et réfléchis à l'action de la **chaleur** dans les deux cas.

CORRIGÉS

SE TESTER QUIZ

1 L'infection et les réactions du corps

Réponse c. L'infection correspond à la prolifération des micro-organismes dans le milieu intérieur, car ils y trouvent des conditions de vie qui leur sont favorables (présence d'eau, de nutriments, température idéale…).

Les affirmations **a** et **b** sont fausses : le franchissement des barrières naturelles et la pénétration des micro-organismes dans le milieu intérieur correspondent à la contamination.

2 La production et l'action des anticorps

Réponse a. Les cellules capables de produire des anticorps sont les lymphocytes B.
Remarque : les lymphocytes B sont des leucocytes, mais l'affirmation d est trop floue pour être sélectionnée.

3 Le mode d'action des leucocytes

Réponse b. La réaction immunitaire la plus rapide à se mettre en place est la phagocytose.

4 Le mode d'action des lymphocytes T

Réponse b. L'action des lymphocytes T est, chronologiquement : reconnaissance de l'antigène – multiplication de lymphocytes – destruction des cellules.

5 Lutter contre les infections

Réponses a et c. L'asepsie consiste à désinfecter un lieu, des personnes ou des objets afin de limiter les risques de contamination. Se laver les mains ou désinfecter un bloc opératoire en sont deux exemples.
L'affirmation b est fausse : nettoyer une plaie est de l'antisepsie.

OBJECTIF BREVET

6 Étudier une maladie, le botulisme

1) La bactérie du botulisme est pathogène car elle peut provoquer une maladie en atteignant le système nerveux : le botulisme.

2) Une bactérie peut rendre malade soit en produisant une toxine, soit en proliférant de manière dangereuse dans le milieu intérieur.

3) On chauffe les légumes verts de manière à détruire les bactéries présentes.

4) On peut valider la première hypothèse (production d'une toxine) car les bactéries botuliques sont censées être détruites… Elles rendent malade en produisant une toxine dangereuse. La chaleur a détruit les bactéries, mais pas la toxine.

18 Décrire le fonctionnement du système nerveux

EN BREF ▸ *La perception de l'environnement et la commande des mouvements du corps reposent sur le fonctionnement du système nerveux. Le cerveau est l'organe central de ce système.*

I Le système nerveux

- Un joueur de rugby, à qui on envoie un ballon, le perçoit et déplace ses mains et ses membres afin de le saisir.
- La commande du mouvement est assurée par le système nerveux qui met en relation les organes sensoriels et les muscles.
- La contraction d'un muscle est conditionnée par les interventions successives d'un organe des sens, des nerfs sensitifs, du cerveau, puis de la moelle épinière et enfin du nerf moteur qui stimule le muscle.
- Les nerfs sont les structures de base du système nerveux qui relient les organes les uns aux autres, *via* les centres nerveux.
- La stimulation du récepteur sensoriel donne naissance à un message nerveux transmis aux centres nerveux.

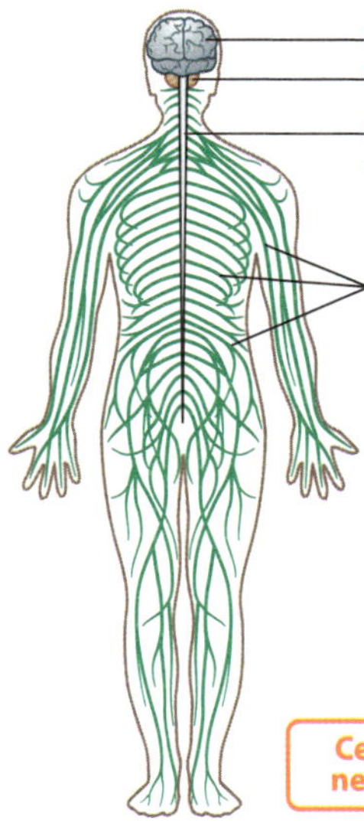

Doc **Le système nerveux humain**

MOTS CLÉS
- **Nerf** : cordon blanchâtre, formé par des faisceaux de fibres nerveuses, qui relie un centre nerveux et un organe.
- **Message nerveux** : message qui circule d'un organe à un autre.

II Le cerveau, l'organe central du système nerveux

- Les points d'arrivée des messages nerveux sensitifs et de départ des messages nerveux moteurs sont situés au niveau du cortex cérébral.
- Le cortex cérébral est une mosaïque de plusieurs zones spécialisées dans la perception de l'environnement et dans la commande du fonctionnement d'organes précis. Ces aires corticales communiquent entre elles et font intervenir la mémoire.

MOT CLÉ
Cortex cérébral : partie superficielle du cerveau (2 à 4 mm d'épaisseur).

19 Comprendre la communication entre les neurones

EN BREF ▸ *Le système nerveux est un réseau de neurones. Les messages nerveux circulent le long des neurones, toujours dans le même sens. Ils sont transmis d'un neurone à l'autre par l'intermédiaire de messagers chimiques libérés dans les synapses.*

I Les cellules nerveuses

■ Les **neurones** sont les cellules nerveuses impliquées dans la communication nerveuse.

■ Les messages nerveux sont transmis le long des neurones, toujours dans le même sens : le message nerveux naît au niveau du corps cellulaire, **il transite le long de l'axone** et aboutit au niveau des boutons synaptiques.

MOTS CLÉS
- **Neurone** : cellule spécialisée du système nerveux.
- **Axone** : long prolongement cytoplasmique du neurone, fibre nerveuse contenue dans les nerfs.

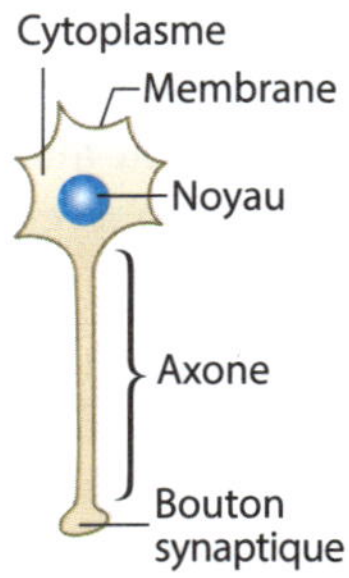

Doc 1 Un neurone

II La communication de neurone à neurone

■ Les neurones sont organisés en réseau. Ils communiquent entre eux au niveau de dispositifs spécialisés : les **synapses**. La transmission du message nerveux d'un neurone à l'autre se fait par l'intermédiaire de **messagers chimiques** libérés par le neurone 1 et déclenchant un second message nerveux dans le neurone 2. Les messagers chimiques sont stockés dans des vésicules au niveau des boutons synaptiques.

MOT CLÉ
Synapse : zone de jonction entre deux neurones, au niveau de laquelle se fait la transmission du message nerveux par substances chimiques.

■ Les drogues et certains médicaments (antidépresseurs…) modifient le fonctionnement des synapses en perturbant la transmission des messages nerveux. À l'inverse, l'entraînement optimise le fonctionnement synaptique et permet une transmission plus rapide des messages nerveux.

■ Les neurones sont des cellules extrêmement fragiles qui ne sont pas remplacées lorsqu'elles sont endommagées, c'est pourquoi il convient d'en prendre soin…

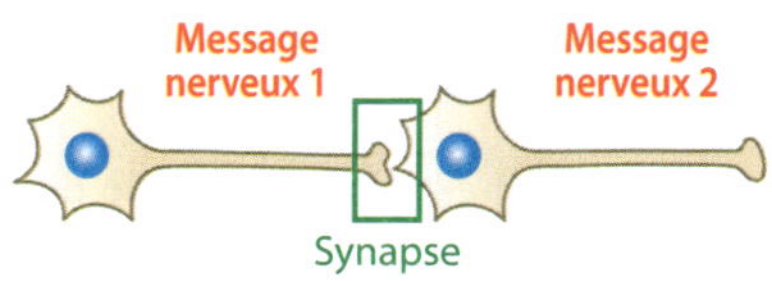

Doc 2 Réseau de deux neurones

SE TESTER QUIZ

Vérifie que tu as compris les points clés

1 Les propriétés du cortex cérébral

→ FICHE 18

Le cortex cérébral est :

- ☐ **a.** le point d'arrivée des messages nerveux sensitifs
- ☐ **b.** le point d'arrivée des messages nerveux moteurs
- ☐ **c.** le point de départ des messages nerveux sensitifs
- ☐ **d.** le point de départ des messages nerveux moteurs

2 Les cellules nerveuses

→ FICHE 19

1) Une cellule nerveuse est également appelée :

- ☐ **a.** neurone
- ☐ **b.** fibre nerveuse
- ☐ **c.** synapse
- ☐ **d.** nerf

2) Sur le schéma ci-dessous d'une cellule nerveuse, la partie A est également appelée :

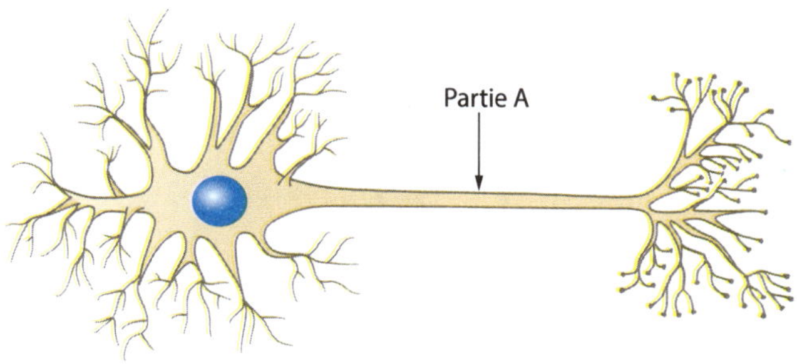

- ☐ **a.** axone
- ☐ **b.** bouton synaptique
- ☐ **c.** synapse
- ☐ **d.** nerf

3 La transmission du message nerveux

→ FICHE 19

La communication entre deux cellules nerveuses se fait :

- ☐ **a.** grâce à un message électrique
- ☐ **b.** grâce au contact bref entre les cellules
- ☐ **c.** grâce à un messager chimique

OBJECTIF BREVET

Lance-toi dans un sujet !

4 Étude du mode d'action des drogues sur le système nerveux

20 min

→ FICHE 19

Document 1 Dopés à la dopamine

Dopés à la dopamine ! C'est ce qui arrive aux neurones sous l'influence de la cocaïne, par exemple. En règle générale, la dopamine libérée par un neurone vient se fixer sur un neurone récepteur. Mais ce dernier n'absorbe pas tout. Une partie de la dopamine est recapturée par l'expéditeur. Or, quand la cocaïne s'en mêle, pas de recapture au niveau du neurone émetteur. Résultat : la dopamine continue de stimuler le neurone récepteur provoquant une sensation de bien-être à court terme.

Privé de sa dose, un toxicomane dépendant se trouve en état de manque. Il souffre véritablement.

Betty Mamane, « Dopés à la dopamine », *Science et Vie Junior* n° 128, mai 2000, DR.

Document 2 Dopamine et transmission synaptique

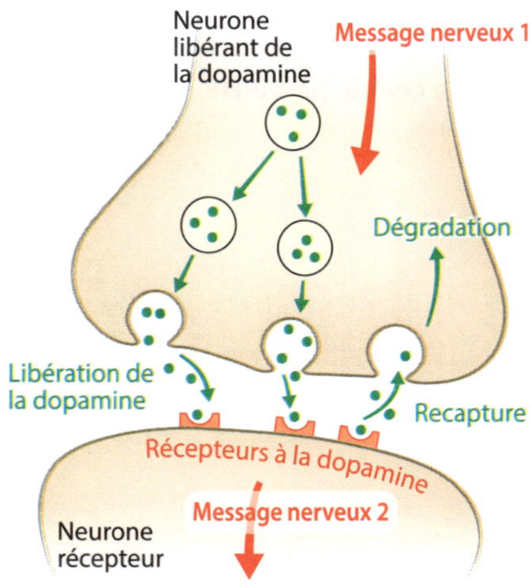

1) Indiquer le nom de la structure neuronale au niveau de laquelle passe le message nerveux entre deux neurones.

2) Nommer la substance chimique transmise ici d'un neurone à l'autre.

3) Expliquer l'action de la cocaïne sur cette substance.

4) Indiquer les conséquences à court terme et à long terme de la consommation de cette drogue.

CORRIGÉS

SE TESTER QUIZ

1 Les propriétés du cortex cérébral

Réponses a et d. Le cortex cérébral est le point d'arrivée des messages nerveux sensitifs, et le point de départ des messages nerveux moteurs.

2 Les cellules nerveuses

1) **Réponse a.** Une cellule nerveuse est également appelée neurone.

2) **Réponse a.** La partie A est l'axone du neurone, également appelé « fibre nerveuse ».

À NOTER
Un nerf est un ensemble de plusieurs **fibres nerveuses** de neurones.

3 La transmission du message nerveux

Réponse c. La communication entre deux cellules nerveuses se fait grâce à un messager chimique (appelé neurotransmetteur).

OBJECTIF BREVET

4 Étude du mode d'action des drogues sur le système nerveux

1) Le message nerveux passe au niveau d'une synapse entre deux neurones.

2) La substance chimique transmise entre les deux neurones est ici la dopamine.

3) La cocaïne empêche la recapture de la dopamine par le neurone émetteur.

4) Conséquences à court terme : sensation de bien-être ; à long terme : souffrance, dépendance.

20 Décrire la transformation des aliments en nutriments

EN BREF ▸ *Les nutriments dont les cellules ont besoin (en tant que matière première ou source d'énergie) sont obtenus par digestion des aliments. Cette transformation des aliments en nutriments est effectuée par l'appareil digestif.*

I L'appareil digestif humain

■ L'appareil digestif humain est constitué de l'ensemble des organes qui prélèvent la nourriture et la digèrent pour en extraire de l'eau et des nutriments. La part non digestible est évacuée dans les matières fécales.

■ L'appareil digestif comprend le tube digestif, au long duquel transitent les aliments, et des glandes digestives (glandes salivaires, foie, pancréas...).

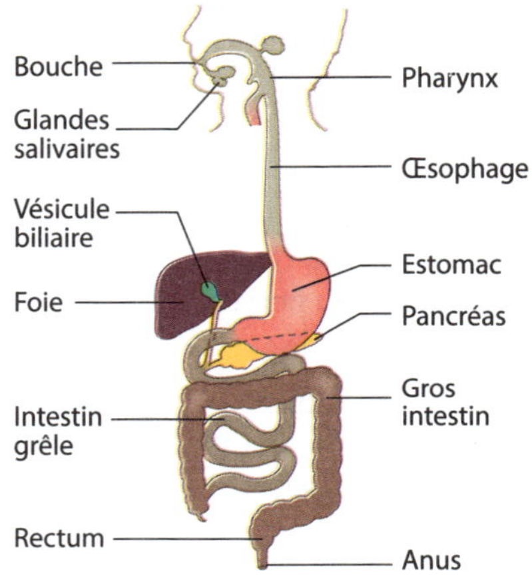

Doc 1 L'appareil digestif humain

II La transformation des aliments

■ La digestion consiste en la transformation des aliments en nutriments sous l'action mécanique des organes (mastication, brassage...) et l'action chimique de **sucs digestifs**.

■ Ce sont essentiellement les **enzymes digestives** contenues dans les sucs digestifs qui transforment les grandes molécules des aliments en petites molécules de nutriments.

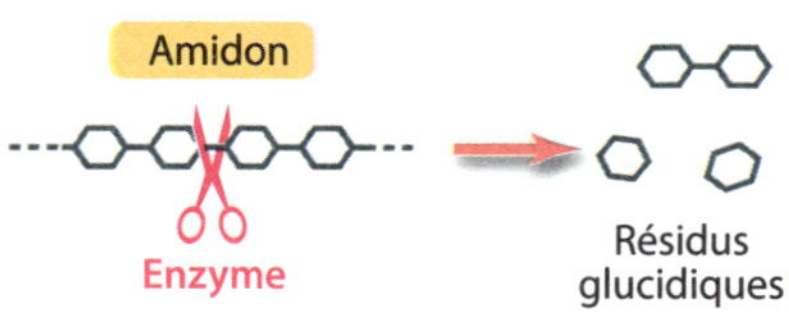

Doc 2 Action d'une enzyme digestive

> **MOTS CLÉS**
> - **Sucs digestifs** : substances contenant de l'eau et des enzymes digestives.
> - **Enzymes digestives** : protéines qui coupent les grandes molécules en molécules plus petites.

21 Suivre le passage des nutriments dans le sang

EN BREF ▸ *Les nutriments issus de la digestion des aliments passent dans le sang au niveau des villosités de la paroi interne de l'intestin grêle.*

I Le passage des nutriments dans le sang

Les nutriments issus de la digestion passent essentiellement dans le sang au niveau des villosités intestinales de l'intestin grêle. On appelle ce phénomène l'**absorption intestinale**.

MOT CLÉ
Absorption intestinale : passage des nutriments dans le sang au niveau de la paroi de l'intestin grêle.

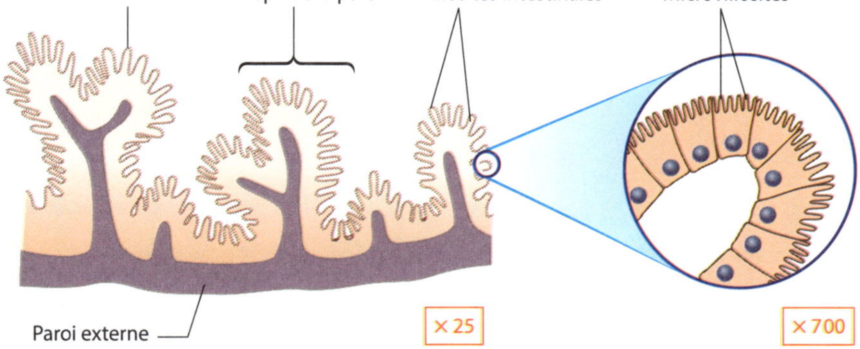

Doc Schéma d'une coupe d'intestin grêle

II Les caractéristiques de l'intestin grêle favorisant l'absorption intestinale

■ Le passage des nutriments au niveau de l'intestin grêle est facilité, car la paroi interne de l'intestin grêle :
- est très fine ;
- présente une très grande surface (très nombreux replis, nombre important de villosités intestinales, intestin grêle très long…) ;
- est parcourue par de nombreux vaisseaux sanguins.

■ Par ailleurs, la **flore intestinale** favorise l'absorption intestinale.

MOT CLÉ
Flore intestinale : ensemble de micro-organismes se trouvant dans le tube digestif.

SE TESTER QUIZ

Vérifie que tu as compris les points clés

1 L'appareil digestif humain

→ FICHE 20

L'appareil digestif comprend :

☐ **a.** la bouche
☐ **b.** le foie
☐ **c.** les glandes salivaires
☐ **d.** l'estomac

2 La digestion des aliments

→ FICHE 20

1) La digestion consiste en :

☐ **a.** une transformation des nutriments en aliments
☐ **b.** une transformation des aliments en nutriments
☐ **c.** une action chimique
☐ **d.** une action mécanique

2) Les enzymes digestives agissent :

☐ **a.** déjà dans la bouche
☐ **b.** dans l'intestin grêle uniquement
☐ **c.** dans le foie
☐ **d.** dans tout le tube digestif

3 Définition de l'absorption intestinale

→ FICHE 21

L'absorption intestinale est le passage :

☐ **a.** des aliments du tube digestif dans le sang
☐ **b.** des aliments du tube digestif dans les organes
☐ **c.** des nutriments du tube digestif dans le sang
☐ **d.** des nutriments du tube digestif dans les organes

4 Déroulement de l'absorption intestinale

→ FICHE 21

L'absorption intestinale se fait essentiellement au niveau :

☐ **a.** des villosités placentaires
☐ **b.** des villosités intestinales
☐ **c.** des villosités gastriques
☐ **d.** de la muqueuse buccale

OBJECTIF BREVET

Lance-toi dans un sujet !

5 Comprendre les causes de l'intolérance au lait

20 min

→ FICHES 20 et 21

Document 1 Le lactose dans le lait

Le lait contient un glucide : le lactose. Ce glucide est formé de deux molécules de sucres simples : le galactose et le glucose. La digestion chimique du lactose est assurée par une enzyme de l'intestin grêle : la lactase. Chez certaines personnes, la lactase intestinale, présente à la naissance, est par la suite produite en quantité insuffisante. Dans de tels cas, la personne ne « tolère » plus le lait et présente des troubles intestinaux.

D'une part, le lactose non digéré empêche l'absorption d'eau au niveau de l'intestin grêle et du gros intestin. Il se produit alors des diarrhées. D'autre part, la dégradation du lactose par des bactéries de la flore intestinale produit de grandes quantités de gaz et provoque des crampes douloureuses.

Document 2 Schéma simplifié du lactose

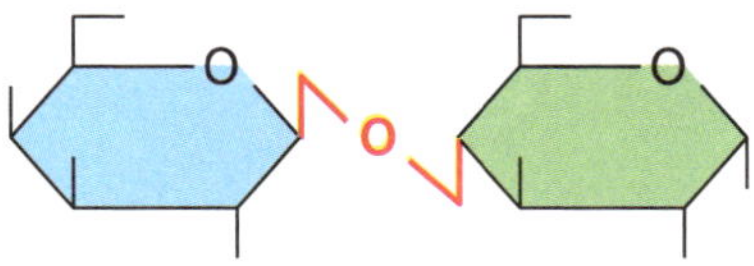

1) À partir des informations fournies, indiquer dans quelle partie du tube digestif est digéré le lactose, ainsi que le nom de l'enzyme impliquée.

2) Schématiser la réaction chimique de la digestion du lactose.

3) Préciser le devenir des molécules résultant de la digestion.

4) Expliquer les troubles intestinaux chez des personnes souffrant de l'absence de l'enzyme digérant le lactose.

5) Proposer une solution afin d'éviter ces troubles.

DÉMARRONS ENSEMBLE

1) Cherche les informations dans le texte du document 1.

2) Dessine le lactose **en prenant modèle sur le document 2**, puis dessine l'équation-bilan de la réaction chimique.

3) Mobilise tes connaissances. → FICHE 21

4) Tout est écrit dans le texte du document 1.

5) Pense à la **cause du trouble** : propose un moyen d'y remédier.

CORRIGÉS

SE TESTER QUIZ

1 L'appareil digestif humain

Réponses a, b, c et d.

2 La digestion des aliments.

1) Réponses b, c et d.

2) Réponses a et d.

3 Définition de l'absorption intestinale

Réponse c. L'affirmation a est fausse : les aliments ne peuvent pas pénétrer directement dans le sang. Seuls les nutriments sont suffisamment petits pour traverser la paroi du tube digestif.

4 Déroulement de l'absorption intestinale

Réponse b.

OBJECTIF BREVET

5 Comprendre les causes de l'intolérance au lait

1) Le lactose est digéré au niveau de l'intestin grêle, sous l'action d'une enzyme : la lactase.

2) La **digestion** chimique du lactose donne deux molécules très voisines : le glucose et le galactose.

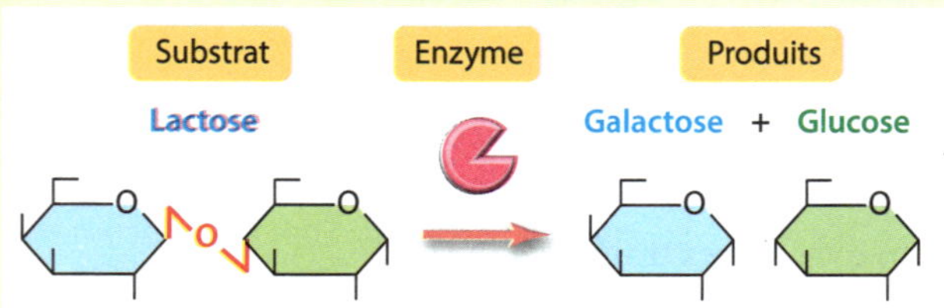

À NOTER
L'exemple de la **digestion** de l'amidon est donné dans la fiche 20.

3) Le glucose et le galactose passent dans le sang au niveau des villosités intestinales.

4) L'absence de lactase entraîne des troubles digestifs : diarrhées (le lactose empêche l'absorption d'eau au niveau de l'intestin) et crampes douloureuses (qui résultent de la dégradation du lactose par des bactéries de la flore intestinale).

5) Pour éviter les troubles, on pourrait ajouter dans l'alimentation l'enzyme absente (ou ne plus boire de lait avec lactose...).

22 Décrire le fonctionnement des appareils reproducteurs

EN BREF ▸ *Les appareils reproducteurs humains permettent la production et la rencontre d'un gamète mâle (spermatozoïde) et d'un gamète femelle (ovule). La fusion des deux gamètes forme un embryon, qui se développe dans l'utérus de la mère.*

I L'appareil reproducteur humain

- Les organes centraux de la reproduction sont les **gonades** (testicules chez l'homme et ovaires chez la femme) qui produisent les **gamètes**.
- L'appareil reproducteur de la femme présente un utérus qui subit des transformations cycliques afin d'accueillir un éventuel embryon.

MOTS CLÉS
- **Gonades** : glandes produisant les gamètes.
- **Gamètes** : cellules reproductrices.

II La production des gamètes

- Chez l'homme, les gamètes mâles sont les spermatozoïdes. Ils sont produits de manière continue de la puberté jusqu'à la fin de la vie. Ce sont des cellules mobiles, qui contiennent 23 chromosomes du père.
- Chez la femme, les gamètes femelles sont les ovules. Ils sont produits de manière cyclique (un ovule tous les 28 jours) de la puberté jusqu'à la **ménopause**. Ce sont des cellules qui contiennent 23 chromosomes de la mère.
- À l'issue d'une relation sexuelle, un gamète mâle peut fusionner avec un gamète femelle – c'est la fécondation –, et former un embryon humain à 46 chromosomes. Par multiplications cellulaires successives, l'embryon augmente son nombre de cellules et peut se fixer à la paroi interne de l'utérus où a lieu son développement intra-utérin durant environ 9 mois.

MOT CLÉ
Ménopause : période de la vie d'une femme correspondant à la fin de la période reproductive. Elle est marquée par l'arrêt des règles et de l'ovulation.

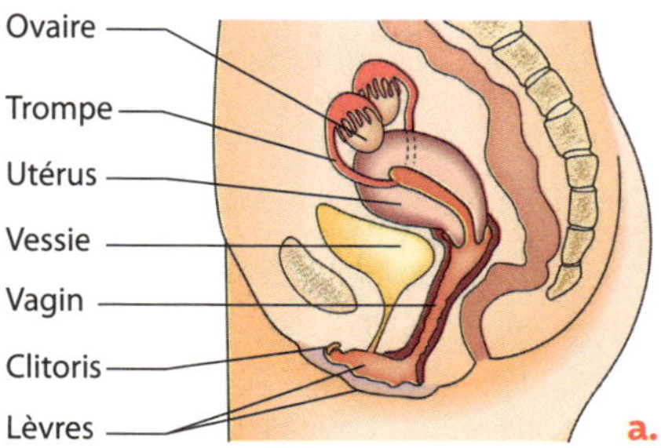

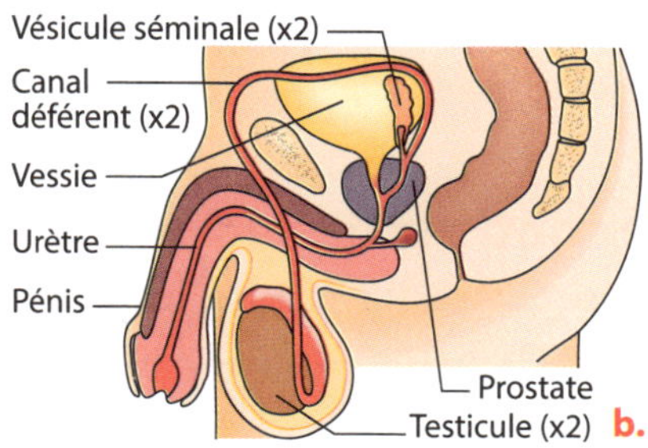

Doc **Coupe de l'appareil reproducteur**
a. De la femme ; b. De l'homme

23 Expliquer le contrôle des appareils reproducteurs par les hormones

EN BREF ▸ *À la puberté, sous l'influence d'hormones fabriquées par des glandes situées dans le cerveau, les gonades commencent à fonctionner. Cela déclenche l'apparition des caractères sexuels, et, chez la femme, l'apparition du cycle sexuel.*

I Le déclenchement du développement des organes reproducteurs

À la puberté, des substances (**hormones**) fabriquées par des glandes situées dans le cerveau sont libérées dans le sang. Ces hormones déclenchent le développement des organes reproducteurs, puis leur fonctionnement.

> **MOT CLÉ**
> **Hormone** : substance fabriquée par un organe producteur, libérée dans le sang, et qui agit à distance sur le fonctionnement d'un organe cible.

II Le déclenchement de l'apparition des caractères sexuels

- À la puberté, suite au développement des organes reproducteurs, les gonades libèrent à leur tour dans le sang des **hormones sexuelles** :
  - la testostérone pour les garçons ;
  - la progestérone et les œstrogènes pour les filles.

> **MOT CLÉ**
> **Hormone sexuelle** : substance fabriquée par les gonades, libérée dans le sang, et qui agit à distance sur le fonctionnement de plusieurs organes cibles.

- Ces hormones sexuelles vont agir sur des organes cibles, et provoquer chez eux des transformations.
- Ces transformations sont, par exemple :
  - le développement de la poitrine des filles ;
  - la croissance du larynx et l'allongement des cordes vocales, qui provoque la mue chez les garçons ;
  - l'augmentation de la pilosité, pour les filles comme pour les garçons.

III Le contrôle du cycle sexuel chez la femme

- Chez les filles, dès la puberté, les hormones sexuelles contrôlent le cycle de l'utérus et le déclenchement des **règles**.
- Chez les filles, dès la puberté, des hormones du cerveau contrôlent l'ovulation.

> **MOT CLÉ**
> **Règles** : destruction de la partie la plus superficielle de la muqueuse utérine, qui se manifeste par des saignements à chaque début de cycle chez la femme.

24 Présenter les principes de la maîtrise de la reproduction

EN BREF ▸ *La médecine permet de maîtriser la reproduction : elle aide les couples stériles à avoir un enfant, et aussi ceux qui n'en désirent pas à ne pas en avoir.*

I Aider un couple à avoir un enfant

■ Un couple est atteint de **stérilité** lorsqu'il souhaite avoir un enfant mais n'y parvient pas.

■ Les causes de **stérilité** sont diverses et touchent les femmes (problèmes liés aux ovaires et à l'ovulation, problèmes liés aux trompes ou à la muqueuse utérine, anomalies hormonales…) et les hommes (anomalies des spermatozoïdes ou des testicules, anomalies hormonales…).

■ Suite à un bilan clinique, un médecin peut prescrire un traitement hormonal ou une des techniques de la **procréation médicalement assistée (PMA)** :
- l'insémination artificielle ;
- l'injection intracytoplasmique d'un spermatozoïde dans un ovule ;
- la fécondation *in vitro* (FIV) et transfert d'embryons (FIVETE).

MOT CLÉ
Stérilité : incapacité de concevoir naturellement un enfant sain ou de le porter jusqu'au terme de la grossesse.

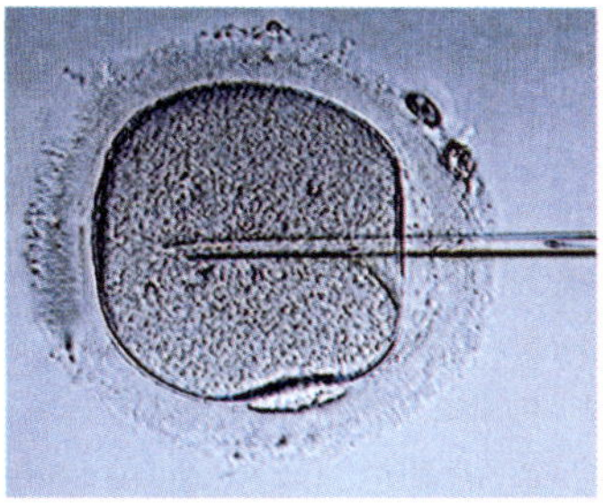

Doc **Injection intracytoplasmique de spermatozoïde (ICSI) dans un ovule**

II Aider un couple à ne pas avoir d'enfant

■ Lorsqu'un couple ne souhaite pas avoir d'enfant, il dispose de **moyens de contraception** : la pilule, le préservatif (utile aussi pour la prévention des infections sexuellement transmissibles), le diaphragme, le stérilet…

MOT CLÉ
Moyen de contraception : moyen visant à empêcher qu'un rapport sexuel entraîne une grossesse.

■ Une femme peut également utiliser la **contraception « d'urgence »** en cas d'absence de contraception (pilule du lendemain…). Et si toutefois la grossesse persiste, les femmes peuvent faire pratiquer une **interruption volontaire de grossesse (IVG)** jusqu'à la 12e semaine de grossesse.

■ En tout état de cause, les pratiques liées à la maîtrise de la reproduction reposent sur des **comportements responsables** et le **respect de l'autre**.

SE TESTER QUIZ

Vérifie que tu as compris les points clés

1 Les gonades

→ FICHE 22

Les gonades sont :

- ☐ **a.** l'utérus chez la femme
- ☐ **b.** les ovaires chez la femme
- ☐ **c.** les testicules chez l'homme
- ☐ **d.** la prostate chez l'homme

2 Les gamètes

→ FICHE 22

1) Chez la femme, les gamètes sont :

- ☐ **a.** des ovules
- ☐ **b.** des spermatozoïdes
- ☐ **c.** produits de manière continue de la puberté à la ménopause
- ☐ **d.** produits de manière cyclique de la puberté à la ménopause

2) Chez l'homme, les gamètes sont :

- ☐ **a.** des ovules
- ☐ **b.** des spermatozoïdes
- ☐ **c.** produits de manière continue de la puberté à la fin de sa vie
- ☐ **d.** produits de manière cyclique de la puberté à la fin de sa vie

3 La puberté

→ FICHE 23

À la puberté, les organes sexuels se développent et commencent à fonctionner :

- ☐ **a.** sous l'action nerveuse d'une partie du cerveau
- ☐ **b.** sous l'action hormonale d'une partie du cerveau
- ☐ **c.** sous l'action hormonale des gonades
- ☐ **d.** sous l'action hormonale des gamètes

4 La procréation médicalement assistée

→ FICHE 24

La stérilité :

- ☐ **a.** est définie comme l'impossibilité pour un couple d'avoir un enfant
- ☐ **b.** est définie comme la possibilité pour un couple d'avoir un enfant
- ☐ **c.** peut aussi bien toucher les hommes que les femmes
- ☐ **d.** est toujours liée à la pauvreté du sperme en spermatozoïdes

OBJECTIF BREVET

Lance-toi dans un sujet !

5 Les relations entre différents organes de la femme

15 min

→ FICHE 22

À partir du document ci-dessous, réaliser un schéma fonctionnel qui représente les relations entre l'hypophyse, l'ovaire et l'utérus.

Document **Les relations hormonales entre différents organes de la femme pubère**

L'hypophyse, une glande du cerveau, sécrète des hormones hypophysaires qui déclenchent le fonctionnement des ovaires.

Parallèlement, les ovaires sécrètent des hormones ovariennes qui agissent sur le fonctionnement de l'utérus.

DÉMARRONS ENSEMBLE

→ Représente les organes par des **figures géométriques**.

→ Mets-les en relation. Rappelle-toi que les hormones se déplacent d'un organe à un autre en passant **par le sang**.

→ Figure le trajet des hormones avec des **flèches**. Pour le sens de chaque flèche, détermine par quel organe l'hormone est produite (départ), et quel organe elle atteint (arrivée).

CORRIGÉS

SE TESTER QUIZ

1 Les gonades

Réponses b et c. Les gonades sont les organes qui produisent les cellules reproductrices (les gamètes), à savoir les ovaires chez la femme et les testicules chez l'homme.

2 Les gamètes

1) **Réponses a et d.** Les gamètes femelles sont les ovules. Ils sont produits de manière cyclique (environ tous les 28 jours), de la puberté jusqu'à la ménopause.

2) **Réponses b et c.** Les gamètes mâles sont les spermatozoïdes. Ils sont produits de manière continue de la puberté jusqu'à la fin de la vie d'un homme.

3 La puberté

Réponse b. À la puberté, les organes sexuels se développent et commencent à fonctionner sous l'action hormonale de glandes situées dans le cerveau.

4 La procréation médicalement assistée

Réponses a et c. La stérilité est définie comme l'impossibilité pour un couple d'avoir un enfant sain. Elle peut toucher aussi bien les hommes que les femmes.

OBJECTIF BREVET

5 Les relations entre différents organes de la femme

- Les trois organes cités sont représentés par des figures géométriques (identiques ou non) et légendées.
- Les vaisseaux sanguins sont représentés par deux rectangles reliant les trois figures géométriques précédemment construites.
- Le trajet des hormones est schématisé par des flèches légendées.

> **À NOTER**
> N'oublie pas de donner un titre précis à ton schéma.

Schéma fonctionnel des relations entre l'hyphosyse, les ovaires et l'utérus

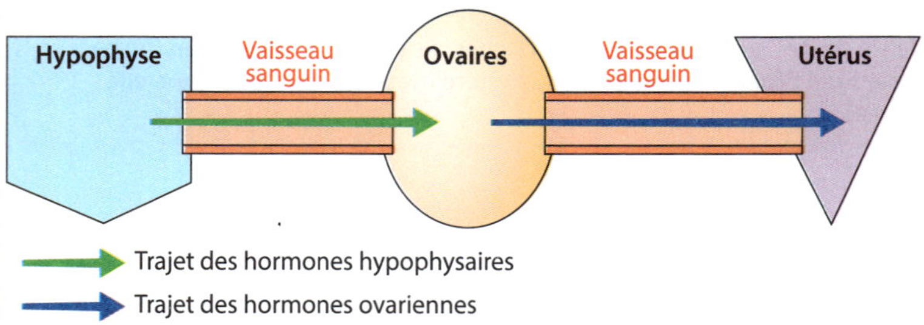

25 Expliquer la dynamique interne du globe

EN BREF ▸ *L'activité interne du globe engendre la tectonique des plaques et façonne la surface de la Terre. Certaines manifestations de cette activité représentent une menace pour l'homme, qui tente de les prévoir pour s'en protéger.*

I La dynamique interne du globe modifie l'environnement de l'homme

■ Les séismes, éruptions volcaniques, tsunamis… sont les témoins de l'activité interne du globe. Toujours brutaux, parfois meurtriers, ils peuvent profondément bouleverser l'environnement de l'homme. Les connaissances scientifiques permettent de mieux comprendre ces événements géologiques.

Doc **Le tsunami du 11 mars 2011 au Japon**

■ Ces événements se produisent majoritairement dans des zones précises de la surface du globe : aux limites des **plaques lithosphériques**. Des phénomènes géologiques profonds créent des mouvements de plaques avec pour conséquence des ruptures des roches de surface et des **séismes**. Par ailleurs, l'arrivée en surface de roche en fusion (**magma**) conduit à l'**activité volcanique** de la planète.

MOT CLÉ
Plaque lithosphérique : portion de la surface de la Terre, solide et rigide.

II La prévention des risques

Les géologues parviennent à estimer les **risques géologiques**. La **surveillance des zones à risque** par les observatoires scientifiques, l'**éducation des populations** vivant dans ces zones et la **réactivité des Pouvoirs publics** sont les moyens mis en place par les sociétés développées pour limiter les impacts négatifs.

26 Expliquer la dynamique externe du globe

EN BREF ▸ *Certains phénomènes météorologiques, comme les typhons ou les ouragans, ont des effets dévastateurs. La compréhension de ces phénomènes permet de les prévoir.*

I La dynamique externe du globe modifie l'environnement de l'homme

- Les typhons, ouragans... sont des événements météorologiques qui ont souvent de graves répercussions sur les sociétés humaines.

Doc **Le super typhon Haiyan au large des Philippines le 13 novembre 2013**

- Ils sont les conséquences de mouvements de masses d'air et de courants océaniques, contrôlés par l'énergie du soleil que reçoit la Terre : l'inégale répartition de l'énergie solaire reçue par la planète conduit à des variations de pression, ce qui provoque les mouvements des masses d'air.

II La prévention des risques

- L'évolution des courants océaniques et celle des températures des masses d'air sont suivies en continu, ce qui permet aux scientifiques de mieux comprendre les événements et, par modélisation, de les anticiper. Des vies sont sauvées grâce aux alertes météo.
- L'aménagement de l'habitat permet de réduire les répercussions des phénomènes météorologiques extraordinaires.
- La surveillance des zones à risque par les observatoires scientifiques, l'éducation des populations vivant dans ces zones et la réactivité des Pouvoirs publics sont les moyens mis en place par les sociétés développées pour limiter les impacts négatifs.

27 Citer les ressources terrestres utilisables par l'homme

EN BREF ▸ *Les activités humaines nécessitent des matières premières et de l'énergie. Les activités interne et externe du globe sont une source d'énergie inépuisable. Les ressources géologiques, qui fournissent énergie et matériaux, sont quant à elles limitées.*

I Les sources d'énergie du globe

1 L'énergie issue de l'activité interne du globe

■ Il règne de fortes températures dans les profondeurs de la Terre. Celles-ci sont le moteur du déplacement des plaques ; les séismes et les éruptions volcaniques en sont le témoignage de surface.

■ La **géothermie** est un moyen pour l'homme de récupérer une partie de la chaleur interne du globe pour ses besoins (chauffage, industries…).

MOT CLÉ
Géothermie : technologie visant à exploiter la chaleur interne du globe.

2 Les énergies issues de l'activité externe du globe

■ Les déplacements de masses d'air et d'eau peuvent être utilisés par l'homme afin de produire de l'énergie : éolienne, hydraulique…

■ L'exploitation de ces sources d'énergie nécessite des connaissances scientifiques et des conditions particulières.

II Les ressources non renouvelables du globe

■ L'homme utilise et exploite des ressources géologiques qui peuvent fournir de l'énergie (charbon, pétrole, uranium…), ou des matériaux utiles à ses besoins (fer, aluminium, pierres de construction…).

■ Ces ressources, relativement rares à l'échelle de la planète, ont souvent mis énormément de temps à se constituer. L'homme exploite ces matériaux plus rapidement que leurs stocks ne se reconstituent : on parle de **ressources non renouvelables** (à l'échelle d'une vie humaine).

MOT CLÉ
Ressource non renouvelable : ressource dont la vitesse de destruction dépasse sa vitesse de création.

Richesse	Charbon	Fer	Gaz naturel	Pétrole	Uranium	Or
Date estimée d'épuisement	2158	2087	2070	2050	2040	2025

Doc Prévisions des dates d'épuisement de richesses
Les prévisions sont basées sur le rythme actuel de consommation.

28 Relever des impacts négatifs de l'activité humaine

EN BREF ▸ *Les activités humaines ont des conséquences néfastes sur l'environnement : pollution, dégradation de la biodiversité, déséquilibre des écosystèmes, destruction des sols, épuisement des ressources…*

I Les impacts chimiques de l'homme sur l'environnement

■ L'homme, en rejetant des substances chimiques (pesticides, huiles, détritus…) dans son environnement, entraîne sa pollution.

■ Ainsi, il contribue à modifier la **biodiversité** : diminution de la population de certaines espèces vivantes (abeilles…) et augmentation de celle d'autres espèces (algues au bord de l'océan Atlantique…). Ceci a pour conséquence un profond déséquilibre des **écosystèmes**.

MOTS CLÉS
- **Biodiversité** : diversité naturelle ou non des êtres vivants.
- **Écosystème** : ensemble des êtres vivants présents dans un milieu donné, ainsi que des interactions entre eux et avec le milieu.

II Les impacts physiques de l'homme sur l'environnement

■ Certains objets produits par l'homme, en se retrouvant dans la nature, perturbent les conditions de vie des êtres vivants (sacs plastiques mangés par des tortues…). Ces produits causent d'autant plus de dommages que leur dégradation prend énormément de temps.

■ L'exploitation irraisonnée des sols aboutit à leur destruction, et donc à l'appauvrissement des récoltes.

Doc **Rejet de détritus dans un cours d'eau**

III La surexploitation de l'environnement

L'homme exploite souvent des ressources plus rapidement que les réserves ne se reconstituent (déforestation en Amazonie…). Ceci contribue à bouleverser son environnement et, à terme, les conditions de la vie sur Terre…

29 Relever des impacts positifs de l'activité humaine

EN BREF ▸ *Conscient des conséquences de ses actions sur l'environnement, l'homme peut s'appuyer sur sa connaissance et sa compréhension du monde pour limiter l'impact néfaste de ses activités.*

I Vers une agriculture durable

- Lorsque l'homme modifie un écosystème naturel pour subvenir à ses besoins, alimentaires notamment, cet écosystème naturel devient un **agrosystème**. En étudiant les écosystèmes naturels, l'homme comprend mieux le monde qui l'entoure, ce qui lui permet de minimiser les impacts négatifs liés à l'exploitation des agrosystèmes.
- La connaissance des sols, par exemple, permet de les protéger afin de pérenniser leur exploitation. La connaissance des plantes et des animaux permet d'optimiser le rendement des exploitations tout en limitant les impacts négatifs sur l'environnement. Par exemple, la polyculture, qui consiste à associer plusieurs espèces végétales dans une même culture, améliore la résistance aux espèces nuisibles, ce qui permet d'éviter l'emploi de pesticides.

Doc Un exemple de polyculture
Plantation associant bananiers et plants de haricots en Ouganda.

MOT CLÉ
Agrosystème : écosystème naturel modifié par l'homme pour subvenir à ses besoins, alimentaires notamment.

II Vers un développement durable

- Afin de préserver les ressources non renouvelables, il est important de favoriser le réemploi des objets ou des matériaux, et de privilégier les sources d'énergie renouvelables.
- Afin de limiter la dégradation de l'environnement, il faut poursuivre la réduction des déchets et améliorer le recyclage.

MOT CLÉ
Développement durable : mode de développement répondant aux besoins du présent sans compromettre la capacité des générations futures à répondre aux leurs.

SE TESTER QUIZ

Vérifie que tu as compris les points clés

1 Les risques naturels

→ FICHES 25 et 26

Des phénomènes géologiques tels que des séismes peuvent mettre en danger la société humaine :

☐ **a.** n'importe où à la surface du globe

☐ **b.** uniquement à la limite des plaques lithosphériques

☐ **c.** sur certaines zones très localisées à la surface du globe

☐ **d.** car il est impossible de les anticiper

2 Les ressources terrestres

→ FICHE 27

Une ressource est « non renouvelable » car :

☐ **a.** une fois utilisée, elle ne se renouvelle pas

☐ **b.** une fois utilisée, elle se renouvelle mais extrêmement lentement

☐ **c.** une fois utilisée, elle se renouvelle extrêmement rapidement

☐ **d.** une fois utilisée, elle se recycle

3 La dégradation de l'environnement

→ FICHE 28

Identifier les activités humaines qui dégradent l'environnement :

☐ **a.** Le déboisement.

☐ **b.** L'utilisation de pesticides en agriculture.

☐ **c.** Le remplacement des énergies fossiles par des énergies renouvelables.

☐ **d.** Le recyclage des déchets.

4 La préservation de l'environnement

→ FICHE 29

Pour préserver la biodiversité, il est important de :

☐ **a.** maintenir le déséquilibre des écosystèmes

☐ **b.** protéger les espèces en danger d'extinction et les espaces naturels

☐ **c.** accroître l'utilisation des pesticides

☐ **d.** limiter le réchauffement climatique et réduire la pollution

OBJECTIF BREVET

Lance-toi dans un sujet !

5 Une pollution en Guyane

30 min

→ FICHE 28

En Guyane, la pratique de l'orpaillage, qui consiste à utiliser le mercure pour extraire l'or du sous-sol, entraîne d'importants rejets de mercure dans l'eau des rivières. Le mercure est intégré dans la chaîne alimentaire par le plancton, que consomment les poissons herbivores, lesquels sont mangés par les poissons carnivores (1 000 fois plus contaminés que les poissons herbivores).

Le mercure est un métal très toxique pour l'homme. Une étude a été menée pour connaître le niveau de contamination de la population qui vit en bordure du fleuve Sinnamary.

Document **Évolution de la contamination de la population en fonction de la fréquence de consommation de poissons issus du fleuve**

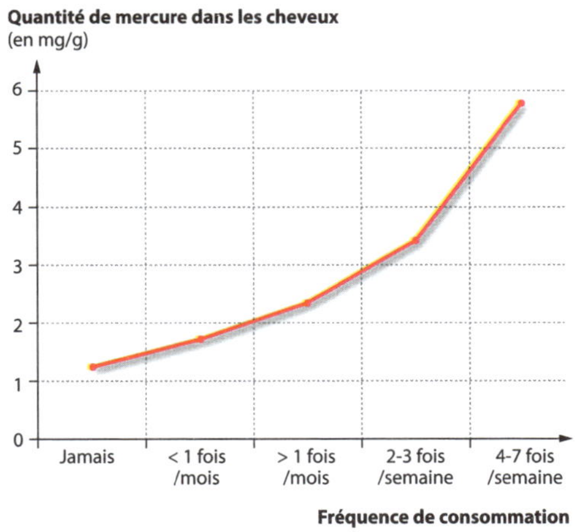

1) À partir du texte, indiquer le nom du polluant et l'origine de la pollution.

2) À partir du texte et du graphique, expliquer comment l'homme est contaminé par ce polluant.

3) Proposer deux solutions afin de limiter les risques sur la santé liés à cette pollution.

DÉMARRONS ENSEMBLE

1) Relis attentivement le texte de l'exercice. Deux réponses sont attendues ici : le nom du polluant et d'où provient ce polluant.

2) Utilise d'abord les informations du texte, puis complète ta réponse avec les informations fournies par le graphique.

3) Les deux solutions peuvent être déduites de l'étude du texte, mais tu peux proposer une solution à partir de tes connaissances.

CORRIGÉS

SE TESTER QUIZ

1 Les risques naturels

Réponse c. Des phénomènes géologiques tels que des séismes peuvent mettre en danger la société humaine sur certaines zones très localisées (essentiellement à la limite des plaques, mais pas uniquement).

L'affirmation **b** est fausse : certains séismes ont lieu loin des frontières de plaques.

Les affirmations **a** et **d** sont fausses : certaines zones sont plus susceptibles de subir un séisme. La surveillance de ces zones à risque permet de déceler une augmentation de signes avant-coureurs : il est donc possible d'anticiper un évènement sismique, même si on n'en a jamais la certitude…

2 Les ressources terrestres

Réponse b. Certaines ressources sont considérées comme « non renouvelables » car une fois utilisées, elles se renouvellent, mais **extrêmement lentement**.

> **À NOTER**
> On estime qu'il faut naturellement près de **100 000 ans** pour produire du pétrole…

3 La dégradation de l'environnement

Réponses a et b. Le déboisement peut favoriser l'érosion des sols et la sécheresse. L'utilisation de pesticides en agriculture dégrade la biodiversité et représente une menace pour la survie de nombreux pollinisateurs.

4 La préservation de l'environnement

Réponses b et d. Protéger les espèces en voie de disparition et les espaces naturels, limiter le réchauffement climatique et réduire la pollution permet de préserver la biodiversité.

OBJECTIF BREVET

5 Une pollution en Guyane

1 Le polluant est le **mercure**. La pollution de l'eau des rivières par ce mercure a pour origine la pratique de l'orpaillage, c'est-à-dire l'extraction de l'or.

2 D'après le texte, l'homme est contaminé en consommant du poisson issu du fleuve Sinnamary. Le graphique nous montre que plus la consommation de poissons du fleuve est fréquente, plus la contamination de l'homme est importante.

3 Pour limiter les risques sur la santé de l'homme, on pourrait :
- diminuer, voire arrêter la consommation de poissons issus du fleuve ;
- interdire l'orpaillage ;
- ou encore (3e solution) éviter de boire l'eau du fleuve contaminé.

TECHNOLOGIE

TOUT LE PROGRAMME

- 9 fiches de cours
- Exercices et sujets corrigés

SOMMAIRE

Quand tu en as fini avec une fiche ou un entraînement, coche la case ☐ correspondante !

Les axes du programme

1. Le design, l'innovation et la créativité

2. Les objets techniques, les services et les changements induits dans la société

3. La modélisation et la simulation des objets et des systèmes techniques

4. L'informatique et la programmation

1 Rédiger et interpréter un cahier des charges

EN BREF ▸ *Avant de concevoir un objet technique, il est nécessaire de s'assurer qu'un besoin existe et de bien préciser ce qui est attendu par le futur utilisateur.*

I De l'analyse du besoin au cahier des charges

- Les objets techniques sont des objets conçus par l'homme pour répondre à des **besoins**. Le besoin apparaît quand l'homme perçoit un **manque** ou qu'il est **insatisfait**. C'est le début de tout projet.

Exemples :

Besoin	Objet technique
Se déplacer	Vélo, automobile…
Communiquer	Papier, téléphone, smartphone…

MOT CLÉ
Un **cahier des charges** est un document contractuel décrivant de la façon la plus précise possible, avec un vocabulaire simple, les besoins auxquels le concepteur de l'objet doit répondre.

- Pour répondre au besoin de l'utilisateur, les **concepteurs** doivent lister toutes les fonctions que doit assurer un objet technique. Cette analyse fonctionnelle a pour but de rédiger un **cahier des charges**.

- La personne qui réalise le projet n'est pas forcément celle qui a rédigé le cahier des charges. Le demandeur doit donc préciser l'ensemble des caractéristiques du produit, incluant le design, dans le cahier des charges.

Exemple : Pour une coque de clé USB : elle doit mettre en valeur une marque de sponsor, protéger le circuit imprimé des agressions extérieures, se connecter sur une prise USB de type « A ».

II Les fonctions de service d'un objet

- L'objet technique est considéré comme un ensemble de **fonction de service**, sans distinguer les différentes pièces de l'objet.

- Il existe deux types de fonctions de service :

– les **fonctions principales**, correspondant au service rendu par le système pour répondre aux besoins ;

– les **fonctions contraintes**, représentant l'ensemble des obligations à satisfaire pour répondre aux besoins.

À NOTER
Il faut souvent plusieurs fonctions de service pour répondre à un seul besoin.

2 Concevoir des objets innovants et esthétiques

EN BREF ▸ *Dans un bureau d'études, le rôle des concepteurs est de trouver des solutions techniques pour aboutir à un produit fini, en respectant le cahier des charges.*

I La conception d'un produit

■ Lors de la conception, il faut satisfaire les différentes fonctions de service. Pour cela, on recherche toutes les fonctions techniques qui permettent de réaliser les fonctions de service. Pour chaque fonction technique, on recherche les solutions techniques possibles en s'appuyant sur la **veille technologique**.

MOT CLÉ
La **veille technologique** consiste à faire des recherches dans un domaine afin d'être à même de faire de meilleurs choix lors de la conception.

■ Le choix d'une solution technique se fait à l'aide :
– de sondages auprès des utilisateurs, notamment pour déterminer le design d'un objet (forme d'une voiture, couleur d'emballage, odeur de déodorant) ;
– de tests, pour choisir un matériau ;
– de calculs et de simulation numériques, notamment pour calculer des dimensions d'éléments tels qu'axes ou poutres afin qu'ils soient suffisamment résistants (lors de la conception d'une tribune pour un stade)...

■ Lorsque toutes les solutions techniques sont choisies, le concepteur prépare un ensemble de documents décrivant la mise en œuvre et la réalisation du produit. Ces documents peuvent être des plans (conception de bâtiment), des modèles virtuels, notamment des modélisations 3D (conception de voiture), des schémas électriques (conception d'appareil électronique), etc.

II Le design d'un produit

■ Le design ne se résume pas à l'esthétique d'un produit et n'est pas déterminé à la fin de la conception : la démarche design intervient à toutes les étapes d'un projet.

■ Afin de choisir le design d'un objet, les concepteurs doivent analyser les sensations que ce produit doit créer (chaleur, volume, aspect ludique...).

Doc **Visseuse électrique**

3 Réaliser le prototype d'un objet

EN BREF ▸ *Le produit étant défini, il peut être fabriqué. Mais avant d'envisager une production en grand nombre, un premier exemplaire est réalisé, le prototype.*

I Le prototype

■ Certains composants du **prototype** sont achetés, d'autres sont fabriqués. L'ensemble est alors assemblé et programmé.

■ De nos jours, la fabrication d'un objet est le plus souvent une **fabrication assistée par ordinateur** (FAO). La FAO permet de passer rapidement du modèle numérique 3D du concepteur au processus de fabrication. Le prototype est alors fabriqué rapidement, on parle de **prototypage rapide**.

MOT CLÉ
Le **prototype** est un objet fabriqué afin de valider les performances, la stabilité et l'intégralité du produit. Il permet d'éviter les erreurs avant la mise en production.

II La fabrication assistée par ordinateur

■ L'**usinage** est un procédé de fabrication par **enlèvement de matière**. Les métaux, le bois et les plastiques sont usinables. Partant de la géométrie définie par le concepteur, un logiciel de FAO pilote le mouvement de l'outil.

■ L'**impression 3D** est un procédé de fabrication par **ajout de matière**. Le plastique, le béton et les métaux sont des matériaux utilisables. Chacun de ces matériaux nécessite une imprimante 3D spécifique.

■ L'impression du plastique se fait avec une buse chauffée pilotée par un logiciel de FAO. Le concepteur définit la **géométrie** de la pièce, sa **densité** de matière et son **orientation**.

Doc Imprimante 3D

SE TESTER QUIZ

Vérifie que tu as compris les points clés

1 Le design, l'innovation et la créativité

→ FICHES 1 à 3

Classer les étapes d'un projet de la première à la dernière.

a. Conception … 3

b. Fabrication d'un prototype … 4

c. Analyse du besoin … 1

d. Rédaction du cahier des charges … 2

2 Réaliser un cahier des charges

→ FICHE 1

Un cahier des charges exprime :

☒ **a.** le besoin des utilisateurs.

☒ **b.** les fonctions de service et les contraintes que doit remplir l'objet.

☐ **c.** les solutions techniques retenues.

3 Concevoir des objets innovants et esthétiques

→ FICHE 2

Comment choisir une solution technique ?

☐ **a.** Au hasard

☒ **b.** Par calculs

☒ **c.** Par sondage

☒ **d.** En faisant des tests

☒ **e.** En faisant des recherches

☐ **f.** Uniquement pour son prix

4 Réaliser le prototype d'un objet

→ FICHE 3

Comment s'effectue le plus souvent la fabrication d'un objet technique ?

☐ **a.** À l'aide de machines pilotées manuellement

☐ **b.** À l'aide d'outils manuels

☒ **c.** À l'aide de machines pilotées par ordinateur

OBJECTIF BREVET

Lance-toi dans un sujet !

5 Le chargeur universel

10 min

→ FICHES 1 et 3

Doc Vers le chargeur universel

Début 2014, le Parlement européen a adopté une directive visant à imposer aux fabricants de smartphones, tablettes et autres appareils un chargeur universel.

D'après un communiqué officiel de la Commission européenne, « les fabricants de téléphones portables seront contraints de prévoir un chargeur unique afin de réduire les coûts et de diminuer le volume des déchets. »

Or, en 2009, quelques fabricants de smartphones s'étaient déjà entendus afin d'harmoniser la connectique de leur chargeur. Le port micro-USB étant adopté comme standard commun.

Les autres constructeurs auront jusqu'à 2017 pour adopter ce chargeur.

1) Pourquoi la Commission européenne veut-elle imposer un chargeur universel ?

2) Exprimer le besoin de ce chargeur universel en complétant le schéma du besoin ci-dessous.

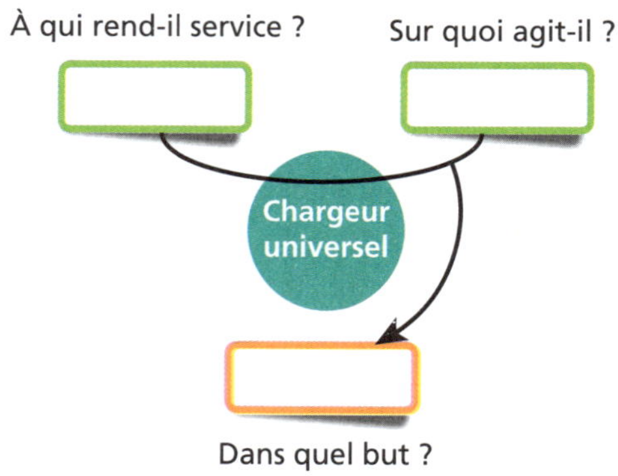

3) Que devra produire le constructeur avant de fabriquer en série ce chargeur universel ?

DÉMARRONS ENSEMBLE

1) Exprime avec tes propres mots le choix fait par la Commission européenne.

2) Demande-toi sur quoi cela agit, à qui cela rend service et pourquoi.

3) Pense qu'une production en série ne se fait qu'après vérification du bon fonctionnement.

CORRIGÉS

SE TESTER QUIZ

1 Le design, l'innovation et la créativité

Réponses c., d., a., b.

2 Réaliser un cahier des charges

Réponse b.

3 Concevoir des objets innovants et esthétiques

Réponses b., c. et d.

4 Réaliser le prototype d'un objet

Réponse c. La fabrication est assistée par ordinateur.

OBJECTIF BREVET

5 Le chargeur universel

1) La Commission européenne veut imposer un chargeur universel pour limiter les coûts et pour diminuer les déchets produits (lorsque l'on change d'équipement).

2)

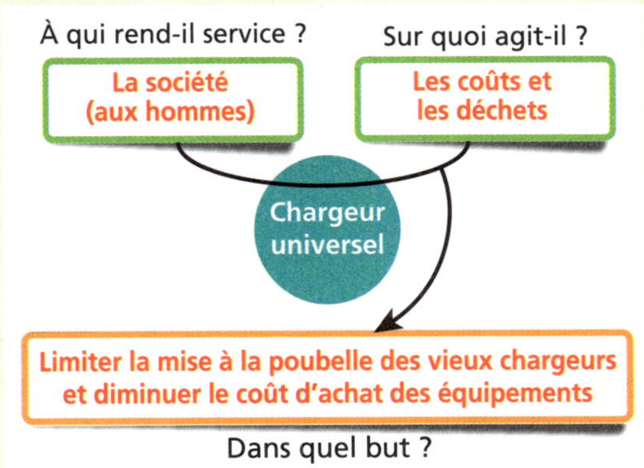

3) Il faudra commencer par produire un prototype de chargeur universel.

4 Suivre l'évolution technique des objets

EN BREF ▸ *Les travaux pénibles conduisent l'homme à fabriquer des objets techniques pour se faciliter la vie. Afin de les rendre les plus autonomes possible, il les fait évoluer.*

I L'évolution des objets techniques

- L'évolution des objets techniques a suivi les inventions et les progrès scientifiques et techniques. Elle a pour but d'améliorer les **performances** des objets.
- L'**esthétique** des objets évolue en fonction des goûts et de la mode, et leur **ergonomie** s'améliore afin de simplifier leur utilisation.

Exemple : L'évolution du stockage de l'information.

MOT CLÉ
Un objet technique **ergonomique** est un objet adapté à l'homme : prise en main aisée, simplicité d'utilisation et efforts physiques réduits.

1728	1971	1978	1994
Carte perforée	Disquette	Disque optique	Carte mémoire
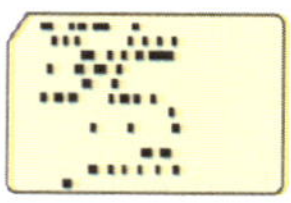		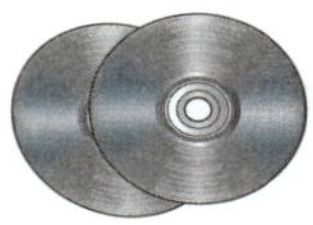	
Environ 10 octets	De 80 Ko à 750 Mo	De 700 Mo à 4,7 Go	Jusqu'à plusieurs To

II Les grandes étapes de l'évolution technique

- Les premiers objets techniques créés sont **non mécanisés**. Pour fonctionner, ils requièrent une intervention humaine et utilisent la force musculaire ou les énergies naturelles.
- Avec la Révolution industrielle, le développement de **moteurs** et autres mécanismes, associé à l'utilisation d'énergies électrique, fossile et thermique, permet la **mécanisation** des objets techniques.
- À partir de la Seconde Guerre mondiale, l'homme réduit encore son intervention en intégrant des automates programmables aux objets techniques. Il y a **automatisation** des travaux et tâches.
- Dans les années 1970, le développement de l'informatique et la miniaturisation des composants permet de remplacer les automates. Les objets techniques peuvent alors interagir avec leur environnement.

5 Comprendre les impacts sociétaux de certains objets

EN BREF ▸ *Au cours de sa vie, un objet technique est en interaction avec l'environnement et les hommes. Ces interactions sont multiples et peuvent exercer une influence sur la société.*

I La vie d'un objet technique

■ La vie d'un objet technique débute par sa conception et se termine par sa destruction ou son recyclage. On parle de **cycle de vie** d'un objet.

■ À chaque étape de son cycle de vie, l'objet a un impact sur l'environnement et la société.

■ De nos jours, certaines entreprises font de l'**écoconception** une priorité.

Exemple : Certains stylos-billes sont fabriqués à base de plastique recyclé afin de limiter leur impact sur l'environnement.

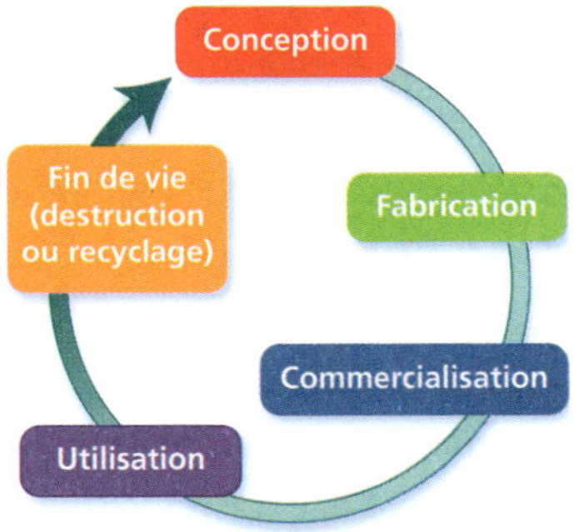

MOT CLÉ
L'**écoconception** d'un objet technique est une conception qui prend en compte l'environnement dès le début du projet.

II Les impacts environnementaux et sociétaux

■ Les effets des objets sur l'environnement peuvent être de différents types : pollution visuelle (enseigne lumineuse) ; nuisance sonore (autoroute) ; rejet dans l'atmosphère de gaz (automobile) ou de chaleur (lampe) ; épuisement des ressources (lithium, charbon, pétrole) ; création de déchets (piles, téléphones…).

Exemple : Un téléphone portable est composé d'environ 63 % de matière plastique et de plus de 500 composants contenant des métaux et des terres rares. Des rapports de l'ONU dénoncent les dégâts humains et environnementaux causés par l'extraction minière de terres rares : déforestation, pollution, destruction des communautés locales…

■ Les impacts sociétaux sont également multiples. Malgré leur bon fonctionnement, des objets sont jugés « périmés » et rapidement remplacés, par **effet de mode**. L'utilisation à outrance de certains objets comme les objets connectés peut aller jusqu'à créer une **dépendance**…

SE TESTER QUIZ

Vérifie que tu as compris les points clés

1 L'évolution des objets

→ FICHE 4

1) Les objets évoluent pour :

☐ **a.** offrir de meilleures performances.

☐ **b.** être à la mode.

☐ **c.** être plus facile d'utilisation.

☐ **d.** être plus petits.

☐ **e.** être utilisables plus longtemps.

2) Classer les étapes de l'évolution des objets techniques de la plus ancienne à la plus récente :

a. mécanisé **b.** informatisé **c.** automatisé **d.** non mécanisé

....

2 Les objets et l'environnement

→ FICHE 5

1) Les objets impactent l'environnement en créant :

☐ **a.** du bruit.

☐ **b.** des acides.

☐ **c.** des déchets.

☐ **d.** des étincelles.

☐ **e.** des gaz à effet de serre.

☐ **f.** de la lumière.

☐ **g.** des éclaboussures.

☐ **h.** du désordre.

2) La prise en compte de l'environnement lors de la conception s'appelle :

☐ **a.** l'écoconception.

☐ **b.** l'écohabitation.

☐ **c.** l'écoparticipation.

3) Qu'est-ce qui permet de repérer les appareils économes en énergie ?

☐ **a.** L'étiquette colorée

☐ **b.** L'étiquette énergie

☐ **c.** Le bandeau énergie

OBJECTIF BREVET

Lance-toi dans un sujet !

3 Le premier ordinateur portable

15 min

→ FICHES 4 à 5

Doc L'Osborne 1

Le premier ordinateur portable est l'Osborne 1 de 1981. Il pèse 11 kg, a un écran cathodique de 5" de diagonale (c'est la taille d'écran de certains smartphones) et n'a pas de batterie.

Pourtant, en 1964, le chercheur George H. Heilmeier découvre que la couleur de cristaux liquides peut changer quand on leur applique un courant électrique.

En 1970, le laboratoire Hoffmann-La Roche améliore ce procédé et réussit pour la première fois à conserver la couleur des cristaux liquides après coupure du courant électrique. Les afficheurs LCD peuvent alors fonctionner sur batterie.

À partir de cette découverte, de nombreuses montres à afficheur digital sont produites dans les années 1970.

Il faudra une quinzaine d'années supplémentaire de recherche et de développement des processus de fabrication pour que l'industrie puisse produire un écran digne d'un ordinateur.

Ainsi, en 1985, Toshiba sort le T1100, un ordinateur portable de 4 kg environ, muni d'une batterie et avec un écran plat monochrome (affichage en noir et blanc).

1) Identifier deux découvertes qui ont permis d'avancer vers l'écran plat.

2) Identifier les différentes innovations présentes dans le texte.

DÉMARRONS ENSEMBLE

1) Repère dans le texte les découvertes scientifiques.

2) Demande-toi si l'objet technique existait et a réellement changé.

CORRIGÉS

SE TESTER QUIZ

1 L'évolution des objets

1) Réponses a., b. et c.

2) Réponses d., a., c., b.

2 Les objets et l'environnement

1) Réponses a., c., e. et f.

2) Réponse a.

3) Réponse b.

OBJECTIF BREVET

3 Le premier ordinateur portable

1) Les deux découvertes qui ont permis d'avancer vers l'écran plat sont :

– celle de Heilmeier qui a réussi à faire changer de couleur des cristaux liquides ;

– celle de Hoffman-La Roche qui a réussi à conserver la couleur des cristaux liquide après coupure du courant.

2) L'ordinateur existait avant 1981, donc l'Osborne 1 est une innovation.

La montre à écran digital est une innovation car la montre existait avant les années 1970. L'ordinateur portable T1100 qui utilise l'écran LCD et une batterie est également une innovation car l'ordinateur portable existait depuis l'Osborne 1.

CONSEIL

2) Une innovation est une amélioration de ce qui existait avant. Pour les différents objets techniques (ordinateur ou autre) que tu repères dans le texte, tu dois réfléchir à l'existence de ce type d'objet avant le modèle désigné.

6 Analyser le fonctionnement d'un objet

EN BREF ▸ *Les objets et systèmes sont formés de nombreux constituants dont le fonctionnement et les interactions peuvent être représentés par une chaîne d'énergie et une chaîne d'information.*

I Chaîne d'énergie

- Les objets et systèmes utilisent de l'énergie pour fonctionner. L'énergie circule dans l'objet en passant par différents composants de l'objet. Cette circulation d'énergie est représentée par une **chaîne d'énergie**.
- On peut découper cette chaîne en plusieurs blocs fonctionnels correspondant à des étapes. Les étapes peuvent être : alimenter, stocker, distribuer, convertir, transmettre.

MOT CLÉ
La **chaîne d'énergie** est l'ensemble des procédés qui permettent de réaliser une action.

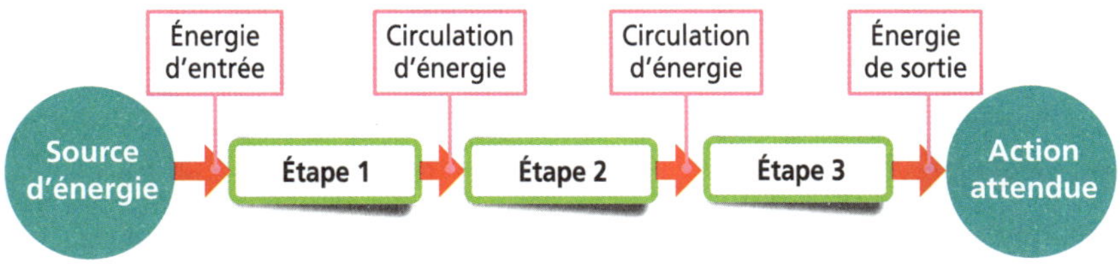

II Chaîne d'information

La chaîne d'information est la partie du système qui capte l'information et qui la traite. Elle est schématisée par des fonctions. La fonction **acquérir** consiste à créer une information à partir d'un événement. La fonction traiter gère les informations acquises afin qu'elles deviennent communicables.

MOT CLÉ
La fonction **acquérir** est assurée par un capteur.

Exemple : Une télécommande infrarouge détecte l'appui sur un bouton et communique l'information à la télévision grâce à une diode infrarouge.

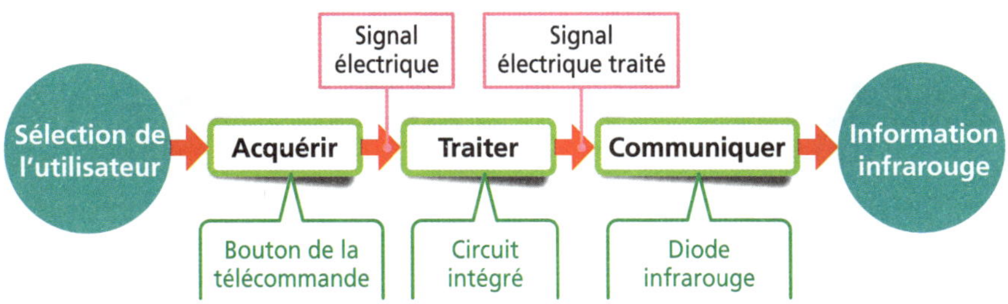

7 Modéliser ou simuler le fonctionnement d'un objet

EN BREF ▸ *Avant l'informatique, la conception d'objet passait par des essais coûteux. La modélisation et la simulation numérique permettent de reproduire virtuellement le fonctionnement d'un système.*

I Modéliser et simuler

- La modélisation est une représentation virtuelle ou mentale de la réalité. La modélisation n'est pas destinée à reproduire exactement la réalité, mais permet l'étude de la structure d'un système ou d'un objet.
- La simulation numérique, par des calculs mathématiques, permet de prévoir le comportement d'un système lors de son utilisation avant même qu'il ne soit construit.
- La simulation permet d'amplifier le comportement du système. Ainsi, les petites déformations, les faibles mouvements deviennent visibles.

À NOTER
Il y a toujours un **écart** entre la prédiction d'une simulation et le comportement réel du système.

II Représenter les résultats de simulation

- Certains résultats de simulation sont représentés visuellement sur le modèle de l'objet (les déformations).
- D'autres résultats ne permettent pas de visualisation directe. On les représente alors sous forme de graphiques.

Exemple : Simulation du passage d'un poids lourd sur un pont avec Bridge Designer 2016.

SE TESTER QUIZ

Vérifie que tu as compris les points clés

1 L'analyse du fonctionnement

→ FICHE 6

Parmi les fonctions suivantes, entoure en rouge celles qui correspondent à une chaîne d'énergie, en vert celles qui correspondent à une chaîne d'information.

a. traiter
b. convertir
c. simuler
d. stocker
e. acquérir
f. transmettre
g. distribuer
h. communiquer
i. alimenter
j. modéliser

2 Lamodélisation et la simulation

→ FICHE 7

1) La modélisation est une :

☐ **a.** représentation réelle.

☐ **b.** représentation virtuelle.

2) La simulation donne toujours des résultats collant parfaitement avec la réalité.

☐ **a.** Vrai ☐ **b.** Faux

OBJECTIF BREVET

Lance-toi dans un sujet !

3 Le *head tracking*, capture de mouvement de la tête

10 min

→ FICHES 6 et 7

Doc 1 Le TrackIR

Le TrackIR est un périphérique d'entrée se branchant à l'ordinateur par un port USB.

Ce système capte les mouvements de tête de l'utilisateur et les retranscrit dans les simulateurs ou jeux d'avions, de voitures, de trains... afin d'offrir une immersion totale.

L'utilisateur peut ainsi tourner ou incliner la tête, se relever ou se baisser, s'approcher ou s'éloigner de l'écran, son alter ego virtuel en fera de même dans son environnement – c'est le principe même du *motion capture*, mais en temps réel.

L'utilisateur fait désormais partie intégrante du jeu ou de la simulation.

Ceci est rendu possible grâce à un capteur CCD qui est placé face à l'utilisateur et filme des marqueurs au nombre de 3.

Doc 2 Schéma d'un TrackIR

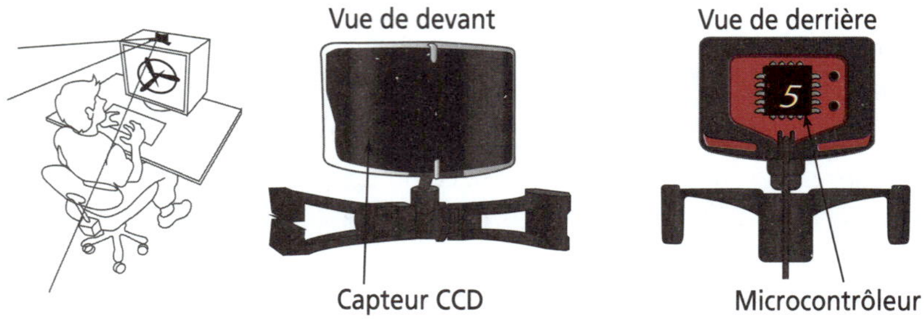

1 Complète la chaîne d'information du TrackIR.

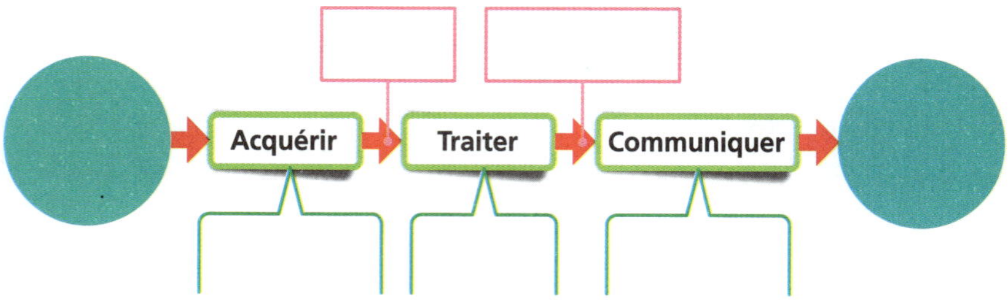

2 De quel type sont les informations acquises ?

DÉMARRONS ENSEMBLE

1 Identifie dans le document les trois éléments réalisant les trois fonctions puis détermine quelle information circule.

2 Connaître les différents types de signaux est impératif ici.

CORRIGÉS

SE TESTER QUIZ

1 L'analyse du fonctionnement

- Chaîne d'information : a., e., h.
- Chaîne d'énergie : b., d., f., g., i.

2 La modélisation et la simulation

1) Réponse b.

2) Réponse b.

OBJECTIF BREVET

3 Le *head tracking*, capture de mouvement de la tête

1) Le TrackIR cherche à acquérir la position de la tête de l'utilisateur. Il s'agit donc de l'entrée de la chaîne d'information. Il n'y a qu'un seul capteur, c'est donc lui qui réalisera la fonction acquérir. Le TrackIR étant relié à l'ordinateur par un câble USB, le signal créé sera communiqué via celui-ci. L'image montre un microcontrôleur, c'est lui qui traite le signal afin de le transmettre à l'ordinateur.

À NOTER

1) Souviens-toi qu'un capteur, un détecteur ou un codeur peut acquérir une information.

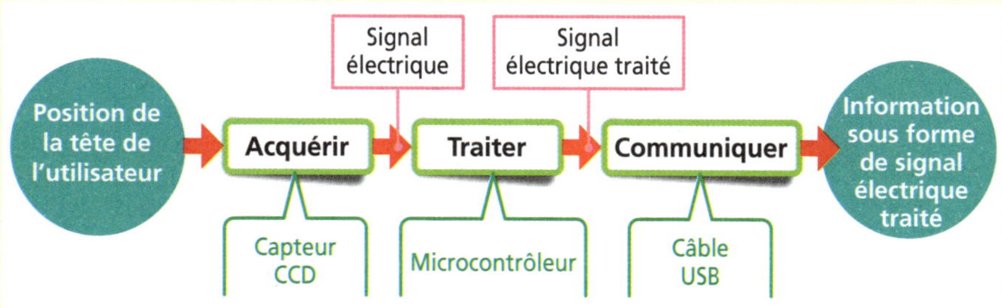

2) La position de la tête de l'utilisateur peut prendre une infinité de valeurs. Donc, l'information est de type analogique.

8 Comprendre le fonctionnement d'un réseau informatique

EN BREF ▸ *De nos jours, les objets sont de plus en plus informatisés et mis en réseau afin de communiquer entre eux.*

I Les principaux types de réseau

Un réseau informatique est un ensemble d'équipements (ordinateurs, téléphones...) reliés entre eux et capables d'échanger des informations. Certains réseaux dits locaux sont limités à un espace restreint (domicile, école, entreprise...), ils sont reliés à Internet par le biais d'un modem (ou box).

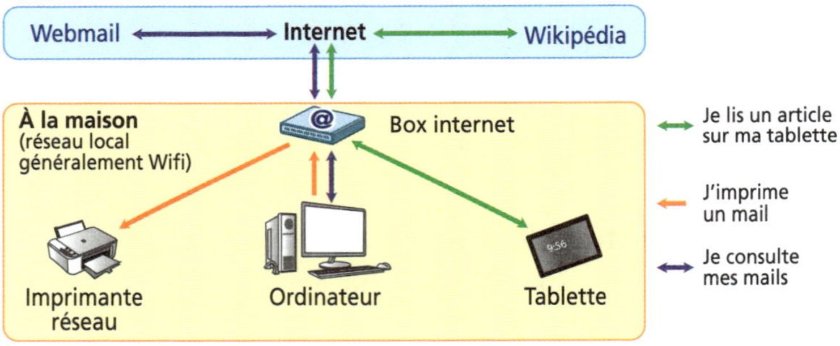

II La circulation des informations

Trois technologies permettent de faire circuler des informations : le fil de cuivre, la fibre optique, les ondes électromagnétiques.

Technologie	Fil de cuivre	WiFi	Bluetooth	4G	Infrarouge	Fibre optique
Portée de connexion	> 100 m	100 m	10 m	10 km	10 m	> 10 km
Débit max.	> 100 Mo/s	100 Mo/s	1 Mo/s	> 10 Mo/s	1 Mo/s	> 1 Go/s

III Les protocoles de communication

- Un ordinateur est connecté à Internet à l'aide d'un modem. Les informations circulent alors dans les mailles du réseau local puis du réseau mondial.
- Chaque objet d'un réseau a une adresse IP (Internet protocol) unique. Quand ils communiquent entre eux, les objets doivent respecter un protocole (TCP/IP) qui est un ensemble de règles de communication.

9 Écrire et exécuter un programme

EN BREF ▸ *Les objets étant informatisés, ils doivent être programmés afin de fonctionner et d'interagir de façon autonome dans leur environnement.*

I Les objets informatisés

- Les objets informatisés sont équipés de capteurs et détecteurs leur permettant d'obtenir des informations sur leur environnement.
- Le traitement des informations est fait par des programmes exécutables par un **microprocesseur**.
- Des actionneurs permettent enfin à l'objet d'agir sur son environnement.

MOT CLÉ
Le **microprocesseur** est le cerveau de l'ordinateur. Il exécute des programmes afin de traiter les informations que l'objet reçoit.

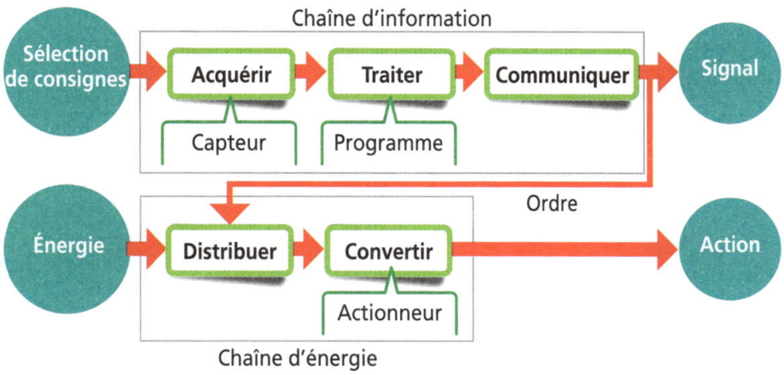

Doc **Représentation fonctionnelle d'un objet informatisé**

II Les programmes informatiques

- Un **programme informatique** est une suite ordonnée d'opérations destinées à être exécutées par un ordinateur afin de résoudre un problème donné. Il se présente sous la forme d'une suite de calculs numériques, d'opérations logiques, de boucles et de choix conditionnels…
- Un programme informatique **décompose** un problème complexe en une suite d'opérations simples. Quel que soit le langage employé, les instructions exécutent ces opérations en suivant l'ordre déterminé par un algorithme.
- La programmation se fait à l'aide de logiciels et dans des langages spécifiques. Elle peut prendre différentes formes : textuelle, sous forme de logigrammes ou de blocs.

SE TESTER QUIZ

Vérifie que tu as compris les points clés

1 Comprendre le fonctionnement d'un réseau informatique

→ FICHE 8

Chaque appareil d'un réseau dispose :

- ☐ **a.** d'une adresse IP.
- ☐ **b.** d'un numéro AX.

2 Écrire et exécuter un programme

→ FICHE 9

Un programme peut comprendre :

- ☐ **a.** des variables.
- ☐ **b.** des boucles.
- ☐ **c.** des molécules.
- ☐ **d.** des réseaux.
- ☐ **e.** des instructions conditionnelles.
- ☐ **f.** des tresses.

OBJECTIF BREVET

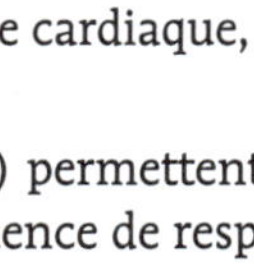

Lance-toi dans un sujet !

3 Le contrôle de la santé

10 min

→ FICHE 9

Un moniteur permet de contrôler le rythme cardiaque, le taux d'oxygénation et la fréquence respiratoire d'un patient.

Des électrodes ECG (électrocardiographie) permettent de contrôler la fréquence cardiaque et une sonde acoustique la fréquence de respiration du patient. Le taux d'oxygénation est mesuré à l'aide d'un oxymètre de pouls. La saturation en oxygène doit être supérieure à 95 %.

Le moniteur affiche en temps réel chacune de ces 3 données, et si le taux d'oxygène est trop faible ou qu'un capteur ne détecte rien, le moniteur émet un bip.

Afin de simplifier le travail des infirmières, les informations traitées par plusieurs moniteurs sont transmises à un terminal centralisé.

Doc **Monitoring**

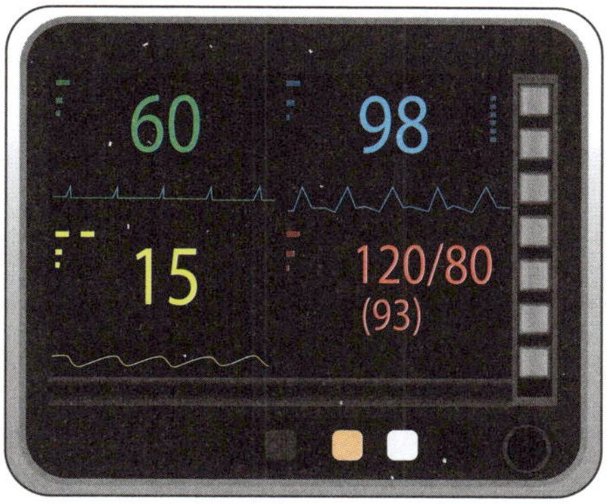

1) Identifier les capteurs et nommer les variables acquises par ceux-ci.

2) Compléter le programme simplifié du moniteur ci-dessous.

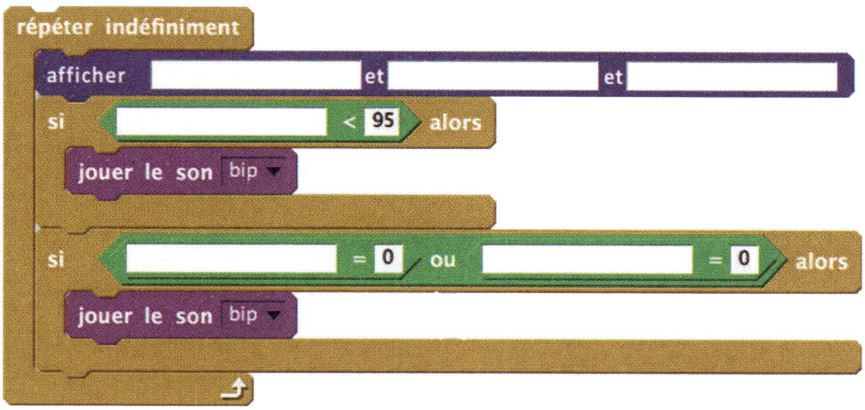

DÉMARRONS ENSEMBLE

1) Identifie les éléments qui acquièrent une information.

2) Cherche dans le texte les conditions attendues.

CORRIGÉS

SE TESTER QUIZ

1 Comprendre le fonctionnement d'un réseau informatique

Réponse a.

2 Écrire et exécuter un programme

Réponses a., b. et e.

OBJECTIF BREVET

3 Le contrôle de la santé

1) L'oxymètre de pouls est un capteur. La donnée obtenue par ce capteur peut être nommée *taux_oxygene*.
Les électrodes ECG sont des capteurs. La donnée obtenue par ces capteurs peut être nommée *frequence_coeur*.
La sonde acoustique est un capteur. La donnée obtenue par ce capteur peut être nommée *frequence_respiration*.

2) Le moniteur doit afficher en permanence les trois variables nommées à la question **1.** Si taux_oxygene < 95 alors un bip se déclenche (cela couvre le cas où le capteur d'oxygène ne détecte rien). Si un des autres capteurs ne détecte rien, alors la variable correspondante est nulle et un bip se déclenche.

> **À NOTER**
> **2)** Le programme est une traduction du fonctionnement du moniteur.
> Les instructions conditionnelles « si » font des tests sur des variables.

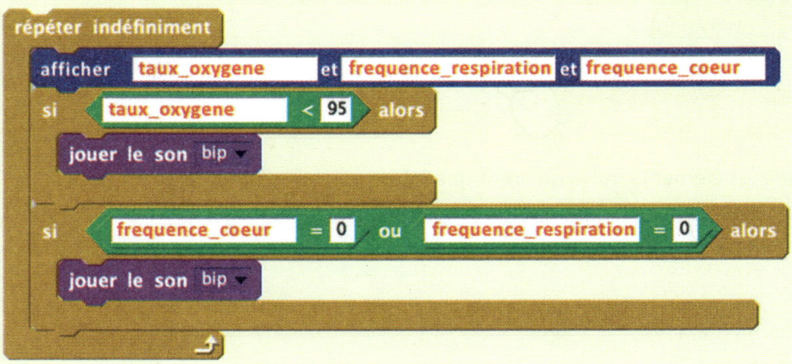

ANGLAIS

TOUT LE PROGRAMME

- L'oral et l'écrit en 14 fiches
- Exercices et sujets corrigés

SOMMAIRE

Mode d'emploi des ressources audio

Pour télécharger les ressources audio signalées dans l'ouvrage par ce pictogramme :

1. rends-toi sur le site www.editions-hatier.fr ;

2. tape « Prépabrevet Tout le brevet 3e » ;

3. dans la fiche article qui s'ouvre, clique sur « Ressources gratuites ».

L'oral

L'écrit

4. Lire

5. Écrire et réagir à l'écrit

1 Écouter et comprendre : conseils

EN BREF ▸ *Au niveau A2, tu es capable de comprendre un vocabulaire usuel ayant trait à ta vie quotidienne, ta famille ou toi-même. Au niveau B1, tu peux comprendre une information concrète sur un sujet simple ou familier et énoncée par un locuteur ayant une élocution limpide.*

I Ce qu'on attend de toi

1 Au niveau A2

Tu es capable de comprendre :
- des consignes simples ;
- des instructions succinctes pour te rendre d'un point à un autre ;
- les réponses que l'on apporte à tes questions (besoins concrets) ;
- une annonce publicitaire ;
- les informations qu'une personne donne sur elle-même (travail, famille, conditions de vie, environnement, etc.) ;
- de quoi discutent deux anglophones qui parlent lentement.

2 Au niveau B1

Tu peux comprendre :
- l'exposé de faits dans un domaine familier – vie quotidienne, école, loisirs –, en distinguant idée générale et points de détail ;
- un court récit ;
- un bulletin d'information si le débit est assez lent ;
- une conversation entre anglophones sur des sujets familiers (prononciation standard).

À NOTER
On pourra te demander de repérer des informations (**grille à remplir** ou **cases à cocher**), mais aussi de faire un **compte rendu** de ce que tu as compris, éventuellement en français.

II Comment te préparer ?

1 Écoute parler des anglophones

Écoute les CD qui accompagnent ton manuel, des émissions de radio, des podcasts sur Internet ou regarde des DVD en anglais **sous-titrés en anglais**. Tu augmenteras ainsi ton bagage lexical et tu développeras des stratégies pour mieux comprendre.

2 Apprends à reconnaître les mots clés

- Ne te laisse pas déstabiliser si tu ne comprends pas tout : c'est normal. Concentre-toi sur les **mots clés**, ceux qui sont porteurs de sens. Efforce-toi de repérer l'intention du locuteur.
- Connaître le **vocabulaire de base** est essentiel pour suivre les conversations de la vie courante. Assure-toi que tu le maîtrises.
- Beaucoup de mots sont **transparents** à l'écrit. Mais non à l'oral.

Exemples : the cinema (le cinéma) ; *the theatre* (le théâtre). Tu dois donc mémoriser leur prononciation.

3 Repère les formes grammaticales au fil du document

- Certaines formes grammaticales (auxiliaires, déterminants...) sont à peine prononcées à l'oral et sont donc peu perceptibles. Appuie-toi sur le contexte pour anticiper la présence de ces **petits mots**, indispensables à la compréhension de l'idée générale.
- Une phrase comporte généralement un **verbe conjugué**. Cherche si ce verbe fonctionne avec un auxiliaire. Entends-tu : *'ll* (*will* contracté) ? *'s* (*is* ou *has* contracté) ? Compare :
  - **I watch TV when I'm on holiday.**
    Je regarde la télé quand je suis en vacances.
  - **I'll watch TV when I'm on holiday.**
    Je regarderai la télé quand je serai en vacances.
- Fais particulièrement attention à la présence ou non de la **négation** : quand *not* est contracté, il peut être presque imperceptible, et pourtant, sa présence change tout ! Compare :
  - **J.K. Rowling is a great author.**
  - **J.K. Rowling isn't a great author.**

2 Comprendre une conversation simple

I La démarche

1 S'appuyer sur le contexte sonore

Pose-toi les questions suivantes : quelle est la source du document (émission de radio, film...) ? Quelle est sa nature (dialogue, interview...) ? Combien de personnes parlent ? Sur quel ton (familier ou distant, fâché ou joyeux...) ? Où se passe la scène ?

2 Repérer les mots clés et les formes grammaticales

Essaie de percevoir les éléments porteurs de sens, c'est-à-dire les mots clés mais aussi : auxiliaires, temps des verbes, marques du pluriel, *-s* du présent à la 3e personne du singulier, négation, formes contractées...

II L'exemple commenté

« My cousin » : écoute ce document audio (voir mode d'emploi p. 504).

1 S'appuyer sur le contexte sonore

- Le titre donné dans la consigne te permet d'anticiper qu'il sera question d'un cousin ou d'une cousine. Tu t'attendras à entendre /'kʌzn/.
- Tu entends deux voix donc deux personnes. Le ton est informel. Il s'agit d'une conversation familière.

2 Repérer les mots clés et les formes grammaticales

- Il est question d'une tierce personne, le cousin ou la cousine d'un des interlocuteurs. Pour savoir si c'est un homme ou une femme, repère les pronoms qui s'y rapportent : pronoms complément *him* et sujet *he*.
- Tu reconnais des mots du vocabulaire de base : transports *(airport, arrive, plane)*, portrait *(brown eyes, red hair, how old)*, lien familial *(cousin, mother)*...
- Dans l'avant-dernière réplique, tu as noté *plenty in common, get on well*. Le repérage des prépositions ou particules est essentiel à la compréhension : *get* a beaucoup de sens différents, mais *get on* veut dire « bien s'entendre » ; *common* peut signifier « banal », mais *in common* veut dire « en commun ».
- Dans les deux premières répliques, les verbes ont la terminaison *-ed* du prétérit (*fetched* /t/, *arrived* /d/) et tu entends *was* (*be* au prétérit). Associés à *yesterday* et aux mots clés listés, tu déduis que l'on parle d'un fait qui s'est produit hier.

3 Comprendre un long message oral

I La démarche

1 Anticiper

Les informations écrites qui te sont communiquées (consigne, titre…) te donnent des indications sur le thème du document et, donc, sur le vocabulaire que tu es susceptible d'entendre.

2 Repérer les mots clés et les formes grammaticales

Les mots clés sont souvent ceux qui se détachent du cours de la phrase parce qu'ils sont plus accentués. Ils sont *a priori* en rapport avec un thème étudié en classe. Sois également attentif aux formes grammaticales.

3 Respecter le sens global

Il t'arrivera de croire reconnaître un mot qui ne fait pas sens dans le contexte. Demande-toi alors ce qui devrait être dit à ce moment précis du discours.

II L'exemple commenté

« Back from Scotland » : écoute ce document audio (voir mode d'emploi p. 504).

1 Anticiper

Le titre t'indique qu'il va être question d'un voyage en Écosse. Tu peux t'attendre à entendre des termes géographiques.

2 Repérer les mots clés et les formes grammaticales

- En particulier : des noms relatifs au pays visité *(Edinburgh, history, capital…)*, des mots liés au voyage et au paysage *(valley, plateau, adventure, isolated)*, des adjectifs positifs *(fantastic, interesting, memorable)*.
- Tu noteras une occurrence de reprise de l'auxiliaire *(I did = I visited…)* se référant à la phrase qui précède *(You may wonder if I visited…)*.

3 Respecter le sens global

- Un mot clé que tu ignores peut-être est backpacking. À sa première apparition, il est associé à *trip* : tu feras l'hypothèse que c'est une façon de voyager. Plus loin, le voyageur en fournit une définition (*carry all the basics with me* – et si tu ignores *basics*, le mot est défini à la suite : *my sleeping bag, my tent, food*). *Backpacking* signifie donc… « voyager avec un sac à dos ».
- Procède de même pour *underground* et *haunted* (fin du document).

SE TESTER QUIZ

Vérifie que tu as compris les points clés

1 Repérer les mots clés pour saisir l'essentiel

→ FICHES 1 à 3

Écoute le document audio (voir mode d'emploi p. 504). Puis lis les phrases que tu dois compléter avant de l'écouter une deuxième fois.

1 This document is...
☐ **a.** a conversation. ☐ **b.** an extract from a film. ☐ **c.** an interview.

2 They are talking about...
☐ **a.** books. ☐ **b.** films. ☐ **c.** magazines.

3 When he was young, Greg preferred...
☐ **a.** Albus Dumbledore. ☐ **b.** Harry Potter. ☐ **c.** Lord Voldemort.

4 He liked this character because he found him/her...
☐ **a.** courageous. ☐ **b.** creative. ☐ **c.** heroic.

5 Now, he prefers...
☐ **a.** Albus Dumbledore. ☐ **b.** Harry Potter. ☐ **c.** Ron Weasley.

6 This character makes him think of...
☐ **a.** Merlin. ☐ **b.** Frodo. ☐ **c.** Gandalf.

7 Hannah prefers...
☐ **a.** Albus Dumbledore. ☐ **b.** Harry Potter. ☐ **c.** Hermione Granger.

8 She likes this character because she finds him/her...
☐ **a.** pretty. ☐ **b.** interesting. ☐ **c.** intelligent.

OBJECTIF BREVET

Lance-toi dans un sujet !

2 Comprendre un anglophone ayant une prononciation standard

→ FICHES 1 à 3

Écoute le document audio (voir mode d'emploi p. 504). Lis ensuite les phrases que tu dois compléter avant de l'écouter une deuxième fois.

1 The town is...

☐ **a.** New York. ☐ **b.** London. ☐ **c.** Edinburgh.

2 The person who is speaking is...

☐ **a.** Australian. ☐ **b.** a banker. ☐ **c.** a guide.

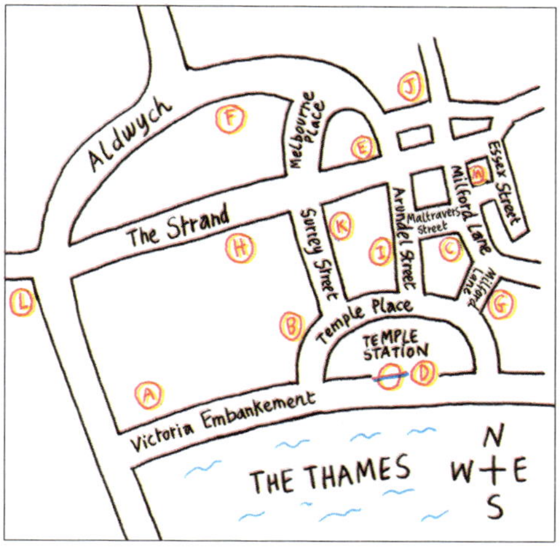

3| The Tour will be about...
☐ **a.** Jack the Ripper.
☐ **b.** Harry Potter. ☐ **c.** Australia.
☐ **d.** Shakespeare.

4| This character was born on...
☐ **a.** the 13th of July. ☐ **b.** the 30th of July. ☐ **c.** the 31st of July.

5| The weather that day is...
☐ **a.** probably sunny.
☐ **b.** probably rainy.

6| The number of books sold is...
☐ **a.** 4 million. ☐ **b.** 40 million.
☐ **c.** 400 million. ☐ **d.** 4,000 million.

7| The departure point is... ☐ **a.** H.
☐ **b.** K. ☐ **c.** A. ☐ **d.** D.

8| From this point, describe the route taken, giving the letters you have to go past.

9| The arrival is... ☐ **a.** E. ☐ **b.** J. ☐ **c.** L. ☐ **d.** M.

10| This point corresponds to... *(2 answers)*
☐ **a.** Australia House. ☐ **b.** Westminster Abbey. ☐ **c.** Madame Tussaud's.
☐ **d.** The film location of Hogswarts. ☐ **e.** The film location of Gringotts Bank.

11| The people on the Tour...
☐ **a.** are going to see this point. ☐ **b.** aren't going to see this point.

CORRIGÉS

SE TESTER QUIZ

1 Repérer les mots clés pour saisir l'essentiel

1| a. a conversation. • **2|** b. films. • **3|** b. Harry Potter. • **4|** a. courageous. c. heroic. • **5|** a. Albus Dumbledore. • **6|** a. Merlin c. Gandalf. • **7|** c. Hermione. Granger. • **8|** b. interesting. c. intelligent.

OBJECTIF BREVET

2 Comprendre un anglophone ayant une prononciation standard

1| b. London (1 pt) • **2|** c. a guide (2 pts) • **3|** b. Harry Potter (1 pt) • **4|** c. the 31st of July (2 pts) • **5|** b. probably rainy (1 pt) • **6|** c. 400 million (2 pts) • **7|** d. D (2 pts) • **8|** G, C, M (3 pts) • **9|** a. E (2 pts) • **10|** a. Australia House. g. The film location of Gringotts Bank (2 pts) • **11|** a. are going to see this point (2 pts).
Résultat : .../20

4 Réagir et dialoguer : conseils

EN BREF ▸ *Au niveau A2, tu es capable de communiquer dans des situations simples de la vie courante et d'échanger sur des sujets familiers. Au niveau B1, tu peux donner ton avis ou apporter quelques informations sur un sujet abstrait ou culturel.*

I Ce qu'on attend de toi

1 Au niveau A2

- Tu es capable de poser des questions comme d'y répondre dans des situations de la vie courante comme :
– te déplacer en transports en commun, chercher ton chemin en ville ;
– effectuer des achats dans un magasin, un bureau de poste ;
– commander un repas ;
– convenir du programme de la soirée, du week-end.

- Tu peux entretenir une brève conversation avec un anglophone, soit :
– utiliser les formules de politesse (dire bonjour et au revoir, demander à ton interlocuteur comment il va et préciser comment tu vas, remercier) ;
– prier ton interlocuteur de répéter ;
– faire ou accepter une offre, une invitation, des excuses ;
– donner ton avis sur des questions simples (dire ce que tu aimes ou n'aimes pas, exprimer ton accord ou ton désaccord).

2 Au niveau B1

- Tu prends part à une conversation qui concerne aussi la vie quotidienne, mais plus riche quant aux sujets abordés (éléments concrets et abstraits).

- Tu donnes ton opinion (sur un livre, un film) ou commentes celle de ton interlocuteur. Tu exprimes des sentiments tels que la joie, la tristesse, la surprise, la colère…

- Au cours d'un voyage, tu sais te débrouiller dans la plupart des situations et faire face aux événements courants.

II Comment te préparer ?

1 Fais des fiches

■ Regroupe un maximum d'expressions utiles à la conversation courante et classe-les par thème :
- employer les formules de politesse (saluer, remercier, s'excuser...) ;
- parler du temps qu'il fait ;
- exprimer son accord et son désaccord ;
- parler de ses goûts ;
- faire une offre, inviter ;
- parler de la santé ;
- dire qu'on ne comprend pas ;
- exprimer la colère, la peur...

La variété des expressions que tu utiliseras valorisera ton expression orale.

■ N'oublie pas de lister les expressions qui te servent à demander à ton interlocuteur de répéter, de reformuler, de parler plus lentement ou de fournir des éclaircissements. Elles te seront fort utiles.

VOCABULARY

- ***Can you repeat (that), please?*** ou ***Could you say that again, please?***
Pouvez-vous répéter, s'il vous plaît ?
- ***I don't understand your question, could you rephrase it?***
Je ne comprends pas votre question, pouvez-vous la reformuler ?
- ***I beg your pardon?***
Je vous demande pardon ?

2 Applique les règles de la conversation

■ Quand tu poses une question, n'oublie pas l'auxiliaire. Pense également à utiliser les schémas intonatifs qui conviennent :
- question en *wh-* : intonation descendante

▸ Where do you live? ↘ Où habites-tu ?

- question commençant par un auxiliaire : intonation montante

▸ Shall we go to the cinema tonight? ↗ On va au cinéma ce soir ?

■ Au lieu de répondre aux questions par un mot, essaie de construire une phrase complète. Le temps utilisé dans la question t'indique le temps à utiliser dans ta réponse.

"How long have you practiced karate?
– I've practiced karate since 2010."
« Ça fait combien de temps que tu fais du karaté ?
– Je fais du karaté depuis 2010. »

5 Prendre part à une conversation simple

I La démarche

1 Préparer sa prise de parole

- L'objet de la conversation t'est donné par la situation. Aussi, avant te lancer, prépare mentalement ce que tu vas dire. Efforce-toi de penser directement en anglais, tu feras moins d'erreurs.
- Il te faudra parfois épeler ton nom ou un mot (réservation, inscription...).
- Regarde la personne en face de toi : son attitude, ses gestes, ses mimiques te fournissent des indices sur ce qu'elle dit.

2 Écouter en utilisant les indices à sa disposition

Connaître l'objet de la conversation t'aide à en identifier les mots clés, à comprendre les phrases prévisibles de ton interlocuteur. Et donc à lui répondre correctement.

3 Faire des phrases simples en soignant son accent

- Utilise des phrases courtes. Soigne ton accent et veille à bien prononcer les formules de politesse.
- Fais attention au registre de langue : ce que l'on entend dans certaines chansons anglaises peut être très choquant dans une conversation courante avec un anglophone !

4 Adopter l'intonation anglaise

L'intonation est très marquée en anglais. Les anglophones n'hésitent pas à aller dans les graves ou les aigus. Ne crains pas d'être ridicule en reproduisant les intonations que tu entends dans les films en V.O. ou à la radio.

II L'exemple commenté

Tu t'appelles Antoine Martin et tu dois réserver une chambre pour la nuit du 12 au 13 avril au Temple Bar Hotel.

Préparer sa prise de parole

Note les informations qu'il te faudra donner (*booking date:* la date de réservation) ainsi que le vocabulaire utile (*to book:* réserver, *single room:* chambre pour une personne seule, etc.). Anticipe les questions que la réceptionniste risque de te poser (*How many nights? When do you want to come?*, etc.).

Écoute l'exemple de conversation (voir mode d'emploi p. 504).
As-tu reconnu les questions et les mots clés que tu avais anticipés ?

6 Exprimer ses sentiments et réagir à des sentiments exprimés

I La démarche

1 Mobiliser le vocabulaire des sentiments

- La colère (*anger*) : *furious* (furieux), *it gets on my nerves* (ça m'énerve).
- La déception (*disappointment*) : *it's such a pity* (quel dommage).
- Le regret (*regret*) : *I apologise for* V +*ing* (je m'excuse de).
- L'inquiétude, la peur (*fear*) : *apprehensive/worried about* (inquiet), *it gives me the creeps* (ça me donne la chair de poule).

2 Réagir aux sentiments exprimés

- Tu peux exprimer ton accord ou ton désaccord : *I agree with...* (Je suis d'accord avec), *I disagree about...* (Je ne suis pas d'accord au sujet de), *I disapprove of...* (Je désapprouve), *I grant you that...* (Je t'accorde que).
- Tu peux montrer de l'empathie (*I'm so sorry for...* je suis désolé) ou de l'indifférence (*it doesn't matter,* ça n'a pas d'importance ; *I don't care,* ça m'est égal).
- N'oublie pas de recourir aux tags et aux variations d'intonation :
  "We visited Calcutta last year.
  – Did you?" ↗ (intérêt) – Did you?" ↘ (scepticisme)

VOCABULARY

- ***Wow!*** (admiration)
- ***What a shame!*** (désapprobation)
- ***Oh my God!*** (stupéfaction)
- ***What a relief! / Thank God!*** (soulagement)
- ***Are you kidding/joking?*** (incrédulité)

II L'exemple commenté

Tu assistes à une discussion sur le film The Shining. *Comment y prends-tu part ?*

1 Mobiliser le vocabulaire des sentiments

Il s'agit d'un thriller, donc attends-toi à entendre des expressions liées à la peur ou à d'autres réactions fortes.

2 Réagir aux sentiments exprimés

L'autre personne va sans doute dire si elle a vu ou non ce film, et si elle aime ou non ce genre de film.

Écoute l'exemple de conversation (voir mode d'emploi p. 504).

SE TESTER QUIZ

Vérifie que tu as compris les points clés

Que peux-tu répliquer a ton interlocuteur ? Coche la réponse appropriée.

1 Utiliser les expressions de la conversation courante

→ FICHES 4 à 6

1) Thank you ever so much!

- ☐ **a.** Don't mention it.
- ☐ **b.** God bless you!
- ☐ **c.** Goodbye.
- ☐ **d.** You're welcome.

2) I'm off now!

- ☐ **a.** Good night.
- ☐ **b.** Ok, see you later.
- ☐ **c.** Hello!
- ☐ **d.** How do you do?

3) Let me introduce you to Tom.

- ☐ **a.** Enchanted.
- ☐ **b.** Pleased to meet you.
- ☐ **c.** Happy to meet him.
- ☐ **d.** Not now, please.

4) How are you?

- ☐ **a.** I'm fine.
- ☐ **b.** Blonde, with blue eyes.
- ☐ **c.** So-so.
- ☐ **d.** Not so much.

2 Réagir en exprimant son sentiment

→ FICHES 4 à 6

1) – I would love to visit the USA!

(intérêt)

☐ **a.** Oh, would you? ☐ **b.** Me, never! ☐ **c.** What a pity!

2) – She has run the marathon in New York.

(incrédulité)

☐ **a.** Oh, did she. ☐ **b.** Oh, did she? ☐ **c.** Indeed…

3) – She practices bungee-jumping.

(admiration)

☐ **a.** Of course! ☐ **b.** I would never do that. ☐ **c.** Wow, how impressive!

4) – I love the way Britney Spears sings!

(approbation)

☐ **a.** I don't. ☐ **b.** I couldn't agree more! ☐ **c.** What a shame!

OBJECTIF BREVET

Lance-toi dans un sujet !

3 Participer à une conversation courante

→ FICHES 4 à 6

Voici une série de neuf questions personnelles qui te sont adressées.

Réponds-y, à l'oral, par une phrase complète.

1) What's your first name?
2) What's your family name?
3) Where do you live?
4) How long have you lived there?
5) Where is it located?
6) What sport do you do?
7) How long have you done it?
8) Do you like swimming?
9) How old are you?

CORRIGÉS

SE TESTER QUIZ

1 Utiliser les expressions de la conversation courante

1) a. Don't mention it. d. You're welcome. • 2) a. Good night. b. Ok, see you later. • 3) b. Pleased to meet you. • 4) a. I'm fine c. So-so.

2 Réagir en exprimant son sentiment

1) a. • 2) a et c. • 3) c. • 4) b.

OBJECTIF BREVET

3 Participer à une conversation courante

1) My (first) name is (+ *prénom*). • 2) My (family) name is (+ *nom de famille*). • 3) I live in (+ *nom de la ville où tu habites*). • 4) I've lived there for (+ *nombre d'années que tu habites là*) / since I was born (*si tu y vis depuis ta naissance*). • 5) It is located in France (*ou le nom du pays où tu vis*). • 6) I do / play (+ *nom du sport que tu pratiques*). • 7) I've done it for (+ *nombre d'années*) / since (+ *année où tu as commencé*). 8) Yes, I do. / No, I don't. 9) I'm (+ *nombre correspondant à ton âge*).

Tu compteras 1 point si tu as donné l'information pertinente (en français, entre parenthèses), 2 points si tu l'as formulée sous la forme d'une phrase complète.

Résultat : .../18

Écoute le corrigé audio (voir mode d'emploi p. 504).

7 Parler en continu : conseils

EN BREF ▸ *Au niveau A2, tu es capable de décrire en termes simples une personne, tes conditions de vie, tes activités. Au niveau B1, tu peux raconter un événement, un film et donner ton opinion en argumentant.*

I Ce qu'on attend de toi

1 Au niveau A2

Tu peux :
- raconter une histoire ;
- décrire des personnes, des lieux ;
- rapporter une expérience ou une scène dont tu as été le témoin ;
- exprimer tes goûts ;
- parler de tes projets et de tes habitudes ;
- faire un bref exposé.

2 Au niveau B1

Ton exposé est plus complexe. Tu sais également :
- parler de tes rêves, de tes objectifs ;
- expliquer les raisons de tes choix, de tes opinions ;
- formuler des hypothèses ;
- résumer l'intrigue d'un livre ou d'un film (à partir de quelques notes) ;
- parler de façon intelligible et répondre aux questions que l'on te pose.

II Comment te préparer ?

1 Munis-toi d'un bagage lexical

■ Sois curieux et demandes-toi si tu sais nommer en anglais les objets qui t'entourent. Si tu joues d'un instrument, sais-tu dire « partition » ? Si tu fais du foot, sais-tu dire « marquer un but » ?

■ Apprends des expressions qui te serviront à présenter et décrire les documents, notamment iconographiques.

VOCABULARY
- ***in the foreground / in the background:*** au premier plan / à l'arrière-plan
- ***at the top / at the bottom:*** en haut / en bas
- ***on the right / on the left:*** à droite / à gauche
- ***there is / there are / we can see:*** il y a

2 Maîtrise les temps et leur emploi

- Pour parler de tes habitudes, décrire des objets ou raconter un film, utilise le présent simple, ainsi que le *present perfect*.

  At that moment, the main character realises that his wife has disappeared.

  À ce moment-là, le personnage principal s'aperçoit que sa femme a disparu.

- Pour raconter une histoire ou un événement qui a déjà eu lieu, ou parler de ton expérience, utilise le prétérit (temps du récit).

  I was walking in the street when suddenly I heard tyres squealing.

  J'étais en train de marcher dans la rue quand soudain j'ai entendu un crissement de pneus.

- Pour parler de tes projets, utilise le futur (*I will* : certitude) et le conditionnel (*I'd like to* : souhait).

  ◗ In the future, I'd like to be an astronaut.

  Plus tard, j'aimerais être astronaute. (-ais : conditionnel)

  ◗ When I have the baccalaureate, I will study law at university.

  Quand j'aurai mon bac, j'étudierai le droit à l'université. (-ai : futur)

3 Mémorise des mots de liaison

Ces mots te serviront à enchaîner les idées.

VOCABULARY

- ***because:*** parce que
- ***because of:*** à cause de (+ nom)
- ***thanks to:*** grâce à
- ***due to /owing to:*** dû à/ en raison de
- ***since:*** puisque
- ***that's why:*** c'est la raison pour laquelle
- ***for:*** car
- ***as:*** comme
- ***moreover:*** de plus
- ***however:*** cependant
- ***to begin with:*** pour commencer
- ***to conclude:*** pour conclure
- ***even if:*** même si
- ***therefore:*** par conséquent

4 Exerce-toi

Fais des exposés en classe, parle tout haut dans ta chambre ou dialogue avec des amis sur un sujet ou un autre : ton sport préféré, ton chanteur préféré… En anglais, que saurais-tu dire sur tous ces sujets ? S'il te manque un mot, cherche-le dans un dictionnaire.

8 Présenter et décrire un document à l'oral

I La démarche

1 Préparer son exposé

Dans le cas d'un document iconographique, analyse sa composition et fais des hypothèses sur ce qui a pu se produire avant ou après la scène représentée. Rassemble le vocabulaire utile. Prépare bien tes premières phrases.

2 Soigner sa prise de parole

- Parle distinctement, en regardant ton auditoire. Fais attention à la façon dont tu prononces les sons voyelles longs ou courts et à l'intonation descendante des phrases affirmatives. Corrige-toi quand tu fais une faute.
- Si un mot te fait défaut, essaie de trouver un synonyme ou une tournure équivalente. Si tu as préparé des notes, évite de les lire.

II L'exemple commenté

1 Préparer son exposé

- Tu pourrais commencer ainsi : *This document is a film poster advertising the release of a science fiction film entitled* Rise of the Planet of the Apes.
- Analyse les trois visages (disposition, émotion exprimée). Que se passe-t-il en bas de l'image ? Quelles couleurs sont utilisées, avec quel effet ?
- Parle du film si tu le connais (présent pour ta description, prétérit pour dire quand tu es allé(e) le voir et ce que tu as ressenti).

2 Soigner sa prise de parole

- Les mots qui te seront utiles ne sont pas difficiles à retrouver : *human, science* \aɪ\ *fiction, a genre, a helicopter, war* (guerre), les verbes irréguliers *fly* et *fight*.
- Pour dire « singe », tu peux utiliser *monkey*, mais le document te propose un autre mot : *ape*.
- Les *i* ou *y* de *science, fly, fight*, se prononcent \aɪ\. Accentue la syllabe qui porte l'accent tonique : *ˈhuman, ˈhelicopter* (avec des *h* aspirés).

Écoute l'exemple d'exposé oral (voir mode d'emploi p. 504).

9 Raconter et exprimer son opinion

I La démarche

1 Organiser son propos

- Pour faire un récit, utilise le prétérit. Sauf dans le cas d'un film, où l'emploi du présent se justifie.
- Rapporte les événements selon l'ordre chronologique. Veille à organiser tes idées en les regroupant par thèmes ou en les articulant logiquement.
- Dans tous les cas, utilise des connecteurs : *first... then/next* (d'abord... ensuite), *that's why* (c'est la raison pour laquelle).

2 Formuler des arguments

- Au niveau B1, ne te contente pas de dire si tu as aimé ou pas : argumente et justifie ton point de vue.
- Au brouillon, liste les arguments en deux colonnes (avantages/inconvénients, etc.). Dis ce que tu penses et pourquoi, expose des arguments qui s'opposent ou se complètent, nuance ton propos. Emploie : *on the one hand... on the other hand* (d'un côté..., de l'autre), etc.

3 Varier le vocabulaire

Ne qualifie pas tout de *good* ou de *bad*. À la place de *good* emploie *gorgeous, fantastic, awesome, unforgettable* ; à la place de *bad* : *awful, poor, boring, dull*.

II L'exemple commenté

Présente le film Rise of the Planet of the Apes *et dis ce que tu en penses.*

1 Organiser son propos

Commence par des éléments formels (date, genre...), cite les personnages principaux en les caractérisant rapidement. Ensuite résume le scénario, au présent. Et pour finir, donne ton opinion.

2 Formuler des arguments

Les points forts de ce film sont les effets spéciaux *(special effects)*, l'évolution psychologique du personnage principal *(main character)* et le scénario *(script)*. Néanmoins, on peut juger qu'il n'est pas réaliste *(unrealistic)*.

3 Varier le vocabulaire

Choisis des qualificatifs précis : *I liked the special effects, which I found awesome. Moreover, the script is really fascinating...*

Écoute l'exemple d'exposé oral (voir mode d'emploi p. 504).

SE TESTER QUIZ

Vérifie que tu as compris les points clés

1 Adopter l'intonation anglaise

→ FICHES 7 à 9

Écoute ces phrases (voir mode d'emploi p. 504).
Coche l'intonation que tu entends, vérifie ta réponse, puis répète.

1) Kurt Cobain was a singer. ☐ ↗ ☐ ↘

2) Did he sing in a band? ☐ ↗ ☐ ↘

3) Yes, he did. ☐ ↗ ☐ ↘

4) What was his band's name? ☐ ↗ ☐ ↘

5) It was called Nirvana. ☐ ↗ ☐ ↘

OBJECTIF BREVET

Lance-toi dans un sujet !

2 Présenter une personne à travers sa biographie

→ FICHES 7 à 9

Examine ces éléments de biographie, puis présente la personne en question. Conclus en disant que tu n'aimes pas trop les histoires policières car tu n'as pas l'habitude d'en lire : tu leur préfères les mangas.

Agatha Christie

1890, Torquay, England

1914 – 1918

Archibald Christie
1914

Rosalind
1919

1922

Max Mallowan
1928

Oxfordshire
1930

1934

1976

CORRIGÉS

SE TESTER QUIZ

1 Adopter l'intonation anglaise

1. Kurt Cobain was a singer. ↘
2. Did he sing in a band? ↗
3. Yes, he did. ↘
4. What was his band's name? ↘
5. It was called Nirvana. ↘

OBJECTIF BREVET

2 Présenter une personne à travers sa biographie

This is Agatha Christie (1 pt). She was born in 1890 in Torquay (2 pts). She was English / British (1 pt). Between 1914 and 1918, she was a nurse. / She became a nurse in 1914, until 1918 (2 pts). In 1914, she married Archibald Christie (2 pts). In 1919, she had a baby / daughter, (called/named) Rosalind (2 pts). In 1922, / three years later, she wrote The Man in the Brown Suit (2 pts). She got divorced (from Archibald) in 1928 / The couple divorced in 1928 (2 pts) but she remarried / married again in 1930 to Max Mallowan (2 pts). In 1934, she published Murder on the Orient Express (2 pts). She died in Oxfordshire in 1976 (2 pts). I don't like detective stories very much (2 pts), I am not really used to reading them and (anyway), I prefer manga (3 pts).

Résultat : .../25

Écoute le corrigé audio (voir mode d'emploi p. 504).

10 Lire : conseils

EN BREF ▸ *Au niveau A2, tu es capable de lire des textes courts très simples et d'y prélever une information ponctuelle. Au niveau B1, tu peux lire des textes simples (rapportant des faits, des sentiments, des souhaits...) et en identifier les principaux arguments.*

I Ce qu'on attend de toi

1 Au niveau A2

Tu peux :

- comprendre des textes courts rédigés en phrases brèves et utilisant la langue de tous les jours ;
- lire une lettre et saisir si la personne qui écrit demande un renseignement, confirme une information ou une opinion ;
- repérer une information dans un menu, un panneau, un prospectus, un mode d'emploi ou une publicité ;
- sélectionner ce que tu cherches dans les pages jaunes ou des petites annonces.

2 Au niveau B1

- Tu lis des documents rédigés dans une langue courante et traitant de thèmes connus, mais ils sont plus longs et les phrases en sont plus complexes (proposition principale et propositions subordonnées).
- Tu repères les faits, l'enchaînement des événements ou le schéma argumentatif du texte. Mais, tu es aussi capable de saisir les sentiments ou les souhaits exprimés dans un courrier qui t'est adressé.

À NOTER

- Au niveau B1, on vérifie ce que tu as compris du texte qui t'a été proposé. Les questions consistent donc essentiellement en un **repérage d'informations** : dire si une affirmation est vraie ou fausse, identifier des personnages et leurs relations, préciser ce qui s'est passé et à quel moment, etc.
- Les questions te demandent de citer ***(quote)***, choisir ***(pick up)***, souligner ***(underline)***, etc. Fais une liste des **consignes-types**, tu les comprendras ainsi sans hésitation.

II Comment te préparer ?

1 Lis des modes d'emploi en anglais

Tous les modes d'emploi ont une version anglaise : lis ceux que tu trouves chez toi, tu pourras comparer les traductions. Fais attention néanmoins, certains modes d'emploi sont traduits à l'aide de traducteurs automatiques et comportent donc des erreurs. Sauras-tu les repérer ?

VOCABULARY

- ***a user manual:*** un manuel d'utilisateur
- ***instructions for use:*** mode d'emploi
- ***a device:*** un appareil
- ***the settings:*** les réglages
- ***the setup process:*** la procédure d'installation
- ***a key:*** une touche (clavier, télécommande)
- ***to use:*** utiliser
- ***to operate:*** faire fonctionner
- ***to dial:*** composer (un numéro)
- ***to plug in:*** brancher (électriquement)
- ***to connect:*** brancher, connecter
- ***to select:*** choisir
- ***to skip:*** sauter
- ***to tick:*** cocher
- ***to unplug:*** débrancher
- ***to store:*** stocker

2 Corresponds avec un anglophone

Si tu ne connais personne dans un pays anglophone, ton professeur ou certains organismes pourront t'orienter vers des sites web sérieux. La correspondance permet de nouer des liens et de se familiariser avec les codes de communication du courrier par Internet ou du courrier postal (*snail mail* en anglais).

3 Lis régulièrement en anglais

- Lis des textes de ton manuel ou fais des recherches sur Internet sur des thèmes qui t'intéressent. Va sur des forums de discussion afin de t'habituer à lire des messages courts, synthétiques. Tu peux aussi lire les journaux de langue anglaise auxquels est abonné ton CDI.
- Au niveau B1, procure-toi des livres en édition bilingue ou en langue originale annotée. Commence par de la littérature jeunesse ou adolescente, ou par des recueils de nouvelles.

4 Observe les panneaux dans la rue

Si tu as l'occasion d'aller au Royaume-Uni ou aux États-Unis, ouvre l'œil et repère les panneaux qui jalonnent les rues, les routes, les vitrines… Que signifient-ils ? Sinon, prêtes-y attention lorsque tu regardes une émission ou une série web ou télé qui est tournée dans ces pays.

11 Comprendre un document écrit

I La démarche

1 Identifier le type de document

Identifie rapidement le type de document : lettre, publicité, brochure, petite annonce, mode d'emploi, panneau, menu, prospectus… Cela **orientera** ta lecture : tu pourras **anticiper** le type d'informations que le document contient.

2 Repérer les mots clés

Appuie-toi sur les mots que tu connais ainsi que sur les mots transparents, pour identifier les éléments clés et saisir l'**information essentielle**.

3 Déduire le sens des mots inconnus

- Pour comprendre le sens d'un mot inconnu, commence par définir sa **catégorie grammaticale** : s'il est précédé d'un déterminant, il y a des chances que ce soit un nom ; s'il est suivi d'un nom, c'est sans doute un adjectif ; s'il est précédé d'un pronom et d'un auxiliaire, il s'agit d'un verbe conjugué.
- Observe la construction du mot. Les **préfixes** *(un-, in-…)* et les **suffixes** *(-ful, -ness, -ly, -less…)* t'aident à identifier la catégorie grammaticale : une terminaison en *-ness* signale un nom ; en *-ly*, généralement un adverbe. Par exemple : *thank* veut dire « remerciement », *thankful*, « reconnaissant », *thankfulness*, « gratitude ».
- Aide-toi du **contexte** : la même idée peut être exprimée autrement ailleurs.

4 Comprendre l'organisation des idées

Entoure les **mots de liaison** et tu saisiras comment est organisée l'argumentation. Par exemple, souligne ce qui est cause *(because of)* ou conséquence *(that's why, consequently)*.

II L'exemple commenté

Lis le document suivant.

12th March

Dear Suzy,

I hope that you are fine, after this bad summer. I know it was hard to work in that Italian restaurant in Bristol, with the boss who kept bullying you, and the low pay, and all… I felt so bad about it, knowing that I was the one who told you about the job! But I met your dad at the supermarket yesterday and he said that you had stopped working there. I'm sure it's for the better. I could see he felt relieved, and I did too, knowing how hard it was for you…

That's why I'm writing today: I just wanted to let you know that I have an uncle who is opening a pub in Carnegie Street, and he's looking for a barmaid. I thought you might be interested. Please tell me if you're interested. He wants someone serious, and I sort of recommended you. So...

See you soon, hopefully.

Love,

Mrs Barnett

CONSEILS

- ***Mrs*** se prononce ***Missis*** (Madame).
- ***Mr*** se prononce ***Mister*** (Monsieur).

1 Identifier le type de document

La **disposition** du texte correspond à celle d'une lettre (correspondance privée). La personne qui écrit est *Mrs Barnett*. Elle écrit à Suzy. Le **ton** est informel *(Dear..., love)*. Mais le fait que la personne signe *Mrs Barnett* indique sans doute une différence d'âge.

2 Repérer les mots clés

- Au début du premier paragraphe, tu peux surligner *fine, summer, work, Italian restaurant, the boss, pay* (vocabulaire du **travail**).
- À la fin de ce paragraphe, tu connais : ***met*** (prétérit de *meet*), *dad, supermarket, yesterday, stopped working, better*. Mrs Barnett a rencontré le père de Suzy, qui lui a appris qu'elle avait arrêté de travailler.
- Dans le deuxième paragraphe, tu repères : *wanted, know, uncle, opening a pub, Carnegie Street, barmaid, interested, serious, recommended*. Tu sais que ***a pub*** est l'abréviation de *public house*, bar typiquement britannique.

3 Déduire le sens des mots inconnus

- Dans *hopefully*, tu reconnais *hope*, ***full*** et -***ly***.
- *Bullying*, ici, est un verbe en -***ing*** associé au verbe de la subordonnée (*kept*), et dont le sujet est *the boss*. Mrs Barnett plaint Suzy sur ses conditions de travail dans le restaurant italien. *Bullying* est précédé de *hard work* et suivi de *low pay*, expressions négatives : *bullying* est donc *a priori* du même registre (« maltraiter »).

4 Comprendre l'organisation des idées

- Le seul mot de liaison complexe est ***that's why...*** qui introduit l'objet de la lettre.
- Observe la **mise en forme** du courrier. Certains éléments éclairent l'organisation logique du propos : saut de paragraphe, ponctuation (deux-points introduisant des explications), etc.

OBJECTIF BREVET

Lance-toi dans des sujets !

1 Identifier un document et y prélever des informations

→ FICHES 10 et 11

Permanent waiter needed ASAP!
Dynamic, smart and reliable.
Part-time job, Sats/ Suns Eves.
Approx. £50 per eve.
For further information, please contact Mr Barnett, 0180 688 4699

1) What sort of document is it?

☐ **a.** a letter.
☐ **b.** an advertisement.
☐ **c.** a brochure.
☐ **d.** a newspaper article.

2) What job is it about?

☐ **a.** someone who drives taxis.
☐ **b.** someone who serves in a restaurant.
☐ **c.** someone who cooks.

3) How many days should the person work in a week?

☐ **a.** one. ☐ **b.** two. ☐ **c.** three. ☐ **d.** seven. ☐ **e.** we don't know.

4) How much will the person earn every week?

☐ **a.** £50. ☐ **b.** £100. ☐ **c.** £350.

2 Lire une lettre et en saisir les éléments essentiels

→ FICHES 10 et 11

Prends connaissance du document ci-dessous. Puis réponds aux questions en entourant la ou les réponses qui conviennent.

Dear Emma,

I wanted to thank you so much for recommending my daughter to your uncle. She had her appointment for a job interview only yesterday, and she was very happy about it. She's never worked in a pub before, and she was a bit apprehensive, but Mr Barnett was really nice and seems happy to hire her as a waitress for this summer – maybe more, he said, if she proves herself. Her past experience in a restaurant will certainly be useful even if, as you know, it hasn't been as successful as expected. In any case, she's looking forward to starting working. "The Black Swan" is not far from home, only one mile, and it's really well located. Well, you know, as you often go there…

I hope we will meet soon – why not at the pub?

Looking forward to hearing from you,

Kate A.

1 What sort of document is it?

☐ **a.** A letter of application. ☐ **b.** A letter to say sorry. ☐ **c.** A thank-you letter.

2 The letter is about...

☐ **a.** a job. ☐ **b.** a new house. ☐ **c.** a new school.

3 More precisely, this concerns...

☐ **a.** Kate. ☐ **b.** Emma's uncle. ☐ **c.** Kate's daughter.

4 This person has...

☐ **a.** never worked. ☐ **b.** already worked in a restaurant.
☐ **c.** already worked in a pub ☐ **d.** already worked in a pub and a restaurant.
☐ **e.** never worked in a pub.

5 This person feels...

☐ **a.** happy. ☐ **b.** apprehensive. ☐ **c.** impatient. ☐ **d.** regretful. ☐ **e.** nice.

6 Mr Barnett feels...

☐ **a.** happy. ☐ **b.** apprehensive. ☐ **c.** nice.

7 Her past experience is...

☐ **a.** a good memory for her. ☐ **b.** a bad memory for her.
☐ **c.** a plus for this new job.

8 Emma and Kate...

☐ **a.** work in the same pub. ☐ **b.** live in the same area. ☐ **c.** are cousins.

CORRIGÉS

OBJECTIF BREVET

1 Identifier un document et y prélever des informations

1 b. an advertisement (2 pts). • **2** b. Someone who serves in a restaurant (2 pts). • **3** b. Two (Sat = Saturday, Sun = Sunday) (2 pts). • **4** b. £100 (2 x £50) (2 pts).

2 Lire une lettre et en saisir les éléments essentiels

1 c. a thank-you letter (1 pt). • **2** a. a job (1 pt). • **3** c. Kate's daughter (1 pt). • **4** b. already worked in a restaurant (1 pt). • **5** a. happy b. apprehensive c. impatient (3 pts). • **6** a. happy b. nice (2 pts). • **7** b. a bad memory for her. c. a plus for this new job. (2 pts). • **8** b. live in the same area (1 pt).

Résultat (exercices 1 et 2) : .../20

12 Écrire et réagir à l'écrit : conseils

EN BREF ▸ *Au niveau A2, tu es capable d'écrire un texte simple (une lettre de remerciements ou un message électronique court). Au niveau B1, tu peux rédiger un texte plus long où tu rends compte d'une expérience de façon plus circonstanciée.*

I Ce qu'on attend de toi

1 Au niveau A2

- Tu rédiges des phrases simples reliées par *and, but* et *because*.
- Tu décris les gens et les lieux qui t'entourent de façon succincte.
- Tu racontes brièvement un événement passé.
- Tu écris une biographie imaginaire ou un court poème.

2 Au niveau B1

- Tu écris une lettre plus longue, avec des phrases complexes (propositions principale et subordonnées).
- Tu rédiges le compte-rendu d'expériences (voyage, visite) en décrivant tes impressions et sentiments.
- Tu prends des notes à partir de différents documents et en rends compte.
- Tu résumes des informations et exprimes ton opinion.

À NOTER

Au niveau B1, on peut te demander de rédiger une lettre, un article de presse, un extrait de journal intime... Chaque fois, tiens compte de la forme propre au **type du document**.

II Comment te préparer ?

1 Veille à la correction grammaticale

■ Au niveau A2, quelques fautes d'accord ou de conjugaison sont tolérées, mais donne-toi les moyens d'en limiter le nombre. Vérifie entre autres :
- le -*s* de la troisième personne du singulier au présent ;
- l'auxiliaire dans les questions et les phrases négatives ;
- l'emploi correct des pronoms et des déterminants possessifs (une erreur courante est de confondre *his* et *her*).

■ Au niveau B1, tu dois faire preuve d'un assez bon niveau grammatical : assure-toi que tu sais employer les structures de base et les temps verbaux, notamment le prétérit, utile pour la plupart des tâches qui te seront demandées (rédiger une biographie, raconter un événement...).

2 Exploite les ressources de la langue

■ À l'écrit, tu dois à la fois organiser tes idées et puiser dans ta connaissance de l'anglais pour y choisir le vocabulaire et les structures grammaticales qui serviront ton propos.

■ Par exemple, pour exprimer des idées on utilise souvent des propositions relatives. Ne bute pas sur l'emploi des équivalents de « qui », « que » ou « dont » : apprends à choisir parmi les différentes possibilités offertes par l'anglais (*who, which, that*, Ø...).

■ Enrichis ton vocabulaire de base en utilisant un dictionnaire ou Internet chaque fois que tu effectues des travaux en autonomie.

■ Au moment d'écrire une poésie avec des vers qui riment, tu dois savoir comment se prononce tel ou tel mot. Par exemple, *enough* /ɪ'nʌf/ peut rimer avec *tough* /tʌf/ mais pas avec *through* /θruː/.

3 Soigne la présentation et la qualité de tes écrits

■ Une lettre ou un e-mail adressés à un inconnu, un employeur potentiel, n'ont pas la même **présentation**, le même en-tête, qu'une lettre ou un e-mail envoyés à un ami. Le vocabulaire employé y est différent. Sache par ailleurs que les Britanniques sont choqués de l'emploi de certains mots de registre familier fréquemment utilisés en français.

CONSEIL
Pour bien te préparer et n'oublier aucun élément, fais des fiches récapitulant les **éléments et traits caractéristiques** de chaque type de document.

■ À l'écrit, tu peux te relire autant de fois que tu veux : profites-en ! Pour progresser, relis tes copies corrigées par ton professeur en te demandant à chaque fois : pourquoi me suis-je trompé(e) ?

■ Fais la liste des fautes qui reviennent fréquemment (oubli du -*s* de la 3e personne du singulier, erreur sur les déterminants...). Consulte-la au moment où tu écris une nouvelle rédaction, et vérifie chacun des items listés.

13 Écrire une lettre

I La démarche

1 Se préparer

Devant un sujet d'expression écrite, ne te lance pas tête baissée. Réfléchis : **qu'attend-on de toi** exactement ? De quelles structures vas-tu avoir besoin ? Liste le vocabulaire utile pour ta rédaction, car c'est aussi un moyen pour faire surgir les idées que tu es capable d'énoncer en anglais.

2 Rédiger

Rédige d'abord au **brouillon**. Puise au maximum dans tes connaissances, et utilise des périphrases pour compenser ce que tu ne connais pas. Ensuite, **relis-toi** attentivement pour vérifier la correction grammaticale de ton texte.

3 Bien présenter sa copie

Respecte les **règles propres au type** de document demandé : une lettre doit être présentée avec un en-tête, des formules de salutations et une signature. Écris lisiblement, afin d'être facilement déchiffré.

II L'exemple commenté

Voici le sujet : « Back to France from England, write a letter to your pen pal. »

1 Se préparer

- **Deux données** dans cette consigne : premièrement tu écris à ton correspondant anglais ; deuxièmement tu as séjourné chez lui.
- En revenant en France, que vas-tu lui dire ? Tu lui racontes comment s'est déroulé ton voyage de retour (au **prétérit**) puis tu le remercies pour son accueil. Ensuite, tu peux envisager que ton correspondant vienne en France. Utilise le **futur** si cela est déjà convenu (*You will have fun when you come over* : Tu t'amuseras quand tu viendras ici) mais le **conditionnel** si rien n'est décidé (*I would like you to come over next year* : J'aimerais que tu viennes l'an prochain).
- Liste le **vocabulaire** en rapport avec les voyages *(airport, flight, plane, arrival…)*. Rassemble des **qualificatifs** d'appréciation *(strange, uneventful, warm, fabulous…)*.
- Choisis des formules de remerciement.

VOCABULARY

- ***Welcome to:*** bienvenue à
- ***I'll miss you:*** vous me manquerez
- ***Thanks for + V -ing/nom:*** merci de + V
- ***It's so kind of you to + V:*** c'est si gentil de votre part de + V.

2 Rédiger

Lorsque tu rédiges, pose-toi les questions suivantes :
- y a-t-il bien un verbe dans chacune de mes phrases ?
- ai-je ajouté le *-s* de la 3e personne du singulier au présent simple ?
- ai-je correctement utilisé les auxiliaires ?
- l'adjectif épithète est-il placé avant le nom qu'il qualifie ?
- ai-je mis les marques du pluriel quand il le faut ?

3 Bien présenter sa copie

■ Ta lettre est destinée à un ami : utilise les **formules d'introduction** et de **salutation** d'un courrier informel (*Dear* + prénom, puis s'enquérir de la santé), et termine avec une formule comme : *Looking forward to hearing from you* ou *Love* ou *Please write me soon*…

■ **Relis ta copie** avec un œil neuf, en veillant particulièrement aux fautes que tu fais souvent.

Voici un exemple de corrigé.

Paris, 15th August

Dear Emma,

I hope you are fine. It's strange to be back in France after three weeks in England! I miss you – I even miss jelly! The trip was OK. After you left me at the airport, I went aboard, and the flight was uneventful. My parents were waiting for me at Roissy-Charles de Gaulle. They were very happy with the presents I brought back.

I want to thank you and your parents again for your warm welcome. Those three weeks were fabulous. I am looking forward to your coming to France next summer. I only hope that you will be as happy as I am!

Looking forward to hearing from you,

Love,

Sophie

14 Rédiger un récit

I La démarche

1 Se préparer

- **Lis attentivement** la consigne pour ne rien omettre en traitant le sujet. Sa formulation peut aussi te donner des pistes pour ta rédaction et t'éviter certaines erreurs. Ainsi, si le sujet emploie le prétérit (ex. : *You went to India last Summer...*), ton récit devra être au prétérit.
- **Mobilise tes connaissances** : ce qui t'est demandé dans le sujet est généralement en rapport avec ton cours, et suppose donc que tu réutilises le lexique et les structures appris.
- **Organise ton expression** en utilisant des mots de liaison. Dans un récit, privilégie les connecteurs chronologiques *(then, before that...)*. Par contre, quand tu souhaites donner ton opinion ou exposer un enchaînement de cause à effet, privilégie les connecteurs logiques *(consequently, therefore...)*.

2 Rédiger

Évite les adjectifs trop usuels en les remplaçant par **des équivalents** plus recherchés. *Good*, selon le contexte, peut donc avoir pour équivalent *delicious (food), interesting (visit), relaxing (atmosphere), sunny (weather), fantastic (trip), gorgeous (landscape), great (time)*...

3 Se relire

- Relis ton texte en te concentrant sur le **contenu** (es-tu capable de comprendre ce que tu as voulu dire ?) autant que sur la **forme** (clarté du propos, correction linguistique, présentation).
- **Vérifie** que tu n'as pas laissé certaines **fautes** fréquentes mais faciles à éviter : oubli du **– s** à la 3e personne du singulier ; marque du pluriel (*two months, new things, a lot of parks*... sauf devant des indénombrables toujours au singulier comme *information*) ; choix des déterminants *(a, the)* ; emploi des temps (si ton récit comporte des dates, utilise le prétérit : *I went... I spent...*).

À NOTER

Lorsque tu rédiges un récit de voyage, tu dois notamment penser à :
- mettre une majuscule aux **noms de pays** et de **nationalités** ***(an American girl, a British band)*** ;
- ne pas mettre de déterminant devant les noms de pays ***(Germany, Sweden...)***, sauf exceptions ***(the United States)*** ;
- utiliser la préposition *to* après **les verbes de déplacement** ***(go, fly, drive...)***.

II L'exemple commenté

Voici le sujet : « You've just spent two months abroad. Write an article in the school newspaper to tell about your experience. »

1 Se préparer

- Le sujet est large : l'expression *abroad* (à l'étranger) te laisse le choix de la destination.
- Note dans la consigne l'emploi du *present perfect* associé au terme *experience* : on te demande de faire un bilan de ton séjour dans le pays que tu auras choisi en utilisant le *present perfect*. Mais n'oublie pas : le récit des événements doit être au prétérit, puisque tu en es revenu ! Et si tu as établis ce bilan au moment de ton voyage, il devra être au *past perfect*, par souci de la concordance des temps.
- Parmi les mots et expressions que tu connais sans doute et que tu peux utiliser dans ce sujet, figurent notamment : *miss* (manquer), *broaden one's horizons* (élargir son horizon), *share* (partager).

2 Rédiger

N'hésite pas à étoffer au maximum, à montrer tout ce que tu sais dire, y compris sur le plan du vocabulaire.

3 Se relire

- Fais une relecture ciblée sur les fautes qui te sont habituelles, et que tu as listées à partir des expressions écrites corrigées par ton professeur.
- Veille notamment à l'alternance d'emploi du prétérit (événements du séjour) et du *present perfect* (bilan), ainsi qu'à la concordance des temps (futur devenant conditionnel dans un contexte passé).
- Assure-toi que le lecteur ne perde pas le fil de ton récit : ajoute les mots de liaison (chronologie, conséquence, opposition...) qui pourraient manquer.

Voici un exemple de corrigé.

> Last Summer I spent two months in Ireland. I had never been there, but I had been surfing the web, looking for information about the country. I stayed at the O'Briens', a host family who lived in County Kerry, and I shared their lives for two months. Thanks to them, I could visit a lot of natural parks like Killarney, and discover new things about the Irish way of life. This experience was really fantastic and it has helped me broaden my horizons. It was worth the trip, because I had never been far from my family for so long, and I thought I would miss them very much, which I did at first, but then I got used to it and I could really enjoy meeting new people and discovering a new culture. I must say, if I was offered to do it again, in another country, I would accept at once, without hesitation.

OBJECTIF BREVET

Lance-toi dans un sujet !

Rapporter par écrit une expérience

→ FICHES 12 à 14

Raconte ton voyage en Californie dans ton journal intime en utilisant les éléments ci-dessous. Inclus-y tes appréciations (données ici en français).

July, 17

July, 18

impressionnant

July, 21

Sequoia National Park: *surprenant*

July, 23

effrayant

July, 30

A girl named Minette Rangers : *sympathique*

CORRIGÉS

OBJECTIF BREVET

Rapporter par écrit une expérience

Dear diary,

On the 17th of July **(1 pt)**, I took the plane / flew **(1 pt)** to California **(1 pt)**. The next day **(1 pt)**, I visited/went to Hollywood **(1 pt)**. It was (really) impressive! **(2 pts)** Then / three days later **(1 pt)**, I visited/went to Sequoia National Park **(1 pt)**. I was really surprised / I found it really surprising **(2 pts)**, the trees were so huge! Two days later **(1 pt)**, I was so scared/frightened **(2 pts)** when I saw a snake **(1 pt)** just in front of me! But it didn't bite me, I was lucky. The next week / seven days later **(1 pt)**, I met Minette Rangers **(1 pt)**. This girl / she was really nice **(1 pt)** and she had a horse **(1 pt)** which she let me ride... I like her very much / we have become friends **(1 pt)**.

Résultat : .../20

BREVETS BLANCS

S'ENTRAÎNER AUX ÉPREUVES ÉCRITES

- Comment s'organise le brevet ?
- 4 sujets corrigés

SOMMAIRE

Quand tu en as fini avec une fiche ou un entraînement, coche la case ☐ correspondante !

S'entraîner aux épreuves écrites

Comment s'organise l'épreuve du brevet ?

Les sujets

Les corrigés des sujets

Comment s'organise l'épreuve du brevet ?

EN BREF ▸ *L'épreuve du brevet comprend quatre épreuves écrites – en français, en maths, en histoire-géographie EMC et en sciences – et une épreuve orale.*

I Les épreuves écrites de français et de maths

Notées chacune sur 100 points, les épreuves écrites de français et de mathématiques sont les épreuves majeures du brevet.

1 L'épreuve de français (3 heures)

- Elle est structurée en trois temps :

1. Tu dois d'abord répondre à des questions sur un **texte littéraire** et sur un document iconographique ou audiovisuel (1 h 10). Parmi les questions de langue, figure un exercice de réécriture d'un passage du texte.

2. Après une pause d'un quart d'heure, une dictée de 600 signes environ (20 minutes) est proposée.

3. L'épreuve se termine par un travail d'écriture (1 h 30). Deux sujets de rédaction au choix sont proposés : un sujet de réflexion et un sujet d'invention.

- Les réponses aux questions sont notées sur 50 points ; la dictée sur 10 points ; la rédaction, sur 40 points.

> **MOT CLÉ**
> L'essentiel des **exercices** de français (sauf la dictée) prennent appui, directement ou non, sur le texte. Sa bonne compréhension est donc essentielle.

2 L'épreuve de maths (2 heures)

- Le sujet est constitué de **six à huit exercices** que tu peux traiter indépendamment les uns des autres et dans l'ordre qui te convient.

- Certains exercices peuvent prendre la forme de questionnaires à choix multiples (QCM). Les énoncés des exercices s'appuient sur des situations de la vie courante ou sur d'autres disciplines.

- Lors de la lecture du sujet, il est bon de repérer rapidement les exercices qui te semblent « faciles ». Tu peux alors commencer par les résoudre « au brouillon », puis les recopier au fur et à mesure « au propre ».

- L'évaluation prend en compte la clarté et la précision des raisonnements ainsi que, plus largement, la qualité de la rédaction mathématique.

> **MOT CLÉ**
> Le sujet comprend en général au moins un exercice d'algorithmique.

II Les deux autres épreuves écrites

Le brevet comprend aussi deux épreuves écrites notées chacune sur 50 points, l'une portant sur le programme d'histoire-géographie et d'enseignement moral et civique (EMC), l'autre sur les programmes de physique-chimie, de SVT et de technologie.

1 L'épreuve d'histoire-géographie EMC (2 heures)

Le sujet comprend trois exercices : un dans chaque domaine :
- le premier exercice (en histoire ou en géographie) permet de valider que tu sais comprendre, analyser et interpréter un corpus documentaire ;
- le deuxième exercice (en géographie ou en histoire) appelle un développement rédigé et – le cas échéant – un travail graphique ;
- le troisième exercice porte sur le programme d'EMC.

2 L'épreuve de sciences (1 heure)

Cette épreuve d'une durée totale de 1 heure porte sur deux des trois disciplines suivantes, tirées au sort chaque année : physique-chimie, SVT et technologie. Le sujet se compose, pour chaque discipline, d'un ou de plusieurs exercices souvent reliés par une thématique commune.

III Comment obtenir le diplôme du brevet ?

Pour obtenir le diplôme du brevet, il faut totaliser au moins 400 points sur 800, lorsqu'on ajoute les points du contrôle continu et des épreuves finales.

1 Le décompte des points

- À la fin de l'année, tes professeurs évaluent ton niveau de maîtrise des huit composantes du socle commun de connaissances et de compétences (insuffisante, fragile, satisfaisante, très bonne) qui correspond à un nombre de points (10, 25, 40, 50).
- À ce **nombre de points** du contrôle continu, s'ajoutent les notes obtenues aux cinq épreuves finales.

Épreuve	Notation sur…
Français	100 points
Maths	100 points
Histoire-géo EMC	50 points
Sciences	50 points
Épreuve orale	100 points

MOT CLÉ
Tu peux donc obtenir au maximum **400 points** au contrôle continu et **400 points** aux épreuves finales.

2 Les mentions

Les mentions sont décernées selon la règle ci-contre.

Mention	Notation
Assez bien	au moins 480 points sur 800
Bien	au moins 560 points sur 800
Très bien	au moins 640 points sur 800

SUJET DE FRANÇAIS

→ CORRIGÉ p. 561

1 Travail sur le texte littéraire et sur l'image

1 h 10

Document A Texte littéraire

Baïkal et Kate sont sortis clandestinement de « Globalia », le monde dans lequel ils vivent. Ils se retrouvent dans la « non-zone » qu'ils ne connaissent pas.

– Tu ne comprends pas, Kate, je te l'ai souvent répété. Ce sera partout la même chose. Partout nous serons en Globalia. Partout, nous retrouverons cette civilisation que je déteste.

– Évidemment, puisqu'il n'y en a qu'une ! Et c'est heureux. Aurais-tu la nostalgie du temps où il y avait des nations différentes qui n'arrêtaient pas de se faire la guerre ?

Baïkal haussa les épaules. Kate poussa son avantage.

– Il n'y a plus de frontières, désormais. Ce n'est tout de même pas plus mal ?

– Bien sûr que non, Kate. Tu me récites la propagande que tu as apprise comme nous tous. Globalia, c'est la liberté ! Globalia, c'est la sécurité ! Globalia, c'est le bonheur !

Kate prit l'air vexé. Le mot de propagande était blessant. Il ne s'agissait ni plus ni moins que de la vérité.

– Tu te crois certainement plus malin que moi, mais tu ne peux tout de même pas nier qu'on peut aller partout. Ouvre ton multifonction[1], sélectionne une agence de voyages et tu pars demain dans n'importe quel endroit du monde…

– Oui, concéda Baïkal, tu peux aller partout. Mais seulement dans les zones sécurisées, c'est-à-dire là où on nous autorise à aller, là où tout est pareil.

– Mais tout Globalia est sécurisé ! L'Europe, l'Amérique, la Chine… Le reste, c'est le vide, ce sont les non-zones.

Baïkal reprit d'un ton passionné et s'écria :

– Moi, je continue à croire qu'existe un ailleurs.

Kate soupira.

– C'est ce que tu m'as expliqué et c'est pour cela que je t'ai suivi. Mais rends-toi à l'évidence. L'ailleurs est dans tes rêves, mon amour. Il n'y a que quelques endroits pourris aux confins du monde, des réserves, des friches.

– Depuis six mois je recoupe les informations, insista Baïkal en secouant la tête – mais on sentait le désespoir éteindre sa voix. Je suis sûr que toutes ces non-zones sont en continuité. On peut sortir d'ici et rejoindre la mer, il doit y avoir des déserts, des villes peut-être. J'ai fait l'impossible pour obtenir des plans. J'ai soudoyé[2] un type dont le grand-père était botaniste[3].

Il avait effectué des missions dans les non-zones. Il m'a vendu ce logiciel cartographique, mais il est sans doute dépassé : on ne reconnaît plus rien.

Kate le sentait au bord des larmes. Elle passa sa main dans ses cheveux, lissa ses éternels épis couleur de jais[4] qui se redressaient aussitôt.

– Rentrons maintenant, souffla-t-elle. Nous raconterons que nous nous sommes perdus, que la porte était ouverte, que nous avons voulu être seuls dans la montagne. Cela n'ira pas bien loin. Une amende peut-être.

– Non, dit Baïkal en secouant la tête. Je ne retournerai pas là-bas. Ce monde est une prison.

Jean-Christophe Rufin, *Globalia*, 2004, © Éditions Gallimard.

1. Multifonction : ordinateur.
2. Soudoyer : payer quelqu'un pour obtenir quelque chose de défendu.
3. Botaniste : scientifique qui étudie les plantes, les fleurs et les arbres.
4. Jais : de couleur noire.

Document B Quino, *Y a un truc !*, 1981

Quino, scénariste et auteur de bandes dessinées argentin, porte un regard critique sur la société, notamment celle de son pays.

Les réponses doivent être entièrement rédigées.

Grammaire et compétences linguistiques

1 « Globalia » (ligne 2)
a. À partir de quel mot ce terme est-il formé ? (*1 point*)
b. Expliquez le sens de « Globalia ». (*1 point*)

2 « [...] là où on nous autorise à aller » (ligne 19), « mais on sentait le désespoir éteindre sa voix » (ligne 29), « on peut sortir d'ici et rejoindre la mer » (ligne 30).
a. Quelle est la classe grammaticale du mot « on » ? (*1 point*)
b. Identifiez ce que désigne chacun des trois mots soulignés. (*3 points*)

3 « Nous raconterons que nous nous sommes perdus, que la porte était ouverte, que nous avons voulu être seuls dans la montagne. » (lignes 37-39)
Comment les paroles du personnage sont-elles rapportées ? (*1 point*)

4 « Globalia, c'est la liberté ! Globalia, c'est la sécurité ! Globalia, c'est le bonheur ! » (lignes 10-11)
Identifiez une figure de style employée dans ce passage. (*1 point*)

5 « Mais rends-toi à l'évidence » (lignes 25-26)
a. Quel mode est employé dans cette phrase ? (*1 point*)
b. Expliquez l'emploi de ce mode. (*1 point*)

6 « Je ne retournerai pas là-bas. Ce monde est une prison. » (lignes 40-41)
a. Nommez la relation logique qui unit les deux phrases. (*1 point*)
b. Réécrivez-les en utilisant une conjonction de subordination qui exprime la même relation logique. (*1 point*)

7 Réécrivez ce passage en commençant par : « Baïkal explique à Kate qu'elle... » (*10 points*)

> Tu ne comprends pas, Kate, je te l'ai souvent répété. Ce sera partout la même chose. Partout nous serons en Globalia. Partout, nous retrouverons cette civilisation que je déteste. (lignes 1-3)

Compréhension et compétences d'interprétation

8 Quel est le sujet central de la conversation entre Kate et Baïkal ? (*2 points*)

9 **a.** Que pense Kate de Globalia ? (*2 points*)
b. Reformulez deux arguments qu'avance Kate pour défendre son opinion. Vous illustrerez votre réponse à l'aide de deux citations. (*4 points*)
c. Dans les lignes 4 à 17, nommez un procédé qu'elle utilise pour convaincre Baïkal. Justifiez-le à l'aide d'un exemple issu du texte. (*2 points*)

10 **a.** Quelle vision Baïkal a-t-il de Globalia ? Relevez deux arguments. (*3 points*)
b. Quel est son projet ? Justifiez votre réponse. (*3 points*)

11 Quelle proposition Kate formule-t-elle à la fin de l'extrait ?
Pour quelle raison ? (*2 points*)

12 En vous appuyant sur les réponses précédentes et votre lecture du texte, que pensez-vous de Globalia ? Développez votre réponse de manière argumentée. (*4 points*)

13 **a.** Quelles sont les caractéristiques de la société représentée par Quino dans cette planche de bande dessinée ? (*3 points*)
b. Quels liens établissez-vous avec le texte *Globalia* ? (*3 points*)

DÉMARRONS ENSEMBLE

→ *Globalia* (**document A**) est un roman d'anticipation développant une dystopie (société imaginaire régie par un pouvoir totalitaire ou une idéologie néfaste), écrit par Jean-Christophe Rufin (2004). L'action se déroule dans un futur indéterminé. Une sorte d'État mondial, Globalia, assure à ses citoyens la sécurité et la prospérité tant qu'ils ne remettent pas en cause le système. Baïkal Smith, un jeune Globalien, cherche à fuir cette société.
→ Quino, de son vrai nom Joaquín Salvador Lavado Tejón, est un scénariste et dessinateur argentin qui dénonce les problèmes de la société, particulièrement ceux de son pays (**document B**). Il est surtout connu pour être l'auteur de la série de bandes dessinées *Mafalda*.

2 Dictée

20 min

Le nom de l'auteur, le titre de l'œuvre, ainsi que « Baïkal », « Kate », « glauque » et « biais » sont écrits au tableau.

Document

Tout à coup, emportés par leur élan, ils butèrent contre la vitre qui courait à mi-pente. Elle rendit un son vibrant quand ils la heurtèrent. Ils étaient tombés accroupis, emmêlés. Baïkal se redressa, couvert d'aiguilles sèches. Il aida Kate à se relever. Elle n'osait pas toucher la vitre. C'était la première fois qu'elle approchait des limites. Le mur lisse et brillant était transparent de près mais prenait un ton vert glauque à mesure qu'il s'éloignait et qu'on le voyait de biais. [...] La pente qu'ils avaient dégringolée était si raide qu'il semblait impossible de la remonter.

Jean-Christophe Rufin, *Globalia*, 2004, © Éditions Gallimard

DÉMARRONS ENSEMBLE

→ Le participe passé employé **avec l'auxiliaire *être*** s'accorde avec le sujet : *Ils étaient tombés accroupis, emmêlés.*
→ Le participe passé employé **avec l'auxiliaire *avoir*** s'accorde avec le COD si celui-ci est placé avant le verbe : *La pente qu'ils avaient dégringolée était si raide.*
→ Le participe passé employé **comme adjectif** s'accorde avec le nom ou le pronom qu'il qualifie : *Tout à coup, emportés par leur élan, ils butèrent contre la vitre.*

3 Rédaction

1 h 30

Vous traiterez au choix un des deux sujets de rédaction suivants. Votre travail fera au moins deux pages (soit une cinquantaine de lignes).

Sujet d'imagination

Kate rentre seule à Globalia. Imaginez une situation qui lui ouvre les yeux, l'amenant à considérer Globalia comme une prison et à partager le point de vue de Baïkal sur ce monde. Vous respecterez les caractéristiques de la narration et du cadre spatio-temporel du texte. Vous intégrerez dans votre récit les pensées et les sentiments de Kate.

DÉMARRONS ENSEMBLE

➜ Imagine un événement (rencontre, confrontation, fait, incident) qui va provoquer une **prise de conscience** chez Kate. Elle peut réaliser que Globalia n'est pas le monde parfait qu'elle pense, que la propagande n'est pas la vérité, qu'elle n'est pas si libre qu'elle le croit, que tout est peut-être trop uniforme et laisse peu de place à l'imagination, au droit à la différence…
➜ Intègre les **pensées** et les **sentiments** de Kate (dialogue intérieur, lexique des sentiments…).

Sujet de réflexion

Comment l'expression artistique (la littérature, la peinture, le cinéma, la musique…) permet-elle de dénoncer le totalitarisme ? Vous vous appuierez sur vos lectures, vos connaissances personnelles et culturelles.

DÉMARRONS ENSEMBLE

➜ Présente la question dans ton introduction. Construis ensuite ton développement en plusieurs paragraphes, chacun correspondant à un **moyen d'agir contre le totalitarisme** (l'appel à la résistance, l'ironie…).
➜ Introduis chaque paragraphe avec un **connecteur** : *tout d'abord, ensuite, mais aussi, enfin…* N'oublie pas de conclure par une rapide synthèse ou en élargissant ta réflexion.

SUJET DE MATHS

→ CORRIGÉ p. 564

1 Le trésor
10 min

Le capitaine d'un navire possède un trésor constitué de 69 diamants, 1 150 perles et 4 140 pièces d'or.

1 Décomposer 69 ; 1 150 et 4 140 en produits de facteurs premiers.

2 Le capitaine partage équitablement le trésor entre les marins. Combien y a-t-il de marins sachant que toutes les pièces, perles et diamants ont été distribués ?

DÉMARRONS ENSEMBLE

2 Cherche le facteur commun dans les décompositions des trois nombres de la question **1**.

2 Le décor de pièce de théâtre
20 min

Dans cet exercice, on donnera, si nécessaire, une valeur approchée des résultats au centième près.

Pour construire le décor d'une pièce de théâtre (figure 1), Joanna dispose d'une plaque rectangulaire ABCD de 4 m sur 2 m dans laquelle elle doit découper les trois triangles du décor avant de les superposer. Elle propose un découpage de la plaque (figure 2).

Figure 1

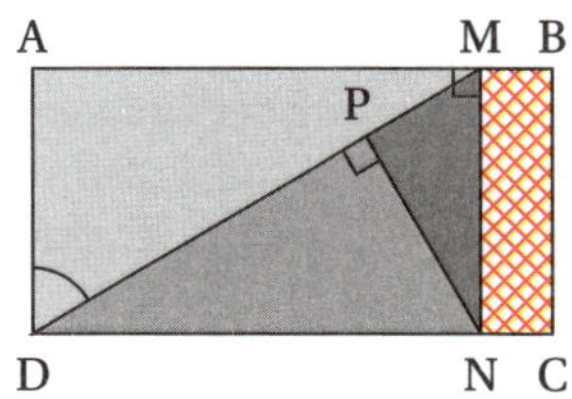

Figure 2

Le triangle ADM respecte les conditions suivantes :

- Le triangle ADM est rectangle en A.
- AD = 2 m
- $\widehat{ADM} = 60°$.

1 Montrer que [AM] mesure environ 3,46 m.

2 La partie de la plaque non utilisée est représentée en quadrillé sur la figure 2. Calculer une valeur approchée au centième de la proportion de la plaque qui n'est pas utilisée.

3 Pour que la superposition des triangles soit harmonieuse, Joanna veut que les trois triangles AMD, PNM et PDN soient semblables. Démontrer que c'est bien le cas.

4 Joanna aimerait que le coefficient d'agrandissement pour passer du triangle PDN au triangle AMD soit plus petit que 1,5. Est-ce le cas ? Justifier.

DÉMARRONS ENSEMBLE

3 Des triangles sont semblables s'ils ont leurs 3 angles égaux.

3 Le sablier

20 min

Les questions 1 et 2 sont indépendantes.

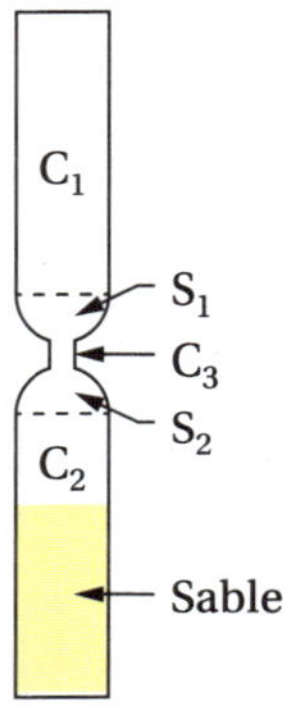

Un sablier est composé de :
- deux cylindres C_1 et C_2 de hauteur 4,2 cm et de diamètre 1,5 cm ;
- un cylindre C_3 ;
- deux demi-sphères S_1 et S_2 de diamètre 1,5 cm.

On rappelle le volume V d'un cylindre d'aire de base B et de hauteur h : $V = B \times h$.

1 **a.** Au départ, le sable remplit le cylindre C_2 aux deux tiers. Montrer que le volume du sable est environ 4,95 cm^3.

b. On retourne le sablier. En supposant que le débit d'écoulement du sable est constant et égal à 1,98 cm^3/min, calculer le temps en minutes et secondes que va mettre le sable à s'écouler dans le cylindre inférieur.

2 En réalité, le débit d'écoulement d'un même sablier n'est pas constant. Dans une usine où on fabrique des sabliers comme celui-ci, on prend un sablier au hasard et on teste plusieurs fois le temps d'écoulement dans ce sablier. Voici les différents temps récapitulés dans le tableau suivant :

Temps mesuré	2 min 22 s	2 min 24 s	2 min 26 s	2 min 27 s	2 min 28 s	2 min 29 s	2 min 30 s
Nombre de tests	1	1	2	6	3	7	6

Temps mesuré	2 min 31 s	2 min 32 s	2 min 33 s	2 min 34 s	2 min 35 s	2 min 38 s
Nombre de tests	3	1	2	3	2	3

a. Combien de tests ont été réalisés au total ?

b. Un sablier est mis en vente s'il vérifie les trois conditions ci-dessous, sinon il est éliminé.

- L'étendue des temps est inférieure à 20 s.
- La médiane des temps est comprise entre 2 min 29 s et 2 min 31 s.
- La moyenne des temps est comprise entre 2 min 28 s et 2 min 32 s.

Le sablier testé sera-t-il éliminé ?

DÉMARRONS ENSEMBLE

3 Vérifie si chacun des critères est valide pour le sablier testé.

4 Dessin sous Scratch

20 min

On veut réaliser un dessin constitué de deux types d'éléments (tirets et carrés) mis bout à bout.

Chaque script ci-dessous trace un élément, et déplace le stylo.

On rappelle que « s'orienter à 90 » signifie qu'on oriente le stylo vers la droite.

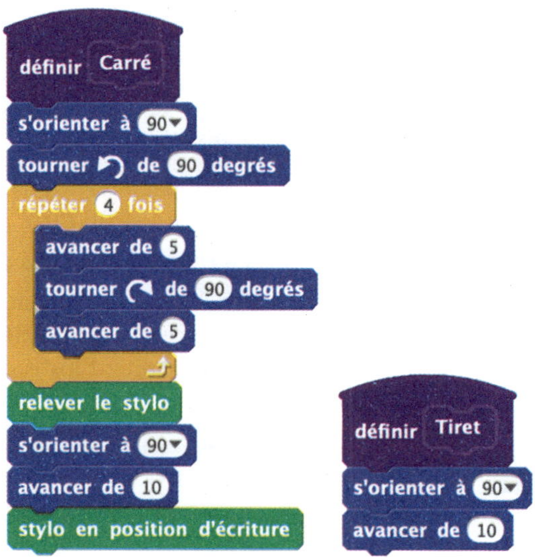

1 En prenant 1 cm pour 2 pixels, représenter la figure obtenue si on exécute le script « Carré ».

Préciser les positions de départ et d'arrivée du stylo sur votre figure.

2) Pour tracer le dessin complet, on a réalisé 2 scripts qui se servent des blocs « Carré » et « Tiret » ci-dessus :

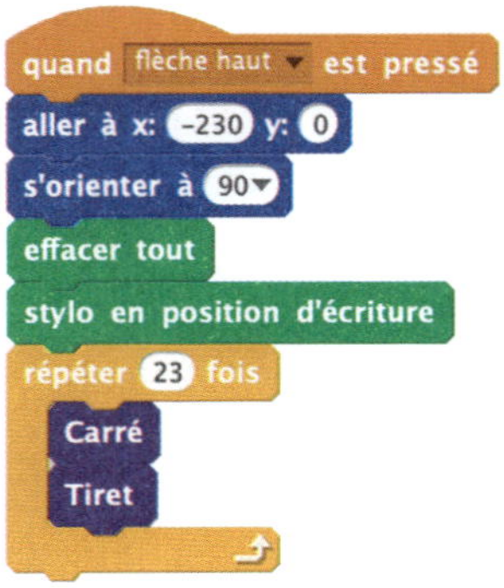

Script 1

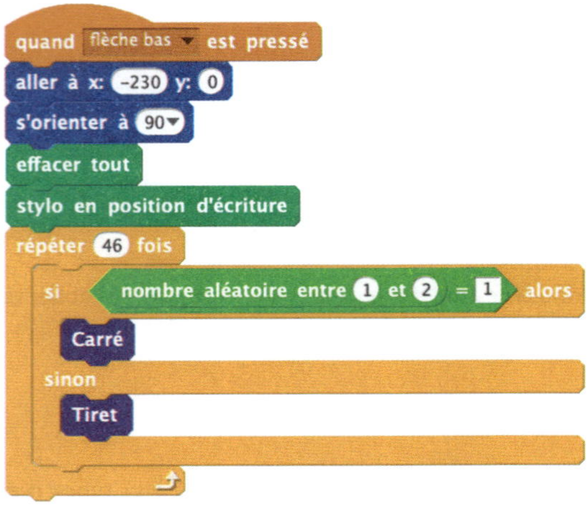

Script 2

On exécute les deux scripts et on obtient les deux dessins ci-dessous.

Dessin A

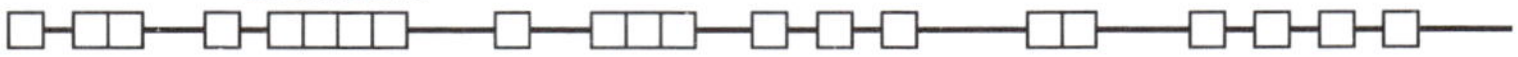

Dessin B

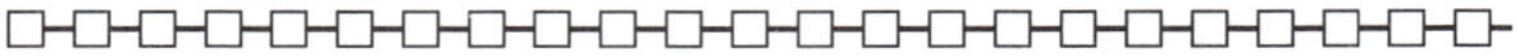

Attribuer à chaque script la figure dessinée. Justifier votre choix.

3) On exécute le script 2.

a. Quelle est la probabilité que le premier élément tracé soit un carré ?

b. Quelle est la probabilité que les deux premiers éléments soient des carrés ?

4) Dans le script 2, on aimerait que la couleur des différents éléments, tirets ou carrés, soit aléatoire, avec à chaque fois 50 % de chance d'avoir un élément noir et 50 % de chance d'avoir un élément rouge. Écrire la suite d'instructions qu'il faut alors créer et préciser où l'insérer dans le script 2.

Indication : on pourra utiliser les instructions **mettre la couleur du stylo à** (rouge) et **mettre la couleur du stylo à** (noir) pour choisir la couleur du stylo.

DÉMARRONS ENSEMBLE

3) b. Pour obtenir la probabilité que les deux premiers tracés soient des carrés, on peut :
– soit faire un arbre des possibles et compter le nombre de branches qui mènent à carré-carré ;
– soit se rendre compte que le tracé du premier carré n'influence pas le tracé du second ; ces deux événements sont donc indépendants.

5 Tableau et transformations du plan

20 min

Olivia s'est acheté un tableau pour décorer le mur de son salon.

Ce tableau, représenté ci-dessous, est constitué de quatre rectangles identiques nommés ①, ②, ③ et ④ dessinés à l'intérieur d'un grand rectangle ABCD d'aire égale à 1,215 m^2. Le ratio longueur : largeur est égal à 3 : 2 pour chacun des cinq rectangles.

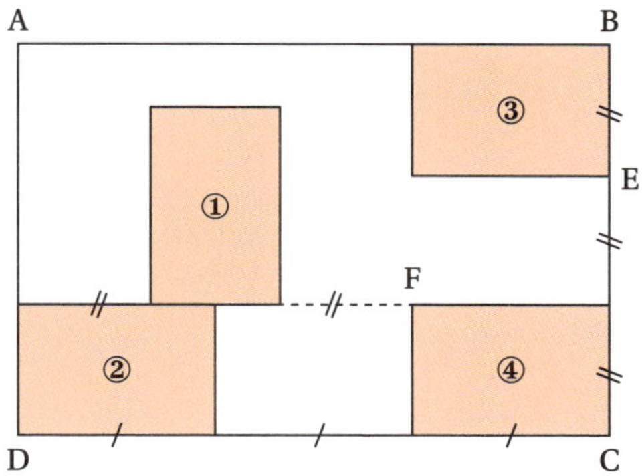

1 Recopier, en les complétant, les phrases suivantes. Aucune justification n'est demandée. (Il y a plusieurs réponses possibles, une seule est demandée.)

a. Le rectangle ③ est l'image du rectangle … par la translation qui transforme C en E.

b. Le rectangle ③ est l'image du rectangle … par la rotation de centre F et d'angle 90° dans le sens des aiguilles d'une montre.

c. Le rectangle ABCD est l'image du rectangle … par l'homothétie de centre … et de rapport 3.

2 Quelle est l'aire d'un petit rectangle ?

3 Quelles sont la longueur et la largeur du rectangle ABCD ?

DÉMARRONS ENSEMBLE

2 Dans un agrandissement de coefficient k, les aires sont multipliées par k^2.

6 Programmes de calcul

20 min

Voici deux programmes de calcul.

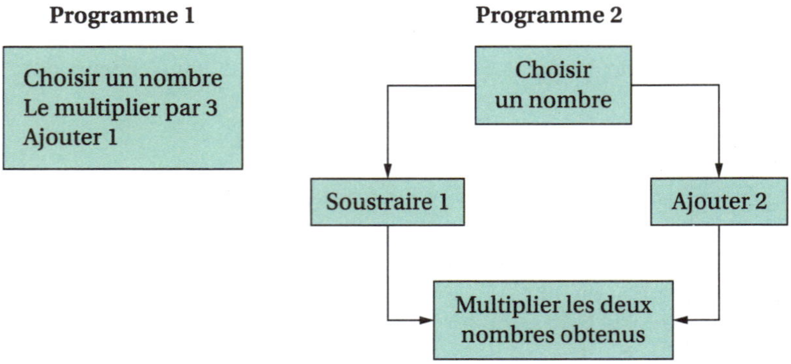

1 Vérifier que si on choisit 5 comme nombre de départ :
- le résultat du programme 1 vaut 16 ;
- le résultat du programme 2 vaut 28.

2 On appelle $A(x)$ le résultat du programme 1 en fonction du nombre x choisi au départ.
La fonction $B : x \mapsto (x-1)(x+2)$ donne le résultat du programme 2 en fonction du nombre x choisi au départ.

a. Exprimer $A(x)$ en fonction de x.

b. Déterminer le nombre que l'on doit choisir au départ pour obtenir 0 comme résultat du programme 1.

3 Développer et réduire l'expression :
$B(x) = (x-1)(x+2)$.

4 **a.** Montrer que $B(x) - A(x) = (x+1)(x-3)$.

b. Quels nombres doit-on choisir au départ pour que le programme 1 et le programme 2 donnent le même résultat ? Expliquer la démarche.

DÉMARRONS ENSEMBLE

4 **a.** Développe chaque partie et vérifie qu'elles sont égales.

b. L'égalité $B(x) = A(x)$ signifie que $B(x) - A(x) = 0$.

SUJET D'HISTOIRE-GÉO EMC

→ CORRIGÉ p. 568

1 Analyser des documents • Histoire

40 min

Document 1 Circulaire de la préfecture de Paris ordonnant la rafle du « Vél' d'Hiv' » des 16 et 17 juillet 1942

À messieurs les commissaires [...]

Paris, le 13 juillet 1942.

Les autorités occupantes ont décidé l'arrestation et le rassemblement d'un certain nombre de Juifs étrangers. [...] [La mesure] concerne tous les Juifs étrangers, quel que soit leur sexe, pourvu qu'ils soient âgés de 16 à 60 ans. Les enfants de moins de 16 ans seront emmenés en même temps que les parents[1]. [...]

Vous constituerez des équipes d'arrestation. Chaque équipe sera composée d'un gardien en tenue et d'un gardien en civil ou d'un inspecteur des Renseignements généraux ou de la Police judiciaire.

[...]

Les équipes chargées des arrestations devront procéder avec le plus de rapidité possible, sans paroles inutiles et sans commentaire. [...] Des autobus seront mis à disposition. Lorsque vous aurez un contingent suffisant pour remplir un autobus, vous dirigerez :

a) Sur le camp de Drancy les individus ou familles n'ayant pas d'enfant de moins de 16 ans.

b) Sur le Vélodrome d'Hiver : les autres.

En ce qui concerne le camp de Drancy, le contingent prévu doit être de 6 000.

[...]

La garde du Vélodrome d'Hiver sera assurée, tant à l'intérieur qu'à l'extérieur par la gendarmerie de la région parisienne et sous sa responsabilité.

Le directeur de la police municipale, Hennequin.

Archives de la police, sorties à l'occasion d'une exposition organisée par la mairie du IIIe arrondissement de Paris en 2012.

1. En réalité, la rafle s'est portée sur tous les Juifs, français comme étrangers et de tout âge.

Document 2 Principaux itinéraires des convois de déportation à destination d'Auschwitz

Mémorial de la Shoah.

Document 1

1 À l'aide de l'expression soulignée, présentez la situation de la France en 1942. *(2 points)*

2 Identifiez les personnes visées par la circulaire. *(2 points)*

3 Décrivez ce qu'est une rafle à l'aide de ce document. *(4 points)*

4 Montrez comment les services de l'État français collaborent avec l'occupant. *(6 points)*

Document 2

5 Expliquez pourquoi la rafle du « Vél' d'Hiv' » n'est qu'une étape dans la politique nazie mise en place en Europe durant la Seconde Guerre mondiale. *(6 points)*

2 Maîtriser les différents langages • Géographie

40 min

1) En vous appuyant sur un exemple étudié en classe, rédigez un développement construit d'environ vingt lignes montrant l'organisation et les dynamiques d'une aire urbaine en France. *(13 points)*

2) Les territoires ultramarins français *(7 points)*

a. Localisez et nommez les trois océans identifiés sur le planisphère suivant.

b. Reliez chaque territoire ultramarin à l'océan dans lequel ou au bord duquel il se situe.

Martinique •	• Océan Atlantique
Réunion •	
Guadeloupe •	• Océan Indien
Polynésie française •	
Mayotte •	• Océan Pacifique
Guyane •	

c. Localisez et nommez sur le planisphère deux territoires ultramarins de votre choix.

d. Identifiez l'équateur sur le planisphère par un trait de couleur et complétez la légende.

Les territoires ultramarins français

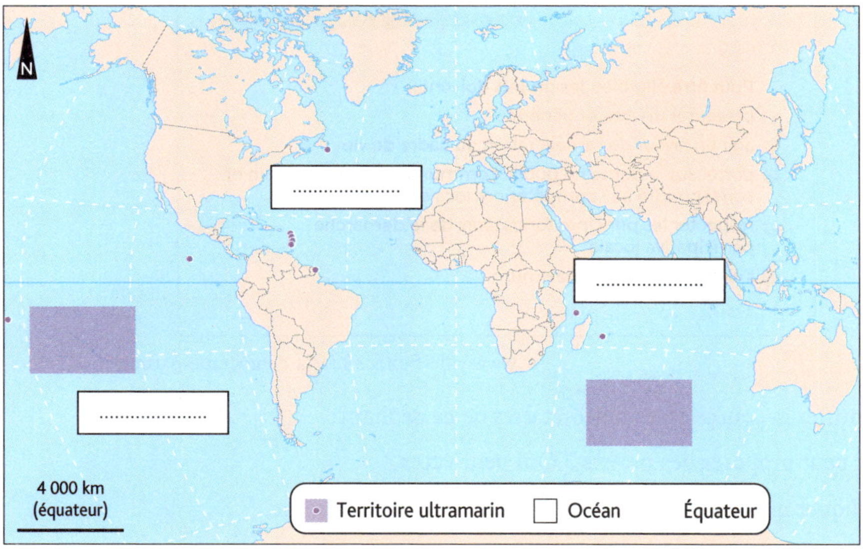

3 Mobiliser des compétences d'EMC à partir d'une situation pratique

30 min

Document **Dépliant de présentation des budgets participatifs de la ville de Floirac**

En **2018**, la Ville a choisi de réserver **160 000 €** du budget municipal pour financer la réalisation de projets émanant directement des citoyens.

Au travers des budgets participatifs, la municipalité favorise l'implication des habitants dans la vie locale.

Quel type de projet proposer ?

Exemples de projets recevables :

Nous attendons vos propositions !

Pour être éligibles, les projets doivent :

- présenter un intérêt général
- agir en faveur de l'amélioration du cadre de vie
- porter sur le domaine public communal ou métropolitain et correspondre aux compétences locales
- respecter les principes fondateurs de la démarche participative locale
- s'élever à 25 000 € maximum

www.ville-floirac33.fr/la-democratie-participative.

1) Identifiez la source et les destinataires de ce dépliant.

2) Qui peut proposer des projets ? Qui peut voter ?

3) Expliquez quel est l'objectif recherché par la ville de Floirac.

4) Citez deux autres formes d'engagement des citoyens dans la vie démocratique.

5) Vous allez à la rencontre des habitants de votre quartier pour qu'ils s'engagent dans la vie de la commune. Rédigez un texte pour les convaincre.

SUJET DE SCIENCES

→ CORRIGÉ p. 572

1 Saut en parachute • Physique-Chimie

30 min

Un parachutiste saute habituellement depuis un avion en plein vol à une altitude d'environ 3 à 4 km. Pour battre un record de vitesse, l'autrichien Felix Baumgartner a réalisé en 2012 un saut hors du commun depuis un ballon-sonde à 39 km d'altitude.

Document 1 Schématisation de deux sauts en parachute

(Les échelles ne sont pas respectées.)

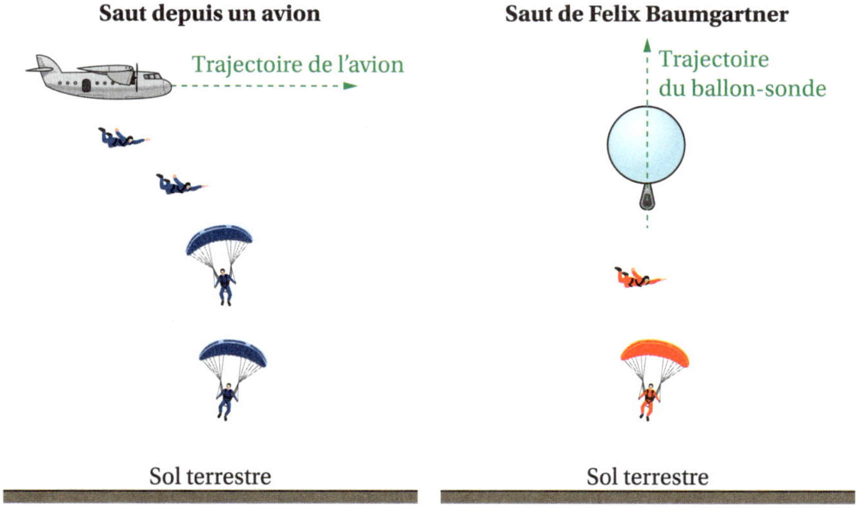

Document 2 Évolution de la vitesse de Felix Baumgartner par rapport au sol terrestre en fonction du temps, avant l'ouverture du parachute

(Les valeurs de la vitesse sont volontairement absentes.)

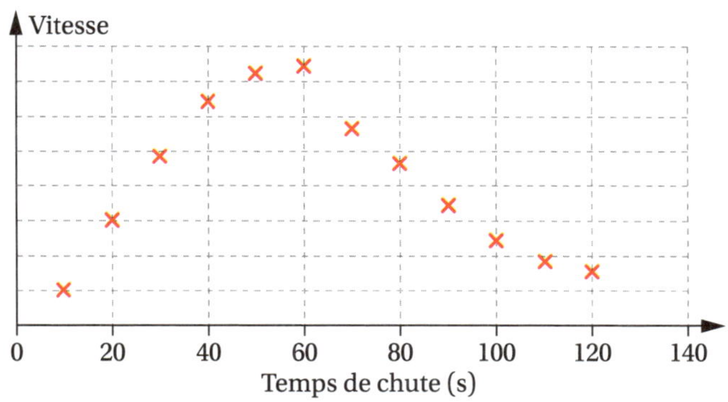

Document 3 **Positions successives de Felix Baumgartner au début de sa chute, avant l'ouverture du parachute**

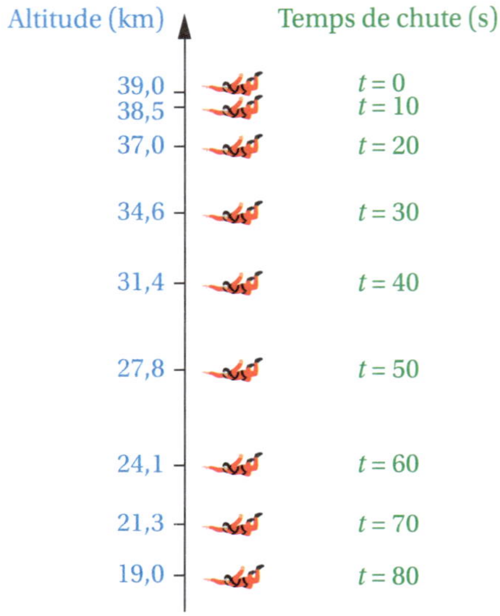

1 Parmi les propositions suivantes, indiquer, en justifiant la réponse à partir du document 2, celle qui satisfait aux caractéristiques du saut de Felix Baumgartner. Le mouvement est :
- proposition **a** : accéléré puis ralenti ;
- proposition **b** : accéléré puis uniforme ;
- proposition **c** : uniforme puis accéléré.

2 Montrer sans calcul que l'analyse du document 3 permet de retrouver la réponse précédente.

3 En exploitant les documents 2 et 3, expliquer à l'aide de calculs, si la vitesse maximale atteinte par Felix Baumgartner est proche de 250 m/s, 370 m/s ou 470 m/s.

4 Le parachutiste est soumis à deux actions mécaniques : l'action de la Terre modélisée par le poids (aussi appelée force de pesanteur) et les frottements de l'air. Indiquer pour chacune de ces actions, s'il s'agit d'une action de contact ou d'une action à distance.

DÉMARRONS ENSEMBLE

1 Relie l'évolution de la vitesse à un type de mouvement.

2 Utilise la formule de la vitesse sans l'appliquer numériquement.

3 Utilise la formule de la vitesse et applique-la numériquement.

4 Utilise les définitions des actions de contact et à distance.

2 Construction et exploitation d'un arbre de parenté • SVT

30 min

Document 1 Groupes d'animaux actuels et fossiles

Ils possèdent tous des yeux, une bouche, une mâchoire, un squelette interne et des doigts. (LT : longueur totale ; LQ : longueur de la queue)

Chat domestique
(LT : 45 cm,
LQ : 30 cm)

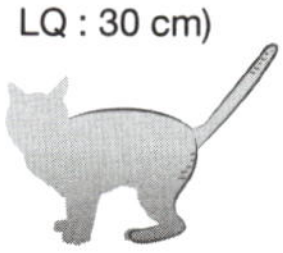

Cistude d'Europe
(LT : jusqu'à 30 cm)

Corbeau freux
(LT : 46 cm)

Crocodile du Nil
(LT : 480 cm)

Lézard vert
(LT : 13 cm,
LQ : jusqu'à 26 cm)

Archéoptéryx
(Jurassique supérieur)
(LT : 60 cm)

Mammouth laineux
(Pléistocène)
(hauteur : 330 cm)

Tyrannosaure
(Crétacé supérieur)
(LT : 12 mètres)

Document 2 Tableau indiquant la présence ou l'absence de certains attributs

Groupes d'animaux \ Attributs	Amnios	Deux fenêtres temporales	Gésier	Poils	Carapace sur le dos et le ventre	Plumes	Os de la mâchoire mobile
Chat domestique	■			■			
Cistude d'Europe	■				■		
Corbeau freux	■	■	■			■	
Crocodile du Nil	■	■	■				
Lézard vert	■	■					■
Tyrannosaure	■	■	■				
Archéoptéryx	■	■	■			■	
Mammouth	■			■			

Document 3 Définition de quelques attributs utilisés

- L'**amnios** est une enveloppe protectrice entourant l'embryon.
- Une **fenêtre temporale** est une perforation du crâne à l'arrière de l'orbite.
- Un **gésier** est une poche digestive particulière.

1 Classer les êtres vivants présentés sous forme d'ensembles emboîtés.

2 Construire un arbre de parenté résumant les relations de parenté entre ces différents êtres vivants.

3 Justifier l'affirmation : « Un groupe présente un ou des attributs nouveaux mais conserve ses attributs ancestraux. »

DÉMARRONS ENSEMBLE

1 Commence par déterminer le nombre de boîtes à réaliser.
Ensuite, pour construire les boîtes, observe bien la répartition des attributs pour savoir si certaines boîtes doivent être **emboîtées** ou **côte à côte**.

2 Place à la base de l'arbre l'**attribut le plus partagé**. Ajoute une branche correspondant au second attribut le plus partagé. Place une seconde branche, correspondant à **l'absence** de ce second attribut, etc.

3 Utilise un groupe pour justifier l'affirmation. Par exemple le groupe des « oiseaux » : en quoi ces animaux présentent-ils à la fois des attributs nouveaux et des attributs ancestraux ?

CORRIGÉS

SUJET DE FRANÇAIS

1 Travail sur le texte littéraire et sur l'image

1 a. Le nom propre « Globalia » est formé à partir de **l'adjectif « global »**.
b. Globalia est une sorte d'état mondial où les habitants sont englobés dans une même **uniformité politique, sociale et intellectuelle**.

2 a. « On » est un **pronom personnel sujet**.
b. • « là où on nous autorise à aller » : « on » désigne ceux qui gouvernent.
• « mais on sentait le désespoir éteindre sa voix » : « on » désigne ici Kate, le narrateur, les lecteurs, ceux qui écoutent Baïkal.
• « on peut sortir d'ici et rejoindre la mer » : « on » désigne cette fois « nous » (Kate et Baïkal).

3 Les paroles sont rapportées au **discours indirect**.

4 La figure de style employée est une **anaphore**.

> **MOT CLÉ**
> Une **anaphore** consiste à répéter le même mot ou la même construction au début de plusieurs phrases ou vers.

5 a. Le mode employé est l'**impératif**.
b. Il exprime une invitation pressante, une **exhortation**.

6 a. La relation logique est une relation de **cause**. Elle est **implicite**, sous-entendue.
b. Je ne retournerai pas là-bas **parce que** ce monde est une prison.

7 *Les modifications sont en couleur.*
Baïkal explique à Kate qu'elle ne **comprend** pas, **qu'il le lui a** souvent répété, **que** ce sera toujours la même chose, **que** partout **ils seront** en Globalia, **que** partout **ils retrouveront** cette civilisation qu'**il** déteste.

8 Le sujet central de la conversation entre Kate et Baïkal est la **possibilité qu'il existe un autre monde** au-delà des frontières de cet univers globalisé et uniformisé dans lequel ils vivent.

9 a. Kate a une opinion très positive de Globalia : elle considère que c'est **un monde où l'on est heureux**.
b. Elle apporte deux arguments. Tout d'abord, il s'agit d'un **monde sans guerre** : « Aurais-tu la nostalgie du temps où il y avait des nations différentes qui n'arrêtaient pas de se faire la guerre ? » Ensuite, c'est un **monde sans frontières** dans lequel on peut se déplacer librement : « Tu ne peux tout de même pas nier qu'on peut aller partout. »
c. Pour tenter de convaincre Baïkal, Kate emploie des **questions rhétoriques** : « Il n'y a plus de frontières désormais. *Ce n'est tout de même pas plus mal ?* »

> **MOT CLÉ**
> Une **question rhétorique** est une question à laquelle on n'attend pas de réponse, dont on connaît d'avance la réponse.

10 **a.** Baïkal a une vision très critique de Globalia.
Il s'agit, selon lui, d'un **monde totalitaire**, où la liberté de penser et de se déplacer n'est qu'apparente, où tous les habitants sont amenés à penser de la même manière. Il voit Globalia comme une prison, tant physique que morale.
b. Baïkal souhaite s'évader de cet univers, **partir à la recherche d'un ailleurs**. Cela fait des semaines qu'il enquête sur les « non-zones ». Il s'est procuré un logiciel cartographique. Il est persuadé qu'il y a un autre monde hors de Globalia.

11 Kate tente de le convaincre de regagner Globalia. Elle a **peur de l'inconnu** qui les attend et elle voit Baïkal perdu, au bord des larmes.

12 Je pense comme Baïkal que Globalia est un **monde totalitaire** qui semble offrir le bonheur et la paix, mais au détriment de la liberté de penser, de se déplacer. Les esprits y sont uniformisés, en proie à la propagande. Il n'y a plus de libre-arbitre. C'est un **monde aseptisé**, sans surprise, sans différences. On peut y voyager à sa guise, mais à quoi bon puisqu'il n'y a plus qu'une civilisation unique ?

13 **a.** La société représentée par Quino sur sa planche de bande dessinée est une **société où tout le monde pense de manière identique**, ce qui est symbolisé par des carrés. La résistance à cette pensée totalitaire consiste à se procurer clandestinement un instrument subversif, un compas, qui permettra de réaliser des ronds, c'est-à-dire de penser et s'exprimer autrement.
b. Le monde de Globalia et celui de la bande dessinée ont les mêmes caractéristiques : ils imposent à leurs habitants une **pensée unique**. Baïkal ressemble à ce personnage qui se procure un compas : il veut échapper à cette dictature de la pensée, découvrir d'autres horizons.

2 Dictée

Tout à coup, emportés par leur élan, ils butèrent contre la vitre qui courait à mi-pente. Elle rendit un son vibrant quand ils la heurtèrent. Ils étaient tombés accroupis, emmêlés. Baïkal se redressa, couvert d'aiguilles sèches. Il aida Kate à se relever. Elle n'osait pas toucher la vitre. C'était la première fois qu'elle approchait des limites. Le mur lisse et brillant était transparent de près mais prenait un ton vert glauque à mesure qu'il s'éloignait et qu'on le voyait de biais. [...] La pente qu'ils avaient dégringolée était si raide qu'il semblait impossible de la remonter.

auxiliaire *être* + participe passé
auxiliaire *avoir* + participe passé
participe passé employé comme adjectif

3 Rédaction

Voici un exemple de rédaction sur le sujet d'imagination.
Attention les indications entre crochets ne doivent pas figurer sur ta copie.

[Introduction] Kate laissa Baïkal derrière elle et réintégra discrètement Globalia, soulagée, mais aussi inquiète pour son jeune compagnon affrontant seul les dangers des non-zones, s'y perdant peut-être pour toujours. Elle s'en voulait de l'avoir ainsi abandonné, mais elle ne se sentait pas capable de quitter le cocon protecteur du seul monde qu'elle connaissait.

[Élément déclencheur] Soudain, Kate sentit une odeur lui chatouiller les narines, un léger arôme un peu entêtant, à la fois étrange et familier : cela sentait quelque chose de doux, de subtil et de sauvage en même temps, quelque chose qui éveillait en elle une sorte de nostalgie, une impression de poésie… Elle plongea la main dans sa poche et en sortit une petite poignée de quelque chose qui sentait la terre, l'humus. Cela avait dû s'y glisser alors qu'elle suivait son jeune ami.

[Prise de conscience] Il n'y avait rien de tel à Globalia : les odeurs étaient proscrites, chassées. Tout était désodorisé, aseptisé, fade. Tout ce qui pouvait éveiller des élans de poésie, des désirs, des envies était formellement interdit. Kate, déjà, remarquait quelques regards désapprobateurs et suspicieux. Elle se hâta de s'éloigner de peur d'être soupçonnée de quelque pratique prohibée.

Malgré elle, sa main tâta précautionneusement le fond de sa poche : c'était doux, un peu friable… Elle jeta un coup d'œil rapide à la petite poignée de terre ocre qu'elle venait d'extraire du bout de ses doigts. Elle ne put s'empêcher de porter ces quelques grains à ses narines et huma profondément. Cela lui donna envie de chantonner, même si c'était interdit, à l'exception des chants patriotiques. Comme tout lui semblait terne, insipide, monotone tout à coup. Était-ce cette vie-là qu'elle considérait encore comme heureuse, idéale, quelques heures auparavant ?

[Conclusion] Elle cacha la petite poignée de terre bien profondément dans les plis de sa poche et ressentit le violent désir de fuir cette prison mentale qu'était devenu pour elle, en quelques instants, Globalia. Elle ne souhaitait plus qu'une chose : rejoindre Baïkal et explorer avec lui les espaces inconnus. Mais saurait-elle le retrouver ?

SUJET DE MATHS

1 Le trésor

1) $69 = 3 \times 23$

$1\,150 = 2 \times 575 = 2 \times 5 \times 115 = 2 \times 5^2 \times 23$

$4\,140 = 2 \times 2\,070 = 2^2 \times 1\,035 = 2^2 \times 3 \times 345 = 2^2 \times 3^2 \times 115 = 2^2 \times 3^2 \times 5 \times 23$

2) Le facteur commun dans les décompositions des trois nombres est 23.
Il y a donc 23 marins.

2 Le décor de pièce de théâtre

1) ADM est rectangle en A.

$\tan(\widehat{D}) = \dfrac{\text{côté opposé à l'angle } \widehat{D}}{\text{côté adjacent à l'angle } \widehat{D}} = \dfrac{AM}{AD}$

Donc $\tan(60°) = \dfrac{AM}{2}$

et $AM = 2 \times \tan(60°) \approx 3{,}46$ m.

2) $\text{Aire(BMNC)} = BM \times BC = (4 - 3{,}46) \times 2 = 1{,}08 \text{ m}^2$

$\text{Aire(ABCD)} = AB \times BC = 4 \times 2 = 8 \text{ m}^2$

Donc la proportion de plaque non utilisée est : $\dfrac{1{,}08}{8} \approx 0{,}14$.

> **À NOTER**
> **2)** Une proportion est la division de deux grandeurs de même type, ici des aires.

3) • Dans les triangles ADM et MPN :

$\widehat{DAM} = \widehat{MPN}$ car ce sont des angles droits ;

$\widehat{ADM} = \widehat{PMN}$ car les deux angles sont alternes-internes.

Par la somme des mesures des angles d'un triangle, on a $\widehat{AMD} = \widehat{MNP}$.

Les triangles ADM et MPN ont leurs trois angles égaux, ils sont donc semblables.

• Dans les triangles ADM et PDN :

$\widehat{DAM} = \widehat{NPD}$ car ce sont des angles droits ;

$\widehat{PDN} = 90° - 60° = 30°$ et par la somme des mesures des angles d'un triangle, $\widehat{AMD} = 30°$.

Donc les deux angles $\widehat{PDN}$ et $\widehat{AMD}$ sont égaux.

Par la somme des mesures des angles d'un triangle, on a : $\widehat{ADM} = \widehat{PND}$.

Les triangles ADM et PND ont leurs trois angles égaux, ils sont donc semblables.

4) ADM est rectangle en A.

$\cos(\widehat{D}) = \dfrac{\text{côté adjacent à l'angle } \widehat{D}}{\text{hypoténuse}} = \dfrac{AD}{DM}$ donc

$\cos(60°) = \dfrac{2}{DM}$ et $DM = \dfrac{2}{\cos(60°)} = 4$ m.

Or $DN = 3{,}46$ m donc $\dfrac{DM}{DN} = \dfrac{4}{3{,}46} \approx 1{,}15 < 1{,}5$.

Le coefficient d'agrandissement convient.

3 Le sablier

1) a. $V_{\text{sable}} = \frac{2}{3} \times \mathcal{V}_{C_2} = \frac{2}{3} \times \text{aire(base)} \times \text{hauteur}$

$= \frac{2}{3} \times \pi \times (\text{rayon})^2 \times \text{hauteur}$

$= \frac{2}{3} \times \pi \times \left(\frac{1{,}5}{2}\right)^2 \times 4{,}2 \approx 4{,}95 \text{ cm}^3.$

CONSEIL

1) a. Attention, on a : $\text{rayon} = \frac{\text{diamètre}}{2}$.

b. Il y a proportionnalité entre le volume de sable écoulé et le temps :

Volume (cm³)	Temps (s)
1,98	60
4,95	x

Par le produit en croix, on a :

$x = \frac{4{,}95 \times 60}{1{,}98} = 150 \text{ s} = 2 \text{ min } 30 \text{ s}.$

2) a. Le nombre total de tests faits est :

1 + 1 + 2 + 6 + 3 + 7 + 6 + 3 + 1 + 2 + 3 + 2 + 3 = 40.

b. • Calcul de l'étendue : 2 min 38 s – 2 min 22 s = 16 s.

16 s < 20 s donc le premier critère est vérifié.

• Détermination de la médiane : on cherche la moyenne entre la 20e et la 21e valeur.

1re méthode : on liste, dans l'ordre croissant, les 40 valeurs.

2e méthode : on fait un calcul d'effectifs cumulés croissants :

Temps	Effectifs cumulés croissants
⩽ 2'22	1
⩽ 2'24	2
⩽ 2'26	4
⩽ 2'27	10
⩽ 2'28	13
⩽ 2'29	20
⩽ 2'30	26

Temps	Effectifs cumulés croissants
⩽ 2'31	29
⩽ 2'32	30
⩽ 2'33	32
⩽ 2'34	35
⩽ 2'35	37
⩽ 2'38	40

Donc la médiane est entre 2 min 29 s et 2 min 30 s et le second critère est vérifié.

• Calcul de la moyenne (le calcul est plus simple si toutes les unités de temps sont en secondes) :

$$\text{Moyenne} = \frac{142 \times 1 + 144 \times 1 + 146 \times 2 + 147 \times 6 + 148 \times 3 + 149 \times 7 + 150 \times 6 + 151 \times 3 + 152 \times 1 + 153 \times 2 + 154 \times 3 + 155 \times 2 + 158 \times 3}{40}$$

≈ 150 s soit 2 min 30 s.

Donc le dernier critère est vérifié.

Conclusion : le sablier testé ne sera pas éliminé.

4 Dessin sous Scratch

1 On obtient la figure ci-dessous.

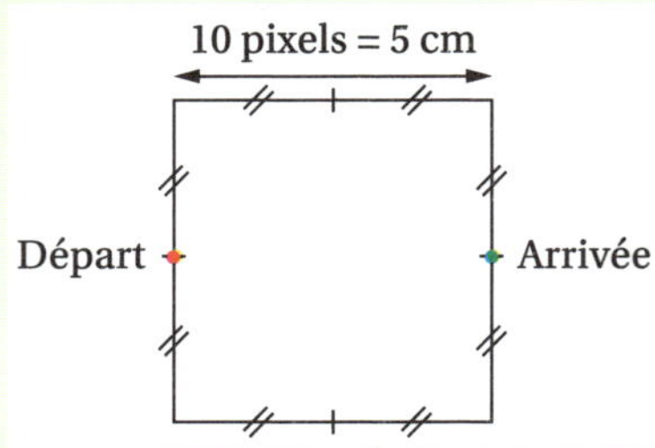

2 Le script 1 correspond au dessin B car il crée 23 fois le même motif carré-tiret.
Le script 2 correspond au dessin A car il crée 46 tracés aléatoires de carrés et de tirets.

3 **a.** Si le nombre aléatoire est 1, c'est un carré qui est tracé.
Or la probabilité que le 1 sorte est de $\frac{1}{2}$.
Donc la probabilité que le premier tracé soit un carré est de $\frac{1}{2}$.
b. Le tracé du premier carré n'influence pas le tracé du second ; ces deux événements sont donc indépendants.
Donc : p (carré-carré) $= \frac{1}{2} \times \frac{1}{2} = \frac{1}{4}$.

4 Juste après le bloc « répéter 46 fois », il faut glisser les blocs suivants :

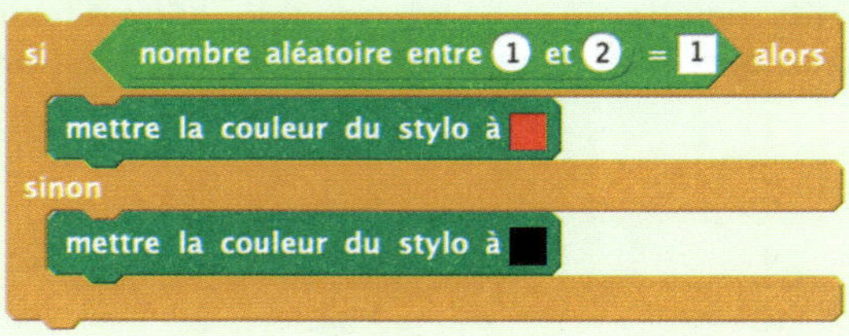

5 Tableau et transformations du plan

1 **a.** Le rectangle ③ est l'image du rectangle ④ par la translation qui transforme C en E.
b. Le rectangle ③ est l'image du rectangle ① par la rotation de centre F d'angle 90° dans le sens des aiguilles d'une montre.
c. Le rectangle ABCD est l'image du rectangle ② par l'homothétie de centre D de rapport 3.
Le rectangle ABCD est l'image du rectangle ③ par l'homothétie de centre B de rapport 3.
Le rectangle ABCD est l'image du rectangle ④ par l'homothétie de centre C de rapport 3.

2) $A_{ABCD} = 3^2 \times A_{\text{petit rectangle}}$
$1{,}215 = 9 \times A_{\text{petit rectangle}}$

Donc $A_{\text{petit rectangle}} = \dfrac{1{,}215}{9} = 0{,}135 \text{ m}^2$.

3) Calculons la longueur et la largeur du grand rectangle :
Le ratio longueur : largeur est égal à 3 : 2 signifie que la longueur est 1,5 fois plus grande que la largeur.
On a $L = 1{,}5 \times l$.
Or $A_{ABCD} = L \times l$.
Donc $1{,}5 \times l^2 = 1{,}215$

$l = \sqrt{\dfrac{1{,}215}{1{,}5}} = 0{,}9 \text{ m}$.

De plus : $L = 1{,}5 \times 0{,}9 = 1{,}35$ m.

6 Programmes de calcul

1) • **Programme 1**
$5 \times 3 = 15$
$15 + 1 = 16$

• **Programme 2**

5

$5 - 1 = 4$ ← 5 → $5 + 2 = 7$

$4 \times 7 = 28$

2) a. $A(x) = 3x + 1$
b. On résout l'équation $3x + 1 = 0$.
$3x = -1$
$x = -\dfrac{1}{3}$

3) $B(x) = (x - 1)(x + 2) = x^2 + 2x - x - 2 = x^2 + x - 2$

4) a. D'une part : $B(x) - A(x) = x^2 + x - 2 - 3x - 1 = x^2 - 2x - 3$.
D'autre part : $(x + 1)(x - 3) = x^2 - 3x + x - 3 = x^2 - 2x - 3$.
Donc les deux expressions sont bien égales :
$B(x) - A(x) = (x + 1)(x - 3)$.
b. On cherche x tel que $B(x) = A(x)$ donc $B(x) - A(x) = 0$, soit $(x + 1)(x - 3) = 0$.
C'est une équation produit.
Or, si un produit de facteurs est nul alors l'un au moins des facteurs est nul.
Donc $x + 1 = 0$ ou $x - 3 = 0$, soit :
$x = -1$ ou $x = 3$.
Conclusion : les deux valeurs pour lesquelles ces deux programmes sont égaux sont -1 et 3.

SUJET D'HISTOIRE-GÉO EMC

1 Analyser des documents • Histoire

1) En juillet 1942, les deux tiers nord de la France sont occupés par l'armée allemande conformément aux conditions d'armistice imposées par l'Allemagne hitlérienne après la défaite de juin 1940. Au sud, une zone non-occupée est sous l'administration du régime de Vichy dirigé par le maréchal Pétain.

2) La circulaire vise les Juifs étrangers de 16 et 60 ans, les enfants de moins de 16 ans avec leurs parents vivant à Paris.

3) Pendant la Seconde Guerre mondiale, les rafles désignent les opérations de police visant l'arrestation massive de Juifs vivant dans les pays occupés ou dominés par l'Allemagne nazie. Ces rafles concernent aussi bien des célibataires que des familles avec enfants, lesquels après arrestation et transfert en bus sont parqués dans des camps d'internement (Drancy) avant leur déportation vers les centres de mise à mort en Pologne.

4) Lors de la rafle du Vél' d'Hiv', les 16 et 17 juillet 1942 à Paris, la police municipale (« gardien en tenue » et « gardien en civil »), la police nationale et les Renseignements généraux sont mis au service de l'occupant. La circulaire s'adresse aux commissaires de police de la ville de Paris, lesquels sont chargés de la faire appliquer.

5) La carte montre que la rafle du Vél' d'Hiv' entre dans une politique globale de déportation et d'extermination des Juifs et des Tziganes européens. En France, de nombreux camps de transit sont ouverts aussi bien en zone nord qu'en zone non occupée afin d'accueillir les Juifs arrêtés. De là, ils sont transportés vers les camps de la région parisienne comme Drancy ou Compiègne d'où s'opèrent les départs vers les camps d'extermination. Nombre d'entre eux sont dirigés vers Auschwitz où coexistent un camp de travail et un centre de mise à mort. Au total, le génocide juif a fait plus de 5 millions de victimes tandis qu'entre 200 000 et 500 000 Tziganes ont été exterminés.

2 Maîtriser les différents langages • Géographie

1) 85 % de la population française résident aujourd'hui dans une aire urbaine, et jusqu'à 95 % dans un territoire sous influence urbaine. La France est un pays de citadins.

■ Une aire urbaine s'organise en plusieurs espaces de morphologies différentes (voir schéma). La ville-centre est un espace bâti en continu, très dense, auquel succèdent des banlieues résidentielles en habitat pavillonnaire ou grands ensembles d'habitat collectif. Ville-centre et banlieues forment

CONSEIL
Réalise un schéma simple d'une aire urbaine. Essaie d'y indiquer des toponymes locaux.

un **pôle urbain** (au moins 10 000 emplois). Au-delà du pôle urbain commence la **couronne périurbaine** : l'habitat s'agglomère autour de petits villages-centres qui grossissent par développement d'habitats pavillonnaires ; mais au moins 40 % des habitants travaillent en fait dans le pôle urbain.

CONSEIL

Ne cite pas seulement les espaces de l'aire urbaine, donnes-en une description rapide.

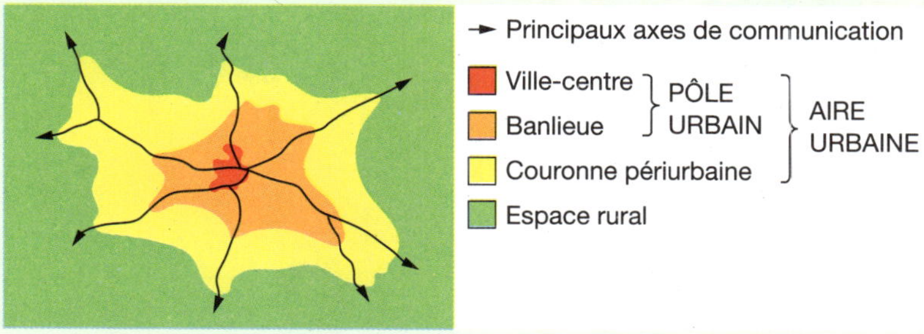

■ Les dynamiques urbaines sont marquées par l'**étalement** : l'espace urbain et périurbain se dilate, s'étale dans l'espace et sa densité diminue. La périurbanisation gagne sur les campagnes proches, grignotant l'espace rural environnant, à la faveur du développement de l'automobile et de prix fonciers plus attractifs. La dissociation entre lieu de vie, lieu de travail, lieu de loisirs ou de consommation, a été permise par le développement de l'automobile. Elle entraîne donc l'**explosion des mobilités**. Les axes de communication sont alors saturés par les **migrations pendulaires**. Ces mobilités génèrent pertes de temps et pollution.
Ce mode de vie périurbain, fortement consommateur d'espace et d'énergie, est-il cependant, aujourd'hui, le mieux adapté aux nouvelles problématiques de **développement durable** ?

2 **a.**, **c.** et **d.** Voir le **planisphère** complété page suivante.

REMARQUE

Tous les territoires ultramarins sont indiqués sur ce planisphère. Cependant, le jour de l'épreuve, contente-toi des deux demandés, pour consacrer le maximum de temps au développement construit.

b.

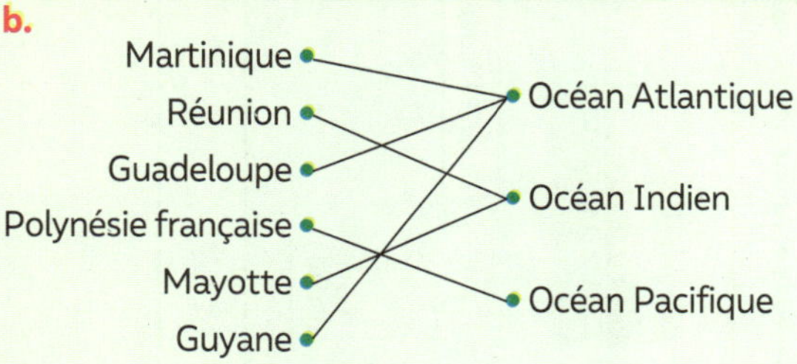

Les territoires ultramarins français

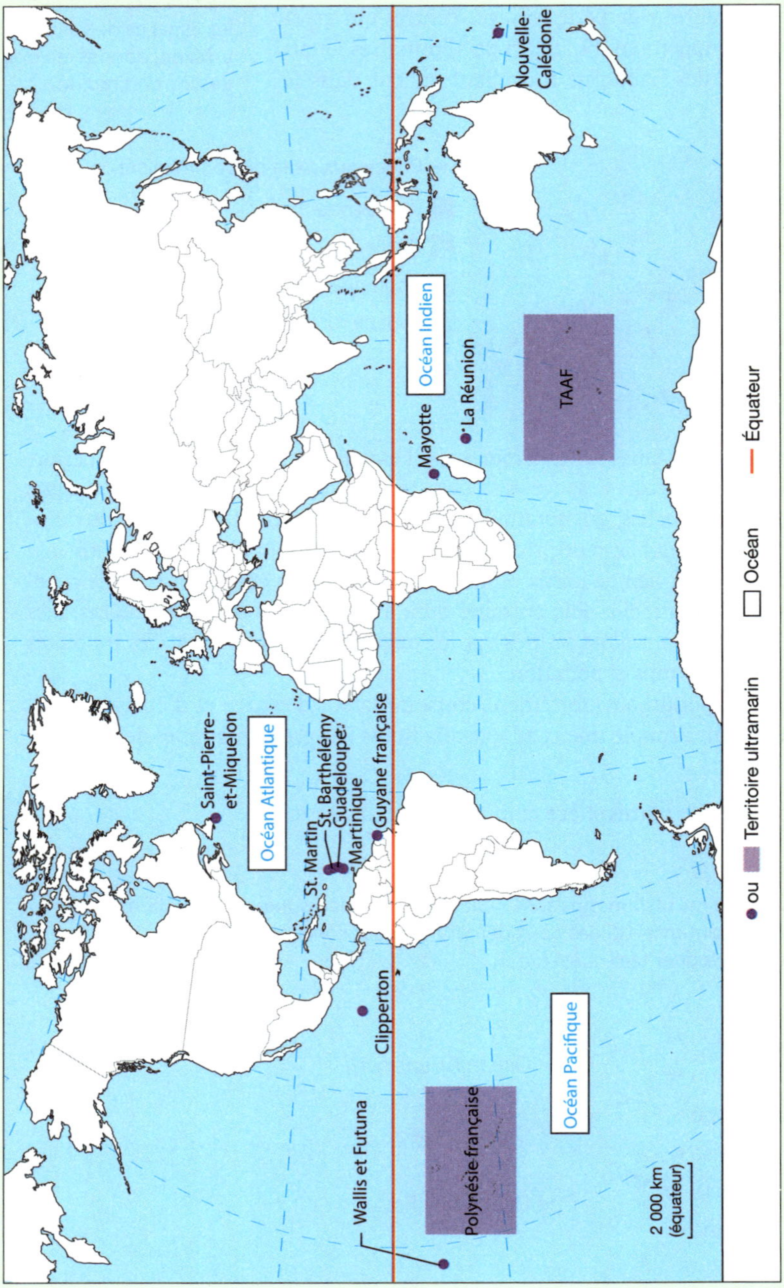

3 Mobiliser des compétences d'EMC à partir d'une situation pratique

1) Le document est publié par la ville de Floirac, en Gironde (33), sur le site web de la commune. Le Conseil municipal s'adresse ainsi aux citoyens habitant Floirac.

2) Le dépliant précise que les projets émanent « directement des citoyens ». La décision de réaliser ou non les projets présentés dépend d'une « votation » à laquelle peuvent participer tous les « résidents floiracais âgés de plus de 9 ans ». Il s'agit donc d'un corps de votants restreint aux résidents de la commune, mais plus large que celui des seuls citoyens (âgés de plus de 18 ans).

> **CONSEIL**
> Développe ta réponse en montrant les spécificités du groupe de votants.

3) L'objectif de la ville de Floirac est de promouvoir la démocratie locale en faisant vivre ses aspects participatifs. Elle souhaite favoriser « l'implication des habitants dans la vie locale ». Cette implication est aujourd'hui une condition nécessaire (mais pas toujours suffisante) pour faire avancer les projets locaux. En effet, la société civile française est particulièrement dynamique, et parfois même contestataire. L'implication des citoyens dans les processus de décision est un moyen de désamorcer une partie des contestations et de faire vivre les valeurs démocratiques.

4) Outre cet exemple des budgets participatifs, les citoyens français peuvent s'engager dans la vie démocratique, à l'échelle locale ou à d'autres échelles. L'engagement dans un parti politique, par exemple, est un moyen de faire vivre ses idées. L'engagement dans un syndicat participe à la démocratie sociale.

5) Mes chers concitoyens,
Notre commune, c'est notre premier cadre de vie, celui de notre quotidien. En s'engageant dans la vie de la commune, chacun d'entre nous peut, par sa connaissance du terrain, par ses compétences propres, participer à en faire un lieu de vie plus agréable pour tous ses habitants.

> **CONSEIL**
> Respecte la forme demandée : un appel à l'engagement des habitants de ton quartier.

S'engager dans la vie de la commune, c'est aussi faire fonctionner une démocratie locale. Naturellement, vos élus locaux – maire et conseillers municipaux – sont à votre service : c'est la démocratie représentative. Mais la démocratie locale s'exerce à une échelle qui permet aux citoyens de s'engager dans la recherche de l'intérêt général. Si chacun fait entendre sa voix, alors les projets de la ville seront les projets de chacun !
L'engagement se fait au service de tous. Il fait vivre nos valeurs de fraternité et de solidarité. Alors engagez-vous ! Venez participer aux débats citoyens ! Venez proposer des projets pour notre vie de demain !

SUJET DE SCIENCES

1 Saut en parachute • Physique-Chimie

1 Sur le document 2, on observe que de $t = 0$ s à $t = 60$ s, la vitesse augmente : sur cette période le mouvement est accéléré.
De $t = 60$ s à $t = 120$ s, la vitesse diminue : sur cette période le mouvement est ralenti.
La proposition correcte est la proposition **a** : « le mouvement est accéléré puis ralenti ».

2 On sait que la vitesse est égale à la distance parcourue par unité de temps. Sur le document 3, les positions ont été relevées à intervalles de temps réguliers, donc plus la distance séparant deux positions successives est grande plus la vitesse est élevée (le système parcourt une plus grande distance pendant la même durée : il va plus vite).
Inversement, plus la distance séparant deux positions successives est petite, plus la vitesse est faible (le système parcourt une plus petite distance pendant la même durée : il va moins vite).
- Entre $t = 0$ s et $t = 60$ s, la distance entre deux positions successives augmente, la vitesse du système augmente : le mouvement est accéléré.
- Entre $t = 60$ s et $t = 80$ s, la distance entre deux positions successives diminue, la vitesse du système diminue : le mouvement est ralenti.

Nous avons retrouvé les mêmes résultats qu'à la question **1**.

3 On sait que le mouvement est accéléré jusqu'à $t = 60$ s et qu'après il est ralenti.
Nous allons calculer la valeur de la vitesse entre $t = 50$ s et $t = 60$ s.
Calcul de la vitesse maximale atteinte entre $t = 50$ s et $t = 60$ s :

$$v = \frac{d}{\Delta t} = \frac{27{,}8 \times 10^3 - 24{,}1 \times 10^3}{60 - 50} = \frac{3{,}7 \times 10^3}{10} = 370 \text{ m/s.}$$

La vitesse maximale atteinte par Felix Baumgartner est proche de 370 m/s.

CONSEIL

3 Pense à convertir les altitudes en mètres.

4 L'action exercée par la Terre sur Felix Baumgartner est une action à distance, car il n'y a pas contact entre les deux systèmes.
Les frottements de l'air sont une action de contact car les molécules d'air sont en contact avec Felix Baumgartner.

2 Construction et exploitation d'un arbre de parenté • SVT

1 et 2 On commence par déterminer le nombre de boîtes à réaliser. On compte 7 attributs distincts : il y aura donc 7 boîtes.

- L'attribut partagé par le plus grand nombre d'espèces est « présence d'amnios » : tous les animaux du tableau disposent d'un **amnios** lors de leur développement embryonnaire. La boîte la plus grande comporte donc tous les animaux.
- Ensuite, les animaux étudiés possèdent soit une **carapace** sur le dos et sur le ventre, soit des **poils**, soit **deux fenêtres temporales**. La boîte « amnios » contient donc trois boîtes côte à côte, correspondant à chacun de ces trois attributs.
- Parmi les animaux dotés de deux fenêtres temporales, certains ont l'os de la **mâchoire mobile,** d'autres possèdent un **gésier** : on crée donc deux boîtes côte à côte à l'intérieur de la boîte « 2 fenêtres temporales », chacune regroupant les animaux possédant ces attributs.
- Parmi les animaux avec un gésier, certains possèdent des **plumes** : on crée donc une boîte « plumes » à l'intérieur de la boîte « gésier ».
- Enfin, on ajoute le nom des espèces animales dans les bonnes boîtes.

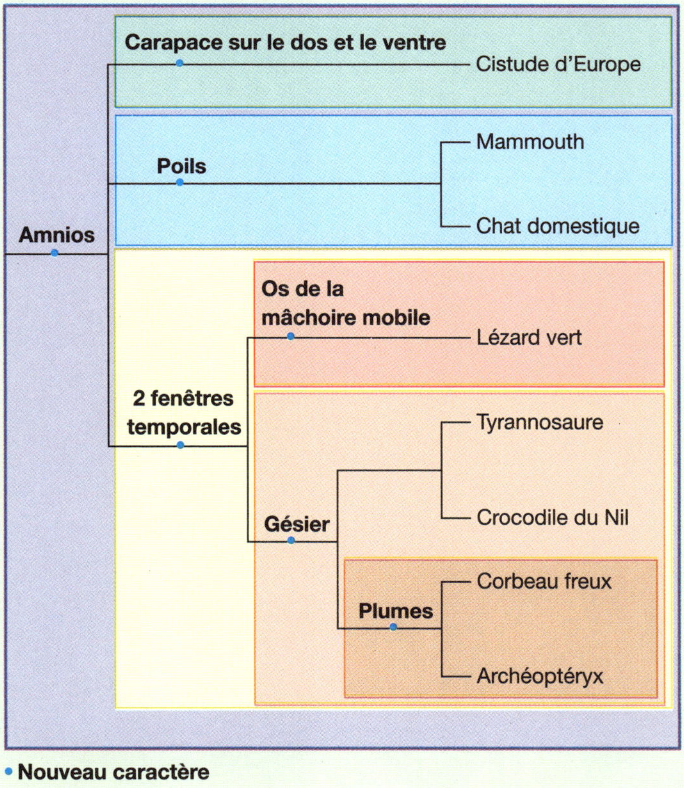

RAPPEL

→ Un arbre de parenté est la **représentation schématique** des liens de parenté supposés entre les espèces et les groupes, à partir des modifications survenues chez un ancêtre commun.

→ La « base de l'arbre » correspond aux **attributs les plus partagés**, une « branche de l'arbre » correspond à la **présence** du second attribut le plus partagé, une seconde « branche de l'arbre » à son **absence**.

→ Le nom des animaux se place aux extrémités des branches, et les attributs se placent **avant le nœud** des branches.

3 Le groupe des « oiseaux » présente un nouvel attribut : des plumes, mais conserve des attributs précédemment apparus (ancestraux) : l'amnios, deux fenêtres temporales, un gésier. Un groupe présente donc des attributs nouveaux et des attributs ancestraux.

TABLE DES ILLUSTRATIONS

3		ph ©	vgajic, iStockphoto
3		ph ©	Arcaid/Universal Images Group/Getty-Images
3		ph ©	Pierre-Olivier Clément-Mantion/iStock editorial/Getty Images Plus
3		ph ©	JAXA Japan Aerospace Exploration Agency/NHK
4		ph ©	Anthony Harvie/Getty-Images
4		ph ©	© Kadmy/stock.adobe.com
4		ph ©	franckreporter/Getty-Images/iStockphoto
4		ph ©	antoniodiaz/shutterstock
5		ph ©	vgajic, Istockphoto
11	1	©	Warner Bros. DR
11	2	©	Warner Bros. DR
11	3	©	Warner Bros. DR
13	-hg		coll. « Classiques & Cie Lycée », 2019 © Éditions Hatier
13	-hd		coll. « Classiques & Cie Lycée », 2015 © Éditions Hatier
13	-mg		coll. « Œuvres & thèmes », 2005 © Éditions Hatier
13	-md		coll. « Œuvres & thèmes », 2021 © Éditions Hatier
13	-bg		Pocket, 2012 © Lisez !
13	-bd		coll. « Folio », 1986 © Gallimard
27		ph ©	Victor Tonelli/Hans Lucas
29		ph ©	Geoffrey Callènes
31		ph ©	Compagnie de l'Esquisse
37		©	Éditions Gallimard
40		ph ©	Kunsthalle, Hambourg/Bridgeman Images
53		ph ©	Akg-Images
56		©	Kirk Anderson
59		ph ©	Gusman/Leemage
61	-g		coll. « Folio », 1973 © Gallimard
61	-d		coll. « Folio », 1982 © Gallimard
62		©	2021 Banco de México Diego Rivera Frida Kahlo Museums Trust, Mexico, D.F. Adagp, Paris - ph © Luisa Ricciarini/Leemage
63			Photo by Nickolas Muray, © Nickolas Muray Photo Archives
87		ph ©	Josse/Leemage
103		ph ©	Arcaid/Universal Images Group/Getty-Images
201		ph ©	Pierre-Olivier Clément-Mantion/iStock editorial/Getty Images Plus
207		ph ©	L'Illustration/Photo12
209		ph ©	Akg - Images
211		ph ©	k. A. Imagno/Akg - Images
213		ph ©	David Seymour/Magnum - Collection Grob/Kharbine-Tapabor
219		ph ©	Akg-Images
221		ph ©	Akg-Images
223		Coll.	Kharbine-Tapabor
232		ph ©	Keystone France/Gamma-Rapho
233		ph ©	Tallandier/Rue des Archives
235		©	Éditions Tallandier, 1983/DR

237	ph ©	Keystone France/Gamma-Rapho
239	©	Europa Grafica - Commission européenne Représentation au Luxembourg/DR
243	ph ©	Daily Mail-Solo Syndication, Londres/Coll. The National Library of Wales
247	ph ©	Arnaud Bouissou/COP21/Anadolu Agency via AFP
255	Coll.	Fondation de la Résistance
257	ph ©	Archives de Gaulle, Paris, France/Bridgeman Images
259	ph ©	William Stevens/Gamma
261	Coll.	Kharbine-Tapabor
263	Coll.	Bib. M. Durand/Kharbine-Tapabor
265	ph ©	Janine Niepce/Roger-Viollet
329	ph ©	Simone Becchetti/Getty Images
335	ph ©	Batard Patrick/ABC/Andia.fr
341	ph ©	Bridgeman Images
345	ph ©	Nicolas Tavernier/REA
347		« Non, 200 000 morts n'ont pas voté pour Joe Biden », Le Monde, Les Décodeurs, 6 novembre 2020.
353	ph ©	Frédéric Maigrot/REA
355	ph ©	GGD65, Gendarmerie des Hautes-Pyrénées
357	ph ©	Philippe de Poulpiquet/PhotoPQR/Le Parisien/Maxppp
359	©	Ministère de la Défense - Armée de l'air
361	ph ©	JAXA Japan Aerospace Exploration Agency/NHK
423	ph ©	Anthony Harvie/Getty-Images
426	ph ©	National Human Genome Institute/SPL/Biosphoto
438	ph ©	Gérard Blondeau/Climax/Biosphoto
450	ph ©	Berekin/iStockphoto
451	ph ©	Josse/Leemage
467	ph ©	AJ Photos/SPL/Biosphoto
471	ph ©	AFLO/Mainichi Newspaper/Maxppp
472	ph ©	NOAA
474	ph ©	microgen/iStock
475	ph ©	Patti Murray/www.agefotostock.com
479	ph ©	© Kadmy/stock.adobe.com
482	ph ©	Nikolai Sorokin/Fotolia
483	ph ©	Alexandr Vlassyuk/Fotolia
484	ph ©	pressmaster/Fotolia
503	ph ©	franckreporter/Getty-Images/iStockphoto
520	Coll.	La planète des singes Les origines, 2011/Twentieth Century Fox Film Corporation/Christophel
537	ph ©	antoniodiaz/Shutterstock
543	©	Joaquín S. Lavado (Quino)/Caminito S.a.s - Literary Agency
556	©	Service communication de la Ville de Floirac

Iconographie : Hatier Illustration

Achevé d'imprimer en Italie par «La Tipografica Varese Srl», Varese
Dépôt légal : 08677-7/01 - Mai 2022